十面埋伏

SHI MIAN
MAI FU

张平 著

人民文学出版社

图书在版编目(CIP)数据

十面埋伏／张平著． -- 北京：人民文学出版社，2024（2024.11重印）
ISBN 978-7-02-018342-5

I．①十… II．①张… III．①长篇小说-中国-当代 IV．①I247.5

中国国家版本馆CIP数据核字(2023)第221144号

选题策划	胡玉萍
责任编辑	黄彦博
装帧设计	陶 雷
责任印制	王重艺

出版发行	人民文学出版社
社　　址	北京市朝内大街166号
邮政编码	100705

印　　刷	三河市宏盛印务有限公司
经　　销	全国新华书店等
字　　数	545千字
开　　本	710毫米×1000毫米 1/16
印　　张	40.5 插页3
印　　数	5001—10000
版　　次	2009年4月北京第1版
印　　次	2024年11月第2次印刷
书　　号	978-7-02-018342-5
定　　价	88.00元

如有印装质量问题，请与本社图书销售中心调换。电话：010-65233595

一

狱侦员罗维民有些发怔地瞅着眼前这个脏兮兮,浑身散发着恶臭的服刑人员。

据监狱的管理人员说,这些天这个服刑人员的神经似乎有些不正常。整天胡说八道,不吃不喝、不洗不睡、不服从管理,也不好好劳动干活。动不动就四仰八叉地躺在地板上,而且还满地捡烟头吃,好几次把屎拉在裤裆里。

其实,他长得相当精干和结实,皮肤红润,身板匀称。尤其是那双手,白皙而有力。很难想像一个不断从事体力劳动的服刑人员的手会长成这样。

这个服刑人员叫王国炎。

王国炎是古城监狱三大队五中队的服刑人员。

五中队的服刑人员一般都是表现良好已被减刑的,刑期在二十年以内的服刑人员。

罗维民在询问室的办公桌旁默默地坐下来。办公桌上放着一摞报纸,他像是很随意地把一张报纸翻开,显得有些漫不经心地在报纸上浏览着。当眼前这个服刑人员的视线被报纸遮住时,他迅速地腾出一只手轻轻地从口袋里抽出一份花名册来,然后很快地翻到"服刑人员王国炎"这一栏。

偌大的一个监狱,正儿八经的狱侦人员并没有几个。负责五中队的狱侦人员本来是赵中和,因为他孩子患血小板减少症住进了省城医院,请了半个月的长假,五中队便临时交给罗维民分管。

眼前的这个服刑人员王国炎,罗维民并不很熟悉。一个一千多名服刑人员的监狱，对那一个个的服刑人员，尤其是对那些不属自己分管负责的服刑人员，尽管平时也多多少少了解一些，但若要对每个都能对上号，都能一看就清楚他的底细，也实在很难做到。所以，罗维民就经常在自己的身上装着一份袖珍花名册，以便能随时查阅。

王国炎是罗维民临时从劳改工地上领回来的。据管理人员说，正在劳动时，王国炎精神病突然发作，用锤头把同号的一个服刑人员连续猛击六次，造成左上肢和脚踝骨粉碎性骨折。如果不是及时制止，说不定会造成极其严重的恶果。

此时的王国炎却显出十分老实的样子。在他的潜意识里，似乎对监管人员很害怕。说话的口气很弱，也不乱瞅乱动，但也看得出来，他对刚才发生的事情并不在乎。

罗维民在花名册中"王国炎"一栏里飞快地浏览着：

> 王国炎，别名青虎，祖籍湖北。1959年生，干部子弟，高中学历。1977年入伍，系侦察兵种，学有各种技能，精于射击、擒拿、格斗，能驾驶各种型号的汽车和摩托车。入伍期间因偷窃、酗酒被严肃处理并被勒令提前退伍。捕前职业为司机。身体状况良好。入狱时间：两年，属严管对象。案情：抢劫杀人。犯罪事实：晚上偷窃汽车，被车主发现并当场抓获，要求私了，被车主拒绝。遂乘其不备，用铁钳把车主砸昏，连捅数刀，然后抢走汽车逃窜。刑种：死缓。该犯已于今年8月份由死缓减至有期徒刑十五年……

原来是他！罗维民突然感到有些紧张，手心里顿时有些汗津津的，甚至有些下意识地摸了一把腰间的警械。如果此时这个王国炎再次发作起来，即使再有两个监管人员在旁，也不一定能立刻将他制服。

罗维民竭力让自己显得轻松一些，甚至连看也不看他一眼，但他眼里的余光则牢牢地罩着对方的手和脚，以防有什么不测。他努力地回忆着，有些发胀的脑海里陡然显出一幅让他无法忘却的画面来。

没错，就是他。今年8月份，在那次对全监服刑人员宣布减免刑期和奖惩决定的大会上，当宣布到他由死缓减至十五年有期徒刑时，他竟旁若无人,大摇大摆地当众站了起来,好像衣服的扣子也全都散开了,就像喝醉了似的。他一面很响地拍着自己的胸脯,一面呜里哇啦地在说着什么,然后就仰起脸来哈哈大笑,以致让在场的很多服刑人员都跟着他瞎起哄。喊声、笑声、口哨声,乱成一片,让整个会场足有十几分钟都没能平静下来。当时罗维民以为大概是这个服刑人员太激动了、太兴奋了,以致无法控制自己了,所以,才有了这样的言行举止。虽然有些过分,但想想也可以理解。在一个监狱里,对一个服刑人员来说,还有什么能比减刑更让人激动兴奋的事情?

但今天看来,这个服刑人员当时的举动,很可能就是一种病态的行为。也许那时他就有些不正常了,至少也已经有些犯病的征兆了。如果当时就能意识到他患病的可能性和危险性,并采取一些必要的措施,也许就不会发生今天这样的恶性事件。

这么看来,他的病很可能是真的了。而如果是真的,那一切的一切就好办多了。作为一个监狱侦查人员,自己的事情也就简单轻松多了。对于一个患有精神病的服刑人员,他根本用不着再去对此事立案侦查,也用不着马上去实施预审工作,当然,也就用不着再去搜集证据、核实案情等等等等,所有那些必须立即去做的事情统统可以心安理得地免掉了。

罗维民突然被一阵很响的声音打断了思路。

他抬起头来向眼前的服刑人员扫了一眼,只见王国炎正把一个拾起来的烟头塞在嘴里,津津有味地很响亮地咀嚼着。

罗维民心里突然感到一阵疑惑。这不是有意识地在吸引自己的注意力么?一个真正的精神病患者,是不可能有这种意识的。

紧接着,他的眼光突然同王国炎的眼光碰撞在了一起。就在这一瞬间,他清清楚楚地感到了对方眼神中的一丝令人恐怖的凶残和暴戾。在一个精神病患者的眼睛里,是不可能有这种眼神的。

看来,事情并没有想像中的那么简单。

那么,眼前的王国炎,他的精神病以及他的所作所为,莫非都是装出来的?

　　如果真是装出来的,目的无非就是这么几个:一是逃避劳动,一是保外就医,再者就是想尽快获得出狱看病的机会伺机逃跑……

　　逃避劳动?看来,可能性不大,他不会因逃避劳动而把一个服刑人员致伤致残,这犯不着;保外就医?虽有可能,但要想获得这样的批准,那得好几个月,一年,甚至更长的时间,至少先要由监狱负责给你确诊、给你看病,直到确实认为你必须常年在外看病时,才有可能获得方方面面的批准,允许你保外就医;那么,最大的可能就是最后这个目的了:尽快出狱看病,以伺机逃跑或者想达到别的什么目的。

　　当然,也可能什么都不是,纯粹是自己在这里发神经。

　　他努力地清理着自己的思绪,思考着自己下一步究竟该怎么做。然而,当他抬起头时,他又一次撞到了王国炎眼神中的那种令人不寒而栗的东西。

　　他一下子清醒了起来,同时也振作了许多。

　　虽然只有一个人,但一个人也有一个人的好处。一个人能更好地对他进行判断,至少能让自己的注意力更加集中。而对方若真是在装病,那么只有一个人在场时,则是最难装的。

　　他慢慢地放下报纸,然后用眼睛死死地盯住了他。

　　这一招看来作用并不大,因为眼前的王国炎根本就不再看他,像是打了盹似的竟一摇一晃地合住了自己的眼睛。

　　看来,事情真的没那么简单。以眼前的情形看,这个王国炎似乎就没有把你这个小小的监狱侦查员放在眼里。他不在乎你,所以也就不必煞费苦心地给你演戏。也许在他眼里,你并没什么用处。充其量你只能提供情况、反映情况,并不能对他的所作所为做出最终的结论和决断,因为他明白你没有这个权力。

　　罗维民想了想,琢磨着自己究竟该怎么做。不管怎样,他得想办法先摸摸这个服刑人员的底。只有先掌握了情况,才能判断下一步该怎么做。

"青虎。"他轻轻地,像是漫不经心地,却很突然地叫了一声。

"……呃?"王国炎像是吃了一惊似的愣了一愣,眼睛也一下子睁得老大,然后就像不相信自己的耳朵似的怔怔地盯着他直看。

罗维民为自己这一招的效果颇感意外,同时也暗暗告诫自己千万不能让对方对自己的意图有所察觉并有所戒备。否则,你所面临的情况,将会是极其危险和不负责任的。他一方面竭力让自己显得仍是那么随意和漫不经心,一方面并没有让自己的眼光退缩回来,像是看到一个什么玩物似的,显出很有兴趣的样子直直地朝对方打量着、注视着。良久,他如同是在对一个小孩子说话一样说道:

"听见了没有?给我坐好,嗯!"

王国炎像是在紧张地思索着,也许他真的是被这突如其来的问话给打蒙了,良久竟没有做出任何举动。这个名字很可能平时就没人叫过,或者在监狱里从来就没人叫过。所以,当一个监狱的管理人员突然这么叫他时,他显得吃惊而毫无防范也就不足为怪。他没有回答,也没有任何反应,以致过了好久好久还是一副没有回过神来的样子,似乎根本不知道自己下一步究竟该怎么做。

看来,他并不是一个高明的演员,他的演技实在太差太拙劣。他之所以敢有今天这样的举动,敢这么漏洞百出地扮演一个精神病患者,并毫无顾忌地把一个服刑人员打成重伤,可以解释的原因只能有这一条:胆大妄为,有恃无恐!

他再次摸了摸自己腰间的警械。他距离自己有四米左右,如果他突然向自己扑来,可能只有五至八秒的空余时间……

"嘿嘿嘿……"王国炎猛然间发出一阵低沉的笑声,然后便骂骂咧咧地嚷嚷起来,"……嘿嘿嘿,你以为老子怕你们?狗操的,你们到省里问问去,他妈的有哪个不知道老子青虎!我告诉你……"

"坐好!"罗维民有意提高了嗓门,但脸上并无严厉之色。"你给我放老实点,听见了没有!"

"嘿嘿嘿……"王国炎再次傻笑着,眼睛也有些斜睨了起来。刚才的那些令人生疑的表情似乎在一刹那间消失了,换上来的全然又成了这么一副浑浑噩噩、神经兮兮的样子。但他好像听明白了罗维民的意思,稍稍坐正了一些。

"姓名。"罗维民一副公事公办的样子。

"……老子的名字……妈的谁不知道。"

"姓名!"罗维民吼了一声。

"……王国炎,妈的……"

"当过几年兵?"

"……两年零……零八个月。"

"兵种。"

"老子……老子是侦察兵,老子什么……也是优秀,打枪……老子第一,散打……老子……也第一……"

"在部队都受过什么处分?"罗维民对他满口的脏话似乎并不在意,好像真的已经把他当成了一个精神病患者。之所以这么问来问去,给人的感觉无非是在例行公事。

"……妈的,什么处分,都他妈的傻×!给老子处分,老子什么事没干过……"

"都干过什么?"罗维民像是在无意发问。

"……老子干的事多了。老子……偷大衣、偷皮靴、偷子弹、偷望远镜、偷汽车零件,还……还偷摩托车轮胎……哈哈哈哈,老子还偷女人……"王国炎此时显得亢奋而又放肆,得意之情溢于言表。

"老实点!"罗维民呵斥了一声。"是被开除的还是勒令退伍的?"

"……妈的,那还不一样。开除就开除,还他妈的勒令退伍。让老子自动了那么多关系,要这会儿,还能处分了老子……一群大傻×!"

"回来后干的什么工作?"

"……老子什么干不了?要老子的地方多啦!老子是看不上。老子的老爹那会儿要是像现在这么腐败,妈了个×的老子什么地方去不了?妈的,愿他老人家地下有灵,好好看看现在那些当官的都成了什么样子!让他在阴曹地府发火去吧,发抖去吧,拍桌子去吧……活该!气死他!要不是他,老子这会儿早阔了、早发了、早上去了!还能当了司机,还能到你们这儿来!你们他妈的还不一个个地得围着老子的屁股转!给老子舔屁股也嫌你们的嘴巴脏!比起你们那些狗官来,老子他妈的不是孔繁森、焦裕禄,咋着也还不是个清官……"

"交代你入狱的犯罪事实。"罗维民再次打断了他的话。

"……那还要交代?杀人,杀人……杀、杀、杀!"王国炎突然疯狂了起来,口吐白沫,用手大力地比画着,歇斯底里般地显出一脸杀气。"老子杀人杀多了!岂止他妈的就这一个杀人未遂……"

"端正态度!"罗维民好像终于有些无法容忍了。他没想到这个家伙竟然会这么肆无忌惮、厚颜无耻。服刑人员与服刑人员之间,相互吹吹牛皮,那是常有的事情。无非是想显示自己的心狠手辣、穷凶极恶,借以震住对方,好让别人都对他老老实实、俯首称臣。然而,今天这个东西居然在他这个侦查员面前都能表现出这样一副样子,实在是有些莫名其妙。从这些对话来看,他的思维似乎并没有紊乱。但如果说他没病,他并不该说出这样的话;而如果说他有病,他也同样不该说出这样的话。他开始对自己刚才的判断有些怀疑起来,是不是这个家伙的脑子真有毛病?

"……冤有头,债有主,好汉做事好汉当,老子敢作敢为,什么时候说过假话!"王国炎有些疯狂地拍着自己的胸脯,越发显得癫狂起来。"老子跟你们所有的人都说过了,说过多少遍了!老子手里至少有十几条人命,什么人没杀过……"

"那就交代你都杀了些什么人。"罗维民突然觉得很无聊,以致都不想再这么跟他浪费时间了。

"……老子他妈的敢说,你他妈的敢管?你管得了?吓死你……你以为老子真的就是个一般犯人?老子什么事情办不了?什么样的人没见过……你算是个什么东西,充其量不也就是个小×管理员?老子尿的尿也比你见过的水多……"

"……住口!"罗维民终于忍无可忍,"既然杀了人,那就老实交代出来!看能管得了你管不了你!"

"哈哈哈哈……"王国炎仰天大笑,大张着的嘴里,龋齿历历可数,

"你以为老子不敢给你说……好,我告诉你我都杀了些什么人!老子杀过公安,杀过武警,杀过经理,杀过书记!老子还抢过银行,抢过商店,抢过运钞车,抢过储蓄所!老子还偷过市长的家,偷过哨兵的枪,偷过医院的药……"

"说具体点!地点,时间,细节,特征!"罗维民嘴上这么说着,其实,心里全是一种轻蔑和滑稽感。他已经在考虑着怎么结束这次审问了,他也根本没指望从这个家伙的嘴里掏出什么有价值的东西来。

"……具体点,嘿嘿嘿……"王国炎又是一阵令人不舒服的冷笑,"河南郑州,1992年12月31日半夜十二点,青年路昼夜储蓄所抢劫杀人案,那就是老子干的!杀了一个保卫,男的;捅了一个储蓄员,女的。一共抢了八万七,顺便还抢了一辆摩托车……"

罗维民的心头一紧,脑子突然嗡的一声膨胀了起来。这起案件,在市公安局任刑警队长的战友魏德华,几年前曾给他念叨过。记忆中好像就是在郑州,中国北方的第一个昼夜储蓄所被抢,造成一死一伤,抢走近十万元人民币和一辆摩托车。因为这几个案犯除了一个是湖北口音外,其余的都是本地这一带的口音,所以,地区公安处给下属的十几个县市公安局都进行了通报和传达……

难道真的会是他?刚刚有这么一闪念,紧接着又被自己否定了。像这种新闻,任何人都可能得到。在什么小报上看到一篇什么报道,然后添油加醋,变成自己唬人的资本……

"……河北石家庄,1990年五一劳动节中午十二点,和平街储蓄所抢劫杀人案,也是老子干的!捅了个男的,用枪把子砸昏了个女的,一共抢了三万四,还有两条金项链,三个金戒指……"

罗维民又不禁愣了一愣,这个案子他也听说过!因为那个女储蓄员拼死也没说出储蓄所保险柜的密码,保住了大宗的款项,所以才造成终生残废。此案影响很大,那个女储蓄员的事迹曾被广泛报道,而且,作案者也是湖北口音……

莫非,这也仅仅只是一种巧合?

"……山西太原,1988年国庆节晚上十一点。"王国炎继续信口开河,狂放不羁地述说着。"武警总队大门口,老子一枪打死一个哨兵,抢走'五四'手枪一把……"

这个案子似乎仍然是真的,在罗维民的记忆中好像也仍然是一个没有破获的特大案件!

"……妈的!老子在你们眼皮子底下闹出来的杀人案也不止一起!1987年9月份,就在省委省政府的大门口,老子打死一名值勤武警,抢了一把'五四'手枪!在省人民医院,老子用铁锤砸死了两个保外就医的叛徒内奸!还打死了一个看守所的老家伙,抢了一把'五四'手枪……"

没错,仍然是真的!时间地点案情似乎一点也不差!

"……1984年元月份,在咱市里的红卫路,妈了个×的就在市里召开的万人公审大会的那一天,老子跟你们开了一个天大的玩笑,好好地让老子把你们耍弄了一回!你们他妈的在那边开什么万人公审大会,老子在这边就抢了你们一家银行!老子那天威风凛凛,就只带着一个人!我们一人一辆摩托车,不戴口罩不戴头盔不戴眼镜妈的什么面具也不戴,老子就只围个红围巾,戴个军绿色单帽!哈哈…军帽,红围巾!真他妈的好玩!真他妈的有意思!要不是跟我的那小子脚被砸破,塑料底棉鞋给砸丢了,那一回可真算是惊天动地,大获全胜!伤了三个,杀了两个!抢了五万块,还有五千美元!老子带的皮包太小了,撑得鼓鼓,钱就在外面露着!老子骑在摩托车上,让满街的人都瞪着眼睛看!后来老子他妈的连军帽子也不要了,就只围个红围巾!哈哈哈哈!老子那天不止把市里震了,把省里震了,把他妈的中国也震了!老子就是要让你们这些狗官们也难受难受!公审?妈了个×!连他妈的×也不是!正儿八经的该公审的是你们这帮贪官,是你们这帮狗官!老子那天抢银行,就是要给你们一个警告,就是要天下的人都骂骂你们这些只知道捞钱、捞官,屁本事也没有的窝囊废!就是要让天下的人都好好耻笑耻笑你们,也好好让天下的人公审公审你们,也让你们尝尝从重从快的味道……"

罗维民在一种莫名的恐怖和震惊中,什么话也没再说。他再次用

· 9 ·

报纸挡住了对方的视线,悄悄地在那份花名册的一个空白处,做了一个简单的记录:

1984年元月13日

万人公审大会

伤三死二

两辆摩托车,两人

红围巾

小皮包

军绿色单帽

塑料底棉鞋

五万人民币,五千美元

罗维民本来还想再记些什么,但就在此时,他听到了突然而至急剧推门的声响。紧接着便是一句厉声的叱喝:

"再胡说八道立刻就把你捆起来!"

罗维民仍然把脸埋在报纸里,几乎连头也没抬。他轻轻地把花名册塞进口袋里,顺手抽出一块手绢来,一边擦了擦鼻子,一边朝前看了一眼。其实,他不看也知道突然闯进来的是谁。

五中队第二分队分队长朱志成。王国炎就在他们分队。

朱志成身后还跟着两个监管人员。

骂了几句,见王国炎仍在喋喋不休地嚷来嚷去,朱志成便朝王国炎屁股上狠狠地踹了一脚:

"马上给我拉走!先关他二十四小时禁闭!"

王国炎躺在地上不肯起来,两个监管人员把他拉了出去。王国炎一边挣扎,一边杀猪般地大喊大叫,满嘴的脏话不堪入耳。

良久,谈话室里才清静了下来。

"我看这家伙十有八九是疯了,得马上对他实施强制治疗,要不然可就要出大事了。"朱志成点着烟,狠狠地抽了一口说。

"他这样子有多长时间了?"罗维民问。

"唔,时间可是有了。"朱志成皱了皱眉头说道,"去年这会儿就有点不大对劲了,这些日子只是犯得越来越厉害罢了。"

"……他不犯病的时候有什么表现?"罗维民想了想问。

"也就那样,一句两个操,两句三个他妈的。一坐下来就是胡说八道,满口的大话空话瞎话假话。"朱志成顿了顿接着说道,"刚才你大概也看到了听到了,你说他那狗嘴里还能吐出象牙来?一开口就是杀了多少多少人,抢了多少多少钱。好像天下的杀人抢劫案都是他一个人干的。其实,十个服刑人员里有八个都他这德性,碰到一起就吹乎谁杀的人多。像他这样的精神病,吹起来就越悬乎。"

"……你琢磨过没有,他说的那些好像不一定都是假的。"

"呀呀呀,他嘴里的东西有什么真的!"朱志成一脸的不屑一顾,"你是刚刚见他这样,还有点新鲜感,等见得多了,烦死你。我这会儿早听腻了,他一撅屁股就知道他要拉什么屎!"

"可我觉得,他说的那些案子有好多细节都很真实。如果要是没有亲身经历,那些细节他是说不出来的。"罗维民不知不觉已经是一副查询的口气,而且他也觉得有必要给这个分队长予以提醒和暗示。

"得得得,你们这些侦查员,就这毛病。看到个啥也是个事,不闹出个问题来就以为天下没太平似的。"朱志成又点着了一根烟说,"你到号子里打听打听去,好好问问这个王国炎究竟是个什么样的东西。自从到了这古城监狱,嘴里什么时候说过真话!每天手里都拿着个报纸杂志什么的,什么案子他记不住,什么样的细节他学不来。前些日子你知道他在看什么?《犯罪心理学》!他妈的像他这样的服刑人员竟然看《犯罪心理学》!天知道他从哪儿鼓捣出来这样的书!这家伙的花花肠子多了,说得出来也做得出来,中队里的服刑人员都让他打遍了,同号里的哪个服刑人员不怕他?刚来的那些天,几乎过一个星期就要关他一次禁闭……"

"照你这么说,像他这样的服刑人员,怎么就能减了刑?而且一下子就减了那么多?"罗维民忍不住地问了这么一句。

"……哟!这你也问我呀?"朱志成像是看一个怪物似的看了一眼

罗维民,本来想走了,禁不住地又转回头来,"这是我管得了的事还是你管得了的事?这古城监狱里是不是除了你我就没人了?你以为你是谁呀……"

二

罗维民久久地坐在询问室,心底里怎么也平静不下来。

他看着刚才悄悄记下来的几行小字,又在下边记下了时间地点:9月9日记于五中队谈话室。

这件事实在太不可思议,太令人吃惊了。

他绝不相信一个没有亲身参与过犯罪的人,而且在精神似乎有些不大正常的情况下,能清清楚楚地讲出那么多逼真的案情,能说出那么多活灵活现的细节。

1984年,那时他还在县公安局刑警队工作。1984年元月13日红卫路银行抢劫杀人案发生时,他就在万人公审大会现场维持秩序。他是被临时从县里抽调上来的,这样的事情每年都会有几次。大凡有什么重大行动或活动,警力需要加强时,下边的民警经常会临时被抽调出来。尤其是刑警人员,临时抽调的情况更是家常便饭。

但那一次抽调却不同,原来计划好的一天的抽调,却被无限期地延长了两个多月。原因就是发生在那天的红卫路银行"1·13"特大抢劫杀人案。

那是一个让公安警察无地自容,忍辱含羞的日子。

万人公审大会刚开始不久,便听到了枪声。枪声并不响亮。憋闷,低沉。会场上成千上万的群众并不知道那是枪声,甚至许许多多的人根本就没有意识到那是一种什么声音。但罗维民却清清楚楚地听到了。以一个警察特有的警觉,他知道那是枪声,而且明白肯定是出事了。就在市内,就在附近。当时他并没有接到任何命令,所以,也一直没有离开大会会场。事后他才知道,在枪声响过数分钟后,即有近四十名公安赶到了事发现场。

现场的情景令人恐怖。

这是一家规模不大的银行。当时值班的有七个人。

门口的保卫,是被事先备好的铁锤击中脑部。重伤致残,彻底丧失了记忆。

厅内的保卫,同时被铁锤击中额头。当场死亡。

一男值班员,被铁锤击中脊椎。重伤致残,下肢完全瘫痪。

一青年女值班员,被铁锤击中面部。重伤致残,严重毁容。

一中年女值班员,营业部主任,被"五四"手枪连击四枪。当场死亡。

值班厅内鲜血飞溅,脑浆迸流。当公安人员冲进现场时,几乎没有立脚之处。满地的鲜血溢满了大厅,以致像小溪一样流出了大厅之外……

据当时在场的目击者叙述,作案者确实是两个人。他们凶暴残忍,手段干净利落,骑两辆摩托,具有职业化特征,而且确确实实没有任何伪装。一个人戴一顶深色栽绒棉帽;另一人戴一军绿色单帽,围一红围巾……

两个保卫人员是被他们同时用铁锤砸倒的;一名男值班员是在转身准备摁动警报器时被铁锤砸倒的;那名年轻的女值班员是因为拒不交出保险柜钥匙被砸烂面部的;那名中年女营业部主任是在罪犯抢钱时,想趁机摁动警报器结果被罪犯发现用手枪连发四弹打死的……

五名值班人员都表现出了少有的勇气和无畏,他们壮烈的行为让现场的众多民警泪流不止。尤其是那位中年妇女,第一枪被打中脊梁,重重地扑倒在地,但她仍向警报器爬去;第二枪被打中腰部,她好像没有任何感觉,仍然在爬;第三枪被打中肩膀,她只哼了一哼,仍然继续向前爬;直到第四枪被打中头部,她的手竟仍然向前伸了一伸……

两名罪犯也遭到了现场群众强有力的阻击:

银行后院锅炉房的赵师傅听到枪声后,提起一根两米长的捅火棍,迅即赶到事发现场,在门口迎面碰上两名凶犯。其中一凶犯提起手枪朝赵师傅扣动了扳机,没想到这一枪竟是哑弹。近六十岁的赵师傅当时只愣了一愣,并没有丝毫退缩,大喊一声,提起捅火棍便抡了过去。虽然没有打中,也没能拦住凶犯,但却把其中一凶犯的军绿色单帽打落在地……

大门口有一闻讯而来的中年男子,乘两名凶犯发动摩托车时,捡起地上的一块半截砖头,向其中的一名凶犯砸了过去,砸中了这名凶犯的脚腕,并把其脚上的一只塑料底棉鞋砸脱了下来……

银行隔壁,市劳保公司办公室的三名女职员听到枪声后,立刻意识到一定是银行出了事。三人急速跑到了大街上,一齐大喊,随后其中两人又去打电话报警……

枪声和喊声震动了四周,银行对面市肉食品公司的两名职工,一人操一把卖肉刀跑到马路中间;肉食品公司隔壁一个体饭店的老板,顺手拿起一把铁铲也冲了过来;饭店旁一卖零食的妇女把手推车径直推到了大路中央;骑自行车正行驶在路上的几名群众掉转车头也站在了一起;几名长跑的体校女学生,此时也停在了人们一旁……

两个歹徒看到前面陡然竖起的人墙,挥了挥手枪,见毫无反应,只好扭转车头向另一方向逃去。

这一方向正好有一辆吉普车行驶而来,见状立刻把车身横了过来,想挡住摩托车的去路,但因街道太宽,没能挡住。吉普车司机随即又跳下车来,提起车里的扳子便朝凶犯扔了过去……

有一位六十多岁卖蒜的菜农,抱起一捆蒜辫毫不犹豫地甩向迎面驶来的凶犯……

一位十七岁的中专生赤手空拳往摩托车上扑,差一点抓住凶犯的衣服……

一中年男子站在大街中央想把凶犯的车头拉倒,却几乎被凶犯的摩托车撞倒,所幸只受了一点轻伤……

有十余名行人自发地骑自行车尾追两名凶犯数千米……

此案震动了市委、地委,震动了省委,震动了中央!

案发当天,市局和地区公安处所有领导都亲临现场指挥部署,省公安厅、公安部来电,要求迅速组织警力,尽快破案。案发第二天,省委省政府以及中央有关领导也都分别做出了有力的批示。自此以后,领导的批示指令层层加码,群众的电话来信络绎不绝。口气之严厉,措辞之威烈,让市公安局以及地区公安处所有的民警都喘不过气来。

真可谓举国震惊,全民皆愤。

但几乎让所有的人都没能想到的是:如此猖獗而明目张胆的一起特大抢劫杀人案,竟然一拖拖了十几年没能破获!

市公安局从局长到科长,几乎一免到底;地区公安处所有的处长副处长全部受到了严厉的处分……

然而,惟有知情的人才知道,此案投入的警力和物力,却是前所未有的。案发第二天,便组织了调查摸底组,重点对象和重要线索调查组,物证痕迹检验技术组以及资料组共一百余人的一个"1·13"专案侦破组。如此超大规模的专案侦破队伍,在地区和市公安机关的历史上,从未有过。

当时留给专案侦破组的破案线索,除了数十名目击者的证词外,留在现场的证据,便是那顶军绿色单帽和那只塑料底棉鞋。

就为这顶绿军帽和一只塑料底棉鞋,警方先后调查了河北、山西、陕西、甘肃、河南、北京、天津等地的上百个企业和厂家……

整个地区的一万四千多辆摩托车,在三天内便进行了全部的清点和封查……

对三十二名目击者逐一访问,多次调查;对那一天在银行存取款的一百九十多名顾客进行了排查;对所有的可疑线索一遍一遍地查证、筛选、落实……

依据三十二名目击者所作的案犯模拟画像,一改再改,最后让他们都感到极为逼真时,在全国范围内发出了通缉令……

目击者认为两名罪犯的年龄大约在三十五岁左右,最大不可能超过四十五,最小不可能小于二十五。专案组于是在整个地区把五百万人口中所有年龄在二十五至四十五之间的男性公民,依照案犯的模拟画像,全部认真详细地筛选了一遍⋯⋯

几种人为重点可疑对象:一、本地在外地工作,尤其是可能在省城或其他大城市工作的,有可能在两地相互勾结作案的可疑团伙分子。二、民兵,复转军人或其他会使用枪械并容易或可能接触到枪械的可疑人员。三、刑满释放、解除劳教和"1·13"期间请假回来的劳教人员。四、有嫌疑的犯罪团伙中的骨干和成员,特别是有前科的可疑分子。五、自由流动人口,尤其是无正当职业,并有作案可能和流动性较大的可疑分子。六、城乡跳跃,有业不就,用钱心切,有流氓、盗窃、惯赌、走私贩私、投机倒把或有前科、有劣迹的可疑分子⋯⋯

在全地区六十多万年龄在二十五至四十五之间的男子中,总共筛选出了这样的对象三万七千八百多人;又从这些人中摸底排队,逐人过滤核查,进一步筛选出一万六千余人;再在这些人中进一步摸底核实,又筛选出七千八百余人;再进一步筛选,过滤出六百余人;直至最后全部否定排除⋯⋯

这种大面积过滤似的筛选工作,延展到附近的几个城市,最后延展到了省城⋯⋯

在案发后的头几年里,每年都会收到数百条线索,而每一个线索都会投入几人、几十人,甚至上百人次的警力和无以估算的物力⋯⋯

在这种大面积的搜索和察访工作中,连带着破获了上百起其他大案要案,惟有"1·13"杀人抢劫案依然没能破获,依然是一片空白。

"1·13"就像一座大山一样压在人们的心头,老百姓一说起来就嚷就骂,骂得简直不堪入耳。而他们这些搞公安的一想起来就憋气、就脸红,在领导们面前直不起腰,在老百姓面前抬不起头⋯⋯

罗维民清清楚楚地记得,市公安局分管刑侦的副局长,他的一位老上级,五十多岁得了胰腺癌,人们都说那是"1·13"把他气的、逼的。三十年的老公安,破了一辈子案,得了一辈子奖,一辈子让上上下下刮目相看,一辈子没让人说过什么闲话,没想到最后竟栽在了这个"1·13"上,职务被一降两级。降级后的第二年就被查出了癌症!

在所有的癌症里面,胰腺癌大概是其中最痛苦的一种。老局长到了最晚期的那些日子里,每当疼痛得受不了的时候,就可喉咙地大喊大叫:"我不服!我不服呀!我死也不服呀……"

对老局长来说,精神上的折磨,远比肉体上的痛苦要剧烈得多。

老局长遗体告别的那天,全地区的公安民警能来的都来了。几百名民警围在老局长的遗体身旁,泪如雨下,哭声如雷!

那天围观的群众说了,还没见过这些个成天抓人逮人的凶汉们,一个个能哭成这样……

一晃就是十几年过去了。

虽然在那一年的夏天,由于劳改系统和公安机关分家,罗维民由于家庭原因,关系被划到了劳改局古城监狱,脱离了公安机关,但这起案子,他并没有忘记。

这个叫王国炎的服刑人员的一番自供,一下子又把自己带回到了那些令人难忘的日日夜夜。

这个叫王国炎的服刑人员,眼下是不是真的疯了?

……即使他眼下真的已经成了一个疯子,是一个地道的精神病患者,但他能讲出这些话来,也并不能减弱他这些话的真实性。恰恰相反,说不定极可能在他这些疯疯癫癫的话语里,更能说明一个问题,那就是他所说的这些事更具有一种真实性。因为像他这样的一个服刑人员,只有当他成为一个疯子时,才有可能说出真话,道出真相。

但是,是不是所有的精神病患者所说的都可能会是真话?当然不一定,因为有的精神病患者,在他成为妄想狂时,说出来的全都可能是一种假象、一种妄想。那么,这个王国炎所说的这一切,都只是一种假象、一种妄想?

绝不是。一个精神病患者的妄想,绝不可能同现实中发生的事情如此雷同,以致雷同到连一顶帽子、一条围巾都如此相似。

其实,对这个服刑人员目前究竟是真疯还是假疯,眼下似乎已经没有太大的意义。重要性和严峻性在于,他所说出来的这些,如果不是亲身参与,是描绘不出这些细枝末节来的……必须对他严加看管,迅速进行详细的侦查和了解。

罗维民首先查看了一遍赵中和放在办公桌上的近期侦查工作笔录。赵中和在日常工作上是个大大咧咧的工作人员,他的工作笔录似乎也和他平时的个性一样,写得龙蛇狂舞、行草如飞,好多字根本认不出来。罗维民像是在考证甲骨文一样研究了大半晚上,才算看完了赵中和近两个月来的工作记录。让罗维民感到吃惊的是,其中竟有数十处是关于王国炎的。

…………

5月24日:

　　下午两点在询问室提审王国炎。原因:喝酒,打人。

　　问:为什么喝酒?

　　答:心里不高兴。

　　问:酒哪儿来的?

　　答:程队长给的。

　　问:胡说,程队长怎么会给你酒?

　　答:我不知道,你问他去。

　　问:为什么不高兴?

　　答:老子整天坐牢,还他妈的能高兴了。

　　问:不高兴就打人?

　　答:老子高兴打,你管?

…………

　　处理结果:禁闭反省十二小时。

6月3日:

　　中午一时半在询问室提审王国炎。原因:喝酒,在宿舍大吵大闹。

　　问:又是你!为什么喝酒?

　　答:想喝。

　　问:谁给的酒?

答:单科长。

问:又是胡说八道!单科长怎么会给你酒?

答:爱信不信。

问:到底是什么人给你的酒?

答:抗拒从严,坦白从宽,不信你问单科长去。

问:单科长什么时候给你的酒?

答:今天上午刚刚给的,给了就喝,老子什么时候存过酒?

问:什么酒?什么地方给的?给了多少?

答:茅台、汾酒、五粮液,老子什么时候喝过差的酒?是他给老子送来的,就在号子里。多少?多啦!那记得清吗……

处理结果:劳改操行评定减二十分。

…………

6月9日:

晚上十二点半在询问室提审王国炎。原因:喝酒,在宿舍用牙刷戳捣其他服刑人员的眼睛。

问:谁给你的酒?

答:冯科长给的。

问:胡说!哪个冯科长给你的酒?

答:还有哪个冯科长,冯于奎。

问:一派胡言,每次不是这个给你酒,就是那个给你酒,你嘴里还有没有一句真话?老实交代,到底是谁给你的酒?

答:老子胡说还是他们胡说?要不是他们给老子酒,妈的这酒敢是从天上掉下来的?敢是从老子的裤裆里长出来的?

问:上次你说是单科长给你的酒,单科长说你是鬼话连篇……

答:他妈的他才是屁话连篇!老子敢说实话,妈的他敢说实话?他要是说了实话,人头狗面地他还能再在这儿当科长?吓死他!再给他一百个胆子看他敢不敢!妈了个×的,现在的人一个一个的都他妈的神经病!老子说了实话,偏说是假话;老子说了假话,偏说是真话!拿假话当真,拿真话当假,都他妈的逼着老子整天说假话！什么世道……

　　处理结果：禁闭反省二十四小时。

　…………

　　罗维民有些发愣地瞅着这些询问笔录,好半天也回不过神来。以赵中和的性格,他是不会在这样的询问笔录上随便开玩笑的。他不会撒谎,更不会没事找事地在这上面虚构情节。看来这些记录都是真实的,至少说的这些话都是真实的。

　　如果确实是真实的,可就令人不可思议了。

　　程队长,也就是五中队的中队长程贵华,他对五中队所有服刑人员劳动改造全权负责。

　　单科长,单昆,古城监狱狱侦科科长,自己的顶头上司。

　　冯科长,冯于奎,古城监狱狱政科科长,是对监狱服刑人员进行思想教育、劳动改造、减免刑期等具体工作的负责人。

　　这些人,可以说都是监狱里的主管干部,而他们怎么会平白无故地长期给一个服刑人员送酒喝？为什么？如果不是这样,这些话确实都只是些鬼话屁话胡话疯话。那么,正像王国炎说的那样,这些酒又都是从哪儿来的？即使抛开这些酒不说,只从这个服刑人员的行为来看,刚刚减了刑期的一个犯人,怎么会有如此反常的表现？莫非他刚一减刑精神就不正常了？尤其是这种很不正常的行为举止,本身就极不正常……

　　罗维民努力清理着自己纷乱的思绪,默默地思考着自己下一步究竟该怎么办。

　　眼前好像突然出现了一个看不见摸不着的巨大的黑洞,虽然眼下还弄不清楚它的轮廓和网络,但他却隐隐约约地感觉到了它的存在,同时也感觉到了一种巨大的引力和诱惑……

三

  罗维民几乎一晚上没睡着,等第二天猛然醒来时,已经快早上八点了。屋子里静悄悄的,妻子李玉翠和九岁的女儿丹丹似乎早就离开了。罗维民急慌慌地穿好衣服,胡乱吃了两口妻子留在锅里的早饭,一看表已经八点四十了。

  这是妻子的习惯,只要他睡着,只要没有非叫不可的急事,就绝不叫醒他。因为妻子总是感觉到他太需要休息了,他的觉太少了。几乎天天熬夜巡夜查案办案,能多睡会儿就让他多睡会儿。侦查人员早上的工作相对也宽松些,而对他来说,平时起床妻子叫不叫他,这也是个毫无办法、无可奈何的事情,所以,他并不怪妻子。

  然而,今天却让他有些气恼,本来说好了叫醒他的,偏是没叫他。妻子向来就嫌他多管闲事,人家五中队的事情,跟你有什么关系？你只不过是临时帮人家值两天班,能凑合过去就算了,那么认真对你有个什么好？办好了没你一点事,办不好可就全是你的事。狗咬耗子白费那份心,吃饱了撑的没事干？如今的事又难说,万一捅出个什么窟窿来,到时候是让别人堵还是你自个儿堵？

  在他跟前,妻子总有发不完的牢骚。更多的时候,他总是一声不吭。妻子李玉翠是个国有商店的营业员,工资没保证,眼下正面临着下岗的烦恼。对妻子的工作,他又一点也帮不上忙。妻子的身体也不好,患有风湿性关节炎,常年站柜台,病情越来越重,连带着心脏也有了问题。两年前医院就要求手术治疗,但五万元的手术费,让他一拖再拖,无地自容。结婚十几年了,还是像鸽子笼似的一间十几平米的单身宿舍房。单位的单元房,轮了好几茬了,都没能分上。十四英寸的小彩电,市场上早就淘汰了,还仍然摆在家里。没钱又没关系,在妻子跟前自然就理短。自己欠妻子的实在太多了,有牢骚就让妻子发吧,她不在你跟前发牢骚又让她在哪儿发牢骚去？

但今天要做的事情实在是太多了。

第一，王国炎的事情还没有下文，他要同五中队时的有关领导进一步交换意见。按正常的程序，像发生这样的事情，尤其是像一个服刑人员把另一个服刑人员打成重伤的这种突发重大事件，作为一个监狱侦查人员，在对服刑人员进行了提审和询问后，必须尽快进行进一步核实和查证，并同有关负责人汇总情况，然后及时向监狱领导做出汇报，以便做出立案和处理决定。所以今天对王国炎一案要做的工作还很多，也很急。

第二，这件事他还要做更多更广泛的调查，他不仅要到五中队调查，还准备到王国炎原来所在的十一中队进行调查。有更多的迹象表明，这个服刑人员的表现，尤其是他那种飞扬跋扈、横行无忌的言行举止，实在令人可疑。如果他向来就是如此，又如何能够在这么短的时间里由死缓减为有期徒刑十五年？从他昨天说的那些话里，看得出他的这种表现是一贯的，由来已久的。如果真是这样，调查结果证实了这一点，那问题可就太大了……当然，人的本性，尤其是人性中的那种极恶的东西，是可以被掩饰、被扼制、被约束的。所以，也有可能在他神志清醒或者精神正常的时候，在监狱的有效管理下，他会有另一种表现。他会显得很老实，很安分，很诚实，很听话，很善良，很礼貌，文质彬彬，小心谨慎，知书达理，温文尔雅……因此，这一点必须尽快调查清楚，那就是王国炎在十一中队的表现究竟如何。如果在十一中队他确实表现得非常好，那么，现在所发生的一切也就有了第一手依据，他的减刑也就没什么可怀疑、可顾虑的了，有问题就只能是他的病了。他必须把这一点尽快调查清楚，也只有把这一点调查清楚，才有可能对这个案子进行更深的了解。

第三，五中队的侦查员赵中和请假不在，整个监狱几乎所有有关侦查方面的事情全都落到了他一个人头上。这些日子正是秋收大忙季节，服刑人员们经常在外劳动，突发事件很多。谁知道会在什么时候突然冒出一件什么令人头疼的事情来。如果有了什么必须他紧急处理的事件,而他却不在,万一闹出个什么闪失来,那责任可就大了。

他一边走,一边想,如果没有什么紧急事情,那他就先到十一中队去了解了解。

十一中队基本上都是二十年徒刑以上的要犯重犯。这里气氛严肃、戒备森严,监管人员也配备得相对多一些。

大部分服刑人员都去了水库运麻泡麻,因为是较重的体力劳动,一些老弱病残就留在家里。十一中队的中队长也一起去了水库。征得了在家负责的管教人员的同意,他挨个叫了一些服刑人员进行个别谈话和询问。

在服刑人员被叫来之前,他顺便看了看挂在谈话室墙壁上的谈话记录簿。

监管人员同服刑人员定期谈话交流,是监狱管理的一项重要内容。经过多年来的经验总结和不断完善,它已经成为一种管理服刑人员和教育改造服刑人员的有效办法,已经形成一项规章制度,成为一种纪律。尤其是在同服刑人员直接打交道的各个中队,包括指导员、中队长在内,在一定的时间内,同每个服刑人员都必须有一定的谈话次数和时间。否则,中队领导的监管水平和监管能力就要大打折扣,甚至还会影响到中队领导的考评和审核。尤其是监狱某中队有水平有深度有借鉴意义的谈话方式和记录,还要在各个中队推广和传看。就像样板和范文一样,各个中队看了以后,还要相互交流和汇报自己的心得和体会。而像这样的谈话方式和谈话记录,往往都有特殊记号,有关领导也往往会在上面写上批语和评价。所以,类似这样的谈话记录,各个中队都会挂在谈话室墙壁上很显眼很醒目的地方,犹如一面面锦旗、一张张奖状,以便领导、来客和参观者一眼就可以看到。

罗维民也几乎是一眼就看到了那本有着特殊记号和批示的谈话记录。

他看了看上边的目录,不禁吃了一惊,上面正好就有十一中队指导员傅业高同服刑人员王国炎的谈话记录!在这个谈话记录上,监狱狱政科科长冯于奎和二大队教导员高元龙都做了正面的批示!尤其是冯于奎对这一谈话记录给予了充分肯定和高度评价。指出像这样的谈话方式和方法是值得每个监管干部学习和借鉴的,应该在各个中队大力推广……

然而,当罗维民看到这个谈话的具体内容时,不禁再次受到了强烈的震动。

这篇谈话记录的中心内容就是如何说服王国炎不要再在监狱里毫无根据地卖弄吹牛,瞎说乱道。

而王国炎所"卖弄吹牛,瞎说乱道"的内容,正是"1·13"特大抢劫杀人案的那些情节!王国炎当时所说的时间、地点和细节,同昨天给罗维民讲的那些如出一辙,毫无二致!

…………

指导员:……你总是这样不负责任地乱说一通,想想对你的将来究竟有什么好处呢?你今年才三十来岁,有文化,有技能,有手艺。如果你好好表现,在壮年时期还是有希望服满刑期的,你的未来还会是大有可为的,等待着你的还会有一个很好的前程。还有,听说你的妻子还当过演员,长得漂亮而又贤惠,你的孩子也才刚刚五岁。你的父亲母亲都还健在,兄弟姐妹各个都很有本事。就算你不为自己着想,也不为他们想一想?

王国炎:他妈的他们谁为老子着想过!

指导员:你又在瞎说!你怎么知道他们没为你着想过!就在今天,你的母亲还在给我们打电话,希望能跟你多见几次面。还有你的亲人和你的许多朋友,都为你在担忧和操心。他们也不断地给我们打电话询问你的情况,而且还让我们代转他们对你的关心和鼓励,怎么能说他们没有为你着想!

王国炎:那又能怎么样?是老子在坐监狱,又不是他们在坐监狱!

指导员:你坐监狱是你自食其果,罪有应得!你抢劫杀人,是他们让你干的吗?!你还有没有一点良知,还有没有一点人性!你怎么能把你自己的罪责怪到别人头上!你要是再这样麻木不仁,不知悔改,两年内要是减不了刑,你知道等待你的是什么后果吗?你知道你会有个什么下场吗?

王国炎:那又怎么样,老子没有好下场,他们也别想有好下场!老子豁出去了,让他们等着瞧……

指导员:那你就等着吧!死缓的期限只有两年,这两年里你要还是死不悔改,那就等着在亲人和朋友们面前,宣判你的死刑吧!你就不想一想,等到那一天,你的父母会怎么样?你的妻子又会怎么样?你的朋友们又会怎么样?你的妻子还会那样死死地守着你吗?就算你死不了,也得让你在监狱里待一辈子!你再想一想,你的妻子会死死地等你一辈子吗?

王国炎:他们敢!要真到了那一天,我就在这里放一把火!把这里烧成一片火海,然后……

指导员:又胡说八道!你这根本就是自取灭亡!你要真敢这么干,监狱里的守卫顿时就会把你的脑袋射成一个马蜂窝!你会死得不如一条狗!没有一个人会心疼你,连你的父亲母亲妻子孩子也会恨你一辈子!那些整天盼着你死的人会高兴得捂着肚子哈哈大笑!

王国炎:(发愣,一句话也说不出来)……

指导员:想清楚了吗?这可能就是你整天胡说八道的最终结果。你认真想想,这究竟会对谁有好处?不管做什么事,都要前思后想,尤其是要多想想事情的后果。你现在已经到了一个非常危险的境地,在你的人生道路上,已经没有一步可退了。要不人们怎么总是说悬崖勒马,回头是岸呢?你要时时记住,你现在是一个剥夺政治权利终身的缓期死刑犯,你只有老老实实、认认真真地学习、改造,争取宽大处理,重新做人,这才是你惟一的出路。只要你能真正认识到这一点,真正做到这一点,你的处境就会有所改变。我们现在正在考虑一个新规定,只要是表现好的服刑人员,每个月可以和自己的妻子见三次面。如果表现得特别好,作为一种新的奖励办法,我们还可以破例让你们在监狱里的接待楼里住一晚上。

假如表现得更好,我们还有更多更好更优待的奖励办法。这些奖励办法我们正在研究,很可能就在近期出台。好了,我们这次说得也够多的了,我的意思、我的想法,你都听明白了吗?

王国炎:……听明白了!

指导员:你知道自己该怎么做了吗?

王国炎:知道了!

罗维民有些发愣地一遍一遍地看着这个不同寻常的谈话记录,真有点百思不得其解。这样的谈话记录,又怎么能作为范例让各个中队传看?

冯于奎的批示写道:这样的谈话不亢不卑,有理有力,能让这样的一个危险的要犯重犯在一次谈话中就有悔过的表示和深深的触动,是很不容易的,这说明只要细致耐心地给服刑人员做思想工作,对我们的监狱管理工作是很有裨益的……

谈话的效果真像他说的这样吗?这个王国炎悔过和触动又表现在哪里?其实,是王国炎有好多要说的话,并没能说出来,而且一次又一次地被指导员打断了。王国炎说的任何事情,都被斥责为胡说八道。如果说王国炎真有悔过和触动的表示,那也仅仅只是利诱和哄骗的结果。

而从当时谈话的情况来看,王国炎平时很可能经常不负责任地"胡说八道",他们也根本没有把这些"胡说八道"的内容放在心里,更没有认真地去进行分析和有所警觉……

但是,你能说这些人当时所说的都是错的?

当时的十一中队指导员傅业高,现在已经是主管五中队的三大队教导员。

当时主管十一中队的二大队教导员高元龙,现在已经成了省监狱管理局的副局长。

还有仍然在职的狱政科科长冯于奎。

你能说他们当时的判断都错了?

在别人,尤其是在那么多领导都认为王国炎是在胡说八道的情况下，却只有你一个人觉得他说的是真的，莫非别人都被糊弄了，就你一个人是清醒的？

第一个被叫来的囚犯大约五十来岁，瘸腿，看上去还算老实。问一句答一句，几乎没什么思考和停顿。

"姓名？"

"李正太。木子李，正确的正，太阳的太。"

"学历？"

"农中。"

"捕前职业？"

"小学会计。"

"犯罪事实？"

"误杀。"他偷偷看了罗维民一眼，紧接着又补充了一句，"因过失伤人致死。"

"刑期？"

"无期徒刑。"

"入狱时间？"罗维民板着的脸上，看不出任何表情。

"八年零六个月零九天。"李正太回答得机械而迅速，好像连想也没想。

罗维民的心突然有些软了下来，看来这个叫李正太的服刑人员几乎是无日无夜、无时无刻地在计算着他的刑期。对他来说，时间如此之慢，却又这样的遥遥无期。像他这样的服刑人员，会非常谨言慎行，是很难让他主动地讲出一些什么情况的。想了想，罗维民继续说道：

"个人表现？"

"我个人认为自己表现良好。入狱八年来，我改掉了一切恶习。从来不抽烟不喝酒，也从来没跟服刑人员打过架吵过嘴。我自觉服从改造，认真学习法规，劳动积极，尊重领导。八年来没有犯过一次错误，没有受到过一次处分，没有关过一次禁闭。操行评定每年都是高分，病了也坚持劳动……"

"好了，"罗维民打断了他的话，"表现这么好，为什么一直没减刑？"

"我正在努力,争取能早日减刑。"

"你们中队减刑的人并不少。"

"是,我一定会好好表现。"

"那些被减刑的人你都熟悉吗？"

"是,我都很熟悉。"

"他们都比你表现好吗？"

"是,他们都表现很好。我要继续向他们学习,争取早日宽大处理。"

"王国炎你熟悉吗？"

"……是,队长。"李正太明显地怔了一怔。在监狱里,服刑人员对监管人员一般都称呼为队长。因为大队有大队长,中队有中队长,分队有分队长。

"他是不是也表现很好？"

"……是。"李正太再次犹豫了一下。

"他比你表现还好吗？"罗维民有意识地开始施加压力,"他也从不喝酒,不抽烟,不打架,不闹事,不骂人,不违反规章制度？从来也像你一样自觉改造,学习认真,劳动积极,尊重领导,从未犯过一次错误,从未受过一次处分,也从未关过一次禁闭？而且操行评定向来都是高分？"

"……我一定继续努力,老实改造,重新做人。"李正太的头越来越低,再也不敢看罗维民一眼。

"你觉得你老实吗？"罗维民提高了自己说话的声调,"不要这么给我支支吾吾的,我要你给我说实话。"

"……是！我一定说实话。绝不隐瞒,绝不欺骗;有一说一,有二说二。他们都说了,我这个人就是太老实……"李正太的额头上已分明地冒出汗来。

"好了,那你就给我说说王国炎的情况。有什么就说什么,知道什么就说什么。"

"……是,有什么就说什么,知道什么就说什么。"李正太一边机械地重复着,一边似乎紧张地思考着自己究竟该说什么。"王国炎……平时的表现,其实我们并不在一个监舍,他的情况我了解得并不太多……"

"李正太!"罗维民突然感到有些愤怒,止不住地吼了一声。"你给我老实点!像你这样子,还能表现好了!还能减了刑!王国炎自己都交代了,你还替他隐瞒什么!你这不叫老实,而是滑头……"

"队长!我不是不老实,你不知道这里的情况,我实在是不敢说,真的是不敢说呀……"李正太哇的一声大哭起来,然后就扑通一声跪倒在了罗维民跟前。"我家里有七十六岁的老母,老婆跟我离婚,孩子离家出走,我的身体也不好,腿也有毛病。他们都说我胆子小,说我太老实,我是真的没办法,真的没办法呀!可我真的想减刑,真的想好好表现,真的想早点出去呀!队长,我害怕,真的是害怕呀……"

"起来!"罗维民话音依旧很硬,但心里又早已软了下来。他根本没想到这么一个王国炎,竟能把李正太这样的服刑人员吓成这样!看来,他还真是小看了这个王国炎,以李正太这副一听到他的名字就吓得出汗的情形,差不多立刻就可以断定这个王国炎绝不会是个一般的人物。而像李正太这样一个没背景、没关系,又没钱没势没力气的服刑人员,面对像王国炎那样的一个抢劫杀人犯,他又如何能没有顾虑,如何能不战战兢兢?末了,他缓和了口气说道:

"好了,站起来咱们再慢慢说。"

李正太一边使劲爬了起来,一边用袖子擦着脸上的泪水和汗珠。

"我告诉你,"罗维民接着说道,"今天我叫你来,只是了解情况。第一不会让你写检举材料,第二也不会让你出来作证,第三咱们的话到此为止,我绝不会把你的话给什么人反映。所以,你根本不必有什么顾虑,何况我今天要找许多人谈话,将来也不会有人怀疑你什么。我还要告诉你的是,王国炎的问题非常严重,他现在的一些问题并不是一般问题,如果这些问题一一落实了,就算他想报复你,他也绝不会再有什么机会了。第一你要相信组织,第二请你相信我。"

"队长,我相信你,绝对相信你。你都说到这份儿上了,我还有什么可顾虑的。"李正太的眼神里流露出了一副豁出去的劲头。"你只管问就是,凡是我知道的,全都给你说出来。"

"好。"罗维民顿了顿,脸色随即也严肃了起来。"我先问你,在十一中队的那些日子里,你看王国炎精神上是不是有些不正常?也就是说,他是不是经常瞎说八道、胡作非为?"

"是,他经常就那样。"李正太一点也不显得吃惊地说。"一喝了酒就疯疯癫癫的,看见人就骂,抓住人就打。有时候还往别人的被子里、茶缸里尿尿。"

"经常那样吗?"罗维民抑制着自己的震惊,轻声地问道。

"是,经常那样,根本就没人管得了他。"李正太说得斩钉截铁。"他几乎天天喝酒,一喝酒就那样。监舍里的人没有不怕他的,连犯人头儿都让他打得头破血流,磕头求饶。他不止打人,还有更狠的,要是他看上哪个不顺眼了,趁你不注意,或者等你晚上睡着了,就把你的衣服全都塞进茅坑里,让整个监舍里的人都看你的笑话。"

"服刑人员们为什么都那么怕他?"

"他一来了就跟我们说,老子可是十几条人命在身,多一个少一个横竖也是个死。你们要是有哪个他妈的活得不耐烦了,还想让老子多赚一个,不怕死的那就过来试试。然后噌一声便把一个削尖了的牙刷把插进了光溜溜的大腿里,那血顿时溅得满脸满身都是,一下子就把一监舍的人全都制得服服帖帖、老老实实。"

"他给你们说过那些抢劫杀人的事吗?"

"几乎天天说,只要一没事了,只要一有服刑人员围在身旁,他就开始大讲特讲他的那些杀人的事情。时间,地点,杀了几个,伤了几个,抢了多少钱,偷了几支枪,开的什么车,穿的什么衣服,都说得有鼻子有眼,头头是道。谁要是听得不耐烦了,或者有些怀疑他说的那些,他顿时就能翻了脸,抓住你便往死里打。还有一次,他喝得醉醺醺的,对着好多服刑人员骂:'妈了个×的,原想讲几个余案,给你们一个半个向政府立功的机会,现在看来,你们他妈的实在太让人失望,简直没有一个好东西！这个机会就不给你们了，老子宁可带到阎王殿里也不留给你们！'"

"你觉得他的脑子有点问题？思维有点不大正常？"

"反正他一来就那样，从来不把别人当人，也从来不把自己当人。你要让我说，我可是觉得他那脑子没什么问题。别看他一不高兴了就撒野，其实，他打的骂的都是他看着不顺眼的人，都是那些老实巴交的人。凡是巴结他的，给他办事的跑腿的，偷偷给他送酒喝送烟抽的，他从来都不打不骂。还有，别看他平时蛮不讲理、无法无天的样子，其实，只要监狱和中队的领导来了，他立刻就变得老老实实、顺顺溜溜的。他还常常让服刑人员们主动地给中队和监狱领导反映和汇报情况，让他们都在领导跟前为他评功摆好、夸他，感谢他，表扬他。还要求这些反映汇报的服刑人员表现出特别感动的样子，谁要是能感动了领导，让领导表扬了他，他就给谁一笔钱。于是，服刑人员们都争着这么干，领导一来了，尤其是上一级的领导来，这些人就反映得更起劲。你说说，他这样子怎么能说他精神不正常，脑子有毛病？"

"王国炎是不是很有钱？"

"我们也都纳闷，王国炎平时怎么会那么大方？他什么时候也不缺钱花，一出手就是几百块。那一次他减了刑，中队里的服刑人员几乎每个人都给了钱，少的一二百，多的三五百，听说有的还给了上千块！他在监狱里几乎天天喝酒，酒量也大得很，一次几乎能喝一瓶。酒量这么大，喝的又全都是上好的酒，茅台、汾酒、五粮液、酒鬼酒……喝得高兴了，就让他的那几个狐朋狗友也跟着他一块儿喝。这些酒，有的一瓶子好几百块呀！要是没钱，谁舍得这么喝？"

"你们就一点也没觉察到，他的钱都是从哪儿来的？"罗维民越来越感到惊诧不已，他根本没想到竟会有这样的情况。"还有，他的酒又都是从哪儿来的？"

"我们也闹不清楚，这又不是一回两回的，就算有哪个犯人在外劳动时给他偷偷地往回买，也不可能有这么多呀。我们当时也私下悄悄议论过，说不定是监狱里或者中队里有了内线……"

"……内线？"

"队长，我们这可都是暗地里瞎猜的呀。比方说，像我们这些犯人，平时家属要来看望，那都是很严格的。时间、地点，都是有严格限制的。除了直系亲属，别的人是绝对不能随便来看望的。可人家王国炎，哥们儿弟兄们的，就常常来看。有时候，连我们也吓一跳，人家的哥们儿，大摇大摆地就进到监房里来了。按说，这可都是绝对不允许的呀……"

"直接到监舍里来了？"罗维民不禁一震。"什么时候？"

"经常就这样呀，来的时候都大包小包的，我们连看也不敢看。队长，我们对监狱里的领导们、队长科员们可是很信任，很拥护的呀！从来都没有二心的呀……"看到罗维民勃然变色的样子，李正太顿时又有些手忙脚乱起来。

"这些情况你们就没有给监管干部反映过？"

"刚开始好些人都反映过，我们还在中队的服刑人员材料上记录过，可后来中队干部就批评我们，说有些服刑人员为了争功邀功，没有根据地瞎反映，不负责任地乱说一气，影响很不好，大家就不敢再反映了。队长，我说的都是实话，我们对中队的领导真的是很信任的呀……"

第二个叫来的是一个名叫王典明的服刑人员。六十多岁，身体气色看上去都挺不错，尤其是嗓音洪亮，底气十足。他十六年前因杀人判了死缓，而后改为无期，这以后便再也没有减过刑。他父母早已不在人世，没老婆没儿女，也没有什么家产，赤条条地了无牵挂，看他那样子，就是给他减刑让他回去他也不一定愿意。只要瞧他那一副浑浑噩噩、自自在在的劲头，就会知道他已经是什么也不在乎了。几乎没怎么做工作，就哗哗哗地把有关王国炎的所见所闻都倒了出来。

"……王国炎？嗨，像他那样的要是没后台、没硬根子，你就把咱的眼珠子抠下来当泡踩！说他狠，说他毒，说他杀的人多，屁！比他狠比他毒比他杀人多的家伙有的是！又有几个敢像他这么张狂，刀快还怕你脖子粗,共产党攥着刀把子,像你这样的有多少收拾不了？蒋介石比你怎么样,八百万呀！你王国炎那脑袋算个甚？不过,话又说回来了,再大的势力也怕窝里坏哇。就像你这么个人,不管你多有气力、多有本事,怕就怕你自个儿身上有了病。用不着别人再怎么你,自个儿就垮了。你说是不是这个理？

"……王国炎刚来的那一天,我就看出来了,这人肯定不是个善茬儿。平时来个新犯人,随便派个人把他弄进来就算了,哪有那么多领导操心安排的？刚来的时候,中队里就有人做工作了,有个管教竟当着服刑犯人的面说,马上要来个新服刑人员,跟咱们监狱里的某个领导有亲戚关系,你们小心着,要是出了什么问题,谁也别想有好结果。你看你看,还能这样说话么？我在这个中队里几乎可以说是最老的了,跟我一块儿进来的,差不多都出去啦,哪还有像我这样的？监狱里的头头脑脑们,我可是见得多了,什么时候有这样说话的？新进来的都说了,如今外面的风气简直不能提了,只要你有钱,就没有办不到的事情。可让我说,国家就是再有问题,还会让监狱劳教这样的地方出问题？为啥？要是连这地方也出了问题,那还有什么去处能让那些坏人恶人心惊肉跳,规规矩矩？这地方也出了问题,那这个国家还不就彻底完了？我可不是给你故意表现,见了你净拣好听的说。我这个人,并不是有多好,可不管怎么说,这点觉悟还是有的。国家教育了我这么多年,监狱里的领导也都对咱不赖,太过分的事情咱绝对不能干。你比如他们差不多都给领导说了假话,说这个王国炎怎么怎么好,怎么怎么有功,我就从来也没说过。咱可不能昧了良心,让坏人横行霸道,让国家受害吃亏。你说是不是这个理？

"……王国炎自己喝酒那算什么？我见过至少不下几十次,他还跟监狱和中队的头头们在一起喝酒呢。你说这蹊跷不蹊跷,可怕不可怕？犯人跟管犯人的都成了一伙了,这还不等于是变了天了？后来我就说了,完了完了,这社会可真是没救了。监狱里都成这样了,监狱外面你就可想而知了。你知道王国炎在监狱里能张狂到什么样子？他竟敢在监舍里给他过生日！一下子能摆出十几个菜,好几瓶子酒！谁要是不吃不喝,揪住耳朵就往死里灌。只要他一喝了酒,逢人就说,老子顶多在这个鬼地方待三四年,说不定两年后就能保外就医。妈的谁要是不信,敢不敢跟老子打打赌?老子要是三四年后出不去,就把老子的眼珠子抠下来!果然后来王国炎就被减了刑,一下子还真的就减了那么多。犯人们也都见怪不怪了,没一个人敢吱声,更没一个人敢反映。你说说,像王国炎这样的表现,刚进来没几天就被减成了十五年有期徒刑,这在整个古城监狱里头,在我知道的减了刑的犯人里头,可是从来都没有过的呀!知根知底的人说,在整个中国的监狱里,这大概也算得上是头一份。死缓减刑,一般都是先减成无期,减得最多的,也就是那些有重大立功表现的,比如像舍己救人呀,检举出特大犯罪团伙呀,有了什么大的发明创造呀等等,减到二十年,十八年,撑死减到十六年也就到顶了,你说说这个王国炎究竟算个什么?咋就能一下子减了那么多?你想别的犯人心里会是什么滋味?就算日后减刑出去了心里也不服呀……

"……我这么说,你是不是觉得我这个人说话太随便了?前边那么说,后边又这么说,颠三倒四的,说了一大堆糊涂话?那可不是,我这人有时候也说气话,但气也就是那么一阵子。前前后后想一想,慢慢也就不怎么气了。善有善报,恶有恶报,什么样的坏人能逃过报应?你看你看,调查他的这不就来了?我早就想到了,迟早有一天他的这些事情都得再翻出来……"

最后一个叫来的是个非常胆小的,名叫赵东四的判了无期徒刑的服刑人员。

赵东四一听说是要调查王国炎的问题,不知是因为得了感冒,还是因为身体虚弱的缘故,顿时就变得面如土色、浑身发颤,支支吾吾地什么话也说不出来。

然而,偏是这个浑身哆嗦的服刑人员,末了说出来的情景却让罗维民不寒而栗、心惊肉跳,以致好半天也平静不下来。

"……就是宣布减刑的那天的情况?"赵东四一边擦着脸上怎么也

擦不完的虚汗,一边好像是记不清了似的努力地回忆着。"我真的记不得了,真的记不得了,你让我再想一想,让我再想一想……"

"这才有多长时间,你就能记不得了?"罗维民都有些不想再问他什么了,"到底是不想说,还是真记不得了?"

"想说想说,你让我再想想,让我再想想。"

"今天叫来的这么多人就数你表现差了!那天你不是也在场吗?"

"在场在场。"

"你们不都是一个中队吗?"

"是,是,是一个中队。"

"你不也跟王国炎坐在一起吗?"

"是,是坐在一起。"

"当时他都说了些什么,你一下子都能忘了!"罗维民提高嗓门大声呵斥着,几乎差点喊出来让他马上出去反省。

"……没忘,没忘。"赵东四带着哭腔说,"……我怕呀,我真的怕呀……"

"怕什么!那么多人都说了,连王国炎自己都说了,你又有什么怕的!人家自己的事,人家都不怕,你又为什么怕!你怕这怕那,就不怕犯隐瞒罪、包庇罪?"罗维民终于不想再同他说下去了,挥了挥手对他说道,"既然这样,那你就走吧,什么时候想起来了,就什么时候再说。走,走吧!"

没想到这么一嚷,倒更把这个胆小的服刑人员吓得魂飞魄散,语无伦次:"我没说我不说,没说我不说呀……我已经想起来了,我现在说还不行吗,我马上就说还不行吗……"

过了好一阵子,赵东四才算平静了下来,对事情的叙述也清楚了许多。

"……那个王国炎,那天好像是喝了酒。就在开会的当儿……身上好像还带着酒来着。"赵东四字斟句酌地一边想,一边说,"他总那样,啥时候也喝得满身都是酒味儿……那天就那样,开会的时候,王国炎好像就已经喝得多了。也没人敢管管他,中队的领导们也好像不管他。不过,王国炎向来就那样……平时就很少有人说他什么。那一天,王国炎就已经知道了要开什么会。他给他的好几个兄弟都说了,老子今天要好好庆祝一下,让大伙都高兴高兴……他还说他这回减了刑,用不了多长时间他就能出去了。到了那一天,凡是给过他好处的,他都不会忘记……凡那些给他惹过麻烦的,日后他可绝不客气。当时他说这回他要给减到十五年,我们听了都不相信,觉得那根本就没可能。可没想到开会宣布时,竟然同他说的一个样,一点也没差了……我们当时都听傻了,看看人家,在监狱里吃香喝辣,劳动时从来都是让人替他干,整天像个老爷似的,连裤衩袜子都让别人洗。本来是个死缓,像我们这样的,表现得再好,也不会一下子就能减到十五年……"

"王国炎那天开会前就喝酒了?"罗维民有意让赵东四的话题再转回来。

"……好多人都看到了呀。"赵东四像是吓了一跳似的说道,"喝过酒的人一眼就看得出来呀,眼睛红红的,走路摇摇晃晃,满身的酒气。当时他还撒酒疯,说这次要是不给老子减刑,老子就在这里放一把火,把这里烧成一片火海!然后就抢它一辆消防车,撞开监狱大门逃出去……"

"……王国炎就是这样说的?"罗维民被强烈地震撼着,他不禁想到了那份被传看过的谈话记录。

"是呀,这样的话,王国炎说过不止一次,他经常这样说的呀……"

"开会的时候王国炎也带酒了?"罗维民有些不相信地问。

"带了带了,大家都看见了呀,就在他身上的那个大水壶里。王国炎的水壶大家可是都知道的,里边从来不装水,只装酒……"

"开会的时候他也喝酒了?"

"……那可是大伙都看到的呀。"赵东四再次声明这绝不是他一个人知道的事实。"……会刚开的时候他并没有喝酒,大概他也有些不敢相信……自己真的给减了那么多年……不管咋说,心里总有些不踏实吧。当到后来宣布他由死缓减为十五年,他一下子就跳了起来,打开酒壶咕咚咕咚就喝了几大口。然后就把衣服敞开了,哈哈地一阵大笑。

· 36 ·

一边笑,一边大骂大喊了起来。周围的人也都跟着他一个劲地笑,一个劲地嚷,还有的人趁机瞎起哄……喊王国炎万岁……"

"……喊什么?"罗维民突然觉得身上的血直往头上涌。

"……这都是真的呀!"赵东四好像被罗维民的表情吓了一跳,急急地申辩道,"不信,你就去问他们,我要是说了一句假话,就再给我加几年刑……"

"王国炎都说了些什么,骂了些什么?"罗维民一边努力让自己的情绪平稳下来,一边对赵东四安慰道,"你反映的情况很重要,也很清楚。不要有什么担心,只管往下说就是。"

"……王国炎他,他骂得实在太难听呀。"赵东四再次吞吞吐吐起来。等看到罗维民严厉的目光时,才又断断续续地说了起来,"……他站在那儿,一边笑一边嚷,他说,……你们真他妈的腐败透啦!哈哈,妈了个×的你们真的就给老子这样的抢劫杀人犯减刑!你们真干得出来!哈哈哈哈!你们真他妈的干得出来!真他妈的敢干!原想着你们他妈的挺腐败,没想到你们会他妈的这么腐败!哈哈哈哈!人头狗面地宣布给老子减刑,其实,你们有几个是好东西!妈的到底是你们改造老子,还是老子改造你们!哈哈哈哈!今天可真是个值得庆祝的日子!是个胜利的日子……"

　　…………

此时的罗维民已经什么也听不进去了,他的脑子里犹如五雷轰顶,只觉得眼珠子里往外喷血!

这样的情景如果是真的,这样的话如果真的是出自这样的一个服刑人员之口,那可就太令人恐怖,太令人愤恨,太令人发指,太令人惊心动魄了……

他无法相信,不能相信,也绝不敢相信!

罗维民一个人静静地坐在谈话室里,好久好久也理不清纷乱而愤激的思绪。就好像在梦境里一样,这二十四小时里发生的事情他怎么也理不出一个头绪来。

究竟是自己的感觉错了,还是自己的判断有了偏差?

这个王国炎,就好像从另一个世界里冒出来似的,怎么一下子就带出这么多触目惊心的事情来?

在监狱里已经工作了十几个年头的罗维民,曾跟数不清的形形色色的服刑人员进行过无数次谈话和询问,但还从来没有遇见过像王国炎这样的一个服刑人员,也从来没有遇见过像今天这样的情景。

王国炎究竟是怎么了?如果他不是个疯子,他又怎么能做出那么多有悖情理的事情来?即便是装疯卖傻,也不至于自己检举揭发自己,不打自招,把过去的命案血案,一股脑儿全都给你交代出来?而如果他真是个疯子,那他又怎么能做出那么多并不是疯子才能做出来的事情?莫非他当初一关进监狱来时就已经彻底精神错乱了?或者,他只是属于间歇性的精神病发作?一会儿清醒,一会儿思维混乱。清醒时,他的行为是正常的;混乱时,就由不得他自己了。于是,就发生了像现在这样的一系列的让人难以捉摸,令人不可思议的事情……

还有,像今天找来谈话的这几个服刑人员,是不是由于自己的诱导、误导和施压,才不得不说出来这么多令人难以置信的谎话和假话?如果真的都是假话、谎话,那么,有些细节和情况,又怎么能说得那么一致和相同?莫非他们事先就知道了你要来,而且也知道你要问什么,于是,就提前串供,合伙欺骗了你?就算是这样,他们这么做的动机在哪里?他们为什么要这么干?莫非这里的服刑人员突然间都成了料事如神的超人,抑或是一个个都成了梦中说梦、虚幻无凭的精神病服刑人员?

当他再查看有关王国炎的材料时,无意中又发现了一个重大疑点:王国炎被定为严管对象的时间,竟是在今年五月份!这就是说,就在王国炎被定为内部严管监控对象时,居然在八月份又为他减了刑!而且是由死缓一下子减为十五年!

罗维民久久地陷入一种无法自拔的思绪里。他突然感觉到这一切是这么的荒唐,自己干的事情同样是如此的荒唐!他不断地一遍一遍地叩问着自己:这一切真的有可能吗?真的发生过吗?下一步究竟该怎么办？他看了看表,已经是上午十一点五十。那就下午吧,下午无论如何也要同五中队的指导员和中队长谈一谈。

四

  狱侦科科长单昆一边听着罗维民的汇报,一边强忍着哈欠的冲动,使劲用手捂着嘴巴,但眼泪还是止不住地从眼里流了出来。妻子单位刚分了一套单元房,晚上加班装修,熬到差不多凌晨四点才睡下,闹得一直到现在还是缓不过劲儿来。单昆好像对王国炎的情况也一样非常熟悉,罗维民的话还没说完,他便以一副见怪不怪、从容不迫的口吻说道:

  "这个王国炎,纯粹一个王八蛋!我早就说过了,这家伙根本就不是一个好东西!"单昆的措辞严厉而又愤慨,脸上却看不出任何表情。"赵中和跟我说过多少次了,根本就不该给这个家伙减刑!像他这种不知悔改的惯犯,至少应该让他在监狱里待一辈子!其实,五中队的人对这个东西也极其不满。上一次五中队的指导员一连关了他五天五夜的禁闭,那家伙还是不肯认错。要不是狱政科冯科长和五中队队长给这个王八蛋说情,半个月他也别想出来。"

  "单科长,这回同那一回不同。"罗维民原以为单昆会非常重视这个情况,没想到话题却越扯越远了起来。"我觉得王国炎谈出的情况,很可能是一些重大案件的重大线索。另外,他的装疯卖傻,我觉得也值得怀疑。"

  "哦,就他说的那些乱七八糟的事情?如何如何杀人呀,如何如何抢劫呀,如何如何搞枪呀,如何如何砸银行呀,是不是?根本就是瞎放屁!你是第一次接触这个家伙,等赵中和回来你一问就清楚了,这王八蛋从来就这样,吹牛皮不怕犯死罪,嘴里根本就没一句实话。像他这种服刑人员,大都这样,要听他的,唐山地震都是他弄出来的。"单昆依旧振振有词地说着,脸上也依然看不出任何表情。

"不过,单科长,我个人觉得这一回事态真的非常严重。"罗维民更加郑重其事地提醒着,"第一,他在服刑劳改之际,用器械把一个服刑人员重伤致残,不管真疯假疯,无论如何也不能等闲视之。第二,他与同一监舍的服刑人员称兄道弟、拉帮结派,而且对其他服刑人员任意侮辱要挟、打骂报复,这是一个非常危险的征兆,起码也是一个值得警惕的信号。第三,王国炎不论是过去还是现在,至少从现象上看,并没有悔过自新的表现,尤其是他的态度,可以说是恶劣到极点。在监管干部面前,他还骂骂咧咧、满嘴脏话,甚至于肆意诋毁谩骂,更不用说是在服刑人员们面前了。对这样的服刑人员我们如果掉以轻心,或者听之任之,那由此而产生的后果和影响将会不堪设想。第四,特别是从他的嘴里,说出了许多重大……"

"好了好了,"单昆显出一副很疲累的样子,向他挥了挥手说,"什么意思,你就照直说吧。又不是做报告,用不着一二三四搬出那么多条条道道来。"

"第一,立刻对王国炎实施严管,最好今天就送交严管队。第二,对王国炎伤人致残和其他一系列问题,立刻立案侦查。第三,咱们侦查科马上同五中队联手对王国炎进行一次突击性审讯。第四,立刻给监狱领导汇报……"

"领导们够忙的了,就别再给他们添乱了。"单昆闭着眼又一次挥了挥手说,"立案的事,也等等再说。你知道不知道,监狱里的事都快成一锅粥了,又有谁顾得上这些鸡毛蒜皮的事。五个车间有四个都快停工停产了,产品卖不出去,服刑人员们都闲在车间里没事干,你想想那还不生出事端来? 现在几点啦?"说到这儿,单昆仍然合着眼问道。

见科长这副样子,罗维民也不吭声,有些气恼地摁了一下手腕上能发音的电子表,由一个女声的标准普通话规规矩矩地报出时间来:

"下午十二点二十八分十六秒。"

科长并不在意,沉思片刻,依旧合着眼说:"这样吧,你先到五中队找他们的队长指导员,如果他们同意,那咱们就在四点钟左右到五中队谈话室聚齐,把王国炎叫出来看看。如果他们不同意或觉得没必要,那你就告诉我一声,我手机一直开着,呼到我 BP 机上也行。"

五中队指导员吴安新四十多岁,半年前刚从部队复转回来。中等身材,说话简明干脆。还没等罗维民把话说完,一拍桌子就站了起来:"我早就说过的,像王国炎这样的服刑人员,根本就不该减刑!这里边有问题!肯定不是一般的问题!哪有这样毫无人性、穷凶极恶的服刑犯,不但给减刑,而且还一下子减了那么多!这里边要是没问题,那才是活见鬼!我一说这些他们就说我是刚来的,说我不懂服刑人员,对服刑人员太求全责备,不懂监狱的管理和改造犯人的规律。就算我刚来什么也不懂,我至少也知道什么是好,什么是坏;什么是老实安分,什么是蛮横凶残;什么是认真改造,什么是死不悔改!对王国炎的问题,早就该管一管了。不是立案严管的问题,而是从重严判的问题!"吴安新疾言厉色,怒不可遏,义愤之情溢于言表,几乎就没有罗维民插话的机会。"上一次我就看出问题来了,监狱里怎么可以容忍这样的服刑犯!是服刑改造来了,还是做官当老爷来了?连监管干部也敢污辱,对别的服刑人员更是想打就打,想骂就骂。你要是处理他,他竟然能发动服刑人员告发和诬陷你!那一次我关了他五天五夜禁闭,他居然没出禁闭室就鼓动了三十多个服刑人员联名告发我的问题,说我态度恶劣,对服刑人员任意打骂。还说我对服刑人员敲诈勒索、强拿恶要,把服刑人员们逼得无路可走!三十多个服刑人员呀,几乎是整个中队服刑人员的三分之一!如果没有人在幕后支持,服刑人员们怎么会对他言听计从,让干啥就干啥?而这个王国炎又怎么会有这么大的能耐和号召力?如果让这样的服刑人员为所欲为,我们这些管理人员以后又怎么工作?我顶了整整五天五夜硬是没能顶住,最后竟然是各打四十大板。王国炎的思想意识有问题,你的工作方法也有问题。我当时并没有退缩,只要这个王国炎不承认错误,不交代他的问题,我就一直关他的禁闭,半个月认错半个月放他,一个月认错一个月再放他,我就看他到底有多硬!没想到五天的禁闭还没有到头,就有那么多的人跑来给他说情,程队长、冯科长,还有你们的单科长,后来连监狱里的领导也打来了电话!

有些人一见到我就说,你怎么能弄出那么大的乱子来?咋的就有那么多的服刑人员闹事?尤其是监狱里的领导,竟然打电话对我说,如果把事情闹大了,出了点什么意外,万一要是再有什么人把这些事捅到外面去,让司法厅或者劳改局的领导知道了,那可就麻烦了,不止我们监狱的形象要受影响,我们监狱下一年的模范评奖也要泡汤。这可不是你一个人的问题,而是关系到整个监狱的大问题!有个领导居然说,现在的事情你可要头脑清醒,如今的犯人可不比过去的犯人,有的犯人能耐大着哪!上能通天,下能入地,什么事情办不到,什么事情做不出来?其实,监狱里的这些犯人还不都是些小犯人,正儿八经的大犯要犯又怎么能到了这里来。差不多点就是了,干吗老自己跟自己过不去?你说说,这都叫干什么!监狱的领导对服刑人员就是这种看法,又怎么去管理服刑人员。连监狱的服刑人员也学会了外面的那一套,一个个都成了这样子,这还能叫监狱吗……"

吴安新看上去虽然深恶痛绝、义愤填膺,但在这些话语中间,罗维民也渐渐地感觉到,中队长吴安新似乎已经是一种无可奈何的心态。哀莫大于心死,对眼前所发生的这一切,他似乎都有些绝望了。对王国炎讲出来的那些线索,他好像并没有放在心里,更没有引起应有的重视。他注意的并不是这些,而似乎是另外一种东西。

末了,罗维民给吴安新又特意讲了他对王国炎的看法和怀疑,特别是有关"1·13"特大抢劫杀人案的案情和细节。吴安新听了后,几乎没怎么想就对罗维民说道:

"我这儿绝对没问题,你说怎么办就怎么办,该立案就立案,该严管就严管,我一律都同意。正好下午我有事脱不开身,你去跟程贵华队长谈谈,看他下午有时间没时间?如果他有时间,那下午四点你们几个去提审王国炎。你一定把我的态度告诉程队长和单科长,对王国炎这种东西,绝不能手软,早就该治一治了……"

差不多用了四十分钟,才在监狱办公楼里找到了五中队中队长程贵华。

程贵华不到五十岁,可能烟瘾很大的缘故,脸色蜡黄,满面皱纹,头发也白了许多,怎么看也有五十多。他原来在十一中队任副指导员,前不久才被提升为五中队中队长。因此,他对王国炎前前后后的情况都非常熟悉,说到什么都十分清楚。

听了罗维民的汇报,程贵华足有好几分钟没有吭声。重新接上的一根烟都快吸没了,他才从浓浓的烟雾中吐出一句话来:

"你觉得这有必要么?"

"我觉得不是有没有必要的问题,而是必须尽快这么做。"罗维民毫不掩饰地把自己的观点和态度亮了出来。

"……唔,"程贵华盯了罗维民一眼,有些发愣地说,"你是不是觉得问题真的很严重?"

"至少从目前来看我觉得是这样。程队长,王国炎的情况很让人怀疑,而且也很有危险性,我们对这一系列的情况必须要有高度的警觉……"

"你是不是已经找到什么确凿的证据,或者有关这方面的什么材料了?"程贵华一边问,一边又点着了一根烟。

"我已经初步了解了一些情况,问题确实很严重。据十一中队的一些服刑人员讲,王国炎的表现……"

"你去了十一中队?"程贵华吃惊地打断了罗维民的话。

"我早上刚去过。据一些服刑人员的反映,王国炎的问题超出了我们的想像。从现在的情况看……"

"除了服刑人员你还找了谁?"程贵华再次打断了罗维民。

"别的还没有,当时队长和指导员都不在。我准备尽快同他们再了解了解,争取能更多地掌握一些一手材料。"

"你呀,"程贵华像是松了一口气似的轻轻责备道,"像这类事情,应该先跟队长和指导员们通通气,这样做太盲目了。"

"当时他们都不在,我给值班的分队长谈过了,分队长是同意了的。"

"我不是这个意思。"程贵华长长地吐了一口烟笑笑说,"我是说你根本就不了解情况,刚听到点风就觉得要下雨,服刑人员么,有几个没情况？要不怎么都一个个地在监狱里服刑改造。就像昨天的事，我觉得你就有点不对劲。好像那个王国炎是个多么重大的发现似的，好像他说的那些话多么有价值似的。五中队服刑人员的基本情况我心里是有底的，我在监狱里工作了近二十年，什么样的服刑人员没见过，什么样的事情没经过？我可以很负责任地告诉你，王国炎就是王国炎，一个普普通通的服刑人员，除此之外，他什么也不是。说实话，我其实跟你一样，对这个王国炎也从未有过什么好感。像这样的一个东西怎么就能减了刑？疯疯癫癫、满嘴胡话，有时候说出来的事情还真能吓你一跳。可渐渐地，也就摸得着点了。看上去这个王国炎平时满嘴脏话，一副谁也不屑的样子，其实，他从来也不做出格的事情。有时候也打服刑人员，但他打的都是那些牢头狱霸式的服刑人员。服刑人员们都拥护他，就是因为他好打抱不平，敢主持公道，见不得犯人欺负犯人。即便是那些打斗成性的恶棍暴徒，他也敢说敢管。劳动起来，也相当卖力，什么样的重活累活，他都能圆满完成，从来也不挑挑拣拣。尤其是他没有那些阴暗的心理和那些让人恶心的坏毛病，而且也绝不允许别的服刑人员有那些举止行为。他还爱看书、爱学习，每日坚持记日记。不赌博不抽烟，就是偶尔偷着喝点酒。说实话，犯人也是人呀，就是真和尚你能保准他不思俗？再说，只要是人，哪个又会没毛病？你想一想，如果真的没有什么好表现，又怎么能给他一下子减了那么多刑期……"

  程贵华一边慢慢地一根接一根地吸着烟，一边像个长者一样语重心长地给他娓娓道来。

  罗维民一边细细地听着，一边默默地思索着，他甚至有一种快被他说服了的感觉。说真的，你能说他说的这些没有道理？你对王国炎怀疑的那些情况，他毫不掩饰地全都承认，什么喝酒呀、骂人呀、打架呀、胡说八道呀，等等等等，没错，一点不假，确确实实有这些问题。关键是作为一个监管人员，你应该怎样去看待这些问题。像程贵华说的那样，以平常人之心看待服刑人员，理解服刑人员，同犯人站在一个平等的立场上，那一切问题也就迎刃而解了。这也不正是现代监狱管理所大力提倡的么？只有容忍，才能引导，如果时时处处都把服刑人员当敌人看待,对什么都疑三疑四,那又怎么能改造好犯人,又如何能让犯人悔过自新,重新做人?

"……比如说你找服刑人员了解情况,这里边的情况可就复杂了。"程贵华继续不紧不慢地说道,"以我在监狱里这多年的经验,这些服刑人员没有一个脑子不够用,个个都聪明着哪!你找他们谈话,找他们了解情况,一定要进行多方面的分析。事情往往没那么简单,你要是小看了他们,那可就非出乱子不可。这种事情我经过的多了,你找他们谈话,他们其实也是在同你斗心眼儿。他们首先会琢磨你的态度和立场,还会猜测你的心理和想法,然后投其所好,你想听什么,就给你说什么。只要你高兴、你喜欢,他们能把好的说成坏的,正的说成反的。其实,事后你一核实,全是空的,什么也没有……"

罗维民的心里再次有些动摇了,想想也真是,你能说今天早上的那些服刑人员对你说的都是真的?尤其对一些敏感的问题,他们之所以说了,其实不都是在你的威迫和压力下才说出来的?你事后要是真的再找他们核实时,他们还会那样说吗?

"……还有,咱们的一些监管干部,由于这样和那样的原因,也常常会说出一些不负责任的话来。比如像我们的分队长朱志成,昨天在谈话室找到王国炎时,不就给你说了许多不该说的话。把监狱的管理工作说得一无是处,差得不能再差。竟然还说王国炎在监狱里看什么《犯罪心理学》,哪有的事情!这个事情早就了结了呀。本来是一本杂志上的一篇文章,怎么说来说去就成了一本书了?今天早上在碰头会上我还批评了他,不要动不动就把生活中的不满情绪带到工作中来,这在监管干部和服刑人员当中都会带来很不好的影响,尤其是不能把牢骚和情绪撒到服刑人员头上,这种现象很不正常。工资没涨,职务没提,房子没分上,老婆的工作没给安排,于是,就找服刑人员出气,甚至当着服刑人员的面也大发牢骚,这像话吗……"

罗维民突然感到有些不自在起来,程贵华说的这些肯定是有所指的。看来程贵华似乎知道他也找了别的监管干部,而且他也清楚这些干部的态度和观点。这就是说,他们以前就为这些事情有过争斗和较量。一想到这里,罗维民一下子又清醒了起来。想必自己的所作所为,程贵华大都是知道的! 至于去十一中队的事程贵华不知道,那是因为自己当时没有找十一中队的指导员和队长。如果自己的猜测是正确的,那就是说,你一开始调查王国炎的问题,就等于是触动了一条高压线! 对王国炎的情况程贵华说了这么多,目的是要干什么呢? 无非就是在劝说自己不要在王国炎的问题上再去想什么,再去做什么。其实,他已经明明白白地告诉了你,王国炎是清白的,在他身上什么事情也没发生过。你应该适可而止,最好立刻就此罢手。这个目的的背后,又是为了什么? 罗维民想了想,便试探着问了一句:"程队长,那你的意思?"

"小罗呀,我觉得是这样,弄清楚王国炎是不是真的有了精神病,这是关键所在,也是最人道的一种做法。如果真的有了病,我们不去积极治疗,却还要把他当做重犯予以惩治,又要严管又要立案,提审来提审去,这样做岂不是太过分,太不把服刑人员当人看了? 万一要是延误了治疗,加重了病情,这个后果又让谁来负责? 谁又能负得起这个责?"

"程队长,我明白你的意思。"罗维民不亢不卑,又尽量让自己的话语能显得委婉一些。"但以目前的情况看,我觉得是这样。首先,作为一个侦查员,对这样一起严重的服刑人员之间的伤害案,我不能不闻不问。"

"那是那是,这本来就是你职责范围的事。"程贵华也非常客气。

"另外,就王国炎目前的表现,即便他确实有严重的精神病,那也是危害型的精神病患者,在最终做出决定以前,为了保证其他服刑人员的人身安全,也必须立刻对他实施严管。"

"你是说马上把王国炎从五中队移交给严管队?"程贵华眼前的烟雾又浓重了起来。

"我觉得这样为好。"

"严管队也一样有服刑人员,在那儿对别的服刑人员也一样不安全呀?"

"严管队的服刑人员少,监管干部多,我们还可以对他实施隔离,加强对他的保护和继续观察。"

"……还有呢?"

"马上对王国炎进行审查性质的询问谈话,最好能有几方面的人参加,以便尽快做出正确的判断和合理的处理意见。"

"……你真的觉得有这种必要吗?"程贵华再次做出了这样的反问。

"这是程序。"罗维民似乎是在提醒程贵华。

"你们单科长也觉得有这种必要?"

"是。"

"这样吧,等我们中队商量商量再说。"

"吴指导员同意立即这样做。"

"立即?什么时候?"

"今天下午四点钟左右。"

"今天下午四点!"程贵华看了看表,"那怎么行?我下午事情很多,根本抽不出时间来。再说,这样的事情怎么着也得跟监狱的领导谈谈,至少也得听听冯科长和辜政委的意见。哪能这么一下子就定了。明天吧,明天中午十二点以前你同我联系一下,到时候看情况再定,好吗?"程贵华再次看表,"那就这样吧,完了再说。"

出了程贵华的办公室,罗维民立刻给单昆科长和吴安新指导员打了电话。

单昆大概是睡着了,好半天才接了电话。听了罗维民的汇报,便含含糊糊地说:"那由他们吧,也不是什么太着急的事情,就按他们的意见办。"罗维民说就这么等着也不是办法呀。单昆半天才说:"那这样吧,一会儿我也跟辜政委说说。"罗维民说情况很重要,不能再耽搁了。单昆说:"知道,我下午就跟辜政委汇报。"

吴安新则是一肚子不满,听他的?那就等着吧,早就知道会是这么个结果,不是给你说了,这里头有问题……

罗维民也不禁有点泄气。其实，自己的职权范围也就这么大，该说的说了，该做的做了，就算出了什么问题，同自己也就没什么干系了。你就这么一个小小的侦查员，你把你得到的情况摆出来，把自己的意见拿出来，你的任务也就完成了。至于人家同意不同意，执行不执行，最终会怎么去做，那就不是你的事了。一句话，权力并不在你手里，你也没这个权力。

走出办公大楼，在大院门口，正好又碰见了五中队第二分队长朱志成。

朱志成见了他竟愣了一愣，满脸萎靡不振的样子，同昨天几乎判若两人。但看得出来，他窝着一肚子火。朱志成三十多岁，长着一张娃娃脸，说话也没大没小。

罗维民从他的嘴里得知王国炎目前仍在隔离室里关着，情况很糟。王国炎一整夜都在大喊大叫，就像敲鼓一样，两只脚把隔离室的墙板蹬得满院子都响。还在被子上饭盒里拉屎撒尿，弄得隔离室里臭不可闻。管理人员一点办法也没有，只能由着他瞎闹。

"你看他到底是真疯还是假疯？"罗维民止不住地又问道。

"一会儿看着他像是个疯子，一会儿看着他又不像是个疯子。说实话，我这会儿可是真的也拿不准了。鬼才知道他是真疯还是假疯！"比起昨天来，朱志成说话好像谨慎了许多。

"我是说，有没有像他这样的疯子？真疯了的那些人，会不会有他这样的表现？"

"也真是的，他妈的哪有这样的疯子！没完没了地闹，闹得整个大院里的人都睡不着觉。真疯了哪会有这么大的劲，只要一累了，立刻就老实了。像王国炎这样子大吵大闹的，不就是要告诉人他真的是疯了？"朱志成在罗维民的引导下，好像也开始动起脑筋来。"不过，你要是说他不是真疯吧，不是真疯子哪又能干出这样的事情来？闹不清了，真的闹不清了。"

对朱志成的模棱两可，罗维民并没有过多地去想，他只是想从他嘴里能更多地了解一些有关王国炎的情况。"你们中队其他干部对王国炎是怎么看的?"

"哟,你想套我是不是?其他人怎么想、怎么看,我又不是侦查员,我怎么能知道?"朱志成一脸的警惕,但并没有显出要离开的意思。

"你看你,我哪有这意思。"罗维民笑笑,有意让气氛缓和下来。

"其实,赵中和回来你问他就清楚了,我们这个中队复杂着哪。尤其是这个王国炎来以后……"说到这儿,朱志成使劲把两个拳头往一起撞了几下,然后摇了摇头。

"吴指导员是不是跟你们队长有点那个?"罗维民也故意这么问。

"哦?难怪是公安出身,够聪明,刚来一天就看出来啦?"朱志成点着一根烟说,"我们这儿,指导员来得晚,队长说了算。说实话,指导员是个正派人,可他背后没根。"

"……是这样。"罗维民点点头,然后突然话题一转,"听说王国炎竟敢在监舍里明目张胆地看什么《犯罪心理学》?"

"我不是已经给你说过了么?这还有假!"朱志成瞪了罗维民一眼接着说道,"我亲眼看到的,那本书都快让他给翻烂了。你要是不信,就自个儿到王国炎的监舍里看看去,肯定还在他的褥子底下压着!他妈的王国炎在书里还一段一段地都用红笔勾了出来,你说这家伙到底是想干什么……"

罗维民有些发愣地怔在那里,如果朱志成说的都是真的,那就是说,是中队长程贵华给自己说了谎话!如果程贵华真的是说了谎话,那就是说,王国炎之所以敢这么为所欲为,是因为他身后有中队长程贵华在庇护着他!

指导员吴安新背后没根,那就是说,五中队之所以是中队长说了算,就因为中队长程贵华背后有根!而五中队领导之间的分歧,很可能就在这里,一头在王国炎身上,一头就在那背后的根上!

假如真是这样,程贵华调动和提升的原因,很可能仍在这里!只有程贵华管着王国炎,才会让一些人感到放心。而假如这一切都是真的,那么,这两天让人感到的种种疑点,立刻就会明明白白,这也就是说,王国炎这个关押犯绝不会是个一般人物!

豁然洞开,这一切的一切,似乎在刹那间轮廓分明,昭昭在目。

会不会真是这样?

罗维民的心一下子又被提紧了。刚才有些松懈的情绪,陡然间又开始振奋和沸腾起来。

不管怎么着,他必须把这件事情进行下去,至少自己心里要有数,要把这件事彻底弄明白。就像在公安刑警队接到一个大案时,首先必须把这个案子侦破了,才能算你完成了任务,也才能在人们面前证明和显示出你的价值。至于怎么处理,那只是下一步的问题。

一种说不出的激动和诱惑力突然再次笼罩了罗维民,如果这真是一个大案要案,那就一定要彻底破获。

不管是什么人,也不管是什么问题,都别想阻止他。

五

五中队监舍静悄悄的,服刑人员们都去了劳改车间,整个监舍里只有一两个请假留下的服刑人员。

把门的是一个年纪很大的监管人员,只是示意性地点了点头,便让罗维民走了进去。

谈话室的门锁着,看来中队的监管干部也都不在。

罗维民挨个在监舍的门口走过去,在第四监舍门口的牌号上,他看到了王国炎的名字。王国炎在四监舍三床二号。

监舍门上没有上锁。

监舍里很干净。褥单很白,被子叠得有棱有角,桌椅碗筷洗刷用具,一切都摆得井井有条,也没有任何不正常的气味。

王国炎住在临窗的三床下铺。这应是整个监舍最好的一个位置。在窗户的西边,采光好,又可以避免下午阳光的暴晒。靠着桌子,看书写东西都非常方便。一般来说,在监舍里这个位置都是服刑人员小组长住的位置。从监舍门口服刑人员的名单上罗维民知道,王国炎并不是小组长。

王国炎的床上相当干净。虽然王国炎表现异常已有好些天,他离开这个床铺也只有一晚上,但床上并没有什么异常的地方,也没有什么不好的气味。

昨天他看到王国炎时,王国炎的身上也没有什么异常的地方。并不像他们所说的那样,吃烟头、啃墙皮、动不动就满地打滚,还常常把屎尿拉在床上裤子上。如果真是这样,至少能在王国炎的床上被子上看出一些痕迹来的。

王国炎的被子褥子单子,全都干干净净,洁白如初,也不像刚洗过的样子。

服刑人员们的衣物一般很少,除了平时换洗的一些内衣内裤外,换季的衣服并不在监舍内保存。而平时必需的那些衣物都只裹在一个小包袱里,临时压放在叠好的被子下面。

王国炎的枕头下面放着一个质地挺不错的像皮箱一样的包袱。罗维民掀开看了看,里面存放着一些衣服和日常用品,还有一些杂志、笔记本和信件。没有什么异常的地方和异常的气味,甚至还散发着一种微微的香皂味和卫生球的气息。

不像是个精神病患者的包袱。看来这个王国炎挺爱干净,至少不算邋遢。

没有发现藏酒的迹象。

如果他经常喝酒,那就应该有一个藏酒的去处。

他看了看别的服刑人员的住处,也没有发现藏酒的迹象和去处。

如果他真的是经常喝酒,而监舍里又没有藏酒的地方,那么就只剩下一种可能:经常有人从外面给他拿酒喝。而经常在外面给他拿酒喝的人,绝不可能是一般的服刑人员或者一般的监管人员。

他轻轻地掀开床上的被褥,把每一个角落都翻遍了,仍然没有发现任何东西。

"我亲眼看到的,那本书都快让他给翻烂了。你要是不信,就自个儿到王国炎的监舍里看看去……"

他不相信朱志成会那样慷慨激昂地给他说假话。如果他没说假话,那他说的那本书到哪儿去了?

是不是突然被什么人给藏起来了?或者是因为听到了什么风声,突然被搜检走了?

从刚才朱志成和程贵华的话里,看来他们中肯定是有一个人说了谎话。程贵华说他还为这事批评了朱志成:"本来是一本杂志上的一篇文章,怎么说来说去就成了一本书了?"但从朱志成的话里却可以感觉到,根本就没有这回事。要不一个刚刚挨了中队长批评的分队长,又怎么可能转身便若无其事地说出这样的一番话来?如果程贵华确实说了假话,有一点则是可以肯定的,那就是他们两个人在一起时,或者他们在一起开碰头会时,并没有谈起过这件事。

之所以没在会上谈,也许只有一个原因,那就是王国炎在监舍里看《犯罪心理学》是一个公开的事实。程贵华没法说,也不能说,所以,他也就没有因为此事批评过朱志成。

那么,会不会是程贵华悄悄拿走了?

不太可能。上午开碰头会,大家都在一起,他不可能一个人悄悄走到监舍里把这本书拿走。下午两点半服刑人员劳动,等召集好服刑人员,清点完人数,差不多就快三点了。他下午曾来这儿找过程贵华,当时服刑人员还没有走。从这儿离开在办公室里找到程贵华时,程贵华好像是刚刚从家里来的样子,他不可能到监舍里拿那本书去。而且这本书从目前来看,并没有让他感到有什么威胁和负担,他用不着这么急急忙忙地把这本书悄悄拿走。

那会在哪儿呢?

他本来想走了,等回过头来时,他再次看到了王国炎被子下面的那个像皮箱一样的包袱。

会不会在这个包袱里?他三步两步走回来,再次掀开了这个包袱。他把包袱里整个都细细翻了一遍,还是没能发现那本书。但他却发现了一本厚厚的写满了钢笔字的笔记本。他随便翻了翻,一下子怔住了。

是一本日记。王国炎的日记。

当罗维民明白这是本日记时,并没想着要看它的内容。尽管是服刑人员的日记,那也是他应有的权利。即使是一个被剥夺了政治权利的杀人犯,也应该对他所拥有的权利予以尊重。

他只是随便地翻了翻,然后又随便地看了那么一眼,然而就是这么一眼,一下子便让他陷了进去!

这本日记正是去年4月到今年6月的日记!看来王国炎对坚持写日记这个习惯保持得非常好,在这一年多的时间里,几乎一天不断。

他翻到的那一页,正好是今年2月份的一篇。

2月18日,星期二,晴

夜班。活儿不累,我知道该怎么干,到九点钟下班时,我都没感觉到。

今天是正月十二,这几天监狱食堂的伙食不错,但还是不如自己的小锅饭。晚饭蒸了顿大米,由于没火,只好在茶炉的出气阀上蒸。米不是太好,但比起供应的要好。吃自己的东西总是比吃公家的感觉好。

晚上上班时,刚出工就看见二中队的分队长摇摇晃晃地进了工房的大门。我还以为是在外面喝多了,等他走近一看,见腮帮子上鼓起了个包。一问才知牙疼得厉害。我说:"赶紧到医务室看一看。"他听后带着我到医院找见了三元,三元本来有别的事,见是我,就给他冲洗了好一阵子发炎的牙床,还给了他两包不掏钱的药。出医院时,正好碰见贵喜。贵喜一见我劲头就来了,真给我长脸,说了声:"国炎兄,没事吧?有事只管说!随叫随到,保管没问题。"闹得挺好的。这说明我已经深得人心,能很快就树立起自己的形象来。高高在上,始终能挺立于人们之上,这就是我才能的最好体现。

罗维民不由自主地又接着往下翻看了起来。

3月6日,星期四,阴

休息。

又把《黑手党内幕》仔细读了一遍,感触加深,对人世间的险恶有了更明确的认识。像"奥梅塔"准则的必须性,还有保持"缄默"的铁的纪律。"缄默"这条准则,经过多年演变已变得空前残酷无情,并加上了"任何时候都不准留下证据和证人"的规定,让这个世界一片恐怖。于是,黑手党更加强大也更加可怕了。形成了一个看不见、摸不着,却又无孔不入、无所不在的阴森凶残的幽灵。

黑手党平时必须恪守的几条戒律:

——任何一个弟兄受辱,其他人都必须义无反顾地帮助他实现血的复仇。

——任何一个兄弟落入警方手中,其他人都必须不惜一切代价去搭救,包括提供伪证、制造伪证,收买贿赂警察和法官。

——以合法或非法手段得到的获取的一切钱财,都必须根据"家长"的决定在弟兄间公平分配。

——忠于誓言,保守家族中的一切秘密,时刻牢记:任何人违反家规都将立即受到严惩——二十四小时被处死包括株连九族。

——对任何一个落难的弟兄,包括身在牢笼或者被警方拘押的弟兄,无论是对其家属和朋友,都应加倍爱护,并尽可能地给他和他们的生活提供保证,从而使其严守秘密,绝不会出卖组织和家族的利益。

对自己的组织,黑手党美其名曰"荣誉社会",入会程序极严:几个经过挑选的弟兄将其申请人带进一间昏暗的屋子里,申请人用匕首在自己的右臂上割一道口子,蘸着流出的血在纸上画一个骷髅和两根交叉的胫骨,然后用烛火将纸烧毁,同时宣誓,誓词的大意是:

"我以我的名誉发誓,我将像团体忠于我那样去忠于团体。我的几滴血已随着这图案燃烧成灰烬,我整个人也就交给了团体。灰烬不会再还原为纸,我也永远不会再脱离团体……"

"荣誉社会"、"红色报春花",多么富有激情的代名词,好美的具有神秘色彩和梦幻般感受的代名词!

这本书得让他们都看看,都认真看看。别以为我住在监狱里,我就成了傻子,就可以让他们在外面为所欲为,不再把我放在眼里。

3月14日,星期五,阴

学习。

又看了一本非常过瘾的书,从中汲取了精神食粮。全部的精力、身心集中于书的联想之中。如果是自己参加并亲身投之于其中,该是何等的美事!!!

自己的经历告诉自己,只要世界上存在美事,并能主动地,持之以恒地去追求,"她"终究会成为现实。精神是永存的,而精神上的刺激和享受是不可分离的整体。没有刺激也就没有享受,没有残酷也就没有美事。

回到过去,从过去开始,而不是重新再来。重新再来,将是遥遥无期的痛苦和磨难,那不适合于我。只有从过去开始,那才有希望实现自己永为人上人的目的。不断反思过去的最大好处就是使自己明白应该用虚伪代替真诚,用残酷代替善良,用血腥洗刷耻辱。当今的社会只有残忍和血腥才能追回自己的过失。

看看我的双手,看看吧!上帝在哪里,仁慈和善良又在哪里?从这双手上我看到了美好的未来和信心!

3月17日,星期一,雨夹雪

休息。

早上九点多就开始下雨,后来雨里又有了雪花。越下越大,满世界一片白茫茫。我心里念叨着:"再下大点吧,再下大点吧,最好能下一房深,把这个世界都淹了。"

今天轮到我们中队到监狱供应站买货,因为有监狱的领导在场,所以肉罐头不让买。我乱七八糟地买了一堆东西,一算账,才发现我的账上没有几个钱了。算了算,这几个月实在花得太多了。但我并没有用到歪道上去,都还是为了自己的大事,当然这并不是只为了我一个人。不行,得让他们马上送钱来!我需要钱,尤其现在我需要很多很多钱!因为没有事干,还买了半斤茶叶,几斤瓜子,几斤花生。

热闹极了,赌博的大开张,大家都购足了烟,抽得满屋子昏天黑地。整条的"大中华"满屋子飞。中队今天值班的干部大家都知道是谁,他们怕冷,都躺在暖烘烘的办公室里。这些天,赌博之风愈演愈烈,赌注也越来越大,五中队看来是没希望了。这都怪我,得想想办法压一压,别把事情弄大了,弄巧成拙,反而让大家都过不了关。

罗维民直看得心惊肉跳,脑子里显现着一个个让人根本想像不出来的场景,就好像是在一个个的噩梦之中。

他无法相信这会是真的,但也无法认定这都是假的。

莫非是王国炎有意虚构了这么多故事,故意留在箱子里让你看,让你上当,让你们之间相互猜疑,相互指责,然后他在暗中哈哈大笑。只怕不会。他还没有这么高的智商,能猜测到几个月以后的事情。然而王国炎的日记里透露出来的情况却是如此严重,严重得足以让这个大名鼎鼎的模范监狱的领导立即被处分、降级,甚至被撤职、判刑!

虽然就仅仅这么几页,但已经足够足够了。

门口一阵清点服刑人员的口令声,把罗维民从沉思中猛地拉了回来。

怎么办?该不该把这本日记带走?罗维民脑子里在激烈的斗争着。

原则上讲,这本日记你是无权把它悄悄拿走的。即使是服刑人员,他也有他应有的隐私权,这是他的权益,你无权侵犯。

但如果它已经成为一个新的大案要案的重要线索,甚至会成为一个重要的证据,那又当如何呢?是不是就可以理直气壮地拿走它?可以。

是不是还得征求中队有关领导的意见?从程序上讲,应该征求中队领导的同意。这不仅是应该服从的规定,也是监狱管理人员必须遵守的纪律。

但是,如果五中队的监管人员里面,尤其是五中队的主要监管干部里面有了怀疑对象时,再征求他们的意见,岂不是等于在犯罪嫌疑人面前暴露目标?或者是有意给犯罪嫌疑人走漏消息?

想到这里,罗维民迅速把日记本装进随身携带的提兜里,把被子和包袱重新整好,然后装着若无其事的样子走了出去。

五中队监舍的门口正在一个一个地对出工回来的服刑人员进行清点和登记,罗维民便走进了中队门口的谈话室。谈话室里坐着两个值班的分队长,其中有一个便是朱志成。

"哟,这两天是怎么啦,整天在我们五中队串?"朱志成显出很亲热的样子,"是不是真的发现什么啦?"

"没事,随便转转。"罗维民也轻松地寒暄道,"这么早就下班了?"

"车间没活干了,在那儿也闲着。都五点五十了,也不能算早吧。"朱志成一边给那个分队长递过去一根烟,一边给他回答道。

"程队长呢?"罗维民在办公桌旁坐下来问道。

"好像有什么急事,说是向辛政委汇报什么去了。"朱志成把烟点着了说。

"……哦?"罗维民微微一震。

"是不是还想问问那个疯子的事?"朱志成问。

"明天吧,今天看来是不行了。"

"你要真想去,一会儿我带你去隔离室。"朱志成似乎什么也没意识到。

"噢?你们是说王国炎?"另一个分队长插话问道,"是不是要对他实施严管?"

"还没碰头呢。"罗维民答道。

"没跟你说么,中队长向辜政委汇报去了。"朱志成说。

"快把这家伙打发走吧,迟早是个祸害,五中队总有一天非毁在他手里不可。"那个分队长愤愤地说道。

"哟,由你呀!还想提拔呢,像你这样子再有十年也还是个分队长。"朱志成笑着揶揄道,"你小子小心点,马上就要机构大改革,所有的机关都要精简掉一大半。那大大小小的官儿还不一个个地都得往咱这儿挤?你要是再发牢骚不听话,挤掉你这么个分队长那还不是小菜一碟?嫌不好嫌有问题这儿还不要你呢……"

此时的罗维民突然什么也听不进去了,他的眼睛直直地盯在办公桌上那堆材料上的一张请示报告上,脑袋猛然像挨了一棍似的嗡一声便膨胀了起来。

那是一张外出就医的申请报告。

被申请的服刑人员是王国炎!

申请内容,本着人道主义的原则,要求尽快在狱外为王国炎检查治疗!

落款是五中队,队长程贵华龙飞凤舞地签了两个字:同意。

时间是9月10日,就是今天!

罗维民久久地陷入一种不可名状的情绪之中。那张申请报告对他的打击实在是太大太大了,这种打击更多的是来自一种上当受骗和被愚弄的感觉。

申请报告的时间就是今天!

今天早上还是今天下午?如果是早上,那就是说,在下午罗维民同程贵华谈论此事时,程贵华其实已经拟好了这份报告,而且他本人已经签了字,他完全同意。但当时他并没有给罗维民谈及此事,甚至连稍许的一点暗示也没有。

他非常清楚,什么都明白,但就是不给你说。只是冠冕堂皇地给他说了那么一大堆转弯绕圈的假话、谎话。

看来他的意图非常明显,无非就是想拖住你、稳住你。然后达到这样的一个结果:外出就医。

会不会是在下午,也就是在同他的谈话之后呢?现在看来可能性不大。但如果确实是在同你谈话后才打的这份报告的话,那就更让人费解,更让人气愤。程贵华是在得知你要对此事调查核实并准备立案的情况下,才急急忙忙地打了这么一个报告。他一定是感到担心,感到有什么不妥了,才做出了这样的决定,否则没有任何别的解释和理由。

那么他担心什么,又对什么感到不妥?

担心王国炎的病?一个服刑人员的病真的会让他感到这么忧虑不安?真病就对症治疗,假病就严肃处理,那又有什么?

无非就是担心最终被查出王国炎确确实实是在装疯卖傻。如果真是装疯卖傻,那么这里面的问题可就真的太大了。且不说他装疯将服刑人员重伤致残,只是现在已经掌握的那些情况,还有他自己说出来的那些问题,只要有一项两项被落实了,就足以让五中队所有的监管干部都被撤职、免职!

是不是担心这个?

当然,从另一方面来看,还会出现另一种情况。假如王国炎并没有患精神病,但他却千方百计地要表明自己确实患了精神病,而作为一些监管干部也一样要证明他真的就是患了精神病,那这里面隐含的目的和由此可能产生的后果,就太可怕太险恶了。

在古城监狱几十年的历史上,装疯潜逃,或者借装疯保外就医的服刑人员不乏其人。而一般来说,无论是哪个监狱,在对服刑人员是否患了精神病的问题上,向来都是慎之又慎的。所以,大多数精神病患者,首先都必须在监狱医院进行相当一段时间的治疗和观察。只有在监狱医院确实已经无法对其实施治疗,监狱医院的环境已经不适于再继续对其治疗时,才会打报告申请外出治疗。极少有刚一得了精神病,或者刚一被怀疑得了精神病时,立刻就打报告申请外出检查治疗的情况。这既不合情理,也同样是违反监规和纪律的。

作为有着近二十年监狱工作经验的程贵华,绝不会不清楚这一问

题的严峻性和由此而产生的可怕后果。他清楚,但依然坚持要这样做,那就只剩了一个可能:

他和另外一些监管干部,已经同王国炎这个服刑人员同流合污,沆瀣一气!

如果这一点成立,那么,新近出现的这一系列怪现象,也就不难理解、不难解释了。

但是,罗维民再一次问了自己一个"但是",如果这个王国炎确确实实是疯了呢?也确确实实需要外出治疗呢?

即使确实如此,那也绝不能就这么轻而易举地让他离开古城监狱,说什么也不能。因为从这个王国炎嘴里说出来的情况实在太重大,太严重了。假如他嘴里谈出来的情况只要有一个能被证实,只要有一件是真的,就足以震撼全市、全省,甚至全国!

想到这里,罗维民突然被一个闪念惊呆了:是不是正是因为这一点,他们才如此匆匆忙忙地要把这个王国炎弄到监狱外面去,弄到一个他们认为安全而又保险的地方去。

是不是?

六

罗维民再次感到了事态的严重和紧急。

他必须立即把此事向辜政委汇报!一来是情况急迫,二来是因为刚才从朱志成嘴里听到,程贵华也去了辜政委那里。所以,他必须要让辜政委对此事能有一个全面的清醒的认识,以引起监狱领导对此事的重视和关注。尤其要防止偏听偏信,让他们蒙混过关。

从五中队出来,已经下午六点三十。罗维民看看表,想了想,可能辜政委正在吃饭,那就六点五十左右再去吧。辜政委家不在监狱干部宿舍区,而是住在市里。平时就住在办公室里,周末休息时,才回家去住。

罗维民没有回去,给妻子打了个电话,然后在监狱干部职工食堂领了一份饭,不到十分钟吃完。等走到辜政委办公室门口时,刚好六点五十。

罗维民已经想好了汇报的方式和内容,简短,一定要简短。争取在十分钟内把事情汇报完,汇报清楚。辜政委很可能要看新闻联播,所以最好在七点以前结束汇报。

只敲了一下门,里面便有了回音:"进来。"声音不高,但很威严。

辜政委是古城监狱分管狱政、狱侦的副政委。他全名辜幸文,今年五十七岁,在监狱里是年龄最大,资格最老的领导。他比监狱长程敏远,政委施占峰都大了将近十岁。"文革"以前他就在古城监狱工作,在监狱里工作了三十多年。即使是在全省,他的资格也是最老的。他的资格老,还印证在其他方面。比如现在的省监管局局长,省司法厅副厅长,都曾经是他的下级。现在的省司法厅厅长,曾经同他搭过多年班子,"文革"中还曾一块儿挨过批判。即使是司法部的领导里头,也有他的同事。人们说了,辜幸文之所以这么多年了提拔不上去,一是因为他的刚正不阿;二是因为他学历不高,也从未想方设法地去搞个文凭;三是因为他并不愿意离开这个古城监狱。于是,他的同事和下级提了又提,而他的机会则一错再错,只当到这么个副政委,似乎就已经到顶了。不过,虽然只是这么个副政委,但他分管的却最多,管的也都是最紧要的部门。平时开会,或者研究什么,不管是政委还是监狱长,也不管是什么事情,只要是辜政委说了话,那就几乎等于定了调,大家都尊重他的意见,基本上就按他的来。这倒不仅仅是因为尊重,或者是因为资格老而有所迁就,主要是因为他熟悉监管工作,并能主持公道,大家对他的意见都能接受。所以,人们私下说,古城监狱的事,辜幸文说了算。

辜政委戴着一副老花镜,把自己深深地埋在一大堆材料里,罗维民都走到他办公桌跟前了,也依然没看罗维民一眼:

"谁呀?"

"侦查科侦查员罗维民。"罗维民答道。

"有事？"辜政委仍然头也不抬地问。

"辜政委你是不是很忙？"

"你说你的。"辜政委依旧看他的材料，也没说让他坐下。

罗维民一肚子想好的话突然不知该从哪儿说起了，他没想到会出现这样尴尬的局面。良久，才说出了一句没头没脑的话："辜政委，下午单昆科长是不是来给你汇报过？"

"汇报？"辜幸文的头终于抬了起来，从眼镜的上方睨视着罗维民。"单昆？他来给我汇报什么？"

"有关五中队服刑人员王国炎的情况。"罗维民仔细地回答。

"王国炎的情况？"辜政委脸上没有任何表情，"没有啊。"

罗维民不禁有些发怔，单昆说过的，他下午要来给辜政委谈谈此事。自己还一再嘱咐他，说情况很重要，不能再拖的。没想到他却没来给辜政委汇报。末了，罗维民又问："五中队程贵华队长是不是来给你汇报了？"

"程贵华？"辜政委再次睨视了罗维民一眼，"汇报什么？"

"五中队服刑人员们对王国炎的情况呀？"

"哦？王国炎？"辜政委摇了摇头，"没有啊。"

罗维民愣愣地站在那里，一时竟说不出话来。这么说来，截至目前，并没有人给辜政委汇报过这件事。

"还有什么事吗？"辜政委再次把自己的头埋进了材料里。

"辜政委，是这样，"罗维民一边重新调整着自己的思路，一边慢慢地说道，"我们最近发现五中队的服刑人员王国炎有特别反常和可疑的行为举动，尤其是他还说出了一些重大案件的细节和参与过程……"

罗维民大约用了七八分钟的时间，把有关王国炎的情况简明而又完整地给辜政委做了汇报，同时把自己对此所产生的疑点也都谈了出来。在汇报时还特意谈到了服刑人员们对王国炎的反映，一些监管干部的观点和态度以及他在五中队看到的外出就医申请报告。最后，他毫不掩饰地亮明了自己的观点,认为王国炎不仅有重大犯罪嫌疑,而且极有可能装病伺机逃跑。他本来还想谈谈这两天来他对五中队的看法,谈谈五中队在监狱管理上的漏洞,尤其是中队长程贵华在这一情况中所表现出来的一些问题,但忍了忍,终于没能说出来。

等到他汇报完,好一阵子了,辜幸文才抬起头来:"还有什么?"

"……没了。"罗维民愣了一愣,他根本没想到辜政委听了他的汇报后,会显出这么一副无动于衷的样子。尤其是在他汇报时,辜政委的头几乎就没有从他眼前的材料上抬起过。

"好了,我知道了。"辜政委的头又埋进了材料堆里,随即便发出了逐客令,"那就这样吧。"

罗维民本想再说点什么,但想了想什么也没能说出来。末了,只好说:"那我走了。"

"嗯。"

罗维民出来的时候,辜政委仍然没有抬起头来,他的眼睛也仍然没有离开过眼前的材料。

罗维民像当头挨了一棒,半天没从刚才那种重创的情绪里恢复过来。想想也怪可笑的,在别人眼里,真像疯子的是不是就是你自己?

一个服刑人员,就算是装疯装病,那又有什么大不了的。在古城监狱,装疯装病的服刑人员有的是,这又有什么稀奇的。如果真的是装病,查出来处理不就得了,犯得着这么匆匆忙忙连夜越级给监狱主管领导汇报。至于你所说的那些重大情况,在监狱里可以说比比皆是。自吹自擂,瞎说八道,这是一般服刑人员的通病。何况还是出自一个不知是真疯还是假疯的服刑人员之口,又有什么值得大惊小怪的?特别是对一个在监狱里工作了三十多年的主管政委来说,这又算得了什么!

你这么争先恐后,不顾一切的样子在领导眼里究竟像个什么?如果不是疯了,那也肯定是好大喜功、华而不实,或者是急功近利!是不是想往上爬想讨领导的好想得都思维混乱了,才做出这种莫名其妙的举动来?

罗维民再次努力地清理着自己的思绪,你是不是真的有点过分、有点片面、有点先入为主了？莫非真的是众人皆醉你独醒,天下就只剩了你一个在忧国忧民？

那么说,真的是自己错了？由于判断失误,才造成了这一次又一次的错觉？

无意中,他一次一次地碰到了提兜里那个硬邦邦的东西,渐渐地,他终于感觉出来了,日记！

王国炎的日记！一本货真价实的日记！

就算所有的都是错觉、都是失误,但这本日记则是实实在在的,它千真万确,毋庸置疑！没有任何一个人能否定了它！已经带着一丝丝寒意的秋风阵阵吹来,他一下子又清醒了。

虽然此事没有引起辜政委的重视,但并不等于这件事就不该重视；领导的感觉虽然有偏差,但绝不等于自己的判断和感觉有偏差。他还得继续查下去,而且一定要真正查出有力而无懈可击的证据来。不管怎么着,也得让辜政委真正了解了情况。就算不为别的,也要让辜政委清楚,晚上急急忙忙地去找他,那只是为了工作。没有别的,没有！

回到侦查科办公室里,罗维民一边喝着暖瓶里半温不凉的水,一边给科长单昆打电话。手机没开,家里没人,传呼了两遍,过了十多分钟单昆才回了电话。

罗维民想把下午掌握的情况给他讲一讲,刚说了几句,便被单昆打断了。

"你呀,这么晚了,我还以为是什么事呢！我都快忙死累死了,你知道不知道。不就是这么个事么,放到明天就迟了？真是的。还有更重要的事情没有？没有我就挂了。"

"单科长,我刚才见辜政委了。"

"你见辜政委了？"单昆的话音平静了一些。

"我把情况大致给他汇报了一下。"

"辜政委怎么说？"

"辜政委没说什么。"罗维民顿了一下,接着说,"辜政委说你没给他汇报,程贵华队长也没给他汇报。"

"行了行了,你知道什么呀!谁让你给辜政委汇报了?真是乱弹琴!"单昆一肚子的不高兴。"我给你说几遍了,你知道咱们监狱的情况有多糟,产品积压,又没钱买原料,六个车间有四个停工停产,既没效益,服刑人员们也没事干,你知道领导的压力有多大?真是瞎折腾!以后有什么事,别动不动就往领导那儿跑,听见了没有?王国炎的事明天上了班再说。"

罗维民还想说点什么,但单昆已经把电话挂断了。

罗维民听着电话里的忙音,久久地怔在那里。

扯他妈的淡!罗维民不知道是在骂自己还是骂别人。

看看表,还不到八点。本想回去算了,但想想到了家少不了又得听妻子的牢骚,反正妻子在家已经把该忙的忙完了,该干的也干完了,还不如待在这儿清静。

他得好好想一想下一步究竟该怎么办。是不是再找找主管五中队的三大队大队长和大队教导员?或者再往上找一找?比如监狱长,比如监狱第一政委?

按说是可以找的,也应该找,这是一个侦查员的天职,也是他应有的责任。对于一个重大的或者是可疑的案情,作为一个侦查员,如果他知情不报、敷衍了事,甚至玩忽职守,以致出了什么疏漏,那就不仅仅是失职渎职了。但单科长说的话,又一次让他犹豫起来。"……真是瞎折腾!以后有什么事,别动不动就往领导那儿跑……"

单昆的生气可以理解,越级向上面汇报,岂不等于是向领导告状?岂不是向领导表明了他当科长的失职?但单昆对这一案件的轻视和麻木却让他有些无法接受。家里的活儿就是再累,也不能对如此可疑的一个重大案情不管不顾,毫不在乎。

不行,他还得继续给有关领导谈一谈。

那么,找谁呢?三大队教导员傅业高?他不就是原来十一中队的指导员吗?他对王国炎的看法清清楚楚,那一份被作为示范传看的谈话记录不就是他搞出来的吗?看来没必要,至少现在没必要找他。

冯于奎呢？他是狱政科的科长,在一个监狱里,狱政科是一个极为重要和最有权力的科室。服刑人员刑期的减免,服刑人员的外出就医、鉴定,以及保释、保外就医等等,都由狱政科决定。比如像王国炎的外出就医,如果狱政科同意了,那几乎就等于是过了最后的一道关口。

对冯于奎科长,罗维民是很熟悉的。因为狱政和狱侦本来是一个科室,他们就在一起工作。即便是到后来分开后,由于两个科室工作上的联系,还经常在一起开碰头会,对一些重大案情进行鉴定、研讨。但也正因为熟悉,所以相互之间对职权范围的规定和程序都清清楚楚。像这类事情,尤其是对一个精神病患者的鉴定和治疗,一般都是由中队向狱政科提出申请,然后再由狱政科决定是否由侦查科参与鉴定,还是由监狱医院检查,或者是直接批准外出就医。如果不是王国炎把一个服刑人员打成重伤,像这类服刑人员外出就医的问题,侦查科几乎就没有直接介入的权力和可能。第一这不是你的职权范围,第二你也应该自觉遵守这种职权范围的规定和程序。就像中队长、大队长主管生产,指导员、教导员主管改造一样,这中间其实有一道无形的、大家都已认可的、不可任意逾越的界限。谁的就是谁的,你别动不动就把你的手伸到我的范围和领域里来。除非是特殊的情况,一般是没有人会随意逾越这种界限的。说穿了,这也就是权力的划分。像这种划分,连服刑人员都清楚,该找谁就找谁,不该找的就不能找。什么样的事就找什么样的人,找错了就会惹麻烦。这个难道你会不明白？当然也有例外,比如像五中队。但不正是因为五中队的这种反常情况,才让他这样困心衡虑,左右为难？

憋了半天,还是觉得该给狱政科科长冯于奎说一说。虽然有些贸然,但至少应该先打个招呼。万一明天五中队这个申请递上去,冯科长又万一给批了,到那时再找人家,麻烦可就大多了。想了想,就先打个电话吧,要是冯科长觉得有必要,觉得电话上说不清楚,那就再到他家里汇报。

没想到让他苦思苦想了好半天的事情,冯于奎两句话就打发了。冯于奎在电话里说得客气而又亲切:"还没人给我说这事。你是啥意思呀？小罗。"

"我是觉得这个王国炎问题很大，可疑的地方也很多，他那精神病很有可能是装出来的……"

"噢，是这呀！"冯于奎一副恍然大悟的口吻。"没人给我说过这事，我也没看到这样的申请报告。你说的我记住就是了，还有什么事吗？"

"……没了。"

"那就这样吧，有事打招呼，啊？"还没等罗维民再说什么，对方已经挂了电话。

…………

坐了一阵子，罗维民忍不住又给三大队教导员傅业高打了个电话。

傅业高说的更是干脆利落："严管那还不容易？你们跟中队碰碰头，报上来就是了。立案？想立就立嘛。中队要是定了，我这儿没意见。你跟程贵华和吴安新他们先谈，只要有证据，该怎么办就怎么办。是不是你们科里已经有了一个成熟的意见了？没有？要没有你先找你们单科长谈谈嘛！先问问你们科长是什么意思，好不好？没别的事吧？那就这样？再见。"

罗维民呆呆地坐了一阵子，不知为什么，一种隐隐约约的担心，让他又到武器库查看了一番。

自从到古城监狱当侦查员以来，监狱武器库就一直由罗维民保管。近些年来，罗维民曾给领导谈过几次，要求监狱另找一个人来保管武器。在一个监狱里，做武器库的保管员，实在让人太焦心太劳累太伤神了。一个武器库，上百件各种各样的武器，足可以武装起一个加强连！尤其是武器库里的一些高性能的先进武器，别说是丢上十支八支，三支五支，即便是丢上一支，若是落到一个凶险的服刑人员手中，就足以把整个监狱闹得天翻地覆！

所以，罗维民常常会在深更半夜，睡着睡着便一个激灵就坐了起来，或者动不动就像吓了一跳似的便被惊醒了。罗维民有时候甚至特别相信一种感应,比如当他在半夜里突然被莫名其妙地惊醒时,常常会产生出武器库被盗或者正有人对武器库图谋不轨的感觉。而且这种感觉会越来越强烈,越来越清晰,于是,他常常会毫不犹豫地穿好衣服,惟有到了武器库,看到并没有任何动静时,这种感觉才会消失。尽管这种莫名其妙的感觉一次次都被最终证实为子虚乌有,但当再次出现这种感觉时,罗维民还是会毫不犹豫地爬起来赶到武器库查看⋯⋯

实在是太累,太操心了,这么多年了,也真该替换替换,好好让脑子和神经清静清静、松弛松弛了。

武器库静悄悄地在秋风中耸立着,显得安稳而又平静。一切正常。库房外一切如旧,库房内三道铁门严严实实。他微微地松了口气,看来这里并没有什么可担心的。

站在安全清静的武器库一旁,心里却仍然是空荡荡的。无边无际的脑海里,依旧没有一处踏实的地方。罗维民看看表,刚过九点。回家吗?家里没电话,万一有个什么事情,还得再到外面来打。要不就再回办公室吧,静下心来,考虑考虑是不是应该先写一个有关王国炎问题的书面报告?

书面报告应该怎么写呢?也就是说,你写什么?

"只要有证据,该怎么办就怎么办⋯⋯"罗维民耳旁突然又想起了三大队教导员傅业高的话。是啊,你对王国炎怀疑来怀疑去,截至目前,作为一个侦查员,你究竟找到了哪些可以真正作为证据的东西?就凭王国炎那些并没有落实的疯疯癫癫的胡话吗?就凭十一中队那些服刑人员没有记录也不可能记录下来的情况反映吗?就凭你悄悄拿出来的王国炎的那本日记吗?就凭你的那些朦朦胧胧的分析和判断吗?说真的,又有哪一个能真正成为有力的证据?能成为可以写进书面报告里的站得住脚的证据?没有,真的没有。想起来处处有问题,但当你真正来做时,却好像什么也没有发现,一切的一切都只是空的,都只是你的凭空幻想。

不知不觉地又来到了五中队监舍门口。连自己也不明白为什么会绕到这儿来。

守门的看了看罗维民,问他是不是想进去?罗维民不由自主地点点头。门开了,罗维民走了进去。值班的分队长不在谈话室。谈话室的门锁着。

他问值班室的一个狱警:"王国炎在哪个隔离室?"

狱警说:"就在后面不远,你想去看看?你要想去我陪你去。"

罗维民一边走,一边问:"王国炎今天表现怎么样?"

"就那样,一有了人,就乱喊乱叫,大吵大闹。一没人了就悄悄的谁也不知道在干什么。"这个狱警见离门口值班室远了,便压低嗓门说,"罗科员,你的事我都听说了,中队长刚才还训朱志成他们几个来着。中队长说了,要是出了什么问题,那咱们大家都得吃不了兜着走。比如像在王国炎身上,万一捅出个什么娄子来,今年还是评不上先进中队,年终奖就谁也别想得!"说到这儿,这个狱警又四下看了看说,"在我们中队,其实,大伙都对这个程队长有点看不惯,连我们指导员都说了,王国炎身上的问题大了。大家也都清楚,就是程队长护着他。罗科员,其实你今天晚上不来,我明天说不定也会找你的。这会儿我给你实话实说,王国炎根本就不是真疯。前几天还好好的,哪能一下子就疯了?"

"前几天还好好的?"罗维民问,"不是说在十一中队的时候就有点疯疯癫癫的?"

"那是程贵华队长的说法,别人也就跟着那么说。要是在十一中队就疯疯癫癫的,你想想怎么还会给他一下子减那么多刑期?"说到这儿,狱警再一次压低嗓门说,"罗科员,这可是我亲眼看见的。就在前几天,大概是在下午吧,王国炎还写过一封信,这封信发出去的第二天,王国炎就开始发疯了。"

"……哦?"罗维民一怔,"给谁写的信?"

"听他们说,是王国炎给他老婆写的信。"

"你们中队都有谁看过这封信?"罗维民追问道。在监狱里,为防意外,服刑人员的信一般都得让监管人员过目的。

"他们说了,好像是让中队长程贵华看了的。"似乎事关重大,狱警有些含糊地说。

王国炎被单独关押在四号隔离室。

值班看守悄悄地说:"这小子睡着了,闹腾了一整天。可别再把他吵醒了,要不然今天晚上可就不知闹到什么时候了。"

罗维民问值班看守:"王国炎这两天怎么样?"

"哎呀,你就别提了。"值班看守皱着眉头,显得痛苦不堪地说,"一整天地闹,其实,晚上也一样,只要一睁开眼,就没完没了地折腾,闹得你别想有一会儿安稳的时候。要让我说,这小子肯定是疯了,要不哪来这么大的劲?摊上这么一个服刑人员,真是倒八辈子霉了,一整夜连一会儿休息的工夫也没有。赶紧把这小子弄走吧,像这号服刑人员,都疯成这样了,还关什么禁闭……"

"吃饭怎么样?"

"吃饭?"值班看守略一回想,"吃饭还行。反正一大碗一大盆,稀里胡噜地一会儿就吃得精光。你想他这么个闹法,肚子里还有不空的时候?"

"休息呢?"罗维民像例行公事。

"休息?那可就说不准了。反正一听见他闹就是睡醒了,一不闹了那就是又睡着了,还真闹不清他休息得怎么样。让我看也可以吧,一天睡七八个小时也是有的。加上吃喝拉撒,差不多也有十个小时吧。"

"你怎么知道他一醒过来就是在闹,一不闹了就是在睡?"

"……那倒也是,谁一整天在他跟前站着?"值班看守有点自我解嘲地说,"一般是听不见闹了,就过来看看。又听见闹了,就再过来看看。这中间要有啥事可就真不大清楚了。"

"平时,比如检查、吃饭或休息,你见过他有没有表现正常的时候?"

"……没有,还真的没见过。"值班看守摇摇头。

有这样的疯子吗,除了闹还是闹?在罗维民的印象里,即使是真疯子,也经常会有表现正常的时候。"他闹起来的时候,都有哪些表现?"

"那就是吵呀,嚷呀,骂呀,用脚踹门呀,有时候还随处大小便……"

"随处大小便你都看见了?都大小便在什么地方?"

"褥子上被子上哪儿都是,管理员进进出出地都捏着鼻子走,真是臭死人……"值班看守一脸的嫌恶。

"天天都那样?"

"一次就熏死人了,还能天天那样。"

"除了这些他都还干什么?"

"……没发现他还干什么。"值班看守摇摇头。

"他现在真是睡了?"

"真睡了,不信你就看看。"

王国炎果然睡着了。虽然亮着灯,才刚过九点,但已经打着很响的鼾声,涎水把半个枕头都流湿了。看来,他真的是累了,不然绝不会睡得如此之香。

在昏昏的灯光下,罗维民的视线突然被一件东西吸引了过去。

在鼾声大作的王国炎的枕头下面,可能是睡觉翻转身子的缘故,分明地露出了两样东西:

一本书和一个笔记本!书已经被翻得很旧很旧了,但露了一半的书名依旧看得清清楚楚:

《……罪心理学》。

其实,一看就知道,这本书的全名是《犯罪心理学》。

没想到他在隔离室里都还带着这本书!

还有,那个笔记本是干什么的呢?日记!

罗维民不禁吃了一惊。没错,日记!肯定是日记!王国炎有记日记的习惯,否则在隔离室里,他要这个笔记本干什么?而这个笔记本跟罗维民正拿着的王国炎的日记本毫无二致,一模一样!

这么说,即使是在隔离室里,他仍然在坚持记日记。

而一个仍然在坚持记日记,仍然在反复阅读书籍的服刑人员,会是一个疯子吗?

他本想让值班看守进去把这两本东西拿出来,但想了想,终于忍住了。

七

他回到办公室的时候,已经快十点了。他从抽屉里拿出那个提兜时,再一次感觉到了那本日记的存在。

他有些发呆地愣了一阵子,一种突如其来的冲动,让他拿出那本日记,急速地翻看了起来。

4月14日,星期一,晴

车间劳动,早班。

树挪死,人挪活。天生我才必有用。我不能就这样一天一天地消耗着自己的青春和才华。他们说还要让我继续等,说什么时机还不成熟,说什么他们一天也没有停止过努力。这我信,我知道至少在目前他们还不敢骗我。

但有一点我有些怀疑,他们真的会欢迎我吗?真的还会像以前那样看重我吗?他们原来说顶多也就四年,可现在已经快三年了,并没有看到什么希望,还是遥遥无期!要知道,他们现在已经是今非昔比了,一个个的都人模狗样的像回事了。他们没有我照样会活得像在天堂里一样。说老实话,连我自己也觉得我是他们的一个累赘,他们又会怎样看自己?说不定他们几年前就巴不得我早上西天!昨天晚上做了一个噩梦,梦见那么多人突然间都变了脸,一个个都成了刽子手!老实说,他们要真的翻了脸,真的叛变了你,那可比刽子手还要可怕十倍,百倍!

还有莉丽,我真的不能放心她,我知道她的为人和性情。只能同富贵,不能共患难。当你有钱有势的时候,她会是一个很好的妻子。而当你有了一灾半难,或者什么也没有了的时候,她会一天也熬不下去。她又长着那样的一张脸盘儿，我从来就没有放心过她。那小子的舅舅又突然发达了，过去他们就眉来眼去的，要不是碍着个我，说不定早那个了。我在的时候还那样，如今谁又能保得准？不行，我得想办法，得快些想办法，不能再等了，绝不能再这么等下去了。从来就没什么救世主，一切都只能靠自己……

4月20日，星期日，晴

休息。

下午家里人来了一趟，姐姐说，我表现不好，大家都很失望。还说了莉丽的一些事情，埋怨了我好多。说我当初就不该找这样的老婆。

一切都让人心烦！真让人恨透了，恨透了！如果这一切都最终被证实了，那我出去就要干猪厂，当个屠夫，杀他个尸横遍野，血流成河！杀杀杀，捅捅捅！杀一个昏天黑地，捅一个痛快淋漓！好好出一口这胸中憋了多年的恶气！我说过的，我从来都是翻脸不认人的。人敬我一尺，我敬人一丈。人捅我一刀，我灭他九族！这就是我做人的原则，宁负天下人，绝不让天下人负我！

莉丽，莉丽！你如果真要是那样了，可就辜负了我的一生！我这辈子不会放过你，下辈子也绝不会放过你！你应该知道我的为人，你知道的！你以为我总是对女人心太软，尤其是对你心软。平日里不管有了多大的火气，一见了你就什么也没了。你错了！至少你这次错了！我可以饶恕你一次，两次，三次五次，但绝不可能会有十次八次！绝不可能！

我对姐姐说了，让他们在近期一个个地都来见我，我有话要给他们说！否则就别后悔！我说得出来，就干得出来！谁要是把我逼到绝路上，那咱们就一块儿死！

号子里的老驴头不看颜色、不知好歹，让我好好敲了一顿，让他像杀猪似的叫了一晚上！我爱听这声音，舒服！

5月12日，星期一，阴雨

休息。

监管局要来人，为了接受检查，早上一起来就忙开了，监房李建国分管全中队的被子，把我也拉上，只好厚着脸皮跟上他瞎混了。如果不是哥们儿的面子，我是绝不会干这种费力不讨好的事情的。

忙了半天，劳改局的没来，监狱的先遣组来了几个，提了些建议，说了些毛病。这回可是把中队的干部忙坏了，忙前跑后，个个累得满身臭汗。平时很难见到他们会这种样子，可怜兮兮的，让人觉得真好笑。

昨晚梦见莉丽痛哭流涕的样子和她被人欺负的场面。老是不断地做梦，还是跟家里近一段发生的事情有关系。

他们见了我时，都一个个信誓旦旦、披肝沥胆的样子，说让我放心，让我安下心来。说他们一直在努力，一直在创造条件，一时一刻也没有忘记我。还说家里的事情只管放心就是，只会越来越好。

心里稍稍冷静了一些，至少我把话说清楚了，让他们知道了我的意思。当一个人绝望时，他是什么也干得出来的！我王国炎背了这多年黑锅，要是哪一天不想背了，就把锅里的东西全都给翻出来！

我并不相信他们的话，母亲和姐姐绝不会给我说假话。我还得再忍一忍，忍不下去也得忍！但杀父之仇、夺妻之恨，我不会忘了！更不会让人戴了"绿帽子"，还装出一副什么也不知道的样子！

梦想昨天的仙境，恢复往日的自我，不再有爱，也绝不再有仁慈。我这双像铁一样坚硬有力的手，是上帝赐给的，我会用它去回报社会和人生，也会用它回报我的仇敌和魔鬼！

要振作起来，悲惨属于别人，我永远快乐。

5月23日,星期五,晴

车间劳动,中班。

中班出工才完了七百多,烤箱的变速器坏了。六中队换变速器的维修耽误了一个多小时,直到下午四点才重新开工。

这些天一直保持冷静。前些日子实在太冲动了。

真正的聪明人从不显山露水,外露最易招祸,更容易产生意料不到的恶果。

大智若愚。干大事者,必须少计较一时一事的得失。应该懂得暂时的妥协和放弃,懂得如何妥协和放弃,懂得妥协和放弃些什么,懂得今天的妥协和放弃为了明天的更好。

干大事者,必须是有远见的人,能始终注视着明天的人。"人无远虑,必有近忧","君子所取者远,则必有所恃;所获者大,则必有所忍。"我不正是需要这样的坚韧和毅力吗?

过去我在生活中所犯的不可饶恕的错误,正是好高骛远、不切实际的盲动和愚莽所造成的,以致留下了终生的遗恨!

基础的具备,有利于我;可盲动和愚莽,则只能有害于我。"忍为高",正是自己所应完善的境界。忍不是退却和胆小,而是为了更凶猛的进攻。

"狭路相逢勇者胜","置之死地而后生",这是我的座右铭,也是我生活中的真实写照。

报春花是红色的,这个红永埋心间!

5月27日,星期一,晴

一连休息了几天,好像误了什么事?

当犯人最难的是如何克制自己的感情外泄,把活生生的一个人变成一个植物人。激动的时候不要忘记了自己的身份,但一旦事情来临,则要有充分的应变准备和应变能力。不用脑子的人,只能是一个蠢人,而光用脑的人则永远是落伍者。

有一个想法正在我的脑子里形成,这很刺激,也很有意思。今天他们来看我,我把这个想法给他们透露了一点,他们说回去商量商量,看来他们也赞成。他们当然赞成,这对他们有利。只要我能在他们手里掌握着,他们就再不会这么整天提心吊胆。说不定他们还会有别的什么想法,置你于死地也未可知。试想,像你这样的一个人物,又有谁会在乎你!

他们要是真这么想的,那可就大错特错了!只要我到了那一步,冤有头,债有主,立刻就让他们看看马王爷到底有几只眼!就像是四五月的果园,每一棵树下都会是落红一片!

我还在想,要细,要再细。一步走错了,可就满盘皆输。一步错了,可就只有等到来世了。我还得利用他们,也知道如何对付他们,包括莉丽。

5月31日,星期一,阴

夜班回来,精神十足。

好,太好了!有所思就有所得,终于解决了两大难题!就得这么干!也惟有这么干才行!

万事俱备,只欠东风!就差他们的工作结果了。他们说过的,为了我,要把厚厚的人民币从省城一直铺到古城监狱!我做得很好,就看他们的表现了。他们不敢不这么做,因为我已经下了最后通牒。而且我已经试了好几次,我有意识地在一些干部面前吓唬吓唬了他们。消息反馈得很快,他们真的是怕了!他们不能不怕!吓死他们!包括眼前这帮人头狗面的头头脑脑们,其实也一样怕得要死!

只要他们老老实实的,那事情就好办了。我只给他们一个月的时间,最多也不能超过两个月,否则,我就让他们全都跟我死在一起!

不是我怕他们,而是他们怕我!

我能想得出他们焦头烂额,像热锅上的蚂蚁惶惶不可终日的样子。好高兴,活该!也该让他们尝尝痛苦的滋味了,这帮庸才和蠢材!

　　最让我高兴的是一切主动权都在我手里。我是真正的主人,他们一个个都是我的奴隶。他们只能像爷一样地供着我,只能这样,别无选择。等到了那一天,我要让整个中国都知道这只青虎的声威!整个中国!这绝不是只想吓唬吓唬他们。

　　我给莉丽去了一封信,把我的想法告诉了她。这就看她了,这是我最后给她的一次机会,如果她要是不来,或者是不想协助我,那我绝不再跟她有任何联系,从此恩断义绝!我也绝不后悔。

罗维民久久地陷入一种巨大的恐怖之中。一个越来越清晰的轮廓渐渐地在眼前显现了出来,就像是阿拉伯故事中海滩上的那个魔瓶,当打开它的盖子,当那股弥漫出来的烟雾最终散尽,冒出来的竟是这样巨大而又可憎的一个魔鬼!

王国炎很可能只是这个魔鬼身上极小的一部分!在王国炎这个服刑人员的背后,极可能还隐藏着更多更大的罪恶和犯罪团伙。王国炎说了,他们都怕我,他们不能不怕,吓死他们!

他们都是谁?王国炎说,他背了这么多年黑锅,要是哪一天不想背了,就把锅里的东西全都给翻出来!正因为这样,王国炎才说:"谁要是把我逼到绝路上,那咱们就一块儿死!"也正因为这样,他们才会死死地保他,以致不惜一切代价,"要把厚厚的人民币从省城一直铺到古城监狱!"

这黑锅里都是些什么?而王国炎为什么突然会变得这么反复无常和暴戾狂躁?以致要把锅里的东西全都翻出来?原因也许有很多,但最主要的大概只有一个,那就是外面的"他们"让他感到失望,让他感到不满,让他感到愤怒,甚至要让他变成一个屠夫,"杀他个尸横遍野,血流成河!杀杀杀,捅捅捅!杀一个昏天黑地,捅一个痛快淋漓!好好出一口这胸中憋了多年的恶气!"

让王国炎如此绝望和凶相毕露的最主要的原因之一,很可能只是因为一个女人:莉丽。

莉丽是谁呢?不用说,肯定是他的妻子了。一个长着那样的一张脸盘儿，却又从来也没让他放心过的女人。他很清楚这个女人的品行，"只能同富贵，不能共患难。当你有钱有势的时候，她会是一个很好的妻子。而当你有了一灾半难，或者什么也没有了的时候，她会一天也熬不下去"。

他很了解自己的妻子，但又舍不得自己的妻子。"平日里不管有了多大的火气，一见了你就什么也没了。"他很可能是太爱她了，所以总是"心太软"。

然而，这一次则不同了，因为这个总也让他放不下心的女人，已经由姐姐和母亲给他传来了不祥的消息，有一个小子跟她有了问题。"过去他们就眉来眼去的，要不是碍着个我，说不定早那个了。我在的时候还那样，如今谁又能保得准？"而且最终这个消息得到了证实，他已经清楚自己戴上了"绿帽子"。

这小子极可能正是他们一伙中的一员，因为这小子的舅舅突然发达了，所以，才敢这么忘乎所以地把他往死路上逼，所以，才让他感到不可饶恕，要同他们"一块儿死"！以至于让他要出去"当个屠夫，杀他个尸横遍野，血流成河……好好出一口这胸中憋了多年的恶气！"

王国炎在日记中说得清清楚楚，"有一个想法正在我的脑子里形成，这很刺激，也很有意思。""有所思就有所得，终于解决了两大难题！就得这么干，也惟有这么干才行！"

什么想法？又究竟要干什么？不正是王国炎眼下的一系列表现？装疯卖傻，显现出一副歇斯底里、精神病大发作的样子，甚至不惜铤而走险，把一个服刑人员重伤致残。最终目的不也就这么一个，在上上下下的掩藏和庇护下，外出就医，或者保外就医，急不可耐地提前出狱？

尽管他们并不真心欢迎他出来，但也无可奈何，因为他替他们背着黑锅。"他们不敢不这么做，因为我已经下了最后通牒。而且我已经试了好几次，我有意识地在一些干部面前吓唬吓唬了他们。消息反馈得很快，他们真的是怕了！他们不能不怕！吓死他们！"

他们怕的是不是王国炎昨天讲出来的那些？

还会有其他吗？如果不是，他们又会因为什么原因而怕得要死？

以致"要把厚厚的人民币从省城一直铺到古城监狱!"老老实实的,一切都只能按王国炎的办,在一两个月的时间中把王国炎弄出去!

而出去了又要干什么?

"杀杀杀,捅捅捅!""冤有头,债有主","杀父之仇,夺妻之恨,我不会忘了!更不会让人戴了'绿帽子',还装出一副什么也不知道的样子!""就像是四五月的果园,每一棵树下都会是落红一片!"

"我要让整个中国都知道这只青虎的声威!"

"整个中国!这绝不是只想吓唬吓唬他们。"

罗维民不敢往下想了,他为这一幅幅的景象感到说不出的恐怖和战栗……

他明白,自己的这些判断和分析不可能会错,至少不可能会全错。

罗维民久久地坐在办公室里,那种被渐渐冲淡了的情绪又突然汹涌地聚拢了起来,强烈地撞击着自己的心扉。

怎么办!

他知道该是明确自己的判断的时候了,也同样该是明确自己态度的时候了,于公于私,他都不能再保持沉默,或者再像今天那样,只是把情况反映上去,把问题摆出来,给他们提供一个思路,然后让他们去分析、去判断,自己既不拿主意,也不负责任。

但现在不同了,因为这其中潜藏的问题实在太险恶了,责任也实在太重大了,他甚至感到了自己的猥琐和自私。

如果这一切真的都变成事实,那很可能将是一场巨大的灾难!又将会是一种不可饶恕的渎职和失职行为!同时也会是你自己一生一世都无法洗清的耻辱和罪恶!

如果这一切真的都变成事实,整个监狱里没有任何一个监管干部能免去干系和责任,这里头当然也包括你!不敢承担责任的结果,最终的结果只能是自欺欺人,适得其反。你不但是严重失职,而且将会承担一切责任和后果。因为这本来就是你的责任!隐情不报,或者只是虚晃一枪,并没有引起领导足够的警惕和认识。你是侦查员,当你侦查到这一重大敌情时,直到现在,你竟然还在思前想后、犹豫不决,你竟然还没有拿出一个正式的材料和情况汇报,甚至对有关领导都还没有说破谈透。不管你做了多少努力,直到现在,并没有真正引起任何一个领导足够的重视和关注。只从现在来看,就已经是多大的失职和麻痹行为!

他摸了摸头上的虚汗,迅速地拿起了电话。

第一个电话是打给监狱长程敏远的。

铃声响了足有七八遍,一个女人才接了电话:

"谁呀?"嗓音软绵而睡意蒙眬。

"我是侦查科侦查员罗维民。"

"……罗维民?"对方似乎是在努力地思索着罗维民究竟是个什么人。

"程狱长在么?"罗维民径直问道,"我有重要的情况要给程狱长汇报。"

"程狱长睡了。"对方的声音已经流露出了明显的不满和冷淡,"这么晚了,有事明天再说吧。"

"是这样,情况真的非常严重,必须给程狱长马上汇报。"罗维民不顾一切地说。

电话没挂断,但没了声息。罗维民一边等着,一边看了看表,这才发现竟已经快午夜十二点了。看来程狱长确确实实地已经睡了,他突然感到不安起来。

"……谁?"电话里终于传出了一声略带睡意,但却是分外威严的而又有些紧张的声音。

"程狱长,我是小罗,侦查科的罗维民。"

"嗯。我听出来了。"

"程狱长,有一个重要的情况,我必须给你马上汇报。"

"你说吧。"

"程狱长,是这样,这两天我发现了一个非常可疑的服刑人员,他明里把自己装成一个精神病患者,暗里则正在组织一些服刑人员,想方设法地准备逃出监狱,并有迹象表明,他极可能已经同监狱外的一些犯罪分子勾结了起来,而一旦出狱,将会发生更为严重的犯罪行为……"

"这个服刑人员现在在什么地方？"程狱长突然插话问道。

"就在监狱里。"

"你已经发现了他正在准备越狱逃跑？"

"是这样,他现在正关着禁闭。"

"有可能从隔离室里逃出来？"

"……这倒不是。"罗维民突然发现自己又陷入了一个怪圈里。他既难说清他所要表达的事实,又很难澄清自己真实的本意。"程狱长,是这样……"

"这个服刑人员是几中队的？"程敏远再次打断了他的话。

"五中队。"

"中队长和指导员不知道吗？"

"……知道。"罗维民怔了一下,赶紧解释说,"但是具体的一些情况他们并不……"

"那你给他们汇报了吗？"程敏远的话音渐渐严厉了起来。

"有些汇报了,有些还没有……"

"你们科长呢？他也不知道具体情况？"

"我们科长也知道,但情况是这样,程狱长,我先得给你说明……"

"好了好了,不要再说明什么了。"程敏远像是松了口气似的,话音也显得疲惫和微弱了许多,"这个服刑人员正在监狱里被关着禁闭,眼下并没有逃跑的动向,中队长和指导员,还有你们的科长也都知道这个情况。如果还有什么具体的问题,你还可以在明天再给他们谈嘛。如果你觉得他们不放心,明天还可以再找时间同我谈嘛。今天就这样吧,好不好？"

"程狱长,是这样,情况确实很严重……"

"那你就先找你们科长和五中队队长指导员谈谈,好不好？"

"程狱长……"罗维民有些张口结舌地愣在那里,一时间竟不知道说什么才好。

"好了,就这样吧。"程敏远的话显得温和而又不容置辩。"一个关

· 81 ·

在禁闭室里的服刑人员,就是再有情况,他还能从里三层外三层的古城监狱里飞出去?如果还有什么情况,过了这几天,咱们找个时间认真聊聊,好不好?你看,都已经十二点半了,你也早点休息,啊?再见。"

"……再见。"等他说出"再见"的同时,其实话筒里已经响起了挂断了的嘟嘟声。

罗维民怔在那里没有十秒钟,又再次毅然决然拨通了监狱政委施占峰的电话。

施占峰曾分管过狱侦科,他们相互之间很熟,而且施占峰对罗维民的情况也非常了解。施占峰曾经在好多次监管干部会议上表扬过罗维民,认为像罗维民这样有专业技术、有丰富经验、有责任心、有使命感,时时能保持高度警惕的监管干部应该是每一个监管干部学习的榜样。施占峰曾经说过一句让罗维民总也不能忘怀的话,那是在施占峰当了监狱第一政委后不久,在监狱的大门口两个人碰见,施占峰有意叫住了罗维民,劈头便问:"罗维民,这一段怎么不来我这儿了?"

"施政委,你忙。"罗维民不好意思地笑笑。

"撒谎。是不是觉得我成了政委了,架子就大了?"施占峰不苟言笑,虎虎地板着脸。

"不是不是……"

"不是又是啥?是不是觉得到我这儿来,怕人家说你跟领导套近乎?"

"哪里呀,我真的是觉得你忙……"

"都不是就好,常来我这儿坐坐,别让我不认识你了。"

但事后罗维民并没有经常到施政委那儿去坐坐,一来是真的没什么事情,二来也觉得实在没什么可坐的。谈什么呢?政委主管全局,大大小小的事情都堆在他那儿,头疼的问题多得是,你一个小小的侦查员又会有什么可谈的事情?再说,人家其实也就是一句客气话,你可别给一个棒槌就当针(真)了。

其实,这一两年来,岂止没有常去坐坐,可以说一次也没有去过。办公室里没去过,家里也一样没去过,即使是在开会和日常工作期间,他也很少同政委在一起谈过什么。上面有科长,还有分管的副政委,离着他远呢。久而久之,那种原来很近的关系连自己也觉得渐渐有些淡漠了。

所以,当他拨通了施占峰的电话时,突然感到自己竟有些紧张,甚至比给监狱长程敏远打电话更紧张更拘束。

电话只响了三遍施占峰就接了电话。听施占峰的话音,好像施占峰还没有睡,或者是刚刚睡下不久。

"哦,小罗呀。"施政委的嗓音很平和,听不出有任何情绪。"这么晚了,有急事呀?"

"施政委,真的不好意思这么晚打搅你,但这件事实在是太重要了,我非得马上给你汇报一下。"

"什么事?"

"我怕在电话上给你说不清楚。"罗维民小心翼翼的,担心又会出现给程狱长打电话时的情形。

"没关系,什么事,你先大致说说。"

"我在一个服刑人员身上发现了一个很严重的情况,这很可能是好几个尚未破获的大案要案的重要线索。我之所以这么晚了给你打电话,就是现在有一个非常可疑的迹象,这个服刑人员正在同一些人勾结起来,装成精神病患者,制造假象,极有可能准备借外出就医的机会伺机逃跑,或者是骗取监管人员的信任达到保外就医的目的。施政委,情况确实非常严重。"

"这个服刑人员现在在什么地方?"

"因为他昨天把一个服刑人员打成重伤,现已在隔离了。"

"……哦。"施占峰的口气明显地松弛了下来。"这个服刑人员叫什么名字?"

"他是五中队三分队的一个服刑人员,名字叫王国炎。"

"……知道了。"施占峰顿了顿,接着说,"我知道这个服刑人员,你还有什么吗?"

"大致就是这些,别的还有很多,说起来时间就长了。"

· 83 ·

"这些情况你们科和五中队的干部都知道吗?"

"知道,但并不具体。我都已经给他们分别汇报过,但还没有做出决定。"罗维民一边字斟句酌地思考着,一边谨小慎微地说着,免得给施政委一个好像是在告状的感觉。

"你给辜政委说过吗?"

"说过了,但辜政委很忙,说是他……知道了……"

"对这个服刑人员你目前是不是已经掌握了一些证据?"

"……具体的还没有,因为是刚刚发生的事情,我只是初步地判断和分析,但我相信基本上不会有错。"

"好,小罗,你不必再说了,我都听清楚了。"施占峰再次顿了顿接着说道,"你能及时反映情况,这很好。不过,有一点我得给你说清楚,你也是个老侦查老干警了,监狱的工作、狱警的工作,都要求细致再细致。一点的疏忽都可能发生意想不到的重大事故,因为监狱的工作事关重大,人命关天。所以,千万不能在原则问题上有任何个人的想法,尤其是绝不能有任何连带个人情绪的想法。我是你的老上级,我也很了解你,所以,有些话才愿意给你直说,响鼓不用重锤,我只说你一句,在工作上一定要多和同事们商量,你非常能干,也很有经验,但不应把这种属于你的优势变成对你不利的劣势。一个人不管有多能干、多有本事,一旦有了骄傲的情绪,脱离了群众,可就什么也完了。三个臭皮匠,顶个诸葛亮,只有互相尊重、互相学习,才能把工作做得更好,也才能提高自己的影响。小罗呀,说实话,我早就想同你谈谈了,你这个人,优点非常明显,缺点也非常明显。优点我就不再说了,缺点就是有些孤傲、有些清高,这也不是我一个人的感觉,不少人都有这个看法。当然,从另一方面来说,也不见得这就是什么大缺点,但是,如果老是不改,可就会影响到你的今后了。你就没好好想过,这些年来,有那么多的人都提的提了,调的调了,为什么你一直就没能动一动?这也真的应该引起你的重视了。今天晚上我有点失眠,反正也睡不着,就跟你多聊聊……"

罗维民此时只有默默地听着,他一再防范、一再担心的事情,最终还是发生了,监狱的两个主要领导,都把他的汇报当做了另外一种东西,或者是理解成了另外一种东西。事情的本身在他们眼里来说,似乎无关紧要,重要的却似乎只是形式。

越级汇报,在如今的人眼里,不是告状,就是邀功。

这就是现实,一个让他无法逾越的现实。

聚集在心里的激情和兴奋,好像渐渐地又淡远了,随之而来的则是一种说不出的悲愤和空落。他觉得摆在自己面前的竟是这样一个难以捉摸的庞然大物。平时你好像根本看不见它,但它却无所不在,无时不在。在你真正需要它的时候,往往根本依靠不上它,也很难找到它,然而当你想绕开它的时候,却会感到它时时在羁绊着你、制约着你、束缚着你、驾驭着你,以致让你疲于奔命、寸步难行。

末了,他试着给侦查科科长单昆家里打了个电话,响了八九遍没有人接。然后打手机,手机不开。呼了两遍,等了十分钟也没有打回来。看看表,已经凌晨一点了,想了想,现在说,其实跟几个小时以后说,已经没有什么区别。

回去吧,也该休息了。

他有些疲惫不堪地站了起来,一边揉着阵阵酸痛的后背,一边默默地注视着眼前的电话机。

猛然间一个闪念在脑子里亮了起来,他犹豫了半天,然后终于拿起了电话……

八

市公安局副局长、刑警队队长魏德华接到罗维民的电话时,已经是凌晨一点四十了。

罗维民打的是魏德华的手机,其实,魏德华就在办公室里,因为凌晨两点半市局安排了一个突查行动,所以,此刻他哪儿也去不了,正闷

· 85 ·

在办公室里抽烟。

魏德华的手机通常二十四小时都是开着的,除非是实在累得受不了了,非得睡一觉,并给手下人特意交代过后,他才会把手机关闭上几个小时。手机响了时,他几乎被吓了一跳。一般来说,这么晚了,又是在这样的时刻,凡是打来手机的,几乎很少会有什么好事情。

听了好半天他才算听清楚了是谁打来的电话,他怎么也没想到会是罗维民。稍稍松了口气,然后便开起玩笑来:"谁呢,吓人一跳! 还以为你光荣牺牲了呢,两个月了也没来个电话。"魏德华和罗维民在县公安局时,曾是一对出生入死的老搭档,患难之交,好得你我不分,就像一对亲兄弟,相互间无话不谈。"听你那嗓门凶里凶气的,是不是提拔了? 当官了? 厅局级还是省部级?"

"别牛×哄哄的,当官提拔了的是狗。"在战友面前,罗维民也一下子放得很开,"不就是一个正科级的副局长么,吓唬吓唬老百姓还差不多。"

"嗬,眼红了是不是? 这小官算哪门子提拔,还值得你咬牙切齿呀。我告诉你,如今的公安可不比咱们那会儿了,老百姓也没那么好糊弄的。好了,给领导汇报汇报,你小子最近怎么样?"

"我还能怎么样,这地方,你也是知道的,整天跟服刑人员打交道,眼睛都成绿的了,人也变态了,看着谁也不踏实。"罗维民实话实说,"唉,爱操心想不开。就这命,没法子。"

"我早就给你说过了,别在那地方干了,你就是不听。当初你就不该到那种地方去,你天生就是个搞公安的料。要是现在还在公安,就是熬也熬它个局长处长? 那么多人劝你都不听,就是个怕老婆。告诉你,怕老婆的人,其实最终是把老婆给害了……"

"得得得,别又讨便宜又卖乖。要是没有我们这些狱警,你当公安的有那么舒服? 不说别的,只要现在把监狱里的服刑人员压缩一半出去,就让你这个刑警队长吃不了兜着走……"

"嗬! 你以为你们的名声挺香是吧? 我告诉你,我们现在所破获的大案要案,百分之七八十的罪犯可都是你们减刑放出来的劳改犯……"

"好好好,今天不跟你争这些,别给我来这哩格楞,我有要紧的事要给你说。"罗维民扭转话题,言归正传。"我这儿有个案子,你帮我尽快查一下。"

"说吧,我听着呢。"魏德华的声调也严肃了起来,他明白罗维民这么晚打来电话,绝不只是没事了来找他调侃。

"你还记得十几年前的那个'1·13'特大银行抢劫案吗?"

"是不是1984年开公审大会时的那个银行抢劫案?"魏德华一震。

"没错,就是那个案子。"

"怎么,你那儿有线索?"魏德华挺了一下身子,差点没从椅子上掉下来。

"我这会儿还拿不太准,我记了这么几个东西,你抓紧核实一下。"

魏德华一下子从椅子上跳了起来,急急忙忙地找笔找纸。"好了,你说。"

1984年元月13日

万人公审大会

伤三死二

两辆摩托车,两人

红围巾

小皮包

军绿色单帽

塑料底棉鞋

五万人民币,五千美元

魏德华死死地瞅着眼前记下来的这几溜数字,心里有个东西像打鼓一样猛跳了起来。这个时时刻刻让他牵肠挂肚、殚精竭虑的案子,怎么会不记得!已经十多年过去了,但这案子所有的细节和情景仍然像刚刚发生一样历历在目。

他当时虽然并不在市公安局,但他和罗维民一道,同时因这个案子被抽调到地区公安处临时组织的"1·13"大案专案组。这一调便是两个多月,尔后便连工作关系也转到了市公安局;后来,市局班子因此案被一再调整,他被提任为市局刑警队副队长;再后来,他被提任为刑警队队长;再再后来,他被提任为一直到今天的市局副局长……

说到底,他之所以从县公安局最终被调进市公安局,其实还是因为"1·13"这个特大抢劫杀人案。尽管"1·13"大案专案组成员随着时间的推移不断减少,但十几年过去了,魏德华依旧是这个专案组里最久最老的专案成员之一。

魏德华的老上级,原市局分管刑警队的副局长因此案被连降两级,而后因癌症去世。这个公安系统响当当的硬汉子,临死时有关公安方面的事情,几乎什么也没有交代,惟一对他说了又说的,仍然是这起抢劫杀人案。弥留之际,他最后讲出来的一句话竟是:

"……小魏,等到哪天……破了案,在我坟前烧张纸,告诉我一声……"

一辈子很少流泪的老局长,临死时,却淌下了两行浑浑的泪水。

死不瞑目的同事里,岂止是老局长一人。

原市刑警队队长被降级为城郊派出所副所长,同年在一次执行任务中壮烈牺牲。在他的遗物中,竟找到了一份还没有写完的有关"1·13"案件的书面检查……

原地区公安处刑侦科老科长,在侦破此案时,突发脑溢血,因地处偏远,救治不力,在送往医院途中再也没能醒来……

"1·13"案发所在地市红卫路派出所所长,因此案主动辞职,他在给市局领导的辞职书中写道,不破此案,决不复职。四年后,在一次任务中,因车祸而不幸以身殉职……

"1·13"抢劫杀人案,十多年了,就像石头一样沉沉地压在市局每一个人心上。与其说它是一个洗不清的耻辱,还不如说它是一个神气活现地罩在警察头上的恶魔,它时时不断地朝着每一个搞公安的人发出阵阵哂笑和嘲讽,大张旗鼓、洋洋得意地向世人宣告着公安的愚笨和无能……

这样的一个案子,又如何忘得了!

魏德华瞪着两只血红的大眼,从这几行字上久久地抬不起头来。作为最老的一个"1·13"大案专案组成员,他清楚这几行字的分量。这记录下来的东西实实在在是太重要、太重大、太让人激动和振奋了!对一个刑警队长来说,没有比这更让人兴奋不已的东西了。

因为一个监狱的服刑人员,能说出这样的情况来,真正是非同小可!

"1984年元月13日"、"万人公审大会"、"伤三死二"、"两辆摩托车,两人",这从一个离此地数百里的省城服刑人员嘴里说出来,已经够让人震惊的了。而"红围巾"、"小皮包"、"塑料底棉鞋"、"五万人民币,五千美元"就更让人惊心动魄,震骇不已。

当时因破案需要,像"红围巾"、"小皮包"、"塑料底棉鞋",这些作案的细节,属于严格保密范围,当时曾有一家晚报得到了"塑料底棉鞋"这一情况,专案组得知后,连夜派人专程赶到晚报编辑部把新闻稿撤了下来。这么多年来,除了案发现场的一些目击者、公安系统以外,这些作案细节,直到今天仍然属于"绝密"内容。即使是对那些目击者,专案组也都一而再再而三地做了交代,要求他们在破案之前一定要对此严格保密。

所以,当一个监狱服刑人员,能说出如此全面而又详尽的作案细节时,怎能不让人感到震骇!

这个服刑人员知道的情况实在是太详尽了,竟还知道塑料底棉鞋是"让人给砸下来的",还知道那个"皮包太小,一大把一大把的钱都在皮包外面露着","后来连那只单军帽也不要了,只围着个红围巾","一人一辆摩托车",什么面具也不戴,只管在大街上横冲直撞……

这个服刑人员说这起案子是他干的。退一步说,即使这个服刑人员真的得了精神病,即使这个服刑人员是在撒谎吹牛,那他也肯定清楚

·89·

这些细节的来源，这一切绝不会仅仅只是在千分之一，万分之一，百万分之一的概率中，由吹牛吹出来的一个绝无仅有的巧合！就按最小的可能来说，只要这个服刑人员知道这些情况和这些细节的来源，对这个案子来说，就会是一个重大的收获和突破！

魏德华只觉得热血奔涌、浑身战栗，一时间竟有些情不自禁，忘乎所以地在办公室里紧张地踱来踱去。

看看表，已经是凌晨两点一刻。再有一刻钟突查行动就要开始，作为刑警队长，他必须准时出发。然而，这个案子给他带来的冲动实在是太强烈了，太具有诱惑力了，他真想立刻就把这个服刑人员解押出来进行突击审查，顺着这一重大线索，使这一连续追踪了十多年的特大抢劫杀人案一举破获，大白于天下！

他本来想在突击行动完毕后再把这一消息告诉局里有关领导，但忍了半天忍不住，终于用发抖的手指拨通了市公安局局长床头的紧急电话。

电话铃声只响了两遍，话筒便已抓在了市公安局局长史元杰的手里。对一个市局的局长来说，这已经成为一种下意识，一种本能。电话铃声一响，往往人还在睡梦中，手却已经放在了话筒上。以至于常常会这样，话筒都已经抓在手里，都已经贴到耳朵上了，人并没有彻底清醒过来。

之所以会有这种情况，一是因为床头这个只有少数一些人才知道号码的紧急电话，一旦发出响声，必定是重大情况；二来其实也是所有公安人员的通病，一年四季一天二十四小时，几乎时时都会有重大情况，天长日久，连累得家人都能吓出心脏病，出于对父母妻小的内疚和关爱，自然而然地也就养成了这种习惯，即使是在熟睡中，电话铃声也绝不会超过两遍三遍。如果是在早晨或者刚刚入睡不久，电话铃声绝不会超过两遍。有时候第一遍电话铃声还没响完，话筒便已经抓在了手里。

四十六岁的史元杰，已经有十九年军人、八年民警的历史。他在市局大大小小的会议上,有两句话是必讲的:只要你还是警察,就没年没节没休息;只要你还是警察,就永远别想着要睡囫囵觉!而这句话,则是史元杰的老上级,现在的地区公安处处长何波,在他正式成为警察的第一天时讲给他们的。

他第一次听到这句话时,还有些不以为然。十多年过去了,他对这句话的理解则越来越深,尤其是当他终于当上了市局领导时,他对这句话的感触更是刻骨铭心。确确实实,作为一个警察,即使是在熟睡中,也绝不踏实。

职业病,真正是毫无办法。他抓住了话筒,下意识地把话筒紧紧地贴在耳朵上,以免话筒里的声音让妻子再次受到惊扰。直到魏德华的声音传过来时,他才真正算是从睡梦中清醒了过来。

史元杰身体非常强壮,尽管干了多年的公安,除了留下几处伤疤外,基本上没有什么病症。他每天坚持做一百到二百个俯卧撑,长跑五至十华里。另外还经常打打篮球、羽毛球什么的。在整个市局上百号人里头,掰手腕没有一个人掰得过他。有家报纸采访他,说他一如钢浇铁铸、气壮如虎,了解他的人,没有一个人说这种形容过分。

然而,即使如此,每当深夜电话铃声陡然响起时,还是要让他心跳好大一阵子。而随着年龄的增大、职务的升高,这种心跳气短的感觉也变得越来越强烈,有时候会延续十几分钟半个小时,甚至更长的时间。今晚也一样,突然大作的电话铃声,使他心跳得尤其厉害。妻子其实已经把电话铃声压到最低限度,但实际效果并没有什么太大的区别,只要夜间电话铃声一响,他就会被吓一大跳。这几乎已经成了一种条件反射,真的是职业病,真的是没有办法。

魏德华只说了一句,他就从床上坐了起来。

"啥……'1·13'……真的!你再给我说一遍!"他直起身子,忘乎所以地嚷着,以致让妻子也一骨碌爬了起来,一面用手捂着心跳的胸口,一面惴惴不安地直直地看着他。

此时的史元杰似乎早已把身旁的妻子给忘了,一边把放在床边椅子上的衣服往怀里拉,一边命令似的说道:

"……你马上给我回来,今天晚上的突查就不用去了,让副队长顶替你,告诉他说这是我的意思,他要是有什么不明白的地方,就让他给我打手机……回来干什么?你说干什么?马上开车到我家来,就你的车,咱们一块儿到何处长家。对,就现在,立刻,马上!这你也听不明白吗?"史元杰对下级从来不摆架子,但也从来不虚虚套套,"……你看看我现在的样子,你就知道何处长怕不怕打搅。你以为你告诉了我这个消息,我还睡得着觉……你害我!你告诉我了,再让我去休息!你看你想得多周到!我告诉你,何处长昨天还给我说这个案子呢,何处长五十七啦,你知道不知道?老处长说了,要是这个案子再破不了,等到他离了退了,这辈子到死他都会合不上眼……"史元杰顿时竟有些激动起来,他一边东拉西扯地穿着裤子,一边接着说,"你马上开车过来,我这就给何处长打电话。具体情况,等见了何处长再说。好了,就这样,快点,我在门口等着你。"

史元杰是市公安局1984年"1·13"特大抢劫杀人案后的第二任局长。原局长因"1·13"抢劫杀人案未能破获被免职调离后,随后调来的是一个经验丰富的五十三岁的老局长。尽管是一个老公安,尽管是一个人所共知的破案专家,但一直到老局长五十九岁退居二线,整整六年过去了,这个案子也一样未能破获。

第二任局长便是现在的史元杰。他被任命为市局局长时,还不到四十岁。他是复转军人,职务级别是正团,军衔为中校。当初他转业到地方时,曾有十几个去处可供他选择。有税务局、工商局、法院、检察院、银行、环保局等等诸多部门。实事求是地说,这些地方都是好地方,都是热门单位。当时还在省林业厅任职的父亲力荐他到省环保局,一来是因为环保是个大热门,二来因为省环保局缺人。当时的省环保局正副局长都已经超过五十五岁,有一个处长正在办理离退手续,如果史元杰去了省环保局,至少可以保留正处待遇,而且还有机会再上一格,在四十五岁以前成为厅局级干部。以父亲和朋友的眼光,对一个部队转业干部来说,这确实是一个有发展潜力的好去处,尤其是可以保留正处待遇,这更是一件很难遇到的事情。一般来说,军队干部转业到地方,正团级保留为副处、正科,就已经很不错了。在一些热门机关,团级即使保留为副科级,那也是常有的事情。所以,既能保留原级别,还能留在省城,不论从哪一头来说,都是一个转业干部梦寐以求的最佳选择。但史元杰最终还是选择了公安机关,而且尽管经多方努力,他还是只保留了正科待遇,并且是远离省城,被任命为一个偏远山区的县级公安局副局长,属于正科级待遇的副科职务。

  对此,史元杰心甘情愿,打心底里感到满意。说一千道一万,因为这是他自己的志愿,他愿意当一名警察,即使是一个普通警察,他也觉得心安理得、心满意足。到公安机关工作,这大概是多数复转军人的第一选择。按史元杰的话来说,因为公安这个地方跟部队有些相似。除此之外,再无其他。

  史元杰当初入伍当兵以至以后提干,从没想到过有朝一日会离开部队。因为当兵,他几乎跟父亲闹翻。他不顾父亲的反对,刚上初中不久,便毅然决然地要报名参军。父亲的反对也不是没有道理,史元杰的一个哥哥已经是个军人,史元杰完全可以不报名。史元杰当时的学习成绩并不差,上高中上中专都不成问题。父亲希望自己的儿子能走另一条道路,这也合情合理。如果不是后来的"文化大革命",有那么多中学生都荒废了学业上山下乡,儿子当初的选择并不算错,否则,父亲的耿耿于怀很难化解。

  惟有这一次的选择彻底地让父亲失望,每逢见到他时,有一句话是少不了的:总有一天你会后悔的。

  但儿子的命运似乎总是跟老子开玩笑,史元杰一到了公安便干得有声有色,一年后便被提拔为局长,尔后过了不到两年,便被任命为现在的市局局长,并有望成为市委常委,待遇也由副科上升为正科再上升为副处。史元杰所在的市公安局,连续三年被省公安厅评为优秀公安局称号,连续两年被评为公安部优秀公安局称号。这不仅在整个地区,而且在整个省公安系统,都是前所未有的事情。随着儿子的形象频频在电视里出现,父亲虽然嘴巴依旧很硬,但表情则柔和多了。有一次,父亲在酒后竟然对他说了一句让他久久难忘的话：

"好好干，你们公安人员在群众眼里的形象可是不咋的。"

对史元杰来说，这是有生以来父亲对他的最高评价和最大表扬。

其实，父亲还有一些听上去极为严厉的话，同样让他获益匪浅，终生难忘："流氓窃贼有什么可怕？派两个警察抓起来不就完了？再厉害还能厉害过公安？小犯小抓，大犯大抓，犯了死罪就枪毙，几个流氓窃贼还能翻了天？可怕的是什么？是地痞。什么是地痞？流氓窃贼加公安就成了地痞。流氓窃贼最怕公安。流氓窃贼一旦不怕公安了，就成了地痞，再发展下去可就成了黑社会。地痞为啥不怕公安？地痞不怕公安，就因为公安里头有人护着它。如果这样的话，那就可怕了。地痞不怕公安还会怕谁？什么人敢无恶不作？不怕公安的人就敢无恶不作。什么叫警匪一家？这就叫警匪一家。公安局要成了这样，老百姓还会不恨？还会不骂？公安局要是敢收拾那些地痞、敢惩治那些地头蛇，那才算是真公安，那才算是动了真格的……"

"中国现在的犯罪有什么高水平？都是你们搞公安的咋呼出来的。什么现在的犯罪水平越来越高，犯罪手段越来越复杂，越来越趋向技术化，都是胡诌。哄哄不识字的文盲还可以，稍稍有点知识的人有几个会相信？连自己也哄不住，干吗还要哄别人？岂不是自欺欺人，给自己的破案率低找找面子？破案率低最主要的原因是什么？是因为公安里头有内贼。上下串通，里外勾连，这叫家贼难防。小内贼也没什么可怕，发现了处理了就是了。怕的就是有了大内贼、大内奸。一个条子，一个电话，或者是一把钞票，哪怕是天大的案子立刻就成了死案、无头案。如果论手段、这才是手段；如果说复杂，这才是真正的复杂。一个大案要案，最终追到市长那儿，追到书记那儿，追到省长那儿，追到厅长部长那儿，你还往下追吗？你还敢追吗？你要是还敢追，那才是真英雄、真豪杰。不过，要是这样，你的乌纱帽可就保不稳了。要是没了乌纱帽，在老百姓眼里，你又算是个什么英雄？连狗熊也不是。你给我说说，要是你，到了那会儿，你会怎么办？你又能怎么办？让我说，真要到了那会儿，只怕你后悔也来不及……"

"欺软怕硬,你以为你就没这毛病?小案子不屑抓,大案子又抓不了,在老百姓面前诈唬诈唬还行。别以为成了个什么模范优秀,就真有什么了不起了。有朝一日,碰上个真正硬碰硬的大案子,我倒要看看你的能耐和本事……"

"搞公安就是破案子,如果破不了案子,那还算什么公安?戴着大檐帽,腰里别把枪,破不了案子光抓人,想想你在老百姓眼里会是个啥东西?现在群众有好多关于你们公安的顺口溜,要不要我给你学学?……不爱听?不爱听也得听。你要是连这也听不进去,连这也不想听,你还能当了公安局长?你连个普通警察都当不好……"

渐渐地,史元杰才慢慢地感觉出来,父亲的这些话其实是对他的一种忠告,一种鞭策,究底里也是一种深切的勉励和帮助。这些话其实是如此深刻地在影响着他,并时时刻刻在左右着他的工作,让他始终能保持着一份清醒,保持着一种对自己的工作的苛责和反省……

父亲当过十多年的县委书记,后来又当过地区副专员,地委副书记,尔后便是林业厅长,一直到几年前离休。

兄弟姊妹几个,都非常惧怕父亲。其实,他对父亲的钦佩和尊重更多于惧怕。每当工作上遇到什么不顺心的情况,他便想跟父亲聊聊。甚至有时候,只有父亲的批评和严厉,才会让他感到真实和可靠。

父亲对"1·13"案的评价,只有一句话,让这么多人栽倒在马下的案子绝不是个一般的小案子,作案的罪犯也绝不是一般的小人物。父亲还有一句话几乎让他无地自容:"五十岁以前破不了这个案子,你这一辈子的前程就到此为止了。你如果想在五十岁以前当上厅长、副厅长,在五十岁以前调回省城,就必须在四十五岁以前破了'1·13'……"

对父亲的话,史元杰当时颇不以为然。四十岁以前还破不了"1·13",要真的到那一天,那他还怎么有脸在市公安局继续混?父亲也太小看儿子了,一年,两年破不了,三年,五年还破不了?就算在五年内破了,他也还只有四十三岁……

然而，整整七年过去了，这个案子仍然没能破获，甚至可以说是毫无进展。如今，史元杰已经四十岁。史元杰的父亲，如今也已经七十五岁。父亲的身体状况并不好，两年前患过一次中风，几乎被彻底击垮。史元杰有时候一想到父亲，就不由自主地想到了这个"1·13"抢劫杀人案。说真的，如果自己在任时破不了这个案子，别说自己会悔恨终生，说不定父亲都会死不瞑目。史元杰深深地感到，父亲在所有的孩子当中，期望值最高的，大概还是他这个当公安局长的儿子……

九

地区公安处处长何波看了看床头的电子表，凌晨三点差一刻。

接到史元杰的电话，何波情绪上并没有什么太大的波动。他默默地坐在床上，想像着史元杰究竟会给他带来什么样的有关"1·13"的重要消息。

这样的情况实在是太多了，究竟有多少次半夜被叫醒，真的是难以说得清了。随着一次次兴奋、激动和惊喜的落空，他对这些突如其来的消息和线索慢慢地也就平静和理性了许多。

监狱里透过来的消息，这种消息的准确性和可靠性究竟有多大？

何波几乎在公安系统干了一辈子，他所遇到的案子里头，也确实有许多案子从监狱服刑人员那里得到了重要线索，从而对案件的最后破获起到了关键作用。尽管有许多案件都是大案要案，但一般来说，类似"1·13"如此之大的抢劫杀人案，要从监狱里得到可靠的线索，可能性不会很大。一是因为像这样的大案，一旦招供，将会是十恶不赦的重罪死罪，正在服刑的罪犯不可能会把这样的案子主动交代出来。二是在监狱服刑的服刑人员，为了立功减刑，交代别人的罪行是极有可能的情况，如果没有特殊原因，一般不会再主动交代自己的罪行，尤其是像这样的重罪死罪。三是这种线索如果不是直接犯罪人的招供，那这种线索里的水分可就太大了,因为"1·13"一案的当事人、目击者,以及现场所有的迹象都已经表明作案人只有两名,除此之外,并没有再发现有其他案犯同伙。这两个人如果拒不交代或者死也不敢交代,那任何第三者交代出来的线索,都可能是假的、不可靠的。

有时候,细节的真实,并不等于线索的真实,这类情况,他遇到的确实太多了。

但这并不是说,他对这些突如其来的情报和信息不存在任何企盼和希望。恰恰相反,这些线索来得越是迅疾而突然,他的渴望值往往也就越高。尤其是在半夜三更,由一个市局局长提供来的情况,他更不能忽视。

思考了几分钟,他便迅速穿好了衣服。等到史元杰和魏德华赶到家里时,他已经梳洗完毕,连他们两人的茶水也泡好了。

他明白,今天晚上的休息,已经到此为止了。新一天的工作,将从凌晨三点开始。

分秒不差,凌晨三点整,史元杰和魏德华摁响了何波处长家的门铃。

没有任何寒暄、客套。一落座,便呼呼呼地大口喝热茶。然后开门见山,直奔主题。

"何处长,情况都是魏德华告诉我的,我觉得非常有价值。"史元杰说到这儿,扭转头对魏德华说,"详细情况,还是你谈吧。"

"情况是古城监狱的侦查员罗维民提供的。"魏德华接过话茬儿便说了起来。"大约是在凌晨一点四十左右,罗维民突然打来电话,说是有一个有关'1·13'抢劫杀人案的紧急情况让我核实一下。我听完后觉得事关重大,就马上给史局长打了电话。具体情况,其实,罗维民最清楚,我也只知道大致情况。"

"你们说有几个细节非常重要,都是什么细节?"

魏德华此时已经从衣服兜里取出了当时记录下来的一张纸条,看了看,便向何波递过去。

何波对魏德华递过来的纸条看也没看,一摆手:"老花眼,就别让我戴眼镜了,一个一个地给我往下念。"

魏德华收回纸条,一句一句地念了起来。其实根本不是在念,纸条上也根本没有那么多东西。纸条上记下来的,只是一个大概的提纲。而看着纸条摆出像是念的样子,无非是为了调节调节气氛,在汇报时能有个缓冲的余地。于是,就这么念一句,停一下,然后向何波瞅一眼:

"交代这些情况的原是一个判了死缓的服刑人员,名叫王国炎,绰号叫青虎,年龄四十岁左右,曾在侦察部队学过各种技能,能驾驶汽车、摩托车,会擒拿,并能使用各种型号的枪支。两年前因抢劫汽车致人重伤被判处死缓,今年被减刑为有期徒刑十五年。近来表现异常,据监管人员说,该犯患了精神分裂症。但据罗维民说,该犯有装疯卖傻,企图越狱逃跑的嫌疑。该犯昨天因把一个服刑人员重伤致残,罗维民在单独提审他时,他便交代出了这些情况。"

"罗维民在提审这个服刑人员时,他是不是正在发病?"何波这时问了一句。

"我当时也这么问罗维民了,罗维民说他也有些弄不清楚。"魏德华如实答道。"罗维民说他要是清楚这个家伙是真疯还是假疯,就没必要让咱们来核实了。"

何波点点头。"好了,你继续往下说。"

"这个服刑人员就是在疯疯癫癫、自吹自擂的过程中,说出了有关'1·13'一案的一些情况。他还说了许多别的案件,大概有七八起吧,说那些都是他干的。当时罗维民并没有太在意,只是当他说到有关'1·13'一案时,才真正引起了罗维民的警惕。第一个是时间,这个王国炎说他是在1984年元月份市红卫路抢的银行,王国炎居然还说,那一天市里正开着万人公审大会。"说到这里,魏德华停顿了一下,悄悄看了一眼何波。

"往下说。"何波微闭着眼睛催促道。

"王国炎说,他们一共是两个人,一人骑一辆摩托车。那天他们杀了两个,伤了三个。"说到这儿,魏德华又悄悄瞅了何波一眼。他发现何波的眼睛突然睁得很大,在灯光下一闪一闪的,显出一种灼人的神色。魏德华顿了顿继续说道,"王国炎说,他们当时一共抢劫了五万人民币,还有五千美元。他说他拿的那个皮包太小,装不下那么多钱,都在外面露着。他还说他的那个同伙,当时有一只棉鞋让人用砖头给砸掉了……"魏德华突然说不下去了,他发现老处长像是被什么刺痛了一样,直挺挺地从沙发上倏的一下站了起来。魏德华看不见处长的表情,只见老处长有些佝偻的腰背在灯光下微微发颤。

魏德华停止了说话,屋子里顿时陷入一片沉默。

何波没有催促,也没有转过身来。良久,魏德华才继续说道:

"王国炎还说,当时他戴着一顶单军帽,围着一条红围巾。到了后来,他的那顶单军帽给丢掉了,就只围着个红围巾,骑着摩托车在大街上横冲直撞……"

魏德华此时再一次感到无法说下去了,他有些吃惊地看着老处长突然转过来的脸,一下子怔在了那里。

老处长的脸上星星点点,泪流满面!

…………

"没错,是他,就是他。"何波的语气听上去仍显平静,但他此时此刻的情绪却像小伙子一样慷慨激昂、惊喜若狂。几十年的经验告诉他,这一次的情报和线索确实是真的,确实是一个重大突破!这个线索实在太重要了,太让他感到激动了。而这样的线索,已经让他整整企盼和等待了十几个年头!尤其是这一切都是由一个服刑人员提供的,这个服刑人员他并不会在短时间内从监狱里插翅而飞、隐遁潜逃,线索的来源不会中断和消失,共和国的监狱正在牢牢地监管着他,没有任何后顾之忧,也根本用不着公安民警们冒着生命的危险去抓获他。他下一步要做的事情无非就是尽快通报给监狱,对这个服刑人员立刻进行收审核查,一经落实,迅速移交公安机关处理等等。这些事情,比起这么多年艰难竭蹶的侦查和追踪来,又算得了什么。

这很简单,也一样很容易。

而这十几年来,对他来说,实在是太难了,太不容易了。特别是在这个"1·13"特大抢劫杀人案的侦查和破获上,连他自己也不知道这一天天都是怎么熬过来的。

这是一场名副其实的超长马拉松式的侦破追踪。前前后后算起来，各种各样有关"1·13"一案的线索何止上百数千！

除了当年在整个地区，对所有二十五岁至四十五岁之间的近六十万名男子进行过大规模的筛选和排查外，类似这样的超大规模的行动还有好多次。

——根据当时三十多位目击者的描述，专案组特意聘请专家绘制出了犯罪嫌疑人的模拟画像，供有关侦查人员参照调查。同时组织目击者在市区的大街小巷和整个地区的县、乡镇，甚至村落进行查找辨认。这种搜寻、查找和辨认，扩大到了省城和整个省里的十八个市区。并将搜寻调查年龄范围由二十五岁至四十五岁，再次扩大到二十岁至四十五岁。这种搜寻查找几乎进行了将近十年，具有相同类似特征的线索前后搜集到数百条之多⋯⋯

——对监狱里的服刑人员，其实，他们从来也没有放松过审核和侦查。多年来，在地区所在监狱和看守所，以及省内有关联的监狱和看守所内，对一些重点服刑人员和犯罪嫌疑人反复进行核查和调审，特别是对那些已判死刑的服刑人员严格进行审查，防止将"1·13"一案线索带入另一个世界⋯⋯

——对全区非军用枪支进行普查检验，对驻军枪支被盗案展开全面调查⋯⋯

——专案组派出一支小分队，长年驻扎省城开辟新的线索来源⋯⋯

——组织秘密力量，搜集深层次犯罪线索⋯⋯

——把情报信息工作列入全区刑侦工作的重要任务，为"1·13"一案寻觅突破点⋯⋯

十多年来，他们调查访问群众十余万人，明察暗访，否定排除嫌疑人六千余人，在追踪此案时，连带破获其他案件上百起，但"1·13"案件依然没有结果。

从四十三岁开始,一直到五十七岁的今天。当时周围的同事和领导,免的免,调的调,处分的处分,离的离,退的退,伤的伤,死的死……到如今,身边在职的几乎就只剩下了他一人!

多少次在梦中破获了此案,喜极而泣,待醒来,泪水早已浸透了枕头……

而如今,当面对着如此重大而又突然而至的线索,又怎能不让人像在梦中一样激动,像在梦中一样欣喜。

几个人久久地沉浸在一种说不出的兴奋和喜悦之中,尽管他们都知道这个案件的真正破获还为时尚早,但由于案犯是在监狱中服刑,所以,只要有了这样详尽的线索,几乎就等于是已经发现了突破点,离破案也就是那么一步之遥了。

"元杰,你也谈谈,我也想听听你的看法。"不知过了多久,何波才这么意犹未尽地说道。

"以目前的情况看,我觉得这个案子差不多就等于破获了,这个叫王国炎的服刑人员,十有八九是'1·13'大案的主犯之一。"史元杰在老上级面前,显得有些审慎地说道。

"我觉得有些担心的是,"魏德华插进一句,"如果这个王国炎真的成了精神病患者,他说的这些……"

"我可恰恰跟你相反。"史元杰立即反驳说,"如果这个家伙真的是疯了,那倒更能证明他说的都是真话,也更能证明他就是这个案子的主犯。"

"如果他是在装疯呢?"老处长这时插话问道,看他那样子,也不知道他是在问别人还是在问自己。

"如果他是在装疯,那也没有关系。他能在脑子清醒的情况下,说出这么多跟事实完全一致的作案手段和细节,只能说明他确实就是这起案件的主要犯罪嫌疑人,至少也能说明他非常清楚这起案件的嫌疑人是谁。"史元杰有板有眼地分析道。

"有没有这种可能,他在看守所,或者入狱时曾经认识过一个死刑犯,这个服刑人员在临死前把作案的经过全都告诉了他,所以,他才会说得这么真实可信?"何波又突然像是自言自语地问了一句。

"……即使是这样,"史元杰愣了一愣,然后继续说道,"我想,那也一样等于我们已经找到了此案的重大线索和突破点。我们一样可以根据他所提供的线索来源追踪侦查,就算是那个服刑人员已经死了,我们也一样可以顺着这个线索找到更多的突破点。"

"……既然如此,为什么监狱里的侦查员还要找我们来核实情况?"何波像是陷进了一种无法自拔的思绪之中,刚才的兴奋和激动此时已经一扫而光,剩下来的除了疑惑,还是疑惑。"你们想想,如果确实像你们所说的这样,那古城监狱要破获这个案子岂不是易如反掌,何必还要连夜给我们打电话,多此一举地求助于我们?"

也许谁也没想过这个问题,几个人顿时都愣在了那里。

"你们想想,能破获这样的案子,对一个监狱来说,不也同样是一个重大的立功行为?不也同样是一个巨大的荣誉和战绩?为什么他们会告诉咱们?这样一来,岂不是要把身边的功劳拱手让给别人?何况,这些年来,我们两家时有争执和矛盾,这个案子如果真像我们想像的那样容易,他们又怎么会来找我们?这样说,并不是故意贬低人家,也不是以小人之心,度君子之腹,更不是把别人以国家利益为重的行为看成是犯傻。咱们只是实话实说,设身处地地想一想,此事要是放在我们身上,我们会告诉别人吗?本来我们就能做了的事情,干吗非要找别人帮忙?你们说说是不是这个道理?"

史元杰和魏德华依旧愣在那里,一句话也说不出来。想想也真是如此,如果真是那么容易破获,人家又如何会找到你们?

末了,何波问:"古城监狱的那个侦查员叫什么?"

"罗维民。罗马的罗,维护的维,人民的民。"魏德华很利索地答道。

"我怎么一点印象也没有?"何波努力地回忆着说。

"就是小罗么,你大概是对不上号,一见了人就知道了。"魏德华答道,"原来也是咱们公安系统的,'1·13'专案组还抽调过他。个子高高的,长得斯斯文文的,性格内向,不大爱说话。枪打得好,地区公安射击比赛还拿过名次……"

"噢,知道了知道了。"何波突然想了起来。"是不是那年搞指纹鉴定,专门请他在全区公安会议上做过一场报告的那个小伙子?"

"没错,就是他。"魏德华证实道。

"那怎么又去了监狱了?"何波有些惋惜地问。

"没办法,那年监狱和公安分家,当时监狱答应给他分房子和解决老婆的工作问题,所以,他就去了监狱。其实,市局当时也不肯放的,实在是可惜了。"魏德华解释说道。

"这小伙子现在怎样?"

"还不是老样子,房子到现在也没分上,老婆的工作也还没给调过去。"

"我不是说这些,我是说这个小伙子现在人怎么样?"

"也还是那样,老实、直性子,要是滑头一点,有他那一身本事,也早上去了……"

"那你现在能不能把他叫来?"何波打断了魏德华的话,看了看表径自这么问了一句。

魏德华不禁又愣了一愣。"就现在?"

"就现在。"

"去监狱把他叫出来?"

"打电话也行。"

"他家没有电话。"

"再没有别的联系方式?"

"就有 BP 机。"

"他家附近有没有电话?"

"有也这么晚了,哪儿还能让他打电话。"

"他的 BP 机是汉显的,还是数字的?"何波似乎有点不甘心。

"好像是汉显的。"

"你们关系怎么样?"

"关系没说的,我们在一块儿搭档过四年。我救过他一次,他救过我四次。我欠他三条命的情……"

"那就呼他一下,看他能不能过来一下,或者来个电话。让他大致给咱们说说情况,然后看我们能不能在明天就派人提审这个服刑人员?不,今天,已经是今天了,看今天能不能让我们去提审一下这个服刑人员?"

"BP机上说不清楚,只能让他回电话了。"史元杰一边说,一边已经把手机递了过来,"你试试,现在就呼他一下。"

"要是呼不过来,"何波再次看了看表说,"反正离天亮也没多久了,就在我这儿吃点喝点,休息休息,然后开一个介绍信,直接到监狱看能不能马上提审那个叫王国炎的服刑人员。"

让几个人根本没想到的是,呼过去没有三十秒,罗维民的电话便打了过来。

原来罗维民根本就没回家,仍然在办公室里查看王国炎的日记!

罗维民也根本没想到,在凌晨四点,魏德华竟会急呼他速回电话!

当看到这个传呼时,罗维民几乎连想也没想,就立刻意识到肯定是有关王国炎的案子有了重要情况。

"德华吗?我是罗维民。什么重要消息,快点告我。"罗维民好像比魏德华更急,一接上便直截了当地要情况,"……喂!你那什么破电话!我怎么一点也听不清楚?"

"那你放下电话,我马上再给你打过去。"

魏德华放下手机,紧接着便用何波家的程控电话给罗维民办公室里打了过去。"维民,我告诉你,是有关'1·13'一案的消息。你提供的情况非常重要,我已经把这个情况汇报给了咱们市局史元杰局长和地区公安处何波处长。他们对你提供的线索都非常重视,认为这很有可能是有关'1·13'大案的一个重大突破!几个领导……"

"得得得,你眼里就知道几个领导!我问你有什么重要情况,你一口一个领导领导的,谁这会儿有时间听你这些屁话、废话!我问的是有什么重要情况,你听明白了没有……"

"喂！维民！"魏德华怕罗维民再说出什么难听的话来,没等他再往下说,便打断了他的话,"你听着,我和史局长现在就在地区公安处何处长家里,请你跟何处长说话,何处长有些问题要问你……"

"……啥!"罗维民几乎被吓了一跳,此时此刻,魏德华和局长竟会都在何处长家!"喂,等等,你先别……"

然而,魏德华已经不听他在说什么,就像恶作剧似的把他甩给了何波。"好了,你等着,何处长来了……"魏德华放下电话,有些好笑地想像着此时罗维民会有一副什么样的表情。

"喂,小罗吗？我是何波。"何波的嗓音显得亲切而柔和。

"你好,何处长。"罗维民本有些紧张的情绪顿时轻松了许多。

"小罗,非常感谢你,你提供了一些非常重要的线索,如果这些线索能够落实,那可是立了一个了不起的大功、头功。"何波温和的话语,一时间几乎没让罗维民掉下眼泪来。这是两天来,他第一次听到的对他的工作给予肯定的话。"小罗呀,你还记得吗？我以前听过你的课的,还是好多年前的事了吧,那时候你能讲指纹鉴定,我就觉得很了不起,现在看来,真的是很了不起。"

"何处长……你过奖了。我哪有那么好,都是分内应该做的事。"罗维民嘴上这么说着,但眼睛还是止不住地湿润了。"何处长,我给魏德华讲的那些线索,真的很重要吗？"

"确实很重要,太重要了!"何波似乎也再次激动了,"你知道吗,这样的线索已经让我们等了十几年了。"

"何处长,原来我也没想到的,直到后来,经过分析……"

"魏德华都给我说了,我认为你的分析非常准确,非常到位。"何波由衷地夸奖着,"第一你的素质高,第二你的警惕性高,在这个基础上,才会产生这样的分析。好了,这些这会儿就不多说了,咱们以后见了面再好好谈。现在有些问题我想问问你,我非常希望你能支持我们。"

"何处长,这话应该我说,是你在支持我们。"罗维民的感情也非常真诚。"何处长,你说吧,我一定全力去做。"

"你给我们提供的这些线索,你们监狱对此是什么态度?"

"……监狱?"罗维民没想到何波居然会提出这么一个问题来,一时间让他愣在了那里。

"是呀?你们监狱对这些线索都有什么看法?尤其是对王国炎这个服刑人员是什么看法?"

"……这个,你是说我们监狱的领导吗?"罗维民还是有些不知道该怎么回答。

"当然也包括你们的领导,怎么,你们监狱的领导还不知道这件事?你还没有给你们的有关领导汇报过这件事?"何波对罗维民的态度不禁有些疑惑。

"那倒不是,我都给领导们汇报过,他们也都知道。"

"那他们都是什么态度?是不是已经有了相关的措施?"

"……目前还没有。"罗维民努力地把握着自己措辞的分寸。

"为什么?"何波的声音顿时严厉了许多。

"这个……"

"小罗,事关重大,你应该给我说真话。"

"……我们领导这些天都很忙……他们也都答应马上就研究。"

"这就是说,他们目前还没有态度?是不是这样?"何波步步紧逼。

"……是。"罗维民的嗓音显得极为沮丧。事已至此,他不能不说真话。他不禁为自己的领导感到难过,截至目前,他们确确实实没有任何态度,也确确实实没有形成一个统一的意见,更不用说有什么措施了。"主要是还没有研究。"

"对这样的情况还需要怎样去研究?"何波突然觉得不可思议。"这又不是什么难以决断的事情,作为一个领导,在听了汇报后,只需要做出指示就行了,这又要你研究什么?"

"……可能是,他们大概觉得还需要进一步核实和调查。"

"为什么?"

"他们大都认为这个服刑人员是在胡说八道。"

"胡说八道?"何波大感不解。

"其实,这个王国炎早就这么说过了,他们一直认为这些都是没有根据的胡说八道。"事到如今,罗维民也只有实话实说。

"……早就这么说过?"

"王国炎那个中队不是我分管的范围,我们侦查科的另一个侦查员这两天因为有事请假,我才在一个偶然的机会发现了这些情况。"

"……是这样!"何波似乎渐渐悟出了一些什么,难怪罗维民会在半夜三更把这些线索透露出来,让他的生死搭档来帮他核实调查。

"何处长,其实我们的大多数领导还是非常重视这件事情的……"罗维民本想再说点什么,但一下子便被何波的话给打断了:

"小罗,你不用再说了,我明白了。"何波的声音庄重而又真挚。"谢谢你,我们都非常感谢你。"

"……何处长。"罗维民的眼泪终于一涌而出。

"小罗,有件事你还得给我说真话。"何波的语气就像是在哄一个孩子。"在目前的情况下,是不是无法按照你的想法开展下一步的行动?"

"是,有些事情必须征得有关领导的同意才行。"

"我们现在是不是就可以参与进去?"何波小心翼翼地问。

"按规定应该可以。"

"明天,不,已经是十一号了,今天可以么?"

"今天?"

"是,就今天。"

"……也应该可以。"

"对你提供的这些线索,我们是不是可以直接同监狱联系?"何波终于切入了问题最实质的部分。

"……可以。"罗维民并没有怎么犹豫。

"小罗,我想像的出你目前的境遇。"何波字斟句酌地说道,"我是设身处地地为你着想,你也清楚,一旦我们同他们接触,我们只能把这件事情说破。小罗,我还没有来得及更多地去想别的。我不知道,你明白不明白我这些话的意思?"

"何处长,我明白。"

"小罗,我还不知道以后都会发生什么事情,但有一点,我现在就必须给你讲清楚,在这个问题上,我不仅需要你的大力协助,很可能还得要你做出牺牲……"

"何处长,你不用再说了,我明白你的意思。这些我在给魏德华打电话前,都认真地想过了,我明白这其中的利害。我如果要是顾忌这些,就不会给魏德华打电话。"罗维民事前确实想过这些,但说实话,只有到了此时此刻,才真正感到了这其中的压力和沉重。其实,到了这步田地,他也明白自己已经无路可退了。"何处长,'1·13'这个案子我一直记着,我们的人牺牲得太多了。只要能破了这个案子,我什么也不在乎。"

"谢谢。"何波本来还想说句感谢的话,想了想突然觉得有些多余,那些感谢的话,用在此刻,已经显得太轻飘、太苍白了。于是,他像发布命令似的,"请你做好准备,早上七点半,我们准时派人去监狱找你。"

"七点半我肯定在办公室。"

"再见。"

"再见。"

十

罗维民放下电话,立刻意识到他昨天晚上打过去的电话,将会给自己带来一个什么样的局面,或者说给自己带来一个什么样的后果。

打电话前,罗维民并不是没有顾虑,他甚至还拿出几乎能倒背如流的《狱内侦查工作细则》,对其中的一些章节,他琢磨了很久很久:"……对在押罪犯与劳改单位职工、就业人员或社会上犯罪分子勾结的案件,主犯是在押罪犯的,侦破工作以劳改单位为主,当地公安机关协助进行……"

"狱内侦查工作应主动取得公安机关的业务指导……"

思前想后,他觉得自己这样做,合情、合理、合法。尽管出现这种情况,更多的是因为形势所迫,感到问题严重,自己却真的一点办法也没有,所以,才不得不向公安机关要求予以协助。其实,他在这样做之前,已经在维护本单位的利益上做出了最大努力。老实说,这种思前想后、顾虑重重的想法、做法本身就是很不正常的。大凡有了这种案件,都应该立刻主动向公安机关予以联系,如何能迫不得已了,才不得不向公安机关求助?何况,这还是一个有关公安机关十几年都未破获的大案要案,而对这一点自己又非常清楚。作为一个国家劳改机关的干警,面对这样的一个案子延缓不报,已经是大错特错,甚至于还想隐案不报,岂不更是错上加错?

理是这么个理,但在实际工作和生活中,你能不这样去想,你能没有这方面的顾虑?

如果这个案子真的被破获了,又有谁会知道这期间会生出些什么事情和说法来?胳膊肘往外拐呀,见利忘义呀,吃里扒外呀,名利思想呀,吃独食呀,等等等等,人家想说什么就说什么。好事争破头,坏事无人问,这些年来,不就一直这样?

面对着如此穷凶极恶的一个罪犯,面对着如此令人震惊的犯罪线索,尽管自己已经顾不了那么多了,但当事情真的将要发生时,又如何能不思前想后,心事重重?

原定会面的时间是在早晨七点半,但还不到七点十分,魏德华和另外两个刑警便赶到了他的办公室。

罗维民接到魏德华的传呼时,正在家里赶着给孩子和老婆做早饭。罗维民是清晨五点四十左右回到家里的。回到家时,才发现老婆李玉翠的病又犯得重了。

其实,妻子昨天就有点感冒,像妻子这种风湿性心脏病,最怕的就是感冒。稍一发烧,立刻就胸闷气短,憋得喘不过气来。尤其是在半夜里，这种症状更厉害，常常一阵一阵地感到窒息，就好像心脏停止了跳动一样。

罗维民清晨赶回家里时，才清楚妻子几乎整整一晚上都窝在被子里，连躺一会儿都不能躺！

本来想休息一会儿的罗维民此时睡意全无，随之而来的则是一种难以形容的内疚和痛苦。他看着昨晚剩在锅里的饭菜，看着熟睡的女儿，一时间难过得差点掉下泪来。妻子对他没有任何时间观念的工作似乎早已习惯了，但他却常常会忘记家里还有一个体弱多病的妻子。像妻子如此严重的病情，看来确实得想想办法了，尤其是决不能再这么往下拖了。要是再碰上像今天晚上这样的情况，自己不在家，孩子又那么小，一旦有个三长两短，那可真是后悔也来不及了。大夫们早就说过了，如果病情持续没有好转，那就只能考虑动手术了。听说像妻子这样的手术，前前后后至少也得五六万元人民币，如果要去好一点的医院，花费可能会更多。

他急急慌慌地给妻子端水喝了一些药，然后帮着让妻子躺下。等到妻子的病情和情绪渐渐稳定了，渐渐睡着了，看看表，已经是早上六点多了，该是给孩子准备早饭的时候了。

正在给孩子煎荷包蛋的当儿，他的传呼响了。

他一看传呼是手机号，立刻就清楚是魏德华他们来了。再一看时间，还不到七点十分，立刻又意识到，一定是出了什么问题，否则绝不会这么提前打传呼给他。

他又用了差不多五分钟的时间，把孩子叫醒，穿好衣服。一边张罗孩子刷牙洗脸，一边给孩子嘱咐着吃饭，拿书包，不要吵醒妈妈，出门时一定要把门关好等等事情，然后拿了一个馒头，一边大口地嚼着，一边向办公室急急忙忙地跑去。

一看魏德华神色严峻的样子，罗维民就知道肯定出了什么问题。

怕出来的狼，吓出来的鬼，罗维民的担心很快便被证实了。

魏德华进了办公室还没坐下，就冷不丁地说："你们政委说了，这件事,监狱正准备着手调查核实,根本还不到需要别的机关协助的时候。如果监狱在调查核实后觉得需要,监狱方面会主动向公安机关提出要求,目前还根本没有这个需要。"

"他没问你们是怎么知道这些情况的?"

"那还能不问?"

"你们咋说?"

"那只有照实说。"魏德华实话实说。"我们说,你昨天打电话要我们核实一些问题,并问了一些有关的案情,我们听了后,也认为这些情况很有价值,所以,便想来尽快了解一下。"

"怎么能这么说。"罗维民皱了皱眉头。"你就说我认为案情非常重大,情况非常紧急,急需公安机关的协助,所以,才连夜给你们打的电话。像你说的那样,他还会把这当一回事?"

"还不是不想让他对你有什么看法和误解么?"

"笑话,"罗维民苦笑了一声,"只要一点出我的名字,那就注定在劫难逃了。我要是担心这个,还会半夜给你打电话。你越说得玄乎些,说不定他们对我的看法和误解还会少些。"

"后来也这么说了,可是,你猜你们的政委怎么说?"魏德华本来想抽根烟,瞟了一眼墙上几个醒目的大字:武器重地,严禁吸烟!只好把拿出来的烟盒重又塞回兜里。"你们政委说了,你的想法和做法,代表的只能是个人,并不是组织。第一组织上根本不知道这件事;第二组织也根本没有这种想法和做法;第三如果是个人行为而不是组织行为,那一切后果就只能由个人负责。你看看,你们的政委怎么会有这种想法?维民,我来这里,主要是想跟你再说一声,你们的政委看起来好像对这件事……有些不大满意,你要有思想准备。"

"你来这儿就只为了告诉我这个?"罗维民对魏德华的吞吞吐吐不禁感到有些气恼。什么时候了,还这么遮遮掩掩的!

"刚才给何波处长打了电话,何处长说,第一让我代他向你表示歉意,第二让我们跟你商量,看目前还有什么更好的办法。"魏德华一脸的虔诚,另外两个刑警也都眼巴巴地看着罗维民。"你们政委这儿看

· 111 ·

来是行不通了,他不会让我们现在就介入这个案子,至少在眼下没有这个可能。你们政委还说了,如果需要我们时,他还得同监狱长和监狱其他领导研究这件事,有了结果,还必须向司法厅和监狱总局汇报,然后再由司法厅和监狱总局给省政法委以及公安厅打报告,最后才会由公安厅向你们下达指示。只有这样,才合乎原则和规定。他说,各行各业都有规矩,要是不懂规矩,迟早要出大事……"

"好了,你别说了,我马上就去见他。"罗维民打断了魏德华的话,一边看了看表,一边说道。"现在是八点刚过,我看你们就先在这儿等着,别的等我回来再说。"

罗维民走到监狱政委施占峰的办公室时,只听见施占峰正在打电话。想了想,便停在了门口,他觉得应该等施政委打完电话再进去更合适一些。

施占峰办公室的门几乎就敞开着,施占峰的嗓门又挺高,打电话的内容清清楚楚地传了出来。

"……有这么干的吗!脑子里还有没有点组织观念?还有没有点纪律性?整个一个官僚主义!什么是官僚主义?这就是官僚主义!对什么事情也不闻不问,听之任之,时间久了,那还能不出问题,还能不出大问题?我不信,我死也不会相信!要是真的什么问题也没有,他怎么会半夜三更地给公安局打电话?是不是都得了精神病?或是吃饱了撑的没事找事……好了,我这会儿什么也不听你的,你们马上组织人,给我把这个家伙好好审一审,看能不能审出什么问题来!要快!听见了没有……当然,要是没什么问题,那岂不是更好!要真的都是胡说八道,那也得好好惩治惩治!这是监狱,而且还是全省的模范监狱,服刑人员们在这里必须遵纪守法、认真改造,如果都像是那样子,那还像监狱吗?人家要是不觉得你这里有问题,那才是活见鬼了……好了,最好在一两天内能给我一个结果!要是真的捅出什么娄子来,该是谁的责任就是谁的责任,谁也别想跑得了!还有,有件事我还得……"

这时候,施占峰不知是看到了门敞开着,还是听到了外面有什么响动,或者是觉得后面的话需要保密,于是,便哐的一声把门给关住了。办公室里的声音就好像被切断了一样,顿时便什么也听不到了。

罗维民等在外面默默地琢磨着施政委的话,渐渐地心思反倒踏实了不少。不管怎么说,施政委对自己的所作所为基本上还是肯定的。这样看来,等见了施政委,有些话也就好说了。

大约过了有五六分钟的样子,等到办公室确实无声无息了,罗维民才敲响了施政委办公室的门。

"进来。"敲门声几乎没落,里面的话音便传了出来。

"施政委。"罗维民走进屋来,很恭敬地喊了一声,算是打招呼。

"哦,我刚刚给你们科长打了电话,正让他找你呢。"施占峰很客气地指了一下椅子。"请坐。"

罗维民小心翼翼地坐下,斟酌着词句说道:"施政委,刚才……"

"好了,既然来了,那就听我先说吧。"施占峰似乎没有任何想听罗维民说话的意思,还没等罗维民说出什么,便一下子打断了他的话,径自不紧不慢地说了起来。"其实不用开口你也知道我要说什么。昨天晚上你不是给市公安局打了电话,要求对咱们监狱的一些情况予以协助调查吗?今天早上他们已经来过了,我也已经让他们回去了,因为这是咱们监狱自己的事情,这会儿根本还用不着让别的单位来协助。我还对他们说,昨天你也给监狱领导详细汇报了这些情况,监狱领导对此也非常重视,正准备全力对此事进行调查。到时候如果确实需要帮助,我们会通过正常渠道向你们提出的。我想,他们也已经给你说过了,你来找我,是不是还有什么其他想法我也不知道。我现在就只给你说一件事,希望能引起你的重视。你今天凌晨一点给我打来电话,我今天早上一进办公室就已经给王国炎所在的大队、中队,给你们侦查科,给狱政科,还有监狱医院都打了电话并发了口头通知。我要求他们尽快组成一个专案组,对王国炎一案立即立案审查。而且我刚才还跟程监狱长和辜政委通了电话,我们的意见基本一致,如果经核查确实有问题,那就立刻把王国炎转入监狱严管队,对其实施二十四小时监视看管。今天上午你所要办的事,就是立刻跟你们侦查科科长单昆联系,全力配合二大队五中队和狱政科对王国炎的调查审核。我之所以给你说了这么多,就只是想提醒你一个问题,今后如果再遇到类似的问题,希望你不要随意单独给任何别的单位联系。为什么?我想这没必要让我再给你解释。我对你的希望只有一个,那就是兢兢业业,立足本职;认认真真办事,踏踏实实做人。好了,我的话已经说完了,你还有什么要说的吗?"

听了施占峰这一大段话,罗维民的情绪一下子凉了半截。他本来并没有奢望施政委可能会对他说些什么赞许表扬的话,但却根本没想到施政委对他的态度竟会如此恶劣,恶劣到几乎把对服刑人员讲的那些话,稍加改换就用到了他的头上。什么认认真真办事,踏踏实实做人,不就是每天都要给服刑人员讲的老老实实改造,清清白白做人吗?看来自己刚才的猜测实在太有点天真了,还以为施政委对自己的所作所为基本上是肯定的,真是幼稚得可以!看来平时自己的那些想法也实在有点太天真了,总是觉得自己跟施政委关系还不错,即使是在施政委说了自己好多次以后,自己还不以为然,认为施政委嫌自己平时不去他办公室,只是一种表示亲近和友好的措辞,只要没什么大事情,平时去不去并无大碍,然而现在看来,真是糊涂得可以,根本就是大错特错!尤其可怕的是,他现在极有可能把这些前前后后所发生的事情都因此而联系起来,从而形成一个更为固定的看法和成见。想到这里,罗维民赶忙解释说:

"施政委,这件事,可能你对我有些看法……不过,我现在这么说,"罗维民话语竟有些吞吞吐吐起来,一时竟不知道该怎么说才好,"……我只是想给你解释一下,我之所以连夜给公安机关打电话,因为我觉得这件事确实太重大、太紧急了。有关详细情况,如果有时间,我想我还是能给你说清楚的。我现在想给你说的只是眼前这件事,我个人认为,既然公安机关的人已经来了,那就最好让他们也一块儿参与进去,这对王国炎一案的调查会非常有利……"

"好了,"施占峰一下子打断了罗维民的话,"对这件事,我现在就明明白白地告诉你,我个人认为不行,至少是现在不行。首先我不能同意,我想监狱的其他领导也不会同意。"施占峰语气坚决,没有任何商量的余地。

"施政委,我觉得你还是考虑一下为好。"罗维民好像什么也顾不得了,有些不依不饶地说,"如果王国炎这个服刑人员所说的那些情况确实都是真的,如果我们能在短时间内认定了它,施政委,这将是一个多么大的收获!不论是对监狱,对公安,对社会,都会是一起重大的事件。所以,我觉得,这件事越快越好,不论我们用什么方法,用什么手段,也不论我们动用和借助什么力量,一旦破获,那都是我们监狱的荣誉和功绩。让公安机关现在就介入进来,对我们只有好处,并不会产生任何副作用。他们只是在协助我们,我们用不着有什么顾虑。施政委……"罗维民突然说不下去了,他发现施占峰已经干起了别的什么事情,似乎根本就没有听进去他在说什么。

见罗维民不吭声了,良久,施占峰才抬起头来问:

"你还有别的什么要说的吗?"

"我就是希望让公安机关也参与进来。别的没了。"

"我给你说过了,这个以后可以考虑,但现在不行。"

"施政委……"

"还有一点,我得提醒你。"施占峰的脸色突然变得极为严厉。"你是侦查科的一个科员,也是在我们监狱工作多年的一名干警,以后不论干什么,都应该有高度的组织性和纪律性。我希望以后若要再出现类似的情况,任何言行举止,都一定要在组织的名义下进行,这是原则,是纪律;在我们古城监狱,在这个特殊的环境里,它还是制度,还是规定,甚至是法律。这绝不是小事,更不是可以随意原谅的小事。今天我说的这些,并不是对你的批评,我说过了,只是对你的一个提醒。"

"施政委,那市局的几个公安是不是可以跟我们一块儿……"

"我说了这半天,你真的就一句也没有听懂!"施占峰一下子发作了起来,脸色顿时变得煞白,"你让他们市局的人现在就跟我们参与到一块儿,究竟是想干什么!是我们在办案,还是他们在办案!是在办我们的案,还是在办他们的案!是我们在查案子,还是他们在查我们的案子！是查我们的案子,还是查他们的案子！是我们出了问题,还是他们在查我们的问题！"说到这里,施占峰好像也感到了自己的失态。顿了顿,然后努力让自己的话音缓和了下来。"我给你说过了,现在不行,因为我们也才刚刚介入,我们还不知道具体的案情究竟怎么样？如果觉得需要有关部门的协助,我们自会通过正常渠道,以组织的名义,按程序一步一步地来,觉得需要哪个部门的帮助,就给哪个部门打招呼。好了,我还有其他的事情要办,我已经给你讲得够多了,如果你听明白了,就希望你按我说的去做；如果你还是没有听明白,那你就立刻去找你们的科长,让你们的科长再给你详细传达和解释我的意思。如果你还是不相信我,那就直接去找监狱长。好了,你还有什么要说的吗？"

"……没了。"罗维民终于憋出了这么两个字。

罗维民不知道自己是怎样从施占峰的办公室里走出来的,恍惚中,只觉得脑子里阵阵发木。罗维民做梦也没想到,当他准备向一个十恶不赦的罪犯宣战时,碰到的第一个巨大障碍竟会是自己的领导！他甚至想像不出这之间会有什么联系！

一个直觉隐隐约约地在告诉他,王国炎一案绝不会像自己原本想像的那么简单,随之而来的东西一定还会很多。

怎么办？他一边走一边想一边叩问着自己。

目前看来只有两种选择:一个是回头是岸,老老实实、不折不扣地按着施政委的方案去做。最好马上把魏德华他们打发回去,再也不要过问此事。即便是此案有了重大突破,也要表现出跟此事没有任何关系的样子。只有这样,才有可能慢慢地让领导从那种坏印象里面解脱出来,才有可能让自己同领导的关系渐渐弥合起来,这是最现实的。没风险,也没有任何副作用,说不定事后领导还会更加看重你、更加信任你。不仅会觉得你老实,还会觉得你可靠。另一个则与此完全相反。事情既然已经做出来了,那也就无法回头了。说高点,是为了国家的利益；说低点,也是为了自己的利益。你必须在这件事情上证明自己,证明自己的判断力和责任感无可挑剔、无可非议！不是我错了,而是你们错了！应该受到指责的不是我,而是你们!

现在看来,自己只能是第二种选择,也必须是第二种选择。因为第一种选择,不仅是对自己不负责任,而且对领导,对监狱,对国家都是一种不负责任的表现。

当他想到这里时,正好走到了辜副政委的办公室门口。他几乎没有任何犹豫,便在辜政委的办公室门上敲了起来。

副政委辜幸文的脸上像昨天晚上一样,依旧看不出任何表情。当他看到是罗维民时,仍然只是微微地点了点头,然后仍然像昨天晚上一样问道:

"有事?"

"辜政委,还是昨天晚上我给你汇报的那件事,我想把具体的情况再给你详细地谈一谈。"

"就是有关那个王国炎的事情?"

"……是。"罗维民心里不禁有些惊讶,没想到当时辜政委连抬头看也没看他一眼,却会把服刑人员的名字和他要说的事全都记下了。他记得辜政委昨晚低着头只说了声"我知道了",当时以为那只是句敷衍应付的话。

"这件事今天早上我已经同施政委交换过意见,我也给程狱长打了电话,他们都同意立刻对这个服刑人员实施严管。另外,我同你们单昆科长、三大队和五中队的有关领导,还有狱政科的冯科长也联系过了,他们都表示要对这个服刑人员尽快进行审查,一旦有什么问题,就马上立案。至于具体行动,你们狱侦科不仅要参与,而且要牵头。如果出现问题,你们要随时汇报……"

听到这里,罗维民只觉得自己的脑子一阵发胀,辜政委后面的话,他一句也听不进去了。原来辜政委一早也都给这些人打了电话!这一切究竟是怎么回事?辜政委说,他今天一早就已经给这些人全都打了电话!而就在几分钟前,施政委也是这么说的!内容完全相同,几乎一字不差!两个政委几乎在相同的时间给他说了完全相同的话,这就是说,在他们两人中间,肯定有一人在撒谎!

那么真正撒谎的究竟是谁?

是眼前的辜政委么?看来不像。几乎可以做罗维民父亲的辜幸文,有着将近四十年的监狱工作生涯。再有两年的时间,便要永远地离开工作岗位。如今他德高望重,功成名遂,在古城监狱里可以说是说一不二,无可讳言,他何以要给他手下的一个小小的侦查员说谎话?这犯得着吗?有这个必要吗?

那么,会是政委施占峰?看来也不像。不是说他不可能撒谎,而是根本就没有这个必要。其实,从刚才施占峰说话的口气里就可以感觉出来,施占峰又怎么可能绞尽脑汁地给他这样一个下级的下级说谎话?他宁可不理你,也不会给你这么云里雾里地编造一通!对他来说,压根儿就没有这个必要!

那么,是不是两个人都没有说谎话?有没有这种可能,今天一早起来,辜政委确确实实给这些人都打了电话,而施政委也一样,也确确实实都给这些人打了电话。因为他们两个人都打了电话,所以,也就没必要给你解释什么。

但愿是这样。如果确实是这样,那么,对王国炎这个案子的审查看来也就没什么问题了。

而如果监狱确实准备下决心把王国炎这个案子审查清楚,那么,也就没必要非让公安机关现在就参与进来了,至少眼下没这个必要。一旦审出什么问题来,自会通知公安机关,反正是一回事,也正像程监狱长说的那样,莫非这个王国炎能插翅从古城监狱里飞出去不成?

想到这儿,罗维民便对辜政委说道:

"辜政委,我知道了,我马上就回去做准备工作。"

"你还有别的事吗?"

"……没了。"罗维民真的不想再说什么了。

"不会吧?"辜政委抬起头来直直地盯着他。

罗维民一下子愣在了那里,他没想到辜政委竟会反问了他这么一句。从辜政委的眼里,他似乎看到了什么。"都过去了,我也想明白了,我觉得不用再说了。"

"我早上给施占峰打电话,他说你已经把这件事报告了市公安局?是不是这么回事?"辜幸文的眼光里有一种说不出来的东西。

罗维民再次怔在了那里。这怎么能说是报告给了公安局?"不是报告,我当时只是想让市局刑警队帮我核实一些问题。"

"这并没有什么实质上的区别。"辜政委轻轻地说道,脸上依旧看不出任何表情。"关键是市局的反应非常强烈,他们立刻就派人来到了监狱,并要求对这个服刑人员进行突审。"

"辜政委,我觉得我并没有做错什么。"

"我没说你做错了什么。"

罗维民抬起头来,有些捉摸不定地看着辜幸文。"刚才我去了施政委办公室,施政委说,他已经给你打了电话,说你们的意见一致,都认为这样的做法是错误的。"

"是么?"辜幸文毫无表情的脸上,依旧看不到任何东西。"问题是你现在觉得应该怎么办?"

"我想明白了,我一定尽快把这件事情彻底搞清楚。"

辜幸文像是没听明白似的打量着罗维民,良久,才说:"……那好,暂且就这样吧。"

罗维民觉得辜政委好像要给他说什么,但似乎有什么原因,终于没能让他说出来。

罗维民一路走,一路想着辜政委欲言又止的情形。最让他感到疑惑的是,施政委究竟给没给辜政委打过电话?电话里又究竟是怎么说的?辜政委对此事到底是什么态度?在他们的谈话中,辜政委没有流露出任何这方面的东西。

辜政委对这件事究竟会是个什么样的看法?罗维民突然觉得非常非常的困惑,一个案子,刚刚觉得有些眉目,便生出这么多莫名其妙的事端来,这究竟是在破案还是在猜谜?八字不见一撇,这案外的事情就能累死你,真让人烦透了。就让这些乱七八糟的东西全都滚一边去吧,罗维民有些无奈地想。

　　回到侦查科办公室时,已经过了整整一个小时。他把主要的情况委婉地给魏德华说了说,并说这起案子一旦有什么情况,他随时会告知他们。

　　魏德华沉默了好半天,才指指手表说:"你瞧瞧,都九点多了,你们侦查科还不见一个人影,一直到现在了,也没来过一个电话,我们什么时候才能指望上你们?"

　　"我们侦查科就没几个人,有一个请了事假,科长家里这几天正在装修房子,晚上一整夜一整夜地忙乎,白天还坚持上班。你别拿你们那儿跟我们这儿比,其实,我们这儿上班从来就没有什么正常的休息时间,加班加点是家常便饭,哪一天不得超过一两个小时?"罗维民努力地辩白道。

　　"那就让我们这么闲着?明知道那个特大嫌疑犯就在眼前,就只能这么眼巴巴地瞧着瞎聊天?"

　　"这样吧,你现在就回去给何处长商量一个事情,你就说这是我的意思,让他考虑考虑看这能不能做。王国炎的妻子好像是叫莉丽,具体姓什么,我这会儿还说不清楚,她很可能也是一个参与者,至少也是一个重要的知情者。看是不是能在她身上做点文章?最好能尽快查一下,这个叫莉丽的女人,在外面是不是好上了一个男人?如果确实有这么回事,那就再查查这个男人的舅舅,看这个男人的舅舅究竟有什么背景?"

　　"这很重要吗?"魏德华问。

　　"很重要。"

　　"对这个案子的认定有帮助?"

　　"不只是帮助,只要能在这个莉丽身上打开缺口,这个案子就可能会有重大突破。"

　　"知道了,我们回去立刻就办。"魏德华说到这里,本来准备走了,想了想又说,"维民,你现在还有多大权力?"

　　"什么意思?"

"没别的意思。我知道你现在有些为难,但还是想让你办一件事,能不能把我们带到五中队禁闭室,让我们看一看那个叫王国炎的家伙?"

"就现在?"

"有问题?"

"……我想应该没啥问题。"罗维民迟疑了一下。

"别应该不应该的,行就行,不行就不行。"魏德华一点也不客气。

"那就跟我走一趟吧。"罗维民一边说,一边看着另外两个人,"就你一个,还是一块儿都去?"

"当然都得去,我们有任务。"

"任务?什么任务?"罗维民问。

"去了你就知道了。"

"我可告诉你,既然要我带你们去,那可都得听我的,到了那儿谁也别乱说乱动。"罗维民感到有些放不下心来。

"放心放心,我们一句话也不会说,只看他一眼就走。"

九点多,正是监舍里比较清静的时候。

服刑人员们大都劳动去了,监管人员也都按部就班,各在各自岗位上忙碌着。大院里除了几个值勤的狱警和岗楼上来回走动的哨兵外,几乎就没有遇到需要打招呼的面孔。

五中队监舍把门的看守人员只朝他们点了点头,连一句问候的话也没有就放他们过去了。

禁闭室的监管人员见了罗维民,很客气地点点头。当问明来意后,便说那小子现在还算安顺,刚睡得醒过来,还没开始闹腾哩,你们要是想看这会儿还正是时候。

罗维民从禁闭室一个极小的监视孔里先朝内看了一眼,见王国炎果然睡眼惺忪、一动不动地怔在那里发愣。他本想多瞅一会儿,看看那本日记和书这会儿是不是被藏起来了,但怕这家伙听见什么响动发作起来,让魏德华看不清楚他的样子,于是,赶忙让开让魏德华来看。

魏德华轻轻地挨过来,朝里看了看,就像是眼里有了沙子似的揉了一遍又一遍,最后终于看定在了那里。罗维民发现此时此刻的魏德华就像被什么吓着似的一下子僵在了那里。好久好久了,直到罗维民觉得有些蹊跷把他往回拉时,他才又像吓了一跳似的猛地转回身来。

看着魏德华的样子,罗维民也不禁怔了一怔。

几乎就在这几十秒钟的时间里,魏德华就像活脱脱地换了一个人:脸色煞白,两眼发直,连嘴唇也有些微微发颤。

完全是一副傻呆了的样子。

"……怎么了?"罗维民问。

"……真像,真像呀,真像……"魏德华竟有些语无伦次地喏喏着。

"什么真像?"罗维民又问了一句,但紧接着似乎立刻意识到了什么。

魏德华从提包里轻轻地抽出一张纸来,然后慢慢地向罗维民递了过来。

这是一张大十六开的模拟画像。它是根据"1·13"抢劫案三十多名目击者的口述,由当时特意从外地请来的一个模拟画像专家所作,前后用了一个多星期的时间,直至让所有的目击者都认为确是那个凶犯的面孔时,才最后定型的作品。

罗维民几乎只看了一眼,顿时也像吓了一跳似的怔在了那里。真的是太像了,简直一模一样!

魏德华他们拿着这张画像,这么多年里几乎天天在看,时时在揣摩。他们曾拿着这张画像,对照研究过数以万计、十万计的面孔,却做梦也没想到,原来这个撒下天罗地网追踪了十几年的嫌疑犯,竟然就在自己眼皮子底下的一个监狱里!

任何一个稍有常识、稍有头脑的人,只要一看了这张画像,都立刻会做出判断,若要以这张画像为依据,那么,至少也应有百分之八十可以立即断定就是他!

在这个世界上,一模一样的人毕竟还是太少太少了。

十一

好说歹说才算把魏德华几个人打发回去。

当时要把他们几个人说服回去,还真是不容易。显得格外激动的魏德华说他必须立刻找到监狱的有关领导,得把这个惊人的消息报告给他们,然后由公安局和监狱联手马上对这个服刑人员实施突审。

罗维民说你先冷静点行不行,你想想这样是不是肯定还要碰钉子?监狱主要领导对你们的插手本来就不大满意,认为这不合乎正常渠道,同时还认为这是对监狱领导的不信任。本来已经让你们回去了,结果你们竟不打招呼便私自到监狱禁闭室里取证,监狱领导要是知道了这回事,你想想又会是个什么结果?岂不是印象更坏?把事情搞得更糟?

魏德华说:"什么谬论!天底下还有这样的事情?眼看着罪犯就在鼻子跟前,不仅不让抓,还要让人看他们的脸色,真是岂有此理!到这会儿,我可不管他们会有什么看法!我只盯着一件事,那就是看怎样才能尽快把这个案子破了。他们要是再不让我们插手,你看我敢不敢把你们监狱里的这些狗官们一个个地都告到中央政法委去!"

罗维民说你别给我在这儿发神经好不好?我们的领导正在布置力量对这个服刑人员实施全方位的审查,你告人家什么?既然我们都想早点破案,那就赶紧回去给何处长认真汇报一下情况,然后尽快把这个王国炎老婆的情况调查回来,只有这样,才会对这个案子的破获有帮助。我们现在要想方设法地促成这件事,而不是激化矛盾,降低破案的速度。我告诉你,别动不动就犯你们公安的臭脾气。在这件事情上,忍辱负重,受委屈最大的是谁?我要不是向着你们,要不是心里惦记着这个案子,我会半夜三更地给你打电话?我会让我们的领导像训孙子似的训我?其实你真的冷静下来好好想一想,看究竟是怎样才对破获这个案子更有利?

魏德华好像依旧不依不饶地说："你们监狱他妈的还是不是共产党领导的天下？一个个的领导怎么都这么一副德性！我可不是对你有什么不放心，我只是担心这个'1·13'。夜长梦多，这件事万一要有个什么闪失，有个什么三长两短，只怕这'1·13'就永无出头之日了……"

罗维民听到这里，终于愤怒地说了一段让魏德华再也没能说下去的话：

"那你就听听我的担心！你怕的只是一个王国炎，我怕的可是别的！在古城监狱里，就是有十个王国炎，一百个王国炎那也没什么可怕！可怕的只有一个，那就是在监管干部里如果生出一个两个王国炎似的领导，那咱们可就全得玩完！那才最最让人可怕的！我的话你听明白了没有？没听明白我就再给你说一遍，你现在要是去找领导，如果领导是信得过的领导，不管结局怎么样，那都没什么大关系。而如果你要找的领导恰恰是个坏领导，甚至就像是王国炎那样的领导，那你就好好想想，你的所作所为所产生的后果都会是些什么！如果真的到了那时候，'1·13'才真正是永无出头之日了……"

其实，罗维民能说出这样的话来，也就是在那一刹那间突然迸发出来的一种感觉。老实说，他以前并没有这种感觉，或者说这种感觉并不是那么强烈，至少他还没有感觉到在监狱里的一些领导里头会有什么原则性的重大问题。然而，就在魏德华掏出那张模拟画像的那一刻，隐隐约约间他似乎突然感觉到了什么。就像在浓云密布的昏暗中，猛然一道闪电，在一声声炸雷中，许许多多模棱两可的东西顿时间让他看得一清二楚。把前前后后的事情联系起来稍一对照，这其中一长串可疑的事情突然间让他感到不寒而栗，惴惴难安！"……要把厚厚的人民币从省城一直铺到古城监狱"，罗维民突然想起了王国炎日记中的这一句话。

这厚厚的人民币莫非就只是为了给王国炎？莫非就只是为了让王国炎在狱中能生活得更舒服一些？王国炎大幅度的减刑，超常规的举止,如果没人在暗中怂恿、放纵,作为一个服刑人员,这怎么可能,又怎么敢!就像那些普普通通的服刑人员,类似王国炎的这些言行举止,就是给他十个老虎胆子谅他也不敢!只怕他做梦也不敢去想!

"……他们不敢不这样做,因为我已经下了最后通牒。而且我已经试了好几次,我有意识地在一些干部面前吓唬吓唬他们。消息反馈得很快,他们真的是怕了!他们不能不怕!吓死他们!"

"……包括眼前这帮人头狗面的头头脑脑们,其实也一样怕得要死!"

"……最让我高兴的是一切主动权都在我手里。我是这里真正的主人,他们一个个都是我的奴隶。他们只能像爷一样地供着我,只能这样,别无选择……"

王国炎日记里的话,陡然间全在他脑子里显现了出来。

原来许许多多让自己百思不解的事情,其实在王国炎的日记里早已交代得清清楚楚!

等到罗维民一个人坐在静静的办公室时,他才越来越强烈地感到了一种巨大的压力正在向他逼近。

一切的一切都突然让他感到是如此的不正常!

看看表,已经快十点了,但侦查科办公室里仍然只是他一个人,甚至连电话也没有一个。科长单昆也仍然没有任何消息。若在平时,怎么着也该有个电话或者来个传呼什么的。

想了想,他觉得必须得跟单昆联系上,他得把这里发生的事情汇报给他。特别是有关王国炎的问题,作为侦查科的科长,他必须尽快拿出主意和方案来。

他试着给单昆的手机打了几次都被告知没有应答,看来单昆可能没有开机。呼了几遍,也同样没有回音。看看已经十点多了,仍然还只是他一个人。单昆究竟会去了哪儿?是不是昨晚加班时间太长了,一直到现在还没有醒过来?但如果真是睡了,那刚才的几个加急传呼打过去,怎么着也该醒了的。那么,会不会是连传呼也给关了?

紧接着,罗维民又给五中队办公室打了个电话,响了好一阵子也没人接。

然后又给三大队打电话,一个值班员说,大队长和教导员都不在。早上倒是来过一下,后来就都走了。干什么去了?不大清楚,可能是开会研究什么去了。

最后给狱政科打电话时,才从一个科员嘴里得知,今天上午八点半,三大队大队长、教导员,五中队中队长、指导员,狱政科科长冯于奎,狱侦科科长单昆都被通知到监狱办公楼小会议室开会去了!

原来是这样!

罗维民顿时松了口气,看来,他们真的是研究王国炎这起案件去了。只要领导们重视,那也就没什么可担心的了。想必刚才的那些猜测和顾虑有些多余了,不管怎么说,如此大的问题,就算谁有天大的胆子,谅他也不敢在这上面做手脚。

然而,随后而来的一个电话,却再次把罗维民送入了五里云雾之中,以至于几乎把他给惊呆了。

来电话的原来是五中队二分队分队长朱志成。"喂!维民吗?"朱志成在电话里大大咧咧地嚷着,"今天早上的会,你为什么不来参加?"

"什么会?"罗维民有些发愣。

"碰头会,还不是那老一套,顺便说了说王国炎一案的情况,哎,你是装糊涂还是真不知道?"

"我是刚刚才知道的,就没人通知我呀?再说了,参加会的都是领导,跟我有什么关系?"

"屁!什么都是领导?像我这样的分队长还能算是个领导?"

"……你也参加了?"罗维民一震。

"参加的人多了,狱政科所有的科员,五中队所有的分队长,还有你们狱侦科的另外两个科员都参加了,怎么就……"

"我们狱侦科的另外两个科员!"罗维民不禁又一震。"都是谁?"

"除了你们科长,还有刘科员和赵科员。"

"赵科员!"罗维民几乎被吓了一跳,"你说是赵中和?"

"是呀？当然是赵中和,莫非你们那儿有几个姓赵的?"

"你没看错吧?"罗维民实在有些无法相信。赵中和本来是请了半个月长假的,此时他本应该是在千里之外的省城医院,却如何会在此时此刻出现在古城监狱,会出现在近在咫尺的办公楼小会议室里!

"我哄你吃饱了撑的没事干呀！好了好了,我也真是没事找事,开会时见你不在,出来解手,找个地方抽烟,正好有个电话,就想着给你去个电话。其实,有些情况我还想问问你,王国炎那个案子是不是出什么问题了？要不怎么在会上一提起这件事来,就有人把脸拉得那么长,还说了那么多不好听的话。喂,是不是有什么人把这件事捅到上边去了？喂,你没事吧,怎么不说话了？喂喂……"

罗维民心里刚刚松了的那根弦陡然又绷紧了。

难怪传呼了单昆那么多遍,却始终没给他回电话。

原来他们都在开会,却独独没有让他参加！这绝不可能是一次无意的疏漏,更不可能是因为什么原因而没能通知到他。只有惟一的一个可能,那就是有意识地没有通知他！这样说来,很可能他被排斥在王国炎这个案子之外了。否则,那本来应在千里之外的侦查员赵中和怎么会突然出现在会议室里！这就是说,这种安排和决定,说不定在昨天就已经开始了,要不然赵中和绝不会这么快就赶回来！

一切的一切,在这一刹那间便全被证实了。

之所以会出现这样的情况,看来原因只有一个,那就是因为你所关注的事情,实实在在撞到了某些人的痛处。或者说,你的所作所为,确确实实让某些人感受到了威胁。

所以,他们对付你的最有效、最省事的办法,从目前来看,也就是这么一个,那就是要把你这个让他们感到不安的危险因素,从这个敏感的区域里剔除出去！你不是这个圈子的人了,或者说你根本就进不了这个圈子,你也就威胁不到他们,自然也就不存在什么危险了。

所以,他们就会在如此短的时间里,把千里之外的赵中和紧急召唤回来,于是,以赵中和的存在,一点不显山露水地就把你从这个圈子里排挤了出去。赵中和一向分管负责的就是五中队,罗维民你只是临时代替,人家现在已经回来了,你自然而然地也就得让开。这就叫一箭双雕,一石二鸟,既除开了你,又让你无话可说。

所以,也就会在这一夜之间,引发了事情的剧烈变化,就像一条看似僵硬了的百足之虫,别看平时庸碌迟缓、腐朽不堪,然而一旦有什么威胁到了它自身的存亡,它便会在顷刻间一跃而起,牵一发而动全身,显示出一副极为强大的模样。平时,你若想让他真正做出什么像样的事情来,几乎等于缘木求鱼、与虎谋皮。然而若要对付自己内部的一些他看不顺眼的人来,那可是鹰视狼步、鬼斧神工。尤其是对自己的手下,有时只需轻轻一碾,就会让你无声无息地立刻消失,以至于连皮毛也找不到一丝一毫。真正是谈笑间,樯橹灰飞烟灭。

如果这一切都是真实的,那么,这一切的幕后策划者和指使者则会是谁?

首先他不是个一般的人物,他肯定有权力,能发号施令,指挥得动别人。其次他很可能是个相当敏感、警惕性很高的人,稍有动静,便能立刻行动起来。再者,他也一定是个隐藏得很深的人,伪装得很巧妙的人,因为直到现在,你还没有发现他的任何蛛丝马迹……

而且,这个"他",会是一个人,两个人,还是几个人?

罗维民正紧张地思考着,办公室的门突然哐啷一声被用力推开,他止不住地吓了一跳。

推门进来的正是侦查员赵中和。

赵中和一脸的疲劳和恼怒,随便给罗维民打了个招呼,便一屁股坐在椅子上。然后便合住眼,用两只手使劲地在太阳穴上揉了起来。

罗维民一时也找不到话题,好一阵子才问道:"你怎么回来了?"

"怎么回来了?"赵中和依然一脸的不悦,"鬼才知道。"

罗维民被呛了一下,也不觉得生气,过了一阵子,又问:"什么时候回来的?"

"别提了,"赵中和的语气仍然流露着不快,但脸色毕竟温和了许多。"八点十分到站,饭没吃,家没回,八点半就赶到这儿开会。"

"孩子的病怎么样了?"罗维民没再问别的,免得再被他呛回来。

其实,他也真想知道他孩子的病情。

果然,赵中和的语气一下子便软了下来,连眼睛也睁了开来。"实在是累坏了,说话不好听,你可别在意。孩子的事情就别提了,连住院的手续都还没办妥呢,就一个电报接一个电报,一个传呼接一个传呼地往回催。还以为出了什么了不得的事呢,哪想到听了半天就那么几个鸡毛蒜皮的狗屁问题,这不是整人么?人命关天,你说这究竟是在干什么?"

"谁又是电报又是传呼地让你回来的呀?"

"我怎么知道?"赵中和并不像是在说谎,"电报落款是古城监狱,传呼上打的是监狱领导,昨天我跟单科长不知道联系了多少回,就是联系不上。早知道这样,还用得着回来吗?"

"你昨天什么时候收到电报和传呼的?"

"下午呀,大概就是六点左右吧。"

"下午六点左右!"罗维民顿时又怔在了那里。这就是说,在昨天下午六点以前,就有人已经开始了动作!

昨天下午六点以前,都有哪些人知道情况呢?准确地说,都有哪些人能感觉出来他正在关注这个案子,正在对这个叫王国炎的服刑人员暗中进行调查?老实说,刚才他突然听到赵中和回来时,并没有想到这一点,而如今突然想到这一点时,顿时让他感到是如此的恐怖和震颤!这实在是太可怕了。

就在罗维民阵阵发愣的当儿,侦查科科长单昆和科员小刘推门走了进来。

单昆的脸色也一样的格外难看,他谁也不看,谁也没打招呼,径自走近自己的办公室门口,从腰里掏出一串钥匙来,一直等到把门锁打开了,才阴着脸头也不转地说:

"都过来,开会。"

侦查科其实也就是一大间办公室,办公室里面独立隔开一间,便成了科长办公室。科长办公室里只是多了两套沙发,一个茶几,于是,也就兼有会议室的功能。

· 129 ·

几个人立即放下手头的事情，谁也没吭声，都默默地坐了进来。

也许是因为科长的脸色难看，办公室的气氛比起以往的碰头会来，似乎紧张了许多。

单昆同往常也有些不一样，仍然只坐在他的办公椅子上，并没有想同大家坐在一起的意思。

"先宣布一条纪律。"单昆突然这么说了一句，算是会议开始。"今后不论是涉及单位，还是涉及咱们科里的事情或者案情，一律不准私自向外界任何机关透露消息。凡是需要同外界联系的，必须经过监狱本科室研究，并经监狱主管单位审批同意后，才可进行。同外界机关联系时，必须有两个以上的监管干部参加……"

罗维民的头越听越大，看来，事情果然如自己所预料的往下发展了。尽管自己已经有了足够的心理准备，但像这样明显的，毫不掩饰、毫无顾忌的说法和做法，还是让他感到意外和震惊。他们居然会在连一般的例会都不让你参加的情况下，还要对你再行制约和钳制。也许他们就是要在这一连串的打击下，使你在心理和精神上彻底屈服或者完全崩溃。

"……另外，"单昆继续板着脸，既显得分外严厉，又像是在例行公事似的宣布着，"凡是已经私自同外界联系过的，第一要立刻中止，第二要上报审查，第三要尽快写出情况汇报，如有违法违纪行为的，则应立即停职检查，听候处理……"

罗维民默默地摸了一把额头上冒出来的汗珠子，只觉得心惊肉跳，肝胆俱裂。原来他们不仅要制约和钳制你，不仅要在心理和精神上打击你，还要在最实质的问题上对你实施打击和处置！看来，他们真的是开始行动了，速度之快，完全出乎你的意料；动作之大，同样出乎你的意料；手段之狠、之毒，更是出乎你的意料！

什么"违法违纪，停职检查，听候处理"，竟然连这些词语都用了出来。罗维民隐隐约约地感觉到，看来这些人对他所触及的问题确实太敏感、太焦心、太忧虑、太恐惧、太慌乱了，所以才会像被刺中了要害一样，做出如此强烈的反应。如此看来，他们在这个问题上是绝不会手软的,他们说得出来也就做得出来。

怎么办?罗维民第一次感到了事态的严重性和紧迫性。

问题是以你现在的情况,你能怎么办?能采取什么样的对应措施,或者什么样的补救措施?

他突然感到,面对着这样的一个行政机器,自己的身份和自己所拥有的权力实在是太渺小、太微不足道了。在眼前这种堂而皇之、庄严肃穆的大背景下,你几乎什么也做不出来,什么也别想办得到!如果你不想按照他们的意志去做,你的一举一动都将会是违法的,都将会受到苛刻的限制和严厉的惩罚!而且很可能还会以莫须有的罪名,立刻把你从这个圈子里一脚踢走,甚至让你背上一身的脏污和恶名,让你永远也洗刷不清。

这就是说,目前摆在你面前的只有两条路可走:一条是继续往前,毅然决然走到底;一条是到此为止,立即退回原地。

到此为止?那将会怎么样?眼前的这一切很可能就会渐渐地平息下来。他们目前这么做的目的,无非就是警告你、吓唬你。只要你老实了、听话了,不再在这上头做文章了,他们也会到此为止,也不会再有任何扩大事态的行为。因为如果这起案子里的情况确确实实是真的,那么,他们就绝不会愚蠢到要把你这个侦查员所谓的问题一追到底,要把这起他们绝不想张扬的事情一查到底。说不定还可能会在事态平稳以后,以某些条件作为弥补,给你送来一些意想不到的好处。这种猜测不可能有错,几乎可以肯定是这样。

继续往前?那又会怎么样?以你目前的身份和力量,要同他们抗衡,很可能是死路一条,等在你前面的说不定不是身败名裂,便是粉身碎骨。就算是把这些家伙一网打尽,一个个绳之以法,最终的胜利属于你,但对你来说,那又能怎么样?又会有什么实质上的好处?说不定还会给你戴上一大串帽子:这家伙爱挑事,爱闹事,心术不正,势利小人,专拣领导的毛病,动不动就上访告状,貌似忠厚,实则奸诈,你看看,这么多年了,有哪个领导敢用他……也许这些话都上不了桌面,但如今的社会现实就是如此。表面上的一些赞誉之词,甚至一些看上去轰轰烈烈的嘉奖和表彰,其实,换来的往往只是让你终生也弥补不过来的实质上的伤害和损失。换来的只是虚的,失去的则是实的。不惜代价,以致流血牺牲得到的所谓的一些赞誉和表扬,其实只是一个摆设,一个中看不中用的花瓶。需要时就把你摆出来做做样子;不需要时,就把你撂在一旁。在现实生活中,这几乎已经成了定式,那些聪明人绝不会冒了风险去干这种得不偿失的傻事。

当然,这一切判断都只来自负面,而来自另一面的情况也肯定会有。

如果到此为止,立即退回原地,那你这个人在他们那一伙人心底里,立刻会变得一钱不值。只要他们还在执政,只要他们还在你眼前站着,只要他们还活在这个世上,你就永远也别想在他们面前直起腰来!你在他们眼里就永远也只是一条丧家之犬!因为一个人如果向黑势力、恶势力摇尾乞怜,屈服妥协,那么,你不仅在阳光下失去了立足之地,而且也一样在黑暗中丧失了庇身之所!此生此世都会活得不如一条狗!

而如果继续往前,毅然决然走到底,即使是你被他们搞垮搞臭,甚至于被他们赶出这个单位,只要你不屈不挠,那不管是在知情者眼里,还是在不知情者眼里,或者是在他们那一伙人眼里,你都会是一条好汉、硬汉!不管你最终的结局会怎么样,你都会是一个令人敬仰、令人钦佩的角色。从大处讲,你是为了国家,为了正义;从小处看,你是为了自己的良心,为了自己的人格。而且最最重要的是,像这样的事情,如果你不去做,将会让你懊悔终生,一辈子都会让你在人前抬不起头来;而如果你干了,你会活得光明磊落,堂堂正正。一个人如果活得像一条狗,那还不如不活。

"罗维民,对这条纪律,你有什么要说的吗?"

单昆的一句问话,打断了罗维民的思索。几乎就在这一瞬间,罗维民也终于想明白了自己目前究竟应该怎么做。

以现在的形势和局面,以你自己的身份和位置,眼下只能智取,决不可硬攻。若想彻底打败对手,把问题真正搞清楚,只有把自己隐蔽得越深越好,把自己内心的想法和做法掩饰得越看不出来越好。既然他们想把你震慑住,想把你吓怕了,那你干脆就将计就计,以假充真,装出一副害怕和听话的样子。一来让自己有时间准备下一步该怎么做,二来也可以看看他们下一步会怎么样。于是,他显得很平静地说道:

"我没意见。"

"没意见并不等于没态度,对领导刚刚定下的这些制度和纪律,到底是赞成还是不赞成,这得说清楚了。这可不是我的意思,领导们刚才研究了,每个人都得表态。有话说到桌面上,别事情过去了,才在背后嘀嘀咕咕、说三道四。维民,还是你第一个说。"单昆显得分外固执,似乎非要弄明白罗维民的态度不可。

"同意。"罗维民就像解释似的,又特意补充了一句,"没意见就是同意。"

"就这?"

"就这。"

"……那好,"单昆好像有些不甘心似的皱了皱眉头,"不过,这也太简单了,让我怎么给领导汇报?不能让我一个人去编吧。下一个,中和你说。"

"我不同意。"赵中和冷不丁地说,"因为我根本就闹不明白,这条莫名其妙的纪律究竟是什么意思?是针对什么定的?是不是监狱里出了什么问题?让我说,在像我们这样的监狱里,究竟有什么需要如此保密的东西?不就是这么一堆服刑人员么?这些服刑人员身上的事情,那还不都是公开的事实?这需要保密么?外国人都来参观我们的监狱呢。如果真是我们自己有了什么见不得人的事,而又想作为特级绝密不准让外界知道,那岂不是故意遮丑护短?岂不是让我们都跟着犯错误?领导们整天都在嚷嚷,我们是模范监狱,还要我们争创全国一流的模范监狱,模范监狱就是这样吗?就是让我们一个个地都闭嘴做哑巴,由着他们想怎么说就怎么说,想怎么干就怎么干?这像话吗?有这样的纪律吗……"

赵中和好像有一肚子的怒气,满嘴的话有如悬河泻水,滔滔不绝、没遮没拦。然而,单昆看上去竟听得津津有味,一点也没有不想让他说下去的样子。

罗维民则不禁感到一阵阵说不出的激动,以至于连眼睛都有些湿润。他突然觉得自己远远不如赵中和,自己没有赵中和这样的勇气,也没有赵中和这样的胸襟,更没有赵中和这样的见地!这才叫胸中无私天地宽,即便是发牢骚,也发得光明磊落、堂堂正正;即便是生气,也生得金刚怒目、虎视鹰扬!敢说敢干敢骂,才会邪不压正。若都像你这样,坏人岂不越来越得意,好人岂不越来越憋气,明摆着那些见不得人的恶人恶势力在收拾你,你却连屁也不敢放一个,你这还算是一个国家干部?还算是一个人?

"……我们监狱的一些规章制度,什么时候真正落实过?干多干少一个样,干好干坏一个样,什么也不干的照样提拔表彰发奖金。像这样子,规章制度定得再多又有什么用?就像王国炎的问题,我以前不知说过几百遍了,那家伙根本就不是个好东西,早就应该好好收拾收拾!对王国炎这种东西放任自流,睁只眼闭只眼,服刑人员的工作能做好吗?你们都说他是精神病,我看也不看就知道他绝不是精神病!像他那样的,要是成了精神病,就把我的眼珠子抠出来当泡踩!精神病都是挨打受气的主儿,像王国炎这种东西,成天打人骂人,吃香的喝辣的,看着谁不顺眼就收拾谁,他得的是哪门子精神病……"

"好了好了,"大概是感到实在是有点不像话了,单昆终于打断了赵中和的话,"说什么就说什么,别扯得太远了。同意就同意,不同意就不同意。同意就说为什么同意,不同意就说为什么不同意,把理由讲清楚就行了,不要把别的也拉扯进来。好了,接着往下说。"

接下来表态的是侦查员小刘。小刘说我跟赵中和的意见一样,主要是我们闹不清楚领导突然宣布了这么个纪律究竟是因为什么?不是我们应该把理由讲清楚,而是领导应该把理由讲清楚。如果领导说清了原因,我们下边也就可以去认真理解,只有理解了,才能让我们心服口服地去贯彻执行。

等小刘说完了,单昆像做总结似的说:"那好,这些意见我都会如实反映上去的。不过,意见归意见,纪律归纪律,只要在领导没有宣布这条纪律被作废以前,我们只能认真执行。理解的要执行,不理解的也要执行,不理解可以在执行中去理解……"

"这话我怎么听着这么耳熟?"赵中和一脸的鄙夷,"好像在'文化大革命'中做过副统帅的……"

"别再在这儿给我胡说八道。"单昆一下子打断了赵中和的话,"有关你的事一会儿会完了我再给你谈。好了,现在咱们正式开会。"

正式的会,其实就是跟往常没有任何区别的碰头会。

单昆大致谈了谈早上开会的一些内容,因为侦查科就罗维民一个人没有参加,所以,这些会议内容似乎就是给罗维民一个人讲的。内容无非还是那些老生常谈,这儿要注意,那儿要加强,问题不少,成绩也很大。希望大家提高警惕,杜绝漏洞,继续努力,等等等等。

罗维民静静地听着,他明白,这些话都只是桌面上的官样文章,正儿八经的真正实质性的内容,大都会在这些官话套话后面才会给你说出来。但你也别指望这些实质性的内容会给你讲得非常透彻,常常只是一笔带过。而这一笔带过的东西,则往往才是这次会议最为重要的内容。

然而,这一次却让罗维民深感意外。尽管他听得极为认真,极为仔细,但依旧也没能品出任何重要的情况和信息。几乎可以说,除了这些桌面上的套话外,别的什么内容也没有。

这就是说,连最一般的信息也都被封锁了!他们不仅不想让你参与,而且还不想让你知道。从现在起,所有沟通的大门都被关严了,所有相关的渠道也都被堵死了,你被彻底地杜绝在了他们所敏感的区域之外。除了这些没用的套话官话空话废话以外,你什么也别想知道,你什么也不会知道!

下手够快够狠,手段够毒够绝!这才刚刚开始,已经无所不用其极!怎么办?他再一次问自己。要是真的听任他们这么下去,那可真是全完!你简直就是天下第一号的大傻瓜,比一个跳梁小丑还要让人

· 135 ·

可悲可笑。

不行！既然他们真的敢这么毫无顾忌、肆无忌惮，那事到如今，你又还有什么可忌讳的？又有什么可等待的？莫非真的要等到一切的一切全都被他们抹平了、消弭了，全都被他们彻底地掩盖了、化解了，你再去争取，再去抵制，再去抗争？到了那时，才真正的是什么也没有了，才真正是白茫茫大地一片真干净，剩下的只有你的懊悔和痛苦以及别人的庆幸和得意。

"……好了，今天的会就到这儿吧。"单昆一边说，一边收拾着自己办公桌上的东西，"大家要是再没什么说的，我看就……"

"单科长，"罗维民没等单昆把"散会"两个字说出来，抢先一步问道，"有关王国炎那个案子，下一步该怎么办，领导是怎么安排布置的？"

"赵中和已经回来了，具体怎么办，我会找他谈的。这件事你就不用再操心了。"单昆淡淡地说道。"好了，散会。中和你留下，我有话要给你说。"

单昆说这些话的时候，始终没有看罗维民一眼。罗维民渐渐地感觉到，单昆的态度已经起了变化，但究竟是什么样的变化，这种变化又究竟是因为什么引起的，这会儿还琢磨不出来。

不管怎么着，必须尽快想出对策。罗维民在紧张地思考着。情况看来非常紧急，确实非常紧急。

如果坐在这儿干等，那几乎就等于坐以待毙。他必须尽快想出办法，而且必须尽快有所行动。

十二

市局刑警队队长魏德华从古城监狱回来，立刻来到了地区公安处处长何波的办公室。

听完了魏德华的汇报,何波呆呆地靠在椅子上,好半天也说不出一句话来。看来,事态比他想像的要严重得多。

这个几乎跟模拟画像一模一样的犯罪嫌疑人,尽管近在咫尺,却只能是无可奈何、无能为力!因为你根本就接近不了他!之所以接近不了他,则是因为他被关在我们的监狱里!这个犯罪嫌疑人被严严实实地保护在我们的监狱里!

什么也想到了,却没想到竟会在这里出了问题。在监狱里出现了一个可疑的服刑人员,出现了一个重大的线索,作为公安局的破案人员,却被拒绝在监狱大门之外,理由竟然是他们自己目前正在对这个情况进行调查核实,根本不需要别的机关协助!当说到这是你们监狱里的侦查人员提供出来的紧急情况时,他们竟然说,那只是他个人的行为,并不代表组织!

荒唐得令人费解!其实,再进一步,仅仅用"荒唐"和"费解"这样的词语能解释得了这一切吗?

按说像这样的情况,如果是一个一切都正常的单位,大凡出现了这种情况,即使是在程序上会让他感到有所不快,但至少在表面上是不会这样拒绝合作的。因为不管怎么说,作为国家的司法机关,不论是公安还是监狱,在大局利益上毕竟要更为一致、更为相关。在十年前,公安和监狱甚至就没有分开,基本上属于一个机关,即使到了今天,许许多多上了年纪的国家公民和国家干部,在自己的下意识里,还是认为这两个机关其实就是一家。

这并不是说公安和监狱分开没有必要,而是说明国家利益对这两个机关来说,是多么的重大而密不可分。作为一个监狱的领导,他绝不会连这最起码的常识都不懂。也许他们惟一清楚的一点就是:有关这个案子的所有情况,绝不能透露到外界去!这里头的原因和秘密,惟有他们自己最清楚。

也就在这一刹那间,他突然感到了罗维民的难!难怪罗维民会在凌晨两点把电话打到公安局里来。看来,他真的是非常非常的难。

何波昨天晚上曾设身处地地为罗维民想过,如果公安局介入进去,很可能会让监狱里的一些领导感到突然,感到不快。我们监狱领导并没研究,并没有决断,甚至在我们都还不知道的情况下,你怎么私下就把这样的事情捅出去了?你眼里还有没有领导,还有没有组织?所以,当时何波就给罗维民说了这么一句,我们不仅需要你的帮助,而且很可能会让你做出牺牲……当时所说的牺牲,无非就是会引起监狱领导的不满和恼火,这种不满和恼火说不定还会波及他以后的工作,从而给他带来一些不便和困难。然而,现在看来,罗维民的处境要比他所想像的困难得多,艰辛得多!

何波甚至在下意识里,感到罗维民似乎正处在凶险和危难之中!

怎么办?何波向自己问道。

古城监狱是省管监狱,直接受省监狱总局管理,属于省司法厅的管辖范围。如果他们真的要跟你来这一套,作为公安系统,你还真的是毫无办法!别看这个监狱就在你这个地区所在地,但这个地区却管不着它,地委行署管不着,地区的公安、司法更管不着。纯粹的条条管理,你这块儿管理对它根本不起作用。它几乎就是这个地域中的国中之国,你甚至连起诉都不能起诉它!你若要想对它施加压力,只能通过你的上级,再由你上级的上级向更高一级的上级呈报,才有可能把你的想法和要求转达过去;等到意见达成了统一,然后再由对方的上级的上级逐级往下传达,才会把你的想法和要求通知给它。这还得看它同意不同意你的想法和要求。同意了还好说;如果不同意,它自然还会有它自己的一套理由和说法,它自然也还要在此向它的上级呈报它的想法和要求。于是,那又将会是一轮漫长的转达过程。就像足球场上的长传高吊一样,一来回一来回的,可就不知道要等到何年何月去了……

然而,偏是这个你一点也奈何不了它的国中之国,对你所管辖的这个地区却有着极强的辐射力和影响力。你影响不了它,它却影响得了你。

"何处长,让我说,古城监狱的这帮家伙肯定有问题。"魏德华看着何波愁眉不展的样子,有些愤怒地发泄道,"难怪咱们抓住的那些死不悔改的罪犯头头,一个一个都是提前获释的劳改犯。你说说,像王国炎这样罪大恶极的犯罪分子,他们都敢这么明目张胆地保护起来,还有什么样的事情他们做不出来?何处长,要不咱们就这么办,马上给省公安厅打报告,干脆就说我们已经破获了'1·13'特大抢劫杀人案,已经找到了'1·13'一案的元凶,然后再通报给省委省政府和省政法委,通报给省司法厅和省监狱管理局,等到把声势造起来了,看他古城监狱还交不交出这个王国炎。"

何波轻轻地站了起来,一边在办公室里踱着步子,一边慢慢地说道:"如果真是有了这么一个声势,真的迫使古城监狱不得不交出这个嫌疑犯王国炎,这样一来,到了我们手里的王国炎,那还会有什么价值?岂不是早已打草惊蛇,让这个王国炎变成了一个空壳子?在我们抓到王国炎时,就算这个王国炎真的是'1·13'抢劫杀人案的主犯,在丧失了所有旁证的情况下,究竟还有什么实质的意义?我们这样做,其实是等于过早地主动把案情、把你的想法、把你掌握的东西一股脑儿地通报给了对方。从现在的情况看,对方的力量一点不弱,脑子也一点不笨。说不定现在已经开始盯上了咱们,咱们的一举一动他们都想知道得清清楚楚。尤其是对于咱们现在所掌握的东西,他们更是想急于知道,而我们要是这么做了,岂不等于把自己的想法和做法自动送到了人家门口上?"

看着何波困心衡虑、思前想后的样子,魏德华顿时感到了自己的鲁莽和草率。像这样的问题,老处长也一定想过了,但老处长比自己想得更多,也想得更深。一时间,也不禁陷入了深深的思索之中。这可不是在同犯罪分子较量,你想用什么手段办法,就能用什么手段办法。现在你面对的是自己阵营里的人,所有的手段办法在他们面前几乎全无用处。可以说,这比同犯罪分子的较量要困难得多,阻力也大得多得多。

"你看罗维民现在的处境怎么样?"何波突然问道。

"好像不太好。"

"怎么个不好法?"

"具体的说不上来,"魏德华努力地在回忆着,"他侦破出来的这些线索,监狱里好像就没有一个人重视,没有一个人把这当做一回事,前前后后就好像是他一个人在忙活。这么大的事情,我们找过去时,他们的那个政委就好像一点也没有感觉到什么,只是一个劲儿地说别的。按说,像这么大的案子,若要放在咱们公安局,那还不炸了锅了?整个机关岂不都要翻了天?哪像他们那样,就好像什么事情也没发生似的?"

"是不是罗维民没有给他们的领导说清楚?"

"那怎么可能?"魏德华显得有些气恼地说,"像这样的事情,还需要说得那么清楚?换了任何一个领导,只要稍稍一提,只要他还有起码的常识,还有一丁点警惕性,都会立刻行动起来,马上组织起所有的力量把这起案件侦查清楚。就算这个案子跟我们公安没有任何关系,对一个监狱领导来说,如果破获一起这么大的案件,那至少也是一份突出的政绩,也是一个巨大的荣誉,也是一个获得功勋的机会,哪会像他们那样无动于衷、满不在乎?让我说,在这件事上,要是他们没问题,那才是活见鬼了!"

对魏德华的这些牢骚,何波不予置评,也没有制止,一直等到魏德华不再说了,才接着问:"依你看,罗维民现在还能不能像平时一样工作?"

"……我看够呛,肯定会受影响。"

"他说他马上还要再去找领导?"

"是。"

"他第一次找领导回来后,都给你们说了些什么?"

"他什么也没说,就只说让我们回去。"魏德华说到这儿,想了想又说,"去禁闭室看王国炎那个服刑人员,还是我们提出来的。当时他还有点犹豫,主要是担心,他说如果让领导知道了,以后就什么事情也办不成了。"

"……明白了。"何波点了点头,"他担心的不是没有道理。从目前的情况看,形势很可能比他担心的还要严重得多。"

"……是,他当时真的很担心。"魏德华似乎一下子想了起来,"他说了,在古城监狱里,就是有十个王国炎、一百个王国炎那也没什么可怕。可怕的只有一个,那就是在监狱的干部里如果生出一个两个王国炎似的领导,那咱们可就全得玩完,那才最最让人可怕。如果领导是信得过的领导,不管结局怎么样,那都没什么大关系。而如果你要找的领导恰恰是个坏领导,甚至就像是王国炎那样的领导,那咱们的'1·13'才真正是永无出头之日了……"

何波像是被什么击中了似的猛然呆在了那里。良久,他才有些急切地问:

"罗维民再给你联系过么?"

"还没有。"

"他说过什么时候再给你联系?"

"没说,他只说让我转告给你,说他有一个想法,让咱们马上想办法到省里去暗暗调查一个人。"

"是一个女的,名字叫莉丽,第一看她是不是服刑人员王国炎的妻子,第二如果她真的是王国炎的妻子,那就查一查看她是不是在外面好上了一个男人,第三如果她真的在外面好上了一个男人,那就查一查这个男人的舅舅,看看这个男人的舅舅究竟有什么背景,是个什么样的角色。"

"这很重要?"何波凝视着魏德华的脸问。

"他说很重要。"

何波久久地陷入沉思之中,也不知过了多久,他才说道:

"你想办法尽快跟他联系一下,看他能不能到我这儿来一趟。如果他要是抽不开身,那就看他能不能给我来一个电话。你就说,我有几个要紧的问题想问问他。还有,你再问问他,看他眼下有什么困难,或者有什么要办的事情,只管提出来就是,我们一定尽力帮他解决。"末了,他又特意嘱咐道,"我们一定要多多关心他,时时刻刻同他保持联系,对我们来说,他现在的位置太重要了。而他目前的处境肯定比我们要困难得多、危险得多,所以,一定要像保护我们自己一样来保护他。"

其实,还有一句话何波没有说出来,他们为了这个服刑人员王国炎可以把人民币从省城一直铺到古城监狱,而我们为了对付他们也一样会不惜一切代价！

魏德华走后，何波关上办公室的门，急急忙忙地走到电话机旁，连想也没想就拨了一个电话号码。

接电话的是古城监狱的副政委辜幸文。

何波同辜幸文是多年的老相识，"文化大革命"期间曾在一起挨过批斗，蹲过牛棚。"文革"后，又是公检法恢复后的第一批骨干力量，曾在一个宿舍里学习过半年之多。再后来，虽然辜幸文仍在劳改系统，何波也仍在公安系统，但那时的公安劳改是一家，连办公吃饭也在一个大院里，两个人根本就是一个单位的人。即使是在八十年代初，公安劳改分家，但他们仍然在一个大院里办公吃饭。其实，他们真正分开的时间，是在1986、1987年以后了。那时公安处和公安局都盖起了新的办公大楼，先后都搬走了，而原来几家办公的地方就只剩古城监狱一家了。

在这分开后近十年的时间里，虽然见面碰头的时间少多了，但两人之间的联系并没有中断过。逢年过节，也互相打电话问候问候，平时有什么新闻，不管是公安机关这边，还是劳改系统那边，两个人也经常通通气。

今天上午派刑警队魏德华他们去古城监狱时，本来想给辜幸文打个电话的，但想来想去又觉得这样做，说不定会给他这个副政委带来不必要的麻烦。因为何波清楚，在古城监狱，早就有人四处吵吵，说是辜幸文动不动就摆老资格，什么也要他一个人说了算。还说什么在古城监狱里，只要这个辜幸文不退出历史舞台，古城监狱就别想有什么大变化。

何波觉得，如果他把这样的事情直接告诉辜幸文，那就让这样的事情带上了私人感情的色彩。而一般来说，只要是何波提出来的事情，辜幸文也肯定会按你的意图和你所说的去做，因为这实在算不了什么大不了的事情，即便不是给辜幸文，随便给哪个领导说一说，他还会不让你去调查一个在押的嫌疑犯？何况又是组织对组织的事情，又有什么不可放心的？所以，何波想，既然能公事公办，又何必让一个副政委担负责任？找他的监狱长、政委不就得了？何波当时先给监狱长打的电话，监狱长不在，才给政委打的电话。要是政委也不在，那再给辜幸文这个副政委打电话不迟。

以现在的情况来看，当时的想法实在是大错特错了。早知这样，他就是磕头作揖也会去找辜幸文让他想尽一切办法把这件事情办了，即使是有什么不妥，他也会在所不惜。只要能尽快破了这个案子，他真的会不惜一切代价。即使是把这个多年的老关系赔进去，他也照干不误。而现在他之所以如此急迫地要给辜幸文打电话，主要是想了解监狱目前的情况：第一监狱领导对这起案件的态度，第二监狱领导对罗维民有什么看法，第三监狱领导对公安机关的介入有什么想法。其实，何波最想了解的是，监狱的某些领导是不是真的在王国炎这个案件里陷得很深？当然，他还想探探辜幸文的态度和立场，是不是在这起案子里，他也把手脚伸了进去？

辜幸文在办公室里。

"我早就知道你会给我来电话的。"辜幸文接电话后的第一句话就让何波大吃一惊，原来，辜幸文早就在等着他的电话。

"……可你就是不给我来电话。"何波竭力掩饰着自己的情绪，也像往常一样地调侃着。

"我给你打与你给我打，这里头的差别可就太大了。"辜幸文咬文嚼字地说道。"有时候，这种差别能要了人的命，我的老处长，干一辈子公安了，连这个也还没悟出来？"

何波又一震，这家伙可真有点老谋深算到家了。"惭愧惭愧，好人变坏容易，坏人变好可就难啦？要不咋就让我干了公安，让你干了劳改？"

"老鸹掉到开水锅了，浑身都软了，就只剩下嘴硬是不是？"

辜幸文步步紧逼，何波只好讨饶了。"好了好了，我缴枪了还不行？几十年了，我什么时候说得过你。"

"这才是，猪八戒倒打一耙，想讨别人的便宜还要卖乖，我倒要看

· 143 ·

看你的嘴巴还能硬到什么时候。"

"这回是真投降,好了好了,咱们言归正传。"何波赶紧把话音变了过来。"老辜,我真的有要紧的事情要找你。"

"你没要紧的事情还会给我打电话?"

"嗨,我说过了,我投降。事情真的很紧急。你们那儿有个服刑人员叫王国炎,很可能是我们追踪了十多年的特大凶案嫌疑犯,现在我们必须得到你的帮助……"

"好了,我知道了,"辜幸文打断了何波的话,语气顿时也严厉了起来,"我这儿现在有客人,我们以后再联系好不好?"

何波愕然,辜幸文的办公室里有客人!什么样的客人?竟然会妨碍自己和他之间的讲话?事态真的会有这么严重?

"老辜,这件事非常紧急。"

"我知道。"

"如果不方便咱们找个地方也行。"

"你的电话没变吧。"

"没变。"

"好了,需要的时候我会给你打电话的。"还没等何波再说什么,辜幸文便径自挂断了电话。

何波茫然地听着电话里的忙音,好久也没有把电话放下来。看来,真的是犯在这帮狗东西手里了。你听听这个辜幸文的口气,都已经变成了什么样子。他们要是真的都陷了进去,等到被查出什么蛛丝马迹来,一个也别想从我的手心里钻出去!

何波僵直在那里好一阵子,然后像猛然想起了什么,捂在耳朵上的话筒并没有放下来,摁了一下挂断键,便又拨了一个电话号码。

就在此时,他办公桌上的内线电话突然铃声大作,他像吓了一跳似的下意识地猛然抓起了电话。

市公安局局长史元杰。

"何处长,有新情况。"史元杰一接上电话,照直就这么说了一句。

"什么新情况?"史元杰的突兀,竟让何波感到一阵紧张。两个话筒都捂在耳朵上,一时竟不知道放下一个来。

"喂,喂!找谁?"另一个话筒里突然传来询问。何波愣了一下,稍加犹豫赶紧压下了电话。然后对史元杰问了一句:

"什么新情况?"

"有关'1·13'一案的新情况。"

"说清楚点好不好?"何波的话里明显地带上了脾气,好些年了,他从来没有这样过。想到这儿,他突然意识到什么,赶紧又放缓了语气,"什么新情况?"

"昨天晚上一回来我就布置了调查,刚才已经有了些结果。何处长,古城监狱这个王国炎确实非同一般,他好像同我们市里的几个地方都有关系。"

"……哦。"何波不禁皱了一下眉头,他的一些不祥的预感似乎开始得到证实。要真是这样,事情可就复杂了,而复杂就意味着可怕。

"何处长,如果这几个地方的情况都是真的,问题可就严重了……"

"好了,"何波打断了史元杰的话,"以后尽量不要在电话上、手机上说这些事情。你马上过来一下,咱们见面再谈。"

放下电话,还没有从这些糟糕的情绪里缓过劲来,电话铃声又响了起来。

市局刑警队队长魏德华。

"何处长,我刚同罗维民联系上,罗维民说他老婆病得很重,他现在在医院里。"魏德华急急地嚷道。

"……他老婆?什么病?"

"心脏病,好像很严重。罗维民说本来早就应该做手术的,一直拖到今天,这一次犯得特别重。"

何波的心突然往下一沉。"一直没做手术,是不是经济上的原因?"

·145·

"他没说,我想大概是。"魏德华的情绪显得有些沮丧。"罗维民家里的情况我还是了解的,父母亲都在农村,年龄都差不多七十了,他老婆的单位这几年几乎不发工资,负担重,全家基本上就靠他这一份工资。他这个人又执拗得要命,没有什么额外的收入。像他老婆的这种手术,按现在的价格,怎么着也得五六万,像他这样的一个监狱里的一般干警,别说一辈子也挣不了这么多,就是借也够他借些日子的。真是没办法,正在节骨眼儿上,听他的口气,可真够他戗的……"

"他现在在医院里?"何波问道。

"是,他说他刚刚把老婆送到医院里,医院几乎没有怎么做检查,就让他老婆立刻住院。他说医生好好把他骂了一通,你要是不想要老婆了,那就别让她住院……"

"你立刻准备车,再尽快想办法弄些营养品,二十分钟后咱们一起去医院。还有,你再想想办法,看能不能在医院找个熟人,争取找个好点的病房,还有住院费的问题,看能不能暂时不交或者少交,如果他们要担保,那就让咱们公安部门担保,问问他们行不行。"

"何处长,我担心的是,咱们这个地区一级的医院,怕是做不了这种大手术。"

"那没关系,根据病情需要,只要罗维民愿意,他想去什么样的医院,咱们就帮助他去什么样的医院。我刚才说过了,现在再给你说一遍,在罗维民身上,我们要不惜一切代价。"

"何处长,我明白了。"

"准备好了就叫我,我就在办公室里等你。"

何波一放下电话,才意识到他已经约了局长史元杰让他马上来。

想了想,如果两个人都来了,那就一块儿去医院。有什么情况就在路上谈,正好有什么事情可以在一起商量商量。

事情的发展越来越让人感到出乎意料,截至目前,可以说是对这个几乎就在眼前的重大嫌疑犯束手无策,没有任何约束力。惟一的一个可以感到放心的狱警罗维民,他的老婆在如此关键的时刻,偏偏又患病住院,而且还不是一般的病症。如果他的妻子真的必须得在此时做手术的话,作为一个丈夫,无论如何也是不可离开的。如果是自己部下的民警,那还好说,做做工作暂时让别人来护理也许还是可以的。问题是罗维民并不是自己的部下,在两天之前,他们几乎根本就不认识。为了盯住那个服刑人员,让他暂时离开妻子,赶紧再回到监狱里的话,他根本就说不出来。

但以现在的情况来看,罗维民只有马上回到监狱里去,才能让自己对监狱里的情况有所了解,至少也不会让那个叫王国炎的服刑人员就像消失了一样突然间变得无影无踪。虽然这个服刑人员近在咫尺,但因为没有人能知道他眼下的举止和去处,所以,这也就比消失了还让人感到可怕,万一要是有个什么闪失,比如有什么人同意让这个服刑人员出去看病甚至保外就医,那后果可就真的不堪设想了。如果真的像预料中的那么复杂,这个服刑人员突然失踪,或者是由于什么医疗事故,抑或是车祸什么的突然在这个世界上永久地消失了,这也绝不是没有可能。问题是如果这样的事真的发生了,任何人都会对此无话可说,就算是你把什么问题和什么人追究出来,究底里对你真正需要解决的事情,也已经没有任何意义和用处了。

所以,只有让罗维民尽快回到监狱里去,继续不露声色地对这个服刑人员的一举一动进行严密监视,才有可能使主动权渐渐地回到自己这方面……除此之外,再没有什么更好的办法,因为在形势并不明朗的情况下,你只能这样做。因为你既不能声张,又不能汇报,更不能扩大事态,你只有在抓住切切实实的证据后,才能在极短的时间内全线出击,将他们一网打尽。如果稍有疏漏,或者消息稍有走漏,那一切的一切,都将会在顷刻间变得面目全非,以致会让你一无所获。而这样一来,"1·13"一案,可就同样会变得无影无踪,永远地消失在你的手里了,"1·13"一案也就成为永远的死案、悬案。

这样的例子,实在是太多太多了……

就在何波听到办公室门外的汽车声时,他正好拨通了他刚才所要打的那个电话。

接电话的是省城市局刑侦处处长代英。

十三

省城市公安局刑侦处处长代英接到何波的电话时,正好是上午十一点整。

代英没想到会是老局长何波打来的电话,以致当他听到"何波"这个名字时,让他好半天都没能反应过来。

何波是代英的老师、老领导和老上级,不仅是他当民警时的第一任局长,还是给代英讲授侦破技术的第一个老师和入党介绍人。可以说,他们之间的关系铁得不能再铁。这种关系在一个特殊的部门里,如果坏可以坏到摧毁一切,以致什么样的坏事都干得出来;而好则可以好到能阻止一切,即便是死亡的威胁和天大的诱惑,对它也只能无可奈何。

十多年了,何波很少给他打过电话,即使是打电话,也绝不会在白天的上班时间和工作时间给他打电话。而一旦打来电话,就绝不会是小事情。

所以,当代英一听出来是何波打来的电话时,立刻便意识到肯定是出了什么大事情。

"何处长,是不是有了要紧的事情?"代英开门见山,没有任何寒暄便直奔主题。其实,他也知道老上级的作风和脾气,尽管代英如今已在省城多年,而且级别也已成了正处,但在公安系统,除了在执行任务中级别才有绝对的权威性外,在平时日常生活中,尤其是在两个公安单位之间,很少有人会注意到对方的职位和级别。其实更多的时候,注重的是战友情、生死情和那种亲密无间的情感。这并不是因为公安系统里的等级观念不像部队里那么森严分明,更多的是因为工作环境的需要和执行任务时那种特殊情况的需要。如果恭恭敬敬、规规矩矩的,那几乎等于是自我暴露目标;而客客气气、虚虚套套的,也就会显得生分了许多。

"很要紧,你一定想办法尽快帮我办一下。"何波的口气就像是在求代英办一件什么事情。

"没问题,你只管说就是。"代英几乎连想也没想就一口答应下来。老实说,是老处长说话的口气一下子就征服了他,在代英的记忆里,何波还从来没有给他这样的一个老下级用这种口气说过话。一定是有了天大的难事,老处长才会这样求他。

"有个案子你马上帮我查一下,这个案子三年前发生在你们那儿,案发地点好像是在省政府宿舍区附近,是一起抢劫汽车杀人未遂案,案犯是一个曾经在部队受过处分的技术性罪犯……"

"案犯的名字叫什么?"代英急忙问。

"这个罪犯已经被逮捕法办,经审讯后被判为死缓,现在就在我们这里的古城监狱服刑,这个案犯的名字……"

"是不是叫王国炎?"代英接过话题问道。

"对!就叫王国炎!这个案子你了解?"何波的话音突然显出一阵说不出的兴奋,可能他根本没想到代英会了解这个案子,如果这样,简直可以说是老天有眼!

"太了解了!"代英用一种说不出的口吻不容置疑地说,"那案子当年要是一直让我们审下去,说不定他根本就到不了古城监狱。到现在我还怀疑那小子肯定还有什么案子没给查出来,还有,这小子也不知有什么背景,当时给他说情的人两辆大客车都拉不完。何处长,这小子是不是又犯了什么事了?"

"小代,你可真的给我帮了一个大忙!我真没想到你会对这个案子这么熟悉。"何波似乎竭力在让自己的语气显得平缓而冷静,但如果代英此时要是站在何波眼前,他就会在老处长的神色里看到一种令人发颤的东西。也许他根本没想到,就他的这几句话,已经让老局长的眼泪都要流下来了。"我告诉你,小代,这个王国炎说不定真像你说的那样,在他身上还有没有挖出来的案子。不过,现在我告诉你的还只能是一些怀疑。我手里目前还没有任何证据。就算这小子还有天大的余罪,我现在对他也无可奈何。所以,我现在非常非常需要你的帮助。第一,你马上调查一下,在王国炎现在的家里,哪些人跟他的家人经常有联系。第二,你一定尽快暗中查访一下,看王国炎的妻子,就是那个叫什么莉丽的女人,平时都跟什么人有密切的来往。密切的来往,你懂不懂我的意思?尤其是要注意她跟什么人有特别密切,甚至是暧昧的关系。"

"何处长,我有点闹不太明白,这很重要吗?"

"很重要,在电话上我一时给你说不清楚,我只能说一句,实在是太重要了。"

"我知道了,还有别的什么吗?"

"还有最最重要的一点,这件事一定要保密,如果有可能的话,就你一个人知道最好,能不让第二个人知道就不要让第二个人知道。小代,你明白我的意思吗?"

"何处长,说老实话,我真的有些不明白。他是一个服刑人员,调查调查他还用得着保密? 就算这小子有背景,还能强大到跟我们公安机关争高低? 莫非他比陈希同、王宝森还复杂,他还到不了那份儿上吧。"代英实在有点闹不明白,在他记忆中叱咤风云的老局长何波,怎么突然会变得如此小心翼翼,谨慎得像是一个遭受到无数次挫折的老人。

"小代,有许多话我在电话上真的不好给你说,我这会儿只能给你说一句,你现在要清楚,这个叫王国炎的服刑人员,如今可不是押在我们的看守所里,而是押在跟我们并没有关系的古城监狱里。在没有任何证据的情况下,我们公安机关对他并没有任何约束力。如果一旦有什么意外,或者走漏了风声,一切的一切就都没有意义了。这个你大概一听就会明白。"

"何处长,我清楚了。"

"小代,我快六十岁了,已经没几天干头了。对你,我也回报不了你什么了。让你干这些事,也是拿我的老脸硬蹭。有一句话本来不会说的,可因为这回跟别的不同,想了想,还是觉得说出来好。小代,谢谢你,我真的需要你的帮助。要是将来有了结果,大家都会感谢你,感谢你一辈子。"

"何处长,你怎么了?这算什么事情,一辈子忘不了你的应该是我,你要这样说话,我可真的受不了。"隐约之间,代英已经感到了何波所嘱咐他的这件事情的分量。但老处长这样跟他说话,却让他无论如何也没有料到。看来,这件事实在是太重大了,否则何波绝不会这样。"何处长,你放心好了,这件事我马上就去办,就是再难,我也尽快给你一个回信。"

"我的电话都没变,你还记着么?"

"记着哪。"

"那好,我随时等你的电话。"

"不管有没有结果,我下午都会给你一个电话。"

代英接完电话,想了想,立刻推掉手头所有要办的事情,非办不可的事情,也让给手下的人暂时帮他去处理。

直觉告诉他,何波所托付给他的事情,一定极为重要,重要得以致让老处长不能给他说出来。干公安这么多年了,从来还没有什么事情让他有过这样沉重和急迫的感觉。这个案子真的会有什么极为重大的背景或者极其重要的发现吗?对自己的老领导代英他并没说假话,这个案子他真的非常熟悉,熟悉得几乎一提起来便历历在目,就好像刚刚发生过一样。

他当时在市局西城公安分局当副局长兼刑警队队长。

偌大的一个省会市,除每天数十万的流动人口外,直接管辖的城市人口就有四百多万,而这四五百万的人口,只划分在六个城区里。这就是说,在这个省会市里,每一个城区的人口,都几乎相当于一个地级市的人口,所管辖的居住人口和流动人口都有差不多百万之众。所以,这样一个省会市的公安分局局长,压力之大、任务之重、大案要案之多,也就可想而知。尤其是省会市的公安局就在省委省政府省人大省政协的鼻子底下,有时候一个小小的案子,能拉扯出无数条枝枝蔓蔓来,往往是牵一发而动全身,不只要接受市一级政府的监督和领导,更多的时候还要接受省一级政府的监督和领导。在这样的一个环境下当一个市局公安分局的副局长兼刑警队长,要想干好,要想不出问题,要想让方方面面的人都满意、都称赞,都没有意见,都没有看法,简直比登天还难。用他们的话说,只要没意见就谢天谢地了,做梦都没想过让领导们都称赞。

代英在西城分局时,局长有一次就在会上发牢骚,这到底算什么!一个鸡毛蒜皮的小案子,复杂得让我们都不知道东西南北,姓啥叫啥了!这公安局究竟是破案的还是擦屁股的!老百姓恨不得把我们都叫成土匪恶霸了,他们也一块儿跟着骂我们司法腐败!究竟是谁在搞腐败?你们搞了腐败,一个个人模人样地却把责任推在别人身上,推在我们公安身上。什么叫自毁长城,这就是!就是他们在自毁长城!不,他们是在毁我长城!这长城跟他们根本就没有任何关系!让我说,这些人比那些犯罪分子更可怕,可怕一千倍,一万倍……

其实,这种感受和体会代英比局长一点也不少。就像王国炎这个案子,案发地就在西城区,当时几乎可以说是刑警队冒着极大的生命危险把这个案犯捉拿归案的。因为当时刑警队员已经知道,这个凶险的罪犯曾在特种部队服过役,他会打枪、会开车、会武功,而且心狠手辣、行动敏捷,如果要是个对个,或者是走漏了消息,让他提前有所提防或者畏罪潜逃,后果将不堪设想!

但事后分析,在刑警队准备抓获这个王国炎之前,还是有人走漏了消息,让王国炎提前知道了情况,如果不是刑警队提前行动,这个王国炎说不定早已逃之夭夭了。但即使如此,在抓获王国炎时,还是有两个刑警队员受伤。而且当时王国炎并没有武器在身,如果当时他身边要是有任何一件可以作为武器的东西,结局很可能还会更糟。以当时的情况看,这个王国炎不仅灵活有力、武功了得,而且极有心计、极为残忍,三两个一般的公安人员,根本就不是他的对手。如果不是两支枪逼着,他肯定不会束手就缚。

当时代英并不在现场,但事后在审讯这个嫌疑犯时,他才感到真是万分侥幸。看来,当时这个王国炎一定是没有怎么反抗,否则的话,他说不定早已不在这个位置上了,当然,还有他这个刑警队长、副局长的头衔也早已不属于他了。

尤其让代英感到可疑的是,从王国炎家的现场情况看,王国炎正在匆忙收拾东西准备逃跑,这就是说,他已经得到了公安局立刻要拘捕他的消息,这个消息他是从哪儿得来的呢?当时行动时知情人的范围很小很小,在刑警队几乎就他们几个执行任务的民警知道这件事,而且一布置任务就直奔现场,这些人根本就没有机会和条件去通风报信。从他分析来看,这些刑警队员也没有任何人有可能跟这个王国炎有什么关系和联系。

惟一的可能就是那些在公安系统里有一定位置的人走漏了信息,提前把行动计划通知给了这个王国炎。

然而,就在他越来越感到怀疑、在暗中越来越缩小调查范围的当口,王国炎突然从分局看守所被提走,紧接着没多久,便被移交检察院和法院,再接下来不久,王国炎便被判刑,然后便在他一直暗中追踪着的视野里消失了。几年来,一直让他感到愤然难平的是,这个抢劫杀人未遂、手段残忍可怕的罪犯,在被审讯时,态度恶劣到让预审人员几乎忍无可忍。代英至今还记得清清楚楚,在这个王国炎睨视的眼里,流露出来的完全是一种愤怒的火焰和极度的轻蔑。他说话的口气傲慢而又毫不在乎,动不动就满口的脏话。而如果他要是不想说话的时候,不管你怎么审问,他都绝不会回答你一个字。

以代英的直觉,王国炎当时的罪行,绝不仅仅只是这一桩抢劫杀人未遂案。根据当时调查的结果发现,只在这一桩案情中,王国炎很可能还有更大的问题并没有交代。

王国炎当时的犯罪行为和手段令人发指。王国炎在盗窃受害人的汽车时,在要求车主私了被拒绝后,竟用铁钳从正面把受害人的额头砸烂;当受害人昏厥在地时,王国炎居然仍不罢手,又用二十厘米长的匕首在受害人的肚子、胸口和腰间连捅七刀。如果不是偶然中的偶然、幸运中的幸运,这个受害人死五次也够了。从当时的情况看,这个受害人他根本就没可能抢救过来,然而,死神竟然就是没有光顾他,几天以后他就基本上脱离了危险。

如果仅是这样,代英也就不会至今还对这个罪案耿耿于怀了。按当时调查的迹象表明,就在受害人住院抢救期间,王国炎很可能还实施过对受害人的进一步追杀。这就是说,王国炎对受害人的伤情和抢救结果一清二楚、了如指掌。这也就是说,在他们这些公安人员的身边,有一个给王国炎通过风报过信的家伙仍然还在不断地给王国炎提供信息!

也就是从那时候起,他才真正感到了在这个王国炎身上所体现出来的极度的复杂性和危险性。

这个王国炎决不是个一般的人物。

因此,这些年来,代英也从来没有忘记过这个王国炎。有时候,他甚至想如果有一天有了机会让他再碰到这个叫王国炎的家伙,他就是豁出去把一切都甩了,也要跟这个家伙来一次真正的较量。但更多的时候,则是一种深深的失望甚至是绝望。像这样一个背景如此高深莫测的家伙,你对他又能奈之若何?

有时候,像这样的一些问题,并不是像你这样的一个人物所能解决得了的。

他甚至渐渐地快把这个案子都淡忘了。

然而,就是在这样的一个时候,这个王国炎竟然又让他的老上级何波拱手送到了他的眼前。

而且听老局长的口气,一定是在这个王国炎身上发现了什么重大的情况,甚至很可能还会是重大的险情!

老局长几乎是在求他了,求他这样一个被他一手提拔起来的、手把手一手调教出来的下级和学生。如果不是被逼到绝路上,老局长何至于会如此!

代英的心几乎打起颤来,一种随之而来的冲动和激越,汹涌澎湃地撞击他的心扉。这件事他一定要用心去做、尽快去做,同时他也从老处长的话里，从老局长高度的警觉中，再次在这个王国炎身上感受到了情况的复杂和险恶。一个监狱里的服刑人员，能让一个地区的公安处处长如此小心翼翼，足见这个服刑人员的能量和案情绝非一般。

他只能做好，绝不能做坏。

尤其是绝不能拖延，必须立刻去做，能争取一分钟就是一分钟。作为一个省会市公安局的刑侦处长，代英明白，在公安这个行当里，有时候一分钟，甚至几秒几十秒的时间，就足以让一起大案要案成功或者失败，让一个罪犯潜逃或是被擒。

下决心归下决心，但要真正落实到该怎么去做，代英才觉得事情并没有想像的那么简单。

首先这第一件事情就有点不怎么太好办。

要想知道现在都有些什么人在跟这个王国炎的家属来往，这并不是一个人能办到的事情，这至少得有几个人连续不断地在王国炎家监视和暗查，同时还得有人对这些跟王国炎家属有来往的人进行进一步暗访和调查。代英算了算，就按最少的人员安排，也得三到五个人。

还有这第二点也一样没有想像的那么简单。要调查一个女人跟什么人有亲密的关系，尤其是那种非同一般的甚至是暧昧的关系，别看平时我们几乎天天都能听到这样那样的桃色新闻和诸如小蜜、情人、三角恋、第三者等等各种各样的男女关系，然而当让你真正考证或核实这样的一种情感和关系时，可就完全是另一回事了。像这样的关系，在中国的这种文化环境里，你要是想真正核实它、证实它，几乎比破获一起疑难案件还要难上加难。而且要想查清这样的事情，那也决不是一个两个人就办得了的事情。怎么着也得三五个人一块儿跟你明察暗访，才有可能在最快的时间里能有一个确切的结果。

这就是说，两件事情加在一起，按最少的估计也得十个左右的民警，而且还必须是精明能干、完全可靠的民警。但是，如果这十个人一起行动，在他的这个刑侦处里，几乎就等于动用了差不多百分之五的警力。而动用这么大的警力，去对一起并不算突发案件，也没有任何领导布置的案件去进行私下调查,他这个处长根本就没有这样的权力!即使是处里的几个副处长都同意了,也同样得向局领导汇报,在征得局里的几个主要领导研究同意后,才有可能实施这一行动。否则,你所做的这一切,不仅是违纪,同时也是违法的。

就算领导同意了你这样做,然后你再带上这样大的一支队伍,去对王国炎的家庭和家属进行暗查和暗访时,其实已经跟公开调查没有任何两样了。

在极短的时间里它就会闹得沸沸扬扬,满城风雨。

而事实上,像这样的事情,领导根本就不可能同意。

老局长何波给他说这件事时,就已经明白,这样的事情只能是私情,只能拜托给他个人去干,否则老局长怎么会几乎有点低声下气地恳求一个下级帮忙?还有,老局长嘱咐他一定要保密时,其实也清楚这样的事情要想真正保密会极不容易。就算瞒着领导去调查,这十个人里头,你能保证任何一个都绝对可靠?可靠到能为你舍弃一切?因为干这样的事情,万一出了什么纰漏,或者有了什么风险,组织上是绝不会为这种非组织行为负任何责任的。即使你被打伤甚至牺牲了生命,对组织而言,除了批评和处分外,也绝不会有任何正面的意义。说难听点,就是你在这样的行动中被罪犯杀害了,那也只能是白死。何况,现在的人似乎都变得越来越复杂,在一个部门里,在一个特殊的情况下,甚至会有人盼着你赶紧犯错误,从而一脚踢开你这个绊脚石,由他取而代之。这样的想法也许极其卑鄙,但防人之心不可无,在眼下的一些社会环境里,为了排斥异己,早日提拔,做出的那些令人瞠目结舌的事情还少吗?

怎么办?他必须尽快地做出决定,必须尽快定夺自己究竟应该怎么去做。

几乎就在这一刹那,他突然想到了一个没有办法的办法。

不到五分钟的时间,他便弄到了一辆摩托车。

他没要车,要车就得要司机,他现在不能让任何人知道这件事情。

他也不想自己开车,已经十一点多了,已经进入高峰期,一旦堵车,说不定一站路半个小时也蹭不过去。

十分钟后,他来到了一家汽车修理点。

修理点的老板是一个瘸腿的中年人,五十岁出头的样子,他的额头上有一道明显而刺目的伤疤。老板的名字叫张大宽,正是当年被王国炎重伤致残的那位受害者。

张大宽当然认得代英,仍然称呼代英为代局长。他看着戴着墨镜、骑着摩托车,而且还是一身便服的代英,有些吃惊地好半天没回过神来。

代英对他的客气和惊讶理也没理,给他挥了个让他跟着来的手势,径直就往修理点最里边的一个小客房里走。

小客房放着一张临时休息的脏兮兮的破床,小得几乎转不过身来,除了床再没有任何可以坐的地方,两个人几乎是脸对脸地挤在一起。

代英盯着张大宽额头上深深陷下去的那道伤疤,心里止不住地又涌起了阵阵寒意,那小子真是下得了手的,像这样的一个嗜血成性、杀人不眨眼的家伙,一上手就把人砸成这样,十有八九是一个职业罪犯的所作所为。第一次犯罪的普通罪犯,极少会有这么恐怖残忍的行为。而下手如此狠毒,张大宽竟还能活了下来,简直就是奇迹中的奇迹、不幸中的万幸,在代英这么多年的警察生涯中,还从来没有遇到过。

也许是人生的坎坷和不幸,让张大宽变得沉默而又谨慎,也许他知道代英这样一副打扮急匆匆地跑来找他,绝不会是一般的小事。代英清楚,这些年来,张大宽一直在本本分分、老老实实地干着这个生意还算不错的行当。像他这样有过这种经历的个体户,也不会干什么越轨的事情。他一边给代英递过来一支廉价香烟,一边似乎有些不安地揣摩着代英的来意。

"有件事想让你帮帮忙。"代英使劲抽了一口,然后开门见山,毫不客气地说道。

"只要我能干的,你只管说就是。"张大宽几乎没做什么思考便立即回答说,同时好像心里的那块石头也落了地,看来,并没有什么太让他担心的事情。

"王国炎那边再有人捣过乱吗?"代英径直问道。

王国炎判刑前,王国炎一伙人可没少给张大宽做工作。威胁、利诱、恐吓、许愿,最多的一次竟然带来三十万现金,只要他能按他们所说的做,这些钱就全部归他。那就是要张大宽立刻向检察院和法院翻供,说王国炎并没有做任何伤害他的事情,他头上和身上的伤,都是他因为车祸而造成的,当时之所以对公安局说这些都是王国炎干的,那是因为自己跟王国炎一家人有仇,所以,就诬告了王国炎。那伙人还说他们跟检察院、法院都有硬关系,一切都用不着担心。张大宽当然没有按他们说的那样做,他当时还把这件事告诉了代英。代英当时只说了一句话:"你要是也想坐牢的话,那你就按他们说的去做。"张大宽说:"我要那样做了,还算是人么?差点没让那个家伙送了命,要是收了这三十万,就算没坐牢的话,这辈子就再也别想在这帮人手里翻身了。只要他们因此而逃脱罪责,一旦成了自由人,那就等于自己从此没了自由,一生一世他们都不会放过我。"

当时为了预防意外,代英还派了人暗中对张大宽一家实施过严密的保护措施。不知是因为走漏了风声,还是那些人没再追逼,而后并没有发生过任何事情。如今已经几年过去了,那件事情也早已烟消云散了。代英旧事重提,其实,他也知道这是一句多余的话,之所以说出来,无非是做个话头。

张大宽默默地摇摇头,有些疑惑地瞅着代英,他没想到代英会问出这样的话来。

"那好,要是再没来捣过乱就好办了。"代英又猛吸了一口烟说,"那一家人住在什么地方你知道吗?"

"知道。"张大宽不假思索地答道。

"你去过?"

"他家是个平房小院,住的好像是以前的一个领导的房子,离我家不远,站在我家那个胡同口上,就能看见他家的院子。如果再拐一个弯儿,他家的大门就能看得清清楚楚。"

"这可真是太棒了!"代英兴奋地嚷了起来。

"代局长,到底什么意思呀?"张大宽越发地莫名其妙起来。

"是这样,我们现在急于想知道王国炎家里的一些情况,这两天你能不能先把你的生意放一放,观察一下都有什么人跟王国炎的家人有来往?"

"代局长,是不是又出什么事了?"张大宽显得有些迟疑,脸色顿时都有些苍白了起来。

"没事,没事,你可千万别紧张,王国炎那小子正在监狱里服刑,没个十年二十年的他还出不来,至少在这十年二十年里他对你产生不了什么威胁……"

"代局长,你不用担心这个,我根本就不怕他将来出来会报复我。"代英正竭力地安慰着张大宽,但没想到一下子被张大宽的话打断了,"我这辈子从来没做过什么亏心事,我跟他王国炎前世无仇,后世无怨,是他图财害命害了我,要是有朝一日他出来了还放不过我,那我就豁出去了,反正我现在也是活余头了,到时候我就是拼了这条老命也绝不放过他!人要是连命也不想要了,那是什么事情也干得出来的。"

"老张,你又想到哪儿去了?跟你想的这些根本没关系……"

"代局长,你也别安慰我了,其实,我什么都清楚,他王国炎的那些事情,也并不是没人告诉我。"张大宽好像是已经预料到什么似的说,"王国炎哪还能等到十年二十年,人家早就放出风来了,今年要是出不来,最晚明年也肯定要出来。"

"得得得,要听他吹乎,那监狱不成他家的了吗?别的我不敢说,这个我敢肯定他是在胡说八道,一个判了死缓的刑事犯,就算他再有背景,那也不能三年两年的就从监狱里放出来……"

没等代英说完,张大宽再次打断了他的话:"代局长,你也不想想我算个什么人,敢在你跟前说这些没根没据、有屁股没屁眼儿的话吗?老实说,像这些话,以前我也是根本不相信的,就算是没了党纪、没了国法、没了良心、没了天、没了地,那也不能没了人性、没了人味吧!当初判他一个死缓,就已经够让我们这些老百姓寒心的了。你是知道的,那会儿要是没有你们公安保护,我早成了他王国炎的刀下鬼了。他的这些事情,要是放在我们老百姓头上,枪毙几次也够了,可人家就是没事。人家判个死缓,跟我们老百姓判死缓可是不一样,刚刚判了的那一年,人家就说了,用不了三年五年他就能出来。当时我也以为这是那小子在吹牛皮,那些丑事鬼事见不得人的事,都是背过人捏咕出来的。而一旦判了刑,可就成了明的,全都亮亮堂堂地摆在了人前头。他要是还想搞什么鬼,上上下下的人可就都看得清清楚楚。不管他是什么样的官,什么级别的头头,要是什么人再想做什么坏事,在光天化日之下,他敢那么明目张胆吗?他有权力,上面还有人比他权力更大;他是头头,上面还有更大的头头管着他。再有天大的好处,还能比保住乌纱帽更让他舍得不顾一切吗?就好像为了一大块黄金,他连金矿也不要了吗?为了一时的好处,他连捞取好处的宝座也不要了吗?当官的最怕的不就是怕丢掉自己的乌纱帽吗?代局长,你说我想的这些有没有道理?"

"老张,你想得太多了,这都是哪儿到哪儿呀。"代英也许没想到张大宽在这个话题上竟会滔滔不绝地说了这么多,于是,他想把大宽从这个话题里扯出来,然而却没想到张大宽非要把话说完不可:

"代局长,我知道你的意思,你让我先把话说完。"张大宽脸色也分明地红涨了起来,看得出此时此刻他非常激动,这种激动不知道是来自一种预感的恐惧还是一种旧有的困惑,所以,他很想把憋在肚子里的话说完,很想让代英听听他在心底里积蓄了很久的倾诉,"代局长,你大概也看得出来,我这人从来也没有把这个社会看得太坏,也从来没有把这个社会上的人看得太坏。我是矿工出身,祖祖辈辈都是小煤窑里的煤黑子,我父亲在世的时候,曾跟我说:'儿子,好好干活,好好工作,老老实实做事,本本分分做人,啥时候也别做亏心事,别做昧良心的事。咱这一家子没啥可盼的,爹也给你留不下什么,咱就盼着共产党能一天天好起来,盼着国家一天天能好起来。国家好了,咱也就好了;国家富了,咱也就富了。靠别的咱富不了,咱也指望不上别的。你爷爷和你爹这辈子,就是共产党来了,还活得像个人。做人得恩怨分明,咱不能忘了根本。别家的日子过得比咱红火,咱不眼红。要是有什么人想靠邪门歪道,去搞什么不三不四的事情,那咱也绝不参与。为人不做亏心事,不怕半夜鬼敲门。人要是没了根本,那还活什么意思。踏踏实实,自自在在的日子,钱再多也买不来……'"

"老张,你的为人大家都清楚。我这次来……"

代英刚说了这么一句,立刻又被张大宽打断了:

"代局长,这我知道,你听我说,我说了这么多,也就是一个意思,我真的没想到像我这样的人家,也会被逼到了一条绝路上。都说好心有好报,好人有好报,可我这样的人家,一辈子与人为善,就怎么会人在家中坐,祸从天上来?无缘无故地差点没被人活活整死,哪想到一直到现在都没能再过上一天安生日子。我把我这辈子想过多少遍了,我真的没做过一件亏心事,没做过一件昧良心的事呀。"

"老张,怎么啦你这是,现在不是好好的么,怎么突然变得这么悲观了?"代英看着大宽显得绝望而悲伤的样子,一时不知道该怎么安慰他才好。

"代局长,我知道你的好意,其实,你根本用不着安慰我什么。像王国炎那样的人渣,把我一家人都逼到这份儿上了,想想我还会怕他什么!"张大宽再次显出一副豁出去的样子。"说实话,今天你一来我这儿,一提到'王国炎'这几个字,我立刻什么都明白了。看来,我这些日子听到的情况,都是真的。王国炎这小子肯定是快要出来了,他们这帮人,原来真是说到做到的。"

听到这儿,代英才渐渐感悟到了张大宽这一番话的真正含义。"老张,你到底都听到什么了?"

"代局长,你也用不着再瞒我什么了。"张大宽全然一副什么也明白,什么也不在乎了的样子。"我都知道了的事情,你会一点也不知道?"

"那你就给我说说,都听到了些什么?"代英很认真地问。

"王国炎今年就减了刑,从死缓一下子减成了有期徒刑十五年。"

"十五年!"代英大吃一惊,他真的没想到王国炎今年就被减刑,而且一下子会被减为有期徒刑十五年。他有点无法相信地问道,"你听谁说的？"

"他老婆说的，他妈说的，他兄弟姐妹说的，他的那些哥们儿说的，连他家门前门后的邻居都这么说了，你想想这还有假？"大宽满脸悲伤地说道，"这么多年了，我已经证实过无数次了，他们放出来的这些话，差不多都是真的。说什么就有什么，想做什么就能做到什么。王国炎当初被判刑入狱时，就给人说了，少则两三年，多则四五年他就要从监狱里放出来。我当时死也不信，一个死缓犯，三年五年能从监狱里放出来？做梦吧你！可哪想到，人家说什么就是什么，刚进去不到两年，就减成了十五年。你不信不行，你不服又不行？就在前几天，又有人传出话来，说王国炎老婆说了，她这几天正忙着收拾家呢，说是过几天王国炎就要从监狱里出来，她说连她也没想到会这么快，他们住的这个家，收拾起来很不容易，她找了好多人正在忙乎。还说王国炎的几个朋友，又给王国炎买了一套新房，但那套新房要装修好来不及。还不如先将就着把原来这套旧的好好收拾收拾，那套新的就放到以后再说吧……"

张大宽的话，让代英渐渐地陷入一种巨大的震惊之中。如果说，王国炎的被减成十五年是前所未有而又千真万确的话，那么，王国炎马上就会从监狱里放出来，也一样不是没有可能。比如像什么假释呀，保外就医呀，有重大立功表现提前出狱呀，有期徒刑变为缓刑呀，等等等等。如今的事，真是有可能的，正像一些人说的那样，只有想不到，没有办不到。有钱能使鬼推磨，有权能让人变鬼。你瞧，人还没出来，新房都有人已经给买好了。而且像这样的消息，他们竟然提前全都知道！一个在押的服刑犯，怎么会有如此大的能量？在他身前背后、暗里明里的究竟会是些什么人？而这些人都是干什么的？他们为什么要这么做……

那么，老局长何波给他打电话是不是也跟这有关系？

何波急急给他打来电话，而且在电话上什么也没给他说明，只是让赶紧去办，想来是非常急迫而又事关重大的事情，但到底会是什么事情？何波求他帮忙的内容，不也正是这些吗？查一查平时都是什么人经常跟他的家人来往，还有什么人跟王国炎的妻子有密切关系？

是不是在王国炎的身上,老局长已经发现了重大线索,而这个重大线索必然是跟一个重大的犯罪团伙有密切关联……当然是。否则,老处长怎么会用那样的口气求他来办这件事?

代英终于真正感到了这件事的分量。看来真的是太重大了,所以,也一定会非常非常的危险。那么,还能再把这样的事情交给眼前这个饱经磨难、身心都受到过重创的受害人么?

如果围在王国炎身边的人真有这么大的能耐,那如果要去监视他们、暗中调查他们,那肯定是要冒极大的危险的。尤其是对一个毫无抵抗能力的普通家庭来说,由此而招来的危险将会更大、更残酷、更持久、更难以自我保护和自我消除。

"代局长,你怎么了?"张大宽看着突然愣怔在那里的代局长,小心翼翼地问道。"是不是我的话让你生气了?"

代英摇了摇头,"老张,我真的没想到会是这样,妈的,真的没想到。"代英不知道是在骂自己还是在骂别人。"对不起,我把问题想得太简单了。"

"代局长,你怎么了? 这又不关你们公安的事,你是我们一家人的恩人,我们张家几辈子都不会忘记你,我的这些话一点也没有埋怨你的意思。"张大宽很真诚地说道。

"你又想哪儿去了,我是在生我的气。我是真没想到他们会这么干,会这么明目张胆、肆无忌惮。看来,我当初还真是轻看了他们,放虎归山,贻害无穷。说不定会害了别人,还要再次连累到自己。老张,谢谢你给我提供了这些情况,刚才我给你说的那些事,也就到此为止。别的事情就让我来做吧,我不能再让你有什么闪失。"

"代局长,你是不是以为我真的怕了?"张大宽突然两眼炯炯闪光地问,"我已经给你说过了,我都让人家逼到这份儿上了,我还会怕什么? 你要是说什么到此为止,那就是看不起我。我这个人,还没活到良心让狗吃了的份儿上。像我们这些人,平时有谁能听听我们说呀。你好容易来了,我忍不住,真的忍不住呀。其实,像我们这些人,说归说,做归做。牢骚发完了,该怎么干还怎么干。社会都成这样了,我们也急

· 163 ·

呀。不是说国家兴亡,匹夫有责么。好了,代局长,这些大话空话咱学也学不来,说也说不像。你刚才吩咐给我的事,我肯定会给你完成。我不过就是有一点不大明白,你让我暗中调查王国炎一家人平时都跟什么人来往,到底是发生了什么事情?我这人你知道的,别的本事没有,惟一的能耐就是嘴严。你给我说说,究竟是为了什么,我心里也有点数是不是?代局长,我这也是瞎想呢,王国炎那小子又犯了什么事了?"

"老张,你让我怎么说呢?"代英一时间还真的犯了难,因为他真的不知道该怎么说。连他也不清楚的事情,他又怎么能给别人瞎说。"说实话,这是一个老上级吩咐过来的,具体是什么原因,他还没告诉我,我真的不是很清楚。"

"代局长,你的话我信。像你这样的身份的人,犯不着给我这样的人虚虚套套的。我只是想问你一点,让咱们来查王国炎家的事情,是不是不想让他这么快就从监狱里出来?"

代英不禁愣在了那里,他没想到张大宽竟会这么问他。良久,他才点点头:"我想是的。也许这还是轻的,说不定比这还严厉。我想,若要是再查出他什么事情来,就算不重判他,至少也要让他在监狱里继续待下去,最好让他待一辈子。"

张大宽默默地瞅了代英好一阵子,末了,终于像是想明白了似的:"看来我猜得没错,十有八九是那小子又犯了什么事情。代局长,我本来以为你们公安局里有人在这件事上也同王国炎这伙人在暗中有什么来往。现在看来,肯定是没那回事。要是那样,你也就不会找我来,让我做这样的事了。不过,有件事,我还是想跟你说明白。我刚才给你说了那么多,还有一个要紧的意思也不知道你听出来了没有。代局长,你可千万别小看了王国炎他们这帮人,据我所知,他们的势力大得很。我个人并没什么可担心的,我担心的是你,我真怕你有那么一天会顶不住。我不是说你这个人顶不住,我是担心你有的这份权力顶不住人家的权力。他们那帮人,你真的不能小看。"

"他们都是些什么人?"

"我也只是从别人那儿听来的,你要是真想弄明白,你还得给我点时间。我想我肯定能把他们的身份一个一个地都弄到手。据我现在知道的情况,在他们这些人里头,一个一个地都挺有来头。有老板、有厂长、有政府里的干部、有公司里的经理,听说还有一个武术队的头头,还有医院里的一个主治大夫。反正是什么样的人物都有,真不清楚这个王国炎怎么会有这么多的人围着他转,还个个都那么有身份,这个世界到底是怎么了?"张大宽再度陷入一种说不出的悲伤和困惑之中。

代英只能沉默着,他不能回答,也无法回答他。好一阵子过去了,他才止不住地又问了一句:

"王国炎的妻子怎么样?"

"听人说,王国炎倒霉就倒在这个老婆身上。王国炎的老婆我见过,长得确实不错,跟个节目主持人似的,眼睛是眼睛,鼻子是鼻子,大大地瞪一对双眼皮。当初王国炎是用刀子才让这个女人嫁给了他。其实,这个女人根本就没喜欢过他。以王国炎的身份和家庭条件,他也养不起这样的女人。听说这个女人作风不好,街坊邻居好像谁也清楚,平时就瞒着王国炎一个人,也没人敢给他说什么。因为人人都知道,一旦把这事告诉了王国炎,顿时就能闹出人命来。这也真是老天爷的惩罚,他王国炎命也就该如此。老婆不爱他,偏是他爱老婆爱得要命。老婆要什么他就给什么;老婆需要什么,他就满足什么。以他家那点经济实力,他不偷不抢,又能从哪儿弄来钱?"

"跟王国炎老婆关系最密切的都有些什么人?"

"好像也不止一个两个,听说关系最久、关系最不一般的是一个原来在什么公司工作的人,这个人跟王国炎好像还是同学,自从王国炎出了事后,好像这个人就跟王国炎的老婆天天都混在一起。还有,听说这个人很有背景,后来好像又被调到了什么有势力的单位。"

"这个人有什么背景?"

"也不知是真是假,都是别人传过来的,说是这个人跟咱们市里的主要领导不是一般关系。"

"……主要领导?那是什么关系?"

"市委书记是他的亲舅舅。"

"……哦！这就是说,他是市委书记的亲外甥？"

"要是亲舅舅,当然就是亲外甥了。"

……………

代英默默地瞅着满脸皱纹的张大宽,好久没能说出一句话来。

十四

何波给代英一打完电话就急急赶往地区医院。跟他一起坐在车里的还有市公安局局长史元杰和市局刑警队队长魏德华。

车是公安处的老牌子桑塔纳。

何波没让自己的司机开车。不是连自己的司机也不相信,实在是事关重大,哪怕是在无意之中,哪怕是在自己的家里,只要传出去一丝一毫,很可能就会让一切都前功尽弃,以致还会让所有有关联的人都立刻陷入难以预料的危险之中。

在公安系统干了一辈子的人,时间越长便越会有这样的心态:对任何事情都会越来越小心,越来越谨慎。哪怕是自己的父亲母亲老婆孩子,一点一滴也绝不透露。

魏德华开车,他和史元杰坐在后排。

从公安处到医院,如果不堵车,大约有十分钟的路程。别看是个地级市,到了上下班高峰,堵你个一刻钟半个小时的也是常有的事情。再说,在车上谈话,往往是最不受干扰、最保密的地方。

"说吧,都是什么情况？"何波坐进车里,车还没驶出公安处的大门,就闭了眼睛问道。

"何处长,这个王国炎看来咱们还真是估计不足。"史元杰一边让自己坐得更合适一些,一边回答说。

"先不要下结论,都发现了什么新情况？"这是何波的一贯作风,也是老公安的一贯作风,只要实的,不要虚的。

史元杰当然明白这个。但这句话他是非说不可的,因为这句话本身的含义并不虚。"前几天我们抓获了一个犯罪团伙,其中有我们一个线人。据他所说,这一团伙其实也是属于安永红那一帮的势力范围,领头的便是安永红的狱友。"

"这几天脑子有点乱,你给我说明白点,我怎么越听越迷糊了。"何波依旧闭着眼睛微微地摇了摇头。"安永红是不是那个外号叫'黑市长',你们盯了好长时间也无从下手的家伙?"

"是,就是那个家伙。"史元杰突然意识到什么,赶紧补充说道,"安永红就是'黑市长','黑市长'就是安永红。"

"这样的东西还有这样的一个名字,就叫他'黑市长'得了。"何波皱了皱眉头说,但紧接着立即又否定了自己,"算了,还是叫他安永红吧,叫他'黑市长'还真抬举了他。"

"何处长,安永红的情况我们本来要给你专门汇报一次的,从现在的情况看,安永红这帮人基本上可以认定是一个具有明显黑社会性质的帮派犯罪团伙。有大量的迹象表明,许许多多重大的犯罪行为都跟他们有直接关系。连老百姓也把他叫做'黑市长',可见他的影响之大。听人说,有些群众有些解决不了的事情,包括一些本应该上法院的事情,都去找这个安永红解决。这个安永红还私下设立了一个黑法庭,为了遮人耳目,他们有时候还真的把一些社会上的泼皮流氓赖小子当着那些受害人的面予以严厉惩罚,所以,近一时期来这个安永红在一些不明真相的群众中还确实有一定的影响。这个安永红也极其狡猾,对这些非法活动,他只是在暗中操纵,从来都不直接出面。安永红之所以这么做,目的似乎有这样几个:一是欺骗和蒙蔽老百姓,使得一些群众不仅不揭发他们,甚至还有意识地保护他们;二是借此扩大他们的影响,使得当地的一些官员对他们这种行为无可奈何,尤其难以相信和不能容忍的是,甚至有一些地方干部竟然也借助他们的势力和影响来解决一些难以解决的问题,比如像清房、还贷、打群架以及郊区临时住户的混乱等等问题,只要请他们出面,问题都能迎刃而解。"

"他们自己制造问题,反过来又让人请他们出面解决问题,百分之百的黑社会性质。继续往下说。"何波插了这么一句。

"据我们调查,还有比这更严重的问题。"史元杰继续说道。"他们这么做还有一个更让人不安的目的,那就是借此影响到别的一些领域。在他们的所在地有一个集产运销为一体的高技术钻石产品集团,既生产各色各样、各种档次的钻石戒指、钻石耳环、钻石首饰,也生产各种规格、各种级别的玻璃刀和砂轮刀。取名为'禹王钻石集团公司'。这个'禹王钻石集团公司',实际上是安永红以他们的非法所得资助兴建的,在安永红的暗中操纵和指使下,生意相当红火,即使是在今年经济不大景气的情况下,他们的生产和销售也照样火爆。所以,这个'禹王钻石集团公司'理所当然地成了这个区的支柱产业和先进单位。'禹王钻石集团公司'的总经理叫葛小根,其实,他只是个傀儡,公司里的一切事务实际上都只归董事长安永红一个人管。但在安永红的暗中活动下,这个葛小根已经拥有多种头衔,什么地区劳模、地区十大优秀企业家、市乡镇企业协会副会长,而且还是城区人大代表,听说现在正在竞选市人大代表。听人说,安永红暗中加紧活动,竭尽全力让葛小根竞选市人大代表,真正目的只有一个,那就是让葛小根当上副市长。"

"明白了,'黑市长'要让他的手下变成明市长了。"何波使劲地闭着眼睛说。"那这个叫'黑市长'的安永红跟古城监狱里的王国炎有什么关系?"

"'禹王钻石集团公司',这个由安永红一手把持着的董事会里,拉进了省内外上上下下、各色各样的头面人物。尤其是近一两年来,安永红的势力范围越来越大,可以说没有什么人奈何得了他。然而我们的内线的一句话却让我吃了一惊,他说安永红谁也不怕,就只怕一个人;安永红谁的话也不听,就只听一个人的,那个人就是古城监狱里的服刑人员王国炎。"

"……哦!"何波也像吃了一惊似的一下子睁开了眼睛,"你那个线人的话,有多大的可靠性?"

"他以往给我们所提供的消息,还没有发现过有假的。"

"……如果这些话是可靠的,这些情况确实都是真的,那么,这将意味着什么?"何波像是自言自语地问道。

"一个人不会平白无故地听从一个人或者害怕一个人的。"史元杰似乎也陷入了一种深深的思索之中,"像安永红这样一个能够兴风作浪、呼风唤雨的黑白两道人物,他真的要是会怕一个人的话,惟一的可能,那就是这个人手里掌握着足以让他陷入死地的证据。"

"所以,这个安永红就要拼命地挣钱,就要拼命地满足王国炎的各种欲望,哪怕是赴汤蹈火也在所不惜。"何波接过史元杰的话茬儿进一步地分析着,"一是王国炎够哥们儿,宁可一个人在监狱里受罪,也绝不出卖兄弟。二来这也是与自己和其他难兄难弟们生命攸关的大事情,岂敢有半点疏忽。"

"对对,为了堵住王国炎的嘴,他们也只能不惜一切代价。宁可再次犯罪也决不能让王国炎把那些事情说出来。"

"这一切都因为一点……"

"何处长,再清楚不过了,那就是王国炎嘴里掌握着的有关他们的情况,比让他们再次犯罪还要让他们感到可怕和恐怖。"说到这儿,史元杰止不住地嚷了一句,"在这个王国炎身上,极可能掩藏着一个特大犯罪团伙。"

何波默默地沉思着,脸上的神色越来越严峻。

"还有,"史元杰继续说道,"被我们抓获的有个王国炎的狱友,也是被古城监狱多次免刑提前释放出来的。他曾对人说,监狱就是老子的第二个家,想进去就进去,想出来就出来。"

"小魏,你的车能不能再开快点。"何波皱了皱眉头突然说道。

魏德华一声不吭。

车在市区曲里拐弯的老街道上,已经快得不能再快了。正是下班高峰期,许许多多的行人,面对着这辆挂着公安牌照的小轿车,愤怒和蔑视的神色溢于言表。

地区医院地处市中心一个胡同的深处,是一座老而又老而又无从发展的老医院。

住院部在医院左后侧。

这里基本上都是普通病房,一般都是六到八个人一间。

罗维民的妻子住在八个人一间的病房里。

正是吃午饭的时候,病房里人来人往、摩肩接踵,几乎挤得满满当当。看得出来,这里的病人大都来自农村,坛坛罐罐、盆盆碗碗地摆得哪儿都是。而且大都是自己做饭,于是,让这个本来就拥挤不堪的病房更加拥挤,人和人擦肩而过,有时候甚至还得侧过身来。

病房里出奇的热。室内似乎要比室外的温度高出好多度,热得几乎让人喘不过气来。

由于拥挤,所以何波几个人的到来,尤其是史元杰和魏德华都还穿着警服,顿时在病房里引起了一阵骚动不安。甚至许多别的病房的人也挤了过来,都用一种疑惑和惊讶的眼神直直地看着他们。

罗维民的妻子大概是因为来得比较晚,所以被安置在病房最中间的一张床位上,由于两边都挤满了人,因此,他们连让客人就座的地方都没有。

罗维民根本没想到何波、史元杰以及魏德华能一块儿来医院看望他和妻子。一时间紧张得竟不知道该怎么招呼才好,尤其是病房里拥挤不堪的情形,更让他显得狼狈和慌乱。

脸色苍白看上去非常虚弱的妻子,听说是何波处长和史元杰局长来看望她,硬是挣扎着要从床上爬起来。

何波稍稍问候了两句,然后便让魏德华跟他一块儿从乱糟糟的病房里挤了出来。

"怎么能住在这种地方!"何波走出来一到了没人的地方便气呼呼地嚷道,"没病的人在这儿也要住出病来,还有病人的安全,保证得了吗!给你说了好多遍,一定要安排好,一定要安排好,就是这么安排的?"

"何处长,这是地区最好的医院呀。一般的老百姓能住进这里面就已经很不容易了。"魏德华的神色似乎是在提醒何波,老百姓的医院就是这样子,别忘了我们现在是社会主义初级阶段。干部病房当然除外,但那跟老百姓并无关系。

"你以为我连这个也不知道?"何波并不买魏德华的账,"我让你找一个最好的病房,并不是只让你找一个最好的医院。要住在最好的医院里的最好的病房里,知道么,这得找关系,得动脑筋。"

"就这还是给院长打了招呼才住进来的,医院里根本就没有多余的床位。"魏德华并不生气,显得很耐心地给何波解释着。"这张床位是院长下了死命令,住院部硬让一个病人提前出院才腾出来的。"

"问题是就不应该住在这里!"何波根本就不听魏德华的解释,"我给你已经详细地说过了,要不惜一切代价。第一要保证让维民和他的妻子不出任何问题,第二得让维民没有任何后顾之忧,像这样的地方,罗维民他能放下心来吗?他能从这个地方离开再回到监狱里去吗?还有,在这种地方,随时都可能发生意想不到的事情,要从最坏的地方着想,就像今天这样,我们几个一来,立刻就能传遍半个城市,我们的一举一动还有什么秘密可言!"

"这我知道,我现在正在找关系想办法,争取在短时间内能安排得更舒适一些。"

"立刻就转出来,一分钟也不能再在这里住下去,现在就转病房,转不了病房就转医院,就现在!"

"……何处长,市里的医院我都打听过了,以我的能力,暂时还真的没……"

"地区医院没有干部病房吗?"

"有,可是医院领导说了,这根本没有可能……"

"我是问有没有可以住进去的干部病房?"何波脸上的不满早已消失了,但语调里仍然满是火气。"你打听了没有?"

"打听了,好像也非常紧张,而且他们说罗维民根本不够格,即使有,医院里不能开这个口子。"

"都是屁话,够格还找他们吗?要是他们的七大姑八大姨,十个口子也开了。"何波愤愤地说道,然后把手伸了过来,"手机。"

魏德华一怔,赶忙把手机递了过去。"开着哪,直接拨号就行。"

何波只打了一个电话。

电话是给干部病房住院部的主任打的,部主任说根本就没有能空出来的病房,别说是一个一般科员的老婆了,就是市里地区的领导来了,一时半会儿的也没有办法。

何波很耐心地听他解释完,然后说:"要是我病了可以不可以?要是我得了要死的病可以不可以?我要是得了要死的病,因为没有病房只好住到别的地方去,你们住院部突然有了什么杀人抢劫案,那你们还用不用再找我们公安了?"

部主任说:"你看你看何处长,你千万不要生气么,这个病人是不是你的亲戚?"

何波也不正面回答,依旧不紧不慢地说着饬人的话:"我们公安系统的人要是有个一灾半难,或者是得病受伤什么的,看来,像你们这样的医院肯定是住不进来了?"

部主任听话听声,大概是突然觉得要是让何波这样的人物感到不满,或者是让自己给得罪了,那几乎等于是一场灾难。于是赶忙改口说:"何处长要是着急,那就让我想想办法,看能不能尽快腾出一间病房来,一旦腾出来我立刻就给你打电话。"

何波当然知道这是部主任在打埋伏卖关子,推后一点时间找个台阶下。但事情实在是紧急,古城监狱里是那种情况,耽搁一分钟很可能就会造成无法弥补的损失,哪能让你再给我鼓捣到下午或者明天去,于是便不依不饶地说:"看来,主任你真是担不了事情,我也知道,如今的事情,都是一把手说了算,像你们这些部主任,看个病什么的还行,再大点的事,大概还是得请示什么头头脑脑的。这样吧,我也就不让你为难了,你把你们院长的电话给我,我现在就去找他。我的病人可是急病,就在医院里等着呢,万一要是有个三长两短,你让我怎么给人家交代……"

部主任再也沉不住气了,话语一下子软了许多:"何处长,你那病人是什么病？"

何波说："心脏病呀，不是心脏病我还找你吗？"

部主任赶忙说："呀呀，你怎么不早说，我还以为是什么病呢，别的病房紧张，要是心脏病还有留给地委王书记的一间，那就先让给你的病人用吧。"

何波一副为难的样子，"这样不好么，我的病人可是十天半月出不来的，万一要是王书记又要住了，那可怎么办？"

部主任终于彻底地软了下来，"何处长你看你看，我就是再不是人，王书记来了也不能把你的病人赶出来呀。他要是回来了，我就另给他安排一间。你说呢，何处长？"

部主任几乎是在求何波了。

何波赶忙也把话语软了下来，连声表示歉意，"给你添麻烦，真是不好意思，实在是没办法的事情，谢谢你谢谢你。"

魏德华在一旁一边看何波打电话的样子，一边止不住地哧哧哧地笑。等到何波放下电话，终于止不住地笑出声来，一边笑一边说："何处长，还真想不到你会有这么一副样子……"

何波显出恼怒的样子来，说："你笑什么笑，手机还开着呢，你就不怕让人家听到了……"

魏德华的笑声越发响了起来，笑得好半天也直不起腰。

看着魏德华的样子，何波也止不住地笑了一下，说："你以为我有什么好办法。我们当公安的，除了这点诈唬人的能耐还有什么能耐。好了，这下完了，在这个主任眼里，咱们这些搞公安的，都不是好东西。唉，等过了这一段吧，再给人家好好解释解释……"

二十分钟以后，罗维民妻子便住进了地区医院右后侧的干部病房里。

同那些普通病房相比，这里真是一个在天上，一个在地下。

一座座幽静乖巧的院落，一个个玲珑剔透的门庭。奇花异卉，姚黄魏紫；小桥流水，暗香疏影。所到之处，果真是花红柳绿，莺啼燕语；放眼望去,看不透长林丰草,茂林修竹。

病房里幽雅洁净,有电视、有电话、有卫生间以及各种各样的检测仪和防护设备,窗台上还有几盆修饰管理得很好的名贵花卉。

看来,这真是地委书记一级的干部才住得上的高级特护病房。直看得罗维民和妻子李玉翠目瞪口呆,两个人好久也说不出一句话来。

何波看着两个人不好意思的样子,故意显得不当一回事地对两口子安慰着说:"暂时就住这儿吧,这地方安静,干什么也方便,医生护士也负责些,孩子和家里人来这儿也好招呼。"

见何波这么说,早已把两口子慌得不知该说什么才好,罗维民妻子李玉翠正想说什么,便被何波的话堵了回来:

"好了好了,咱们一家人不说两家话,你这病,刚才史局长和魏队长给我说了,不是小病,但也不是大病;不是急病,也不能算是慢性病。你就安下心来先在这儿好好检查检查,等病情稳定下来咱们再具体看应该怎么办。至于你的工作,我们也考虑过了,等你的病好了,我们再想想办法看能不能调整个好点的地方。我这人你也是知道的,凡是说过的话就要想办法做到。并不是这会儿用着你家罗维民了,才这么只拣好听的说。反正一句话,你在这里只管安心养病就是,什么事情也用不着再去考虑。罗维民本来就是我们公安上的人,我们用他放心、靠得住。你们呢,不管有什么事情也用不着客气。至于钱的事情,你就更用不着考虑,花多花少,七七八八,拉拉杂杂,单位里能报多少算多少,其余的公安局都给你兜着。"

听何波这么一说,两口子自然再也说不出什么来,罗维民妻子一边在眼睛上抹了两把,一边说:"好多年前我就给维民说了,当初真不该离开公安口。说一千道一万,其实都是我的错,那会儿监狱就在家门口附近,离我上班的地方也只有几百米远,是我拉了他的后腿,才让他到了这古城监狱去上班。说实话,一到了那儿就后悔了,整天跟犯人打交道,你想想那是人干的活?操不完的心,负不完的责任。工资少,关系也少,再加上我这病,唉,多余的话也就不说了。有你何处长这番话,我们还说什么呢。我也知道我是什么病,穷人家得的富贵病,想我这样的病，除了动手术没什么别的好法子。单位里说了好多年了，就是一分钱也拿不出来。罗维民也给我说过多少遍了，只要有地方能掏了我这手术钱，让他干什么他也去干。那一年有个犯人家属来找他，说要是能让那个犯人早两年出狱，他就拿多少多少钱过来，要不，就把我拉到北京去看病，手术钱他全包了。可那种事情我们能干吗？他是那号人吗？他天生的就不是那种人。后来我们也都想明白了，真要是做了那种事，这辈子就只能给人家做儿做孙子了，那样活着比死了还难受。到这会儿了，也不怕你们笑话，只要你们用得着他，该让他去哪儿就让他去哪儿。再说他也不是伺候人的料，笨手笨脚地站在眼跟前也让人烦。这么宽敞的地方，就让我妈来这儿陪我好了。住在这种地方，比在家里也要好上十倍呀。"

李玉翠这一番话，直说得几个人眼里都湿湿的。

其实，她说的话，何尝不是他们几个人都想说的话？在这一半是真，一半是假；一半是实，一半是虚的话里，有几分是埋怨，又有几分是无奈？

史元杰这时说道：

"你们俩也用不着说这么多感激的话，其实是我们应该感谢你们。这可不是虚套，确确实实是我们的真心话。"说到这儿，史元杰对罗维民妻子说道，"我不知道罗维民给你说了没有，罗维民这次给我们提供了一个非常重要的情况，古城监狱里的那个犯人如果真是我们要抓的那个犯人，你要知道它的意义有多大？那可真是帮了我们一个大忙。为了这个案子，我们已经花了数不清的钱。何况，像这样的案子，并不是可以用金钱来衡量的。既然是自己人，我们也就直话直说，有哪儿说得不合适的，你也别往心里去。有什么要求，何处长刚才也说了，只管提出来就是。把你接到这里来，一来是争取早点把你的病彻底治好；二来维民来这儿和我们来这儿找维民也都方便安全；三呢，也就是想让维民现在回到监狱去不再为你的病操心。何处长刚才已经给我们嘱咐过了，维民回到监狱后，我们会在你这里二十四小时派人守护。我们刚才来医院以前，已经给市公安局医疗所的几个女同志说了，她们一会儿就到,都是年轻人,有什么事你只管给她们吩咐就是,千万千万别客气,客气了反而坏事。你现在是我们重点要保护的对象,不仅要保证治好你的病,而且还要绝对保证你的安全,你明白不明白。"

罗维民妻子本还要说些什么,但事情已经到了这步田地,想了想也就不再说什么了。

罗维民只是默默地坐在一旁,低着头一声不吭。

等到护理人员做了例行检查,放下一些药片,并把一份丰盛而又可口的午饭端来时,何波和罗维民几个才离开了病房。

临走时,罗维民本想再给妻子嘱咐几句,话还没出口,便被妻子轻轻地摆了摆手堵了回去:

"走吧走吧,你要是真为我好,就早点帮何处长、史局长把监狱里的那个案子破了。"

罗维民在病房里跟妻子告别时,何波几个人走到院子里。

看看罗维民不在,史元杰悄悄对何波说道:"何处长,这个地方太贵了,我刚才问了一下,像这样的病房,加上药费、检查费和治疗费,一天就得几百块。如果要在这儿做手术,乱七八糟的算上,没有十万八万根本下不来。何处长……"

"什么意思?"何波脸色铁青,看也不看史元杰。

"我是说,这么多钱实在不是个小数目……我的意思,看是不是……"

史元杰的话还没说完,何波便一点不给情面地低声吼了起来:"你别在这儿给我绕圈子!我现在就告诉你,不管多少钱,就是十万、二十万、三十万,你也别想在我这儿弄走一分。病房要最好的,医院要最好的,护理要最好的,医生也要最好的,但钱没有!一切都由你们市局想办法!"

"何处长,"史元杰脸红红的,似乎还想再解释一下,"你也知道的,市局这一段实在太紧张了,上面整顿得那么紧,又一分钱不给。不信,你问问魏德华,这些日子咱们的民警破案时,有时候连方便面也买不起……"

"这种话我现在一句也不想听!"何波再次打断了史元杰的话。"你要是觉得你这个局长当得委屈,那就回去再当你的刑警去!你要是还没听明白,我就再告诉你一次。对王国炎这个案子,你们市局必须不惜一切代价,需要花多少,你就花多少。但至于钱,你别指望地区公安处会给你一分。我没有钱,有也不会给你,所有的钱都由市局想办法解决。这话我再给你说这一遍,你的那些话,下次也别再让我听到!"

史元杰有些发怔地向魏德华瞅了一眼,脸色煞白的魏德华大概从来也没见过这种局面,没等局长的眼光移过来,赶紧把脸扭开了。

十五

几个人在街上找到一个僻静点的饭馆时,已经是下午一点多了。大家确实都饿了,点了几个实惠而又耐饱的菜,要了几瓶啤酒,便狼吞虎咽地吃了起来。惟有何波一点也吃不下去,老毛病了,只要一有了什么挠人的心事,有了一时解决不了的大案要案,胃里边就总也是鼓胀鼓胀的,再接下来便开始疼痛,一疼就是大半天,到了厉害的时候,晚上根本无法入睡。

老局长的胃病史元杰和魏德华也都清楚,点菜的时候,史元杰特意点了两个容易消化的菜和汤,但何波还是毫无食欲,为了让大家都能吃得好点,他故意显得很香的样子吃着,甚至还破例地喝了大半杯啤酒。

吃了一阵子,何波便对罗维民问道:"有关王国炎的证据,你究竟掌握了多少?还有,古城监狱里的情况,以你个人的判断,究竟有多严重?你现在在古城监狱里还有多大的权力?换个说法,就是他们对你是不是还像以前一样信任?小罗呀,你也别嫌我说话一点不拐弯,到了这种时候了,我必须把问题了解清楚。需要的时候,我们就全力配合你;而需要你配合我们的时候,你也得全力配合我们。比如,对王国炎这个案子,"何波直截了当地问,"你现在是不是还控制得住局面?如果控制得住,那我们就全力配合你;如果控制不住,我们就得拿出另一套办法和措施。以我的感觉,我觉得这个案子真的是很复杂,也很紧急,一点也耽搁不得。所以,我们都必须把情况说清楚,说不清楚,判断就会出问题,判断出了问题,就会失去机会,说不定这个案子就永远也破不了了。你在公安上也干过多年的,时机在监狱里也许并不是主要因素,但在公安系统,尤其是在我们破案时,则是绝对因素……"

"何处长,我也正想告诉你呢。监狱里在今天上午已经开了会,并且在昨天晚上把我们侦查科原来分管王国炎那个中队的侦查员叫了回来,不让我再插手这个案子了。"罗维民说完,咕咚咚咚几大口,把一大杯啤酒全都灌进了肚子里。

几个人顿时停止了吃喝,吃惊地看着罗维民把一大杯酒一下子灌下去,然后又自个儿给自个儿咕嘟咕嘟地斟满了一大杯。

"今天上午监狱的例行碰头会也没让我参加。我们科长回来后宣布了在会上决定了的几条纪律。第一,今后凡是涉及有关监狱的问题,一律不准私自往外界透露任何消息。凡是需要同外界联系的,必须经过监狱主要领导的审批和同意。同外界联系时,还得必须有两个以上的主管干部参加……"

"……妈的,这帮狗东西!"魏德华不由自主地骂了一句。

"听小罗讲完。"何波制止了魏德华一声,然后对罗维民说,"还说了些什么?"

"第二,"罗维民谁也不看,毫无表情地直直地盯着眼前的啤酒杯子。"凡是已经私自同外界联系过的,不管是任何机关,第一要立即中止,第二要马上上报审查,第三要尽快汇报情况。否则将视为违法违纪行为,即刻停职检查,听候处理。"

"还有什么?"见罗维民不吭声了,何波又问了一句。

"没了。"罗维民怔怔地答道。"后来听小赵说,他们下午要研究监狱里发生的一些事情。我们科长还对小赵说了王国炎的事,说让他尽快了解一下,看看这个王国炎是不是真的有什么问题。"

"小赵是谁?"史元杰问。

"就是我们侦查科那个被紧急调回来的科员赵中和,他的孩子得了急性血小板减少症,请了半个月长假,正和老婆一块儿在省城儿童医院给孩子看病。这才不到一个星期,就被匆忙叫了回来。"

"赵中和这个人怎么样?"何波问。

"人是好人,就是大大咧咧的,什么也不往心里去。"罗维民说道。"他对王国炎这个家伙也没有一点好感,但他并没有觉得在王国炎身上真的还会有别的什么大问题。像王国炎平时说的那些话,他也常常听到,但他总是认为这些话全是胡说八道。他说像王国炎这样的犯人根本就无法改造,骨子里就对社会极端仇视,只要放出去就还会犯法。他对给王国炎减刑这件事大为不满,所以,他觉得给王国炎这样的犯人减刑这件事本身肯定有问题,而别的他则不以为然,至少现在没有想到。"

"这几天的情况,包括你所发现到的这些情况,你都给他说过没有?"何波问。

"还没有,没时间。我是上午十点多了,才知道他被叫了回来。紧接着就是开会,开会完了他被我们科长留了下来,我跟他都没来得及说话。"

"你们科长什么态度?"何波又问。

"我觉得好像有变化,本来他还是同意对这个王国炎立即进行审查的,但今天来了,根本就没有提这方面的安排。不过,我还没有给他谈,我原本是想在下午跟他好好谈谈的。没想到一回到家,才知道妻子的病犯了。"

"那你回去准备怎么办?有想法吗?"何波好像早就想好了,一个问题接着一个问题。

"还没有考虑。"罗维民如实回答,"我原本想下午先给我们科长谈谈,王国炎的案子我不能放手,因为王国炎身上的案情是我发现的,既是我发现的,我就得对这个案子负责到底。如果有问题,那是我的问题;如果有责任,那也是我的责任。至少这个案子不能不让我参加。再说,赵中和孩子得的是血小板减少症,病因还没有查清。如果是个大病,极可能要影响到赵中和的情绪,会给他带来很大的压力。我已经了解清楚了,血小板减少症是个很可怕的病症,要是小孩子得了,那就决不是个好兆头。万一真要是得了白血病什么的,赵中和可就真是惨了。而为了他们的一个什么见不得人的目的,把人家连夜从千里之外的医院里催回来,实在是太不人道了。"

听罗维民愤愤地一说,几个人顿时都沉默了。罗维民突然意识到,这句话说过头了,极容易让人联想到自己。一时间,竟也不知道该说什么才好。

"什么人道不人道,他们那帮人还会讲什么人道。"魏德华瞥了一眼罗维民说道,"这不明摆着么,他们就是想用赵中和支开你,等到把你摆脱了,所有的一切都安排妥了,不再有人追问了,觉得没有威胁了,再让赵中和离开。"

"何处长,"史元杰突然嚷道,"他们会不会在这期间也派人到省城去,给这个赵中和的孩子和妻子施以各方面的好处,比如钱啦、物啦,安排一个特护房间啦,甚至以别的一个什么名义把他的孩子转到北京、上海去看病啦等等等等,让赵中和的立场软化以至于被拉下水去?"

"真是!"魏德华止不住地叫一声,"连我们都想到了,他们怎么……"魏德华突然意识到自己说走了嘴,赶忙打住不说了。而何波则似乎已经被这个猜测深深地陷了进去:

"……有可能,很有可能。我们真的没想到这个,说不定都已经有些晚了,元杰,还有小魏,咱们一会儿都想办法联系一下,看能不能在省城找些得力的人帮帮这个忙。"说到这儿,何波向罗维民问道,"赵中和的老婆是干什么的?他们家的情况怎么样?"

罗维民说:"他老婆的工作还可以,在一家效益还过得去的国有企业当会计。家里的情况一般。父母亲和岳父母都是本本分分的人家,都是靠国家的那点工资生活,没当干部的,也没经商做买卖的。总的来说,各方面的情况都还过得去。"

何波沉默了一阵子说:"维民呀,你大概是第一次跟我打交道。我这个人,干了一辈子公安,可能真是职业病吧,不管对什么事什么人,总也要打听来打听去。其实,在监狱里当民警,恐怕也一样。我们破案找罪犯,或者是管理犯人,这跟编剧本写小说的人不一样。编剧本写小说的人总是认为世界上的人,包括那些小偷和罪犯,原本都可以是好人,善良的人,所以,就总要在所有的人身上,挖掘出那些真善美的东西。而我们不同。我们查案破案,有些时候却不得不遵守一个原则,那就是只要这个社会上还有一个坏人,还有一个罪犯在逃,那就必须把所有有嫌疑的人都假定为罪犯。这就像语文课本上说的那个丢了斧子的农夫一样,看着谁都怀疑,看着谁都像偷了他的斧子。这在社会看上去挺可笑,可在我们公安部门,那可不是什么可笑的事情。只有我们把所有的嫌疑人都假定为坏人和罪犯,我们才有可能抓住真正的坏人和罪犯。如果说这是职业病,那也没办法。要不社会上有那么多的人都说我们搞公安的太没人情味,瞅人的眼神都不对。所以,小罗呀,咱们已经是在一条战船上了,我们之间不论说出什么话来,都一定不要有什么别的想法。"

"何处长,大伙说的分析的不都挺好吗?我也是公安过来的人,知道搞公安的人的脾气。我已经把该说的都说了,大家有什么想法和点子,觉得该怎么办我就怎么办。时间已经不多了,下午两点半以前我必须赶回监狱里去,否则,他们就会怀疑我到哪儿去了。"罗维民显得很沉重地说。

"让我说,你们古城监狱里的那几个领导,没有几个靠得住的。你得小心点,别让什么人捉弄了你。"魏德华直话直说。

"想可以这么想,但千万不能因此而悲观失望。如果有领导支持,那还是要依靠领导,这样要有力得多。"史元杰像是在纠正似的说道。

"我不是那个意思,"魏德华好像是解释,又好像是辩解,"我是说,在没有搞清对方的观点和立场时,一定不能暴露或者让别人发现自己的想法和意图,尤其是不能自投罗网。"

"好了,这样吧。"何波皱了皱眉头,一锤定音地说,"小罗说得对,时间已经不允许了。两点半以前他必须回到监狱去,一个侦查员不能就这么无声无息地消失了好长时间也不露面,何况,他现在又是一个让很多人关注的人物。小罗,我现在再问你一个问题,你爱人的病,你们那儿知道的人多吗?"

"不会有很多,我当时也是急了,一看老婆病得那么重,也不知啥原因,第一个想到的就是给魏德华打电话。"罗维民很动感情地说道。"魏德华来的时候,正是我那儿人最少的时候。从家里出来就直接上了魏德华的车,至少我没看到和碰到什么人。"

"我进监狱大门时,罗维民在门口等着我,我记得好像是维民给警卫说了声老婆病了的话,除此以外,好像再没碰到过什么人。"魏德华补充说。

"把门的都是武警,我想没关系的。"罗维民说。

何波点点头。"如果真是这样那就好,小罗,你看这样行不行?"

"何处长你说吧。"罗维民再次喝光了杯子里的啤酒,然后站了起来,做出一副立刻就要离开的样子。

何波看看表,"别急,还有点时间,一会儿你打的回去,误不了。记住,这些天的打车费一律在市局报销,为了安全起见,这段时间你一定不要再骑自行车。现在你再喝点,我有两句话还要给你说。"何波一边站起来说着,一边拿过啤酒瓶给罗维民斟满,同时把自己的那一杯也斟满。罗维民一看这情形,慌得要把啤酒瓶子争过来,一时也不知道该说什么才好。

"何处长,应该我敬你酒的。我老婆的事情,本来我不想再在这儿说什么了。人说'大恩不言谢',像我这样一个小人物,我也谢不了你什么。刚才老婆也给我说了,拼死拼活,早点把这个案子破了,也算是我的一点回报吧。"

"错了,小罗。"何波轻轻地却是有力地说道,"你先坐下,听我把话说完。"

见何波这个样子,饭桌上的气氛顿时庄重和严肃起来。

何波只把眼睛紧紧地盯在罗维民脸上。"小罗,我们素昧平生,以前我并不认识你。但就这么两天里,我已经感觉得到,你是个负责任的好民警。你知道这个案子的意义有多大?假如这个案子这次真的给破

· 182 ·

了,我们公安战线的所有民警,都应该向你敬礼。而现在,不管这个案子破得了破不了,都让我先替那些因这个案子牺牲了的战友敬你一杯。"

罗维民看着两眼红红的老局长,什么也没说,咕咚咕咚一仰脖,便喝得一干二净。当他喝完再向何波看去时,发现老局长正在竭尽全力地把啤酒一口一口地往下灌。何波青筋暴突、满是皱纹的脖子已经分明地告诉他们几个,老局长确实老了,真的是老了。

何波努力地把酒喝完,然后像是抽搐般地打着酒嗝,好一阵子才算安静了下来。史元杰赶忙递过一张餐巾纸来,何波接过擦了擦嘴,有些结结巴巴地说道:

"王国炎的事情……我们就拜托给你了,老实说,像你们监狱里的那种情况,我们现在真的一点办法也没有,也真的一点给你帮不上忙。一切都只能靠你自己,我们也只能全力协助你。至于你爱人的病,我刚才已经说过了,你就放心吧,史局长这儿肯定会全力以赴照顾好的。所以,你现在只能是孤军作战,只能是小心翼翼,谨慎、谨慎再谨慎。我们并不是不相信你们监狱的领导,实在是事关重大,否则,只要有一个地方,只要有一个人出了问题,我们的计划可就全都泡汤了。不过,我希望你在任何时候都记着,虽然你现在是孤身一人,但在你的身后有我们公安在支持着你,有群众在支持着你,再说大点,有国家和政府在支持着你!你根本用不着有什么担心,我们会通过各种渠道协助你、保护你。如果你有什么需要帮助的事情,或者有什么紧急情况和困难,请你随时给我们联系。我的电话,史局长的电话,魏德华的电话包括我们所有的联络方式,一会儿让魏德华全都给你。不管什么时候,我们几个人当中肯定有一个会在。我绝不会让我们几个人同时出差或者出去开会破案什么的,至少有一个人留守在家里,我们肯定不会跟你失去联系。"说到这儿,何波对史元杰说道:

"史局长,把你的手机给小罗。"

"不,不要,"罗维民连忙推辞道,"这个我不能要,我也不需要这个。"

"小罗,不是给你,是借给你用。"何波解释说。"你现在需要这个。你只有一个 BP 机,家里也没有电话,如果有了急事实在太不方便了。你拿上它,随时都带在身上,但平时不要开机。这儿有了情况我们呼你时,你那儿有了情况需要告诉我们时,你再打开手机跟我们联系。"

史元杰这时已经把手机拿出来给罗维民递了过去。"何处长说的没错,你现在太需要这个了,我们也需要随时跟你保持联系,这个方便、轻捷、不误事。其实,何处长不说,我也要给你配一个的。还有一点,何处长提醒得很重要,平时你一般不要打开手机,因为这是我的手机,就算我回去告诉所有可能给我打手机的人说我换了手机,也保不准有什么人会打我的手机。还有,你的这个手机最好不要让任何人知道,免得别人会有什么猜想和误会。如果我们让你打开手机时,我们会在 BP 机上告诉你。"

罗维民略一考虑,也就没再推辞,接过史元杰的手机,看了看,然后很小心地放在了自己的内衣兜里。

"好了,小罗,你还有什么要说的吗?"何波的样子,好像是在提醒罗维民时间到了。

罗维民想了想,便在自己随身携带的提包里,拿出一个外面用报纸裹着的东西来。"何处长,这是我在王国炎的监舍里找到的一本近期的日记,还有我这几天整理下的有关王国炎的一些材料,有的是他说出来的,有的是我调查出来的,有的是我悄悄复印出来的,还有一些是我悄悄拍摄下来的。我也不知道这些东西能不能派上用场,能不能对你有所帮助。这些东西放在你这里我也放心,如果没有我的嘱咐,你一定谁也不要给,谁也别让知道。"

何波用两只手轻轻地接过来,然后点点头说:

"知道了,你放心。"

等到把罗维民送走了,几个人都默默地坐回到饭桌上,好半天也没人吭一声。

"妈的,就像去敌占区一样。"也不知过了多久,魏德华才这么愤愤然地咕哝了一声。"还有他们的那个什么政委,那样子简直就是个座山雕。"

"这种话你们最好少说为佳,有什么意思!"何波止不住又抢白了魏德华一句。"你以为我们公安的形象能好到哪里去?一只老鼠坏一锅菜。什么东西也是弄脏了容易洗干净难。老百姓这么说我们可以理解,我们自己也这么说,到底是怎么想的?像话么!"

魏德华并不吭声,他知道公安上的领导大都这样,在一些大案要案,特别是一些重大案件没破以前,脾气往往都坏得不得了。其实,他们心里并不是真的对你有什么,真的要对你怎么样。等案子破了,这一切都过去了,他也就全都忘了。甚至当时吩咐过的一些要你必须办的事情,他都会忘得一干二净,即使你使劲提醒他,他也会记不起来。一般来说,像何波这样的领导,其实他记得最多、记得最牢的常常是你的优点和成绩。他能忘记对你的批评,但绝不会忘记你的功劳。

他们的压力实在太大太大了,尤其是有些破不了的大案要案,对他们来说,几乎可以说是终生的痛苦,一辈子的压力。

沉默了一阵子,何波终于显得有些郁闷地说:

"元杰,看来罗维民的处境挺糟,咱们得想想办法。"

"真是这样,无论如何我们得先保住罗维民不出问题。"也许是受老局长情绪的感染,史元杰顿时也有些发怔地说。他还从来没见过老处长的情绪如此低落过。

"你觉得会出什么问题?"何波问。

"他们监狱领导刚刚定出来的那几条纪律,十有八九是冲着他来的。根据他们制定的那些纪律,罗维民随时都会受到严厉的处分。像什么停职检查,解除职务,甚至会让你在指定地点,接受审查,听候处理。这几乎就等于被关了禁闭,连人身自由都会没有了。"史元杰不无忧虑地说。

何波怔了一怔:"……有可能。"

"那成什么了!要真那样,我非把他们告到中央去不可!"魏德华愤愤地嚷了起来。

"你告他们什么?"史元杰反问道,"你能抓住他们什么把柄?又有什么证据?你凭什么去告他们?"

何波则陷入久久的沉思之中。"如果他们真这样了,那我们该怎么办?我们能有什么应急的办法?"

"是让我说么?"史元杰问。

"你们俩都是领导,谁也别躲,谁想好了谁说。"何波沉着脸说。

"要让我说,那就亮明了公开跟他们干!真刀真枪,全线出击!"魏德华抢一步说道。

"……往下说,怎么个全线出击?"何波认真而严肃。

"我们下午就到监狱里去,跟他们挑明了,就说这个犯人有重大嫌疑,我们已经掌握了他大量的犯罪事实,所以,必须立刻把他带走。"

"他们要是不同意呢?"何波问。

"不同意咱们就去找市委,找地委,找省委,找人大,找政法委,找公安厅,找检察院,找司法厅,找监狱总局,再不行了,就找记者,找报社,找电视台,找焦点访谈,把他们一个个的嘴脸全都捅出去!我就不信治不了他们!这里是中华人民共和国,不是巴勒斯坦、阿富汗,反了他们了不成!"魏德华的嗓音越说越高,连脸色也红涨了起来。

何波点点头:"嗯,好一个全线出击,果然就是魏德华。"

"我的想法恰恰相反。"史元杰此时则出奇的冷静。

"听听你的。"何波依旧是一脸的严肃。

"如果让我说,也是八个字,那就是'围城打援,十面埋伏'。"史元杰字斟句酌、咬文嚼字地说道。

"此话怎讲?"何波问。

"魏德华的意思,大概就是先发制人;我的呢,正好相反,就是后发制人。我们现在只能以退为进,欲擒故纵。或者说是明修栈道,暗度陈仓。甚至可以故意制造一个事端,声东击西,吸引住他们的注意力。而在暗中,我们想办法截断他们相互间的信息来源,破获跟他们有联系的所有团伙,布置重兵进行强力监控,密切注意他们的一举一动,一旦时机成熟,然后再全线出击,各个击破。只有这样,才能大获全胜,才能以最小的代价,得到最大的成功。"

"嗯,"何波仍然只是点点头,"先是十面埋伏,然后再全线出击。好,局长就是局长。"

史元杰和魏德华默默地看着老局长,似乎都在等着何波的最后定夺。

也不知过了多久,却只见何波径自站了起来,朝两个人摆了摆手:"上车,回家。"

何波把罗维民交给他的那个用报纸裹着的东西小心翼翼地塞在了自己的怀里。

"一切等我看了这个后再说。"

十六

罗维民回到监狱侦查科时,正好下午两点半。这是监狱里规定的夏季上下班作息时间表,尽管已经是9月份了,但这个时间并没有改过来。

侦查科仍然像他今天上午来上班时一样,空空落落的不见一个人影。科长单昆肯定仍在忙他的房子装修,每天迟到一两个小时,甚至快下班了才来办公室里晃一晃那都是常有的事。赵中和昨天晚上连夜赶回来,中午肯定会好好睡一觉,一时半会儿的怕是还不会来。小刘呢,这些日子心根本就不在工作上,他一直在暗中忙着调动。惟一不同的是,他的心情已经大大地改变了,因此他对这一切的感觉也决然地不同了。如果说,仅仅在十几个小时前他还在希望监狱的领导能迅速采取果断措施,把王国炎的问题一举查清的话,那么,现在他已经完全放弃了这种想法,他感觉到自己几乎已经成为一个局外人了。现在他惟一希望的是,至少在表面上他还可以维持现状,不至于被这个已经工作了十几年的单位清除出去,从而使自己还能在这个单位里用另一种方式完成一桩本来就属于自己的使命,把那些暗藏着的祸国殃民的罪犯一举抓获。

在这种心态的改变中还蕴藏着另外一种情绪,那就是对隐藏在自己营垒内部的敌人的一种强烈的愤恨。简直让他恨透了,恨得他刻骨铭心、恨入骨髓,一分一秒也无法安宁!

他做梦也没想到过,在一个国家专政机关里,一个国家监狱里,一个监狱民警突然发现了敌情时,竟然没有引起一个领导的关注和重视,甚至于恰恰相反,给他带来的竟是压力、挟制和恐吓!他根本没想到暗藏着的这些家伙的能量会有这么大,行动又会如此之快速!小的时候,几乎天天在讲备战,要时刻准备打仗。还要时刻提高警惕,严防阶级敌人企图变天,严防帝修反派来的特务暗中破坏。那时候,几乎天天在企盼着能抓住一个敌人,抓住一个特务,即使抓住一个破坏分子也行。随着年龄的增大,随着工作的改变,当自己真正成了一个监管罪犯的侦查员时,当自己几乎每天都在跟成百上千的罪犯打交道时,小时候的那种企盼却从来也没有产生过。在他的意识深处,这些罪犯其实都是些明火执仗的普通罪犯,他们跟他意识深处所认定的那些罪犯并没有什么本质上的不同。所以,尽管他每天都在监管着罪犯,但在心底里并没有把这些罪犯看得有什么特别之处。

而今天,当他突然从王国炎这个服刑人员身上看到了可能有一个隐藏着的大案时,那种幼时的企盼和激动似乎在刹那间复苏了。尤其是在王国炎被层层看不见的手保护起来,并向他伸过来进行威胁时,这种被压抑的企盼和激动便变成了一种由愤恨而带来的极度的亢奋和激越:他必须让最终的事实还他一个清白。对他来说,这是一场必须洗雪的奇耻大辱和深仇大恨!他必须在世人面前证明自己,必须在战友和同事们面前证明自己,自己的所作所为光明磊落、无私无畏!在国家和人民面前,自己忠心耿耿、问心无愧!

如若证明不了这一点,他宁可去死!

他默默地坐在办公室里,思前想后,审时度势,尽管两天来他几乎只休息了几个小时,但脑子里却是从来没有过的清醒。他明白,自己必须在他们来到办公室以前,拿定自己的主意和拿出自己的行动计划来。第一步,他得想想监狱现在究竟有了什么样的变化?得想想在自己所处的这个环境里还能做成什么,还可以去做什么?上午他离开办公室时,科长单昆单独给赵中和都讲了些什么?会不会是有关王国炎的事情?如果确是有关王国炎的事情,那就是说,单昆所要给赵中和讲的内容,其实是监狱领导吩咐下来的,是监狱里的领导要求单昆这么做的,单昆其实是在给赵中和传达监狱领导的指示和意图。

会是什么样的指示和意图呢?

想来想去,大概也就这么两个内容:一个是真的重视了这一发现,立即对王国炎进行突审,争取在尽可能短的时间里破获此案,而之所以单独给赵中和讲,也许是不希望再把这样的消息泄露出去,以使此案能顺利破获;另一个则完全相反,让赵中和连夜回来,惟一的目的就是为了切断别人同王国炎的联系,从而使王国炎得到真正意义上的保护。从眼前的情况来看,第一个看来不太可能。没有任何动作,甚至连一点应有的气氛也看不到。要真是这样,那可真得谢天谢地!而如果是第二个,那就必须有这么一个前提:赵中和是他们所看重、所信任,或者至少是让他们感到没有威胁的一个人,当然,也可能是被他们拉下水的一个人,赵中和已经成了他们的人,赵中和和他们是同伙!

真会成了同伙?罗维民愣了一愣,紧接着便不由自主地摇了摇头,不可能,太不可能了,至少现在还没有这个可能。在赵中和的言谈举止上,没有任何迹象能表明他已经被拉下了水。他觉得赵中和不会是那种人。不会。至少目前不会。

惟一的可能,那就是赵中和是一个让他们感到没有威胁的人,或者是威胁不大、容易对付的人。

赵中和脾气大大咧咧的,看似粗率,实则温和。平时又爱喝几口,二两酒下肚,便什么也说,米粒大的事情也藏不住半颗。所以,人家在心底里并不真正怕他、担心他,尽管他有时候发起火来完全是一副天不怕、地不怕的样子。

在罗维民心里,赵中和其实是一个友好和善的老实人,也许正因为如此,那些真正的坏人才不把他当做一回事。尤其是眼下赵中和的孩子正在千里之外的省城住院看病,心思根本就不在这儿,让他回来,真正的动因也许就是一个:让赵中和顶替和隔开罗维民,迫使罗维民不能再插手王国炎的事情。这样做并不显山露水,而且谁也无话可说,但事实上却起到了一个巨大的作用:使王国炎得到了真正的保护。

很可能会是这样。如果是这样,那你该怎么办?

得先弄清他们下一步准备干什么。只有知道了他们下一步要干什么,才能决定自己下一步去干什么。你现在必须化被动为主动,就像下围棋的人常说的那个词,你得争取先手,如果老是后手,那这盘棋可就输定了。

第一他得问单昆,看能不能从单昆那儿得到点什么。第二他得问问赵中和,他和赵中和关系一直很好,你若去找他,说不定他主动就会给你说出些什么。对,主要是赵中和。

赵中和这会儿会在哪儿呢?罗维民想了想,拿起电话给赵中和打了一个传呼。

七八分钟后,罗维民都觉得赵中和不可能会回电话了,赵中和才把电话打了过来。

"怎么回事?这会儿了还待在办公室里干什么?"赵中和一通电话便直愣愣地问道,"刚才有头头批评你了,说你这一段越来越散漫了,你可得注意点了,知道不知道?"

罗维民真有些发懵:"什么意思,能不能把话说清楚点?"

"什么清楚点?装什么糊涂!"赵中和嗓音越发大了起来,"别的人都来了,到这会儿了为什么就你还不来?情绪是情绪,工作是工作么,因为闹情绪连工作也不干了?"

"你在说什么呀?"罗维民更加茫然了起来,"我闹什么情绪了?"

"那你为什么不来?"

"……来哪儿?你现在在哪儿?"

"我现在在五中队谈话室。"赵中和没有好气地说,"你不知道五中队谈话室在哪儿?"

"五中队谈话室?"罗维民吃了一惊,"在五中队谈话室干什么?"

"说好的下午两点钟在这儿提审王国炎,你是真不知道还是假不知道?"

"我要是知道我还呼你干吗!"罗维民不禁又急又气,原来他们在下午两点开始对王国炎进行提审!"一直到现在没有任何人通知我呀。"

"……呀,这就怪了,怎么会没人通知你?"赵中和的口气一下子软了下来,有些纳闷地问,"是不是他们没找见你,下班那会儿你都去哪儿了?"

罗维民的脑子急速地运转着,如果他们真要通知你,随时都可以呼,在你的 BP 机上告诉你一声。他们提前半个小时提审王国炎,惟一的可能就是不想让你知道,对你实施信息封锁。等到你知道了这一切的时候,所有他们该做的、想做的他们都已经做过了。即便是你还有什么别的想法,那也仅仅是你个人的想法。而个人的想法同集体的决定相比,也只能是个想法而已,没有任何作用,也不会有任何人理睬你。怎么办?看来他现在只有在赵中和身上想想办法了,既然他们还没敢对赵中和说实话,或者说他们还没有敢把赵中和拉下水,只能拐弯抹角地利用赵中和的不明真相来阻止你,为什么你就不能也利用这一点让赵中和再把你带进去? 只要自己也进了谈话室,他们就不可能再把自己赶出来或者终止对王国炎的审查,他们还没有这个胆量。想到这儿,罗维民赶紧对赵中和说:

"噢,上午十一点多那会儿,家里来了个亲戚,我跟老婆一块儿上街了,是不是给错过了?"罗维民含含糊糊地说道。

"那也没人呼你?"赵中和当然会想到他的 BP 机。

"哎哟,我的 BP 机昨天就该换电池了,一直还没顾上换呢。他妈的,你看还真误事了。小赵,你看我这会儿再去还合适不合适?"罗维民用做错了事的口气问道。

· 191 ·

"你的事完了没有?"赵中和倒是挺关心地问,"要是没完我就给你请个假算了,在这儿听王国炎那个狗东西胡说八道我想你也没那份兴趣。"

"没事没事,我的事都完了。"罗维民顿时着急起来,赶忙说,"你不是说头头们都批评我了么,再不去那还不往死里收拾我?"

"扯淡。"赵中和不以为然地说,"就狱政科的冯于奎科长阴阳怪气地说了一句,咱们科长和别的人并没有吭气。"

罗维民不禁一怔,看来听审的人还不少。"小赵,你看我这会儿去了怎么说才好。"

"不行你都推在我身上算了,"赵中和一副哥们儿义气的口气,"就说你给我请假了,然后我说我还没来得及给他们说呢。"

"那怎么行。"罗维民急忙说道,"我就说你呼我了,我有急事就没给你回呼。"

"也行,由你吧。"赵中和打了个哈欠说,"其实,有什么大不了的事,王国炎那小子的那些话有什么可听的,不撅屁股我也知道他会拉什么屎。"

"小赵,你能不能等我一下,咱们最好一块儿进去。"

"行,我正好想抽支烟。"

罗维民突然觉得自己竟会如此卑鄙下作,但事已至此,也只能这样了。如果这些真会给赵中和带来什么不利的话,那也只能在日后再做解释了。

五分钟后,罗维民同赵中和一块儿走进了五中队谈话室。

令罗维民吃惊的是,一个小小的谈话室里几乎坐得满满当当,大大小小的监管干部竟有十几个。五中队指导员吴安新,五中队中队长程贵华,狱政科科长冯于奎,狱政科副科长钱鲁成,侦查科科长单昆,三大队大队长周方农,三大队教导员傅业高,另外还有王国炎所在二分队的分队长和禁闭室的管理员,加上他和赵中和,谈话室里就像在开会一样。十几个人就是十几个烟筒,散发着一股浓烈的呛人的烟味。特别让罗维民感到吃惊的是,谈话室里居然还有监狱医院的两个大夫!另外还有两个罗维民不认识的人,正在和这两个大夫指指点点,窃窃私语。从脸色和举止上看,似乎也是他们一个系统的人。罗维民悄悄问了问赵中和,赵中和说那两个人他也不大清楚,听刚才介绍时,好像是地区医院的精神病大夫。

罗维民一下子惊呆在了那里。罗维民突然意识到,这不仅仅是一次简单的提审,而且更多的还是一次对王国炎精神病的司法心理鉴定!而这种司法心理鉴定,从法律意义上讲,是具有证据的性质的,并且可以作为定案的根据!

真没想到他们动作会如此之快。而这种快速的动作也许正是因为你自己的原因而促成的。因为你采取了迅速的举动,所以,才促使他们采取了更为迅速的举动。

最让人感到可怕的是,从表面上看,好像是在听取了你的汇报后,他们才有了这样的举动。而事实上,他们则是在利用你而迅速完成了他们自己的意图!

一石二鸟,让你有口莫辩,有话难说。当想到这一点时,罗维民再次被自己的猜测惊呆了。真没想到会是这样!

难怪会没有人通知他。

罗维民和赵中和走进去时,几乎没有人注意到他们俩。

此时的王国炎正半躺半靠在谈话室的墙壁上声嘶力竭地大喊大叫,那刺耳的声音震得整个谈话室都在嗡嗡作响。

"……妈了个×!老子尿你们这帮子王八蛋!尿你们!你们把老子的××咬了!看你们一个个贼眉鼠眼的样子,老子早把你们看透了!他妈的没有一个好东西!没有一个!等到老子哪一天出去了,杀、杀、杀!把你们一个个的脑瓜子全都掏空了当尿盆!老子什么时候也没怕过你们……"

坐在地上的王国炎,虽然蹭得满身是土,但他的衣服看上去并不显得很脏。尽管满脸都是鼻涕唾沫,他的脸色并不差,看不出有什么病态。尤其是他的眼神,那种凶残的目光依旧让人感到阴森可怖。两个管理员分外警惕地站在他的两旁,他的这种歇斯底里的吼叫和咆哮,再加上这些脏极了的侮辱性的语言,让一屋子人都变得紧张。以至于罗维民和赵中和进去时,几乎没有一个人回过头来看他们一眼。

"老实点!"大概是实在看不下去了,中队长程贵华终于忍不住地呵斥了一声。"再不老实就把你铐起来!简直太放肆了!告诉你,你要是再这么下去,绝没有任何好下场!好了,让他坐在凳子上。"程贵华对王国炎身旁的两个管理人员说道。

两个管理员使劲地把王国炎往起拉,但王国炎就是赖在地上不起来。有两次都已经把他摁在凳子上了,稍一放手,又扑通一声跌坐在凳子下面。直到后来又上去了两个人,才算把他制服在凳子上。看着王国炎杀气腾腾的样子,谈话室里的气氛显得格外紧张。

"王国炎!"三大队教导员傅业高突然厉声嚷道,"你放明白点!只有端正态度,老实交代,才是你惟一的出路!如果你再这么装疯卖傻,胡作非为,等待你的只有……"

"放你妈的屁!你算个什么东西!"王国炎突然暴跳如雷,几个人摁都摁不住,"好汉做事好汉当,老子什么时候装疯卖傻了!狗日的才装疯卖傻,你他妈的才是装疯卖傻!人头狗面的你靠的什么这么快爬上来?你以为老子不知道!你他妈的吃了老子喝了老子,还在这儿充正经!滚你妈的蛋,老子不想见到你!滚!滚……"

狱政科科长冯于奎这时满脸煞白地对傅业高说:"教导员,你看还要不要再审下去了,我看他真的是疯了,整个一个精神分裂症,没有一句不是在胡说八道。"

没等傅业高答话,王国炎再一次暴跳起来。"冯于奎!我×你妈!你他妈的也敢说老子疯了!你好好瞅瞅老子的眼睛,看老子是不是疯了!老子要是疯了,还能认出你们这些个王八蛋来!你他妈的才是精神分裂症!你他妈的才是胡说八道!老子说了这半天,什么时候胡说八道了!1990年老子在岳阳市建设路抢银行,一共抢了两万九千块,他妈的这也是胡说八道!1985年,老子在徐州市……"

"住口!"冯于奎似乎是不由自主地陡然跳了起来,嗓音也一下子提高了好多倍,像是一头被激怒了的狮子一样怒吼道,"再胡说八道就把你关三个月禁闭!"

"我×你妈!你敢!"王国炎比冯于奎的嗓音更高更凶,"老子给你十个胆子你试试看!吓死你这个王八蛋!"

此时的冯于奎好像突然意识到自己的失态:"疯了疯了,肯定是疯了。教导员,我看算了吧,大家用不着再在这儿听他胡说八道。"

"你他妈的再说老子疯了,老子就杀了你!"王国炎的情绪越来越暴躁起来,"老子还没说呢,你就想算了!你他妈的害怕了是不是!你想堵老子的嘴是不是!老子今天说的都是实话,要有一句是假的,就把老子的脑袋剁下来当尿盆子!你以为你是什么东西,你当老子的同伙还不够格!你给老子舔××老子还嫌你的嘴巴臭!老子的同伙都是什么人,你他妈的知道个×!说出来吓死你!"

看到王国炎极度疯狂的样子,中队长也急忙说道:"教导员,我同意冯科长的意见,把他带下去算了,提审到此为止。"

"着什么急!"中队指导员吴安新突然插话说道,"就算他胡说八道,听他说说又有什么关系?不就一个犯人么,有什么可怕和担心的。"

向来不大说话的大队长周方农这时也跟着说道:"安新的话有道理,听他说说没什么关系么。还有,你们都说他疯了,我怎么就没看出来?疯子有像他这样子的么?既然这是监狱领导的决定,那这次最好把事情弄清楚,疯了就疯了,没疯就没疯,这可不是随随便便的事情,万一要是出了什么问题,咱们谁负得起这个责任?又怎么去跟领导交代?"

"哈哈哈哈!"王国炎此时一阵狂笑,"瞧瞧你们这群窝囊废!老子早就知道你们没法交代!你们没人敢负这个责任!别看你们人模狗样坐了一大片,其实妈的一百只耗子也咬不了一个猫××!老子没疯又怎么样?老子说的都是真话又怎么样?你们这一套哄哄老百姓还差不多,在老子这儿管他妈的屁用!你们以为老子会怕你们?老子不怕你们,那是因为老子有后台!你们知道老子的后台有多硬!省委常委,省城的一把手周涛!你们知道不知道?那就是老子的后台!他外甥子跟老子就是哥们儿!省人大的仇一干,你们他妈的又有哪个不知道?他侄子跟老子也是哥们儿!省委常委又怎么样?市委书记又怎么样?周涛怕他姐,他姐怕儿子,他儿子怕我!省人大主任又怎么样?他侄子救了他,他就得护着他的侄子!你说说你们顶×用!你们不怕我,你们怕领导!你们的领导怕我,你说说我能怕你们!老子从来也没把你们这帮人放在眼里!妈了个×的老子后台多了!老子早把你们这帮人看透了!你们知道老子的后台还有谁!监狱总局的高元龙,不就是从你们这儿出去的?妈的他怎么就能上得这么快?一句话,就是因为他怕我!就是因为他听我的话!听了我的就是听了领导的,你们想想领导还能不提拔他?别看他高元龙大大小小还算是个官儿,可他给老子当后台还不够格!你们地区的贺正雄又怎么样?那也只能算是老子的一个小后台!他现在是地委副书记,想当专员,老子那些哥们儿不帮他的忙他当得上?他又怎么敢不帮我的忙?老子后台多了!省委省政府省人大,省高院检察院公安厅,哪个要害部门没老子的人!有权的是老子的后台,有钱的更是老子的后台!省里的亿万富翁,那些连省里的头头也得捧着抬着的大经理、大老板,什么吴凯运、高耀明、潘毅,哪个敢不叫我老大!还有在你们鼻子跟前的安永红、薛刚山、龚跃进、张卫革,又有哪个敢不听老子的指使……"

也许是急中生智,也许是一种下意识,就在王国炎狂傲无羁地大喊大叫着这一切的时候,连罗维民自己也不明白,自己是在怎样的一种情况下把这一大串名字记下来的。

面对着屋子里的喧嚣和争辩,罗维民始终保持着头脑的清醒。他静静地蹲在所有人后面,以最快的速度,用圆珠笔在自己随身带着的笔记本上记下了他所听到的这些名字。这些从王国炎嘴里吐出来的名字,有些他知道,有些他并不知道。不过,有一种直觉在告诉他,这些名字绝不是一般人的名字。

省委常委、省城市委书记周涛。罗维民当然知道这个名字,他甚至连记也没记,这个名字其实也根本用不着记,只要是省里的公务员,谁也不会不知道这个名字。让罗维民感到震撼的是,这个正在服刑的王国炎竟然说,省委常委周涛是他的后台!究竟是不是后台,王国炎像疯子一样说出的这些话究竟有几分真实性,此时似乎无关紧要。要紧的是他必须记住这个名字,当然还有王国炎说出来的周涛的外甥,周涛的姐姐。这些名字太重大也太重要了。

省人大副主任仇一干,罗维民当然也知道这个名字。岂止知道,实在是太熟悉了。仇一干原是地委书记,尔后便成了副省长,现在则成了省人大的副主任。包括他的侄子,这些名字他都得记住,都得牢牢地记住。

还有省监狱总局的高元龙。地委副书记贺正雄。

还有省委、省政府、省人大。省高院、省检察院、省公安厅……

还有一大串有钱有势的老板、经理:远在省城的有吴凯运、高耀明、潘毅,近在眼前的有安永红、薛刚山、龚跃进、张卫革……

别的罗维民并不是十分清楚,但后面的这几个名字他还是熟悉的。这一带的老百姓可以说很少有人不知道这些名字:

安永红:别名黑市长。是整个地区最火的私营企业"禹王钻石集团公司"的董事长,据说固定资产已达数亿元人民币。

薛刚山:别名老狼。他的建筑公司也起名为老狼,他原本是一个承建各种小型工程的施工队头头,近年来异军突起,成为独霸一方的"老狼建筑集团公司"的总经理。

龚跃进:别名南天雷。这是当地政府八十年代表彰他的改革政绩时所起给他的一个名字,他当时是城关的一个村支书,因为村子在城南,所以,就把他称为"南天雷",意思是说他的影响就像从南而来的滚滚春雷一样震撼人心。现为地区优秀乡镇企业家,省人大代表。

张卫革:别名张大帅。据他说,他曾祖父一辈的一个远房亲戚跟东北军阀张作霖有过来往,所以,人们慢慢就把他叫做了张大帅,他也不怎么反感,时间久了,人们反倒把他的真名给忘了。他做的生意跟他的绰号也很有关系，专营东北菜，而且越做越火，成为市餐饮业的大腕，开了十几家门面，固定资产已达数千万元。尤其是近几年来，他已经开始涉足其他商业领域。他不久前兼并了一直亏损和不景气的地区二轻商业大厦，投资五百万，经过改造和扩建，改名为"广帅商业城"，大有一统地区商贸，成为商界龙头老大的势头。

　　罗维民一边记一边被一种异样的感觉包裹着，这都是些怎样的人物，而这些人物又怎么能成了王国炎的后台和哥们儿！

　　这有可能吗？

　　"……老子敢作敢当，有什么就说什么！"王国炎此时继续疯狂般地吼叫着，"你们什么时候听见老子说过假话！他们是什么人，我又是什么人？他妈的亏你们问得出来！你们说他们是什么人！你们以为他们现在一个个都跟人精似的，什么大老板呀，大经理呀，大厂长呀，大人物呀！妈了个×！当初要不是跟着老子杀人越货抢银行，他们现在凭什么吃香喝辣！1984年他们跟老子在广东抢个体户，一次就抢了四十三万！妈的，那时候的四十三万值多少钱！两万块钱就能办个饭店，五万块钱就能建个工厂，十万块钱就能揽个工程！二十万就能在街面上买下一大块地皮！四十三万差不多能买下半条街！妈的，没有我能有他们！别看老子现在在监狱里，他们一个个地照样得围着老子的屁股转！老子咳嗽一声，就能把他们吓个半死！老子一跺脚，十天半月他们也别想睡着觉……"

　　1984年。广东个体户。一次被抢钱四十三万。

　　罗维民有些茫然地看着笔记本上记下的这几行字。1984年，四十三万！这实在太可怕了。会有如此巨大数字，而且仍然是十多年没能破获的重大案件！

　　这一系列重大案件的罪魁祸首，真会是眼前这个像疯子一样的王国炎吗？

　　"……哈哈！杀人？"王国炎不屑一顾地回答着一个提问，"老子不杀人又咋能抢到钱！老子杀的人多了！每个脚指头、手指头上都附着鬼魂！要不是杀了那么多人，他们一个个地又怎么会那么怕我！只要老子交代出一个案子来,就能让他们全都吃枪子!就在老子入狱前半个月,老子还在银川杀人,两个公安,一个歌厅老板,还有两把手枪。老子越杀的人多,他们就越怕我,就越护着我……"

十七

省城市局刑侦处处长代英有些发愣地注视着眼前的这张人名单。这是老局长何波刚刚从千里之外电传给他的。一笔一画,整整齐齐,朴拙而有力,正是代英非常熟悉的何波的笔迹。如果不是特殊情况,何波一般不会这样做的。

代英:

调查进展得如何?案情越来越复杂了,我急需你那方面的材料。事关重大,情况紧急,夜长梦多,越快越好。我已经在家和办公室各备有一台电传,为保险安全起见,可把情况随时电传给我。

拜托了!

千万不可走漏消息,切切。

再下面便是电传号码以及何波的手机和呼机号码。

何波打电话给他其实才刚刚过去几个小时。

在过去的几个小时里,他所布置的调查可以说还毫无进展,惟一得到的可靠信息就是知道了市委书记周涛的外甥可能会有十个以上!

周涛有两个姐姐一个弟弟一个妹妹。

周涛的大姐不在省城居住,所以,对她的情况还没有了解清楚。但据说周涛对他姐姐的孩子特别照顾,至少已经有三个已被他调到了省城工作。一个在市纪检委工作,一个在省法院工作,一个在市工商行工作。

周涛的弟弟周波,现在市外办工作。今年五十岁,有三个孩子,二男一女。大儿子在市劳动局工作,二儿子是市城建公司的工程师。

周涛的二姐周洁,小时候给周涛的伯父家做了养女,伯父去世后,又回到了家里。现在市二轻局工作,今年五十七岁。也有三个孩子,三个全是男孩。老大在出版社工作,老二在省检察院工作,老三在市土地局工作。

周涛的妹妹周溶,今年四十六岁,孩子都还小,不可能跟王国炎有什么关系。

周涛还有一个堂兄一个堂姐,如果连她们的孩子也都算上,周涛的外甥可能还会更多。

周涛的堂姐叫周涢,今年五十四岁,有四个孩子,二男二女。大儿子是个工人,二儿子在中学教书。

假如可以算的话,这些都可以算作是周涛的外甥。

在周涛这么多的外甥里头,会是哪一个呢?究竟是哪一个跟王国炎有关系?

王国炎一案的受害者张大宽说了,王国炎的妻子作风不好,好像跟什么人有不正当的关系。这个人很可能是市委书记的外甥。

这个市委书记的外甥还是王国炎的同学!

如果这一切都是属实的话,那又能说明什么?莫非因为他是王国炎的同学,或者因为他同王国炎的妻子有不正当的关系,因此,他也就肯定是王国炎的同伙,甚至跟王国炎一样是杀人犯和抢劫犯?

有没有这个可能?

如果有呢?如果真是这样呢?

还有一个线索,那就是王国炎的同学,市委书记的外甥,原来在一家公司工作,后来被调到了一个要害部门……

到底是周涛的哪个外甥?又到底是哪种要害部门?

这个周涛的外甥跟周涛又会有什么样的联系?如果周涛的外甥跟王国炎确确实实有关系,那么,作为市委书记的周涛对这种关系是否知道,是否了解?

代英想了一阵子,便给刑侦处刑侦指导科的科长赵新明打了一个传呼,问他的位置并请他告知是否有情况。

赵新明是目前刑侦处对此事惟一的知情者。

赵新明不到三十岁,但却有近十年的警龄,他是刑侦处代英最信得过的中层干部之一。代英在西城公安局任刑警队长时,赵新明刚从警校毕业。当时刑警队并不缺人,代英看着他文质彬彬的样子,觉得刑警队需要一个写材料的,便问赵新明愿不愿意到刑警队来,赵新明几乎不假思索地一口答应了下来,说他在学校时就整天盼着能在刑警队破案抓犯人。代英则感到有些意外,因为当时的警校毕业生可谓是凤毛麟角,哪儿也争,哪儿也抢,可以说想去哪儿就能去了哪儿。在公安机关,刑警队其实是个最苦最累的地方,没有休息没有假日又没有任何特权,提升的机会最少,而且时时得冒着牺牲的危险。如果稍稍有点私心的话,一般是不会主动要求到刑警队来的。

赵新明到了刑警队没多久,立刻就让代英刮目相看。这个文质彬彬的中专生,在侦破案件方面,不仅用心,而且有着过人的天赋。没有多久,赵新明便成了代英手下的得力干将,每一次破获大案要案,都少不了让赵新明冲锋陷阵、攻城略地。代英任西城公安分局副局长时,便竭力举荐赵新明当了刑警队副队长。后来代英被调至市局任刑侦处处长时,当时提出的惟一的一个条件便是要求带上赵新明。

代英来到市局刑侦处,几年来屡破大案,战功显赫。近期有迹象表明,代英极有可能被提升为市局副局长。但代英清楚,这一切功绩都跟赵新明的努力分不开。而作为代英的得力助手,并且是代英特意带来的赵新明,自然而然地也就成了市局刑侦处代英最为信得过的各科室大队的负责人之一。一段时期以来,代英一直在努力解决赵新明的处级待遇,已经多次打报告要求提升赵新明为刑侦处副处长。

代英明白,此时此刻的赵新明应是靠得住的,也是值得信赖的。这倒不是因为他提拔过他,而且一直还在努力提拔他,最主要的是经过这么多年的交往,他已经清楚赵新明是一个什么样的人。他胆大心细、忠诚可靠,尤其是嘴严,只要是盼咐过的事情,米粒大的消息也别想从他的嘴角掉出一颗来。还有代英最为看重的一点,那就是赵新明这个人没什么背景,祖辈父辈都是工人出身,所以,这样的人轻易不会今天被这个拉过来,明天又被那个拉过去。所以,凡是吩咐给赵新明的事情,特别是那些重要的事情,代英从来都是非常放心的。嘴严,这本是一个人人都可以做到,事实上也不是很难的要求和品行,而今却显得是如此重要和弥足珍贵。

也许正是因为这一点,代英从张大宽那里回来后,思忖再三,便把何波交代给自己的事情说给了赵新明。赵新明听完后,想了一阵子,只说了一句:"这事就交给我办吧。"

赵新明选了两个人。一个是并未上过什么学校,全靠自学成才的郝永泽;一个是军人出身,曾在部队任过副营级干部的樊胜利。两个人都只三十出头,且武功高强,枪法极准。

赵新明对代英说:"你放心好了,这两个人从来没搞过什么小圈子、小山头,绝对靠得住。他们做事,从来不打听有什么背景,而且,这两个人都有一个优点,嘴严。"

代英当时听得直有些发愣,赵新明跟他想得一模一样!

这仅仅是偶然的巧合么?

…………

五分钟,赵新明回了电话:

"代处长,我正好要找你呢。我现在在路上,十分钟内就到你办公室。"

"有新情况了?"

"这儿说不方便,等见了你再说。"

赵新明走进办公室的时候,代英正好把手头要做的事情全都打发干净。

"说吧,什么事。"没等赵新明坐下,代英便径直问道。

"代处长,这个王国炎到底是个什么人物?"

"给你说过了,一个正在服刑的在押犯人。"

"这个王国炎是不是有一个很大的背景?"

"你都发现了些什么?"代英一震,他分明感到赵新明话里有话。

"我现在还有点拿不准。"赵新明显得有些迟疑。

"没关系,就咱们俩,什么不能说?"

"……我觉得特怪,就今天中午这一会儿工夫,王国炎家里人来人往,进进出出的差不多有几十号人,就像要发生什么大事一样。"赵新明一边说,一边把厚厚的一摞子照片摆在了代英面前。"这是刚刚洗出来的,还有两卷正在洗。上午十一点多到现在,就这么三四个小时的时间,至少有三十来个人到他家去过。"

"三十来个人!"代英也不禁吃了一惊,"会不会有其他什么事?"

"我都打听过了,他们家什么事也没有。"赵新明小心翼翼地说道。"就连他家的亲戚都算上,也没有任何一家有什么红白喜事。其实,现在王国炎的家里,大部分时候就只有他老婆一个人。他们有一个五岁的孩子,因为小,平时很少在家住,不是住在姥姥家,就是住在奶奶家。惟一的可能是,他们家正在收拾房子。"

代英一边翻看着照片,一边问道:"这都是些什么人?"

"正在查,大部分都还没有闹清楚。"

"既然有这么多人频频在他家出现,就算是收拾房子,至少也可以说明一点,他家肯定是要发生什么事情了。"代英突然又想到了张大宽。是不是这一切真像张大宽说的那样,那个王国炎真的要提前出狱了?"这么多人到他家,不会只是去看他的老婆,也不全是收拾房子吧?"

"我想也是。"

"王国炎老婆的情况查到了没有?"

"查到了。"赵新明在照片里找出其中的一张来说,"这就是王国炎的老婆。"

一张几乎找不出什么缺点的脸。妆化得很淡,表明她肤色不错;衣着随意,显示出她对自己的自信。身材保持得很好,看不出她是一个生孩子多年的女人。朴实、干净,一副俏丽活泼而又不惹是生非的样子。

这样一个女人，难怪王国炎会为她发疯。"有资料吗？"

"资料并不多，但都找到了。王国炎的老婆叫耿莉丽，今年二十九岁，比王国炎小了整整十岁。耿莉丽艺校毕业，曾在市歌舞团当过歌舞演员，现在市群众艺术馆辅导部工作。耿莉丽长得非常漂亮，据说她从来就没看上过王国炎，之所以最后跟王国炎结了婚，最主要的一个原因就是王国炎吓跑了她身边所有的男人。王国炎为人凶狠，但对他所钟爱的女人却体贴入微、温柔有加。为了追到这个女人，他花费了几乎整整两年的时间。最终耿莉丽屈从嫁给了王国炎，主要的原因是因为耿莉丽家当时遇到了一桩本不该输却给输了的官司。王国炎借此机会，动用了各种关系，打通了种种关节，在很短的时间里把这个官司翻了过来，从而改变了耿莉丽一家对王国炎的看法。不仅让耿莉丽一家人对这个王国炎感恩戴德、没齿难忘，而且让一家人觉得终于又在人前直起了腰杆，总算吐出了憋在心里的一口恶气。扬眉吐气的同时，自然也深深地感到了在这个世界上没钱没势真是寸步难行。有个像王国炎这样的姑爷，就算名声不大好，也绝没有人敢平白无故地欺负到头上来。一家人态度的改变，自然也深深地影响到了耿莉丽，并且也改变了她至死也不嫁王国炎这种人的初衷。紧接着不久，耿莉丽在一次演出时，遭到了一帮流氓无赖的戏弄。当时跟她在一起的还有另外几个女演员，同行的两个男演员早已被吓得无影无踪。情急所致，耿莉丽破天荒地给王国炎打了一个求救电话。没等十分钟，王国炎便独身一人赶来上演了一场英雄救美人的好戏。对王国炎来说，这真是一个千载难逢、施展才华的好机会，面对着那帮赖小子，他略使手段，三拳两脚，一眨眼工夫，便把他们打得哭爹叫娘，直把几个吓得魂飞魄散的姑娘看得目瞪口呆。两个月后，耿莉丽便同王国炎坐在当时市里最豪华的一辆超长林肯轿车里举行了隆重的结婚典礼。谁也说不清楚，在这两年里，王国炎究竟在耿莉丽身上花费了多少金钱。现在他们居住的那所平房，看似是个不大起眼的住宅，其实是个非常幽静的院落。而且是在市中心，水、电、暖、煤气一应俱全，一般的工薪族是根本住不起的。"

"王国炎的父母亲都是干什么的？"代英似乎被赵新明的叙述牢牢

吸引了进去,有些情不自禁地问道。

"王国炎的父亲早在 1982 年就去世了,当时王国炎还没有结婚。王国炎的父亲在'文革'前就是个厅局级干部,曾当过县委书记,行署财政局局长,行署副专员,地委书记。'文革'中受到严重迫害,批斗时左腿骨折,右颌骨骨折,右耳鼓膜穿孔并导致永久性耳聋。而后被打成叛徒、特务入狱,一直到'文革'结束后,才予以释放并被彻底平反。1979 年年底被任命为省财政部部长,也就是现在的财政厅厅长。1981 年年底患肝癌,四个月后便去世了。王国炎的母亲一直在医院工作,1988 年退休,今年六十六岁。对家里的事基本上是不闻不问,一切都由王国炎的大哥做主。王国炎有两个哥哥两个姐姐,除了大哥在银行工作外,二哥和他的两个姐姐都在医院工作,这可能跟他们母亲的职业有关。王国炎的母亲就是一个儿科大夫。"

"这么说来,王国炎一家人跟王国炎的犯罪并没有什么直接的关系。"代英分析说。

"没有没有,王国炎一家人都是正派本分的国家工作人员。尤其是王国炎的父亲,那是一个极其正直清廉的'三八'式老干部。据说当时在世时就对王国炎的言行举止深恶痛绝,好几次怒不可遏地将王国炎从家里赶了出来。"

"这么说来,王国炎的犯罪成因也并不难判断。"代英接过话茬儿再次分析道,"王国炎是老小,在成长中最需要关怀和爱护的时候,他却几乎等于失去了家庭和教育,成了社会上遭人蔑视的狗崽子。'文革'十年对他来说是一个巨大的空白,在这个空白中,使他的人性畸形发展,演变为犯罪性格,即使是部队这样的熔炉,也没能把他的畸形人格纠正过来。"

"也许有这方面的原因吧。"赵新明轻轻地附和道。

"当然也有别的原因,"代英对赵新明不置可否的附和并不在意,"现在关键的问题是,这个王国炎怎么会成为这么多人关注的人物?他又怎么会跟这么多的人有这样那样的联系?这么多的人又为什么会跟王国炎这样的人拉拉扯扯、不明不白?这种不明不白的拉扯和联系究竟是一种什么性质的关系？"

"代处长，不瞒你说，我也正在思考这个问题。"赵新明显得分外谨慎地说道。"虽然你没有给我说这个案子的背景，但我现在感觉得出来，这个不起眼的案子绝不是一个简单的案子，王国炎这个人物也绝不是一个简单的人物。代处长，有一句话也不知该说不该说。"

"……你是不是觉得害怕了？"

"不是害怕，是担心。"

"担心什么？"

"我给你的这些照片里的人，有好些你应该认识的，可你好像并没有认出来。"

"……哦？"代英怔了一怔。这些照片他确实还没有细看。

赵新明在照片里翻出一张来，递给了代英。"你看看他是谁？"

代英默默地看了半天，觉得很熟，但就是想不起来。"这是谁呢？这么面熟。"

"姓仇，目前省里最走红的'大业房地产开发公司'的副总经理，去年我们还查过他的案子……"

"仇晓津！"代英一下子便说出了他的名字。原来是他！去年他们确实曾奉命调查过他的一个案子，但还没查出什么眉目，就突然被终止了。后来才打听到这个仇晓津的背景，他原来是当时的副省长，现在已经成了省人大副主任的仇一干的侄子！由于仇一干的指使和活动，那次调查才不了了之。

其实，仇晓津并不是仇一干的亲侄子。

仇一干的家庭情况代英很清楚，去年在调查仇晓津的情况时，曾涉及仇一干的家庭并暗中对此进行过调查。仇一干今年六十六岁，去年七月份从副省长的位置上退了下来，任省人大副主任还不到一年。

仇一干兄妹四个，一个哥哥一个弟弟一个妹妹。仇一干的哥哥叫仇一力，已在数年前患癌症去世。仇一力有五个孩子，三男二女。大儿子在省土地局任职，二儿子在市里的一个星级宾馆当经理，三儿子是一个黄金首饰店的老板。

仇一干还有三个堂兄,如果把这些堂兄的孩子都算上,那仇一干的侄子也可能会有十个八个。

仇一干说过,他的侄子有几十个,儿子也有好几个,但最让他动情的还是这个不亲的侄子仇晓津。

仇一干说的并不是假话。

"文革"期间,当时已经是县委书记、地委委员的仇一干,被红卫兵批判揪斗,临时关押在一个农村的破庙里。寒冬腊月,滴水成冰,被关在破庙里的仇一干,似乎被那些红卫兵给忘记了。那些批斗了他一整天的红卫兵们可能也累了困了,吃过喝过,全都倒在暖烘烘的炕头睡过去了。没有一个人来管他,更没有一个人问他吃问他喝。他一个人窝在四处透风、零下十几度的破庙里,又冻又饿,几乎撑不下去了。他徒劳地呼喊着、呻吟着,始终没有一个人来看他一眼。就在他感觉到今天非冻死饿死在这里不可时,一个奇迹出现了。就在他身后的一个破洞里,传来一句稚嫩的问话:

"喂,你一个人在这里叫唤啥呀?"

"……我,我饿……"吓了一跳的仇一干几乎说不出话来。

"你是谁呀,干吗不回家去?"

"我,我……他们不让我回家去。"仇一干面对着这个稚嫩的声音,他无法解释自己的处境。

"你家里就没人来接你吗?"

"他们不知道我在这里,他们也不敢来。"

"你一个人蹲在这里面就不冷吗?"

"……冷,冷死了。"

"你饿不饿呀?"

"饿,很饿……"

"你想不想吃东西呀?"

"想吃……想吃。小朋友,你能不能给我弄点吃的?"

"……我这儿有刚烤下的白薯,你吃不吃呀?"

"吃,我吃……"

"好了,你接着,别砸着你。"

仇一干就像是在梦中一样,一会儿工夫,就从他头上的一个墙洞里塞进来两块热乎乎的烤白薯。他把一个暖在自己的怀里,另一个连皮也顾不得剥,就大口大口地吞嚼起来。

吃着吃着,仇一干好像突然想起了什么,问:

"小朋友,你叫什么名字?"

"是不是你还没吃饱?"那个稚嫩的声音在寒风中显得更加微弱。

"不是,我想知道你的名字。"

"我没名字,他们都叫我狗娃。"

"狗娃,你家就是这村里的吗?"

"我没家。"

"你爹你妈呢?"

"都死啦。"

"你家里就你一个吗?"

"我还有哥,哥招给人了。"

"那你平时都跟谁在一起呢?"

"我有羊呀,跟羊在一起。"

"那你现在为什么会到这里来。"

"这里暖和,跟羊睡在一搭里,不冷,也不怕。"

"……狗娃,你知道我叫什么名字吗?"

"不知道。"

"你知道我是干什么的吗?"

"不知道。"

"你为什么给我白薯吃?"

"你哼哼唧唧的,听着难受。"

"为啥?"

"我妈死的时候,也这么哼哼唧唧的,我怕你也死了。"

"狗娃,我叫仇一干,你能记住么?"

· 208 ·

"仇一干？难听死了,咋就叫了这么个名字。"

"你记着,要是我死不了,等到有一天我官复原职,我会来找你的。"

"啥叫官复原职？"

"就是我又当了官。"

"你能当什么官,你要再当了官,我再给你烤白薯吃。"

"真要到了那一天,我会来接你的。"

"接我干吗？"

"我让你做我的儿子。"

"我不认识你,我干吗要做你的儿子。我才不愿意做你的儿子呢？"

"你会愿意的。"

…………

五年以后,真的官复原职,并且做了地区革委会副主任的仇一干,并没有忘记他当初对狗娃的这个许诺。对这个叫狗娃的孩子,虽然他根本不知道长得是什么样子,但那天晚上的每一句话,他没有一刻不记着。

被任命为地区革委会副主任后,他第一个强烈的愿望,就是想立刻看到这个一直让他魂牵梦绕、牵肠挂肚的叫狗娃的孩子。

他驱车整整找了两天两夜,才算在一个偏僻的小山沟里找到了这个叫狗娃的小羊倌。

狗娃当时已经十三岁了,这个没爹没妈,连哥哥也不认他,几乎没有上过一天学的放羊娃,想不到会有一个这么大的官儿来找他。

当问清了眼前这个破衣烂衫的羊倌就是那天晚上送他白薯吃的狗娃时,仇一干触景生情,一把抱住狗娃,止不住失声号啕。

仇一干没忘了自己的许诺,狗娃也没认仇一干做了自己的父亲。这个不识字的放羊娃,偏是有一股山羊的犟劲。最终他只做了仇一干的干侄子,一直到今天也叫仇一干为伯父。但狗娃把自己的名字彻底地改了过来,不仅也姓了仇,而且还用了仇一干给他取的名字:仇晓津。

但仇一干对这个没有任何血缘关系的干侄子却始终宠爱有加,供他上学一直上到高中,也许是智力较差的原因,仇晓津高中没有毕业就死活不再念了。仇晓津学习不行,但离开学校到了社会上却如鱼归水。他先是学会了开车,紧接着又开了一个遐迩闻名的红烧羊肉馆。没有多久,又做开了服装生意,几年下来,便建起了一个精品服装商厦。在这之后的几年里,仗着当时主管土地开发的副省长仇一干这个干爸的背景,他又涉足房地产开发,成为省城炙手可热的一个房地产开发商。

在仇一干的侄子里头,仇晓津是他最为得意的一个。仇一干几乎逢人就说,他的这个干侄子孝顺着哪,比他的儿子对他还亲。

然而,像仇晓津这样的一个人,又怎么会同王国炎有关系?

让代英感到困惑不解的是,王国炎怎么会同市委书记周涛的一个外甥和省人大副主任仇一干的一个侄子拉扯在一起?

王国炎何以会有这么大的能量?他用的是什么手段?靠的又是什么?

赵新明的照片上还显出了另外一串人名。

潘毅:省城市工商银行的副行长。他是市行系统最年轻的一个副行长,今年刚四十出头,却已经干了近十年的副行长。市工商行行长已年满六十,而他则是人人看好的首选接班人选。

吴凯运:省城"大富豪汽车营销中心"的总经理。该中心专营各类型号的机动车。各种品牌以及各类进口的豪华汽车、轿车、摩托车在这个中心几乎一应俱全。他的名气大,不仅因为他的经营有方,生意兴隆,他还是市政协委员、省青联常委,并被评为省十大优秀青年企业家,他的形象和有关报道频频出现在各类新闻媒体上。

高耀明:省城第一所高级私立学校的投资人兼董事长,因本人武功不错,曾在省电视台的春节晚会上表演过飞镖和飞刀绝技,以致声名大噪,因而又开办了省城第一所武术学校。现两所学校的学员将近两千,固定资产上亿元。

　　…………

这些人又怎么会跟这个王国炎有关系？

简直是活见鬼！

代英有些发愣地盯着这一个一个的名字，他原本想着王国炎身后肯定有一个极其复杂的背景，然而，当这个背景真的开始凸现出来时，却又让他感到分外茫然而又不可思议。

这怎么可能！

如果这上上下下的人名真的跟这个王国炎有关系，那这个王国炎可就太让人可怕，太令人恐怖了。

简直是魔鬼中的魔鬼，怪物中的怪物，强贼中的强贼！

又一张分外熟悉的面孔，但代英怎么也想不起来这个人究竟是谁了。"这又是谁呀，这么面熟。"

"代处长，看来，你这个人从来也不会记仇。"赵新明似乎在帮助代英恢复记忆，"1991年，你在西城分局当刑警队长时，有一个要当副队长的人一直闹到了你的办公室……"

"……噢！记起来了，马晋雄！"代英一下子站了起来。"对！就是他，马晋雄，没错！"

"确实是马晋雄，你没认出他来，因为他胖了。"

"嗯，是他。"代英对他的记忆全部恢复了过来，"他当时根本不好好上班，有时候几天也不露面。大家对他意见很大，他却通过各种关系要当刑警队副队长。被我顶住了后，便闹到我的办公室跟我拍桌子瞪眼，把我的茶杯都给摔了。"

"事后没多久，他就被调走了。好多天后我们才知道，他的被调走跟你有直接关系，当时你给分局和市局领导都说了，有他没我，有我没他。你要是再让他留在刑警队，那就立刻把我调走。"赵新明好像仍在帮他回忆似的说。

代英不再吭声，其实，赵新明他们并不知道当时的真实情况。就这个马晋雄，在他的办公室闹成那样，几乎跟他打了起来，然而，在事后却有那么多的领导给他说情、为他开脱，甚至希望市局领导能按马晋雄的要求办,不就是分局一个小小的刑警队副队长么,一个受罪送死的差事,他愿意要就给他算了,有什么大不了的。老实说,当时要不是他豁出去拼死顶着,这个刑警队的副队长肯定就是这个马晋雄了。而自己呢,说不定此时此刻会在另一个什么地方。这个马晋雄之所以会有这么大的能量,其中一个主要原因是他武功高强,曾多次在全国武术散打中拿过名次。

"代处长,你知道这个马晋雄现在在什么地方?"也不知过了多久,赵新明又像是耳语似的轻轻问道。

"……哦?"代英默默地看着赵新明。

"他现在名义上是市武警支队的武术教练,实际上身兼数职。他以别人的名义组建了一个武术散打协会,由他兼任会长。这个协会事实上是一个保镖协会,给社会上各种各样的人物当保镖。因此,他跟社会上包括政府机关中的一些要害人物都有直接或者间接的联系,从而形成了一个能量很大的关系网。其实,不说你也知道,像他这样专业化的人物,熟悉公安,现又在武警供职,背后又有着这样的一个复杂的网络,肯定会同一些黑社会性质的团伙有联系……"

代英不再说话,一直默默地听着,一种直觉在告诉他,这个案子如果他想继续调查下去,一种巨大的压力和担心就会变得越来越具体,越来越明晰,越来越临近……

代英觉得老局长何波就像跟他在玩魔术一样,看似什么也没有,三晃两晃,布子一拉,显现在你眼前的便是这样一群让你瞠目结舌的庞然大物!

一个王国炎怎么会带出这么一串人名来。

第一个便是省委常委、省城市委书记周涛和他的外甥!

第二个是省人大副主任仇一干和他的侄子!

然后便是这一大串闪亮刺眼的名字。

代英的目光久久地停留在这一大堆照片上。

这同代英从张大宽那儿获得的信息完全吻合!惟一不同的是,又多出了一个省人大副主任的侄子！又多了这么多有头有脸的人物。

难怪干了几十年公安的老局长会这么小心和慎重，交代了又交代，嘱咐了又嘱咐。一句一个切切，一句一个千万。

怎么办？他默默地沉思着。

他一个小小的市局刑侦处的处长，如何对付得了这么一溜声名显赫的人物。根本不是怕不怕的问题，因为你根本就没办法！

这几乎就是一个无底的陷阱，看上去什么也没有，一旦你踏上去，顷刻间就会让你折戟沉沙、人仰马翻。说不定真会像个黑洞一样，悄无声息地便让你在这个世界上销声匿迹、荡然无存。

看来，他必须去找领导，也只能去找领导，因为这绝不是一个人就办得了的事情。尤其是在中国，有些时候如果不依靠领导几乎办不成任何事情。

找哪个领导呢？

市局的领导还是省厅的领导？

市局是找局长还是找分管的副局长？如果真是一个跨地区的大案，那当然必须得先让局长知道。分管的副局长当然也必须得让知道，没有分管局长的支持，那等于什么也没做，什么也做不成。

问题是你向市局领导汇报了又能怎么样？市公安局能不接受市委书记的领导吗？有了跨地区的大案要案能不给市委领导汇报吗？

万一，这个能要了你命的万一！如果市局领导当即把这件事汇报给了市委书记，那你又能怎么办？如果是个响当当、硬邦邦的市委书记，那当然好说，如果不是呢？那岂不是等于自己把自己送进了虎口里？

让自己做了人家的盘中餐倒在其次，老局长交代了又交代，几乎是拿自己的身家性命做了抵押的事情可就全让你给葬送了。

要想不让市局的领导产生这种"汇报"的想法和做法，那就在让他们知道这件事的同时，必须让省厅的领导也知道这件事。惟有省厅的领导才能制约了市局的领导，才能让市局的领导在一段时期内不产生这样的想法和做法。

但一个是省人大副主任，一个是省委常委，省厅的领导能不接受省人大的监督？能不接受省委的领导？

万一，又是这个万一！省厅的领导把这样的事件"汇报"给了省人大的领导和省委的领导，你又能怎么办？

……………

陡然间，他的眼前又掠过了老局长的那一行像在战栗一样的字迹：千万不可走漏消息，切切！

老局长的意思，是不是也包括领导在内？

这个世界到底怎么了？为什么到了关键的时刻，就会感到任何人都不是那么可靠？

这种不可靠、不安全的感觉究竟是从哪里来的？

……………

他突然想到了张大宽。

他原本就该想到的，根本就不应该让这个手无寸铁的残疾人参与调查。

他必须马上通知张大宽，让他立刻停止对王国炎的调查。

这对他实在太危险了。

必须立刻停止。

必须！

十八

何波吃完饭回到办公室，给省城代英发过去一个电传后，已经是下午快三点了。他给办公室留下一句话，除了特殊情况，不管什么人来找都说不在。他要抓紧时间看一个材料，来人今天一律不接待。他所说的材料正是罗维民交给他的那些东西。

一本王国炎的日记，还有一本用卷宗作封面的大笔记本，里面张贴着各种复印件和影印件,以及一些可能是偷拍下来的照片。

何波先大致翻看了一遍笔记本里张贴着的这些资料。有些他还看不大明白,比如像在监狱谈话室里的一些谈话记录。特别是有些段落,何波看了好半天也琢磨不透这些谈话记录的内容究竟有什么问题。不过,有一点何波还是明白的,那就是所有这些谈话内容都跟王国炎有着这样和那样的关系。总的看来,监狱里的这些监管干部几乎全都有意无意地把这个王国炎当做一个精神病了。

是不是问题恰恰就出在这里?在一些人这么有意识地误导之下,于是,所有的人都跟着这么认为,王国炎确确实实成了一个精神病患者?

这都是些什么人呢?有监狱里的教导员、指导员、分队长、狱政科长,甚至还有监狱医院里的保健大夫。这么多材料如果汇总在一起,就会给人一个强烈的印象,这个服刑人员王国炎百分之百的是疯了。要不怎么会有这么多的人说他是个精神病,说他需要马上到医院去紧急治疗?

还有另一个强烈的印象是,有这么多的人都说王国炎得了精神病,那也就表明在这个问题上任何人都没了责任,或者说任何人都无须再为这件事去承担什么责任。既然王国炎的精神病是人所共知的,那么,就算将来出了什么问题,那也算不到任何一个人头上。如果有人真是这么策划和这么做的,那可就太令人疑惧,太让人担心了。因为这就意味着一点,这样的事绝不是一个人可以干得出来的,极可能是有组织有预谋的。罗维民这么做的意思,是不是就是想找到有力的证据来证明这一点?

那么,在古城监狱里是不是已经形成了这样的一个组织?以至于已经有了这样的一个巨大的预谋?

在罗维民拍下来的照片中,有几张是有关王国炎病情的报告书,内容是中队呈报给大队,大队呈报给监狱狱政科和有关领导的,其中有一份是专门呈报给监狱副政委辜幸文的。

何波的眼光久久地停留在这份病情报告书上。报告的内容再清楚不过了,就是认为王国炎近期得了严重的精神分裂症,使得整个中队的监管工作都受到了影响,尤其是在服刑人员之间产生了很大的恐怖心理,如果再不及时治疗,很可能会造成无法预料的后果。基于对患者本人和监狱工作负责的态度,必须尽快采取措施,对病人实施医护治疗,必要时可以外出就医或者保外就医……

非常清楚,也非常明显,就是要尽快地把这个王国炎送出监狱。

这份病情报告的时间是两天以前的,现在这份病情报告会在什么地方?

它肯定早已到了辜幸文的办公桌上,说不定他在同辜幸文通话时,辜幸文正面对着这份病情报告!说不定他已经做了批示:同意!

何波突然为自己的想法吃了一惊。

辜幸文会是这样的人么?

何波终于打开了罗维民交给他的王国炎的日记。

他没想到这个服刑人员王国炎的钢笔字竟会写得这么漂亮,一笔一画的,确实都像那么回事。

然而,更让他没想到的是,在如此漂亮的字体中,却会藏匿着这样凶险而狰狞的一个病态的灵魂。

任何一个正常人看到这本日记,都会感到深深的恐怖和惊悸。

2月3日,星期五,晴

在禁闭室关了两天给放了出来。那个新来的指导员看来真是个生家伙,生家伙就会咬人,喂熟了才会摇尾巴。原本说要关十天半月的,结果今天就给放出来了。

出了禁闭室,倍觉阳光的美好。监狱的大操场好像也比平时亲切。也许是要过春节的原因,各中队门口一改往日的监狱形象,里里外外都焕然一新。进了中队,文化室门前的彩灯,墙板上的彩灯对我的触动都很大,连分队里也觉得比以前有了活气。

这个世界上什么最可怕,金钱。马克思好像说过,金钱能让人不顾一切,变得十倍百倍的疯狂。连马克思都这么认为,可见金钱的可怕和威力之大。

在共同的利益驱动之下,都是为了一个极其自私的目的,从而让金钱把他们拧在了一起。这仅仅只是因为我吗,不是。这是省城和古城之间的较量,没想到会开始得这么早。引发点是在新指导员来了之后,干部竟然和犯人站在了一起。但,你们的智商是放羊的,别忘了这儿是古城不是省城,省城才是最后较量的地方。

这两天所发生的这一切,时不时全展现在自己眼前。"无毒不丈夫",明说,你们差远了!

我操你妈!想算计我的人还没生出来。我让你们一个个玩尿泥,什么东西!

4月25日,星期一,阴

没干活,洗了个好澡,心情好。

这个组不能干,只好换了个地方。别闹得僵了,谁也收不了场。

一年都没来看我,这次终于来了。我只说了两句话,就把他吓得出了一头汗。得到的越多就越怕失去,真是至理名言。我现在看他们这些人,就像看猴子爬杆一样,可笑,可悲。

别看我好像是一无所有,但我就是看准了这一点,才让他们这么一个个都像孙子一样。光脚不怕穿鞋的,死猪不怕开水烫,在这个世界上,越是一无所有,越是无法无天、不讲道德就越有力量。看看现在那些摇摇晃晃、肥头大耳的老板款爷,当初有几个不是穷得裤裆里叮当响,又有几个不是流氓无赖、刑满释放分子劳改犯?那些有文化有知识的,还不就是因为安分守己、老实听话,才一个个勤勤恳恳地为人家谋福利、扛长工?这个社会我早就看透了,撑死胆大的,饿死胆小的,发了黑心的,穷了受苦的。心越黑人越毒,越是六亲不认,才越会吃香喝辣,人见人怕。

今天我又干了一次那个新来的指导员,既然你软硬不吃,那就让你尝尝硬果子。我们监舍的人,集体告了他一状。你他妈的别想好受了,气不死你算你命大。

5月7日,星期六,晴

　　真是大意失荆州,从禁闭室里回来,才发现就在这两天里,组里发生了巨变。尤其吃惊的是,自己所犯的错误自己却没有想到。幸亏后果并不严重,否则无法想像。

　　几天来,内心世界渐渐得到了演变,自己应该活得更充实。自己应该知道自己的弱点,我致命的错误就是一个"情"字抛不开。为情所伤,为情所困。

　　好些现象反映在表面,对干部的不信任是犯人们的共识,但这对自己并没有什么大的危害。可上级干部和下级干部相互间的不信任,就有了大问题,这对自己很不利。要注意,要警惕。

　　虽然减刑是早晚的事,但内心的负担和痛苦并没有解脱。下午和同号的犯人打起了"争上游",这是今年第一次打扑克,也算是对内心痛苦的一种排泄吧。玩得正上劲时,门房告诉我,内警队的叫你马上出去一趟。我还以为是谁有事,急匆匆地往中队院门走,到了院门才知道是接见客人。是毛毛来看我,没想到会是他。两个人都很激动,真是生死之交,差一点我们这辈子就见不上面了。他带来不少东西,我看也没看就全都塞在兜里了。时间关系,我大致给他说了说我现在的情况,他也给我说了说外面的情况。聊了有一个小时的样子,我催促他马上回省城。不管怎样,做得不能太过了。

　　掂量自己,看看别人,处境与身份,不由得感触万千。但他的话还是给了我极大的鼓舞,自己对自己的未来有了更大的信心。

　　真的没想到,社会会变成这个样子。如果没有这样的社会现实,也许我早就到西天极乐世界去了。

　　现在的那些国家干部、党员干部,我一个个地都看透了,都只为个人利益着想,没有一个人为国家利益着想;都只为自己着想,没有一个人为组织着想。现在的政府,其实早就成了一个空架子。那些砸国库、抢银行的强贼,其实都是政府的人在保护着。犯了国法的人不怕国家,搞垮政府的人不怕政府。犯了弥天大罪的人害怕老百姓,偏偏不怕领导干部!那些抢人偷人的罪犯,一旦被老百姓抓住,不是告饶求救,而是大呼小叫地要去见政府,要去找警察。政府里的人才真正是这些人的保护神,花上几个臭钱,什么法律也能买转了。连那些抢劫杀人的也纳闷,就这么几根骨头,咋就能让一群狗跟着跑?有这么一群狗守着护着,还有什么可怕的,还有什么可担心的。

毛毛的话更加证实了这一点。

太好了,进展太快了! 一切都在朝好的方向发展,希望就在眼前。

何波平时的生活习惯,每天不管多忙,中午无论如何也得想办法睡个午觉,哪怕是迷糊一阵也行。何波不吃肉,饭量也小。照他自己的说法,像他这样一个素食主义者,一天的精神好不好,精力够不够,就靠中午这一觉了。

然而,今天他却毫无一丝睡意,躺在沙发上,连眼睛也合不上。办公室里的值班人员也都知道他这个习惯,何况,他已经嘱咐过了,并没有任何人来打扰他。

罗维民给他的这些东西,尤其是王国炎的那本日记,给他的印象实在是太强烈了。

王国炎在日记里说了,现在的当官的……都只为个人利益着想,没有一个人为国家利益着想;都只为自己着想,没有一个人为组织着想。现在的政府,其实早就成了一个空架子。那些砸国库、抢银行的强贼,其实都是政府的人在保护着。犯了国法的人不怕国家,搞垮政府的人不怕政府……

王国炎都在骂谁呢?他所骂的人里头是不是也包括你自己?

就像眼前这个王国炎,你明明知道他极可能是一起重大恶性案件的犯罪嫌疑人,但你就是对他无计可施,束手无策。

我们每天都在嚷嚷社会治安形势日益严峻,社会治安形势正在恶化。究竟严峻在哪里?又到底恶化在什么地方?

我们每天同犯罪分子作斗争,其实,最可怕的并不是那些犯罪分子,而是那些对犯罪分子实施保护的另一个犯罪阶层!这个犯罪阶层比那些犯罪分子凶险一百倍,可怕一百倍!当你付出巨大的代价,甚至牺牲了生命时,很可能你至死都不会清楚你究竟是栽在了谁的陷阱里,倒在了谁的枪口下……

在那些牺牲了的数以千计的公安战士里头,究竟有多少是这种罪恶的牺牲品……

想到这里,不知为何,他突然想起了古城监狱的老友,那个身为副政委的辜幸文。

假如在没有发生这件事以前,他对任何人都可以说,辜幸文这个人他是完全了解的。而现在,他突然觉得以前的那个辜幸文竟变得是这样的生疏和朦胧,他对辜幸文不仅不了解、不熟悉,甚至对辜幸文的性情和品性都有些想不起来,想像不出来了。

围绕着这个王国炎,辜幸文究竟是个什么样的人呢?

何波不禁又想起了那个丢了斧子的农夫。在这个经常丢斧子的年代里,是不是所有的人对所有的人都存有戒心、无法信任?因为谁也不能信任谁,因此,大家也就全都失去了安全感,从而加剧了一场深刻的全民性的生存危机?

还有,当你一旦发现某个人不可信任、无法信任时,以至于一个单位、一个机关里只要感到有一个领导不可信任,或者觉得可能有违法乱纪的行为,于是乎,整个机关里的人立刻都会对这个领导的所作所为置若罔闻、听之任之。甚至于明知道他是在毫无原则、毫无是非地对某个人进行保护,甚至予以提拔时,也很少会有人站出来说点什么。更多的人更多时候,只是在背后疾言厉色、怨天尤人:说你行你就行不行也行,说不行就不行行也不行,人家就是一伙的么,人家关系不一般么,你有什么办法?现在社会风气真是坏透了……

仅此而已,说说而已。

也许,当所有的人觉得所有的人都像偷斧子的人时,真正偷斧子的人反倒是最安全、最保险、最畅行无阻的时候。在这种普遍的心态里,他想做什么就能做成什么。当整个社会都变成这样时,就真正成了做坏人容易做好人难了。

那么,比如像古城监狱的这个辜幸文,他究竟是个坏人还是个好人? 或者是个不坏也不好,只是在背后发发牢骚的人?

就像眼前罗维民所列举出来的这种种让人怀疑的情况和问题,究竟有多少是辜幸文知道的,又有多少是辜幸文听之任之或者是其一手策划的?

王国炎的大幅度减刑,究竟是不是合理合法,辜幸文会不清楚吗?

王国炎究竟是真疯还是假疯,辜幸文会不知道吗?

王国炎要求保外就医,甚至要求保释出狱,辜幸文会毫不知情吗?

王国炎平时说出来的那些罪案,辜幸文也真的会以为都是在胡说八道吗?

面对王国炎这些疯狂的言行举止,罗维民多次向他们紧急汇报,莫非辜幸文也真的以为这纯粹是小题大做,多此一举?

何波终于拨通了辜幸文的电话。

电话铃声似乎只响了一遍,辜幸文就拿起了电话。

听辜幸文的话音,好像也根本没睡。

"辜幸文,请讲。"还是以前的老样子,就像是在重复和演练一道必经的程序,机械而又机警。

听着辜幸文熟悉的声音,何波反倒一时僵在了那里。如果他也没有午睡,那他在干什么呢?

"说话,谁呀?"辜幸文催问了一句。

"……我是何波。"何波终于回答了一声。

"我以为是谁呢,怎么了这么吞吞吐吐的?"辜幸文的口气顿时温和活泼了许多。

"没打搅你吧? 我怕你午休还没起来呢。"连何波也觉得奇怪,跟辜幸文说话,为什么会突然变得这么小心翼翼、谨言慎行?

"嘴上说怕打搅别人,可偏偏要在午睡时间给别人打电话?"辜幸文却仍然跟过去一样,说话刻薄辛辣而又不失幽默,根本听不出任何思想和情绪上的变化。"也不看看已经几点了,谁还在这会儿睡午觉?神神鬼鬼的,说一套,做一套;当面一套,背后一套。"

何波愣了一愣,他明显地感觉到了辜幸文话里有话。"苍天在上,谁要是只说好话不做好事,当面一套,背后一套,让他下辈子当牛做马,托生成王八癞蛤蟆。"

"哟!这么大火气呀?"辜幸文并不在意,依然是一副调侃的口气。"到底是谁让我们的大处长这么怒火中烧,说话就像个雷神爷似的?"

其实,话一出口,何波便意识到了自己的失态,听辜幸文这么一说,赶紧放缓语气说道:"中午喝了点酒,嗓门就低不下来。你也知道我这人不能喝,一喝就上头,跟谁说话也头大。"

"谁这么大面子呀,能让我们的大处长喝得这么晕头转向的? 咱们可是几十年的交情了,你什么时候赏脸喝过我的酒?"

"好了好了,老辜,我有事想见你。"何波就势打住,言归正传。

"我也有事想见你。"

"什么时候?"

"我不是给你说过了,需要时我会给你打电话的。"

"事情有了变化,不小的变化。"

"我说过了,到时候我会主动打电话约你的。"

"不行,我现在就得见你。"

"这是命令?"

"嗨,老辜,你听我说。"

"我知道你要给我说什么。"

"什么意思?"

"你知道是什么意思。"

"我不知道。我要当面听你说。"

"见了面也一样,就算我们现在面对面,那也只是一句话。"

"……什么话?"

"你想听的我这儿什么也没有。"

"那你就是故意不想给我说,或者不敢给我说。"

"如果你没听明白,我还可以再给你说清楚点,你想要的东西我什么也不知道,什么也没有。"

"要是连你也不清楚,那才是活见鬼了。"

"何波,我告诉你,现在世界上的事情可不比前些年了,不会像你想像的那么简单。"

"恰恰相反!我跟你的看法完全不同,在一些人眼里,现在的事情其实变得更简单、更直接、更方便。"

"那只是你的看法,是你一个当公安处长的看法。"

"辜幸文,就算你不敢面对现实,连我这么一个马上就要退休的人你也不敢面对吗?"

"所以,我刚才已经给你说过了,现在还要再给你说一遍,不要以为你们还像过去一样,什么事情也是老子天下第一。你脑子要放清楚点,出了你那个圈子,你什么也不是,你什么事情也办不了!就是在你那圈子里,拿你的脑袋当靶子的也大有人在!别人拿你们当猴子一样地耍,你还以为你们个个都是英雄好汉!你以为你什么都清楚,其实,你什么也不清楚!好了,多余的话我也不想跟你说了,我只提醒你一句,你要是懵懵懂懂地把我的事情给搅坏了,我到死都不会放过你!"

"辜幸文!我也要正告你一句……"

何波突然说不下去了,他分明地听到了电话里的忙音,辜幸文已经把电话挂断了。

不过,何波并没有感到自己在生气,因为他根本顾不上生气,他惟一感到的是,辜幸文确实是话里有话。

辜幸文话里的话都是些什么呢?

如果你从正面理解,他也许会是一个好得不能再好的人;而如果你从反面去理解,那他很可能会是一个坏得让你想像不到的坏人!

何波努力地清理着自己的思绪,并尽力地让自己迅速平静下来。

现在,摆在自己面前的究竟是一个什么样的局面和形势?

也许辜幸文说得对,其实,现在并没有发生什么大不了的事情。说不定真是天下本无事,庸人自扰之。算来算去,不也就刚刚过去了十几个钟头?就在昨天睡觉以前,一切的一切都还跟往日没什么不同。不就只是古城监狱里的一个自己并不熟悉的狱警打来了一个电话,才让你突然感到了事态的紧迫?

如果没有这个电话,或者你至今并不知道这个王国炎,那么,在你的感觉里,所有的一切岂不是都还跟过去一模一样?

莫非这个王国炎真的会突然从这个世界上消失了?

自己是不是真的有点太着急,太懵懂了?妈的,这个辜幸文!究竟是个什么样的货色?何波止不住地又骂了一句,今天说不清他这是第几次在骂人了。越老脾气越黏糊,这是老伴对他的一句评价。然而,这两天以来,怎么突然一下子变得这么粗暴、这么穷凶极恶?

看来,自己真像个猴子!算你小子说对了,辜幸文你这个狗东西!好了,一定冷静下来考虑考虑,自己这两天已经走了几步棋,哪些是好招,哪些是臭手,然后再看看下一步究竟该怎么办。

接到罗维民的电话后,你都做了哪些事?

一、立刻派人到监狱联系,要求参与对服刑人员王国炎的审查。

看来,这件事值得商榷。

是不是有点太冒失,太草率了?至少也应该先暗中调查调查、了解了解,觉得有把握了,然后再行动。否则,怎么会出现现在这样被动的局面?不止让罗维民挨打受气,而且也切断了自己同监狱的正面联系。自己本来应该想到这一点的,如果监狱里没有问题,作为监狱里的一个侦查员,如何会在半夜三更地往外打电话?

二、要求参与调查受阻,感到事态严重,并从罗维民那儿得到一些情况后,才采取了一些相关措施。

第一,根据罗维民提供的一些线索,让市局局长史元杰立即采取行动,对同古城监狱有联系的所有可疑的人和单位进行全方位的严密监视和侦查。这一招看来是做对了,否则,怎么会从外围了解到王国炎这么多问题?但是,真的全都做对了吗?就没有一点副作用吗?让那么多的人参与了这件事的侦查,如何会不走漏风声,如何会不被别人利用?"就是在你那圈子里,拿你的脑袋当靶子的也大有人在!别人拿你们当猴子一样地耍,你还以为你们个个都是英雄好汉!""……我只提醒你一句,你要是懵懵懂懂地把我的事情给搅坏了,我到死都不会放过你!"何波的脑子里突然又想起了辜幸文的这几句话。是不是他已经感觉到了什么,或者已经发现了什么?

第二,把罗维民重病的妻子迅速转到了在自己监视之下的一个医院里。尽管这个医院花钱多了些,但从目前看来,这也许是惟一一件做对了的事情。但从罗维民的角度来看,是不是也做对了?不管你的保密工作做得有多好,这件事的内幕人们迟早都会了解到。等到人们都清楚了事情的真相后,罗维民还如何在古城监狱继续工作?

第三,给省城市局自己的一个老部下代英打了电话,要求代英尽快查清王国炎妻子的情况。这个有问题么?看来,也有问题。因为你当时根本就不清楚,或者根本就没有料到王国炎会有这么大的背景。作为市局刑侦处的一个小处长,是根本完成不了这样的一个任务的。这是一个大案,涉及的人是如此之多,而你又要代英不能声张。这岂不是让人家勉为其难,自投绝地?你让代英不要声张,切切不能走漏消息,那不就意味着让人家只能一个人去侦查这件事情?这行得通,办得到吗?

第四,紧接着你又给代英发过去一个传真,要求他尽快查清有关王国炎妻子和与此有关的其他一些情况。这是不是也太不负责任了?

万一,要是在这个案子上让代英跟着你因为什么事情而栽了跟头,你负得起这个责任吗?这本来应该是你自己的事情,结果事情八字不见一撇,先把这么多的人都扯了进来……

"……拿你的脑袋当靶子的也大有人在!"何波再一次想起了辜幸文的这句话,这是恐吓?还是提醒?是要挟,还是告诫?"出了你那个圈子,你什么也不是,你什么事情也办不了!"圈子里尚且如此,圈子外又会如何？像你这样的人时时都会在危险之中,那么别的人呢？

……危险！何波不禁感到了一种说不出的恐惧感。不是为自己,而是因为别人。如果这个王国炎真是一个超大背景中衍生出来的一个怪物,那么,这个背景很可能要更加危险和可怕！

罗维民、代英、史元杰、魏德华,还有那些一个个孤军作战的公安民警,在这个超大背景中,也许此时此刻真的都处在一种危急之中……

尤其是他在中午看了罗维民给他的那个人名单后,几乎没怎么多想,就给代英发过去一个传真,让他尽快查清有关情况。真是太冒失了,看看都是些什么人呀,这么大的事情为什么你就没想到应该为别人的安全着想？

如此危险的案情,你怎么就没有察觉到！

他必须采取紧急措施,太被动了,实在是太被动了。

陡然而起的电话铃声,把他吓了一跳。

他愣了一愣,几乎是下意识地抓起了电话。

十九

罗维民没等内警队把王国炎从谈话室押走,就抢先一步把赵中和叫了出来。

赵中和一出来就嚷嚷,"我早就不想待了,听这种东西胡说八道,究竟有什么意思？"

罗维民说："你觉得王国炎都是在胡说八道？"

赵中和毫不掩饰地说："像他说的这些话我早就听腻了,我早给你说过了,不撅屁股就知道他拉什么屎！像王国炎这种东西,根本就没有减刑的必要,放到社会上用不了两年肯定还会'二进宫'。像这样的犯人,就应该在月球上建个劳改场,永远也别让他再回到人间来。"

罗维民没想到赵中和在王国炎的问题上会是这样的一种态度,想了想问:"那你看王国炎是不是真疯了?"

赵中和连考虑也没考虑便说:"臭狗屎!像他这样的人还能疯了?没有羞耻,没有人格,没有脸皮,没有人性,没心没肺没肝的这种家伙还能疯了?他连人都不是,又怎么能得了人得的病?都坏到底了,坏得透透的了,还得什么精神病?"

罗维民一听赶忙说:"小赵,咱俩看来想到一块儿去了。既然这样,咱们就赶紧到王国炎的隔离室里去一趟,那里有两样东西,咱们必须赶紧拿到手里,否则,要是让王国炎给销毁了,事情可就麻烦了。"

赵中和有些听不明白地说:"那种恶心地方有什么好拿的东西,除了臭狗屎还是臭狗屎,我一闻到那种味儿连做梦都全是臭气。"

罗维民一边使劲推着他,一边急急地说着:"快走快走,一会儿王国炎回去了可就不好拿了。是两样东西:一本书,一本日记。只要能把这两样东西拿到手,就能证明王国炎的精神病完全是装出来的。"

赵中和有些吃惊地说:"日记?王国炎的日记?这小子还记日记?你怎么知道的?我跟这小子快三年了,也没发现他还会记日记,你是不是看错了?"

罗维民忙说:"快走快走,一去你就知道了。这样的事情,想想我能哄你吗?"

赵中和还是有些难以相信地问:"还有一本书?什么书?"

罗维民说:"说出来怕你更不相信,让你猜一百遍你都猜不着。你说什么书?《犯罪心理学》,精神病看这种书你说邪乎不邪乎?"

赵中和拍了拍自己的脑袋,有些愤愤然地说道:"狗日的,看来是让这小子给骗了!妈的,这个该死的东西,看我怎么收拾你!"

两个人几乎小跑一样,没用两分钟便赶到了隔离室。

大概是因为王国炎被带走的缘故,隔离室此时只有一个值班看守。几个人都认识,没说什么便打开了对王国炎正在实施单独关押的隔离室。

小小的隔离室里果然恶臭无比,也许是王国炎有意为之的缘故,便溺和痰迹随处可见。尽管有纱窗罩着,隔离室里还是爬满了苍蝇。两个人一走进去,轰一声便飞起一片。

没怎么翻找,便在单子下找见了这两样东西。

一本很精致的日记本,一本用报纸包着书皮的《犯罪心理学》。

罗维民把《犯罪心理学》递给了赵中和,趁赵中和翻看的当儿,他赶忙打开日记,看了看王国炎最新一篇日记的时间,竟是昨天晚上。不禁一阵惊喜,赶忙合好,并催促赵中和立即离开。

值班看守也没说别的,只是让赵中和签了个字,并说一会儿你们再给领导说一声,要不,王国炎这小子发现少了东西,非闹腾得天翻地覆不可。万一让领导知道了,他们也好有个交代。

赵中和说:"他敢!这个王八蛋,反了他了!他要是再敢闹腾,看不收拾死他!监狱连服刑人员也管不了,那还叫什么监狱!真是太不像话了!"

罗维民一边拉着赵中和往外走,一边对值班看守说:"你不用担心,我们先看看,如果没什么,一会儿就再给他拿回来。"

值班看守说:"那倒不必。他再闹腾也还是个犯人,咱们还会怕了他不成。"

走出中队大门时,正好碰见几个内警押着王国炎走过来。王国炎一边使劲地跳着挣扎着,一边像是被卡住了脖子似的大喊大叫。

罗维民把日记塞进兜里,暗暗庆幸,要是再晚来一步,再当着王国炎的面把这两样东西取出来,那可就没这么容易了,说不定还会引出别的什么来。

看着王国炎疯打疯闹的样子,赵中和一脸鄙夷地站在那儿一动不动。凑这个空儿,罗维民对赵中和说:"我去趟厕所,你在办公室里等我。"

赵中和头也不回地说:"你看王国炎这王八蛋,装得还真像那么回事。"

罗维民哼了一声,早已跑得没了踪影。

· 228 ·

罗维民真的去了厕所,是办公大楼的有隔间的厕所。

罗维民一进了厕所,关好厕所门,蹲在便池旁,便把兜里的照相机拿了出来,他看了看除了相机里还有差不多二十多张底片外,另外还有两个三十六张的富士胶卷。算了算差不多有一百张。他看了看日记本的大小,距离远点,一张底片可以照两面,差不多就是两百页,而日记本记了日记的页数可能也就是这么多,差也差不了多少。

他几乎没动位置,迅速调好焦距和光圈,一手拿好相机,一手摁住日记本,由后往前为顺序,也不管厕所里有人没人,咔嚓咔嚓地便一张一张照了起来。作为监狱里屈指可数的几个侦查员,照相机是必备的器械,除了给每个服刑人员拍照外,抓拍、抢拍和偷拍也是必需的技能。这是一个侦查员的基本功,对此他早已炉火纯青,驾轻就熟。等到把所有的胶卷用完,再翻翻日记,竟还有六七页没有拍完。想了想,一狠心,便把这几页全都撕了下来。决不能让一个疑点漏掉,日后就是因此受再大的处分也认了。没办法,他只能这样。

等到把这一切处理完,罗维民才发现自己竟大汗淋漓,连腰也直不起来了,两条腿全然没了知觉,怎么站也站不起来。

他一歪身子让自己倒在便池旁,足足过了好几分钟,才让自己的两条腿恢复了知觉。即便是这样,一直到他从办公大楼走出来时,两条腿一扭一扭的,活像个瘸子一样。

让他再次深感庆幸的是,偌大的办公室大楼他竟没见到几个人,并没有什么人注意到他。

等他回到办公室时,赵中和望着他苍白的脸色,说:
"哪儿去了,这半天?"
"肚子大概是给吃坏了,蹲在厕所里就起不来。"罗维民擦了擦脸上的虚汗,确实显得有些虚弱地说。
"是嘛,"赵中和关心地走了过来,"我看你的脸色就不大对么,立了秋了,闹起肚子来不得了,觉得不行就早点打吊针,输上几瓶子就过去了,免得受罪。"

"没事,哪有那么厉害,挺一挺就过去了。"罗维民有意捂住肚子,扭转话题说,"……喂,王国炎那本书你看了吗?"

"看了。这王八蛋,还是新书呢,刚刚出来的,就让他看成这样。狗日的,这书是谁给他弄进来的?胆子是不是也太大了?"赵中和一边骂,一边把书递了过来,"你瞅瞅,那小子竟然还在上面写写画画的,好多地方还画了曲线。"

"哦?"罗维民本想说什么,但想了想没能说出来。看着赵中和一点不设防的样子,他实在不好再说什么。他接过赵中和递过来的书,赶忙翻看了起来。

"你抓紧点,刚才隔离室值班的过来了,说是大队和中队,还有狱政科都已经知道了这件事,说犯人的东西不能随便拿的,就是要拿也得放在中队和大队里。要看,也得在中队和大队那儿去看。"

"……噢!"罗维民一下子愣在了那里。"谁这么快就告诉了他们?"

"我也正纳闷呢,这他妈的也太不正常了。"赵中和气呼呼地说,"这到底算怎么回事么,好像我们做了什么见不得人的事似的!那小子当时就要拿,让我好一顿臭骂把他给骂走了。我们做侦查员的看一个犯人的东西还得受这么大的限制呀!我们这些搞侦查的是不是也都成了服刑人员了?"

"也真是的!把我们都看成什么了。"罗维民一听也气得够戗,"像这种东西,到底是怎么进来的,他们倒没有人着急,而我们一看,倒是有人急了!"

"日记呢,先让我看看。我看这里头到底都写了些什么,让这些人一个个都像没头苍蝇似的。"赵中和依旧愤愤然地说道。

罗维民从兜里把日记掏出来,担心自己刚才是否撕得不露痕迹。他一边假装随意地翻看着,一边说:"我一下子还没看呢,这小子都会写了些啥呢?"当他看到撕得还算可以,看不出有什么明显的痕迹时,这才把日记本递了过去,"让我说,说不定这里面真的会有让什么人担心的东西。"

"我想也是。"赵中和以一种从来没有过的认真劲儿说,"好了,你先看那个《犯罪心理学》,这本日记就让我先看看。妈的,看这个王八蛋都在日记里记了些什么!"

办公室里顿时静了下来。

罗维民的心则仍在怦怦直跳,真悬! 当时要是晚一步,说不定这本日记永远永远也不会看到了。

这帮人的动作看来要比自己想像的快得多!

会是谁呢? 罗维民紧张地思考着。不会是值班看守。如果他要是不想让你拿,当时他就可以拒绝了你的。只需任意找一个借口就可以了,比如得让监狱领导批准呀,得指导员或教导员签字呀,得接到有关领导的通知才可以呀等等。他根本用不着先让你拿走了,然后再给别人汇报。也许是他无意中给谁说了一声,说者无心,听者有意,于是就引起了如此迅速的连锁反应,一级反馈一级,一级震动一级,竟至于还不到一刻钟的时间,就派了人来立即索要这两本东西。

还有,会不会是王国炎呢? 当然也有可能。如果王国炎根本没有任何病症,时时刻刻都是清醒的,那么,当他一回到隔离室时,立刻就会感觉到隔离室已经让人翻动过,当然,他也就立刻会觉察到有什么东西不在了。假如王国炎的智商确实像他想像的那么高的话,那他要把这个信息传递出去,是一点也不困难的。他立刻就可以做到,随时都可以做到。

当然,也可能是别的什么人,比如中队门房看守,比如内警队里的什么人。

看来,自己真的应时时警惕,说不定一不留神,就会在什么地方让你前功尽弃、一无所获,以致垂成之功,毁于一旦。

他强迫自己努力地平静下来。

眼前的书确实是一本近期出版的《犯罪心理学》。纸张厚实,装帧得也非常漂亮。打开目录,书里的内容一览无余:

·231·

……
犯罪心理形成原因。
犯罪心理形成机制。
犯罪心理发展变化。
……
利欲型犯罪心理。
不同犯罪经历人的犯罪心理。
……
异常心理与犯罪行为。
……
犯罪对策心理。
……

一个服刑人员时时刻刻把这样的一本书带在身边,太令人感到不可思议了。一个犯人一丝不苟、不厌其烦地在研究《犯罪心理学》,这究竟说明了什么?

当打开书时,罗维民的眼光突然被划了双曲线的几段文字吸引了过去:

……
精神病危害社会的行为较严重。凶杀、盗窃、伤害、性犯罪等几类比例大、危害严重……
精神病症主要包括精神分裂症、情绪性精神病和其他类型的精神病。
……
精神分裂症具有思维、情感和行为彼此脱节,整个心理活动与环境不统一的特点。精神分裂症违反法律的特点主要是(1)动机目的不明确,因果关系难判明;(2)缺乏预谋,犯罪行为突然;(3)多是暴力攻击性犯罪,行凶杀人,手段残忍;(4)明目张胆犯法,事后不逃避,不隐藏;(5)抓捕后审问时,不承认自己有精神病,对事实供认不讳,坚持"作案有理";(6)情感淡漠,眼神呆滞,常自言自语和发笑,陈述杂乱无章……

………

变态心理犯罪的司法心理鉴定。

司法心理鉴定是指司法工作人员在审理案件中,对于有变态心理可疑的人,为明确其心理状态与法律的关系而进行的心理测查、分析、判断和评定的程序,称为司法心理鉴定。这是一门技术性科学鉴定……鉴定结论在法律上属于证据的性质,可以作为定案的根据。

………

鉴定的准备工作。

1. 资料准备。

………

2. 组织准备。

(1)鉴定工作必须在国家政法机关和卫生部门领导管理下进行……委托指定较好的,省市级专业医疗、科研机关,由他们指派专业人员承担具体的鉴定任务。

(2)受公安司法机关委托单位的委托,对被告和当事人进行司法心理鉴定的专门机构称鉴定机构。包括,地区以上的精神病专科医院成立的专业司法精神病鉴定委员会;地区以上若干医师专门人员组成的委员会或鉴定小组。

(3)承担鉴定的人员称鉴定人,鉴定人应由有实践经验、获得专业称号、受过专门培训对司法工作又有一定了解的人员担任,其他非专业人员不能担任。

(4)司法心理鉴定小组一般由3—5人组成,每次鉴定时不得少于3名专业人员;结论意见不受任何方面的干预和影响,鉴定人要保密,泄密者要追究责任……

………

问题准备。

鉴定人鉴定前应拟好下列问题做准备：

(1)被鉴定人实施犯罪时,是否知道该行为是违法的。

(2)被鉴定人是否受到病理性思维的支配。

(3)被鉴定人当时有无构成犯罪意图的能力,是否缺乏自控力。

(4)被鉴定人当时是否饮酒或受麻醉剂、致幻剂的影响。

(5)被鉴定人经过治疗其精神状态能否好转。

(6)释放被鉴定人后,是否会继续对社会造成危害。

…………

罗维民头上的虚汗再次冒了出来。

看来,在这次名义上是提审、事实上为变相司法鉴定的行动中,王国炎比自己要清楚得多,也主动得多! 即便是对这次行动他毫不知情,那他也一样能从容应付,完全预料得到你们都会做出些什么言行举止来。

让他感到震动的是,连他自己也是看了这本书后才知道,这种司法心理鉴定的结论意见可以不受任何方面的干预和影响,而且鉴定人要保密,泄密者要追究责任。这等于是说,如果这次提审真的将被作为一次司法心理鉴定,那就意味着这次司法心理鉴定事实上已经具有法律意义。而如果鉴定结果认为王国炎确实患有精神分裂症,那么,这样的结果就已经不可更改,因为它不受任何方面的干预和影响。面对着这样的一个司法鉴定,即使是你再能找出更多的证据可以证明王国炎的精神病是假的,那也一样是徒劳无功、枉费心机。

最可怕的是,这样的一个司法心理鉴定,你本人也是参加了的。虽然没有人通知你,但事实上所有的人都认为已经通知了你,就像赵中和所说的那样,头头们都在批评你了,说你这一段越来越散漫了。没有人通知你,所有的人都不知道这一点,但有人批评你散漫,通知了你也不按时来,这可是所有的人都看到都听到的。尽管你后来赶到了现场,但给人的感觉你确实收到了通知,对王国炎的提审安排你确实是知道的。

如果你没来,说明你是自由散漫,对工作不负责任;如果你来了,证明你确实是迟到,确实是自由散漫,确实对工作不负责任。不来正中别人下怀,来了等于自投罗网。

你参加了鉴定,你又如何否认这次鉴定?因为在鉴定和提审时,你根本就没说一句话,也根本没有表示过任何异议。

这真是一个运筹帷幄,足智多谋的高手!如果没有超人的智商,如何能招招算到,计划得如此周密?

这究竟会是谁呢?是一个人,还是更多的人?

就在罗维民翻看《犯罪心理学》的这会儿时间里,赵中和的 BP 机响了差不多有五六遍。

刚开始赵中和并没有怎么在意,看一眼 BP 机仍然继续看他的日记。等到后来,终于渐渐地越来越显得不耐烦起来。

到最后一遍 BP 机响起来时,赵中和啪的一声合住日记,愤然说道:

"以为这是什么好东西呢!催命似的催!好了,我看你也别看了,让我先给他送过去,完了咱们再跟他们算账!"

"一个劲地呼你是要这两样东西呀!"罗维民有些吃惊地说,"你看了没有,那日记里都写了些什么?为什么他们这么怕这两本东西?"

"这得仔细地看哪,哪有一会儿工夫就看得完的!"

"这本《犯罪心理学》你不是已经看过了?你觉得里面有什么问题没有?"

"没问题才怪呢!一个刑事犯,整天在监狱里研究《犯罪心理学》,连关禁闭也带着,你想想这是什么问题!还他妈的画了那么多横道竖道的,光凭这个他就绝不会得精神病。"赵中和不假思索地说道,"还是那句话,他要是得了精神病就把我的眼珠子抠出来!"

"我觉得关键还是日记,像他这样的一个罪犯,现在又摆出一副精神病患者的样子。到底是不是精神病,日记里记的东西一看就能判断个八九不离十。再者,他平时记日记也许还说明不了什么,但关了禁闭了还在记日记,你说这还能是一个精神病患者?"

"那你说怎么办?"赵中和看了看罗维民问道。

罗维民同赵中和对视了几秒钟,终于打消了进一步试探下去的想法。"算了算了,给了他们吧。别让他们有了什么想法,好像咱们要怎么怎么的。如果要看,完了我们还可以再找他们。"

"那样岂不太便宜了他们?"赵中和仍然眼睁睁盯着罗维民不放。

"……呼你的都是谁呀?"见赵中和这样,罗维民止不住地又问了一句。

"还不是那个值班的,真正要这些东西的人还会直接出面?"

罗维民听了不禁怔了一怔,他没想到赵中和能说出这样的话来。"既然是这,那还是给了他们吧,免得人家还以为咱们真的要干什么呢。"

"你以为这会儿送过去,人家就不怀疑你要干什么了?"

"那要看你怎么说了。"

"说什么也是白说。"

"那你说怎么办?"

"既然做了就做到底。"

"什么意思?"

"我是把你当自己人才这么说话,这会儿也顾不得别的了。"赵中和突然一副豁出去的劲头。

"什么话!这么多年了,你还信不过我是怎么的!"罗维民也突然激动起来。

"一不做,二不休,你带相机了没有?"

"做什么?"罗维民尽管有所预感,但还是被赵中和的话吃了一惊。

"马上把这本日记拍下来。"

"……嗯?拍下来?"罗维民一时竟不知该说什么才好。

"要不拍下来,我担心这本日记会再也看不到了。"

"小赵,我怕这会给你带来麻烦。我劝你再好好想想。"

"我已经想过了,你的分析是对的,咱们内部肯定是出了什么问题,我们得有证据。如果把到手的证据也给弄没了,将来会有更大的麻烦。"

"……小赵。"

"好了好了,你到底是怎么了,胆子跟兔子那么小。时间来不及了,让我用用你的相机,我的相机没带。"

"……这,"罗维民紧张地思考着,看该不该把实情告诉赵中和。想了半天,还是觉得暂时不说为好。"相机倒是在,就是没胶卷了。"

"我有胶卷,你快把相机拿过来。"赵中和正说着的当儿,腰间的BP机再次响了起来。

罗维民到了这会儿也顾不上再说什么,急忙拿出相机,卸下里面的胶卷,给赵中和递了过去。

赵中和一边急急忙忙地往相机里面装胶卷,一边对罗维民像是发布命令似的说:

"你到门外去盯着,要是有人来了,就咳嗽两声。"

"好嘞!"

二十

让史元杰感到惊喜的是,他没想到何波这会儿还会在办公室里。电话铃声只响了一遍,他就听到了何波的声音。

何波还在!

中午分手时何波曾告诉过史元杰,下午他要到地区有关领导那里谈谈这个案子。因为他们几个当时都认为像王国炎这样的案子,并不是一个公安部门就能解决得了的。他必须得到各方面的协助和支持,才能尽快破获。

然而,就在这几个小时里,事情又有了新的进展和发现。

他就是想在何波去见地区领导之前,告诉他新发现的一些情况。一个突如其来的直觉在告诉史元杰,情况很可能要比他们想像的复杂得多！即使是在地区一级的领导里头，也极可能有人染指此案。

他刚刚接到汇报，一个别名张大帅、地区"广帅商业城"的董事长张卫革，近些年来，一直跟古城监狱保持着密切的联系。古城监狱有一个在押人员叫姚根，因为脑瓜灵活，能量颇大，便被古城监狱任用为采购营销员。可能是由于这个姚根表现很好，也可能是由于工作的需要，姚根一段时期以来，可以在古城监狱随意出入。自打去年"广帅商业城"正式挂牌运营后，姚根便成了这个"广帅商业城"的主要客户，古城监狱生产的日用产品，比如铝锅、铝盆、铝勺、铁锅、铁盆、铁锄、铁锹以及各种各样的塑料制品和不锈钢制品，基本上都由"广帅商业城"包购包销。让人怀疑的是，"广帅商业城"同古城监狱的交易，纯粹是一桩赔钱的生意。古城监狱的这些生活用品，工艺陈旧，制作简单，样式落后，根本就卖不出去。作为一个私营性质的"广帅商业城"，绝不会对这种产品的销路一无所知。但即使是在这种产品一直在商城严重积压的情况下，"广帅商业城"仍然不改初衷，继续对这种滞销产品实施包购包销的优惠政策。可以说，在目前经济很不景气的情况下，古城监狱的生存，几乎全都依赖于"广帅商业城"对他们这种产品近乎自杀的包购包销。照此发展下去，仅此一项，"广帅商业城"每年将亏损两百万左右。但"广帅商业城"的董事长张卫革对此眉头皱也不皱，而且也从来没人敢过问此事。因为谁要是敢过问此事，张卫革一怒之下，就可能炒了谁的鱿鱼。

据从内线那里得来的可靠消息，张卫革说了，他宁可每年损失五百万，也绝不能让他的兄弟在监狱里受苦受罪。在一次酒醉时，张卫革说了，要不是他的兄弟，他哪会有今天。若要是有哪个想在他兄弟的头上动筷子、找便宜，我张卫革让他半夜死，就别想活到五更。

据初步断定，张卫革所说的那个监狱里的兄弟，十有八九的就是王国炎！张卫革敢说这样的话，跟他这些年来经营的项目极有关系。由于他经营着各种档次的餐饮业和服务业，所以，跟大大小小的政府官员都保持着这样和那样的联系。在众所周知的领导干部里面，张卫革一向同地委分管政法、工商的副书记贺正雄过从甚密。

贺正雄四十多岁,正牌大学毕业。传言他正在四下活动,竞争行署专员一职。以他本人的实力,绝大多数的人也都看好他。更多的人认为,以贺正雄的实力,将来成为副省长、省委副书记也是指日可待的事情。

前不久贺正雄赴法国考察,张卫革借口到法国采购借同前往。据他们的随从人员回来后给人讲,贺正雄在法国一次就购买了二十万美元的高级香水和化妆品。付钱的当然不会是地委副书记贺正雄,而是到法国采购的老板张卫革。

贺正雄买这么多法国香水和化妆品当然不是为自己的老婆,张卫革付这么多钱当然也不是给自己的商城采购。

从法国回来后不久,在地区国有企业实施股份制的狂潮中,地区惟一盈利大户"胜利水泥厂"即宣布为股份制试点,并且是真正意义上的股份制。不管是国家还是私人,谁出的钱多,谁就会成为水泥厂的最大股东,谁也就理所当然地成为水泥厂的真正主人。

这一试点的幕后决策人和主持人,当然是一向以改革派著称的地委分管副书记贺正雄。

其实,已经是预料中的事情,这家水泥厂基本上可以说是波澜不惊地划归在张卫革的名下,成为张卫革进军企业界的一个大举措。

"胜利水泥厂"的净资产为九千万元人民币,而张卫革只用了一千四百万元就把它变成了自己的私营产业。

"胜利水泥厂"实行股份制后,改名为"广帅水泥集团公司",总经理为张卫革,副总经理则是贺正雄的女婿!

王国炎、张卫革、贺正雄,在这个政治联姻的怪圈里,最直接的出发点、最核心的人物极可能便是这个张卫革的兄弟,也就是古城监狱里在押的罪犯王国炎。

谁也没想到王国炎的手竟能伸到这里来。

何波如果要去找地委的领导,第一个要找的必然会是这个分管政法的副书记贺正雄。因为何波明白,在没有确凿可靠的证据和犯罪事实的情况下,要对这些有着各种头衔和身份的犯罪嫌疑人实施监控,或者采取行动,如果不征得地委一级领导的同意和支持是决然不允许也是决然不可能的。

这是中国的国情所决定的,它绝不会以个人的意志为转移。

理论归理论,事实归事实。你不能超越,也无法超越。

你想解决王国炎的问题,就必须去找分管政法的地委副书记贺正雄。而贺正雄则是张卫革的后台,张卫革却是王国炎的兄弟!

你找贺正雄解决王国炎的问题,几乎等于是让王国炎自己解决自己的问题!

这就是你必须正视的现实!

所以,他必须及时告诉何波,免得老领导真伪难辨,打草惊蛇,以致自投罗网,身陷重围。

"何处长,我是史元杰。"

"我听出来了。"

"我还真担心你走了呢。"

"什么事?"

"何处长,你看我是不是马上过去当面给你谈?"

"很急吗?"

"是,很急,也很重要。"

"关于王国炎的?"

"是。"

"你用的不是手机?"

"不是,是我办公室的直拨电话。"

"跟前没人?"

"没人。"

"那就别过来了,先在电话上简单谈谈。"

"何处长,你到地委是不是得找贺书记?"

"怎么了?"

"贺书记你最好先别找。"

"是不是又发现了什么?"

"贺正雄跟'广帅商业城'的张卫革关系不一般。"

"这我知道。"

"张卫革跟王国炎是铁哥们儿。"

"落实了?"

"基本上落实了。"

"……哦。"

"何处长,你得小心。"

"元杰,这个消息先不要乱传,你我知道就行了。另外,你马上给罗维民联系一下,我最不放心的还是他。"

"我马上就给他打电话。"

"元杰,还是那句话,一定要谨慎、谨慎、谨慎再谨慎。"

"我知道。"

"告诉魏德华,一会儿下了班都到我这儿来。"

"是。"

"有些话我要给你们说说,你们也都想想办法,看我们下一步该怎么办。"

"是。"

史元杰默默地听着电话里的忙音,久久地怔在那里。

他从老局长的话音里分明地听到了一种深深的感伤和苦痛,这么多年了,他第一次察觉到何波竟然会出现这样的情绪。他突然觉得,老局长所承受着的压力确实是太大了。

即使是面临着生死的危机,何波的声音从来都是果决而硬朗的。在史元杰的印象里,何波是一个打不倒、压不垮的硬汉子,是一个真正的榜样和楷模。处事不惊,临危不惧;贫贱不移,威武不屈;言必信,行必果;宁为玉碎,不为瓦全;至大至刚,勇冠三军!在史元杰的脑海里,这便是何波的真实写照。何至于会有这般令人心碎的嗓音和情绪?

这些天来,自己对王国炎案情的进展实在有些太不经心了。自己纯粹把自己等同于一个普通的刑警队员,一有了什么事情,或者发现了什么,想也不想,往老局长那里一汇报也就完了。什么时候设身处地地想过,这件事发展到现在这种田地,下一步究竟该怎么办?

本来这起案子应该是你挂帅的,没想到你却一来二去,三转两转,一而再,再而三地往上汇报、向上请示,于是乎,反主为客,移花接木般地便把这副重担压在了老局长身上。

他突然想起了在地区医院时,老局长愤然作色的那一幕。"你别在这儿给我绕圈子……一切都由你们市局想办法!""你要是觉得你这个局长当得委屈,那就回去再当你的刑警去!"他再一次为自己当时的举止感到脸红。当时自己怎么会想到要老局长解决钱的问题!案子八字不见一撇,一切的一切尚在悬着,大家都心焦如焚,你却好意思伸手要钱?看来,你打心底里就没有把这起案子当做自己分内的工作和任务,正因为如此,才会产生这样的想法和举止。所以才会这么推三阻四,甚至趁火打劫。简直是卑鄙!

难怪老局长会如此怒不可遏。其实,换了别的一个什么人,作为一个公安处的老局长,绝不会这么毫无私心杂念地把这样的一个案子揽在自己头上。年纪大了,又快退休了,一升不了官,二提不了级,事情的好与坏对自己又有什么实质性的好处?充其量听听汇报也就完了——好了,大家都有功劳;坏了,则进退自如。虽然是一起十多年未破的大案要案,但未破的大案多了,何必把这些都算在自己一个人头上?

如果老局长真是这样的一个领导,又怎么可能推荐你这样的人当了市局的局长?

老局长当初给自己谈话的时候说了,我看中的并不只是你的勇猛和果断,更多的是你的无私和正派。在我们公安里,敢拼命的人多得是,有智谋的人也多得是,只要你能正派无私地把他们用起来,就没有破不了的案子。对这一点我根本就不担心,我惟一担心的就是那些"两搞"的人掌了我们公安的大权。那些"两搞"的人,搞起案子来很有一套,智勇双全,屡建奇功;搞起腐败来也一样很有一套,心狠手辣,为所欲为。寄生于我们公安部门的这种善于"两搞"的人,不只是一只老鼠坏一锅粥,最可怕的是会坏了我们的国家,坏了我们的政府,坏了老百姓的心。老百姓只骂我们公安也许没什么大关系,只要我们不断地铲除我们公安队伍里的败类,不断改进我们的工作,老百姓终究会改变对我们的看法。但如果老百姓因为我们公安骂起国家、骂起政府来,那可就真的危险了。这些年来,在有些地方,其实是我们公安在单枪匹马、孤军作战地维护着我们的政权。尤其是在一些农村,在一些乡镇,在一些工厂企业,当这些地方的基层组织因这样和那样的原因垮掉了时,老百姓惟一还指靠着的便是当地的警察和派出所,出了事找公安,丢了东西找公安,发生了纠纷找公安,甚至斗嘴打官司的事情也来找公安。这时候的老百姓往往把政府当做公安,把公安当做政府。在这种时候,要是出上一个不正派的善于"两搞"的人,你想想,老百姓还能不寒心?还能对这个国家有信心了?还能把这个政府看好了?所以,有时候,当一个地方的公安被坏人掌了权的时候,也就是这个地方的老百姓最寒心、最绝望的时候。政府部门一千个人里头生出十个坏人来,谁也不会把他当做一回事;而公安部门一千个人里头生出一个坏人来,立刻就会吵得满城风雨、沸沸扬扬。其实,也并没有别的,说到底,还是因为老百姓把公安部门看得太重太重。在更多的老百姓眼里,公安部门所做的这一切,代表的其实是国家、是政府。事实上也确实如此,你想想,要是一个地方的公安部门里的头头出了问题,那这个地方真的还会有什么希望?

老局长也确确实实地把自己干了一辈子的公安部门看得太重太重了,他绝不想自己还在任的时候,在自己的手下,或者是在自己所管辖的部门里,会有了什么大的闪失,出了什么大的问题。

这是他至死也不想看到的。在这个世界上,有的人为了财富而活着,有的人为了名声而活着。老局长说了,他是后者,也只能是后者,就是想改也改不了了。就是早死十年二十年,也绝不许自己的名声受到玷污和侵害。

就像今天的事情,如果他们这几个人里头有一个环节出了问题,那王国炎的案子极可能就永无出头之日了。

如果王国炎的案子真的成了死案、无头案,假如这个王国炎真的会被保外就医,大摇大摆地从这个监狱里走出去,那将会有多少无辜的生命做了永世的冤魂和屈死鬼!这个世界上又将会有多少妖孽在弹冠相庆、陶然自得,又将有多少罪恶如云开见日、否极泰来!

史元杰一遍一遍地在检讨着自己,想了一阵子,终于想准了一个主意。

今天晚上碰头汇总了情况后,他将和魏德华立即给省公安厅起草一个报告,由他连夜送交省公安厅并直接给厅长汇报。

这个案子绝不能再这么拖下去了,必须借助省厅的支持,从而减轻对地区公安处的压力。

办案多年的直觉在告诉他,这个案子很大,确实很大。

史元杰先给魏德华打了个电话,问他有没有新情况。

魏德华说他刚刚同罗维民联系过,罗维民一直没有给他回电话。正说着的当儿,魏德华的手机响了起来。魏德华赶忙给史元杰说:"局长你等一下,我看是不是罗维民打来的。"一听果然是罗维民打来的,魏德华说:"我和局长正在电话里商量怎么跟你联系呢,大家都非常关心你的情况。"

罗维民说:"有很重要的事情要马上汇报,电话里不好说,看是不是马上找个地方见见面。"

魏德华说你等一下,我马上跟局长商量。史局长,罗维民说有紧急情况要马上见咱们,看在什么地方比较合适。

史元杰想了想说:"你让他定,什么地方都行。"

魏德华立刻对罗维民说:"局长让你定,什么地方都行。"

罗维民看了看表说:"那就定在七点四十吧,你们开车过来,把车停在监狱门口斜对面建材厂的大院里,咱们就在车上谈。"

魏德华说:"干吗要到七点四十,现在还不到五点,我们十分钟就能把车开过去。"

罗维民说:"我现在正在我们办公室门口,有要紧的事情,根本脱不开身,我已经详细考虑过了,只能是七点四十。"

史元杰说:"你告诉小罗,要不定在饭馆里也行,反正他也得吃饭的,一边说,一边吃,时间能更充裕点。"

罗维民说:"不行不行,一定得在监狱食堂里吃饭,要不人家会注意的。就在汽车里谈,用不了多长时间,一刻钟足够了。好了,我不能再给你们说了,一会儿七点四十见。"

魏德华说:"我的手机一直是开着的,你一有情况就马上告诉我。"

罗维民显得不耐烦地说:"别啰嗦了,我知道。"

魏德华本还想说句什么,罗维民已经把手机关了。

听着罗维民慌慌张张的话音,魏德华有点发怔地对史元杰说:"怎么办,罗维民说只能是七点四十。他说他现在正有要紧的事情,根本脱不开身。史局长,我真有点担心,罗维民的处境是不是很糟?"

史元杰说:"不至于吧,要是情况不好,他还能一个人跑出来见咱们?"

魏德华说:"他说有紧急情况要马上见咱们,既然有紧急情况,为什么还必须等到七点四十?"

史元杰说:"我看就别乱猜了,等到七点四十再说吧。还是你开车,七点二十在门口准时等我。等见了罗维民后,咱们再一块儿去见何处长,把你手头的情况也都准备准备。何处长要咱们赶紧拿出个主意来,不能再拖了。"

魏德华迟疑了一下说:"史局长,你这会儿有空吗?"

史元杰说:"有什么事你就说吧。"

魏德华说:"我本来不想这会儿就告诉你的,但又怕这件事闹大了,万一让哪个领导知道了,问到你那儿,人家又以为你不想告诉人家。"

史元杰说:"没关系,你说吧。"

魏德华说:"还是市东郊东关村的那件事,村民代表已经来过两次了,说你们市局要是再不管,他们就自行解决。"

史元杰说:"还是那个龚跃进出售土地的事情?"

魏德华说："就是,但现在出售土地的面积又增大了,从以前的一千二百亩,增加到了一千八百亩。"

史元杰吃了一惊,"一千八百亩！那岂不是把村里的土地卖光了么！东关村剩了还不到两千亩地,要是全卖了,几千口子人都干什么去？"

魏德华说："你看你,一句话就把屁股坐在了村民这一边,领导的意思可不是这样。有领导说了,像东关村这样邻近城区的地方,土地迟早都得出售出去。现在要解决城市商品房价格过高的问题,近郊的农民就得做出一些牺牲。部分农民失去了土地,看似坏事,其实也是个好事,作为我们这样一个中型城市,尽快实现整个地区的城市化进程,加速农民转为城市市民,这是一个历史的趋势。所以,不要一概而论地看待土地问题,应该从狭隘的小农意识里跳出来,顺应'深化改革'这个大局。"

史元杰说："瞎说八道,深化改革就是让农民失去土地？实现城市化就是把农民的土地全都卖掉？哪个领导会这么说话？"

魏德华说："史局长你先别发火,说这话的领导大有人在,省里的有,地区的有,市里郊区的也有。只要上面有一个歪嘴和尚,下边就会有一溜歪嘴和尚。东关村的村委会主任龚跃进,可是个省人大代表,人家的话可是有来头的。"

史元杰沉了一阵子问："现在是个什么样的局面？"

魏德华说："龚跃进不让村民犁地整地,要村民必须在十月份以前把责任田全部腾出来,村民不干。坚持继续犁地整地,并准备按季节把油菜和小麦及时播种下去。龚跃进当然不干,他让村治保主任成立了一个治安联防队,谁家犁地整地,就把谁家的农机和牲口全都扣在村委会。这一下把整个村里的老百姓都惹火了,昨天上百个村民几乎和联防队的打了起来。今天聚在村头的老百姓更多,刚才东郊派出所的人打电话说,准备闹事的村民足有七八百个。龚跃进也毫不示弱,他说通了东郊镇政府,在整个镇里抽调了三百多民兵,而且还带了武器,在村委会的大喇叭上说了一遍又一遍,如果要是哪个不听从政府的决定,继续和政府作对,后果一律自负。还说如果有人执迷不悟,继续领头闹事,一旦出了问题,将以违法论处。该逮捕的就逮捕,该判刑的就判刑。"

史元杰说:"东郊派出所有没有给镇政府汇报这一情况?"

魏德华说:"汇报了,但镇领导却说派出所应该配合镇政府和村委会的工作,对闹事的村民要予以坚决制止。还说这是大是大非问题,镇派出所不支持镇政府的工作,那还要你们派出所干什么?"

史元杰有些气愤地说:"你一个两个人能代表镇政府吗?不支持你就是不支持镇政府的工作吗?告诉派出所,对这种干部就不用理他。"

魏德华说:"但问题是如果真的闹起来怎么办?要是事情闹大了怎么办?这么大的事情,派出所要是不闻不问,什么也不管,万一捅出娄子来,那咱们的责任可就大了。他们都可以推脱责任的,惟有咱们不能。说不定到时候两方面都会骂咱们,说咱们见死不救,应该负全部责任。史局长,不瞒你说,截至现在,自从买卖耕地的消息传开后,已经引发了几起恶性案件。还有人贴了小字报,扬言要是谁敢把东关村的地卖了,我们没活路了,他一家老小也别想好活着。"

史元杰又沉思了片刻,说:"咱们现在过去一趟晚不晚?"

魏德华说:"我觉得能过去一下最好,咱们把话说硬点,尤其是对那几个什么鸟领导,告诉他们不要再激化矛盾,如果真是闹出了问题,首先你们当领导的就有推卸不了的责任。把话说到了,到时候有咱们说的,没他们说的。"

史元杰说:"不是说到不说到的问题,现在有些干部的言行举止实在太恶劣,简直像恶霸一样。好了,那就这样吧,五分钟后我在门口等你。"

魏德华说:"需要不需要再带几个人?"

史元杰说:"不带,就咱们俩,还是你开车。"

一上了车,史元杰就问魏德华:"龚跃进这个村支书究竟怎么样?"

"什么怎么样？"魏德华一愣，"你指什么？"

"你看他究竟有没有问题？"史元杰直来直去。

"你是问我对他的看法，还是别人对他的看法？"魏德华眼睛直直地盯着前面的路况反问道。

"就说你的吧。"

"要我说，十有八九不是好东西。"魏德华毫不忌讳，"咱们刑警队至少有四五起案子没破彻底，都跟他有直接的关系。"

"东郊那起爆炸案的犯罪嫌疑人，是不是也是龚跃进保释出来的？"

"不是他谁还有那么大本事？"魏德华发狠地说，"一个县区纪检副书记因查处东关镇一起巨额买卖土地案，刚刚有了眉目，作为调查组长的纪检副书记的住宅就突然被炸，卧室墙壁炸塌了一半，门窗全部毁坏，整个住宅严重倾斜，至少有四道裂缝。纪检副书记的母亲和女儿被吓得精神失常，妻子被炸得鼓膜穿孔，一家人至今都还住在医院里。那一晚幸亏纪检副书记外调没有回来，否则谁知道会有什么样的结果。这么大的案子，影响这么恶劣，附近三百米以内住户的玻璃全被震碎，好几家邻居的房子都被炸得有了裂缝。地区纪检委专门派了调查组，省纪检书记专门做了批示，要求严厉查处。东郊区公安机关很快将犯罪嫌疑人捉拿归案，通过对犯罪嫌疑人的物证鉴定，认定犯罪嫌疑人有重大犯罪嫌疑。刑事拘留后，又在犯罪嫌疑人家中搜出雷管、炸药、导火索和没有登记过的五连发猎枪一支。为此，区公安机关以私存炸药和枪支提请逮捕，区检察机关却以证据不足，犯罪情节轻微不予批准。十天后，便有人以东关村村委会的名义将犯罪嫌疑人取保回家。事后人们才知道，东关镇的这一土地买卖案，已经涉及了东关村龚跃进的问题，所以，才会出现这样的事情。"

"现在调查的情况怎么样？"

"从现在的情况看，基本上可以肯定这起爆炸案就是龚跃进在幕后指使的。东关村这几年几乎成了藏垢纳污的地方，有些刑满释放分子，从监狱里一出来哪儿也不去，直接就到东关村报到。尤其是那些

'二进宫'、'三进宫'的累犯惯犯,有的还没出来,就已经被内定为东关村的村民。这帮人出来不是当了他们乡镇企业的保安人员、采购人员,要不,就成了村里的治保联防队员,或者干脆就当了他的私人保镖。他们村里的治保联防队员,差不多有一半都是这样的人。那些真正的老实巴交的村民,对他们的胡作非为稍有不满,立刻就会大祸临头。"

"这已经具有黑社会性质了。"史元杰愤然说道,"这样的东西怎么就能成了人大代表!"

"让我说,纯粹就是黑社会。"魏德华恶狠狠地说道,"他的人大代表根本就是买来的。据村民们说,1990年的时候,东关村还有将近四千亩耕地。自从龚跃进当了村委会主任后,整个村里就由他一人说了算,村委会纯粹成了一个摆设。人家说个啥,支部、村委会就研究个啥。几乎每隔一年就更换一次土地承包合同。每更换一次承包合同,就给村里留下几百亩集体提留田。名义上说是有了这些地,就不再让村民缴纳提留款。事实上这些土地全都成了龚跃进的私有财产,他想怎么处置就怎么处置。第一次留了二百五十亩,第二次留了四百亩,越到后来越胆大,第三次竟留了八百亩!第三次说是要搞房地产开发,给全体村民谋福利,事实上到现在为止,村民们几乎没得到过任何实质性利益。几年工夫,这些地就这么不明不白地在龚跃进手里消失了。除了给部分村民批基地建房外,四千亩土地就剩了现在的不到两千亩。这次要不是村民们被逼得忍无可忍的话,说不定这个东关村早就被折腾得一干二净了。村民们说了,以前被卖掉的那些地,按最低价计算也有几亿人民币,这些钱都到哪里去了?"

"贪一个就得用两个来保,贪得越多,开销就越大。搜刮了老百姓这么多血汗钱,又做了这么多坏事恶事,要想保住他不出事情,就只能拼命保住自己的位置,让自己能有更多一些唬人的头衔。像他这样的一个人,根本没有什么真才实学,靠的就是投机钻营。一旦变坏,就只能靠金钱开路。越到后来,人就越变越坏,钱也就越撒越多。对下面他只能越来越贪婪、越来越残暴,而压力越大、剥削越狠,下面的反抗也就越激烈、越有力。他也清楚,像他所做的这些事,一旦公布于众,必是死路一条。因为没有退路,所以,就只能采取更为过激的手段。就像赌博一样,赌到最后,就什么也不顾了。"史元杰像是总结似的说道,"这是他们这种人永远也逃不脱的规律,如果真是这样,我看这个龚跃进的死期不远了。"

"史局长,我看你想的可是太乐观了。"魏德华顾虑重重地说,"人家现在可是如日中天,既是省人大代表,又是地区优秀农民企业家。财大气粗,有权有势。镇里支持,区里支持,市里也一样支持。人家一个电话一个纸条上去了,就能让市里地区的干部下来为他说话。要不影响那么恶劣的爆炸案,连省纪委书记都批了,嫌疑犯还不照样大摇大摆被保释了出去?听说东郊区的人大主任对爆炸的情况从来也没过问过,等我们公安机关抓了人后,却一个电话接一个电话地让放人!全都让这个龚跃进给买通了!"

"嘿!"史元杰哼了一声,"等找到了证据,谁也别想逃掉!什么人大代表,优秀企业家,违法乱纪,胡作非为,照样收拾!想逃也逃不了!"

"我们现在最主要的问题就是找不到证据!"魏德华再次显得有些无奈地说道,"村民们只要有一分奈何,谁会出头跟他论是非?以前也不是没人告过他,到头来,哪个不是让人家收拾得服服帖帖,进退无门,死不得活不得?末了还得逆来顺受,再返回头来给人家磕头求情说好话。眼见得被打得头破血流、死去活来,等到你取证时,却什么也问不出来。宁可被打死,也不敢说人家一个不字。你说说龚跃进这个村委会主任有多可怕?其实我们市里这几年的大案要案,有不少都跟他手下的那些人有关系。什么南霸天、西霸天、北霸天、老霸王,几乎都是从他那儿出来的。整个一群土匪恶霸,衣冠禽兽!尤其是这几个挑头的,其中有几个都是判了死刑、死缓的罪犯,天知道是怎么回事,在监狱里待上个三年五年的就被放了出来。人们私下里说了,古城监狱就是给龚跃进培养保镖的地方。龚跃进也为那些在押犯付出了血本,为了给那些死缓、无期、二十年、十几年的罪犯减免刑期,上上下下谁也不知道打点了多少。等到这些罪犯提前获释被'营救'出来后,龚跃进亲自设宴'接风',每个人先给一万元的安家费,而且只要你愿意,龚跃进立刻就会把你的户口办到东关村来,如果有家小父母也一并搬来,名正言顺地成了东关村的村民。你想想有这样的'待遇',对这些人来说,那还不感激涕零,把龚跃进奉若神明,当做再生父母?一个个自然而然地不就都成了龚跃进死心塌地的敢死队和死顽固?事实上也正是如此,这些人为了龚跃进的利益不惜卖命,甚至把龚跃进当成了当代宋江,即使是粉身碎骨也绝不会交代龚跃进的任何问题。你想想,如果龚跃进的手下用的都是这样的一些社会渣滓,再加上社会上的那些败类甚至公开为他撑腰,给他封一个头衔又一个头衔,你说对龚跃进我们究竟还有多少对付的办法?"

"德华呀,这样的事要是放在五年前、三年前,就是打死我也不敢相信这些会是真的。"听到这里,史元杰竟也止不住地发起牢骚来,"你说说,对这样的人连我们公安机关也觉得无能为力的话,那这个社会岂不是太成问题、太危险了?我们的老百姓又会怎样看待我们这些戴大檐帽的?"

"史局长,让我说,像龚跃进这样的人一日不除,我们市里的治安就一日别想有保证。实话对你说,对龚跃进的犯罪证据,我已经收集了有好长一段时间了。至少目前已经可以肯定,他根本就是一个黑社会头子!只要我能找到一个立刻逮捕他的证据,一旦把他关起来,树倒猢狲散,兵败如山倒,用不了一个月,我就能找到判他死罪的证据。"

"好小子,你敢瞒着我干这样的事情?你就不怕我找个借口把你处置了?告诉你,我一个电话给龚跃进打过去,少说他也得给我送来十万二十万的。"

"史局长,我这么个搞刑侦的,跟你这么多年了,还不知道我们的头儿是个什么样的人?其实听你的话音,这些事你大概早就知道了。"

"我也给你说实话,你要是真能把这件事做到底,到时候我亲自到公安部给你申报一级英模。"

"那太感谢了,"魏德华毫不掩饰地说,"要真能捞个一级英模,这辈子也没白在公安上干了一回。"

"德华,"史元杰扭转话题说,"目前你了解了多少,这个龚跃进到底有多大背景?"

"具体的还没弄清楚。"魏德华顿时又严肃起来,"有一个情况我刚刚了解到。其实,史局长,我今天带你到这里来,也有让你加深了解这一情况的意思。自从王国炎的案子出来后,我就一直在怀疑,龚跃进跟监狱里的那么多犯人有联系,跟这个王国炎就会没关系?刚才我回到刑警队时,有人给我说了一个情况,龚跃进要卖掉这一千八百亩土地搞房地产开发,幕后的投资人是省里的一个叫仇晓津的房地产开发商。据说这个姓仇的很有来头,是省人大副主任仇一干的干侄子,仇一干为这件事好像还暗中来过几次。"

"……仇晓津?仇一干的干侄子?"史元杰像是在努力地回忆着什么。

"这个仇晓津据说跟王国炎不是一般关系,在王国炎入狱前,他们之间的来往相当频繁……"

"龟孙子!在这儿绕到一起了。"史元杰一反常态地像是自言自语似的骂了一句,"真他妈的见了鬼了!"

此时的车已经开到了东关村村口,魏德华猛然叫了一声:

"坏了!好像是出事了!"

二十一

省城市局刑侦处处长代英用了两个多小时的时间才把手头的事情打发完。国企改革,工人下岗,东南亚金融危机,国庆节、中秋节,再过去就是元旦、春节,各种各样的会议和活动,再加上又到了农闲时分,农民又开始大量涌入城市,发案率居高不下,任务繁多……

看看表,已经是下午下班的时候了。

独自一人坐在办公室里,他尽量让自己发木发胀的脑子能清醒一些。

等到脑子里乱糟糟的思绪稍稍理顺了一些,王国炎的影子顿时又凸显了出来。

他拉开抽屉,拿出刚才赵新明送来的那一摞照片,又翻看了好半天。

该不该把这些情况告诉何波呢?

没用。这些照片能说明什么?什么也说明不了,至少目前是这样。其实,自从何波给你打来电话,到目前为止,可以说你什么也还没有做。但你当时曾给何波说过的,不管有没有情况,都尽快回一个电话,现在这么长时间过去了,你一个电话都没打过。那就放到晚上吧,干脆发一个电传算了。

该不该把这些情况给有关领导通通气呢?暂时也不用。因为截至现在,真正有用的,可以说明问题的证据你一个也还没有。见了领导你给他们怎么说?再等等吧,等有了更新的情况再说。但就这么干等着吗?等着赵新明几个人的新发现?等着何波那儿的新消息?

看着眼前的这些照片,他突然又想起了张大宽。对了,应马上通知到他。这个案子决不能让他参与,应该立刻让他终止行动。

二十分钟后,他便赶到了张大宽的汽车修理点。

这次他开的是桑塔纳,没有骑摩托。他想把张大宽叫到车上来,免得再在他那个窄得转不过身来的小屋子里手忙脚乱地招呼自己。

在汽车修理点忙乎的是几个从来没见过的生面孔。

一个年龄大点的看是公安牌照的车,小心翼翼地凑过来问:

"师傅,要修车吗?"

"你们的老板呢?"代英径直问道。

"哪个老板?"

"就你们修理点的老板呀?"

"……我就是,有事呀?"话音毕恭毕敬,越发诚惶诚恐。

"你就是?"代英一惊,"……那个张大宽呢?"

"噢,你是说那个老张呀。"一副恍然大悟、如释重负的样子,"他不干啦,把这儿租给我啦。"

"不干啦!"代英又吃了一惊,"什么时候?"

"今天中午他找的我,下午就把这地方交给我啦。"

今天中午!代英的心一下子沉了下去。这就是说,今天上午自己一找了他,他在中午就做了这样的决定。

张大宽连生意也不做了,全身心地投入了对王国炎一案的调查。

他根本没料到会这样!

难怪他昨天在问一些问题时,会有那样的一种情绪。

没想到他会这样,真的没想到。

代英再次感到了一种深深的内疚。相比之下,老百姓比自己要真诚得多,也负责任得多。

"师傅,是不是这儿的老客户呀?没关系的。咱们一样优惠。老张怎么做的,咱们就怎么做……"

代英突然觉得脑子里一片空白,耳旁的说话声几乎一句也没能听进去。此时此刻的张大宽会在哪儿?还有他的家,他好像记得是一个非常偏僻的地方。挺难找的,他真的已经想不起来了。当时记得只去过一次,晚上,还是别人开的车,曲里拐弯的,打听了好久才找到。说来也真惭愧,昨天走的时候,只给大宽留了一个自己的电话号码,就没想到留下大宽的电话号码。只想着让别人联系自己,就没想着自己去联系别人。

"喂!听我说。"代英突然发问,把那个新老板吓了一跳,"你知道张大宽家吗?"

新老板摇了摇头,"不知道,真的没去过。"

"张大宽下午再没来过吗?"代英有点不死心。

"师傅,你是修车还是找他?"

"找他。"

"那你不早说?"新老板慌忙说道,"他倒是给我留了一个 BP 机号码,说要是有什么人来找他时,就让人呼他。"

新老板一边说着,一边在身上的口袋里掏来掏去。好一阵子,总算掏出一张揉得皱巴巴的纸来,两只手捧着,颤巍巍地向代英递了过来。

没有一分钟,张大宽便给他的手机回了电话。
"代处长,我是大宽呀。"
"你在哪儿?"
"我就在你说的那个地方。"
"马上撤回来,不要再在那儿了。"
"为啥?"
"等我们见了面再告诉你。"
"代处长,是不是情况有了变化啦?"
代英想了想,"总的没有什么变化,现在只是不需要你再参与了。"
"只要没变化就好。"张大宽的嗓门顿时大了许多。"代处长,我发现很多情况,很重要的情况。可能你想都没想到,真的很重要。"
"老张,不要再说了,一会儿见了面再说。"代英再次制止了他。
"我今天借了一个小型摄像机,好用极了,这已经是第三盘带子了,代处长简直没想到……"
"不要再说了,你要注意,这很危险!"
"我知道,我会小心的。没关系,我什么也不怕。"
"你在什么地方给我打的电话?"
"这儿正好有个公用电话亭,很方便。"
"老张,你听我说,你一定马上停止行动,立刻回到家里去。你现在就告诉我你家里的位置,我马上过去接你。"
"现在?"张大宽迟疑了一下,"你现在就过来?"
"我马上去接你,有要紧的事情得立刻告诉你。"
"要紧的事情?什么要紧的事情,电话上不能说么?"
"只能见了面说,明白了没有?"
"代处长,我告诉你……"
"不要再在电话里喊我代处长,这真的很危险,你懂不懂?"

"好了,我懂。代……我告诉你,几分钟前刚刚进去了六七个人,有几个人的样子我还没有拍到……"

"别说了,老张!我求你了!"代英在电话里大声嚷道,"你现在告诉我你目前的位置,你待的那个胡同究竟在什么地方?我马上就去接你,听见了没有?"

"好了好了,我告诉你,我现在这个胡同在朝阳街,金星路……"就在这时张大宽突然嚷道,"代处长,出来了,出来了,你稍等一下,我马上完了就给你回电话。喂,师傅,不用找钱了……"

电话啪一声挂断了。

代英有些瞠目结舌地看着自己掌心里汗津津的手机,脑子里顿时又是一片空白。

这个张大宽,真是不要命了。

也许他根本没意识到他的处境有多危险。

不行,得马上开过去,一定要立刻找到他,说什么也得让他停下来。

像他这样一个有着严重后遗症的、没有任何自卫能力,也没有任何保护措施的将近六十岁的残疾人,从事这样的活动,确确实实太危险、太可怕了。

朝阳街,金星路,代英一边想一边发动了汽车引擎。

必须立刻找到他!

与此同时他也急呼了赵新明,让他立刻回呼或回电话,并告知他的方位。

一种突如其来的直觉在告诉代英,张大宽这儿如果再不采取措施,一旦出了事情,就是无法弥补的灾难。

正好是上下班高峰,街上几乎成了自行车和汽车的海洋。一向极少用警笛的代英,此时警笛警灯一并使用,让汽车在大街上各种机动车的缝隙里,甚至人行道上穿来穿去。但即使如此,汽车的速度也快不了多少。如今的人都已经学乖了,不管你是什么样的车,也不管你亮的什么样的灯,只要占着车道,他就像没听到一样不理你、不让你。还有,只要有一辆车在前边开路,也不管你是什么样的车,也不管你亮的什么样的灯,他就敢照跟不误。所以,常常是一辆警车、救护车后面,会跟来一大串蹭"便宜"的汽车。于是,前面本来就不大想让路的汽车,一看到这阵势,自然就更不会给你让了。当然,这也跟越来越多的冒牌警车有关,动不动就红灯闪烁,警笛长鸣。其实,什么事情也没有,一旦自己的车超了过去,立刻就不响了、不亮了。时间长了,不要说司机了,就连老百姓也不把你当一回事了。

等到真的有了人命关天的事情,真的是"狼来了"的时候,也一样真的会没人理你。

代英发觉自己正处在这样的一种尴尬的局面里。

正在左冲右突的当儿,手机又突然响了起来。

当把车拐到一个稍稍可以放松的地方,他赶忙抽出手来打开手机。

"代处长吗?我是新明,小赵。"这是赵新明一贯的风格,总是要把自己介绍得得体而清楚。

"你现在在哪儿?"

"省工商行人事科,我们正在查那个人的档案资料。"

"都在那儿吗?"

"就我跟郝永泽两个,樊胜利不在这儿。"

"樊胜利在哪儿?"

"我让他去了市武警支队,那儿可能还有别的情况。"

"王国炎家那儿下午就没派人去吗?"

"没有,我们准备晚上去。那个地方没有什么遮蔽物,连个像样的树木都没有,白天不好活动,太显眼,容易暴露目标。"

听到赵新明的解释,代英只觉得头嗡一声便膨胀了起来。"你马上把你那儿的活儿停下来,立刻赶到王国炎家那儿去。"

"出了什么事?"

"先别问,立刻赶过去,越快越好。把你的车直接停在他家门口,一旦发现情况就立即跟我联系。"

"知道了,我们马上就过去,去了那儿后就跟你联系。"

"你还得告诉我一下,那个地方怎么走?"

代英给赵新明打完电话,紧接着便急呼了张大宽两遍。要张大宽立即回电话,并告知方位。

在一个丁字路口上,代英的车终于被堵死在了那里。

一辆小四轮拖拉机突突突地在他的车前面冒着浓浓的黑烟,四周是一片烟尘飘浮、嘈杂无序的喧闹声。

五分钟过去了,张大宽没有回电话。

十分钟过去了,张大宽仍然没有回电话。

代英呼了一遍。又呼了一遍。

仍然没有回电话。

前边的车仍在死死地堵着,看样子一个半小时之内没有任何希望能通了。

代英有些绝望地敲打着方向盘。妈的,那些交警都死到哪里去了!不该见到他们的时候,满街都是;想见到他们的时候,又一个也碰不着。

手机不断地响着,但都不是他想要的电话。"我正等着电话,一会儿再联系。"只需一句话就打发了。

BP机也不断地叫着,但也没有一个是他盼着的号码和名字。

十分钟后,他打通了赵新明的手机。

"你们到了没有?"代英一接通便急忙问道。

"快了,马上就到。"

"怎么这么慢?"

"处长,这里曲里拐弯的,到处堵车,到处是人,根本开不动。"

"好了,想办法开快点。一到了那里立刻就给我来电话。"

"知道。"

一刻钟后,赵新明的电话才打了过来。

"处长,我们到了,请指示。"

"看看你的四周,有没有情况?"

"这里很安静,什么情况也没有。"

"很安静?"代英有些发愣,"你好好观察一下,看看附近有没有什么动静?"

"处长,你想知道什么?"赵新明似乎有些不解地说,"这里确实很安静,连个人影都没有,我们在车里打电话,声音都不能太高了。"

"你刚才还说,到处堵车,到处是人,怎么一会儿就这么安静了?"

"处长,刚才是刚才,现在是现在。刚才是在人来人往的街面上,而这里是个死胡同,王国炎家差不多在最里面,这都是过去部局级干部住的地方,再乱还能乱到这儿来?我已经给你说过了,这里遮蔽物很少,来往的人更少,干什么都非常显眼的。"

这又是代英根本没有料到的情况,王国炎的家原来是在一个死胡同里面!早知道这样,说什么也不会让张大宽到那样的地方去。"那你看看,附近是不是有个公用电话亭?"

"……公用电话亭?附近?"赵新明停顿了一下,"有!那儿离这儿有好大一截子路呢,在这个胡同的路口那儿呢。"

"你看那个公用电话亭还有人吗?"

"……灯亮着,好像还有人。"

"你再看看,在那个电话亭附近有人吗?"

"电话亭附近?"赵新明又停顿了一下,"有!有个人在打电话。"

"是不是个老头?五六十岁的样子?"

"……不是,是个女的,披肩发,好像很年轻。"

"不对!"代英止不住地发起火来,"你看看附近有没有一个五六十岁,腿有点瘸,个子不太高的老头?"

"处长,我们看半天了,这里根本没有这样的一个人,其实根本就没有人。什么样的人都没有。"赵新明竭力地解释着。"处长,到底是个什么人呀?他为什么会在这儿?"

"他就是王国炎一案的那个受害者,他到那儿也是想监视王国炎家有什么动静的……"

"呀!"赵新明突然喊了一声,"那个老头脸上是不是有一道疤?"

"对,脸上有一道疤。"

"中午我们还见他来着!"赵新明又嚷了一声。"他背着一个编织袋,好像装着在捡垃圾。当时我就有点怀疑,这一带根本就没什么可捡的垃圾,他磨磨蹭蹭地一上午不知道在这儿捡什么?而且还提着一个人造革小包,过一阵子就在里面鼓捣一阵子。"

"没错,那就是他!"

"处长,那可太危险了!"

"这也正是我让你们找他的原因。"

"处长,你不用说了,我知道了。我们马上就在这一带找他。"

"我的车还在这儿堵着,一通了我马上就开过去。"

将近四十分钟后,代英的车才被解脱了出来。

等到与赵新明会合后,已经七点多了,天已经完全黑了下来。

赵新明他们在附近几乎找遍了,仍然一无所获。

张大宽的 BP 机不知呼了多少遍,但始终没有回一个电话。

代英找到那个公用电话亭的管理员,前前后后问了好几遍,但那个五十来岁的女管理员用一种猜疑和冷漠的眼光看着他们,问什么也只是摇头。她甚至连刚才六点多时有个没让她找钱的老头是否打过电话都记不清了。

看她那样子,好像也真的记不起来了。

代英有些绝望地想,难道真的会出事了?

一直找到晚上八点多,代英才提议说:"到张大宽家去一趟吧,看他会不会回家里去了。"但代英和赵新明都明白,像这种情况,张大宽回到家里的可能性极小。

十分钟后,他们赶到了张大宽的家。

果然不出所料,张大宽从中午匆匆吃过饭后,根本就没有回来过,到现在也没有给家打过一个电话。其实,他家并没有电话,是他的邻居家有一部电话,碰到万不得已的事时,才会借用一下人家的电话。邻居说,好多天了,张大宽就没用过他家的电话,也从没给他家打过电话。

大宽的家极小极窄。一个老伴,一个二十来岁还未出嫁的女儿。两个儿子都已经成家了,另有住处。让代英根本没想到的是,张大宽居然还有一个八十岁的老母亲!

张大宽的老伴已经退休了,五十多岁的年纪,看上去比实际年龄要老得多。所在单位快两年没发工资了,他们这些退休的现在每个月能领一百来块钱的生活费。女儿职高毕业后,一直没有找到过固定工作,眼下正临时在一家饭店当服务员。看来,这一家的主要生活来源,靠的就是那个汽车修理点。

女儿上班,还没到回来的时候。家里此时就只剩了一个风烛残年、听力视力几乎全无的老母和这个一副身心交瘁模样的张大宽的老伴。

也许是被极度惊吓过的缘故,大宽的妻子一见到几个公安来到家里,脸色顿时变得煞白,两腿抖得站不住,几乎连话也说不出来了。

代英安慰了好半天才算让她们的情绪稍稍稳定了一些。

但什么情况也没能了解到,一家人对张大宽的情况可以说是一无所知。她们根本不知道这两天张大宽都在外面干了些什么,甚至于连大宽把汽车修理点租给了别人的事情也毫不知情。张大宽对自己所干的这一切,没有给家里透露过半句口风。看来他知道这件事情的危险,所以,才这么守口如瓶,什么也没给家里人说。

代英本不想再说什么了,但忍了忍没忍住。问:"今天他没给家里放过什么东西吗?比如像摄像机啦,摄像带啦,胶卷啦,照片啦什么的?"

张大宽的妻子怔了好半天才说:"没有呀,他从来不摆弄那些东西的。平时他要是摆弄什么东西,都是一个人在屋子里鼓捣来鼓捣去的,我们都不明白也都不过问的,没见他在家里放过那些东西呀?"

看来,确实什么也问不出来,什么也打听不到,张大宽确确实实没给家里人说过任何事情。而且既然连老伴也没给说,给女儿说的可能性就更小了。

一直等到将近九点,仍然没有等到任何消息,也仍然没有打回电话和打来传呼。

临走的时候,代英把他们几个人的手机和传呼机号码全都留了下来。并给她们说,不管什么时候,不管多晚,一有了大宽的消息,或者大宽回来了,就立刻给他们回电话。

看着眼前这两个战战兢兢的女人,代英的心里越发内疚了起来。

万一出了事,这一家人……他不能往下想了。

一坐进车里,他立刻通知了刑警支队,要求给所有在家的刑警队员发出紧急协助搜寻令。

姓名:张大宽。

年龄:五十四岁。

性别:男。

职业:汽车修理工。

特征:脸上有一道伤疤,左腿瘸跛,偏瘦。

事由:9月11日18时左右突然失踪,可能与一重大刑事案件有关。

…………

在尽可能的情况下,无论如何也要保证张大宽不出问题。宁可暴露,也绝不能让张大宽处于一个危险的境地。

几个人随便在一个小饭馆吃了碗面,商量了商量,觉得还是应该在这一带再留心找一找。如果确实有了什么突发事件,或者出了什么问题,在现场肯定会留下什么蛛丝马迹来。

这里应该是搜寻的重点。

他们把车又慢慢地开进了这个在晚上看来如此死寂和幽暗的小胡同里,留意着胡同两旁墙壁上、人行道上,包括街面上是否有什么异常的地方。

没有。什么也没有。

一切看上去都正常。

等车徐徐开到王国炎家门口附近时,赵新明突然惊叫了一声:

"代处长,你快看!"

代英顺着赵新明手指的方向看去时,看了好半天才看明白,等到明白了时,顿时也止不住地惊叫了一声:

"坏了! 真的是有问题了。"

原来在王国炎家的大门上,竟突然增加了一把黑乎乎的大铁锁!

他们刚才离开这里时,门上还什么也没有。

是在他们离开时,这把锁才锁在了门上。

这就是说,王国炎的同伙是在看着他们走后才把这把铁锁锁在了门上。

王国炎的同伙发现了他们!

王国炎的同伙也知道了他们在干什么!

几个小时以来,他一直还存在着一个侥幸的心理,张大宽不可能出什么事情,即使有事情也不会是什么大事情。

事情还不会这么严重,那些人还不至于这么狂妄和放肆。

但事情的发展看来同自己想像的完全相反。

一个直觉越来越强烈地在告诉他,出事了,真的是出事了。张大宽十有八九的是出事了。

二十二

史元杰和魏德华赶到东关村村口时,发现东关村的这条惟一的大路上,黑压压的人群已经把路口全部堵死。

即使是站在人群最后面的那些人,情绪也一样慷慨激昂。村子里整个一片抢地呼天的呐喊声,情绪之高昂、声势之威烈,令人惊心动魄。

魏德华有些目瞪口呆地看着眼前骚动不安、群情鼎沸的人群,对史元杰说:"局长,要是咱俩都进去了,七点以前肯定别再想出来。"

"车都开到这儿了,还能不进去?万一要是什么人命关天的事情,你我谁负得起这个责任?"史元杰厉声说道,"找个地方把车停下来,马上进去看看究竟发生了什么事情。"

魏德华一边倒车,一边说:"局长,我的意思是你就不用进去了,你先在这儿等着,我先进去看一看。要不,人家一见你局长都来了,小事也会变成大事。如果事情不大,由我一个人处理得了。如果事情很大,我就给你打电话……"

"好了好了,不都是废话么。"史元杰不以为然地说,"你就不看看这阵势,能是个小事情么。先进去看看,如果真闹大了,那也只能是我留下来。快,下车。"

史元杰和魏德华两个人都是便衣,等到他们走近人群时,并没有什么人特意注意到他们。

等走到人群跟前时,才渐渐听清了人们喊叫的内容。

…………

"……有本事把我们全都打死!"

"……活人放不过,死人也放不过呀!"

"……恶霸!恶霸!"

"欺负了活人,还要欺负死人!日本鬼子也没你们这么黑……"

找了两个年纪大点的问了问情况,才知道是东关村今天有两家出殡,因为出殡路线引起了纠纷。一家是外号叫"独眼龙"的给他的活了八十九岁的父亲送葬,一家是一个普通村民给他的刚刚二十出头的儿子送葬。"独眼龙"其实并不是本村村民,前几年刑满释放后,才移居到东关村。

"独眼龙"的情况魏德华和史元杰都略知一二,他真名叫胡大高,曾先后两次入狱。他的父亲是个远近闻名的偷窃大王,把他的三个儿子几乎都培养成了功夫高强的"神偷"。胡大高从小就在父亲"严厉"的指导培训下,"苦练"夹火炭、夹肥皂、夹刀片等掏包基本功。

好景不长,父亲和两个哥哥先后入狱,都被判了重刑。胡大高看着父亲、哥哥和自己的下场,悟出了靠偷窃永远也不能出人头地的人世规则,他绝不能再像父亲和哥哥那样去做永不见天日的地下"老鼠",若要有头有脸地活在世上,就得干一番轰轰烈烈的大事情。

胡大高二次入狱后,有幸得到了龚跃进的赏识。出狱后,没有多久便当上了龚跃进的村委会委员,成了远近闻名的四大天王之一。他的主要任务就是负责这一带建筑工地的"治安"工作,其实,也就是借此收缴他的"势力范围"内建筑工程的"治安费"、"保护费"、"人身安全费"等等"安全基金"。同时还组织了一个庞大的运输车队,强行垄断了这些建筑工程所有的材料供应。附近的工程队和建筑队,不论姓公姓私,不仅都乖乖地服从,而且都在暗中给他定期进贡大笔的人民币,否则,根本无法在这一带立足。

据初步了解,胡大高的治安队有二十多个成员,胡大高本人有四个贴身保镖。他们不仅有以民兵名义持有各种枪支,而且还有大哥大、对讲机、BP 机、登山鞋、213 北京吉普、桑塔纳等各种先进装备。他的手下在龚跃进的支持下,全都发工资、发服装、吃集体食堂,被当地人称之为"第二公安局",而胡大高本人,也就成了"第二公安局局长"。

他的父亲出狱后,在胡大高这个大"孝子"的精心安排下,住进了附近的一个豪华宅院,洗手不再干那种暗中偷窃的勾当,靠着儿子明火执仗得来的财势,安安稳稳地过上了颐养天年的舒心日子。去年因患脑溢血,全身瘫痪,胡大高精心疗养服侍了一年多,终于在前不久病故。可能是一种变态心理,认为自己的父亲一辈子让人瞧不起,始终也没活得像个人样。于是,就想让父亲在死后好好露一次脸,借此显示一下自己这个当儿子的威风和气派。

为安葬父亲,胡大高一共动用了三十二辆三轮摩托开道,八辆彩车运送冥车冥马冥府冥物,撒纸钱举纸幡的人足有五十多个,抬棺材的人竟然用了一百零八位!俗称一百零八抬的大轿棺。鼓乐班子用了十二个,还有洋鼓洋号、七色彩旗、雇来送葬和真正送葬的人加起来有数百人之多。整个送葬的车辆和队伍,首尾相继将会有数里之遥!如果这个庞大的送葬队伍此时走到街上,将会给市里上下班高峰期的交通带来极大的影响,不管是在什么样的路口,至少也会堵上你一两个小时。加上围观的群众和一些好事之徒,说不定延误的时间会更长,造成的骚乱会更大。

但也许这正是胡大高所希望的,他要的就是这个效果,就是想造成这样的影响和气氛。

可能因为今天是个好日子,正好东关村还有一家人也是在这一天举行葬礼。这是一户刘姓人家,就只一个独子,因为订婚急需一笔彩礼,在工地上给人打工,连着加了几个连续二十四小时不休息的长班。由于劳累过度,一不小心从七层楼高的一个脚手架上摔了下来,还算命大,被横在三楼的一个钢管挡了一下,造成一起脊椎断裂、右腿和右胳膊粉碎性骨折的恶性事故。据在场的人说,如果抢救及时,这个刘家的儿子肯定送不了命。当时见有人从脚手架上摔下来后,立刻有人报告给了在场的工头。工头见摔成了那个样子,借口不能乱动伤者,不让人靠前营救,然后给"独眼龙"胡大高打电话,让他来看看应该怎么办。胡大高来了一看,发现这个打工的伤势严重,就算花上十万八万治得活过来,不是高位截瘫,也是终身残疾。于是心领神会,有意没叫救护车来,却让自己的几个心腹前去抬人。就这么连等带拖、磨磨蹭蹭三个多小时后抬到医院时,人早已咽气,连手脚都冰凉了。事后,刘家人也闹了一场,无奈胡大高人多势众,不仅没给一分钱,而且还在这家儿子的工钱里扣了二百元,说是误工费和惊吓费,说死者是"不小心和不守规矩"。最终竟说看在一个村的面子上总共给了三千元算了事,若要是外地的民工,一分钱也别想再得到。

一家人肝肠寸断,但想想也只有忍气吞声、苟且偷安。没想到了殡葬的这一天,不是冤家不碰头,正好又碰上了胡大高也在同一天埋他的父亲。其实,几天前他们就知道了这件事,但因为日期在此之前已定,亲戚朋友也都发去了通知,已经无法再行更改。

这是在东关村村委会决定卖出全部耕地后,村民们的首次殡葬行为。这一带都是土葬,以前都是各家葬在各家的地里。再后来由村委会统筹安排,殡葬地点集中在统一安葬地点。然而,今天刘家准备往外抬棺材时,却突然接到村委会通知,从今天起,不再允许土葬,一律实行火葬。因为这里的土地将要悉数卖掉,村民已无权再在村里的土地上安葬亲人。然而,与刘家同时进行殡葬的胡家,仍然照样施行土葬,而且埋葬的地方是这一带最显眼的一个去处。刘家气不过去找主任龚跃进,龚跃进没出面,却让一个副主任告诉刘家的人说:"这是区政府的统一规定,也是上面的精神,从今而后所有的人一律不再实行土葬。"问到胡家为什么能土葬时,答复说:"那地是人家买下的,人家买下的地,人家想干什么就干什么,村委会不能干涉人家。"刘家说:"既然他家能买,为什么我们就不能买?"那位副主任一句话就把刘家给戗了回去,"你买?也不撒泡尿照照自己,你买得起吗?你知道那块地值多少钱?一平米三万块,不多不少三十平米,想买你就拿钱来!"

就在殡葬这天,胡家人再次做出了越发令人发指的事情。他们竟以他们拟定的殡葬路线不能让野鬼冲撞为由,阻止刘家的殡葬队伍在村里的大街上先行通过,只能等他们的殡葬队伍过去后,刘家才能举行葬礼。胡家的人多车多礼仪多,眼看着都下午了,葬礼还遥遥无期。刘家人越想越气、越想越悲,一家人哭得昏天黑地,死去活来,直哭得全村的人都跟着掉眼泪。村民们这些天本来就为卖地的事窝着一肚子火,再看着眼前这一桩桩横行霸道、倚财仗势的恶行,终于在这件事上让全村人的愤怒像火山一样爆发了。足有上千村民在几个复转军人和老人的带领下,手拿锄头、铁锹、镰刀、斧头、老式火铳和火枪,浩浩荡荡地挡在了村口,一不准胡家的殡葬队伍通过,二不准胡家的人埋在东关村的地里。村民们说了,胡家人根本就不是东关村的人!不是东关村的人,还要在东关村为非作歹、违法乱纪,这都是谁给他的势力!

上千的老百姓堵在村口,还有附近成千上万闻讯而来的观望者,一时间让东关村成了人的海洋。真个是众志成城、一呼百应,眼见得人越聚越多,情绪越来越激越。胡大高的手下差不多也有二三百人,两军对垒,谁也不让谁。闹到后来,村民们说了,你们今天要不说个一二三,还想像以前那样骑在我们头上拉屎撒尿,除非你们把我们一个个都打死了,再踩在我们的尸体上把你们的棺材抬过去!

　　胡大高大概是没想到村里的老百姓会闹得这么厉害,以致会闹到这份儿上。人说横的怕愣的,愣的怕不要命的,老百姓一个个的都不要命了,你再横又能横到哪里去?再说今天胡大高是在事头上,大操大办,无非是要个体体面面、排排场场。有头有脸、有身份有地位的客人请了不少,自然不想把事情闹大。于是,僵持的时间便越来越长。好在这一带的风俗,红白喜事请来的客人,上了礼、吃过饭,再走走过程,即可告辞离开。尤其是今天来的客人,大多数也都只是仰人鼻息、敷衍了事,不得已而为之之人。一见有人闹事,除了那些想看看热闹的,稍稍有点头脑的,早已溜之大吉,纷纷离开。

　　等到这时,胡大高眼见得时间越来越晚,满座的达官显宦、亲朋好友也都走的走、散的散,剩下来的也都显得灰灰溜溜、垂头丧气。越想越觉得忍不下这口气,于是,打了几个电话,又一下子叫来了几百个民工和打手,他们对这些人说了,如果能把村口的这些人赶走,让灵车顺顺当当地通过,让死去的老父入土为安,他今天就是倾家荡产,也绝不会亏待弟兄们。除了吃饱喝足,每人发给二百元,是民工的一律再放假三天。

　　于是,事情便越闹越大,局面也越来越严峻。喊声、骂声、哭声、助威声,乱成一片。整个村里沸反盈天、灰尘弥漫,犹如天崩地塌了一般……

　　史元杰和魏德华问明了情况,想也没想就赶紧往里面走。

　　谁是谁非先放在一边,但这场一触即发的恶性殴斗必须立即制止。

　　两个人因为穿的都是便衣,也没几个人认得他们,内衣几乎都被汗湿透了,才好不容易挤了进去。

　　等挤到里面时,渐渐才有人认出了他们,等到后来终于有人喊了一声:

　　"市公安局来人了!史局长和魏队长都来了!"

　　于是,人们在一阵喧嚷声中,很快便让出一条路来。

让史元杰吃惊的是,挡住灵车去路的最前面的几十个村民,同站在他们面前那些荷枪实弹的治安队相比,手无寸铁,清一色地全都光着膀子,有的甚至只穿着一条裤衩!倒是他们后面的那些数以千计的村民们,手里才拿着各式各样的工具和武器。那意思再明显不过了,我们绝不会先动手,除非你们先把我们一个个都收拾了,大家伙才会跟你们拼命!

尤其是让史元杰没想到的是,在面对着老百姓的那群人里,竟然还站着两个穿警服的公安!他觉得有些面熟,想了想没能认出来。会不会是镇派出所的呢?他们狐假虎威地站在老百姓面前究竟想干什么?究竟接受的是谁的旨意?

在人们的一阵议论声过后,现场顿时变得一片死寂。

对峙的双方,也都眼巴巴地看着眼前这两个突然而至的不速之客,其实,也都是在猜测着两个人的来意和立场。

史元杰默默地看了看眼前的这些人。老百姓的这一面,不用说,该来的都来了,领头的、出主意的,都会站在最前面。而另一面,看看那一个个茫然无措的表情,也不用说,真正当家主事拿主意的,眼前一个也不会有。

史元杰正想着该怎么说,身旁的魏德华开始发话了。

"大家都听着!我叫魏德华,是市局刑警队队长。今天一块儿来这儿的,还有咱们市局史局长!"魏德华停顿了一下,似乎是想看看有什么反应,但所有在场的人都木然地站在那里,脸上也看不出任何兴奋或者激动的表情。"我们来这儿,本来是想了解别的情况的,却没想到会出了这样的事情!现在,我建议,你们双方都各往后退三十米,然后你们各把各的主事的叫过来……"

"我们不相信你们!让我们凭什么相信你!"

村民里突然有人这么喊了一声,紧接着便响起了一片同样的呼声:"你们公安局有几个好人!"

"要说就正大光明地说,为什么要让我们后退三十米!"

"你们说你们不是为这事来的,那又是为什么来的?"

"看看那几个戴大檐帽的都在哪儿站着,就知道你们是为什么来的!"

"让他们俩说,到底是因为什么来的!"

…………

看着眼前这气势汹汹的场面,史元杰明白,在这种情况下,要想让群众相信你服从你,惟一的办法,只能亮明你的态度,表明你的立场,让群众明白你是公正的。于是,他不等魏德华再说什么,便大声地喊道:

"乡亲们!乡亲们!"

史元杰刚刚喊了这么一句,人群中的嚷嚷声立刻便平息了下来。

"我跟魏德华队长来这儿,确确实实是为了解别的事情来的!"史元杰继续大声地说道,"为了什么事情呢?我们现在可以告诉大家,其实,就是有关你们东关村买卖土地的问题!这件事引起的纠纷很大,并且已经引发了几起恶性案件。我们市局对此非常关注,上级有关部门也一样非常关注。今天下午,魏德华队长已经同地区和市土地局进行了联系,他们对这件事感到非常震惊,因为他们根本就不知道这件事!说到这里,我想大家也就应该感到放心了,因为截至目前,国家土地部门根本就没有收到过任何这方面的报告和批示!动用这样大面积的耕地,必须通过省一级部门的批示和同意!否则,任何人都无权买卖和使用它!不要说八百亩,一千八百亩了,即使是一分一亩,随便动用它,也一样是违法犯法的!所以,我们市公安局的态度也一样非常明确,谁要是敢非法买卖土地,由此而引起的一切后果,都将由谁来承担……"

讲到这里,史元杰已经无法再讲下去了。四周的欢呼声、鼓掌声、叫好声,像海啸一样惊天动地般的覆盖了过来,他的声音顷刻间便被彻底地淹没了。

甚至在同村民们对峙的队伍里,竟也有人在欢呼雀跃,鼓掌叫好。

余下来的事情自然就好办多了,村民们几乎没怎么商量便立刻后退了三十米,而且很快便派出了两个代表过来,并提出了村民们的条件和要求。

村民们的要求和条件在史元杰和魏德华看来,还是知情达理、宽宏大量的,并没有什么过分的要求和苛刻的条件。只要老百姓的命根子土地还在,别的好像都可以忍让,都可以置之度外、听之任之了。

即使是其中的最严厉的一些条件,也一样是合情合理的:

"要火葬,两家都火葬,不能一家土葬一家火葬。"

"村里的土地不能随意买卖,土地是老百姓的命根子,别说一平米一万块,就是把黄金在地里铺满了,寸土寸金,也绝不买卖。"

"村里的路,是公共的路,大伙的路;不分贫穷,不分贵贱,红白喜事,得分个先来后到;先完事的先走,后完事的后走。这是老规矩。祖祖辈辈多少年了,哪朝哪代、哪年哪月有过这么霸道的事情?"

…………

但在胡家这一方,可就没这么好办了。

首先是好久好久就没人主动来搭话。魏德华问了好多遍,让他们主事的过来,但他们你推我我推你,就是没人上前来搭茬儿。

史元杰明白,真正主事的不在,所以就没人能做得了主。之所以没人上前来,无非是还没有接到主子的指示。一旦联系上了,主子还得向主子的主子请示,说不定主子的主子还得向更上一层的主子请示。因此,一时半会儿的还不会有什么人来说什么,而一旦有人来说什么了,那也就表明他们已经想好了对策。

几乎快二十分钟过去后,才有一个急急慌慌的汉子带着几个人跑了过来。

"史局长、魏队长,不好意思,不好意思,让你们久等了。我们胡经理说了,人马上就过来,马上就过来。胡经理还说,他今天正在事窝里,没想到你们会来,真的非常抱歉。胡经理的意思,看你们能不能先到家里坐一坐。时间反正也不早了,是不是先吃点喝点?"

"……胡经理?哪个胡经理?"魏德华打断了他的话径直问道。

"噢,噢!胡经理呀?胡经理就是我们的胡队长……"

"什么胡队长?"魏德华依旧是明知故问。

"就是咱们东关村治安队的胡队长呀。"来人见史元杰和魏德华都拉着脸,赶忙赔着笑脸说,"胡大高,胡大高。"

"既然是胡大高,也不看看已经什么时候了,还让我们去他家里干什么?是不是他家今天不想埋人了?"魏德华的话茬儿越来越硬。

"就是就是,他也正着急呢。他就过来,马上就过来。"

"你叫什么?"魏德华用一种审视的眼光打量着眼前的这个人。

"……我?"一副大吃一惊的样子,"……我叫范小四。模范的范,大小的小,一二三四的四。"范小四显得格外谦恭地回答。

"噢,你就是范小四呀。"魏德华一副知根知底的口气。"东关村的治安副队长是不是就是你?"

"是,是,临时挂个名,凑凑数。"

魏德华对范小四的来历也确实非常清楚。范小四是这一带仅次于胡大高的二号人物,被人称之为"第二公安局副局长"。他曾因抢劫罪两次被判刑入狱,出狱后落户于东关村。年龄三十多岁,无父无母,无妻无子。绰号为"混天龙",以敢打敢拼不怕死不要命而名扬乡里。此人劣迹斑斑,是市局近期主要监控对象之一。

让魏德华感到意外的是,眼前的这个范小四跟自己想像中的那个范小四竟然完全不一样。眼前的这个范小四彬彬有礼,面善而恭顺。尤其是人长得白白净净、仪表非凡,一点也看不出他曾是个被判重刑的蒙面大盗。

不过,魏德华心里清楚,这只是范小四在他们面前的另一种表现或者仅仅只是一种假象。如果他面对的不是市公安局局长和副局长的话,天知道他会露出一副什么样的面目来!否则又怎么会成了仅次于胡大高的二号人物,又怎么会号称"第二公安局副局长"?

趁着胡大高还没来的当儿,魏德华想了想:"看来,这半天胡大高并不在这里,那就是说,在这儿一直主事的其实是你?"

范小四愣了一愣,也许是他没有想到魏德华竟会这么问他。"……我也只是听听命令,胡经理让怎么做,我们就怎么做。"

"胡大高的话,真的说一句,你听一句?"魏德华问。

"现在市场经济了,经理的话能不听么。"范小四依然显得谨小慎微,但说出来的话却不亢不卑。

"这跟市场经济没关系,"魏德华渐渐地感觉出了范小四话里的弦外之意,同时也感到了范小四绝非自己想像的那么简单,"也许会跟金钱有关系。有钱能使鬼推磨么,为了钱有些人什么也干得出来。"

"魏队长,史局长也在这儿呢,有些话我们也只给你们说。"范小四还是那么一脸笑意地说道。"其实,你们也清楚,像我这样的人已经是过来人了。啥好啥赖,啥该干,啥不该干,我们心里有数。"

魏德华到了此时,才真正听出了范小四话中隐含的轻蔑和杀气。像范小四这样的人,他不仅不会怕你,在他的心底里、骨子里其实根本就没在乎你,根本就没瞧得起你。于是,他也毫不客气地砸出了一句像石头一样的话:"那是,过来的也就过来了,过不来的不想过来的那我们也没办法。物以类聚,人以群分。这个,我们心里也有数。"

"听魏队长这么说,我们心里就更有数了。"范小四的表情更加显得毕恭毕敬,"对那些拉不过来的人,我们真的也没什么好办法。你走你的阳关道,他走他的独木桥,要死要活,那也就由不得什么人了。"

"那像今天的事,你们是不是要横下心来走到底了?"

"魏队长,我刚才给你说了,我们听胡经理的。"范小四再次把话题绕了回来。

魏德华的脸顿时被气得煞白,要不是史元杰的眼神制止了他,说不定他早已发作了起来。搞刑警这么多年了,还没见过如此张狂的对象。你明明知道他就是个疯狂的歹徒、凶残的帮凶,但你就是对他无可奈何。在他的眼里,这些大大小小的干部一个个无非都是些狗官贪官溜须拍马的昏官,只要在上面捏住一个,就等于捏住了一大串,所以,他确确实实并不怕你。因为在他的身后还有胡大高,还有龚跃进,还有镇里区里市里省里更多更大的给他撑腰的人物和势力。如今能对你如此恭恭敬敬、客客气气就已经很不错很不错了,如果你真的不识趣不买账,那也就别怪我说话噎着了你。就算我不能把你怎么样,你也照样不能把我怎么样。何况,这又是个民事纠纷,事情又没有真正闹起来。就算闹起来,他有他的理,我也有我的理。要讲理就得找政府、找法院,干你公安局什么事情？顶多也是个狗咬耗子,到时候你们还得靠边站。至于我自己,一个小小的村干部,一个守法的国家公民,我这也只是例行公务,莫非你还想把我怎么了不成？

想来想去,魏德华渐渐把心头的火气压了下去。不管怎么说,人模狗样的他还真是个村干部；在人面上还是你这会儿应该依靠的对象,他也真的不是主事的,你也确实对他毫无办法。这也正是龚跃进设下的一个个陷阱和圈套,一旦你进入他的势力范围时,几乎每一步都会有枝枝蔓蔓的东西勾着你,挂着你,前后左右地牵制着你,阻碍着你,等不得你深入进来,早已是三灾八难、五劳七伤了。就算你真的找到了什么问题,抓上一个两个,三个五个,对他来说,也一样无关宏旨、无伤大体,正好可以丢卒保车、暗度陈仓,以至于金蝉脱壳,逃之夭夭。

对范小四这样的人动火,也许正中他们的下怀。没必要,也犯不着。看看史局长鹰扬虎视般地站在那里,对眼前的范小四之流,正眼也不瞧他一眼。想来这才是最佳选择,跟你这样的走狗小人说话,还丢我们的身份！等到真正需要跟你说话时,那将会是在另一个场合,将会是另一种语气。

就在这时,一行人伴着一阵重重的脚步声向他们走了过来。

魏德华清楚,主事的应该出场了。

胡大高确实只有一只眼睛,有人说是炸掉的,也有人说是打群架打烂的。

如果不是那只泛白发灰的眼睛,胡大高的模样还是不错的。双眼皮,方脸盘,鼻子挺直,浓浓的眉毛。人长得很高,足有一米八以上的个头。膀大腰圆,身体很壮。据说胡大高的武功不错,他也曾四处拜师,整天舞枪弄棒,所以,他手下的那些人,也一个个都能来那么几下子。

胡大高给人最强烈的印象和威慑力,其实还是他那只眼睛。他的那只坏掉的眼睛好像从来也没有修整过,他也从不戴眼镜,从不装义眼,让人一看就是个坏眼。而这个坏眼一旦瞪起来,别说那些小孩子了,即使是那些大人们看见了,顿时便能让你魂飞魄散、六神无主。

胡大高从远处过来时,身边至少有十几个随从跟着,等到了史元杰和魏德华跟前时,就只剩了他一个了。看来,他还懂得收敛,在真正的公安局长面前,他知道自己该怎么做。

"史局长、魏队长,真没想到您二位会来呀!这都怪我,闹出这样的事来,让你们费心了。"胡大高一来了就忙不迭地自省自责,看他的表情,也一样的非常真诚和谦恭,虽然并不是害怕和恐惧,但也并没有范小四那样的伪饰和做作。"史局长,今天的事情想也没想到的。让我说,真算得上是人在家里坐,祸从天上来。做梦也没想到会闹出这样的一场事来。对东关村的父老乡亲,说句实话,平时咱虽然不敢说是全心全意、百分之百,那也至少是没有二心、两肋插刀。这么些年来,东关村从未出过什么大的乱子。什么抢劫啦、偷盗啦、哄抢啦,车匪路霸啦,集体上访啦,打官司告状啦,也都很少很少,基本上没有。平时咱也想了,老百姓信得过咱,村委会村支部也看得起咱,让咱干了这个治保主任、联防队长。芝麻大的官,也一样是个官,既然是个官咱也就得干个样子。人家大官是为官一任,造福一方,咱这比芝麻还小的官,也得当一天和尚,撞一天钟。咱什么时候也是小心翼翼,求爷爷拜奶奶,见庙就烧香,是神就磕头。你们也知道,在这村里,只要你是外姓人家,不管你住了多少年,多少辈,村里人总也把你看做是外来户。像咱这样的人,在村里什么时候不像个孙子一样?早不闹,迟不闹,就等着你今天埋人了,他们才合了心地看你的哈哈笑。不瞒您二位说,我今天可是做了一天工作了,什么样的好话也说尽了,该磕的头也都磕了,你们也看看,都什么时候了,棺材就是埋不进土里。不就是今天安葬老父亲么,要不是这个,大不了我一拍屁股就走了,一辈子我都不会再在这里看一眼……"

说到这里,胡大高的那只带着血丝的眼里,吧嗒吧嗒竟掉下一大串泪珠来,哽咽着连话也说不出来了。

史元杰和魏德华都默默地听着,始终一言不发。一直等到胡大高有了哭腔不再说什么了,史元杰才不动声色地问道:

"你说了这么一大片冤枉,是不是说,今天的事跟你一点没关系?"

· 275 ·

"……我也不是这个意思,史局长,你也该知道的,像咱这样的人,脑子里多多少少还是有些法律意识的。你就让他们说说,既然你们拦我,那就总得有个入情入理的说法么。你们把那些公家定下的事情,不分青黄黑白的全都推在我的头上,也不想想,那是我管得了的么?村里的事有主任支书,镇上的事有镇长书记,再上边还有区长市长,人家定下个啥,咱就执行个啥,其实跟我有什么关系?你们要闹就跟上面闹去,冲着我来,拿我这么一个小人儿出气又能解决了什么问题……"

史元杰突然觉得像胡大高,范小四这些人物,你还真是不能小看了他们。他们能混到今天这份儿上,那可正儿八经地是练出来的。不说别的,只凭刚才他们俩前前后后的这几番说辞和表现,就足以对付得了任何人。即便是市长、专员、省长,甚至更高一级的官员来到他跟前,他也一样会给你演练得绘声绘色、满场出彩。就像刚才胡大高声泪俱下地说的这一番话,假如碰上的真是毫不知情的局外人,就算你是铁石心肠,也照样会说得你心悦诚服、为之感动,并对他另眼相看。所以,你要是跟着他的话茬儿走,十有八九地非入他们的套子里去不可。于是,打断他的话说:

"你这些话的意思我都听明白了,不过,你有你的理,人家有人家的理。今天时间也不早了,你应该知道的,像你们说的这些是是非非,可不是一时半会儿就说得清楚的。说实话,对你刚才说的那些我还是信得过的,如果你脑子里真的多多少少的还有点法律意识,那我就告诉你一个办法,只要你按我的办法做了,今天的事情立刻就会解决,所有的矛盾都会迎刃而解。"史元杰就此打住,不再往下述说,只是默默地盯着胡大高看。

胡大高自然清楚史元杰这些话的分量,一旦他要是迎合着说了什么,再往回收可就不好改口了。不过,顶多也就想了那么几秒钟,立刻便和颜悦色地说:

"您和魏队长大老远地跑来,感动还感动不过来呢,哪还有什么别的不能听的。既然是史局长发话,想来肯定是双方都接受得了的办法,史局长你只管说出来就是。"

"你刚才也说了,法律和条文都是领导和上面定下的,人家定下个啥,咱就执行个啥。我相信这话是你的真心话,你也真是想这么做的。"史元杰轻轻地说道,脸上依旧看不出任何表情。"既然这样,那咱们就都按上面制定下的政策条文办。如今国家鼓励火葬,省里市里也确实在这方面出台了不少政策。你当然清楚,在东关村这一带,耕地比金子还贵。如果大家都实行火葬,确实是一桩造福子孙的大好事。说到这里我想你也就明白了,要火葬大家就都火葬,就从今天开始,就从你两家开始,这岂不是很好的一件事情?现在大伙的意见也是这样,要火葬就都火葬,不能你家土葬,让人家火葬。设身处地地想想,你说是不是这个理儿?"

听到这里,胡大高正想说什么,一旁的范小四突然插话道:"史局长说的这些,跟刘家说的其实是一样的。我们胡经理已经说了,做事得入情入理。这都是过去早已定下的事情,用现在的……"

"住口!关你屁事!"范小四的话还没有说完,猛地便被狂怒的胡大高打断了。胡大高就在转过脸去的那一刹那,和悦的脸上顿时换上了一副令人毛骨悚然的恐怖,语气低沉而嘶哑,活脱脱地像变了一个人,"你算个什么东西,也敢到这里来说话!走一边去!滚!"

也许根本没想到胡大高会有这样的一个举动,站在一旁的魏德华几乎被吓了一跳。他还从没见过表情变化会有如此快速的面孔,一脸的笑意眨眼间会换上一脸的凶残。还没等你回过神来时,他一回头又换上了一脸的笑意。这简直太让人可怕了,可怕得让你不寒而栗。

"史局长,您大人大量,下边的这些人没规矩没教养,你千万别计较。"胡大高早已是一脸的和善可亲,看他那平平静静的样子,就好像刚才没有发生过任何事情。"我不知道我来以前,他们都跟你说了些什么。像这坟地的事,本来,我并不想在这儿买的。入土为安,死了死了,死了也就了了。活着从不论先后,死了又争啥高低?家父在世的时候,也一而再,再而三地说,让他在地下安安宁宁,最好还是把他埋到老家去。当时也真是这么打算的,哪知老父亲一过世,母亲却死活不让再葬回到老家去。母亲说了,老家离这儿几千里,又没有什么亲人,你爹埋回老家,日后你妈也得跟着去。你们一个个的都在外面,把我们老两口丢在那么远的山沟里,头两年兴许还有人去一去,过上几年谁还会再去上坟去? 到了那时,逢年过节坟头上冷冷清清,连炷香也没人烧,那不是要让你爹你妈饿死在阴曹地府? 你妈就是活在世上,又怎么能安然得了? 听家母这么说,您说咱做儿子的又能怎么样? 好在如今是商品社会市场经济,咬了咬牙,兄弟姊妹凑了凑,就在这儿买下了一块坟地。钱交了,坟也整了,该办的手续也都办了。史局长,刚才我都想了,有理走遍天下,就像今天这事,官司打到啥地方咱都赢。咱这既合乎政策,又合乎法律。我买下的地,只要我不妨碍别人,我愿意干什么就干什么。我一没违反政策,二没违反法律,凭什么拦着我,不让我埋人……"

史元杰并没有打断胡大高的话,就这么一直默默地听着。要说胡大高没把眼前这两个市局的领导放在眼里,那绝不是实情。看胡大高的表情和语气,他真的是一点也不想得罪眼前的这两个人,但另一方面,却又实在咽不下这口气。他拐弯抹角地说了这么多,无非是不想在言辞上让眼前的这两个人感到反感,同时他也努力想从感情上打动这两个人。假如要换了别的不知内情的人,说不定早已被他的话给打动了、说服了。史元杰正想着自己下一步该给他怎么说,又听得一阵急促的脚步声,由远而近地从人群中传了过来。

还是魏德华眼尖,没等人到了跟前,便对史元杰暗暗说了一声:"史局长,人大代表到了。"

来人果然是省人大代表、镇党委委员、村委会主任龚跃进。

等史元杰和魏德华跟热情洋溢、笑容可掬的龚跃进握过手后,才发现龚跃进身后竟然还跟着一个不算小的人物:东关镇镇党委书记唐焕友。

唐焕友顶多也就是二十八九岁,农大毕业的一个研究生,到东关镇当镇党委书记还不到一年。肤色白皙,瘦瘦的身材,戴着一副厚厚的近视镜。见了人讷口少言,动不动便露出一脸的腼腆和羞涩,正儿八经的一介白面书生。直看得史元杰摇头,像这样的一个镇党委书记,岂不是这一大群虎狼之辈的囊中之食!

东关镇政府就设在东关村,东关村也就是东关镇。客大欺店,店大欺客。镇党委管不住村委会,村委会自然也就成了镇党委了。可想而知,在这个东关镇里,究竟会是谁说了算。由此也可想而知,究竟是谁的力量,才会把这样的一个党委书记派到东关镇来。冠冕堂皇的理由当然会有很多很多,什么年轻化啦,班子结构合理啦,年轻人到这样的地方锻炼锻炼大有可为啦,等等等等。究底里到底是怎么回事,只有真正知情的人才会清楚。

龚跃进的亲切和真诚足可以打动任何人,谈笑风生之间便能消除了你所有的隔阂和疑虑:"……史局长,你呀你呀,让咱们好没面子呀!"就像见了久别的亲人一样,喜出望外,情不自禁,看不出一点做作,找不到一丝破绽。"咱这地方再不起眼,那也还是二位的管辖之地呀。不管咋着,来了也该打个招呼的呀。你说说,这么大的两个局长到了这儿,咱这当村长的一点也不知道,猛一听到了,吓得腿肚子都抖呀!这是咱们镇的唐焕友书记,你们大概还不认识吧。你看你看,让你们吓得都不会说话了是不是呀,哈哈哈哈……"

在龚跃进爽朗通达的笑声中,除了史元杰以外,旁边的人也都跟着笑了笑。史元杰正想说什么,却又立刻被龚跃进的热情堵了回来。

"史局长呀,你听我说,不管有多大的事,也不能站在这村口上呀!"龚跃进的脸色渐渐地"正经"起来,"不到家,到镇政府坐坐总是可以的吧。不吃不喝,到办公室喝口茶也是应该的吧。好了好了,史局长,你平时那么忙,哪年哪月能来咱们这儿一趟呀,怎么着也得赏个脸吧。还有,咱们唐书记来这儿工作也差不多一年了,给你汇报汇报咱这儿的治安情况,那也是有必要的吧。呀呀!快走吧,让这么多人看着,这算是怎么回事呀……"

史元杰的心里则越来越火,老实说,对龚跃进这种亲切和热情,在心底里真让他反感透了。这么大的事情,这么多的老百姓围在这里,以当时的情形,如果他们再迟来几分钟,一场通天大祸说不定就已经酿成了。那将会是一起多么严重的恶性事件,又将会让多少人受到伤害!然而,就是在这样严峻的情况下,在这样危急的形势里,近在咫尺的村委会主任龚跃进竟然会不在现场!看他满脸的红润和扑鼻的酒气,这期间他正不知躲在什么地方吃吃喝喝!这就是一个村委会主任和镇党委委员的所作所为!而如今见了他们,竟像没有发生过任何事情一样,面对着四周数以千计的老百姓,面对着如此凶险的一个环境,竟然能笑逐颜开、喜形于色,甚至要拉着他到别的什么地方喝口茶,坐一坐,汇报汇报这儿的治安情况!如果不是亲眼所见,真让人难以置信!这算什么人大代表,又算什么村委会主任!

　　但返回头来,你似乎又不好说他什么。就算是闹得天塌地陷,他一推六二五说他什么也不知道,你又能奈他若何?就算知道,前面还有支部书记,还有镇长镇党委书记,打上八竿子也还轮不上他,你又能把他怎么样?真正主事的是他,但就是有这么多的挡箭牌让他毫无风险、进退自如,对他你还真没办法。就算你收拾上他几句,也依旧于事无补,他可以听也可以不听。何况,在此时此刻,你批评他又能批评什么?镇党委书记就在这儿呢,你批评一个村委会主任算什么?

　　就在这当儿,兜里的手机响了起来。他本想不接,但响了一遍又一遍,看来,不会是个一般人物或者不会是个一般情况,否则不会响得这么没完没了。

　　史元杰没想到打来电话的竟会是市委常委、市政法委书记宋生吉。

　　宋生吉给原地委书记做跟班秘书时,就跟史元杰私交不错。后来宋生吉被任命为市政法委副书记,市政法委书记,由于工作原因,两个人的关系就更近了许多。尤其是近一个时期来,宋生吉为史元杰市委常委的任命,几乎可以说是不遗余力,毫无忌讳地在上下奔走。尽管阻力很大,但据宋生吉说估计希望很大,并说在这件事上他不会松手。就在前几天,他们还在一起坐了很久,上自天文,下至地理,国家大事,柴米油盐,几乎没有不谈的话题。在一个人人都忙得不可开交的城市里,能有这样的一个政界的朋友隔三差五地在一起坐坐、聊聊,实在是一桩不可多得的情谊。

所以,当听到是宋生吉的电话时,史元杰以为还是有关他任命市委常委的事情。本想告诉他,他现在正在一个现场,在电话上不好跟他说话,一旦事情办完了,他再立刻给他回电话。

然而,让史元杰没想到的是,宋生吉打电话说的并不是别的什么事,听了好一阵子才听明白,宋生吉要给他说的竟是有关龚跃进的事!

"……你现在还在那儿是不是?"宋生吉毫不客气地问他。

"嗯。"史元杰一边答应了一声,一边瞥了一眼正在聚精会神地听着他打电话的龚跃进。这龟孙子,什么时候把电话打了出去,并且把关系找到了市政法委书记那儿?我这手机号码是刚刚换了的,连宋生吉也还没给呢,知道这个号码的人屈指可数,他又是怎么知道的?

"你到那儿干什么去了?那样的一个地方还犯得着你这个当局长的亲临现场?你知道那是什么地方?你知道那个龚跃进是个什么人物?看似一个农民,其实是个通天的大亨。就因为他有大把大把的钞票,所以,也就不把任何人放在眼里;就因为他的身份只是一个农民,所以,你也就对他的所作所为无可奈何。成事不足,败事有余!你奈何不了他,他却能糟害了你。小不忍则乱大谋,有什么大不了的事情,为什么要在这种时候非得跟这些谁也要让他三分的地头蛇搅在一起?"

史元杰一时间竟不知道该怎么给宋生吉说,他只能一声一声地嗯着,同时紧张地思考着自己的对策。

"……元杰,我告诉你,马上从那地方抽身回来。真的犯不着,也没必要,你也用不着再给我说什么七七八八的原因。就算那个龚跃进有天大的问题,你这会儿也别亲自去惹他。你知道刚才是谁给我打来的电话?我这会儿不会说给你,说出来能吓你一大跳!咱不说别的,他若是真要在你背后使坏,别说你这个市委常委得泡汤,说不定你这个公安局长也当不稳!我不是吓唬你,你只是个武将,在战场上是把好手,而官场上的事你就闹不大懂了。好了好了,这会儿给你说什么也没用,听我一句话,留两个人在那儿处理问题,你马上从那儿离开。即使是有什么非办不可的大问题,那也等过了这两天再说。听见了没有?喂?

你怎么不说话？喂……"

史元杰一时还没想清楚该怎么给宋生吉说，因为他实在不想在这种地方同他争辩什么，听着宋生吉一声一声的紧逼，想了想，终于说了句："知道了，一会儿我再给你打电话。"

"听我说，马上回来，具体的什么也别做，什么也别说。先放在那儿让他们管去，什么责任也别往自己身上揽，听见了没有，啊？快点，回来我还有要紧的事告诉你……"

史元杰一边把手机关好，一边默默地思索着刚才宋生吉的那些话。一股冲天的怒气像海啸一样在胸中翻江倒海，奔腾不已，真是狗眼看人低，简直欺人太甚！刚赶到这儿还不到一刻钟，你就能让政法委书记把电话打了过来！你好能耐！看上去和和气气、嘻嘻哈哈，心底里却已经把你看扁了。你来这儿想拿你局长的身份压我，那我就让更大的身份来压你！你局长怎么了，我人大代表还监督着你呢！咱们平起平坐，旗鼓相当；你不怕我，我也不会怕你。你要不信，我就先给你一个电话让你试试……龟孙子！

"史局长，你看你看，我知道你忙，到了哪儿也闲不下来。我看还是先找个地方坐下来，只要坐下来，有什么事情不好商量呀？再说天也不早了，工作再忙，饭总是得吃的吧……"龚跃进仍然是一脸的憨厚，一脸的恭顺，一脸的春风得意，从容安适。

史元杰刚想发作，手机又一阵紧一阵地响了起来。他想了想，便一下子把手机关掉。但几乎就在同时，魏德华的 BP 机也猛地响了起来。魏德华 BP 机还没卸下来，手机也在此响了起来。魏德华看了一眼史元杰，一边打开手机，一边看着 BP 机。

史元杰正想让魏德华把手机关掉，却只见魏德华的脸色一下子变了，对着手机只说了两声"是"，便急忙把手机递了过来：

"史局长，打给你的。"

史元杰打了个不接电话、让他关掉手机的手势，魏德华却像没看见似的，凑过来低声说了一句：

· 282 ·

"何处长的电话,老头子发火了。"

史元杰愣了一愣,早已下意识地把手机拿在了手里。

"喂,我是史元杰。"

"你们俩到那儿究竟干什么去了!"何波怒不可遏,气冲牛斗的嗓音直冲耳鼓,几乎让史元杰吓了一跳。

"有些情况我一会儿回去给你说。"

"什么一会儿!一分钟也别在那儿待,立刻就给我回来!你把我的计划全给我打乱了你知道不知道!到底是谁让你们俩去那儿的!"何波一句紧逼一句,根本就没有任何回旋和让他辩解的余地。这么多年了,史元杰还从未见过何波的火气会这么大。如果说刚才政法委书记宋生吉的电话让史元杰感到吃惊和意外的话,那么,现在公安处长何波的电话则让史元杰感到不可思议和瞠目结舌。当何波的第一句话出来的时候,史元杰就意识到这依然是因为这个龚跃进的缘故。这个村委会主任的影响,竟然会在这么短的时间里波及自己顶头上司的身上!这种影响已经转化为何波的恼怒,然后劈头盖脸地全都泼洒在自己的脸上,"像话不像话,什么时候了,这么大的事情连个招呼也不打,还有没有点组织性和纪律性!你们现在的主要任务是什么?昏了头了,还是真糊涂了?我还以为你们这会儿会在哪儿呢,没想到会跑到东关去!出风头去了?耍威风去了?"

"何处长,你听我说,事情并不像我们想像的那么简单。"史元杰竭力地琢磨着在这种场合下,应该用什么样的词儿跟顶头上司说话。"我们也没想到会有这样的事情,我觉得这件事如果处理不好,可能后果会非常严重,不堪设想……"

"史元杰局长!"何波突然用一种异样的口吻喊了他一声,这么多年了,史元杰还从来没听过何波喊他局长。"那里这会儿就是出了人命关天的事,那也跟你没有任何关系!一有村委会主任,二有镇党委书记,另外,我已经通知了东关镇派出所,他们几分钟后就会赶到,所以,那里从现在起所发生的任何事情,你这个局长都不会负担任何责任,所以,你也就完全可以放心地离开,我以我的处长身份向你保证,绝不会给你造成任何麻烦,更不会丢了你公安局长的面子……"

"何处长,根本就不是那个意思,"史元杰的口气不知不觉地已经起了变化,因为他知道老局长的脾气,一旦发作起来,就会没完没了,不闹个水落石出、明明白白决不会善罢甘休,所以,他有必要给老处长解释清楚。"一会儿过去了,我会把详细情况说给你的……"

"我把话都说到这儿了,你还一会儿什么!"何波再次怒气冲天地打断了史元杰的话,"你还要我怎么说你才能明白?其实,那儿的事情你根本用不着给我说,我什么也清楚,有什么问题,有什么背景我比你清楚得多!你根本就不知道你现在在干什么!我现在只想给你说一件事,你看看现在都几点了?七点四十罗维民有要紧的事情必须见到你们!你现在的最主要的任务是这个而不是别的!"

"何处长,这个我清楚,误不了……"

"史局长,你听着!马上从那个鬼地方撤回来!这是命令!否则,今天晚上就把你的辞职报告给我交上来!"

听着何波猛然挂断电话的一声巨响,史元杰像是被猛击了一个耳光似的愣在了那里。

二十三

一直等到晚上十点多的时候,何波才接到了史元杰和魏德华的电话。

史元杰说他们正在让技术科洗相片,估计十一点多才能过去。并让何波先回家里休息,一会儿他们直接到家里去汇报。

何波本来想问问史元杰是怎样从东关村回来的,但忍了忍没有问出来。

连他自己也常常对自己的臭脾气感到不可理喻,越老肝火越旺,这到底是怎么了?老夫子说六十而耳顺,自己眼看就六十了,怎么还是这么动不动就暴跳如雷、火冒三丈？

其实,更多的时候,往往是脾气刚一发过,立刻就后悔莫及。

然而今天,他除了感觉到史元杰会有些委屈外,但心底里的火气并没有彻底消除。因为他根本没想到这两个人会莫名其妙地找到那个地方去,并且几乎给他惹了一场大麻烦。

因为那里是他的一个极为重要的"点",地区公安处有两个"卧底"安插在那里已经"工作"了差不多快有两个月了。

他们正在秘密侦查两个轰动一时的重大案件。

从目前得到的情况来看,基本上可以说,那儿的工作已经开始进入实质性的发现阶段。根据侦查科的两个负责人说,很可能在近期就会有重大突破。这一侦查工作可以说是绝对保密的,截至目前只有这么几个人知道。

地委书记郝伟凡。

地委副书记、行署专员马骏杰。

地委主管副书记贺正雄。

地委纪检书记赵强。

然后就是他,还有侦查科的两个负责人。

至于再上面还有什么人知道,何波就不得而知了。但肯定是有人知道的,否则不会让地区的一二三把手和纪检书记都直接参与这两个案件的侦破工作。

一个是轰动全市的东郊纪检副书记住宅被炸案,一个则是数月前的市长因车祸丧命案。

纪检副书记住宅被炸一案,看上去是发生在东郊一带,经查却很可能同"禹王钻石集团公司"的"黑市长"安永红有直接关系。数月前的市长车祸一案,虽然发生在西城区安永红的势力范围之内,但却有迹象显示,此案与东关村的胡大高有着千丝万缕的联系。这表明现在某些黑社会性质的团伙,已经试图在更高的层次上联手作案。你帮我解决对我有威胁的势力,我帮你解决对你有危险的人物。而这样的案件,因为找不到直接的利害关系,所以,对公安机关来说,基本上可以说是一团乱麻绳、一桩无头案,极大地增加了破获案件的难度和复杂性。

数月前的市长车祸一案,虽然动用了大量警力,但至今仍没有实质性进展,很可能与这种情况有关。

当时那个既有能力,又有魄力,全省最年轻、学历最高的市长张晓东,出车祸时只有三十六岁。市长的车祸之所以引起人们的困惑和怀疑,就是因为在车祸现场几乎找不到车祸原因。这位有着博士学位的市长,不抽烟不喝酒,一般情况下都是自己开车,但却会在晚上八点钟左右,在市郊一个没有弯道的山坡上,突然离开公路,径直蹿入一个十米左右的山沟。车头栽进土里足有一米多深,人的脸面几乎被撞得扭了一圈,颈椎粉碎性骨折,两个小时后被发现时,市长的四肢都已经凉了。

最后的鉴定结果是,路面几乎没有刹车痕迹,汽车的刹车装置没有失灵和人为破坏的痕迹,驾车人也没有喝酒和打瞌睡的迹象。几乎可以说,汽车似乎是在没有任何原因的情况下,故意开进了这个不注意几乎发现不了的小山沟。在事后的调查中,也排除了任何自杀的可能性。因为市长那天在西郊的一个镇上跟镇干部和村干部整整讨论了一天,并且跟大家一起在镇上的食堂里吃了两大碗面条,当时还约好过两天他还会再来跟大家一起讨论。临回家时,他还跟家里通了电话,说他八点半以前肯定能赶回家里,甚至还给他四岁的女儿带回去两个刚从地里摘回来的香瓜。这个获得博士学位不到五年、当市长还不到两年的年轻领导,至今还住在一个两室一厅的单元房里,举行葬礼时,竟然在家里没能找到一身好点的新衣服。他的父母、哥哥和姐姐,至今都还在农村务农。他留给妻子和女儿的所有财富除了那两本论文集外,剩下的便是惟一的那张四千六百元的存折了。

他没有任何理由会去自杀。他的身体状况和精神状态也一样非常健康,精力充沛,思维敏捷,平易近人,襟怀坦白。像这样的一个人,无论如何也不会去自寻短见的。如果这一切可能性均被排除后,剩下的可能性便是他杀了。

但是像这样的一个深得民心、年轻有为,刚来不久而又前程看好的市长,又有谁会对他怀有如此大的仇恨,以致要去谋害他呢?

有可能的也许有这样的三种人:一种是被他得罪了的一些人,一种是被他发现了问题的一些人,另外还有一种就是由于他的存在而给他们造成了阻碍的一些人。

较大的可能是后两种。因为只有这样的原因,才有可能让他们铤而走险,以至于去谋害一个市长。

但从当时的车祸现场看,如果确实是一桩谋杀案,那只能是一个有着职业特征的犯罪团伙所为。因为能这么干净利落、不留任何痕迹地消灭掉一个市长,并让车掉进沟里,决不是一个人干得出来的。

事实上也正是如此,在此后的大规模排查中,附近村落里有一个开四轮小拖拉机的菜农说,那天他在回家的路上,曾经路过那个地方,看到有一辆面包车和一辆老式东风牌大卡车停在那里,也不知是有了什么问题,都静静地停在那里。当时真把他吓坏了,还以为遇上了车匪路霸。所以,当他把车开到那两辆车附近时,特意留神注意了这两辆汽车的牌照号码。所幸当时并没有发生什么事情,所以,事后他只记住了那辆东风大卡车的牌照号码:75638,而另一个则给忘记了,好像是42多少,后面的数字怎么也记不起来了。

经查,75638是省城一辆212吉普车的牌照号码,根本不是什么大卡车的牌照号码。这辆车于一个月以前丢失,车辆的所有权归省城郊县的一个乡政府所有,一直到现在仍然没有找到,这样的车牌号码怎么会出现在这里,又怎么会出现在一辆东风大卡车上?然而让人感到振奋的是,在进行排查时,发现胡大高的运输公司有好几辆老式东风牌大卡车,另外还有四辆面包车,四辆面包车中竟有两辆车牌照号码前两位数都是42!

经过进一步核查,那一晚胡大高运输公司确实有两辆大卡车和一辆面包车路过那里。

这三辆车的司机很快也找到了,他们谁也没有否认,那天晚上他们确确实实路过那个地方,也确确实实在那里停了车。大卡车拉的是白面糯米,面包车拉的是猪羊肉、红枣和包粽子的苇叶,因为马上就要过端午节。停车的原因是大卡车爆了轮胎,他们在那儿换了个轮胎,大约用了二十分钟的时间,然后便开车回来了。回到东关村时,还不到八点钟。

经查,这两个司机所说的确是事实,他们从集镇上拉上东西离开时,大约是七点左右,回来时不到八点,中间刨去二十分钟的换轮胎时间,差不多是用六十迈的时速开回来的。那一天轮胎也确实是坏了,那个坏了的轮胎扔在车库里还没来得及修补。从这些情况来看,他们似乎并不具备作案的条件。

让人无法再查下去的原因是,这两辆老式东风车的牌照都是本地区的牌照,以牌照上的痕迹来看,至少也有两三年没有动过了。而那两辆牌照号码以42打头的面包车,那一段时间里根本就没有外出过。那一天两辆车都在给镇上的一个办喜事的干部家帮忙,一直到晚上十一点才离开。

线索似乎在这里被切断了。人们甚至怀疑,那个过路菜农,会不会把牌照号码记错了?

最主要的是,他们没有任何作案的原因和动机。或者说,找不到任何作案的原因和动机。

经过一系列排查和分析,疑点终于确定在这样的一个范围内:会不会是为了剪除自己仕途中的障碍,竟至于与黑道人物联手,从而造成了这次车祸事件?

如果这个分析是正确的,那么疑点就落在了两个人身上:

一个是现年四十九岁的市委常委,常务副市长杨至诚。

一个是现年四十四岁的市委常委,市政法委书记宋生吉。

因为这两个人在新市长调来之前,都是当时呼声最高的市长候选人。

经过暗中侦查了解,疑点似乎渐渐集中在了市政法委书记宋生吉身上。经查,宋生吉同"禹王钻石集团公司"的"黑市长"安永红关系非同一般,宋生吉的妻弟是"禹王钻石集团公司"的主要股东之一。尤其可疑的是,在前不久西郊区的一次人大会议上,宋生吉以市委常委的身份在会议期间频频出现,为"禹王钻石集团公司"总经理葛小根能当选为市人大代表在暗中做了大量工作。当时人们就猜测说,宋生吉其实主要的是在为葛小根下一步当选副市长做准备。据刚刚得到的情报,宋生吉在一次同安永红、葛小根吃饭时,可能因多喝了几杯,竟忘乎所以地说,我要是当了市长,第一件事就是要让葛小根当上副市长。现在的那些市长书记他一个个都看透了,葛小根比他们哪个也绰绰有余。这是新生事物,谁想拦也拦不住。当时安永红也跟着说了一句话,拦得住吗,谁拦就摆平谁。

还有一个刚刚获得的情况,东郊区纪检副书记住宅被炸一案所暴露出来的问题,很可能也牵扯到了"禹王钻石集团公司",因为当时区纪检委在调查中所涉及的主要问题便是东关村的土地非法买卖问题,其中查出在东关村原有土地上建起的众多建筑中,有较大一部分产权归"禹王钻石集团公司"所有。这就是说,在东关村非法出售的土地中,很可能有较大一部分卖给了"禹王钻石集团公司"。有一个令人怀疑的情况是,在区纪检委调查期间,宋生吉曾多次打电话,要求立刻终止调查,并说纪检委所调查的那些问题,公安机关正在进行严密监控和侦查,请他们不要随意插手,以免打乱市委的统一部署。尔后不久,便发生了纪检副书记住宅被炸一案。

爆炸案发生后,宋生吉在一次市委召开的反贪工作会议上大发雷霆,说有些人不听指挥,独行其是,刚愎自用。特别是有些人急功近利,不顾大局,一意孤行。不仅破坏了市委的统一部署,而且打草惊蛇,几乎等于是有意给对方通风报信,给我们的反贪工作带来了诸多不利因素,造成了不必要的损失,在群众中造成了极为恶劣的负面影响。

从今天来看,这一切如果都是宋生吉有意为之的话,那么这两大轰动一时、真正在群众中造成极为恶劣的负面的影响的案件,也就顺理成章、容易解释了。

作为市委常委、市政法委书记的宋生吉,他完全有能力对诸如"黑市长"、"独眼龙"之类的人物进行保护和利用。他甚至还可以让"黑市长"的傀儡当上正儿八经的副市长,他还可以让反贪、纪检和公安部门中止对他们的审查和侦查。他可以让纪检副书记住宅被炸案的犯罪嫌疑人取保候审,然后逃之夭夭;也可以让市长的"车祸"有始无终、不了了之。

反过来,他从这些人身上同样获得了与他的权力交换而得来的最大好处。在这些最大好处中,其中之一极可能便是将这些人作为一支可以借助的力量,以此达到互为依恃、扫清障碍、消除异己、翦灭对手的目的。

如果这种推理是准确的,如果确实是这样的原因,那所有的一切就非常容易解释了。首先是由"黑市长"借助胡大高的力量,造成了那起市长"车祸"案;而后则是胡大高借助"黑市长"的力量,实施了那起纪检副书记住宅爆炸案。胡大高肯这么干,起初的动因很可能是出于金钱利益的考虑,你要买我的地,并肯按我的示意、程序和手续去做,那你想让我干什么都可以。再往后,也许就不仅仅是金钱利益上的考虑了。既然一起陷进了同一个深坑里,那也就只能同仇敌忾,为了一个共同的政治目的了。从考虑到金钱,到考虑到政治,这应该是一个质的飞跃。于是就有了后来的爆炸案。而爆炸案的发生,则意味着黑白合流,在某些地方正在向"黑权政治"演变。

如果确是如此,那么,以前对案件的所有的推理和分析也就都失去了意义,只要他们存心要谋害某一个人,那什么事情他们也干得出来。比如像那起"车祸",假如他们是有目的的,那么,所有的一切作案细节都可以事前进行伪造。他们可以把已经爆了的轮胎事先放在汽车里,甚至可以重新伪造两个相同的汽车牌照,一个是明的,另一个是暗的。明的招摇过市,暗的则藏在犯罪现场。其实对一个职业杀手来说,让一个毫无防范意识的小车停下来,然后实施突袭手段,把一个人的颈椎折断,伪造一个车祸事件,也许只是几分钟的事情。

事实上,如果确实到了这种地步,作为市政法委书记的宋生吉也就越陷越深、无法自拔了。为保住自己的仕途,包括自己的生命,他就只能在"黑市长"和"独眼龙"之流的指示和授意下,为了共同的利益,委曲求全,俯仰由人,招之即来,挥之即去……

也许正是这种分析的恐怖性和严重性，才促成了这个超级专案组的成立。事实上，地委书记和行署专员仍然还只是挂名，真正主事的则是主管书记贺正雄。

这些天来，专案组的行动始终没有中止过，即使是在王国炎一案越来越大、越来越复杂地显现出来时，这两个案件的侦查也从未受到过任何影响。

然而，就在案件似乎有了进展时，却没想到作为市局局长和副局长的史元杰和魏德华，竟然会浑浑噩噩、呆头呆脑地双双出现在东关村的村中央。要为一个村民狗屁纷争，本来是派出所应该做的事情而去越俎代庖，指手画脚！

有迹象显示，东关村的那些受到监控的人似乎已经听到了一些风声，开始显得手忙脚乱，惶惶不可终日。正是在最最关键的时刻，他们两个却会鬼使神差地跑到了那个地方。

在听到这个消息的那一刻，何波甚至联想到了史元杰和宋生吉两人之间的特殊关系！

会不会这是史元杰有意为之，别有目的？

史元杰同宋生吉私交笃厚，这一点何波是非常清楚的。所以，这个专案组的成立，何波没有告诉过市局的任何一个人。疑人不用，用人不疑，这个道理何波不是不懂，但这一次事关重大，非同一般，他不能不防。

但当脾气发过了，史元杰和魏德华老老实实地回来了，当他清楚他们两个确确实实什么也不知道、他们确确实实是因为一个别的什么事情才去了那里时，顿时被一种怅然若失的悔意笼罩了。

史元杰和魏德华去了东关村的消息，是地委副书记贺正雄在电话上告诉他的。

贺正雄在电话里的口气并没有流露出什么异样的情绪，在讲到不要让这个案子再出了什么纰漏和问题，弄不好无法给上边交代时，贺正雄甚至在电话里还跟他开了一个不大不小的玩笑：是不是现在的人想立功都想疯了,一个屁大的地方,还用得着两个局长一块儿往那儿跑?强将手下无弱兵,你看你,把手下的人都调教成什么了,是不是什么事情都得局长亲自出面亲自动手?总不至于你要搞什么事情,还偷偷地瞒着我吧?这可是个通天的案子,万一将来出了什么事情追问下来,我要说我不知道吧,别人还以为我这个主管书记在推卸责任、我要是说我知道吧,我可真是什么也蒙在鼓里。

老实说,贺正雄这一番不冷不热的话,直气得何波七窍生烟、怒火中烧。对这个主管书记贺正雄,何波并没有更深的私交,但从许多次的交道中,他感到贺书记对他这个公安处长还是相当尊重的。一般情况下,贺正雄很少反驳过他的意见。尤其是有关调动、提拔的一些大问题,只要何波报上去,贺书记基本上都会表示同意,即便是有些意见,也从来都是过问过问,只要你解释清楚了,他也就同意了。并不像有些领导,今天写个条子,明天来个电话,让这个提一提,要那个调一调。在何波的印象里,贺正雄还从来没有这样过。

贺正雄当地委副书记四年,主管政法工作两年,在这期间,他们之间从未发生过任何矛盾。当然,这跟何波自己的职务和年龄有关,上下级关系,相差十几岁,只要双方尊重、正正派派,自然也就不可能产生什么矛盾。也许正是因为这个原因,所以,他对贺正雄也一样是相当尊重的。投桃报李,不设城府,能跟一个比自己小十几岁的上级处成这样的关系,确实很不容易。所以,他也相当珍惜这种关系。何况,贺正雄势头看好,尽管有不少人在背后说这说那,告状上访写匿名信的也不少,但这种事情哪个领导屁股后头不是一大堆?有许多领导在大会上都这么说,我们是在告状声中成长起来的,一个干部没人告状那也算不得是个好干部。

正是由于这种种的原因和认识,他对贺书记吩咐下来的事情,向来是照办不误、不打折扣的。因此,当贺正雄打来电话询问这件事时,他的感觉除了吃惊便是恼怒了。何况,贺正雄的口气同平时又很不一样,如果不是不高兴,他是绝对不会这样说话的。这么多年了,这还真是第一次。

等给史元杰打过电话,等自己的情绪平静下来,不禁又想起了史元杰不久前给他在电话中说的话,"贺书记你最好先别找","贺书记跟'广帅商业城'的张卫革不是一般关系","张卫革跟王国炎是铁哥们儿"。其实,他对史元杰当时所说的这些话,打心底里感到并不怎么舒服。但事情发展到现在这个状况,他才渐渐感觉出了其中的蹊跷,这件事,贺正雄为什么会打来电话?究竟是谁告诉他的,或者是通过什么渠道了解到这一情况的?

像这样的事情,在正常的情况下,只有在自己得到消息后,然后再告诉贺正雄。一般来说,贺正雄只能通过自己来了解下面的情况。因为下面这些具体的操作,都是由自己一手秘密安排的,而且都属于单线联系。如果说正常的渠道,这才是正常的渠道。现在则恰恰相反,消息是从上面传到他这儿的。这就是说,贺正雄是通过另外一条线索得到这个情况的。

给贺正雄提供情况的会是谁呢?而提供情况的目的又是什么?

莫非会是范小四、胡大高、龚跃进这些人给他提供了这一情况?或者,会不会是胡大高、龚跃进这些人把情况告诉了别的什么人,然后再由别的什么人告诉了贺正雄?

会是别的什么人呢?

就像史元杰所说的那样,是不是跟贺正雄不是一般关系的"广帅商业城"的张卫革?

如果确是张卫革,那么,这个同王国炎是铁哥们儿的张卫革又为什么会为胡大高和龚跃进们说话?

胡大高、龚跃进、安永红、张卫革,他们会不会都是一伙的?

如果他们都是一伙的,那么,地委副书记贺正雄扮演的又将是一个什么样的角色?

如果贺正雄跟这伙人真的不是一般关系,对何波和何波所面临的这两个案子来说,无疑是一场超级地震,是一场灭顶之灾!

你辛辛苦苦、细针密缕、谨慎再谨慎、保密又保密所做的这一切,闹了半天,原来都在人家的包围和掌握之中。纵使你有七十二变,一个筋斗十万八千里,用尽了浑身解数,结果还是在人家的掌心里!

这些天来,你几乎每一步行动、每一个点子、每一次发现,都要给人家认真请示、详细汇报、解释了再解释、分析了再分析,哪想到所做的这一切竟会是为虎傅翼,开门揖盗,几近于卖身投靠、认贼作父。你踌躇满志在那儿一副英雄状,人家却暗里偷笑拿你当猴耍。

简直愚不可及!

他不相信,真的无法相信!

要是这样,他这个公安处长可就真是白当了!他这几十年的老公安也就全都白干了!一辈子大风大浪里都闯过来了,没想到临了却会在自家的海湾里翻了船!

他不能想,真的没法往这里想。一想就会觉得像掉进无底的深渊一样憋不过气来。

一直等到晚上快十一点了,史元杰和魏德华才匆匆忙忙地走进家来。

何波知道两个人还没吃饭,早已让妻子做好了饭等着。

二话没说,拉过饭桌先吃。

一大盆羊肉面,还有几盘小菜,外加两瓶啤酒。两个人也不客气,主要也是饿了,风卷残云一般,没有二十分钟,便扫荡了个干干净净。

这期间,何波大致把罗维民带来的东西翻了翻。近百张日记照片,由于是一张照片拍两面,所以,不用放大镜根本看不清楚。何波只看了两页,便放下了,这些东西得细细地看,慢慢地琢磨。

另外则是一个简单的书面记录,上面只记着一些人名。何波稍稍想了想,一下子便清楚了。

这是罗维民写下的跟王国炎有关系的人名录。

....

安永红,别名"黑市长","禹王钻石集团公司"真正的主人。

薛刚山,别名"老狼","老狼建筑集团公司"总经理兼董事长。

张卫革,"张大帅","广帅商业城","广帅水泥集团公司"总经理兼董事长。

龚跃进,"南天雷",东关村村民委员会主任,省人大代表。

…………

这些何波都很清楚,绰号、职业、身份、年龄、背景,他基本上一看就明白。除了那个"老狼"薛刚山,其余的跟他这些天所得到的信息基本吻合。其实像"老狼"这样的人物,他们已经察觉到了一些东西,所以,这个名字的出现,并没有让人感到有什么意外。

然而,再下面的一些名字就让何波有些目瞪口呆了。

仇一干,原任副省长,现为省人大副主任。

周涛,省委常委,现任省城市委书记。

何波把眼光久久地留在这两个名字上,脑子里顿时一片茫然。

怎么会有这两个名字?

莫非像这样的人物也会跟这个服刑人员王国炎有关系?

这才真的是活见鬼了!

何波擦了一把额头上的虚汗,长时间地呆在那里,直到史元杰和魏德华两个人吃完饭、默默地坐在他跟前时,他都没有察觉。

猛地一阵电话铃响,令几个人都愣了一愣。

何波把电话铃声的强度放在了最高档,而且就在沙发旁的茶几上。在静静的深夜,惊天动地,震耳欲聋。

何波迅速而又机械地把电话一把抓在了手里,人也一下子清醒了过来。

"我是何波,请讲。"

何波一拿起电话来,神色立刻又变得严肃而又威武。

电话很短,大约还不到两分钟,何波几乎什么话也没说,只嗯了两声,便默默地把电话挂了。

何波再次怔在了那里。

在微微灯光下,何波一下子像老了十岁。

见何波这个样子,史元杰和魏德华也都只能沉默着。

也不知过了多久,史元杰才忍不住地问了一句:

"何处长,是不是又有了什么新情况?"

良久,何波才有些无力地说:

"看来,我们没有猜错,在东关村的房地产建筑群里,有两栋宿舍楼的产权属于古城监狱。一共是四十八套单元房,其中一百六十平米的豪华住宅有十二套。另外,还有四栋豪华小楼,也是给古城监狱盖的。这些小楼具体都是属于谁的,目前还没有查清,但有一点是肯定的,这些小楼都是给古城监狱有权有势的人物兴建的。如果这一切属实的话,那就是说,古城监狱里的中层以上的干部,都有可能在这儿分到一处豪华住宅。"

几个人面面相觑,屋子里再次陷入一种死一般的沉寂之中。

不期而至的电话铃声再次打破了屋子里的死寂。

已经是深夜了,竟然还是电话不断。

何波没想到会是代英打来的电话。

"何局长,是不是睡了?"代英依旧叫何波为局长。时间久了,叫惯了,改不过来了。

"你想想能睡么,我还正想着什么时候给你去个电话呢。"何波竭力使自己的话语能轻松一些,"小代,情况有了一些变化,我们已经研究过了,这个案子你就暂时不要过问了。"

"为什么?"代英似乎吃了一惊。

"你别管为什么,立刻停下来,不要再调查了。如果还需要你帮忙的话,我会随时告诉你的。"何波口气很委婉但也很坚决,"小代呀,真是不好意思,我们当时有点想当然了。"

"何局长,是不是有什么人给你打了招呼?"

"没有。"何波担心代英会有别的什么想法,但又不能说得更清楚,只好解释了一句,"我这个人,你又不是不清楚。"

"……何局长,是不是压力太大?"代英的口气反倒越发显得担心起来。

"你看你,想到哪儿去了,哪有的事!"何波再次解释道,"这个案子我们不会松手的,放心,到时候还得找你。"

"何局长,我感觉得出来,你目前的处境不会好,你的心情也不会好。"

何波愣了一愣,他没想到代英会说出这样的话。"怎么了?小代,是不是你发现了什么?"

"何局长,我听得出来,你是怕我受到牵连。"代英像是在努力地琢磨着该怎么说,"但事情走到这一步,已经收不回来了。"

"……小代,你给我说实话,是不是出了什么问题?"何波突然感到了代英话里的一种异样的情绪。

"……可能是出了些问题,我们的一个当事人突然失踪了。"代英终于还是说了出来。

"因为这个案子?"

"……是。"

"代英,你说实话,这个人会不会有生命危险?"

"还很难说,我们正在全力寻找。"代英的口吻越来越显得悲愤。"我刚刚回来,否则我不会在这会儿给你打电话。"

"……小代。"何波一时竟不知道该怎么说,一种心如刀割的歉疚和悲愤溢于言表。

"何局长,我不管你那儿怎么样,这个案子我不会罢手。"

何波再次愣在了那里,他依然没想到代英会这么说。"……小代,这个案子很复杂。"

"我知道。"

"尤其是非常非常危险。小代,你还年轻……"

"何局长,你不用说了,这我都知道。"代英停顿了一下,然后突然砸了一句,"这是你的事,也是我的事。"

"小代,你可能还不清楚,这个案子你可能根本没想到它会有多……"

"何局长,我已经清楚了。我刚刚写了一个情况,马上就给你电传过去。"

"小代,我真的很替你担心。"

"咱们的心情一样,我也很担心你。"

"……小代,我们正在研究事情,明天一早再给你去电话,我可能会马上去一趟省城。等我打了电话你再做决断,好么?"

电传上显示的仍然还是一长串人名单,也就是两天来跟王国炎家有来往的一些令人可疑的名字:

……………

潘毅,省城市工商银行副行长。

吴凯运,省城"大富豪汽车营销中心"总经理。

高耀明,省城某私立学校董事长,武术学校校长。武术大师。

马晋雄,省城武警支队武术教练。曾获全国武术散打第四名。

仇晓津,省城"大业房地产开发公司"副总经理。省人大副主任的干侄子。

耿莉丽,王国炎的妻子,她现在跟王国炎的同学,现省城市委书记的外甥关系非同一般……

另外还有医生,司机,教师,检察官,片儿警,法官,企业家,厂长,包工头……

其实,案情发展到这步田地,已经不必要再看什么、再说什么了。一切都明明白白,再清楚不过了。

王国炎一案所暴露出来的问题,已经不是他们几个人,甚至已经不是一个公安机关所能控制、所能惩处、所能剪除得了的了。

它盘根错节,同恶相济,一荣俱荣,一损俱损,早已不是拔出萝卜带出泥,真正是牵一发而动全身,一如搅混了的灰土做成的泥人,你中有我,我中也有你了。

即便是整个公安系统,它能承担得了这么沉的重负吗?

天知道这个案子还会牵扯出什么样的案情和人物来!

还会吗?

其实,最可怕的似乎还不是这个,最最可怕的是,当你终于剥开层层伪装、拨开重重迷雾,把所有的一切都看得清清楚楚时,却才发现你的四周站着的竟然全都是虎视眈眈、时刻在注视着你一举一动的强敌,原来你早已处在了一个深深的陷阱里。

也不知过了多久,史元杰终于止不住地问了一句:

"……何处长,下午我们在东关村的情况,是不是贺书记告诉你的?"

"别再问了,我都知道了,你得让我再想想。"何波带着一种歉意说道,"下午的事情,我有点过头了,你们都别计较。"

对何波这种歉意似乎根本就没有注意,他注意的仍然还是何波对这个贺正雄的认识和判断。"何处长,从现在的情况看,贺正雄书记极可能与这一系列的案件有染。问题确实非常严重,完全超出了我们的想像和预料之外。"

"我已经想到了,我只是希望情况能得到落实。"

"有些情况我们已经落实了,贺书记的女婿现在就在'广帅商业城'任副总经理,而且'广帅商业城'总经理张卫革目前正在想把自己的女儿嫁给贺正雄的儿子。据说,贺正雄书记正在考虑这个事情,但还没有答应。从这一点来看,贺书记至少是知道这件事的,而且并没有拒绝。至于他去法国时,是不是带了张卫革,是不是买过大批的法国香水和化妆品,我们也正在了解。但贺书记把净资产九千万元的'胜利水泥厂',以一千四百万元的价格卖给了张卫革,这有可能是真实的,因为新近被大批辞退的水泥厂工人,目前正在集体上访,他们有一份详细的有关'胜利水泥厂'买卖的上访材料,我们已经看到了,看来工人们说的同我们听到的基本上吻合。还有一点,贺正雄同'老狼建筑集团公司'的总经理薛刚山的关系也相当亲密,据知情人士说,贺正雄几年来在土地买卖的问题上多次插手房地产业,在国家即将结束福利分房

·299·

的情况下,福利房再度成为一些人炙手可热的交易品。据说现在贺正雄手里至少握有几十套福利房的分配权,而有这么几十套福利房,他几乎可以干得成任何事情。因此,他的仕途和前程也就格外被人看好。给他提供这些福利房的人和单位,'老狼建筑集团公司'应该是其中之一。但'老狼'为什么会这么做,'老狼'这么做的目的究竟是什么?说不定还是跟这个王国炎有关。另外,东关村的土地买卖,如果省人大副主任仇一干真的插了手,那么,这里面还能跟贺正雄没有关系?省人大副主任的干侄子就是房地产业的大拿,他要干这件事,让老头子出马,其实都只是表面上的现象,真正的目的要干什么,也许还是跟这个王国炎有关系。事情越做越大,钱越花越多,窟窿越来越深,就像刚才得到的情况,他要给监狱的头头脑脑们盖房子,就得有地、就得有钱、就得有人。其实,这也是一种法治增强所带来的现象,因为这表明犯罪的成本正在加大,他们若想欲盖弥彰,就只能付出更多更大的代价。但反过来也一样,正是由于如此,他们对老百姓的危害和压榨就会更重更狠更残酷……"

"有关贺书记的就说到这儿,我们还是先说别的吧。"何波面色严峻地打断了史元杰的话。

"何处长,贺正雄今天为这件事情都能给你打电话,可见他们之间的关系不是一般关系,说不定贺正雄已经被人家捏在手心里了。"史元杰还是止不住地说道,"刚才我也跟魏德华商量了,如果贺正雄能为这样的事情亲自打电话,说不定发生在这期间的其他一些案件跟贺正雄也会有关系,比如像张市长的车祸案,像区纪检副书记的住宅被炸案……"

"好了,这些跟你们现在要办的案子没关系,不管怎样,目前我们只能按原来的部署去做,应该汇报的,还只能给贺书记去汇报。"何波只能把话说到这里。

"这可就太被动了。"史元杰不禁嚷了起来,"何处长,今天我们从东关村回来,让老百姓多么失望!那么多人在哭在骂,我们公安局在老百姓眼里都成什么了!结果是让那些为非作歹、无恶不作的家伙横行乡里、扬威耀武,为了埋葬一个做了一辈子坏事的小偷,送葬的队伍排了足有十里长!这是在干什么!而那些本本分分、老实善良的老百姓,给自己的亲人送葬时,连一副好点的棺材都买不起!再这么下去,我们这些当公安的,在老百姓眼里还有什么形象可言,还有什么威信可言……"

"那你让我怎么办!"何波也终于忍不住地爆发了,"你说说我能有什么好办法!你让我现在怎么去做!他是主管书记,他管着我,我管着你,他让我管你,我能说我不管,我能说我管不了吗!就算他有天大的问题,在国家没有制裁他以前,我又能对他怎么样!就算他是一个十恶不赦的大坏蛋,在没有人发布命令以前,我能派人去调查他,去逮捕他吗!就是他现在打来电话让我去汇报,我也只能乖乖地去汇报,你说说我有什么办法!你说说我能怎么样!你是不是让我现在就什么也别做了,马上就去告发他、揭露他!这行得通吗!你们要是有本事,就马上给我想出个主意来,看我究竟应该怎么办……"

听着何波这一通怒吼,史元杰顿时沉默了。

老局长说得没错,这就是现实,就是中国的国情,你一点办法也没有。

等到何波不说话了,屋子里终于沉寂下来时,史元杰默默地站起来,把何波杯子里已经凉了的水倒掉,换上热的,又默默地给老局长端过去,然后用一种极为和缓的语气说:

"何处长,我刚才说的不是那个意思。"

"……我知道。"何波也微微地说了这么一句。

也就是这么一句,几个人的眼睛顿时都湿润了。

"何处长,你这几天太劳累了,我也已经跟魏德华商量过了,省城你就别去了,还是我去为好。"

"……好吧。"何波想了半天终于答应道,"看来也只能这样了,你直接去跟苏厅长谈,暂时先不要惊动省城市局,代英那儿,等我们联系了再说。"

"好。"

"还有,我一会儿给苏厅长写一封信。你准备什么时候走?"

史元杰看了看表,"五点左右吧,争取在午饭前能赶到。"

"那好,四点五十你到这儿来拿信,我让家里人在门口等你。"说到这儿,何波也看了看表,说,"好了,别再耽误时间了,把你们了解到的情况都说说吧。"

"德华,你给何处长汇报吧。"史元杰看了看魏德华说道。"不足的地方,我再补充。"

魏德华知道史元杰的情绪不大好,也就没再推辞,掏出一个笔记本一边看,一边说了起来。

"何处长,从现在我们了解到的情况看,看来王国炎一案确实非常复杂,它所牵扯出来的人物和案件,都是我们根本没想到的。虽然现在还不能肯定从王国炎嘴里供出来的这些人和案件都是真实的、确凿无疑的,将来都是能够找到证据的,但有一点可以肯定,那就是围在王国炎身旁的这一群人,都是王国炎的保护者和被保护者。因为王国炎正在代他们受过、替他们服刑,所以才使得这个王国炎在他们中间有了一个至高无上的位置,所以,他想干什么,外面的人就得给他干什么。罗维民说了,王国炎当时被判处死缓,就已经是花了大价钱的。据王国炎自己说,他当时偷了车后,听说那个被他捅了十几刀的司机竟然没死,正在医院里抢救,于是曾连续四次组织人冲击医院准备杀人灭口,要不是当时公安人员的严密防范,他肯定就得手了。如果他所说的这些是真实,那么,加上这个罪状,判他死刑绝对绰绰有余。当王国炎入狱后,可能是由于王国炎的精神一直处于崩溃状态,或者说他根本就不想在监狱里待,一天也不想在监狱里待,所以,他的要求自然也就越来越急迫,条件也越来越高,胃口也越来越大。而要满足他,也变得越来越不容易。据罗维民分析,王国炎最近情绪如此恶劣,最主要的原因就是王国炎听到了有关他老婆的一些桃色传闻。罗维民说,王国炎不是疯了,而是疯狂了。他现在所有的表现,都只为了一个目的,那就是他要出去证实这个传闻。他几乎每天都在招供,但就是没有人相信他的话,或者就是没有人理睬他的话。如果他的身边全都是被收买了的人,那么,他说什么也等于白说。但随着事情的发展,王国炎的表现越来越恶劣,对他们的要挟也可能越来越紧迫,外面的人对他的所作所为也就越来越不安、越来越坐不住了,对他们来说,这实在是太危急、太可怕了。他们必须尽快把他给弄出来,只有把王国炎弄到一个安全的地方,他们才能得到最终的安宁。"

"如果真是这样,这个王国炎的处境可就危险了。"一直微微合着眼睛、深深地陷在沙发里的何波突然插了这么一句,让史元杰和魏德华不禁都怔在了那里。

这一句提醒实在是太重要,也太让人感到不寒而栗了。此时此刻,说不定王国炎的某些铁哥们儿比任何人都更想除掉他!

会不会正是出于这个目的,才使得这上下、里外的人们如此急迫地要把这个王国炎从监狱里弄出去?

这也正是黑社会组织的本质所决定的,谁要是威胁到这个组织的生存,就必须义无反顾地除掉谁!

当然,这还得看王国炎本人的表现,还得看王国炎的那些哥们儿的义气,还得看王国炎的人缘和权威性,还得看王国炎所处的这个团伙的本质,还得看王国炎是不是真的疯了⋯⋯

案情似乎变得越来越复杂,越来越让人难以捉摸了。

二十四

坐在办公室里的罗维民看看表,已经凌晨两点多了。

他使劲地揉了揉眼睛,并不太困,只是眼睛发干。算了算,已经连续两天两夜没能睡一个囫囵觉了。但他知道不能睡,也没时间睡。

赵中和是晚上十点多离开的。他在下午六点以前把王国炎的那本日记和那本《犯罪心理学》交给了看管隔离室的值班看守。罗维民尽管没有跟他一块儿去,但罗维民心里明白,肯定有人知道是他同赵中和一块儿去隔离室拿走了王国炎的日记和《犯罪心理学》。他肯定又一次被暴露了。

没有人会怀疑这些都是赵中和干的,要怀疑只能怀疑到他头上。他清楚这个,所以,他必须抓紧时间。对自己来说,时间也许真的不多了。因为暴露的次数越多,活动的空间也就越小。

赵中和也确确实实是困了,连续好多天都没怎么好好休息过,这又连着整整一天一夜没怎么合眼,而对眼前所发生的这一切,在他心底里并没有太多太大的想法和压力,也许仅仅是一时冲动,或者仅仅只是怀疑,所以,才有了偷拍日记的想法。他真的很想睡。

他们下午六点四十一块儿在食堂吃饭,七点零几分离开食堂。到了办公室后,赵中和问这些胶卷应该怎么办,是今天洗还是明天洗,是在单位里洗还是到外面去洗。罗维民说:"当然只能到外面去洗,要是在单位里洗,万一让什么人发觉了,岂不是让人觉得咱们是在搞特务活动?还有,像这样的事情,应该越快越好。就像王国炎的日记,咱们一旦知道了其中的内容,那咱们就主动了。在不知道内容以前,就只能是被动的。"

于是,赵中和在七点二十离开办公室,骑车赶到城里的一个照相馆里去加洗照片,而罗维民正好凑这个空出去跟史元杰和魏德华在一起坐了差不多一个小时,同时把自己的胶卷和记录下来的东西一块儿交给了他们。

然后又一起坐车到地区医院看了看妻子,妻子的情况很稳定,情绪也不错,但经医院检查,妻子的病情不能再拖了,必须尽快手术。

罗维民没有问手术费的多少,他知道那绝不会是一笔小数目。

史元杰和魏德华也没告诉他。

罗维民明白,目前他惟一能做的,就是以自己最大的努力,尽早把这个案子破获了,除此之外,他没有别的什么更好的选择。

离别时,妻子也没给他多说什么,也许是因为史元杰和魏德华在场,她不便说什么。她只是说她很好,孩子也很好,你要有事,只需打个电话就行了,不必要这么来来回回地跑。

他没有见到孩子,孩子在姥姥家。

离开病房的时候,他才突然感到是那么想念女儿。

他晚上十一点多回到办公室,一直到午夜十二点的时候赵中和才一脸倦容地赶了回来。

赵中和骂骂咧咧地把那些黑心老板骂了足有十分钟,因为是速洗,又是晚上,几乎多花了一倍的钱。将近一百元,差不多是他工资奖金的五分之一。罗维民想了想,拿出一张一百的票子来,说:"你把单子给我吧,过几天我找科长报销。"

赵中和说:"得了你,单昆问你干什么了洗这么多照片你咋跟人家说?弄不好,人家问你都洗了些啥东西,你拿什么给人家看,就那么点经费,他自个儿的东西还报不完呢,哪舍得让你这么乱踢腾。"

罗维民说:"不用你管,他要是不给报,我就找上面。实在不行了,我在外面还有个关系,不就一百块钱么,怎么着还不给报了。好了好了,别再争了,就这么着吧,要是真的都报不了,我再拿回来给你还不行?"

赵中和像不认识似的看了看罗维民说:"几天不见,一下子就出息了?既是这样,那就谢谢啦。"赵中和一边拿出报销单来,一边说:"你瞧瞧,一共九十八块八毛六,我再找你一块二。"

罗维民拿过单子看也没看便塞在了自己的口袋里,说:"你看时间也不早了,是不是我先在这儿翻着看看,你回家睡觉去。等我看完了,我再呼你。"

赵中和说:"那也好。你好好瞅着点,要是真有什么事情,就早点把我叫醒了。王国炎这个狗日的,肯定不会是个善茬儿,不出事则罢,要出事肯定是个要命的事。"

临走的时候,赵中和突然瞅了瞅罗维民说:"有件事也不知该不该给你说。说了吧,怕你多心;不说吧,又觉得让你这么蒙在鼓里也不是个事。"

罗维民有些发愣,然后故作轻松地说:"怎么了你,咱们这号人,只有受苦受累的份儿,就算想搞点腐败什么的也不知道该过哪个坎、该入哪道门,在一起八九年了,你还看不出我是个啥样的人?"

赵中和说:"谁说不是,我琢磨了好半天了,怎么也琢磨不出个道道来。刚才在街上洗相片时,有人打电话把我叫过去说了一大堆你的不是。说什么孩子病了是件大事,原本也不想这么急着把你催回来。主要是马上就要大检查了,侦查科是重点,你也是组织上一直考虑提拔的对象。万一要是有个什么闪失,你也不算太年轻了,再往后推,可就过了这个村,没有这个店了。这一茬一茬的不知道耽误到哪年哪月去了。再说,跟你一起的还有个罗维民呢,你这次要是被落下来,那可轮也该轮到人家罗维民头上了。你这两天不在,罗维民在你分管的几个中队里,可没少找了你的毛病和问题。今天跟这个谈话,明天找那个调查,把你们谈话室里的记录几乎翻遍了,一条一条地都记在了小本本上。然后借这个机会,一个一个地找领导反映。说你工作马马虎虎,大大咧咧,得过且过,当一天和尚撞一天钟,从来也没安心过。特别是还说你监管的一些重要犯人,有重大余罪的嫌疑你都没有发现,完全是严重的失职行为。这还不算,他居然还把一些鸡毛蒜皮的事情随意夸大,偷偷地告诉市公安局,让市公安局的人来查证这些问题。之所以要这么做,无非是想压低别人、抬高自己。还要我一定要小心点,害人之心不可有,防人之心不可无,别让人家把你偷偷卖了,你还傻乎乎地帮人家点钱……"

罗维民越听心里越发毛,听到后来,竟然止不住地冒了一头虚汗。

说这种话的人,用心实在是太可怕、太恶毒、太阴险、太卑劣了!他真不明白这种人怎么能把这些下作的言行举止和心理状态全都安在了自己的头上!

但反过来,如果自己这些天的言行举止真的让赵中和知道了的话,那么,赵中和听到这番话后又将会做何感想?一个人的所作所为如果被别的什么目的和动机偷梁换柱了的话,那你所做的这一切立刻就会变得一钱不值,以致会变成无耻小人、狼心狗肺!

如果真到了这份儿上,真是跳进黄河也洗不清了。

末了,罗维民只问了一句:"小赵,能不能告诉我谁跟你这么说的?"

赵中和在罗维民的脸上看了一阵子说:"我告诉你,你可千万别找到人家头上去。你这人,脾气一上来,就什么也不顾了。再说,这也不是哪个个人的行为,人家一再给我说,这确实不是他个人的意思,是组织的意思,他是代表组织在给我谈话。你要是传出去,古城监狱我可是没法待了。"

罗维民说:"你看你,我又没得神经病,那不是害人害己么,要那样了,我以后还活不活了?我这人有那么黑么?要真那么黑,你还会给我说这些?"

赵中和说:"那是,要是信不过你,我岂不是没事找事,吃饱了撑的?"然后他一边收拾东西,一边轻轻地说了几个字:

"咱们科长,单昆。"

单昆!

罗维民一下子被惊呆在了那里。以致赵中和离开办公室的时候,他几乎都没有察觉。

怎么会是他!两天来,古城监狱里的人一个一个地都让他想遍了,他都没想到单昆头上。他就是自己科里的科长呀,几乎每天都在跟自己打交道,尤其是骂起监狱里的一些让人看不惯的事情,骂起像王国炎这样的人来,几乎是咬牙切齿,愤恨之至。说实话,几天来,最让人感到怀疑的一直是狱政科科长冯于奎。因为只有狱政科才有对犯人进行操行评定、定期考查,核准并呈报对犯人的减刑、保释、保外就医以及获释等等一系列的职能和权力,因此,也只有狱政科才有可能让王国炎这样的犯人堂而皇之地从监狱的大门里走出去。

侦查科没有这方面的职能,所以,他也就没有这个权力。

但侦查科具有侦查和识破犯人表现真假好坏的职能,如果一个犯人的表现极差,甚至在监狱里抗拒改造、不思悔改、预谋逃跑、组织破坏,甚至有敌对行为和重大余罪嫌疑的行为,一经立案或组织专案侦查,那这个犯人纵然有天大的本事,即使有通天的关系,若再想减刑、保

· 307 ·

释,那也只能是枉费心机、白费力气了。

除非是这两个科室的人串通起来,合伙作案,才有可能把一个有着重大嫌疑的犯人从监狱里保释出去。

但也许正是由于这个原因,原来具有狱政、狱侦两项职能和权力的狱政科,才在几年前改为狱政科和侦查科两个独立的科室。为的就是防止权力过于集中,以利于相互监督。

但眼下出现这种情况,会不会是由于某种不可告人的原因和动机,又使得两个科室的负责人悄然走到了一起?

单昆又究竟是在什么时候变化了的?

仅仅就在两天以前,单昆的表现似乎还没有任何这方面的迹象,骂这个,骂那个,骂得那么露骨而又毫不留情。罗维民记得清清楚楚,单昆骂起那个王国炎来,恨不得立刻就把这个家伙给枪毙了。他当时毫不忌讳地说:"我早就说过了,这家伙根本就不是一个好东西……根本就不该给这个家伙减刑!"看得出来,他的不满和牢骚不是装出来的,而是从心底里流露出来的。给一个下级说这样的话,尽管有些过分,但也至少可以表明他当时还是干净和坦然的。

问题是这才仅仅两天的时间,单昆的态度怎么会一下子就变了?

要变也只是在昨天到今天的这一段时间里。因为在这之前的这些日子里,单昆一直在忙着装修自己妻子单位刚刚分下的那套房子,有时候甚至会加班到凌晨两三点,白天经常来得很晚,来了不是在沙发上打瞌睡,便是晃一下就不见了,但今天……

罗维民一下子怔住了,今天单昆的精力非常旺盛,没有一点劳累和疲倦的样子!早上开会他是准时参加的,下午两点的听审也是按时到的。要在往常,像这样的工作量,又长时间一晚上一晚上地加班,他肯定是坚持不下来的。罗维民知道,如今城里人装修房子,就像乡下人盖房一样花费巨大和辛苦忙碌。除了要大笔地花钱,没有十分的精力和十二分的毅力,是根本熬不下来的。两天前,单昆给人的印象几乎都已经被累垮了,何以会在这一两天的时间里,一下子变得容光焕发、神采奕奕,尤其是今天上午开会时,完全是一副睡眠充足、思维敏捷的样子。

至少昨天晚上他的睡眠很足。

莫非他的房子装修完了？

不会，就在前两天，他还在订货买东西，说是要在一两天内装修铝合金阳台，当时还发牢骚说，现在的东西一样样地都得亲自去挑去看，要不然什么乱七八糟的东西都能装到你的房子里来。半承包他坑你，全包了他更坑你。如今的人简直坏到底了，一个个地全都没了心肝。花钱买气受，人累心更累。看看人家那些有权有势的，专门有包工头给人家装修，一分钱不用花，质量还有保证。没办法，他妈的谁让咱是老百姓。

可能就是大前天吧，这话罗维民仍然记得清清楚楚，怎么就这么一两天工夫，他的房子就全装修完了？

那么，会不会突然停下来不装修了？

恐怕也不会。哪有房子装修了一半突然不装修了的道理？

如果这都不是，那就剩了一种可能，是不是有什么人帮他装修去了。或者就像他所说的那样，专门有包工头给装修，一分钱不用花，质量还有保证……他连现场也不用去，只需在家里睡觉就行了。

假如真是这样，单昆态度的突然转变也就容易解释了，何况如今的装修费并不是一个小数目。

所以，单昆就不用再去装修了，他只须在单位里做一件事：看管好侦查员罗维民，不要让他再闹事找麻烦，顺顺当当地让王国炎保外就医就足可以了。这对单昆来说，很简单，也很容易，而且也用不着承担什么太多太大的责任。

再退一步讲，假如单昆并没有这些赤裸裸的想法，也根本没有进行这种肮脏的交易，更没有用这种冠冕堂皇的话，来掩盖那种不可告人的目的，而只是有什么人换了一种方式来做单昆的工作，或者利用单昆来达到一种目的，就像刚才单昆给赵中和所说的那些话，其实就是别的什么人说给单昆的话，单昆自然而然地就接受了。昨天给单昆打电话时，单昆就对自己没通过他找副政委辜幸文十分反感和恼火，认为他是在添乱、瞎折腾、乱弹琴。所以，单昆给赵中和说的那些话，很可能单昆真的就是这样想的,就是这样认为的,所以,也就认真负责地给赵中和做了这方面的工作。至于装修房子的事,当然也会有摆在桌面上的理由,告诉单昆就暂时不用操心家里的事了,单位负责给你装修,你只要把工作做好就行了。而且也确确实实就要开始大检查了,应全力以赴地把工作摆在第一位……

于是,就有了单昆给赵中和做工作的这一幕。

如果真是这样,那么,给单昆做工作的这个人又会是谁?

因为不管单昆的动机如何,有一点则是可以肯定的,那就是单昆绝不会是背后的主谋和策划者。而如果单昆不是帮凶也不是同伙的话,充其量也只会是个被利用者。

能给单昆说话做工作的人,范围不会很大。

狱政科的科长冯于奎算一个。

还有五中队的队长程贵华。

五中队的指导员吴安新。

三大队的教导员傅业高。

三大队的大队长周方农。

副政委辜幸文。

政委施占峰。

监狱长程敏远。

算来算去,也就是这些人了。其实,还可以再压缩压缩。

五中队的指导员吴安新不可能。他刚从部队转业回来,对王国炎这样的犯人恨之入骨,对给王国炎这样的犯人减刑痛心疾首。绝对不可能。

三大队的大队长周方农也不可能。周方农是一个快六十了的老实人,安分守己、任劳任怨,但也绝不会惹是生非、徒生事端。在三大队里,基本上是教导员傅业高一个人说了算。在一些人眼里,周方农已经没有利用价值,所以,他也一样没有可能。

剩下的大概也就是这五六个人了。

会是这五六个人中的哪些人呢?

或者,会不会是这些人中的全部?

像是打了个瞌睡,紧接着便猛地一下子惊醒了。

看看表,已经是凌晨时分了。

他使劲揉了揉眼睛,又站起来甩了甩双臂,做了两次深呼吸,然后用凉水冲了冲脸,总算让脑子清醒了过来。

他不能睡,他必须在天亮以前把王国炎的日记看完。看完日记后,他还得结合日记里的情况,分析下一步究竟该怎么做。他第一得想好该怎么给公安处何处长汇报,第二还得想好该怎么给赵中和说。他不能一直就这么瞒着赵中和,他必须努力把赵中和争取过来,然后再进一步争取更多的人。尤其是他还要对这些主要领导进行一些必要的侦查工作。还有一个地方,两天来他一直在考虑该不该去找一找。如果找了,会不会引起更大的副作用。

这个地方就是检察院驻监狱的监所检察室。

监所检察室的主要职能之一就是对监狱中的监管人员进行有效监督,尤其是对一些违法违纪的监管人员可以直接进行调查审核。

按正常程序,他可以去,也应该去。但是,道理上可以做的事情,事实上你行得通吗?

如果你给监所检察室反映了这些情况,事实上不等于是把整个古城监狱的领导班子都给告下了?

而对一个常驻监狱的派出机构,如果没有十足的证据和铁的事实,要对整个监狱的领导班子进行检察审核,它能做得到吗?

不行,看来还真不到时候。何况,监所检察室的那个助理检察官你并不了解,万一要是有了什么差错,那可就彻底栽了。

他努力使自己的情绪安定下来,拿过那些刚刚洗出来的照片,排好顺序,一页接一页地看了起来。

照片洗得质量很差,由于没有放大,日记上的字显得很小,辨认起来十分费力,但渐渐地,罗维民还是看进去了。

· 311 ·

7月13日,星期四,晴

……………

热死人了!想想那些住空调的日子,再想想那些正在寻欢作乐、志得意满的家伙们,手心里就能攥出水来!

我不能再等了,一天也不能再等下去了。与其这样像猪狗一样的活着,还不如轰轰烈烈地去死。好像在哪儿看到了一则哈萨克谚语,宁可像鹰那样活一天,也绝不像鸡那样活一生。这话适合我。

中午休息时,老六子来了。他这次来,跟我上次做的事情有关。他说一个个的他都见了,把我的情况都告诉了他们。他说他们都在努力,让我一定要忍耐,千万不要冲动。一切都在以最快的速度朝最好的方向发展。形势大好,不是小好。

看他的样子不像是在说假话,老六子不会骗我的。大恩大德,他不会忘记的。要是连他也变了,那我就只剩一条路了。

他们不会与我同归于尽的,看看这像蒸笼一样的地方,再想想他们的空调,他们不会。但他们知道,我会。

7月24日,星期一,阴雨

休息。

连着休息了三天。分开大队后,动不动就扯开皮了。也好,犯人舒服了一些。

西瓜多得堆成了山,基本上人人的铺下都堆着十几个西瓜。上午卖瓜一斤三毛五分钱,卖到一半时,大队长不让卖了,好像是嫌卖得太贵。后来才知道,监外的西瓜两毛钱一斤也没有人买。发犯人的财,可耻!其实何止这些,想办法得闹一闹,让大伙出出气。

也许这可能与自己今天的情绪有关。终于盼来的家信使自己的精神松弛了一些,今天下午基本上恢复了往日的感觉。

失去自由的日子最怕的就是阴雨天,每逢这种日子,心情就会变坏,思想压抑,心事重重,干什么事情都会心不在焉。大脑中反复出现思家之情。过去的经历一一呈现眼前,仿佛发生在昨天。愤恨、懊悔交织,每每把自己卷入一种强烈的复仇欲火之中。真想冲出去立即大干一场,把几个月来的积怨和仇恨行之以残忍的手段,尽量完善我的人性。

　　妈妈的话又一次勾起了我对儿子的骨肉亲情,可怜我的儿子高高从小得不到父爱。爷爷奶奶对孙子的疼爱使我饱受折磨的心灵得到一丝安慰,妈妈叮嘱我的"要为高高将来着想,高高需要父爱",像刀一样刺痛了我的心。高高将来真的会理解我吗?等待我的也许将是炼狱般的痛苦,甚至会是终生的耻辱和歧视。但这些更容易滋长新的人生的动力,我不管孩子将来会怎么看我,我将只有对他付出再付出。高高,你将来会明白这一切的。爸爸所做的这一切绝不是要对不起你,你只需要知道爸爸是个铁打的汉子就行了。爸爸绝不会受辱于别人,也绝不会让你受辱于别人!

　　为什么我一直相信武力的作用,更迷信凶狠和残忍所具有的魅力,是因为残酷的现实印证了这一切。对别人的所作所为我从来也没有在自己身边的人身上施展过,如果我过去的行为让身边所有的人品尝一番,今天所发生的这一切就绝不会成为现实!事实是最无情的导师,它告诉我今后该怎么去做。

　　中国人的义气,并不人人具备。尤其是当今社会,义气连作裤衩子的份儿也没了。虚无的空话掩盖不了事实,我的尊严只能通过血的事实说话。如果说以前还抱有什么幻想的话,现在则已经是彻底的决断。我不会徘徊、不会犹豫,更不会再悔恨自己瞎了眼!

8月3日,星期日,晴

　　两天的休息从夜班的疲倦中缓了过来。但家事心事相连,使自己的心情怎么也平静不下来。

　　强迫自己读完了美国小说《第二代》,最受教育的是其中的独立精神和创业精神。人决不能依靠家庭和依赖任何人,过去自己在这方面就吃了大亏。从今而后,要重新树立独立自主的观念和加强个人的独创精神。对任何事情都要独立思考,自强自立。处事一定要果断勇猛、心狠手毒,想好了的事情就要一做到底。

　　昨晚又一次失眠,辗转反侧,思绪万千。胸中滚动着无尽的痛苦,像火焰一样燃烧着自己的五脏六腑。想摆脱掉它,但怎么也摆脱不掉!这一切你早就该知道,其实你早就知道,你就是自己在欺骗自己!放纵卖弄是她家的血统,自私贪婪是她家的遗传!我无法跟自己诉说,更无法跟父母和亲人诉说!

　　我要出去!一定要出去!哪怕能争取一次探家和治病的机会,只要一次就够了!我会把这件事解决得完美而彻底!

　　墙倒众人推,树倒猢狲散,凤凰落架不如鸡,虎入牢笼被犬欺!这说的都是我,都是我!做梦都不会想到自己最感亲近的人会这样变本加厉、不知羞耻地摧残我的双亲!侮辱我的人格!大概她忘了我是什么样的人!

　　想想自己当初的结婚,完全是受了自己的骗,受了那个李阳的骗!他怕我出事,枉费了我们流血牺牲的交情,这个该死的李阳!当初如果他告诉我真相,那么,现在的断肠人绝不会是我!她是在拿她的生命作赌注!完全忘了死!

　　不能想,不能想!一想就让我陷入了一片仇恨的海洋!

　　是时候了,不能再等了,绝不再等!

　　可能他们已经得到了信息,就看他们怎么答复我了。

　　我知道我该怎么对付他们!

8月10日,星期日,阴

　　…………

　　用了整整两个休息日,终于写完了这封并不算长的信。

　　其实是非常容易写的,之所以写不下去,就是因为自己压抑不住愤怒的情绪!

　　理智告诉我,只能智取,不能乱来。不能让自己的情绪让对方有所察觉,要和颜悦色、情意缠绵。但我做不到,无论如何也做不到!我恨死了她,恨死了这对狗男女!碎尸万段,千刀万剐不足以解其恨!抽他们的筋,剥他们的皮也难吐这口恶气!

这个世界真让人恶心透了!这个世界上的人让人憎恶,更让人难以忍受!我突然想到过去那些朝代里为什么会有那么多酷刑——抽筋、剁手、剥皮、腰斩、凌迟、五马分尸、宫刑……面对这样的一个世界,就得这么来!只能这么来!这才让人解气,解恨!

只有我这样的人,才能让这个世界亮起来,才能让这个世界上的人不会变得那么肮脏!

可我知道我不能把这样的情绪带到信里去,一点一滴都不能。大丈夫能屈能伸,韩信胯下受辱,老夫子的小不忍则乱大谋,其实是一个意思,为的就是排除一切干扰,达到真正的目的。

我知道这封信别人也会看,我就是要让别人也看到它,能看到它的人越多越好。要让更多的人感到我是一个值得他们可怜的人,也是一个值得他们信赖的人,但也要让他们觉得我绝不是一个六亲不认、心如蛇蝎的人,更不能让他们感到我是一个说了不算、不会铤而走险的人。要让他们有一种怕你,但并不是怕得不想见你、不敢见你的感觉。人让我一尺,我让人一丈。这是我做人的根本,他们都清楚。

因为我必须得到他们的配合,必须要让他们感到只有按我的去做才会有真正的安全。

外柔内刚,软中带硬,要让她感到我仍旧还是那个一见了她就会直不起腰,就会什么气也没了的王国炎。还是那个傻得不能再傻,专为给自己戴绿帽子的人背黑锅的王国炎;还是那个外强中干,刀子嘴豆腐心的王国炎。

一想到这些,手抖得就写不下去!我真是白活了,白活了!

就再让我违心地干这么一次吧,等到我自由了那一天,我会让世界上所有的人都后悔的!

后天他们可能才会有人来,估计她四五天后就能看到这封信。

他们看到这封信的时候,就是我动作开始的时刻。

8月20日,星期三,晴

....

  终于感到松了一口气,老熊带了四个弟兄来看我。被我臭骂一通,这不是害我吗! 好像一个侦察班!

  他们说一切都安排得很好,该做的都做了,该安置的都安置了。但却说还要耐心等待,时间上还太紧了一些,不可操之过急。我说这是谁的意思,老熊说当然是他们几个,我们都是些跑腿的,要钱没钱,要权没权。我们有的是情义,当初都是从死人堆里爬出来的,要死要活都在一起。老熊说的是实话。

  我说我有了日子的,从下个星期开始,我就开始按我的来。我只能给他们一个星期的时间,一个星期过后要还是没动静,我就只能说实话了。人有的时候就这样,他要是不想活了,你再哄也哄不住。我就不信一个个人头狗面的在人面上混,连这么个屁事也办不了!

  君子一言,驷马难追,说话不算数,还算什么血性男子!

  我说得出来,就做得出来。老熊说,青虎哥的性情我们当然知道,回去给他们说就是了,他们要是再吊儿郎当的,我们也不答应他。

  我问他莉丽怎么样,老熊支支吾吾的,说莉丽挺好的,她一见到信就大哭,哭得大家都一块儿掉眼泪。说要不是青虎哥替大家死受,说不定他们早都做了和尚去如来佛那儿去了。

  我说知道就好,大家都认真去干吧,他们清楚他们该怎么做。

  午睡时做了个梦,梦见莉丽哭得死去活来。莉丽的可耻使人不可饶恕,但我也清楚,莉丽不是罪魁祸首,真正的元凶是躲在背后的人!

  再也睡不着了,一种莫名其妙的情绪困扰着我。想想今后即将开始的日子,突然感到了一种说不出的恐怖。就像吸毒,人的毅力其实是有限的,生理的需要和恐惧是人的精神很难战胜的。我挺得下来吗？我想起了孙膑庞涓的故事,把生命交给上帝只是一瞬间的事,我不能轻易放弃自己宝贵的生命。我明白,等待着我的将是更大更多的磨难、痛苦和幸福。我一定要笑到最后。

坚定了自己的信心,眼前又浮现出了过去的自己。我有拼搏的过去和抗争的基础,以及一个人独闯社会的经历。这是人生最有用,最牢固,最可靠的别人所没有的宝贵财富。要吸取成功的精华,总结失败的经验教训。两年来的牢狱生活,把我的意志磨炼得更加坚强和完善,凭自己的毅力、智慧、勇气和胆识,一定会"狭路相逢勇者胜"！天质我具备,还有着一个优秀的血统关系,这当是一个大器晚成的条件！当今社会没有残忍和血腥将会一事无成,更不会成就大的事业！我坚信这是真理！一个没有人负责的社会,必然会有强人横空出世！

我突然想到了《共产儿童团歌》:"准备好了么,时刻准备着……将来的主人,必定是我们……"

时刻准备着！要做天下的主人！

8月27日,星期三,晴

磨难开始了,鲜血淋漓,疼痛难忍的手几乎抓不住笔。

晚饭后六点半左右,他们以严重违纪为由,大队教导员傅业高和中队长程贵华,还有一个内勤强行让我戴上械具,轮流用电警棍电击我的全身,电击我的大腿根和睾丸,最后两个人一起用电警棍电击我的两颊和耳根。极度的痛苦,还有由这种痛苦带来的恐怖,让我痛不欲生。主要是心理上的伤害,让我再次感到了人生的残酷,再次感到了犯人的悲惨和牛马般任人宰割的不幸。

我知道这一切都是自己带来的后果,但我也开始意识到是不是有什么别的原因。会不会是他们在幕后操纵的这一切？如果是这样的话,这就更加令人感到恐怖！当我一怀疑到这一点时,我就明白了我该怎么做！只能豁出去了，"明知山有虎，偏向虎山行"，我不是那种以恐吓和暴力就可以制服的人！我跟他们拼了，我要他们真正认识我！我大喊大叫，拼命地挣扎。用戴铐子的双手去抓，去抢，去夺他们手中的电警棍，直至他们不再用警棍电击我的面部为止。

已经一个星期过去了，竟然没有消息！

我开始感到了一种被出卖的感觉，他们既然可以这样对待我，当然也可能会有另一种方式来处置我。老熊说了，我们有情义，要死要活在一起。但他们行吗？他们有这样的义气吗？在这个金钱可以买到一切的社会里，什么样的人买不通，什么样的情义买不转？

什么人也不能再相信，只能相信自己！

从明天开始，我要他们真正认识我！

不是网破，就是鱼死，真正的拼搏开始了！

你们好好等着！

9月5日，星期五，晴

....

被禁闭已经两天。只有七八平米的小南房，窗户被钉死，密不透风，闷热无比。气温至少在 37℃ 以上，让我这样并不胖并不怕热的人竟也没有一时一刻不汗水淋漓。一天就给你扔两个发霉的窝头，什么菜也没有，连根咸菜也不给。精神上的打击，心理上的痛苦，肉体上的非人道折磨，让我一次次地想到了死。他们是不是就是想让我这样不明不白，无声无息地死去？不给被子，也不给褥子，就让你在坚硬返潮的水泥地上睡觉，我能服吗？不，我绝不会屈服！今天在窝头里一口就咬出六七只苍蝇来，我连看也不看硬是把窝头吞了下去。

我要活，我不死！白毛女喜儿那样一个受到百般凌辱的脆弱女子，都要忍辱偷生，企盼自由和光明，我一个堂堂的男子更不会就这样让他们折磨致死。我不会死,我明白,如果我死了,说不定他们会高兴得发疯!

晚上有个人来看我,我没看清他的脸,好像是狱政科的科长冯于奎,他说你呀你,敬酒不吃吃罚酒,给你自由还少吗?人要识时务,识时务才为俊杰么,只要你好好听话,不要乱说乱动,服从改造,努力劳动,总是有机会的么。今天晚上好好想一想,要是想通了,明天就放你出来。

他的话有道理,应该想一想该怎么办了。

不管怎样,还是先出去为好,与其死在这样的地方,还不如轰轰烈烈地死在外面!只有造成更大的影响,他们才可能真正怕我!应该闹出一个大事情来!只有闹大了,才能真正保住自己!

看来也只有这样了,该出手时就出手,别到头来终生后悔。

杀人!只要杀了人就会有检察院、法院来重新审理你的案子!而只有到那个时候,他们才会感到大难临头,才会感到死的恐怖!才会像以前那样地保护你!才会想方设法让你真正成为一个病人!

究竟该不该这么办,还得好好想一想。

好了,就让他们好好看看,谁是真正的强人,谁是真正的胜者!以他们的智商,还想斗过我!

我操你们妈!

这一段段的话,直看得罗维民心惊肉跳,不寒而栗。

罗维民默默地算着,他是9月9日见到这个王国炎的,正是王国炎决定大闹一场,从禁闭室出来的第三天!

王国炎说得到做得到,就在从禁闭室里出来的第三天,几乎把一个犯人重伤致死!如果事情真像王国炎日记里所说的那样,那么,真正的罪魁祸首其实是那些幕后策划者!

看来,他们知道王国炎并没有真疯,他们对王国炎的一举一动其实都了如指掌,明明白白。

前一次关禁闭是要叫王国炎就范,一切都按他们的去做;这一次被隔离,则完全相反,是王国炎在逼他们就范,一切在按王国炎的去做。所以,这一次被隔离就有了被子和褥子,不在南房,而是到了北房,而且还有了窗户,房间大,空气好,事实上已经不是在被隔离,而是在进行优待和保护了。

因为确确实实事情被闹大了,他们已经无可奈何、无能为力了,只能以王国炎的意志为转移了。

没想到事情竟会是这样!

情况其实依然危险,甚至比以前更危险!

魏德华,史元杰,何波他们看到这些了没有?

尤其是那一封信,王国炎写给家人的那封信,如果能把这封信弄到手,那一切的一切就都好办了。

听魏德华说,史局长将会尽快去一趟省城,所以,必须把这一切告诉他。如果能在省城秘密查找到这封信,那几乎就等于拿到了公开提审王国炎的通行证。

看了看表,将近凌晨四点。

罗维民想了想,还是打开了手机。

二十五

何波的眼睛早在几年前就已经老花了,平时看正规的文件也离不了老花镜,字迹要是小点、模糊点,看的时间长了就会感到头晕眼花,甚至头疼欲裂,恶心得连饭也吃不下去。

然而,今天晚上,何波却始终没有感到眼睛有什么不舒服的情况。字迹如此模糊又如此之小,借助于一个放大镜,趴在桌子上,一连看一两个小时,连头也不抬。

在这些日记里,何波看到了一个可怕而又扭曲的灵魂。罗维民说的一点不错,这个王国炎不是疯了,而是疯狂了。其实,还可以再补充两句,是扭曲而不是变态,是凶残而不是异常,是灭绝人性而不是人格障碍。

而像这样的一个嗜杀成性、暴戾无度的罪犯,却居然能被一些人当宠物一样给予如此的保护和优待!等到真正出现了问题时,竟会以严重违法的非常手段,以暴制暴,结果适得其反,激起了罪犯更大更强烈的仇视心理和犯罪意向。且不说这个犯人是否有更大的余罪还没有侦破和深挖出来,只是这种丧心病狂、惨无人道的犯罪欲望和犯罪心理,就足以让人感到无比的震惊和恐惧。在监狱这种对犯人实施改造的执法机关,国家动用了如此之多的人力财力,经过长年的劳改,却让一个罪犯不仅没有得到任何触动、改造和变化,反而使其更加仇视社会、仇视国家,甚至于仇视所有的家庭和人类,让这种犯罪人格和犯罪品质得到了更进一步的强化、外化和恶化!

还有比这种犯罪更让人感到可恨和可怕的么?

比起犯罪本身来,这种犯罪的危害性以及由此而带来的社会灾难会更大,更深,更重,更广,更持久,更凶险,更恶劣,更具负面的影响力和反面的示范作用!

9月9日,星期二,晴

…………

今天终于有救了!那个对我不屑一顾的姓赵的侦查员居然没来,来查案的竟然是这个姓罗的家伙。太他妈的棒了,任何一个新面孔,对我来说都是救世主!

可能他们根本没想到我会这样,我猜想他们肯定已经成了热锅上的蚂蚁,一个个都气得乱跳,气得成了一群傻×!

真把那个分队长吓坏了,他压在我身上,差点没把我憋死。其实,他要是再晚来几秒钟,那个人肯定就到了西天极乐世界去了。

姓罗的这小子看来是个不好对付的家伙,看他的样子根本就不相信我,而且还偷偷地记了一些什么。这真是太好了,他如果真的在怀疑我,那他肯定会向领导们反映的,这样一来,我的日子就好过了。

今天晚上就是明证,同是隔离室,却像换了人间!

我今天把什么都给姓罗的说了,他显得极其吃惊,有好几次都像不认识我似的看着我发呆!

太好了,我就是要让所有的人都发呆!

效果立刻就出来了,晚上十点多的时候,我发现有好几个人偷偷来过,好像还有那个姓罗的。

心里舒服极了,让他们忙活去吧。我要好好休息,把身体养好,大喊大叫,大吵大闹,其实,也是一种锻炼身体的方式。

还是那句歌词:准备好了么,时刻准备着!

9月10日,星期三,晴

....

监狱里的这几个让人可恶透顶的东西又一齐来了。我知道他们安的什么心,身上的伤痛激发出我阵阵冲动,我恨不得立刻一个一个干掉他们!以我的身手,顷刻间就能让他们颈椎折断,喉管撕裂!

让这样的坏蛋来管理国家的监狱,这个社会还有他妈的什么希望!为了几个臭钱,他们什么样的事情做不出来!减刑、缓刑、保释、外出探亲、保外就医,甚至给上一个什么推销、采购的名分就可以在监狱随意出入。即使是对那些重犯,只要有钱,照样可以把老婆情人接来,安排在一个单间里过夫妻生活,还美其名曰是改革!是妈了个×的什么新生事物!

养了这么多雁过拔毛、自私无能的贪官污吏,这个国家能有救吗!减刑的不受苦,受苦的不减刑,这是古城监狱的流行语,犯人们哪个心里不明白是怎么一回事?这哪里还是监狱,根本就是个大染缸!老实说,要是我真的想给他们制造麻烦,抓住他们的一件丑事,登高一呼,立刻就能把它这个监狱掀翻了!

我有这个能力。对他们这群蠢货,我不屑一顾。他们顶多也就是几条养肥了的狗,主子不发令他们是不敢随便咬人的。

他们说明天的事很重要,要我好好配合,要是出了什么问题,就没你的机会了,大家都很关心你,你要对得起大家。还说什么现在的事情越来越难办了,开销越来越大了。人心变黑了,胆子变小了,胃口变大了,有些家伙只收钱不办事,几万几十万的,他们都看不上眼了,因为他们个个肥得流油,想让他们动心已经不那么容易了。过去几万块就能铺成一条路,现在几十万、上百万也不见得就能铺成。这两年经济情况都不太好,黑路子一条一条都给卡死了,生意也都是外强中干,只是名声在外,其实里面都是一团糟,筹措点钱已经不像以前那么容易了。所以,要我一定多多体谅,他们真的很难。

也许这是实话。不过,我说了,别的就别想那么多了,只要达到一个目的就行,到了外面我一个子儿也不会花他们的。我有我的办法和路子,我还没活到他们那种份儿上!

他们说我的一本日记没了,问我都记了些什么。想了想,百分之百是那个姓罗的干的。这样更好,我就是要让他们发疯!

铐子加警棍,今天没用他们的法宝。他们不敢了,知道我什么事情也做得出来。

不过,我明白,已经不能相信任何一个人。我已经准备了几套方案,每一套方案都将会让他们刻骨铭心、终生难忘!

何波看得浑身直冒冷汗,这个王国炎原来什么都清楚。对罗维民的一举一动,竟然了如指掌,一切尽在意料之中!

看来,这个王国炎确是一个极其危险的人物,不止古城监狱里的那些人忽视了他,其实,自己也一样低估了他。既然王国炎对罗维民的情况如此了解,这说明罗维民早已彻底地暴露了,他早已处在某些人时时刻刻的监视之中!

既然罗维民已经彻底暴露,不用说,市公安局的有关行动也一样已经被彻底暴露,包括你自己和你这个公安处的有关行动,也同样被暴露无遗。

这就是说,你所安排的所有的行动,他们都会立刻采取相应的对策。甚至你没想到的,他们可能都早已想到了。因此,你所有认为是主动的行为,其实,很可能都是被动的,甚至会在人家的指挥棒下,稀里糊涂地钻进了人家早已设好的圈套里。

这真是太可怕了!

局势是如此的险峻,你却还在这里优柔寡断、前思后想,甚至于缩手缩脚、怕这怕那。

难怪古城监狱的辜幸文会用那样的口气跟你说话:"……出了你那个圈子,你什么也不是,你什么事情也办不了……你以为你什么都清楚,其实,你什么也不清楚!"

还有那个市政法委书记宋生吉。

地委主管副书记贺正雄……

如果他们真的都是一伙儿的,那你现在的位置和处境可就太尴尬、太可悲了,真是像辜幸文说的那样:"……别人拿你们当猴子一样地耍,你还以为你们个个都是英雄好汉!"

就在这一刹那间,何波突然意识到,局势完全变了!而且早已变了!

算了算,已经整整三十多个小时过去了,作为一个地区公安处,一个市公安局,眼看着一伙罪大恶极的逃犯就在眼前,你却几乎等于什么也没做!甚至于完全在被动挨打!

电话铃声猛地响了起来。

魏德华打来的电话:

"罗维民有要紧的事情想跟你说,看你能不能接?"

何波问清了罗维民的电话,对魏德华说:"你告诉他别用手机,在电话上说更清楚安全,我立刻就给他打过去。"

何波看了看表,凌晨四点整。

他用湿毛巾在脸上擦了一把,然后拨通了罗维民办公室的电话。

"小罗,一直在办公室没回家?"说实话,何波真的有些感动。

"何处长,你要注意身体。"罗维民从魏德华嘴里已经知道了何波同样一夜没睡。

"我很好。"何波的感觉确实很好,虽然他还弄不清这是好现象还是坏兆头,三十多个小时没有合一眼,却一点没有感觉到倦意。"小罗,谢谢你拿来的那些东西,真帮了我们的大忙。"

"何处长……是你帮了我的大忙,再说,这也是我的事。"罗维民一时不知道怎么说才好。"何处长,那些东西是不是你都看过了?"

"我刚刚看过。这些东西你是不是当时就没顾得上看?"

"看了,我这儿也弄到一份,我也已经全看了。"罗维民顿了顿说,"何处长,有些情况你是不是已经看出来了?"

"我正在想,有些还没有琢磨透。"何波如实回答。

"何处长,有个情况你肯定看出来了。"

"你说。"

"我已经完全暴露了,而且也肯定已经处在了他们的监视和控制之下。"

"……小罗,我想他们目前还不敢把你怎么样。"

"我不是这个意思,他们要把我怎么样,我现在根本想也不想。我担心的是,我活动的范围会越来越小。何处长,所以,我现在急需你的支持。"

"有什么要求你只管说,我们随时会给你提供保护。"何波从罗维民的话里受到了一种强烈的感染,压力和风险让人感到了一种悲壮。

"何处长,我的意思你又理解错了。"罗维民再次解释道,"我是觉得我的时间很有限了,我不能再等下去了。我现在必须立刻行动起来,否则就没有机会了。"

"小罗,你要冷静,在任何行动前,我们必须考虑到你的安全。"

"这个我想过了,在没有行动以前,其实是最不安全的,所以,我必须立刻行动。"罗维民的语速明显快了起来。"何处长,我有一个想法,希望你能同意。"

"是不是要见面谈?"

"不需要,很简单,几句话就能说清楚。"罗维民果断地说道。"何处长,你同古城监狱里的主要领导哪个比较熟悉?"

"这同你的想法有关系吗?"

"我觉得是这样,王国炎的情绪现在正处在一个极其放肆和毫不忌讳的状态里,我们现在完全可以利用一下。"

"我也正在这么想。"

"他们现在相互间的矛盾很深,一时间还没法调和,没法统一。而且互相猜忌,互相憎恨,谁也不相信谁。所以,在这种情况下,王国炎为了达到某种目的,对任何人都不会设防,什么事情他都会往出说,你让他交代什么他就会交代什么。因为他现在不惧怕任何人,他说了,他就是要让他们怕他,同时他还有一个观点,就是认为现在的社会就是金钱的社会,只要有钱,什么样的事情也办得成;只要有钱,就不会有人把他怎么样。即使让他签字画押他也照样会干……"

何波听到这里,也突然心里一亮。看来,这个罗维民是真动了脑子,这个想法自己以前也有过,但在目前这种情况下说出来,突然具有一种突破性的意义!

"……何处长,我的意思也不知你听明白了没有。"罗维民小心翼翼地说道。"鉴于现在的情况,我们监狱里的几个主要领导只要有一个同意签字,我们就可以秘密地对王国炎实施突审。"

"……是不是突审时我们也派人参加进去,让这种行动具有法律效力?"何波接着罗维民的话茬儿说了一句。

"太对了!何处长,只要有了王国炎的口供笔录,并且有王国炎的签字画押,到了这一步,你也就明白,我们都能干什么事情了。"

"小罗,古城监狱有权签字的几个领导都有谁?"

"监狱长、政委,还有主管的副监狱长和副政委,他们中任何一个同意都可以。"

"……小罗,我不知道你想过没有,现在最主要的问题是,在这几个领导中,你觉得哪个更可靠一些?哪个更保险一些?万一有个什么闪失,岂不要暴露和打乱我们的计划,以致让我们的行动一败涂地、误入歧途?"

"……何处长,我担心的也是这个,所以,才想让你出面。"罗维民想了一下又补充道,"是以你个人的身份私下出面,不管用什么办法和找什么关系,找到一个确实可靠的人,让他也同样以个人的身份而不是以组织的名义表示同意……事实上我们只需要一晚上就足够了。"

"……我明白了,就是以我个人的交情请他帮忙,让他也瞒着监狱其他领导,暗中跟我们一块儿行动。"何波一句说破。

"实际情况就是这样。"

"但话却不能这么说。"

"何处长,一定要立即行动,不能再拖了,否则,真的就没机会了,监狱的情况随时在变。"

"你觉得时间定在什么时候最好?"

"最好是今天晚上。"

"现在是十二号凌晨四点多,离晚上十二点还有二十个小时,这期间会不会出现别的意外的情况,比如像你,工作上,安排上会不会突然出现变化?"

"那也没关系,万一我要是有变化,还有一个人可以跟我们一块儿行动。"

"谁?"

"赵中和,我们侦查科的另一个侦查员。"

"可靠么?"

"可靠。"

"小罗,你觉得辜幸文这个人怎么样?"

"……辜幸文,辜副政委?"罗维民一下子怔住了,对这个问题他真的无法回答。"何处长,其实,我们监狱的这几个领导,表面上看,情况都差不多,但究竟怎么样,那谁也说不清楚。"

何波已经意识到自己说了一句废话,是好是坏,哪个领导能从脸上看出来?

"还有,小罗,要是能提前行动的话,你觉得有没有把握?"

"……估计也行,那就让赵中和跟你们一块儿行动,我在别的什么地方把他们的注意力吸引过去,但这样做危险性要大得多。"

"好了,我明白了,你抓紧时间休息一下,有情况我随时告诉你。"末了,何波又盼咐了一句,"小罗,一定注意安全。"

何波默默地坐在那里,一直到整五点的时钟响起来的时候,才把他的思绪拉回到现实。

他立刻拨通了史元杰的手机,知道他已经在路上了。何波把罗维民汇报的情况给史元杰谈了谈,然后告诉他请把这一想法也汇报给厅领导,最好能得到他们的支持和帮助。

打完电话,何波本来想睡一会儿的,但此时早已睡意全无。

罗维民的想法无疑是目前最简捷、最有效、最有力,也是最具杀伤力的,一旦实施并且成功了的话,那几乎就等于把这个庞大的团伙全都收在了一张网里,只需一声令下,就可以把他们全部拘捕!

一旦拘捕,有王国炎招供签押的诸多犯罪事实和犯罪细节,这一个个案件的破获几乎可以说已经完成了一大半!

想起来容易,做起来可就是另一回事了。

平时开会、座谈、研究、汇报、视察、学习……眼前的领导一大片,等到真正需要一个可靠而又可以信赖的领导时,却又常常会感到一个也放心不下。明知道在这个世界上还是好人居多,还是好干部、好领导居多,但事实上一百个人里头只要有一个坏人、坏干部混迹其中时,于不知不觉之中就已经让你戴上了有色眼镜。在这个法制尚不完善、体制还不健全,坏人无孔不入、恶行无孔不入的年代里,这种警觉和疑惧也许并不是一件坏事,但当你处在一个真正需要帮助和支持的时刻,这种无处不在的警觉和疑惧可就适得其反,一无可取了,有时候它真能要了你的命!

该找谁呢?

如果在两天前,也许他会找地委主管书记贺正雄的。贺正雄同古城监狱的政委施占峰、监狱长程敏远关系都不错,跟辜幸文的关系也一向很好。因为据他所知,古城监狱的许多难以解决的问题,有好多都是贺正雄出面帮助解决了的。但现在他知道不能再找贺正雄了,不说别的,只从这种关系来看,就更不能去找。

如果在两个月前,也许他会找一找市政法委书记宋生吉,他知道宋生吉跟古城监狱的关系也向来不错,古城监狱政委施占峰的儿子就在市政法委工作,前不久还给提拔成一个副科长。这个孩子其实中专刚毕业还不到一年,实习期都还没满。当时何波并没有从更多的地方去想,因为他见过这个孩子,确实非常精明强干,当个副科长绰绰有余。但现在看来,这件事可就得打一个大大的问号。至少在这件事上,宋生吉这个人绝对不能信赖。

地委书记当然不能去找。自己跟一个地委书记还没有达到这种交情:让一个地委书记以个人的名义给监狱里的一个什么领导打招呼,再让监狱里的这个领导以个人的名义暗中帮另一个人私下进行一次什么行动。让人听来,简直荒谬之极!

行署专员也一样不能去找,何况,专员平时根本就不过问这方面的事情,即使有,自己也不会知道。从桌面上讲,你根本就无权去找一个行署专员解决这样的问题。其实,从行署专员的角度来看,也一样荒谬之极!假如你是一个专员,要有什么人找你让你办一件这样的事情,你觉得可笑不可笑,荒唐不荒唐?一时半会儿你说得清吗、解释得清吗?

市委市政府的其他领导看来也不能去找。新市长刚来,因两个月前那桩市长"车祸"案,市委书记很可能要被调走,除此之外,能有资格跟古城监狱打交道的市领导也就没有了。

其实,都还存在这样一个问题,地委行署的领导也好,市委市政府的也好,从行政管理和职权范围的角度来讲,他们均无权过问古城监狱的任何事情。监狱管理,纯属条条管理。即使出了天大的事情,地方上你也管不着。他要听你的,找个理由可以听;他要不听你的,你依然毫无办法。

条条管理就得往上找了,省监狱管理局,除了那个从古城监狱提拔上去的高元龙,其余的自己一个人也不熟悉。高元龙自己倒还熟识,他现在是省监狱管理局的副局长,但你能找他吗?王国炎说这个高元龙是他养出来的一条狗！假如真是这样，找他岂不是泼油救火、自投罗网？

省司法厅的厅长自己还算能说上话，但找他怎么说这件事？作为一个司法厅长，对自己下属单位的这些领导，还用得着这样偷偷摸摸吗？打一个电话，发一个指示不就得了？要是这样，岂不更是打草惊蛇、弄巧成拙？从另一个角度看，这样做岂不是把人家下属机关的领导全给告下了？因为你们下面的领导都不可靠，所以才不得不这么做？这样的话你说得出口吗？其实，现在找谁也没用！

一没时间，二没机会，三没这个权力，最主要的是没有一个说法！中国人善于以桌面上的行为解决桌面下的事情，只要有一个冠冕堂皇的理由，就可以办成任何事情。其实，社会上那许许多多的丑事、坏事、恶事、见不得人的事、十恶不赦的事，大都是在一个个响亮耀眼而又高尚虔诚的名分下干出来的。但反过来，即使是一个真正于国于民极为有利的好事、幸事、善事、至关重要的事、功在千秋的事，假如师出无名，没有一个天经地义的名号，也照样没人跟你去做。名不正则言不顺，言不顺则事不成。仅仅是因为有了圣人的古训，才使得中国人都成了这个样子？

也许这也正是坏人称雄，好人难做的原因之一。

时间正一分一分地溜走，看看表竟过去了一个多小时！

眼看就七点了，七点半以前你必须做出决断来，然后在领导们上班之前赶到他们的办公室，如果在这个时间截不住他们，极可能就会一天也找不着了。

现在领导们的事情实在太多了。

找谁呢？

……辜幸文！

这个名字在何波的脑子里再一次地闪现出来。

应该去找他。何波有些发狠地想，是沟是崖，闭上眼就跳一次吧！何波实在不能相信已经五十八岁了的辜幸文，会拿自己一辈子的声名业绩开玩笑，彻头彻尾地钻进了钱眼儿里。

如果他真是这样,真的已病入膏肓、不可救药,说不定他当场就敢掏枪毙了他!

何波要独闯古城监狱,面对面地跟他谈一次!

老伴端来一碗蛋羹,一碟咸菜,一碟辣椒,两个馒头。

何波低下头只顾稀里呼噜地吃,老伴只是默默地瞅着他,一句话也不说。一辈子了,谁也知道谁的脾气,就是三天三夜不睡觉,也别想劝住他一分半毫。说什么也是白说,劝什么也是白劝。

干脆什么也不说。

一直等到何波吃完了,才发现老伴一直在身边坐着。

本想开个玩笑什么的,却一时被僵在了那里。

老伴的眼里满是泪水,止不住地在往下流。

"你看你看,这不是挺好么?没事没事,只要胃口好就什么事也没有。"

老伴也不说什么,擦了擦泪把碟子碗收拾起来自顾自地走了。

何波叹了口气,想了想,也没再说什么。

出门的时候,电话铃声响了起来。

他没有去接,但保姆喊住了他。

是公安处值班室的电话,说是接地委贺正雄副书记办公室电话,要他八点整准时去见贺书记,贺书记有要事需当面同他商谈。

何波顿时呆住了,见鬼!怎么会在这种时候?

这么多年了,这还是第一次,一个主管书记有要事要当面同他商谈!

而且是直接通知给值班室的电话,并没有直接通知他。贺正雄并不是不知道自己的电话,手机、BP机,包括家里的电话,他都一清二楚。

会有什么事呢?

何波隐隐约约地感到了一种说不出来的担忧和疑惑。

十有八九的不会是什么好事。

二十六

何波八点差五分赶到了地委副书记贺正雄的办公室。

但看贺正雄的样子,似乎已经等了他好半天了。

贺正雄四十几岁,1977级大学毕业生。据说他曾多次对别人说,在全省1977、1978级的大学生里,级别最高的目前就只有他一个人了。所以,他一定要努力再努力,争取不要再出什么差错,以免1977、1978级大学生里的行政干部在厅局级这一层面上全军覆没。所以,他的工作作风给人的印象是一贯的谨慎细心、一丝不苟,尤其是在原则问题上更是严肃认真、毫不含糊。他极善言谈,讲起话来头头是道,有板有眼,既有理论,又有实践,旁征博引,深入浅出,一如悬河泻水,大气磅礴而又极富感染力。听他报告的人,常常会情不自禁地发出阵阵掌声。所以,从这一点来看,人们又觉得他是一个有魄力、有活力、有开拓意识、有进取精神的改革型干部。谨慎而不保守,严肃而又热情,小心翼翼而又大胆开放,这便是人们对他的一致看法。

其实,这几年来,上上下下的人对他看法都不错。要不是最近一段时期出现了这么多让人意想不到的事情,也许他的口碑会一直保持下去,一直保持到他顺顺当当地被任命为行署专员,甚至一直保持到更高一级的职务为止。

贺正雄平时很少同别人开玩笑,经常是冷若冰霜、一脸严肃,即使是在自己的上级跟前,也很少能看到他的笑容。

然而,今天的贺正雄则显得和气而又轻松,一见到何波的身影,立刻便站了起来,跨出桌位,急急走了几步握住何波的手,一直把何波送到沙发上坐下才放下手。紧接着又亲自沏了一杯茶,恭恭敬敬地放在何波身旁的茶几上,然后并不坐回办公桌后面去,而是在离何波很近的沙发上坐了下来。

也就这么几个动作,便让何波心里感到了一种说不出的滋味。

说实话,贺正雄对自己向来都是极为尊重的。并不只是今天,平时一贯都是如此。

这些年来,能如此真心实意、许多年如一日地对一个下级表示出这种尊重和关怀的领导,已经很少很少了。越老越不值钱,越老越没有人理睬,这已经是社会生活中让那些离退休干部们不寒而栗的残酷现实,想想老伴刚才默默无语的泪水,不也正是对这种生活前景的担忧和焦虑吗?

就算眼前的这个贺正雄有这样那样的问题,那同你又有何干?只要他对你好不就得了?世界上的恶人坏人、贪官污吏何其多,比起贺正雄来,要坏得多的人有的是,干吗跟他过不去?何况,他还管着你,他还是一个前程极为看好的年轻干部,他还对你如此尊重和热情,你究竟是跟别人过不去,还是跟自己过不去?

你犯得着么?这么大的一个国家你管得过来吗?

其实,你一辈子抓的罪犯和坏人还少吗?眼看着你就要退休了,你不栽花反栽刺,你真的就不想想你的退路?放着这样一个尊重你的领导,你不保他,反想闹他,你能保住你这晚年再不需要求领导办事了?其实,你所认识的那么多的领导里头,都像你想像的那么好吗?

如果他真是一个坏人、坏干部,那提拔他、赏识他的那些领导干部难道都是一无所知的受骗者和受蒙蔽者?

…………

"……何处长,我看你脸色有些不好,是不是身体有些不舒服?"

耳旁贺正雄一声轻轻的问候,这才把何波从冥思苦索中拉回了眼前。"刚起来,脸色就这样。没什么,过一会儿就好了,老毛病。"

"该休息就得休息,该调养就得调养,岁数是不饶人的,比如像我,二十来岁跟三十来岁就不一样,三十来岁跟四十来岁更不一样。前几年的时候,没累没乏,连着几个晚上不睡觉,眨一眨眼睛就过去了,什么事情也没有。可现在就大不一样了,稍稍加个班,几天都缓不过来。有

· 333 ·

时候看着你们还真羡慕,我要是到了你们这个年龄,身体还不知会成了啥了呢……"

何波默默地听着,渐渐地似乎感觉到了点什么,主管书记一大早急匆匆地把他叫了来,只怕不会光是跟他商谈身体。

看着贺正雄这样一副泰然自若、亲切和蔼的样子,何波的困惑越来越大了起来,他会跟自己谈什么呢?

会不会是有关市里那几个案子的事情?

好像不会。要是有关案子的事情,他根本犯不着这样兴师动众,让值班室打电话通知自己。这其实等于是在告诉所有的人,贺副书记有要紧的事上班前就把何波叫走了。

会不会是有关王国炎一案的事情?

恐怕也不会。王国炎的案子,他们之间根本就没谈过,他也从来没有给贺正雄汇报过。这样突然把他叫来谈这个案子,岂不是等于在自我暴露,表明他同这个案子有密切关系?他不会那么傻,再说也还没到那种时候。

那么会是什么事呢?

……会不会……年龄问题!

等何波突然意识到这个问题时,就像挨了一闷棍似的让他晃了一晃。

什么也想到了,偏偏没有想到这个!而这恰恰是个最要命的问题!

坏了!突然的紧张竟让他顿时感到手心里汗津津的,因为这个要命的问题他还真没想到该怎么对付。

怎么办?

贺正雄的脸色还是显得那么和气和尊重,坐在他身旁的样子还是显得那么亲近和密切,说出来的那些话也还是那么轻松和自然。然而,这一切所给何波带来的感觉在这一刹那间已经全然不同了,甚至让他感受到了一种奸诈和放纵。也许因为他根本就不怕你,或者根本就不担心你,抑或是他根本就没把你放在眼里,因此才会有了现在的这种表情和模样。

"……人家拿你当猴耍,你还以为自己是英雄好汉!"辜幸文的话陡然间又在自己的耳旁响了起来。

也许在贺正雄的眼里,你顶多也不过是一个小卒子——需要的时候,冲锋陷阵,让你做他的挡箭牌;不需要的时候,丢卒保车,随时可以牺牲掉你!不就是一个小卒子么,何况还是一个傻乎乎的只知冲杀的小卒子?

真是怕出来的鬼!贺正雄接下来的话立刻便证实了他的猜测和担忧。

"……何处长呀,你们这些老同志,其实,都是我们的宝呀。假如要不是限定的这个年龄界限,再干十年八年的又有什么问题?尤其是公安这个行当,虽然确实需要一个好的身体素质,但经验也是极其重要的。何处长呀,我今天叫你来,心里也很不是滋味,其实,这样的事情,一般的领导都不忍心讲的。本来应该政法委的书记们给你谈,但他们还是推给了我。真是没办法,谁让我是主管书记呢!具体的情况是这样,昨天地委委员会已经做了研究决定,准备让你从公安处的领导岗位上撤下来,下一步怎么安置,现在还没有具体定下来。以你年龄的情况,有这样一些地方可供你考虑。一个是地区人大,一个是地区政协。因为马上都要换届了,现在就得做通盘考虑。副职估计都没什么问题,地区政协主席一职估计还有竞争的可能,但会有一定的难度,还需要做大量的工作。当然,还有别的一些去处,你也可以考虑,比如像公安处的调研员啦,地委的副秘书长啦什么的,但那样别说别人怎么看了,首先在我这儿就过不去。这样又正派又有魄力的一个老领导,还能让干这个去?说实话,政协人大那儿的竞争相当激烈。你也知道的,现在的人,谁后面会没背景?光我这儿从上面来的条子就有几十张。好了好了,不说这些了,你的情况我总算争取过来了,看你有个好的结局,心里多多少少也踏实了一些。至于公安厅那面,地委也已经打了申请报告要求报批备案了,公安厅对这个安排也基本上表示满意。何处长呀,现在的事也真是难办,能到了这一步,我个人认为确实很不错了。我不知道你对此有什么想法,要让我说,退下来也好,就到人大政协清闲几年吧。级别上上一个格,待遇也都上去了,干了一辈子,晚年也就没什么后顾之忧了……"

何波默默地听着。其实,到了这步田地,也只有听的份儿了。

让他感到震颤的是,他们的行动怎么会如此之快、如此之大!在如此之短的时间里,竟然调动起了一个地委委员会,并在会上研究决定罢免了你!

一个无形的力量能到了这种程度时,你还有什么好说的呢?

你能说所有的领导都没了心肝,所有的人都没了是非,整个社会都黑到底了?

其实,如果从贺正雄所说的这些来看,从领导岗位上退下来,能有这样的结局,也确实不失为一种好的选择。朝里有人好做官,若让局外人看来,这岂不是最好的一种安排?如果背后没人说话,每年退下来的领导那么多,又有多少人能像你这样?五十七八退下来,在政协人大再干上一届,既上了一格,又可以多干几年。说实话,这样的结果不正是许多人朝思暮想、梦寐以求的吗?这不全都是在为你好吗?

说不定贺正雄在地委委员会上为这些据理力争时,人们还以为何波你真有运气碰上了一个仗义的好上级。

又有谁能听得出来,在贺正雄的这些话里其实还隐藏着那么多潜台词呢?我已经给你争取到这一步了,但并不是说到了这一步就可以高枕无忧了。往后的事情还远远没完,要想真正达到这些目标,尤其是想达到更高一层的设想,比如像竞争政协主席这样诱人的位置,那还得做进一步的努力,说白了,也就是看你的表现。如果你的表现不好,甚至很差,那这些美好的未来和前景,很可能都会失去……

这就是说,如果你真要依照贺正雄所指的这些目标走下去,一切就只能按着他的指挥棒转来转去。

就好像是一块深不可测的泥沼地,一旦你陷下去了,就只能越陷越深,无法自拔。

因为这其中的许许多多的事情,只有天知地知,你知我知。

因为这些年来,其实一直是他在控制着你,尤其是近一个时期以来,他已经完全掌握了你。

现在回头一看,再回头一想,简直是骇人听闻!让别人感到怎么会有这种事情,这种可能?

然而,这却是铁的事实!

真是不堪回首!

…………

他脸上的微笑和亲切都包含了些什么!

是不是也包含着你的耻辱和羞愧?

这就是他的领导艺术和领导策略?

他如此急不可待地把自己免掉究竟是为了什么?如果不是因为王国炎一案又能是什么?其实一切都已经是如此的清楚和明了,还需要你再猜测什么?

也许王国炎一案仅仅只是一个导火索,只是一个引燃点,其实在更早的时候他就已经在一旁对你冷眼相看、侧目而视了,比如像市里的那几个大案,几乎每个星期都要给他详细汇报一次,尤其是最近一段时期以来,这几个案子似乎已经开始有了眉目了,至少也已经接近了实质性的阶段,所以,就在这个时候,他便来个釜底抽薪,斩头去尾,不用一兵一卒,便兵不血刃地解决了问题,弹指间便让你全线崩溃、一败涂地!

所以,仅从这一点来看,贺正雄的这一手就实在太险恶太毒辣太虚伪太狡诈了。他在如此关键的时刻,不动声色地把你从公安处的这个位置上一下子揪下来,然后给了你一个空中楼阁、海市蜃楼般的"美好前景",等于什么也没有真正给你,却不仅没让你生气不满,反倒让你感恩不尽、称谢不止地解决了一切问题。比起"杯酒释兵权"的谋略来,似乎还要高明!还有比这更用心良苦、刁钻奸猾的吗?真是螳螂捕蝉,黄雀在后,只注意了前面,却忘记了身后。也许他们早就准备好了,早就拿你当猴耍了,一旦发现异常,就立刻把牵线收紧,然后让你在一瞬间分崩离析,前功尽弃。

他真的没想到这个。腥风血雨,大江大河都闯过来了,真的没想到会在这样的一个壕沟里翻了船。

他究竟该怎么做,该怎么回答他?

"……何处长,我的话已经说完了,你能不能把你的想法说一说?"

贺正雄的话轻轻地在耳旁再次响起来。何波突然意识到自己已经好长时间没有说话了,他甚至感到了自己额头上汗水正直往外冒。太落魄了,在贺正雄眼里,说不定还以为你真是一个不堪一击的熊包蛋!

你得把头抬起来,你必须说话!但你必须记住,从现在起,你绝不能再跟他说一句实话!既不能显得无所谓,也不能显得太沉重;既要表示感谢,又要提出要求;既要想办法探探他的虚实,又不能让他知道你的真实想法。

"……贺书记,说实话,我真的没想到会这样,真的没想到。"何波的脸色很平静,但语气却让人感到有些凄凉和失望。"我一点思想准备也没有,本来,今天还有一个要紧的会议等着要开,却没想到你一大早把我叫来是为了这个……你也清楚的,我在公安系统干了一辈子了,其实,自己也早就想到了会有这一天,但突然就让我这么离开,还真是舍不得。贺书记,是不是组织上已经决定了,不可更改了?"

"是的,已经决定了。"贺正雄的口气分明地严肃起来。

"我的意思,是不是可以再干个一年两年的?"何波的口气几近于哀求。

但贺正雄的回答冷漠而又毫无回旋余地,"不可能,这是地委委员会上已经定了的事情,政法口的并不只你一个。"

"那么,有件事我想问问,接替我的可能会是谁?"

"还没有最后定下来,估计很快也会宣布。"

何波突然感到了一阵说不出的惊喜,看到了一丝希望的亮光。这就是说,他至少还有几天的干头!即使只给他一天两天的时间,他都还有机会反击!如果实在不行的话,哪怕只有二十四小时的时间也可以。"贺书记,你的意思是说,只有等到新的领导到来之前,我才可以移交工作?"

可能是何波的话让贺正雄如释重负,于是,他的口气立刻缓和了下来。"老何呀,没有人让你马上离开工作岗位。在新处长到来之前,你还得安下心来把处里的工作做好维持好,即使新处长来了,你也还得好好配合一段么,扶一程,再上路,这是老传统,也是老规矩,你的接班人你不招呼好,让谁招呼?否则,人家还以为你不愿意退下来,故意给人家摆难看。好了好了,这样的道理还需要我讲么?其实呀,我们都有这一天的。老何呀,说实话,不干了,也就解脱了。长江后浪推前浪么,就像咱们的家长一样,总是不放心儿女们干得了干不了,其实,人家干得不会比咱们差。你的心情我能理解,过上一段就好了。其实呀,看上去这会儿我劝你好像很开通,将来挨上我们这些人了,说不定还远不如你。"说到这里,贺正雄看了看时间,再次显出一脸的笑容来,"老何呀,你看时间也不早啦,是不是我们今天就到这里吧?你一不要有什么包袱,二不要有什么压力,想开点,轻轻松松到二线么!回去好好准备准备,该移交的移交移交,该交代的交代交代,我估计时间不会太晚了,正式的手续和安排,大概一两天内就会发下去。按正常手续,到时候还会有人找你谈话。如果还有什么具体问题,你随时还可以来找我。好了,你回去后先给你们的政委和另外几个副手通通气,我会尽快通知他们的……"

何波走出贺正雄的办公室时,贺正雄再一次跟他笑容可掬地握了握手。不过,何波并没有留意贺正雄的笑容,只是注意到就在这一会儿工夫里,贺正雄已经有三次不再叫他何处长,而是称他为老何了。

他平时尊重的只是你的位置和权力,根本就不是你这个人。

其实,何波此时已经顾不上多想这些了。

他坐在车里,默默地想着他现在该去干什么,哪一件应该是自己必须尽快干的事情,以致司机问了两遍他都没有回答。

今天本来第一件要办的事情,是马上去到古城监狱找辜幸文。现在是不是还应该去呢?

因为突然之间,他感到自己的身份已经同一个小时以前大不相同了。

你想瞒也瞒不住,像这种事情,顷刻间就会传得沸沸扬扬,满城皆知。何况,贺正雄还要求你"回去后先给你们的政委和另外几个副手通通气",其实,就算你不说,他也肯定"会尽快通知他们的"。没有别的,他要的就是这个效果。让所有的人都知道了这个消息,无形之中也就等于剥夺了你的权力。让你有令不行、有禁不止,原有的安排全部泡汤,既定的工作尽数瘫痪,正在执行的任务全面瓦解,并让你所具有的权威性、组织性彻底丧失……

说不定一天之内,甚至几个小时以内,关心着你、爱护着你,或者憎恨你、厌恶你,包括所有正在同你打交道的人们都会听到你的这个信息。

辜幸文也一样会听到。

所以,他得重新考虑考虑自己跟辜幸文说话的方式,因为实事求是地讲,你现在其实已经不再是一个大权在握的公安处长了,或者说,一两天后,你就不具有一个公安处长的身份了。而以你现在的这种不伦不类的尴尬身份,你究竟该给人家怎么说?而人家又会怎么看?

身上的BP机再一次震动了起来,就在贺正雄办公室的那段时间里,自己被转换为震动方式的BP机至少震动了八九次。他长出了一口气,努力让自己冷静下来,然后掏出了BP机。

  辜先生请你回电话。
  辜先生有要事请你回电话。
  辜先生请你速回电话!
  辜幸文先生有要事请你速回电话!
  辜幸文说他请你务必立刻回电话!
  辜幸文请你无论如何立刻回电话!

BP机这一长串的名字让何波久久地愣在那里,辜幸文究竟出什么事情了?

良久,他才像惊醒了似的掏出手机来。

"……我是何波。"何波打通辜幸文电话后,没作任何解释。

"你现在什么地方?"辜幸文也什么都没说,只问他的位置。

"什么事?"

"我想现在见你。"

"……现在?"何波一惊,这倒是他没想到的。

"现在。"

"那好,我马上过去。"

"不用。还是我去你那儿。"辜幸文的语气像是在下命令。

"不行。我那儿不方便。"何波也一口拒绝。从目前的情况看,自己那儿也确实不方便。

"那你就马上找个安静点的地方,五分钟后告诉我。"辜幸文说完便挂了电话,毫无商量的余地。

但何波感觉得到,辜幸文确实是有重要的事情要给自己讲。

一刻钟后,他们便坐在了永兴路一个背街的"春花"小歌厅里。

两个人居然不谋而合,都没要车,都是打的过来的。

这是何波很熟悉的一个客户,公安处曾在这里破获过一个案子。

正是一天中客人最少的时候,街面上的行人也一样稀少,小歌厅确实非常安静。

歌厅一个姓吴的小老板忙乎了一阵子,放下几盘瓜子水果,还有一壶热茶、两瓶饮料,寒暄了几句,然后马上知趣地走开了。

等到人走了,歌厅里静下来了,辜幸文却一直不说话,只顾津津有味地嗑着瓜子。何波本不想先说话,但看他这样子,终于忍不住地说:

"你把我约来这儿,可不是只为了嗑瓜子吧?"

"当然不是。"辜幸文看也不看他一眼,"先说说你刚才干什么去了?"

该死的家伙!莫非他已经感觉到什么了?或者已经听到什么了?何波紧张地思考着,究竟该不该把实情告诉他?末了,他以攻为守,反问了一句:"你连着打了七八个传呼就是想要问我干什么去了?"

"前两个传呼还没有这种想法,到了后面这种想法就有了。"辜幸文向何波瞥了一眼说道。"我只是想证实一下我的猜测,看你究竟会在什么地方。"

"你所猜测的那些东西,是不是跟你关系很大?"何波想找到辜幸文的眼神,但始终碰撞不到。

"何波,到这时候了,你还不敢给我说实话?"

"你想要哪方面的实话?"

"你知道。"

"你真想让我说吗?"

"这几天你不是一直在找我吗?"

"如果你真是什么也知道,那你就应该清楚,我现在的心情很不好。"

"你是想跟我摊牌吗?"辜幸文甚至笑了一笑。

"有这个意思。"何波这时不动声色,不慌不忙地掏出一把手枪来,然后慢慢地指向了辜幸文,"请你把脸转过来,我有话要问你。"

辜幸文大概是没想到何波会拿出枪来,愣了一愣,然后直直地盯住何波:"这就是你的摊牌?"

"辜幸文,你敢不敢说实话,在东关村龚跃进、胡大高的地盘上,由薛刚山的'老狼建筑集团公司'盖成的四座小楼房,哪一座是给你的?"何波的嗓音很轻,脸上也看不出任何表情。

"还有什么?"辜幸文一动不动。

"'广帅商业城'的张卫革,每年包销你们数百万的滞销产品,作为回报的条件是什么?"

"好,继续提问。"

"去年你的惟一的儿子结婚,有人送给你一把已经装修好、连家具也一并买好的住宅钥匙,你能说出来是什么人送的?"

"还有么?"

"今年七月份,你们监狱的一辆大卡车被人借走,并被换了牌照,在当时市长出车祸的那条路上,有人看到你们这辆车在出事的地点待了有一个小时,你能把这件事解释清楚吗?"

"……"辜幸文眼神里有什么闪了一闪,然后说道,"再往下说。"

"辜幸文,这还不够吗?这几件事情拿出任何一件来,都能把你的这辈子毁得一干二净。"

"哈哈哈哈……"辜幸文突然一阵仰天大笑,笑得几乎流下泪来,"何波,你真他妈的是一个王八蛋!看你那愣头愣脑的样子,还真不知道你能傻成这个样子!刚才在贺正雄那儿,是不是也是这么一副德性?"

何波再次感到了一次震动,没想到这个辜幸文知道的真多!甚至还知道他刚才就在贺正雄那里!何波并没有把端着的枪放下来,仍然字斟句酌地说道:"这么说来,我的猜测并没有错。"

"你的猜测确实没错。说实话,我还真为你的能干感到高兴。可惜的是,你的这种能干,充其量也只是匹夫之勇。"说到这里,辜幸文斜睨着何波的枪口说,"你是不是觉得这样说话挺威风?其实,你根本就是违反规定,非法持枪,同时我还怀疑你是否还有持枪的权力。"

"这你告不倒我,至少我现在还有这个权力。"何波继续一眼不松地盯着辜幸文说,"匹夫之勇比起那些不讲良心的胆小鬼,要强一千倍,一万倍!辜幸文,我希望你不要忘了住牛棚的那些日子,不要忘了刚从牛棚里出来时说的那些话。不要转移话题,请你回答我的问题。"

"老实说,我现在根本不想回答你的任何问题!你现在的举动,在我眼里简直愚蠢透顶、可笑之至!你好好想一想,一大早我连续呼了你八九次究竟是为了什么!其实,你他妈的比我更着急,到这会儿了,你还装什么洋蒜!现在的每一分钟比我们的生命都还宝贵,你还在这儿跟我打哑谜!我告诉你,现在能救了你,能救了古城监狱,能救了无数老百姓的人,只有一个人,你他妈的睁眼好好看看,那就是我!"

辜幸文的这一番话还没有说完,何波便已经把枪放了下来。"你他妈的早说这样的话,我还会把枪口指着你吗!辜幸文,你才真他妈的是一个王八蛋!我两天两夜没合一眼了,就是没猜透你到底是个什么东西!"

两行泪水,止不住地从何波的眼里直奔而出。

隐隐约约地,何波感到有一只手轻轻地在他的手背上拍了拍,然后便紧紧地握在了自己的手上。

他知道,那是辜幸文的手。

眼泪再次汹涌而出。几天来的劳累、压力和紧张,以及刚才所受到的巨大的打击、委屈和羞辱,几乎使何波哽咽起来。

两人默默无语。

也只有默默无语,才是最好的安慰。

…………

二十七

代英像是吓了一跳似的醒了过来,然后又像是条件反射似的从沙发上跳了起来。

一看表,已经是上午九点多了,他差不多睡了竟有两个小时。

睡得太多了,原本计划只睡一个小时的。他不能睡,真的不能睡。还有那么多的事情等着要办,尤其是他还准备把张大宽失踪的情况尽快给市局局长汇报,并且准备把自己下一步的想法告诉局长。

昨天晚上几乎找了整整一晚上,直到上午七点时,还是没有任何有关张大宽的消息。

所以,他必须尽快采取行动,时间就意味着生命。时间越拖长一分钟,大宽生还的希望就越少一分。

现在的问题是,能不能就此事立刻对王国炎家里的人,或者对王国炎的妻子直接采取行动?

如果可以采取行动,那么究竟应该采取什么样的行动?

但不管采取什么样的行动,都必须事先给领导汇报并且征得领导的同意。事到如今,他已经不能再把这件事保密下去了,鉴于现在所出现的非常情况,他已经做好了接受重大处分的准备。如果张大宽真的出了什么问题,他不仅永远无法原谅自己,而且他将准备为此付出一切代价,并承担所有的责任!

这一切全都是自己的失误,全是!

整整一晚上一直到现在几乎没吃一口东西,但一点也不感到饿。他摇了摇沙发旁的暖水瓶,里面空空的。算了,一会儿到了局长那儿再找水喝吧。

传呼机以提示的发音时不时地响一声,他打开看了看,这两个小时,差不多来了有十几个传呼。没什么太要紧的,他一个也没回。想要的没有,不想要的偏是往一块儿凑。

一动不动地思考了几分钟,终于让自己困乏得有些麻木的思绪正常运转了起来。

他觉得见局长前,必须先给老领导何波打个电话。他需要知道一些情况,也需要把这里的一些情况告诉他。

打了差不多有十分钟的电话,却没想到怎么也找不见何波。尤其让他诧异的是,何波的手机居然一直关着!而且连着打了四五个传呼竟也没回电话!

怎么了?代英突然感到有些不大对劲。莫非正在执行什么任务?不会。一个五十七八岁的老局长,什么样的案子还必须他亲自参加?

最大的可能,是不是老局长正在开什么重要的会议?但再重要的会议,难道连出来一下打个电话的时间也没有?除非是两个人正在交谈什么,但如果是两个人的交谈,那就不是开会,也就不会连电话也不回了。

对老领导何波来说,还有什么事情能比他的电话更重要?

BP机再次响了起来。

还是刚才的一个手机号码,但这次打上了名字:

史元杰现在省城,有要事请回电话。

· 345 ·

史元杰！

他到省城干什么来了？

他迅速拨通了史元杰的手机号码。

史元杰以平均每小时一百四十公里的速度，只用了不到四个小时，在上午九点左右，便赶到了省城。

在这不到四个小时里，史元杰睡了差不多有三个小时。等到车到了省城中心大街时，他才算醒了过来。

他先给省厅打了个电话，看厅长上午是否有时间接见。省厅办公室说厅长现在正在参加省政法委的一个紧急会议，估计回来要到十一点半左右了，如果你有急事，请在十二点以前再打电话联系。

然后便同省城市局刑侦处处长代英进行联系。手机不通，BP机没人回，办公室电话没人接，家里说昨天到今天，代英根本就没回来过。

史元杰觉得已经没什么希望了，这才跟司机一块儿在街上胡乱吃了点东西。一边吃一边给家里打了个电话，知道父亲的身体还是老样子，母亲也还硬朗。总的来说，都还正常。他说可能中午他会回去一趟，如果要是十二点半以前回不去，就不要给自己留饭了。

吃完东西，他又一次传呼了代英。

不到三十秒的时间，手机便响了起来。

"史局长吗？我是代英，你什么时候来的？"

"你可真难找！我还以为你赶到外地办案去了呢？你现在在哪儿？"

"就在办公室，很抱歉，没能及时给你回电话。"

"没关系，都干的一样的活儿，还不是常有的事？"

"没想到你会来，开会还是别的什么事？"

"就是王国炎的事，没别的事。"

"那你来时怎么不来个电话？"

"昨天晚上临时才决定的。何处长本来提前要给你打个电话的，但因为时间太晚了，怕打搅你就没打。"

"是不是又有了什么情况?"

"是。代处长,我这次来,主要是要给省厅汇报这个案子。"

"给省厅汇报?"代英一惊,"是不是问题非常严重?"

"可能比我们想像的要严重得多。"

"史局长,我刚才跟何波处长怎么联系也联系不上,对这个案子我也有新的想法,所以,我特别想跟你们商量商量。"

"你的意思是我们先谈谈?"

"你看呢?我觉得这件事非同小可,我们得好好分析一下。"

"我想也是,正好我现在还有点时间,你看我们是不是见面谈?"

"你在什么地方,我马上过去。"

"不用,我现在还没地方,我看还是去你那儿好。"

"也好,知道市局在哪儿吗?"

"是不是还是老地方?"

"对,几十年如一日,就是门牌变了点,其他的什么也没变。"

史元杰坐进代英的办公室时,正好十点整。

此时代英的办公室已经焕然一新,几样水果、两瓶矿泉水,一盒"阿诗玛"也已经摆在了擦得干干净净的茶几上。

两个人早已熟识,但真正面对面地坐在一起,这还是第一次。

两个人两天来,都只睡了两三个小时,眼睛里都布满了血丝。好在两个人都还算年轻,精神和思维都仍在维持着正常而紧张的运转。所以也就没什么废话,一见面立刻就直奔主题。

渐渐地,两个人几乎全都被对方所谈到的情况惊呆了。

史元杰根本没想到在一个堂堂的省城里,在有着这么多的武警、巡警、民警的大都市里,竟会滋生出这样的一个组织,你还根本没对它怎么样,可以说几乎还没有触及他的一根毫毛,只是稍稍地靠近了它一点,便让你无声无息地消失了、失踪了、不存在了!

简直就是一个诡秘而恐怖的、吃人不吐骨头的超级黑洞!

代英也同样没有想到,一个监狱里的囚犯,在他身上所辐射出来的东西,居然会有如此强劲的杀伤力。涉及的人员会如此之广,保护他的罗网会有如此之大,尤其是牵扯出来的上层领导的数目竟会如此之众!难怪老领导何波会突然通知他停止一切行动,毫不奇怪,因为他不仅会触及你的人身安全,极可能还会波及你的职务和身份上的"安全"!

看来,这根本就不是一个公安部门解决得了的问题,如果真的涉及了地委行署省委市委省政府省人大,说不定也根本不是地委行署省委市委省人大省政府解决得了的问题。如此一个盘根错节的通天大案,凭你一个下属部门就能轻易撼动了它?最要命的是,很可能你的每一步,都已经暴露在了他们的监控和火力之下。你在这儿拼命地调查、审核、侦查、分析、取证,每前进一步,都会付出巨大的努力和牺牲。然而,在你的敌对一方,人家对你的一举一动却清清楚楚、一目了然。在你试图靠近对方,甚至还远离对方时,人家只需稍加运作,你立刻就会灰飞烟灭、一败涂地。问题是你不仅没有任何可以制约和挟制对方的手段,说不定还要接受人家的"领导"和"监督",甚至于还得把你所知道和所了解到的情况全都交给人家"审查"和"研究"。你对人家毫无办法,人家对你有的是办法。尤为让你痛苦的是,作为一个公安人员,你明知是因为他们从中作祟才致使一个一个的大案要案无法侦破。对此,你不仅无能为力、毫无对策,反过来却还得接受他们的严厉批评和严肃处分。你消灭不掉他们,他们反而还要以此为借口把你们一个个警告、记过、降级、调离、免职……借你的手把你们一个个地消灭掉!是他们收拾了你,反而是因为你的"错误"!做贼的相安无事,抓贼的含冤负屈。

等待在他们面前的很可能就是这样的一种结果。

很可能。

怎么办?

如果去汇报,又怎么说?这汇报的本身,会不会是又一次的自我暴露、自投罗网和自取灭亡?以致把自己再一次地显露在对方的交叉火力之下?

两个人面面盯觑,一时间再也说不出话来。

何波看到代英和魏德华的传呼时,已经是上午十点多了。

他刚刚把辜幸文送走,心里总算一块石头落了地。当两个人都把对方看清楚了后,余下来的事情就好办了。

辜幸文并没有给他说更多的情况,他说现在说什么也是白说,最重要的是,必须尽快在王国炎身上打开一个缺口,否则,你我只能眼看着我们的人一个个束手就擒,全军覆没。辜幸文说了,你不相信我,其实,我从来也没敢相信过你。你同地委主管书记贺正雄好得跟哥们儿似的,在知情的人眼里你会是个好东西?要不是贺正雄突然对你下手,即使事情再紧急,我也绝不会贸然打电话找你。古城监狱我不是不相信任何人,因为现在的人实在太脆弱、太虚空、太不堪一击了,你今天还深信不疑的人,有时候往往到不了明天就眼看着被人拉下水去了。其实,我在这个地方当"耳目"已经有些时候了,不是自己不想下手,而是下不了手,根本就没地方下手。这几年他们有意在外面散布一些对他们有利的小道消息,说什么古城监狱就是辜幸文一个人说了算,纯粹是栽赃陷害,遮人耳目。最近一段时间以来,他们的胆子越来越大。有些事情,他们连会也不开,更不用说研究了,私下里一捏弄,悄悄就办了。越是这样,越是四处放风,说古城监狱的事都得听辜幸文的。其实,他们都瞒着你,什么也不让你插手。这些年,有些机关主要领导的权力也越来越大,那些副职们一个个地纯粹成了摆设。他们想怎么干就可以怎么干,别人对他们毫无办法。尤其是你越是显得像一个好人,像一个正直的人,就越是没有力量,他们就越排挤你,就越是没人把你放在眼里;反过来你越显得像一个坏人,像一个贪婪的人,却越会让人感到精明强干,越让人觉得龙行虎步、所向披靡,他们就越是向你靠拢。在一个地方,如果一切的是非曲直、观念认识全都颠倒了,那么,好人也就成了坏人,坏人也就成为好人了。所以,当一个地方的好人都变成了"坏人",都变成了无用的人时,想想你在这种地方还能做成什么?

辜幸文说他已经跟罗维民联系过,但他什么也没跟我说,我知道他在防着我,但我已经把意思给他讲清楚了。过一会儿他会跟你联系,行动一定要越快越好,最好今天下午就开始。今天下午古城监狱的主要领导大都不在,监狱长程敏远血脂高下午在医院输液,政委施占峰今天去了省一监参加经验交流现场会,狱政科科长冯于奎下午在地区宾馆陪同省高院的客人去参观几个地方,侦查科科长下午要去查看他房子装修的情况。五中队的政委和三大队的大队长,下午我给他们安排了一个任务,要求他们必须尽快把五中队近一段时期以来的情况写出一个汇报材料来,明天一早要他们在监狱全体中层干部会议上做汇报。所以,今天下午到今天晚上这一段时间都非常安全……

何波似乎已经忘记了刚才在贺正雄那儿所受到的羞辱,他抑制不住内心的激动,一时间连心跳也觉得快了起来,没想到事情会这么顺利,顺利得让他简直难以相信这一切会是真的。

只要能在他被免职以前突审了王国炎,他就还有机会进行反击。他必须反击,否则,他一辈子都无法咽下这口恶气!

看着魏德华和代英的呼号,稍稍思考了一下,他觉得还是先打给魏德华为好,估计魏德华打电话跟罗维民的情况有关。

他在拨打手机时,才感到了自己的手颤得竟是那样厉害,以致好几次都拨错了号码。

一接通电话,魏德华就急急地嚷起来:

"哎呀,何处长,可算找到你了!你让我和罗维民都急疯了,我们有急事要马上见你,你现在在哪儿?"

"罗维民也在你那儿吗?"

"在,他来我这儿已经快半个小时了。"

"你让他跟我通话。"

"……何处长,我是小罗。"

"小罗,我告诉你,我刚才已经见了辜幸文。"

"辜幸文?"罗维民吃了一惊。"我就是要告诉你这件事。"

"我们已经谈妥了,你现在和魏德华立刻起草一个要求在古城监狱讯问犯人王国炎的申请报告。不要具体说明是什么案情,但要写上请求古城监狱侦查人员协助讯问的内容,越简短越好,写好后盖上市局刑警队的公章,然后,你们马上一块儿去古城监狱交给辜幸文。"

"何处长,你觉得辜幸文这个人可靠吗?"罗维民有些担心地问,"他这个人实在太让人……"

"……小罗,事到如今,我们已经没时间再干别的了。"何波对罗维民的话并不是一点感触也没有,但此时此刻已不容他再考虑别的了。"就是错了,也只能将错就错。事实上,我们已经全部暴露了,反正不管怎么做,他们都会一清二楚。你们去了那儿,要见机行事,一定多长个心眼儿。因为是在古城监狱里,所以,你要尽全力帮助魏德华他们把这件事做好。"

"我知道了。"罗维民本来还想说点什么,但听何波这么说,也就没再说什么。"还有什么吗?"

何波想了想,又吩咐说:"你们必须在上午十二点以前把报告交给辜幸文,等他批示了后,马上给我回个电话。好了,你让魏德华接电话,我再给他说两句。"

魏德华似乎已经预感到什么,语气顿时变得少有的严肃。

"何处长,是不是马上就要开始行动?"

"是。德华,虽然你是个副局长,但从现在起,你的一言一行都必须接受小罗的统一指挥。"

"明白。"

"具体怎么做,我已经告诉小罗了。你回到市局后,立刻选出两个精干而又可靠的人员来,脑子要好使,记录速度要快,每个人都要准备一套录音设备,两个人同时记录、同时录音,签字时最好两份记录上都签。还有,一定要注意安全,特别要保证罗维民的安全。去时带足吃的和矿泉水,对隔离室的几个看守,要尽量招呼好。招呼好,懂不懂是什么意思?"

"我懂。"魏德华机械地应了一声,紧接着又补充说,"你放心,到时候我会想办法的。"

"要看情况,不要弄巧成拙,把事情给办糟了。记着,随时给我打电话。"

"明白！"

听着魏德华毅然决然、军人般的话语，何波再次感到了一种无以言表的凄楚和悲怆。

不管是对罗维民还是对魏德华，以自己目前的身份，已经不应该再对他们这样发号施令了。

何波没想到代英此时竟会同史元杰在一起。

代英的话里分明地显示出一种压力和担忧：

"……何局长，"代英还是改不过口来，"刚才我和史局长几乎把你们那儿的处室和单位打遍了，谁也不知道你去了哪儿。何局长……你没事吧？"

"我没事，我是刚刚才看到你的传呼，是不是又有了别的情况？"何波赶忙问道。

"目前还没有更多的情况，刚才史元杰已经把有关情况给我说了，何局长，我们都很担心你。"代英似乎话里有话。

"……你们刚才找我是给公安处打的电话，还是给市局打的电话？"何波从代英的话里也似乎感觉到了什么。

"史局长刚才还给你们的地委贺副书记打了电话。"

"……哦？"何波不禁一惊。

"何局长，史局长要给你说话，你那儿方便吗？"

"方便。"也确实方便。整个歌厅包括整个歌厅四周静悄悄的，连行人的脚步声都听不到。"请他接电话。"

"何处长，我觉得有问题。"史元杰一接电话便突如其来地来了这么一句。

"……什么问题？"何波问道。

"我刚才把电话打到了贺正雄办公室，想打听一下你是不是去了那儿，没想到他办公室的工作人员说贺书记正在找我，于是便跟贺正雄通了电话。"

"他是不是给你说什么了？"

"是。"史元杰欲言又止。

"说嘛,到这会儿了,还吞吞吐吐地干什么?"何波其实已经意识到了什么。

"他说他正在四处找我,有重要的事情要给我当面谈。我说我现在不在地区,我给他撒了个谎,我说我正在郊县办案子,一时半会儿还回不去。结果他说了一句话,让我到现在还没回过神来。"

"往下说。"

"他说他今天早上已经给你谈了话,说经过地委委员会研究,你已经被免职了……"

"说呀,他还说了什么?"何波突然感到自己还真是小看了这个贺正雄,没想到他给别人说的同给自己说的竟然完全不同!一个地委副书记怎么可以这样随便说话!但随即一想,贺正雄说的并没有什么过头的地方。不管贺正雄当时的话有多委婉、多温和,但事实上你确确实实是已经被免职了,而且是组织上的研究决定,因此,不管他怎么说,给谁说,都是正大光明的,他想怎么说就可以怎么说,想给谁说就可以给谁说。他说的话一点没错。

史元杰犹豫了好一阵子,像是解脱了似的说了一句:"他说地委和市委的领导也都研究过了,决定让我接替你的位置。"

然后两个人在电话里都一下子沉默在那里。

何波陡然感到了一阵亡魂落魄般的震撼!对他们这几个人来说,也许这才是最为致命的一击。贺正雄这一手才真正是奸诈之极,阴险之极,毒辣之极,可怕之极!

让史元杰接替你的位置,从贺正雄的角度来看,也许是打击他们、拆散他们再好不过的谋略了。像这种并不是由自己、也不可能由自己提拔起来的接班人,一般来说,免职的和被提拔的双方都会是一对天然的矛盾,这种矛盾常常会在上任之初就强烈地表现出来,而且会随着时间的推移越来越尖锐、越来越难以调和。尤其是像你目前所面临的这种局面,也许会更糟糕、更危险。第一因为你自己的这个接班人并不是你亲自提拔的;第二你本人并不是被提拔了,而是被免职了;第三你平时根本就没考虑过接班人这个问题,尤其是没考虑过这个突然被提拔,即将接你的班的这个人,你不仅没举荐过他、暗示过他,甚至于动不动就对人家疾言厉色、大发雷霆,以致要让人家写出辞职报告,再干他的刑警去!就是这样的一个人,如今突然被别人定成了你的接班人,想想这会对你是一个什么样的前景?又将会对你是一个什么样的威胁?特别是在你们中间,这样一种突然而至的心理上的变化,自然而然地会影响到你们之间的所有关系,包括你们相互间的信任、相互间的看法以及相互间的所有判断。你还会像以前那样看待他吗,他还会再像以前那样相信你吗?比方说,你会不会怀疑到他为什么会提拔,而自己被免职?会不会怀疑到他的人格,甚至怀疑到他是不是出卖了你、欺骗了你?就算你对他并无这些方面的任何怀疑,但他会不会就这样认为你、怀疑你、看待你?他要是时时事事都是这样的一种想法,比如就像你这样的凡事都这么一来一往地想来想去,你们之间还会像以前那样一心一意、同仇敌忾?还会有以前的那种心境和思绪?

就像现在,连向来干练果决的史元杰,尽管只是刚刚得到这个消息,但同你说起话来的时候,就已经变得这么吞吞吐吐、思前算后了。

何波再一次感到了自己的失算和被动。自己同各种各样的犯人几乎打了一辈子的交道,很少有失手的时候,即使失手,那也只是暂时的失手,总不至于一败如水,被人一下子打垮。然而,今天在这个案子里,几乎还八字不见一撇,就猛地被人一下子打倒了,而且倒得还是这样惨,这样彻底,这样势穷力竭、毫无还手之力,简直根本就不是对手!他默默地等在电话里,根本无法开口,更不知道该怎么说。

"何处长,你还在听么?"也不知过了多久,史元杰终于再次开口了。

"……听着呢,你说吧。"何波努力地使自己的话语能显得轻松一些。

"……贺正雄还说了,"史元杰的话又有些吞吞吐吐起来,"他说让我必须在今天赶回去,明天就到公安处报到,一方面移交市局的工作,一方面熟悉公安处的工作,那些具体的事情就先交给别的人去处理。

还说一个星期后,你们这些被正式提拔的正处以上的干部,都到省委党校进行三个月的理论学习。"

简直是要进行一场毁灭性的打击!何波突然止不住地问了一句,"那处里和市局的工作呢?"

"他说现在地委和市委正在研究,在研究决定下来以前,市局的工作暂时由市政法委书记宋生吉主持,公安处的工作暂时由政委负责,并要求像以前一样,工作上的问题都直接向他汇报……"

何波顿时陷入了一种深深的绝望之中。真没想到会是这样!"那魏德华呢?"

"我没问,他也没说。"史元杰突然抬高了嗓门,"何处长,我不知道你是怎么想的,我觉得这完全是一个阴谋!"

"元杰,他是不是说了今天一定要见到你?"

"他说让我回去后立刻给他打电话。"

"你怎么说的?"

"我说我尽力往回赶吧,要回去估计也会很晚了。他好像很不高兴地说,哪个轻哪个重,你自己掂量吧,几十公里的路,总不至于回到下午、回到晚上吧?有多大的事情,还非得让你一个局长亲自办不可?他还说刚才已经问了市局办公室,并没有听到今天有什么要办的大案子。后来我问他,这么大的事情,怎么事先我一点都不知道?我一点心理准备也没有。他说这些你回来后就都知道了,我现在只给你透露一句话,要不是宋生吉给你拼命争取,再过三年你也别想当上这个公安处长。"

何波突然感到这个地委副书记的语气和举止,竟像个"文革"中样板戏里的土匪头子一样,滑稽可憎得让人无法相信那会是真的!

"何处长,他是不是已经把你叫去跟你谈了这事?"

"是。"

"……他真的给你说了你已经被免职了?"

"没直接这么说,但基本上就是这个意思。"

"你找过地委其他领导没有,是不是真的地委委员会上已经研究决定了?"

"有可能。"

"我不相信,绝不相信!何处长,这不会是真的,至少不会这么快!"

"元杰,有些事情你还不清楚。"何波忍了忍,还是把这句话说了出来,"事实上,我们都中了人家的埋伏。"

"何处长,我早就给你说过的,贺正雄这个人靠不住。"

"过去的事等以后再说吧,"何波再次感到了一种无以言表的痛苦,"我最担心的是,当你学习三个月回来后,可能还会有更让我们想不到的变化。"

"我想也是,"史元杰不知是在安慰自己还是在安慰别人。"何处长,我不知道你怎么想的,我想来想去都觉得这真是个陷阱,一不小心,我们一个个都非得栽进去不可。"

"元杰,我们都不要再想这些,要是再这么考虑来考虑去,那可真是要全军覆没了。"何波本来还想再说点什么,但一个直觉告诉他,在这种时候,不管对任何人,都必须少说为佳,不说为佳。"你见到厅长了没有?"

"厅长上午开会,十一点多才可能回来。"

"必须尽快见到他,要把所有的情况全部告诉他。"何波说到这里,已经把时间安排得没有任何空隙,"请求他最好能立刻做出决断,在尽可能保密的情况下,允许我们并支持我们在明天就开始行动。"

"明天!"史元杰大吃一惊,"何处长,古城监狱的行动有把握吗?万一成功不了怎么办?"

"事到如今,已经不能失败,只能成功。"何波虽然这么说,但其实自己的心里根本没底。走到这一步,也只有孤注一掷了。"元杰,我们没有时间了,也已经没有任何退路了。你想想,当你今天赶回来,当贺正雄一见到你时,那就意味着你什么权力也没有了。说不定市局这会儿已经吵翻了天,好在我们还有一个魏德华,我想他们还不至于把他怎么样。只要你们市局的刑警队还在咱们手里,那咱们就还有主动权,就还有反击的力量。但这也仅仅只是一天两天的时间,等到你被立刻指示到地区公安处报到,宋生吉一旦接管了市公安局,那一切的一切就全然不同了。所以,必须是明天,最迟也不能迟于明天晚上。只有时间才能救了我们,我正在想,你是不是再想一个能让贺正雄相信的办法,最好在明天上午赶回来?"

"那好办,让魏德华告诉办公室,再让办公室的人转告贺正雄,就说我的父亲病重住院,已经赶回了省城。告诉他等我到了省城后,再同他直接联系。"

何波想了想,看来也只有这样了。"好吧,就按你的办。记住,一定要立刻见到厅长,十二点以前必须见到,因为还必须留给他思考决断的时间。"

"我知道了。何处长,刚才我跟代英处长也商量了,他想把这些情况也尽快汇报给他们的局长。"

"不行!"何波几乎想也没想,便断然拒绝。"在你没见到省厅厅长以前,决不能让他们的局长知道任何这方面的事情。"

"何处长,有个情况你不知道,代英并没有给你说清楚。"史元杰停顿了一下说,"昨天晚上代处长给你说的那个当事人,到现在仍然还没找到。所以,他不能再拖了,他说他得为这个当事人负责。"

"那也不行!"何波再次拒绝道,"现在是非常时期,我得保护他!如果他也出了问题,我们可真是全得完蛋。"

"何处长,你让代处长给你说吧。"

"何局长,"代英仍然还是过去的称谓,"情况很严重,我必须尽快采取更大的行动,否则,我的当事人就没救了!"

"在你还没有彻底暴露以前,你的当事人不会有什么问题。"

"我不能想像我的当事人在他们的手下会是一个什么样子!何局长,你清楚的,他们是什么都干得出来的。他们肯定要让我的当事人说出谁在让他干这些事,我怕他受不了,他身体并不好,年纪也不小了,家里根本离不开他。何处长,你应该明白我现在的心情,我必须采取更大的行动,否则我会遗恨终生!"

"小代,我明白,但你应该知道,万一再出现什么纰漏,我们的所有的行动说不定就全得泡汤。再说,我必须要保证你的安全,我不能让你也因为这个案子再陷进去。如果连你也陷进去了,你的当事人就更没希望,处境也更艰难。我不是不相信你们的领导,我只希望在现阶段知道这件事的范围越小越好。小代,你看这样行不行,一会儿见厅长时,最好你们两个一块儿都去,把你那儿的情况和我们这儿的情况先直接汇报给厅长,等到厅长做出决断后,你再给你们的局长汇报不迟。你看这样怎么样?"

代英想了好半天,终于说道:

"也好,就先照你说的办吧。"

"小代,谢谢你。"

代英有些发愣,这是老局长第二次这么跟他说话了。

二十八

罗维民和魏德华不到十一点十分便备好了人员,并办好了所有应办的手续。

人员都是挑的最好的,一个是技术科的刘之辰,一个是预审科的黄光耀。年轻,机智,反应快,手脚利落,而且两个人都有一身好功夫。万一要是出了什么问题,至少不至于会出现无法招架的情况。连同罗维民一共四个人,以防万一,除了技术科的小刘外,其他的人都带了手枪。

食堂早已备好了四盒挺不错的份儿饭,每人两只鸡腿,一块牛排,四两米饭,一大碗豆腐汤。即使再一口不吃,也足以坚持到夜里十二点以后。

十一点四十左右,一行人便赶到了古城监狱。

进监狱大门的时候,罗维民收到了自己同事赵中和的传呼:"赵中和有急事请你速回办公室。"

罗维民看了一眼没吭声,心里则在不住地打鼓。

赵中和此时会有什么急事？

会不会又有了什么变故？

千万不要再出什么事情了，罗维民突然感到心里阵阵发紧。在这个节骨眼儿上，任何一丁点干扰，都可能导致前功尽弃，确实不能再出什么事情了。

怎么办？是不是先给他回个电话？想了想，还是先见辜幸文要紧。不管怎样，先办了手续再说。

辜幸文似乎在办公室里已经等了很久很久了。

仍然像以往一样，在他那平静而严肃的脸上你依旧看不到任何险情。对他们几个进来的人，也不让座，也不递茶递烟，几乎连看也不看，没有任何客套。

他默默地在市局盖了章的请示报告上看了好一阵子，然后提起笔来，在上面龙飞凤舞地写了两行字：

  同意，要严格履行监管程序。请侦查科协助讯问。

辜幸文 9月12日

写完了，辜幸文并不说什么，径直给五中队拨了个电话。

"……五中队值班室吗？我是辜幸文……请你们指导员接电话……吴安新吗？我是辜幸文……我告诉你，今天市局的几个公安人员因其他案子要调查讯问咱们五中队的几个犯人……一般性的，也就是例行调查。这是上面打了招呼的，你一定要配合好……最好不要有什么干扰，找个合适点的地方。我已给侦查科布置了，由侦查科派人协助调查讯问，别的人最好就不要参加了……对，主要是要做好保护和保密工作，以免传出去节外生枝，在犯人中造成负面影响。今天你们队长程贵华和你们大队教导员傅业高都不在，你就辛苦点吧……还有，一定要注意他们的安全……现在就开始，他们已经吃过饭了，别的你就不用操心了……好了，要是有什么问题，请随时给我打电话，我今天下午哪儿也不去，就在办公室。"

…………

等把这一切都布置完毕后,辜幸文这才显得轻松而又难得地向他们笑了一笑:"好了,都安排好了。小罗知道在什么地方,今天下午就由他协助你们。不会有什么事的,如果有事,我会及时处理的。你们还有什么要求吗?要是没什么要求,那就可以去了。"

等到所有的人都走出去后,辜幸文突然叫住了罗维民:"小罗,你回来一下。"

罗维民怔了一怔,急忙转过身来,有些紧张地看着辜幸文。

"放轻松一些,不要显得像到了敌占区一样。"辜幸文一脸严肃,凛若冰霜。"你现在什么地方也不要去,等到开始对王国炎提审后,再去办公室见赵中和。见到他,不管他说出什么事情来,你都不要正面回答,尤其是不要把今天的这件事告诉他。如果他要你去干什么事,那你就让他直接来找我。听明白了吗?"

"……明白了。"罗维民嘴里说着,但脑子里却是一团迷雾。本想问一句什么,话还没出来,便已经被辜幸文挡了回来:

"那好,立刻行动吧,一分钟也不要再耽搁。"

罗维民一边往外走,一边在心里嘀咕:

他怎么知道的赵中和要找我?

简直有了鬼了!

到了五中队值班室,五中队指导员吴安新似乎已经把其他的人都打发了出去,值班室就只剩了他一个人。

时间正好是十二点,正是监狱里下班和吃饭的时间。几乎没有什么人注意到他们。

等听说要提审的犯人是王国炎时,指导员吴安新不禁有些发呆:

"哦!王国炎?"

"对,主要是王国炎。"魏德华例行公事地说道,"怎么?有问题吗?"

"……问题倒是没有,"吴安新踌躇地说,"没想到你们要提王国炎,早知道这样,我会多留两个人的。"

"为什么?"魏德华仍然一本正经地问道。

"你不知道,这个王国炎精神好像有点不大正常。原来我也不怎么相信的,这你也可以问问小罗,这个犯人近来情绪反常得很,尤其是很危险。"

"吴指导员,没关系的。"罗维民插话说道,"魏德华是咱们市局刑警队的队长,这两个也都是市局的骨干,对付一个王国炎,没问题的。"

"啊,这个呀。"魏德华也赶忙接过话来,"一个犯人有什么怕的,我们四五个人哪,整天跟罪犯打交道,还怕他一个服刑人员?还有,你看我们都还带了枪,没关系,确实没关系。你只管放心就是。"

吴安新看了看眼前这几个身强力壮的公安,好像仍然有些不放心地说:

"……不是我不放心你们,我们辜政委说了,得保证你们的安全。既然你们这么说了,那暂时就这样吧,如果要是觉得不放心,我会采取措施的。好了,小罗,你看咱们放到什么地方好?"

"我也正考虑呢,我觉得最好是安静一点的地方。"

"我想了半天了,也没想好该在什么地方。放在审讯室,有点太张扬了。放在谈话室,里里外外、来来往往的人又这么多,一会儿就能把监狱里吵翻了天。你说说还能有什么好地方?总不至于把他带到办公室里去讯问吧。"

罗维民一时也愣在了那里,是啊,究竟放在什么地方更合适、更安全,最要紧的是要能保密,至少在一两天内不能让更多的人知道这件事。他们知道的时间越晚,成功的系数就越大。

"其实让我说,你们要是不怕热、不怕臭,"吴安新若有所思地慢慢说道,"隔离室里倒是个最好的地方,又安全,又能保密。也根本用不着再把这个王国炎提出来,在隔离室外面直接跟他对话就可以了……"

罗维民心头豁然一亮,真是个好主意,简直太棒了!就在隔离室的外面,你能看见他,他却看不见你,你搞记录、搞录音,他都不会看到,以他现在的心态和情绪,让他说什么他都会说出来。

想到这里,罗维民突然想到了一个问题:等到结束了讯问,王国炎会不会在笔录上签字?

如果会,那当然就没什么可担心的了。如果不会呢?或者他根本就拒绝在笔录上签字呢?

到了那时将怎么办?又能怎么办?

因为事实上他并不是一个疯子。

罗维民很快把自己的思绪调整了过来,现在想什么也是白想。关键的关键,先得把口供全都录到手,别的只能放到后面再说。

前前后后没用了二十分钟的时间,就把一切都办妥了。

王国炎正在大口大口地吃午饭,饭菜看来还不错,他吃得津津有味,似乎根本没有注意到隔离室外面有什么异常。

不过,罗维民也已经根本不再相信王国炎表面上的这一切,从他的日记上来看,王国炎确实是一个演员,尽管演技并不太高明,但却足以让那些对他无所防范的人上当受骗。

当他们把记录桌、讯问台、录音设施,在保证录音效果的情况下,麦克风应该隐蔽在什么地方等等这一切都准备停妥时,几个人都已经大汗淋漓,连衣服都湿透了。

没想到九月份的天气,竟还是像暑天一样酷热。

等这一切都安排好后,几个人的脸色顿时显得分外急切和紧张起来。

指导员吴安新连饭也没顾得上吃,一看这阵势,似乎也渐渐感觉到了什么。他带着一种谨慎和戒备的神情跑前跑后,忙来忙去。以防意外,他把隔离室的两个工作时间较长的值班看守都支了出去,并让他们在附近的一个没有电话的休息室里原地待命,如果没有他的吩咐,一步也不要离开。在隔离室这儿只留了一个临时刚来不久的值班看守,配合罗维民他们进行这里的工作。

王国炎吃完喝完,突然咣当一声,把手里的饭盆朝窗口狠狠地摔了过来。几个人都被大大地吓了一跳。

还没等他们明白过来,王国炎解开裤子便朝着他们哗哗哗哗地尿了起来。一边尿,一边大声叫骂:

"老子操你们妈!再关老子,就放一把火把你们这里烧成灰!老子饶不了你们……"

"王国炎!"吴安新猛然一声断喝,对着王国炎厉声呵斥道,"我告诉你今天给我老实点!你要是再这么胡作非为、瞎说八道,我立刻就再把你送回严管队的禁闭室里去!"

大概是听到了吴安新的声音,王国炎竟愣了一愣。

也就是这么一个动作,罗维民立刻清楚了此时此刻的王国炎其实是非常非常的清醒。面对着这样的一个犯罪嫌疑人,究竟该怎么讯问?看来,只有让他硬撑下去、硬装下去,才会是一个最好的选择。

"……王国炎,我告诉你!"吴安新继续呵斥道,"今天是……"

没等吴安新把话说出来,罗维民赶忙悄悄捅了一下吴安新,然后接着吴安新的话茬儿说:"今天是我们侦查科再一次对你进行询问调查,希望你老老实实地回答问题,不要再装疯卖傻。这一次对你的调查是监狱领导批准了的,而且还有市局的公安人员参加,我们侦查科已经经过鉴定,认为你一切正常,根本就不是什么精神病患者!请你端正态度,认清方向;有什么问题;就认真交代什么问题,问你什么问题,就如实回答什么问题。希望你好好配合,真正老老实实地予以配合。当然,你也有拒绝回答的权利……"

"……妈了个×!"好像是终于回过神来的王国炎突然意识到了什么,或者是感觉到了什么,猛然间又大喊大叫地骂了起来,"老子什么时候不老实了!老子什么时候给你们这帮狗日的说过假话!你们他妈的说老子不是精神病,老子什么时候告诉你们我是精神病了……"

"住口!"吴安新又一次打断了王国炎的叫骂,"既然不是精神病就老老实实回答问题!再闹就让人把你捆起来!不信,你就试试!"

罗维民担心吴安新又说出什么来,一边给他们几个人使了个眼色,示意他们立刻开始记录,一边再次插话大声说道:

"王国炎,既然这样,现在你就开始回答问题,1992年11月21日,你们四个人曾在兰州市胜利路……"

"放屁!"王国炎怒吼起来,"你妈的什么11月21日!11月11日!双11,你懂不懂!老子干事情的时候都是好日子!"

"11月11日白天还是晚上?"罗维民根本不理他的污言秽语,只朝所需要的问题一路问了下去。

"老子什么时候在晚上干过事情!中午十二点二十!要干就大天白日地干,偷偷摸摸地算什么男子汉大丈夫!"

"你们都干的是什么?"

"当然是抢钱!抢银行!抢运钞车!老子不抢银行、不抢钱跑到那些地方去干什么!"

"抢了多少钱?"

"二十来万吧,妈的,老子什么时候数过钱!"

"你们一共杀了几个人?"

"那回老子基本上就算没开杀戒,前前后后就只捅了一个,还有两个让老子剁了指头!"

"那三个人都是什么人,姓什么叫什么,在什么地方工作?"

"说出来吓死你们这些王八蛋!一个就是现在的闻名全省的超市大王张和平,一个是……"

就在这二十分钟的时间里,罗维民腰间的BP机不停点地震动了无数次。

等到对王国炎的讯问渐渐进入正轨后,罗维民示意让魏德华和预审科的小黄不时地插话问话,最后终于让他们全部替代了自己。

他抽空看了看呼机,全都是赵中和在呼他。

  赵中和请你立刻回电话!
  赵中和一直在办公室等你!
  赵中和问你为什么不回电话!
  赵中和问你的方位,如果你不方便,他立刻赶过去!

这个赵中和,究竟出了什么事情?

看了看时间,已经是十二点四十多了,他悄悄给魏德华和吴安新交代了一下,匆匆向办公室赶去。

当罗维民赶到办公室时,赵中和正端着一碗食堂里领回来的面条大口大口地吃着。

赵中和一见了他,立刻把碗推到一边,连嘴也没顾上擦擦便问道:"你到底干什么去了?"

罗维民早已在路上想好了理由,"我老婆病了,刚刚送到医院里,接到你传呼的时候,正在路上。到了医院里,电话都不对外。检查完了,人家又让马上住院,好不容易办好了入院手续,这才想着得给你打电话。跑到大街上给你打电话时,你这儿又没人。因为得回来拿钱,赶到家里时,又收到了你的传呼,这才急急忙忙地赶了来。"罗维民其实是见到了那碗面条,才临时撒了个打电话没人的谎话。

"我刚才等不着你的电话,到食堂里领了碗面条。"看来,赵中和还真信了,"你老婆病了?什么病?要紧吗?"

"还不是她那老毛病,"罗维民皱了皱眉头说,"你又不是不知道,唉,这回麻烦了。要是做手术,至少也得几万块。"

"怎么回事么,什么也往一块儿凑!"赵中和一脸的忧愁。

"什么事,说吧。"罗维民长出了一口气说。

赵中和犹豫了好半天才说:"昨天咱们偷拍王国炎日记的事,你没给别人说吧?"

"我疯了是咋的!我怎么会干这种事?"罗维民一边说,一边思考着赵中和究竟会给他说什么。"是不是你听到什么了?"

"……这倒没有。"赵中和有些欲言又止地说,脸色也渐渐严肃了起来。"前两天你是不是……在王国炎的监舍里拿了他的另一本日记?"

罗维民一下子愣在了那里,原来是这个!究竟是什么人把这件事告诉了赵中和?由赵中和来同他讲这件事又是什么意思?罗维民紧张

· 365 ·

地思考着,一时竟不知道该怎么回答,究竟该不该告诉赵中和呢?说出来会怎么样,不说出来又会怎么样?想了想,他试探着说了一句,"怎么了?"

"你到底拿了没有?"赵中和追问了一句。

"这件事是不是很要紧,很严重?"罗维民还是拿不定主意该不该给他说实话。

"这么说这本日记真的是你拿了?"赵中和并不松口。

"你觉得是吗?"罗维民又进行了一次抵抗。

"我想来想去觉得除了你不会有别人。"赵中和几乎是在下结论了。

"……是我拿了。"罗维民终于感到他根本无法否认这一事实。"到底是谁问你了?他们又是怎么知道的?"

"你是不是还拿别的什么东西?"赵中和好像根本没听到他的问话,就像是审问似的又这么问了一句。

罗维民再次愣在了那里,同时也意识到了问题的严重。"……还拿了什么东西?"

"比如谈话记录呀,讯问笔录呀,申请报告呀,日程安排呀,项目报表呀等等等等,这些是不是你都拿过?除了这些,是不是还拿了别的什么?"

罗维民的脑子一下子涨了起来,怎么可能!这些东西他确实拿过,但顶多只拿过几个小时的时间,除了一些无法复印、不需要复印的东西外,绝大部分他又都悄悄放了回去。谁会知道这些?谁又看见了这些?除非有个什么人时时刻刻在暗中监视着你的一举一动,否则怎么会有人对你的行动知道得这么清楚?真会有这么个人吗?有可能!连关在隔离室里的王国炎都知道他的日记丢了,你想想你的别的什么事情会没人知道!

"说话呀?"赵中和似乎已全然失去了对他的信任。

"老实说,我根本就不明白你在说什么?"罗维民突然显得很生气地说道,"什么叫拿?看一看就叫拿了吗?我一个侦查员,莫非对监狱里的任何东西都不能翻一翻、看一看吗？"

"问题是你都拍照了、复印了，而且拿到了监狱外面；交给了监狱外面的一些人！"赵中和突然摊开两手，像是压抑不住地嚷道，"你清楚这是什么性质的问题，这在我们的《监管条例》里是根本不允许的！老实说，我还怀疑你拿了别的什么东西！到现在了你还不给我说实话！"

罗维民直到这会儿，才真正清楚了赵中和叫他回来的原因。凶多吉少，看来真是出事了，你确实是被人监控了！他们拿着有关你的这些"证据"，随时随地都有可能置你于死地！他急速地思考着他们可能会对他采取的措施和举动，他们会怎么样？又究竟能怎么样？

"今天就没人给你说什么吗？"赵中和愣愣地问他。

"……没有呀？"罗维民努力地让自己显得轻松一些，但他已经分明地感到了事态的严重性，"我今天一大早就来了，你来办公室，我把那些照片交给你时，没有人给我说过什么，直到我离开这里以前，仍然没有任何人给我说过什么呀？"

"你几点钟离开这里的？"赵中和好像有些不相信似的问。

"大概是十点左右吧。"罗维民故意把时间往后拖了拖。

"辜政委一直就没见你？"赵中和突然这么问了一句。

"……辜政委？"罗维民一惊，他再次紧张地思考着该不该给赵中和说实话。然而就在这一瞬间，他突然想到了辜幸文刚才给他说过的话："你现在什么地方也不要去，等到开始对王国炎开始提审后，再去办公室见赵中和。见到他，不管他说出什么事情来，你都不要正面回答，尤其是不要把今天的这件事告诉他。如果他要你去干什么事，那你就让他直接来找我……"到底出了什么事了？看来辜幸文什么都知道，但他就是什么也没给你说！

"……说话呀！"赵中和一副正颜厉色的样子，"辜幸文一直到现在也没找过你，也没见过你？"

"没有。"罗维民一口否认道。在他还没有弄清赵中和的意图以前，他绝不能随意地把辜幸文也牵连出来。

"这可真是活见鬼了,这么大的事情,怎么一直到现在也没人给你说?"赵中和大惑不解,对这一切似乎不可思议。"你也没有接到任何书面或者电话通知?"

"……到底出了什么事了?你别绕圈子了好不好!"罗维民终于止不住地大声嚷了起来。

"什么事?"赵中和直直地盯着他,然后说了一句让罗维民感到魂飞魄散的话,"你已经被勒令从今日起交出武器,交出武器库钥匙,交出一切工作手续,停职检查,听候处理。"

罗维民像是不相信自己的耳朵一样,"……什么!"

"停职检查,听候处理。"赵中和字斟句酌地又说了一遍。

"……这是谁的决定?"罗维民仍然无法相信这会是真的。

"监狱领导的集体决定。"

"哪一级的领导?"

"副政委副监狱长副书记以上的领导。"

"程监狱长和施政委都参加了?"

"是。"

"辜政委也参加了?"

"是。"

"什么时候?"

"昨天晚上。"

"你是怎么知道的?"

"单昆让我来接管你的工作。"

"单昆!"

原来是这样!

罗维民突然意识到了什么,目瞪口呆地站在那里,好久也没动一动。

二十九

史元杰和代英一直等到十二点二十,才等着了省公安厅厅长苏禹。

苏禹五十四岁,将近一米八的个头,长得匀称而壮实。除了那一脸的皱纹显示着他身份和阅历外,如果不穿警服、不着警衔,不论从哪头看,也不会看得出他是个管辖着数万民警的省厅厅长。苏禹是从最基层干上来的,民警、队长、县局、市局、公安处,然后调往省城市局,一直到现在的省厅。照他的话说,该走的都走到了,一个台阶也没落下。也许正因为如此,上下左右的人对他都小心翼翼、谨言慎行,因为他什么都懂、什么都清楚,真正的一个内行。任何一个地方、一个细节若想瞒过他去,都等于是自欺欺人、自取其辱。而苏禹又是一个直来直去,眼里揉不进颗沙子的人。对下面的那些想混日子又想讨巧讨好的人,向来都是黑脸一副,信赏必罚。如果要是出了什么让他看不惯、听不惯的事,即使是面对面,也会跟你拍桌子瞪眼,顿时就让你下不来台。所以,一般的人还真怕他。

两个人见了厅长,寒暄了几句,正想说什么,便被厅长打断了:"都还没吃饭吧,先吃饭先吃饭。咱们厅里就有餐厅,再要紧的事情也得吃饭么,一边吃一边说,也不耽误时间。"

在餐厅的一个还算不错的小包间里,也许是提前打了招呼,当他们赶到时,几样可口的饭菜都已经摆齐了。

跟苏禹一块儿吃饭的还有他的司机和史元杰的司机。

苏禹挥了挥手让几个人坐下,也不再客气,拿起个馒头便吃了起来,一边吃一边对史元杰打趣地说:"什么时候请客呀,你们地区的报告厅里也已经研究了,基本上同意。大势所趋,不同意也没办法喽。你小子鬼得很呀,不吭不哈地就把你老上级的权夺了,看来,我们这些人

· 369 ·

以后也得提高警惕哩。"

史元杰脸上红一阵白一阵,"苏厅长,根本就不是这么回事呀,我急忙赶来要给你说的也正是这件事……"

"怎么?不好意思啦?"苏禹似乎完全没理会到史元杰此时此刻真实的心情,仍然自顾自地说着。"你们地区贺正雄书记,在电话里可把你夸到家了,简直就是一朵花。这也优秀,那也突出,好像你们地区的公安系统离了你就非垮台不可似的。让我说,这两年你肯定没少做了工作是不是?哈哈哈哈,脸又红了是不是?"

说到这里,司机和代英都止不住地笑了起来。

见这样子,史元杰也只好跟着笑了笑。然而在心底里,史元杰简直感到腻烦透了。这个贺正雄,还真是让你防不胜防!他处处在夸你,其实是处处给你设防;他在你的上司和你的同事们面前不遗余力地表扬你、举荐你,其实也等于剥夺了你对他进行评价和剖析的权力。表面上是在夸奖你,实际上是在保护自己。即便是有朝一日他一脚踢开了你,你也只能是哑巴吃黄连,干着急没法子。那些真正会玩儿权术的高手,正是在这种不断地表扬和夸奖中,给你设置了重重陷阱,让你无处可逃。只表扬,不批评;只说优点,不说缺点——这才真正是置你于死地的高招,正儿八经的老谋深算,笑里藏刀。

等到大家都笑过了,安静了,苏禹才慢慢沉下脸来,说:

"好了,什么事,说吧。"

代英看了看两个司机,"苏厅长,干脆一会儿到办公室再说吧。"

"办公室?"苏禹斜了一眼代英,"你在你的办公室里能说成话?一会儿一个人,一会儿一个电话的,能说成什么?我让你们来这儿,敢情是请你们吃饭来了?"

代英赶忙低下头来不再说什么,把回答的权力交给了史元杰。史元杰当然知道代英的意思,便给自己的司机使了个眼色,"你吃完了就回车里休息吧,好好睡一觉,恐怕一会儿还得赶回去。"

司机自然知道什么意思,拿了个馒头,便匆忙出去了。厅长的司机当然也知道怎么回事,三只两口吃完手里的东西,便对厅长说,"我在办公室里等着,有事你喊一声就行了。"

等到包间里就剩了三个人时,苏禹有些困惑地看了看两个人说:"什么事?有这么严重吗?"

两个人的汇报持续了将近两个小时。

这期间至少有三个人要闯进来,但都被脸色越来越沉郁的苏禹愤怒地赶了出去。

苏禹几乎没怎么插话,一直在静静地听着。等到两个人不再说了,也不再补充了,包间里沉寂了好久好久,苏禹仍然在沉默着。

也不知过了多长时间,苏禹才问了起来:

"古城监狱里那个罗维民的安全目前有没有保证?"

"说实话,我们现在还无法保证他的安全。"史元杰如实回答。

"那个王国炎呢?"

"也一样,我们无法保证他的安全。"

"这就是说,这两个人的安全,我们都根本无法保证?"

"是。"史元杰回答了一声,紧接着又补充道,"相对来说,罗维民要稍稍安全一些。"

"这不废话嘛!稍稍安全和稍稍不安全这里头究竟有多大差别。"苏禹突然恼怒地嚷了一声。大概是感觉到了自己的失态,很快又让自己平静了下来,问话也随之松缓了许多,"何波的处境怎么样?"

"……何处长?"史元杰愣了一下,"我已经给你说了,事实上他已经被免职了。"

"这我还不知道!我的耳朵又没聋!"苏禹再次嚷道,"我是问你他现在的处境究竟安全不安全?"

史元杰一下子呆住了,他还真没想到这个。也确是如此,何波一旦被宣布免去职务后,也就等于他时刻都处在一种危险之中!这样的事情已经发生过多次了,那些铁面无私、刚正不阿、兢兢业业办了一辈子案子的老公安,一旦退出岗位,立即就会成为那些犯罪分子报复打击的目标。不仅危及个人,甚至危及家庭。也真是的,怎么会没想到这个!

"还有,"苏禹的脸色越来越沉,"你得到了何波被免职的消息后,对你们市局你都做了什么安排?"

"……苏厅长,我刚刚得到消息,根本就还没来得及考虑……"

"我已经算过了,你得到消息后,至少有近两个小时的时间几乎什么也没做!"苏禹愤然打断了史元杰的话,"你都得到消息了,你的市局会得不到消息!一个市公安局突然没了局长,你想想会是一种什么局面?你想想这里面潜伏着多大的危险!你居然什么也没安排!根本还没来得及考虑?你都考虑了些什么!"

苏禹怒不可遏。

代英和史元杰都愣在那里,什么话也说不出来。

包间里顿时陷入一片死寂。

也不知过了多久,苏禹指了指史元杰的手机说:"好了,马上给我接通何波的电话,我有话要给他说。"

没用一分钟,就拨通了何波的电话。

何波刚回到地区公安处他的办公室。

史元杰小心翼翼地把手机递在了苏禹的手里,小巧的手机在苏禹粗大的手里看上去小得不能再小。

"……老何吗?我是苏禹。"

"厅长你好。"何波轻轻地说道,"我听出来了。"

"情况我都知道了,"苏禹的话突然变得非常柔和,"这些事我知道得太晚,让你受委屈了。"

"没啥,我挺好。"何波的嗓音似乎有些发颤。

"这么大的事情,你也一直瞒着我。"苏禹似乎努力想让气氛缓和一些,"是不是觉得连我也靠不住,已经被他们拉下水去了?"

"不完全是。"何波实话实说,"主要还是不想给你无端地增添压力。我们原本想先在小范围把案情搞清楚,等找到确凿的证据,把他们的主犯一举抓获,一切都成为事实后再告诉你。即使有什么压力阻力,有什么打击报复的事情,那也跟你没什么直接关系。苏厅长,我以前给你说过的,我老了,无所谓了,能做点就多做点,能多负担点就多负担点。你肩上的担子够重够沉了,我不想再给你添麻烦。只是没想到事情越闹越大,实在没办法了,才让史元杰去找你。"

一席话,直说得苏禹眼里有些发湿。良久,苏禹才问道:"老何,元杰刚才把情况都给我讲了,我现在就想听听你的。"

"我刚刚接到古城监狱那面的电话,看来一切都还顺利,除了古城监狱那个罗维民有麻烦外,截至目前还没有什么大的意外。"说到这里,何波顿了一下说道,"苏厅长,如果我们能把王国炎的口供顺顺当当地拿下来,我们就必须火速行动,越快越好,越快越有力,能多快就多快,一分钟也不能耽搁。因为对方一旦知道我们录走了王国炎的口供,他们必然会立即采取行动,不惜铤而走险,即使付出巨大代价,也会在所不惜。第一,他们很可能杀人灭口,首选对象肯定是王国炎。他们心里清楚,如果要想让你所录的口供成为一堆废纸,惟一的选择就是彻底干掉王国炎。另外,掌握口供的公安部门也很可能会成为他们袭击的对象,尤其是这几个直接参与者都会成为攻击的目标。第二,被王国炎招供出来的那些当事人,也一样会立即采取断然行动,也一样会不惜一切代价。这些人的破坏力很大,影响力也很大。弄不好的话,极可能给我们的治安和社会带来灾难性的后果。尤其是这些人一旦闻讯潜逃,将会给国家和政府带来重大的经济损失,甚至会造成国有资产的大量流失和外逃。苏厅长,这些后果我想你也想像的到。"

"他们会不会在监狱里直接干掉王国炎?"苏禹问道。

"我想那可能是他们的下下策,除非所有的努力均告失败后,他们实在没办法了,也许才会采取那样的行动。"何波似乎已经把这一切都进行了透彻的分析。"他们再狂妄、再凶悍、再蛮横,也还不足以强大到敢明目张胆地在光天化日之下为非作歹、图谋不轨,敢在一个国家专政机关肆无忌惮地进行一次公开的行动。与其送死,还不如逃命,这是他们的本性。除非连逃生的路也没有了,彻底地绝望了。但他们目前还没有到这一步,他们只感到了危险,并没有感到大难临头、身陷绝境。所以,他们还不会这么做,他们贪婪的本质也决定了他们目前还不会这么做。让我说,目前他们最有可能的行为,还是要想方设法地把王国炎弄出监狱去。不管是什么借口,保释也好,保外就医也好,只要把王国炎弄出监狱大门,就是出了天大的事情,他们都可以找出种种理由来,认为这跟他们没有丝毫关系,跟监狱幕后的那些策划者们没有任何关系。所以,我觉得现在的重中之重,还是要防止王国炎离开监狱。"

"你的意思是不是让我们立刻把这件事汇报给省委有关领导,甚至汇报给省委书记?然后再由省委领导做出重要批示,或者把王国炎彻底监控起来,或者直接把王国炎押进我们的看守所?"

"苏厅长,恐怕不行。"

"为什么?"

"一级一级地往下批,还得一级一级地往下审。苏厅长,其实你也知道的,我们现在的一些事情,想像往往跟现实有很大的距离。有时候上面是声嘶力竭,震天撼地;而到了下面可就成了和风细雨,温文尔雅。或者是干打响雷不下雨,光点捻子不放炮。看上去轰轰烈烈,其实是什么也没做。何况,你有你的说法,人家有人家的说法。平时两家就常常争长论短、吵来吵去,到今天你又怎么能说得清?就算有哪个领导给你批了下去,其实又能怎么样?县官不如现管,批到最下面还不是得让人家来处理?推来拖去,转了一大圈,等于把你的想法明明白白地转到了人家手里。上有政策,下有对策。别说省里的领导了,中央的领导他们都敢糊弄,你想想他们什么样的事情做不出来?苏厅长,这事情干不得。"

"那就说说你的想法。"苏禹听得很仔细。

"说真的,我原来真的是不想惊动你,但却没想到竟会闹出一个通天大案来。苏厅长,现在我们最有力最快捷最凶狠,对他们最具摧毁力的办法只有一个,那就是全线出击。在同一时间,对所有跟王国炎一案有关的犯罪嫌疑人统一采取行动。也就是说,不管这些犯罪嫌疑人在什么地方,在我们地区也好,在别的地区也好,在你们省城也好,必须在同一时间采取统一行动。要做到这个,就必须得到省厅的同意和批准。尤其是这需要大批的警力,在行动之前还得绝对地保密。这一点,只我们一个地区公安处根本做不到,即使是省厅统一行动,能做到这一点也一样很难很难。苏厅长,最让我担心的是,你面临的压力将会很大很大。"

"你指什么?"

"你同意批准了,事实上也就成了你的指示和命令。"

"这我清楚。"

"但我们将要缉拿的嫌疑犯很可能会有一些很有身份的人。这些人可能会是老板、经理、厂长、书记、董事长、政府领导,有的还可能是政协委员、人大代表,说不定有的还会是我们公安内部的一些极有背景的工作人员。对他们中间的一些人,我们公安机关甚至还没有可以直接拘捕他们的权力。哪怕是一次轻微的举动,也必须得到相关部门的同意和批准。"

"这我都想到了。"

"苏厅长,这些年来,他们已经越来越清楚应该怎么来对付我们。他们利用各种各样的手段、各种各样的条件、各种各样的背景和各种各样的身份,千方百计,甚至不惜斥巨资在某个要害部门打开缺口,然后把自己的同党和手下想方设法地塞进来。既可以迅速扩展自己的势力,又可以最有效地保护自己。老百姓骂这是黑白合流,骂我们是警匪一家。还有什么金权政府,黑权政治。这么大的问题,这么多的隐患,能把原因全部怪罪在我们头上?我们的有些领导,有时候能糊涂到让你哭笑不得的地步。同一个案子,原告他会批一个条子,没过多久,他又会给被告批一个条子。事情闹起来了,他又会给你拍桌子瞪眼,我亲自交代给你的事情,你怎么就处理不好!就像我们这么个公安部门,头上的婆婆有多少?今天他来一个电话要进人,明天他写一个条子要提拔谁,我们顶得住、挡得住吗?苏厅长,我不是到这会儿了还给你发牢骚,就像王国炎这个案子,能发展到现在这个样子,能庞大到这种可怕的地步,那能是我们的原因吗?我们每年牺牲掉那么多公安战士,有多少人死不瞑目……"何波在电话里突然止不住地哽咽起来。

"……老何,坚强些。"苏禹一时间也不知该说什么,看得出来,何波的话也一样深深地触动了他。"这些我都明白,我知道我该怎么去做。"

"苏厅长,我的话还没有说完。"何波接着说道。似乎在这一瞬间,他已经平静了下来。"虽然是你同意批准的,但执行者则是我们。即使是在省城执行任务,也必须由我们的人采取行动,至少主体应该是我们。指挥权也应该是以我们为主。"

"在你们地区你们当然是执行者,在省城则应有市局和省厅来配合你们。"

"苏厅长,我觉得省厅最好不要直接参与。有市局协助行动就足够了,因为我们必须减轻对省厅的压力。你还得全力应付事后的压力,苏厅长你一定要有充分的心理准备,我现在简直不能想像事发后的那种冲击力会有多大。在省城由市局协助我们就完全可以了,这样,会尽可能多地减少省厅的麻烦。"

"我在想,你们的警力可能会远远不够。"

"这也正是我感到矛盾的地方,又想得到你的支持,又担心……"

"这不是你一个人的事,"苏禹一下子打断了何波的话,"何况你现在根本就没有这么大力量。具体怎么安排,我会同元杰和代英他们商量,你只管在家里坚守好岗位就是。至于你的职务问题,我会给有关单位打招呼,现在你不必把它放在心上,更不必有任何包袱。我问你,如果一切进展顺利,你估计行动的时间最早会在什么时候,最晚会在什么时候?"

"这得看讯问的结果,我想在讯问后的十个小时左右,我们大约就可以采取行动。因为我们必须留有对案情分析的时间,还得对那些口供进行进一步的核对和勘验。如果涉及面确实很大,我们还要进行针对性的安排,还要进行组织、协调和联络工作,当然这还包括对省厅的汇报,还得等待省厅的批准和同意。如果讯问在晚上七八点以前结束,我们在明天上午就可以采取行动。如果在晚上十二点以前结束,明天下午我们就可以采取行动。而最晚也绝不能超过明天晚上,否则,我们的行动就会失去任何意义,成为无的放矢。"

"是不是还能再快一些,再早一些?"苏禹问道。

"再快再早,我估计也得在明天上午十点左右。因为如此大规模的统一行动,不可能在深更半夜全部到位。特别是有些突击性的行动,只能放在上班以后才能完成。"

"我想最好能放在八点上班以前开始行动。因为八点到十点,这期间也许会发生任何事情。如今的通信设施,几十秒内便可以让事情发生完全不同的变化。尤其是他们一上了班,立刻就会接收到方方面面的信息。说不定一个小小的疏漏,就会让我们的行动彻底落空。老何,一定要提早,越早越好,而且要多往坏的方面去考虑。"

"我会努力去做的。"

"你看你还有什么吗?"

"苏厅长,我觉得让史元杰来公安处,也确实是一个不错的安排。"何波的语气显得很真诚,也很认真。"与其把那些我们根本不放心的家伙一个个都提拔上来,对我们自己的人,也就是像史元杰这样的人,也就不要那么苛刻。以前我们在这方面吃亏吃得太多了。自己的孩子,自家的兄弟,总是寻根究底,百般挑剔,严了又严,卡了又卡。而对人家通过种种关系硬塞过来,硬挤过来的家伙,就是再丑再赖,我们除了唉声叹气、叫苦不迭外,也只能睁一只眼,闭一只眼。以我的看法,这次不管他们是什么目的、什么想法,既然他们这样安排了,对我们来说,也确实是件大好事。我想了好一阵子了,我也彻底想通了,就趁这个机会让史元杰上来吧。让元杰上来占住这个位置,比让那些乌龟王八蛋抢走这个位置要好一千倍一万倍。就这么顺其自然,也免得让他们再起疑心。苏厅长,这是我的真心话。正好他去了你那儿,就做做他的工作吧。我会支持他的,请他一定放心,更不要有什么顾虑和想法。"

…………

就在何波和苏禹通电话的过程中,代英突然接到了刑侦指导科科长赵新明的传呼:

有关张大宽的紧急情况,请立刻打开手机或速回电话!

· 377 ·

代英猛然一惊,拿起手机就往外跑。

"……我是代英,什么情况?"代英一边往外面走廊的一个角落里走,一边对着手机嚷。

"代处长,我们刚刚接到了一个报警电话,是一个六十来岁的退休女干部打来的。她说她刚才领着孙子在街上散步时,她的孙子在一个胡同里拾到了一个纸烟盒。纸烟盒里放有二十多块钱,还放有一张纸条和一张发票。纸条上写了几句话,代处长,我现在就念给你听:

我叫张大宽,我被坏人绑架了!看到烟盒和纸条的人,请您立即同市公安局刑侦处联系。请您一定告诉刑侦处,我现在被他们关在王国炎老婆住的房子里,也就是在朝阳街,金星路的四条子胡同里的那个家里。虽然他们蒙住了我的眼睛,但我知道他们把我关在了这里,请公安局快来救我!我有重要的情况要给他们反映。拾到这个烟盒并且找到了公安局的人,我一定会重重酬谢!我的命就交给您了,拜托了!"

"不是还有一张发票吗?"赵新明刚刚念完,代英就立刻问道。

"代处长,那是张大宽证明自己身份的一张证据。"赵新明的口气显得沉重起来,"是一张购买摄像用品的发票,时间是昨天中午。代处长,这个纸条确实是张大宽写的。"

"他在纸条上再没有说别的吗?"

"没有,"赵新明似乎知道代英想问什么,"代处长,他一句也没提到你,看来他是不想让别人知道事情的真相。所以,从这一情况来看,张大宽并没有给他们交代任何事情。还有,他大概是不想连累你。"

"这张纸条和烟盒什么时候到了你手里的?"代英扭转了话题。

"我们大约是在二十分钟前接到的电话。一接到电话,就立刻来到了他们打电话的地方,现在老人和小孩就在我们车上。"赵新明说。

"你们的地方是什么地方?"

"就在东城区朝阳街上。"

"那个小孩子是在什么地方捡到烟盒的?"

"小孩子很小,大概有三四岁,他说他记不清了,我们带着他和他的奶奶把他们走过的地方全部都找过了,但都没确定下来。小孩子一会儿说是在这儿,一会儿又说是在那儿,看样子也真的是记不清了。"

"他们早上走过的地方有没有王国炎家那个胡同?"

"老人说没有去过那个胡同。"赵新明回答得很快,看来他该做的工作都已经做过了。"老人说,那是个死胡同,她平时很少去的。"

"他们走过的地方是不是离那条胡同很近?"

"不近但也不很远,"赵新明说到这里,突然提高了嗓音,"代处长,不管是怎样,我认为也必须立刻对王国炎妻子的家进行突击搜查。我已经对附近所有的值得怀疑的地方都进行了侦查,但并没有发现任何可疑的情况。我觉得无论如何也必须立即对王国炎的家采取侦查行动,要不就真的来不及了。其实代处长,这已经不属于突击搜查的范围了,因为我们已经接到了举报,所以,我们完全有理由采取任何行动。"

"……你现在立刻组织人力对王国炎的家进行严密监视,具体如何行动,我会尽快告诉你的。还有,一定要严加保密,不要走漏任何消息。"

"代处长,得快,我们没有时间了,一定要快。"

…………

打完电话,代英看了看表,已经快下午三点了。

等他急急忙忙地回到包间时,苏厅长和何波的电话也已经打完了。苏禹一见到代英,便对他说道:

"你马上回市局,先把这两天发生的事情,给你们局长做一简短的汇报,然后让你们的局长和主管副局长在下午四点整到我这里来。你的刑侦处应该怎么安排,你心里要有数。我先问你一个问题,如果明天一早开始行动,你们市局刑侦处刑警大队能组织多少有效警力?"

"我已经算过了,估计在两百左右。"

"还需要多少。"

"我想至少要翻一番。"

"那就是说,至少得有三个城区抽出警力来配合你。"

"如果在白天行动,需要的警力可能还会更多。"

"我现在就可以告诉你,你需要多少,我就给你配备多少。但你必须要有心理准备,一旦我们做出决断把任务和情况告诉你后,你一定要在两个小时以内把你详细的行动计划和方案拿出来。"

"不行,时间太短,恐怕我做不到。"代英竟一口拒绝。

"我的回答恰恰相反,我希望时间能更短。"苏禹的口气一样坚决。

"苏厅长,如果要缩短时间,我想在下午就做一件事,希望能立刻得到你的批准。"

"什么事,说吧。"

"我想在今天下午对两个住所立即进行突击搜查。"

"都是谁的住所?"

"一个是王国炎家属的住所。"

"王国炎家属的住所?"苏禹皱了皱眉头,"什么理由?"

"这个住所可能跟我们的当事人失踪有关。"

"这个理由并不成立。"苏禹似乎在拒绝。

"我们已经接到了举报。"

"谁的举报?"

"当事人的举报。"

"当事人不是已经失踪了吗?"

"不是失踪,而是被绑架了。"

"绑架?"苏禹和史元杰几乎都吃了一惊。

"确实是被绑架了。"代英很急切地说道,"他从被绑架的地方扔出来一个纸条,说他已经被他们关在了王国炎老婆的家里。"

"这个纸条在我们手里吗?"

"在,他们一会儿就可以送过来。"

"如果确实是这样,完全可以立刻采取行动。"苏禹几乎没再怎么思考就一口答应了。"还有谁的住所?"

"还有一个是仇晓津的住所。"

"仇晓津是谁?"

"就是刚才说的那个省人大常委会副主任的侄子,省'大业房地产开发公司'的副总经理。"

"……哦!"苏禹像是吃了一惊。"为什么?"

"我们必须尽快搞清一个人的情况,他是王国炎一案的主要嫌疑人之一,对案情的发展举足轻重,至关重要。"

"谁?"

"就是我们省城市委书记的外甥。"

"这个人还没查清?"

"基本上查出来了,但还没有最后确定。"

"这方面还会有困难吗?"

"我们忽略了,一直就没想到会是他。"

"他是谁?"

"他是市委书记周涛的妹妹同前夫所生的孩子,跟她后来所生的孩子并不是一个姓,所以,就一直没想到是他。"

"他现在什么地方?"

"就在我们公安机关。"

"谁?"

"东城区公安分局主管刑警的副局长。"

"……姚戬利!"苏禹几乎是惊叫了一声。

"是。"

正是王国炎住宅所在区,也正是张大宽失踪的所在区!

几个人久久地沉默在那里。也不知过了多久,苏禹才直截了当地说道:"如果仅仅就这样一个理由,就要对仇晓津的住宅进行搜查,对此我不能同意。"

"苏厅长,事关重大,时间又太紧急了……"

"请你不要再说了,不管事情有多重大、多紧急,如果没有特殊的理由,没有知情人举报,没有确凿的证据,这样的行动决不能随意进行。你知道这是什么性质的问题,一旦发生,势必会产生重大的负面影响。"苏禹斩钉截铁,没有任何回旋余地地说道。"好了,这个就不要再争了,目前最要紧的是干什么,这个我想你心里更清楚。"

"苏厅长,我是说……"

"我知道你并没有被说服,说不定还会对我的意见心存疑虑。"苏禹再次打断了代英的话,"但有一点你应该清楚,我不同意,是因为我们没有这个权力,至少我们现在还没有这个权力。绝不是因为他是省人大副主任的侄子!更不是因为要涉及省委常委,市委书记的外甥!如果你真的查出他们都是犯罪嫌疑人,我现在就给你签署命令,立刻就可以把他们全部拘捕归案,而且事先绝不会给任何一个领导打招呼!正因为这样,所以,我才会给你说,目前你最要紧的事情应该去干什么,莫非你连这个都听不明白?"

代英眼睛一亮,"苏厅长,我明白了。"

三十

魏德华看了看表,罗维民走出去已经快一个小时了,仍然不见踪影。干什么去了?尤其是在这种关键时候!

千万不要再出什么事情了,要是罗维民再出了什么事情,不仅会影响到这次讯问的成败,说不定他们几个人连古城监狱的大门能不能出去都是问题。

虽然对王国炎的讯问进行得还算顺利,但离讯问的最终结束和完成还遥遥无期。特别是对这个王国炎的情绪,他们每一个人心里根本没底。一旦他发作起来,尤其是他有了什么想法,或者是打定了什么主意,说不定顷刻间他就会把所有的口供全部推翻。事实上在他没有签字以前,这些口供并没有任何实质性的意义。

王国炎的情绪似乎陷入了一种难以自拔的迷惘和茫昧之中。也许是由于这么多天来焦急的等待,也许是由于仇恨和狂躁日日夜夜的折磨,也许是对前景的悲观让他感到了绝望,当然也可能他还是那么目空一切、不可一世，根本就没把眼前的这几个人放在眼里。就算老子把这一切都给你们原原本本地交代出来，你们对外面的那些家伙又能怎么样！他绝不相信那些有权有势的人物，会舍弃他们的一切，跟着他这么一个什么也没有的服刑犯一块儿去死，一块儿在这个世界上消失。比别的什么，也许他比不过他们，但要是比谁不怕死，老子肯定比得过你们！

也许正是基于这样的一种心情，王国炎几乎对任何问题都很少拒绝回答。有时候你没问到的问题，他甚至还会提醒你，主动地告诉你。然而越是这样，魏德华的担心就越强烈，思想上的压力就越大。

惟一让魏德华感到安慰的是，五中队指导员吴安新的表现大大出乎他们的意料之外。作为一个中队指导员，他似乎已经敏锐地感觉到了这一行动异乎寻常的意义。因此，他的配合显得谨慎而又主动，积极而又顺从。

讯问一直在紧张而有序地进行着。

王国炎的回答已经渐渐地没了刚开始时的张狂和横暴，嗓音也渐渐地弱了下来：

"……1992年12月31日半夜十二点，老子连夜赶往郑州，一下火车，就直奔青年路储蓄所，那起名扬河南的抢劫杀人案，也是老子干的！杀了一个保卫，男的；捅了一个储蓄员，女的。一共抢了六万七，顺便还捎带了一辆摩托车……"

"挑头的是谁？"

"当然是老子，只要老子参加，挑头的肯定就是老子。"

"跟你一块儿抢劫的还有谁？"

"还是那两个人——一个是老熊，一个是独眼龙。"

"动手杀人的都是谁？"

"那个保卫是老子和老熊干掉的，那个女的是独眼龙捅的。"

"用的都是什么武器？"

"老子一般用的都是斧头！用棉花和布包了，砸到脑瓜子上，又没声音又不见血，利索极了！只需一下，就彻底完蛋了，连他妈的两下都用不着。嘭的一声,就滚到那里去了……"

"抢来的钱都干什么用了?"

"妈的,都给了那个王八蛋姓仇的小子了。"

"还是那个仇晓津吗?"

"当然是那个王八蛋!那是一个大骗子,骗老子的钱多了去了!老子的钱差不多都让那个小子骗走了,说什么他正在搞一桩大买卖,急需要大笔的钱。还说这些钱都算是老子的投资,将来会加倍地还给老子。妈了个×的他有什么大买卖!仗着他有个当副省长的叔叔,捞钱捞海了!姓仇的副省长纯粹一个大腐败分子,他那几个儿子,各个都他妈的腰缠万贯、富得流油……"

…………

"继续交代别的罪行。"

"……河北石家庄,1990年五一劳动节中午十二点,和平街储蓄所抢劫杀人案,也是老子干的!捅了个男的,用枪把子砸昏了个女的,一共抢了三万四千块,还有两条金项链、三个金戒指……"

何波接到罗维民的电话时,是在下午一点半左右。

尽管何波并没有感到太大的意外,但还是被罗维民带来的消息震撼了。他们的动作竟会如此之快,如此之大!这简直就是一个强大的,周密的,迅速的工作班子。几乎每一步他们都走在了你的前面,处处让你陷入了极度的被动之中。如果再晚一步,罗维民说不定连走出古城监狱的权力都没有了。惟一让何波感到意外的是,这样大的一件事,辜幸文同他见面时,竟然只字未提!

从罗维民给他带来的情况中得知,事实上这件事他早就知道。昨天晚上他们就已经做出了让罗维民停职检查的这一决定,辜幸文不仅参加了,而且似乎也没有阻止住这一决定。

他思考片刻,拨通了辜幸文的电话。

辜幸文对他的提问回答得简短而干脆:

"这有什么可奇怪的?就在几个小时以前,我还根本不相信你。

你不是也说了,整整两天了也没能把我猜透?你想想我凭什么会把这个决定告诉你?"

"问题是当我们见了面,彼此都清楚了后,你仍然没把这一情况告诉我!"何波并不买账。

"我没告诉你的情况多的是!"辜幸文仍像过去那样冷峻而又苛刻,"我把这些事情全都说给你,你解决得了吗?说给你我还嫌累得慌!"

"那至少也应该让我有个思想准备,万一出了问题我们岂不是全得完蛋!"何波毫不示弱,"还有一点我始终对你持有怀疑,作为一个监狱的主管政委,你连这样的事情也阻止不住吗?如果要是有人提议马上把罗维民拘禁起来,是不是你也一样会表示同意?"

"我已经给你说了,昨天是昨天,今天是今天。在昨天的那种情况下,即使做出比这更严厉的决定来,我也一样会同意。"辜幸文毫不掩饰,说得明白而又透彻。"你要记住,我在古城监狱只是一个副职,决定权并不在我手里。在一个领导集体里,当做出一个决定时,如果所有的人都赞成,只有你一个人在反对,除了暴露你的意图和立场外,并没有任何实际意义。这不是勇敢,而是愚蠢。"

"其实,我现在跟你争辩这些才真正是没有任何意义。"何波话虽这么说,但口气已经缓和了下来。"老辜,罗维民对我们非常重要,你一定要保证他不出任何问题。"

"这你放心,我正在尽我的力量在做。如果真要出了什么问题,我会及时告诉你的。请问,还有什么吗?"辜幸文根本没有任何跟他解释的意思。"两分钟后,我们侦查科的另一个侦查员赵中和就要来见我,你明白我要做什么。"

"是不是那个准备接替罗维民工作的小赵?"

"是。我现在还没想明白的是,昨天的决定只是停职检查,并没有让罗维民交出武器库的钥匙和管理权。"

"……哦!"何波一惊,"看来这里面有问题。"

"不是有问题,而是问题很大,很严重,很可怕。我担心这会是一个极其危险的信号。老何,真的很严重,我不知道你意识到了没有。"

"老辜,你看我现在能为你做些什么?"

"暂时还不需要,最要紧的还是你那一摊子,你一定要收拾好,千万别再有什么疏忽。"

"罗维民呢?"

"我让他暂时待在办公室里,等我跟小赵谈了以后再说。"

"这个小赵可靠吗?"

"拿不准,人随时都会变。"

"小赵的孩子不是正在省城看病吗?你可以让他马上回省城。"

"其实我最担心的就是这个。"

"……噢。"何波猛地意识到了什么。

"他刚回来时牢骚满腹,为孩子的病焦急万分,但现在他突然变得很平静、很轻松,一点没有要急着赶回省城的意思了。"

"坏了,看来这里又出问题了。"

"但愿不要再出什么问题了。"说到这里,辜幸文大概是听到了什么响动,"就这样吧,可能他来了,随时联系。"

随着电话的突然挂断,何波一时沉默在了那里。

罗维民默默地坐在办公室里,像僵了似的久久地一动不动。

赵中和去找辜幸文去了,侦查科里此时此刻就只剩了他一个人。

他实在想不出一个对策,能让他从目前这个困境中解脱出来。

他想像不出辜幸文会同赵中和说些什么,尤其是想像不出辜幸文会是一种什么样的心情和立场。

特别让他感到诧异的是,赵中和今天的情绪和态度同昨天相比,似乎有了一个明显的变化。就像刚才为了找到他,竟然在办公室里等了近两个小时,连着呼了他几十遍。如果要是在平时,这种举止几乎是不可想像的。

最让罗维民感到吃惊的,是赵中和对他的那种以前从没有过的固执和强横。在问他问题时,几乎像是在审讯犯人一样。盯着他看时,也一样是审视的眼光。在要求他交出武器库钥匙时,几乎就是一种毫不掩饰的威逼和胁迫。要不是他一再坚持要求看到正式的处理通知或者领导的书面决定,他们之间几乎会争执起来。看得出他对自己的看法一下子全变了,表情上显现出来的全是不满和敌意。仅仅就在昨天晚上,他还跟他亲近得就像一个人似的,相互间没有任何防范,完全是一种信任和热诚。他究竟怎么了?是不是因为听信了别人的挑拨,产生了对自己的误解,受到了某种怂恿和唆使,才使他变成了现在这个样子?不像。看上去纯粹是一种根本的转化,一种彻底的蜕变。赵中和是一个外向的人,任何一个细微的变化,你立刻就可以看得清清楚楚。他真的变了,同十几个小时以前的赵中和已经判若两人。因为什么?究竟是什么原因让他变得这么快,这么彻底,这么不留余地?昨天晚上他还对自己说过的,他今天无论如何也要赶到省城去,他不能把老婆孩子就这么可怜兮兮、孤苦伶仃地留在省城医院里。他还一再说,王国炎的事情看来有问题,这里面肯定有猫腻,但他实在不能再待了,他得先把孩子的病诊断清楚,等到有了眉目,他一定要同自己把这个案子搞一搞,说不定会扯出一个大案来。然而今天看到他时,昨天的那种焦急的心情好像一下子全没了。自己甚至还提醒了他一句,但没想到他竟说,出了这么大的事情,他离得开吗?

看得出来,其实他根本就没有想离开的意思。莫非他孩子的病诊断清了,或者已经好了?也不像。惟一的可能是,他对孩子的情况放心了。想到这里,罗维民的心里陡然一阵发紧,他老婆孩子的情况会不会跟自己一样,已经被什么人照管起来了?

有可能!他了解赵中和的经济情况。如果他的孩子真的患的是血小板减少,甚至是白血病一类的大病,同自己一样,他是根本拿不出这样的一笔钱的。因为像这样的病,几乎就是一个无底洞,再多的钱也会填不满它。赵中和根本没有这样的经济实力,而且不论是他父母一方还是妻子父母一方,也同样没有这样的经济实力。

他同样也了解赵中和对孩子的感情。结婚晚,快三十岁了才得了这么一个儿子。孩子几乎就是他的一切,不论是父母还是岳父母,都视这个孩子为命根子。尤其是孩子极其聪明伶俐,讨人喜欢。才四五岁的年纪,就已经被调教得会唱歌、会背诗、会算算术、会叽里哇啦地念出一串一串的英语。赵中和到了班上,说得最多的就是孩子的事。孩子稍稍出点什么事情,他立刻就像魂儿丢了一样。他太喜欢这个孩子了,为了孩子他可以付出自己的一切!

如果赵中和的孩子真的得了什么大病,而此时此刻真有什么人愿意为孩子的病提供医疗和帮助,他完全可能为这个人做任何事情。那么,赵中和会不会就是为了这个,连做人的原则、道德,以及最起码的正义感、责任感都会放弃?甚至于不惜以身试法,铤而走险?

如果真是这样,你又该怎么办?你又能怎么办?

他想了一阵子,觉得再这么下去实在太被动了。既然一切都明了了,那就应该主动出击,至少也应该以攻为守,不能老这么等着挨打。

他几乎没怎么犹豫,便拨通了单昆的手机号码。

他惊奇地发现,单昆的手机竟开着。

"单科长吗?我是罗维民。"罗维民的语气很冲。

"哦,小罗呀。"单昆像是吃了一惊,可能他没想到罗维民会打电话给他。"什么事呀?"

"赵中和刚才说了,是你让他来接管我的工作,是不是这么一回事?"罗维民一副豁出去了的气势。

"怎么?没人告诉你呀?"单昆的嗓音很软。

"告诉我什么?我到底又做了什么!"罗维民几乎就是在大喊大叫。

"小罗,你听我说,一定要冷静,一定要冷静么。"

"都这样了,让我怎么冷静!我冷静得下来吗?我在侦查科干了十几年了,别人不了解我,你还不了解我?凭什么!单科长,这到底是谁做的决定!我马上去找他,我跟他没完!这机关都成什么了?还有好人活的路吗!平时你们吃香喝辣、花天酒地,我们就只有受苦受罪的份儿!做了那么多恶事丑事,到头来竟处分我!你们的屁股上哪个是干净的!是不是以为我什么也不知道?像我这样的老实人好欺负?谁要是在这上头暗算我,我拼了命也要把他告倒告臭……"

"唉唉,小罗小罗,你听我说,你听我说。"单昆忙不迭地给罗维民做着解释工作。"老实说,这件事其实我根本就不知道。说实话,当时我真的是大吃一惊。不管怎么说,我还是侦查科的负责人么,随随便便地把我的人处分了,连个招呼也不打?你来电话前,我还一直想着给你去个电话呢,这件事我要跟他们说一说……"

"单科长,既然你这样说,我也就不说什么了。我给你打这个电话,也有这个意思。我就一直想不明白,处理你单科长的部下,你当科长的怎么连句话也不敢说?我在侦查科这么多年,没功劳也有苦劳,没请客送礼,也没检举揭发过谁谁谁呀。快四十的人了,连个副主任科员都混不上,我什么时候给你们说过什么,要求过什么?兔子急了还咬人呢,就算我老实,也不能就这么被人骑在头上拉屎撒尿呀,要是把我逼急了,那也是什么事情都干得出来的……"

"小罗小罗,你别逼我了好不好?你先听我说一句好不好?"单昆几乎是在告饶了,"你看我现在正忙着呢,身前身后一大堆人,咱们能不能再抽个时间谈一谈?"

"单科长,是你逼我,还是我逼你?你打发赵中和坐在这儿逼着我停职检查,又要接替我的工作,又要我立刻交出武器库钥匙,我几乎都成犯人了……"

"什么什么!"单昆猛地打断了罗维民的话,"要你立刻交出武器库的钥匙?是他这么给你说的?"

"这样的事情我也能给你胡说吗?"罗维民也突然意识到了什么。

"谁告诉他要你立刻交出武器库钥匙的?根本就没这回事!我什么时候也没说过让你交出武器库的钥匙!"单昆的口气一下子变得严厉起来,"你也不想想,这么大的事情,哪能一个人去交接?武器库是整个监狱的生命线、高压线,不能动,也动不得的,怎么会让他一个人随随便便地去问你要钥匙!这是谁的指示!究竟是谁告诉他的!简直是胡闹!赵中和在不在办公室?让他跟我说话!"

"他这会儿不在,刚刚出去,马上就会回来的。"

"你告诉他我等着他,回来后就立刻给我打电话!"单昆一副震怒的口气。"还有,我现在就正式告诉你,没有我的指示,没有两个以上的监狱领导在场,任何人也无权让你交出武器库的钥匙。你要交了,那是你的问题,一切后果由你负责!如果要是有什么人硬来,那就让他来找我……"

…………

也就这么几句话,罗维民对单昆的看法迅速转变。看来这个单昆并不像想像中的那样,至少他并没有完全垮掉,或者并没有完全倒了过去。在他心底里还有着一个不能随意逾越的界限,他可以在某些地方睁一只眼,闭一只眼,但在另外一些地方,那则是不能越雷池一步的。这就是说,他还没有糊涂到或者是还没有腐败到连自己的身份、连自己的职责也不清楚了的地步。但也就这几句话,又一次让他感到了事态的严重性。这个赵中和,到底是怎么了?莫非真的是因为自己的孩子,于是对所有的一切都不管不顾了?他到底是听了谁的?如果不是单昆指使的话,又是谁让他这么干的?他们这么急不可耐、不择手段地要武器库的钥匙究竟想干什么?

何波是在下午三点左右接到罗维民的电话的。

何波听完罗维民给他汇报的一些情况后,再联系到刚才辜幸文给他说的那些话,也进一步感到了事态的严重性。

罗维民说他特别想知道赵中和老婆孩子现在的情况,病情是不是确诊了?是不是还在省城儿科医院里?是不是已经住了院?他的孩子究竟得的是什么病?如果得的是大病,如果确实是住了院,那这一切究竟是谁安排的?

罗维民说他必须弄清楚这一点,否则下一步他就不知道该怎么给赵中和做工作。罗维民说他不相信赵中和在这么一两天内就已经变得不可救药了,所以,他必须把事情弄清楚,只有这样才能找出相关的对策来。

何波连想也没想就答应了。

何波随后又问了问监狱里的情况,罗维民说他刚刚到禁闭室去了一趟,讯问进展得很顺利,那个王国炎问什么就说什么,好像真的豁出去了。情况非常好,比想像中的还要好。罗维民说他已经告诉了魏德华,要想办法尽快让王国炎把那些大案要案交代出来。因为截至目前,王国炎谈出来的基本上都还是一些较小的案件,并没有涉及那些重大的案件。也许王国炎只是在试探试探,我就先说出几件案子来,看看你们到底会有什么反应,如果你们仍然没有人制止,没有人暗示,没有人出面撤走这些对他讯问的人,那说不定他就会开始交代重大问题。也许因为他还没弄清审讯他的这些人究竟都是些什么人,是不是自己人想试试他是不是真的患了精神病?假如他最终就是这么想的,就是这么判断的,那他将极可能会在最后把自己所知道的、所干的全都交代出来。我们是在将计就计,他也可能是将计就计,也许就是在这种谁也摸不清谁的情况下,我们才有可能大获全胜。罗维民还说:"魏德华正准备把一些已经讯问到的情况偷偷拿出一部分来,让你马上在档案科核实一下,看其中的真实性究竟如何。如果确实都是真实的,那就证明我们的猜测没错。"末了,何波问:"赵中和那么急迫地问你要武器库的钥匙,你分析了没有,他这么做究竟想干什么?"

罗维民说他也没想清楚。

何波问可能性都会有哪些?

罗维民说:"最大的可能性就是给我施加精神上的压力,让我感到他们确确实实是动了真格的。连武器库的钥匙都让你上交了,想想等待你的后果将会有多严重?当然也不排除别的。也许可能会在任何人都不知情的情况下,有意制造一起人为的事故,从而彻底地把你从古城监狱开除出去。比如像丢了枪支,武器出现严重锈蚀等等什么的。"

何波想了想又问:"还会有别的吗?"

罗维民说:"别的我还没想透,我觉得他们还不至于是想从武器库拿出武器来,想制造一起什么事端,搞一次大的行动,或者明目张胆地要去干什么耸人听闻的事情,他们还没有这个胆量,也还没到这种地步。"

何波问:"武器库都有什么武器?"

罗维民说:"手枪,步枪,半自动步枪,全自动步枪,机关枪,重机关枪,以及各种各样的手榴弹,足足可以武装一个加强连。"

何波问:"武器库的保护措施怎么样?"

罗维民说:"那是绝无问题的,就像一个超大保险柜,如果没有这三道门的钥匙,想打开它比登天还难。"

何波说:"我已经给辜幸文打了电话,他说根本就没有研究过上交武器库钥匙的事情,你要多小心才是。宁可往最坏处想、最坏处打算,也不要有侥幸心理,免得大意失荆州。"

罗维民说:"何处长你放心,别说他们还没有做这个决定,就是做出了这个决定,也别想从我的手里把武器库钥匙拿走。我会找他们讨个说法的,在没有一个说法以前,我绝不会善罢甘休⋯⋯"

给罗维民打完电话,何波紧接着又拨通了正在省城的史元杰的手机。

史元杰一接通电话便说:"我给你打了半天电话了,怎么也打不进去,是不是又出什么事情了?"

何波说:"有些小麻烦,别的都还行。"

史元杰好像有些放心不下,"他们都还在古城监狱吗?"

连何波自己也感到有些奇怪,不知不觉中,他过去当处长的那种口吻已经消失了,不存在了。"正忙乎着呢,那儿看来还没什么问题。你那儿呢?你给我打电话有什么事?"

"没别的事,就是想问问情况。何处长,苏厅长他们正在研究这个案子,你看我什么时间赶回去最好?"

"我看你暂时还是不回来的好,第一等苏厅长他们做了决定后再说,第二等咱们这里的情况有了眉目后再说,还有,有件事还得让你和代英商量一下,马上调查一下古城监狱侦查员赵中和妻子和孩子的一些情况,我昨天就说过的,怕他们会在这件事上做文章,现在看来保不准真是在这儿出了问题。"

"何处长,这个我已经通过关系调查过了。"

"哦!有情况么?"

"省城的几家医院里,根本就没有赵中和的妻子和孩子。"

"罗维民说是在省城儿科医院,最大的可能是血液病。"

"这我知道,我们第一个调查的地方就是儿科医院,血液科门诊部和住院部都详细地查过,门诊部说这些天好像就没有这样的一个孩子来看过病,而住院部根本就没有这样的孩子住过院。"

"别的医院也查过了?"

"都查过了,省属的几大医院,市属几个医院,都没有查到。"

"是不是没用真名?"

"一个孩子的名字,有那种必要吗?"

"会不会是到北京上海那些大医院去了?"

"……有可能。"

"会不会经过检查,确诊了不是什么大病,已经从省城回来了?"

"我马上给市局的人打电话,让他们立刻查一下就清楚了。"

"这个我来办,你想办法在省城再详细地查一查。我这儿一有了情况就立刻给你去电话。"

"何处长,是不是赵中和那儿出了什么问题?"

"他今天的表现有些反常。"

"怎么了?"

"他卡了罗维民几个小时了,逼着罗维民交出监狱武器库的钥匙。"

"……噢?"史元杰吃了一惊,然后立刻便意识到了什么,"我明白了,我马上再去查。"

三十一

代英下午四点二十左右,跟另外四个公安人员悄悄潜入了王国炎妻子耿莉丽的家。

四个公安人员中,特勤科两名,技术科两名。他们不仅个个武功了得,而且都是专家,在痕迹、鉴别、取证、指纹、搜查等等方面都有着丰富的经验和能力。

秘密手段是公安系统极少运用的一种侦查手段,它有严格的审批手续和相关规定,如果没有极具说服力的理由或不是在极为特别的情况下,是绝对不能随意运用的。这一次如果没有当事人张大宽自己的举报,也一样是根本没有可能的。

在代英十几年的公安生涯里,包括当领导期间,使用秘密手段进行突击搜查的案例,总共也就是那么两三次。这一次是最快的一次,也是审批时间最短,事先准备最仓促的一次。事实上,今天的突击搜查已经不属于真正意义上的秘密手段了,之所以这样处理,最主要的原因还是不想惊动这个住宅里的犯罪嫌疑人。这种侦查的风险也很大,因为你根本不知道你所要搜查的处所会有什么情况发生,会有什么样的局面在等待着你。你并不熟悉你所要搜查的环境,任何一个疏漏都会给你带来难以预料的巨大的危险和被动。还有一点,因为这一行动的特殊性,所以,它绝不能让当事人知道和察觉,否则,将会给有关领导造成极大的压力,给社会产生极为负面的影响,由此还很可能带来严重的、难以预料的后果,因此,一定要在事先安排大量的保密措施。在秘密搜查开始后,还得配备大量的警力,对搜查工作进行严密的防范工作,以应付随时都可能发生的不可预料的突发事件。这就是说,它不仅要面临内部的危险,而且还要面临外部的危险。

由于时间仓促,代英在耿莉丽的住宅附近和附近的必经之路上只设了三道岗：一道设在胡同口，一道设在更远一些的十字路口，还有一道设在一个大桥桥头上。由于警力有限，在一般路口上，代英并没有设岗。代英之所以敢这么做，因为他从刑侦指导科科长赵新明那儿得知，耿莉丽平时回家，除了这一条路线外，几乎很少走别的路线。尤其是昨天到今天，耿莉丽根本就没回过家。从耿莉丽门上的那把大锁来分析，耿莉丽这两天回来的可能性极小。但即使如此，代英还是在耿莉丽的单位的门口实施了监控。他让赵新明亲自坐镇，带了两个帮手，老老实实地坐在一辆玻璃上贴了遮阳材料的小面包车里，静静地守候着、观察着，以防在单位上班的耿莉丽随时会跑出来。

赵新明已经打听清楚，耿莉丽下午准时上的班，在辅导部办公室里一直没出来过。他还让助手试着给艺术馆辅导部打了个电话，接电话的正好是个男的，于是便说："麻烦叫一下耿莉丽。"那个男的可能是习惯了这种电话，什么也没问，便大声喊道："耿莉丽！电话！"等到听到一个女的答应了一声，然后嘎哒嘎哒踩着高跟鞋走过来时，才赶忙挂断了电话。

耿莉丽确实是在班上。

前前后后这一切准备工作，总共用了大约四十分钟。

代英看了看表，算了算大约有两个小时是可以保证的。如果耿莉丽今天仍然不回家，那可以保证的时间可能会更多。

其实，代英清楚，如果张大宽真的被绑架，真的就被关在王国炎妻子的住宅里，一旦进去了，立刻就能发现，根本用不了两个小时！

问题是，张大宽会不会关在那儿？如果张大宽没有被关在那儿，他们又应该怎么办？

事实上，在代英的心里，分析的结果和预测的倾向性更多的是后者而不是前者。因为像在王国炎妻子住宅这样的一个地方，是根本不适宜较长时间地关押和绑架一个人的。第一它是在市中心，第二他们已经知道了这样的地方并不安全，第三如果真要绑架一个人，那是需要一定的人力和物力的，他势必会引起更多人的注意和怀疑。如果不是智商太低的话，他们一般不会在这样的地方关押什么人的。

张大宽之所以会写出这样的一个条子来,极有可能的是,他是在刚刚被绑架不久后写好趁什么机会扔出来的,或者是在绑架后被秘密转移的途中偷偷扔掉的。另外一个可能是,张大宽确实是在王国炎妻子的住宅里关押过,而后被秘密转移了,而这个条子是在他转移以前写出来的。当然还会有别的可能,比如他在悄悄被转移时,很可能是被蒙住眼睛的,也许他以为自己被什么人押着转了一大圈,只是一个骗局,他其实最终还是被关在了王国炎妻子家,但事实上他则真的是被转移到了别的什么地方。

但代英明白,不管如何,必须争取在两个小时的时间里解决问题,即便是张大宽确实不在这里关着,只要能找到有关张大宽被绑架关押的任何蛛丝马迹以及任何隐约可寻的线索和痕迹,甚至能找到王国炎在狱中写给耿莉丽的那些信件,尤其是能找到最近王国炎发出来的那封信,就可以说有了重大收获。如果还能找到别的一些东西,比如有关耿莉丽对王国炎的态度,甚至有关东城区公安分局副局长姚戬利的一些情况,那收获可能就更大了。

如果在耿莉丽家里确实有了重大收获,那么对王国炎一案下一步的行动,也就有了更多的依据和更准确的判断。

进入耿莉丽的家其实用了不到五分钟。

没有狗吠,自然就省去了很多麻烦。硕大的大门门锁,没用一分钟便被无声无息地打开了。一看到眼前的院子,才真正明白了赵新明当初说的那些话一点不假:像这样的住宅,一般的工薪族是根本住不上的。真是如此,没想到外面看上去并不太起眼的这么一个住宅,院子竟然会如此之大!他粗粗估摸了一下,光院落的面积至少也有二三百平方米之多。

由于附近没有高层建筑,所以,院内采光极好。院子里种满了各种花草,特别是那棵被剪裁得很别致的石榴树,上面密密麻麻地结满了石榴。在秋日的照耀下,整个院子充满了一种生机和活力。

看来,这个家庭的主人,竟是很爱劳作,也很爱美的。院子里姚黄魏紫,姹紫嫣红,收拾得井然有序,柔美清秀的雅趣胜景,很难想像她会是一个正在监狱中服刑的重犯家属。

也许她是把自己的痛苦全都融进了这些花木里了,嫁给王国炎这样一个男人,即使他是在天涯海角,即使是在监狱里服刑,她也一样没有身心自由,平时时时刻刻罩在王国炎的阴影之中,也一样生活在无以脱身的桎梏之中。

院子里很静。在一个闹市区能有如此清静的去处,简直是一个奇迹。院门口是一个石砌的屏门,屏门上爬满了厚厚的一层藤蔓。

几个人悄悄地巡视了一番,便一个接着一个鱼贯而入。隐藏在屏门后顺着藤蔓的缝隙向里院望去,院子里依旧看不出也听不到任何动静。那棵大石榴树上,正栖息着几只毫无戒备、正在静静地梳理羽毛的麻雀。

三分钟,五分钟过去了,仍然没有听到任何响动和看到任何有人的迹象。

院子里有一座北房,一座西房:北房四间,西房三间。

北房纵深约有十米左右,估计会有隔间套间;西房看上去就很浅,一间就是一间,房间里不会再有隔层。北房的两扇房门和西房的房门都紧紧地锁着,尤其是北房的两道房门上还都加了防盗门。两座房子里都不像关押人的样子。尤其是西房,关押人的可能性更是微乎其微。

其实,昨天到今天,侦查科曾派人来过这里无数次,基本上可以肯定,这个院子里自发生张大宽失踪案以来,并没有什么人再来过。

代英让一个侦查员躲开北房正面的视线,顺着墙根慢慢匍匐了过去,他们四个人都掏出枪来,密切注视着两座房子的大门和窗户,以防随时可能出现的突发事件。

二十多分钟后,他们便把北房西房所有的门都打开了,并把所有的屋子搜索了一遍。

北房四大间,被隔成两厅六室,两个卫生间,一个储藏室和一个厨房。一个巨大的地下室,被隔成四间。西房三间,比想像中的稍大一些,但确实一间就是一间,没有卫生间,没有储藏室,没有厨房,也没有地下室,看来只是个客房。

屋子里的种种迹象表明,在二十小时以内,这座刚刚整修过的院子里并没有人来过,也没有任何关押过人的迹象。

可以肯定,张大宽根本没在这个院子里关押过。

大宽的纸条和发票代英都已详细地看过和鉴定过,确确实实是张大宽本人写下的。从纸条上书写的笔迹和说话的口气来看,纸条的内容并不像是被什么人逼着写出来的,这也就排除了欺骗和行诈的可能性。

那么,张大宽究竟会在哪里关着?

其实最值得可疑的是,几乎在张大宽失踪的同时,王国炎妻子的这个住宅里就突然没人了,这座院子的大门也就突然被锁上了。除了王国炎的妻子外,原来的那些在这里进进出出的人都去了哪儿?

看来,肯定还会有一个地方。而这个地方,很可能就是关押张大宽的地方,至少也会跟张大宽的失踪有关。

昨天到今天,王国炎的妻子都是在哪儿度过的?

代英一边想,一边默默地打量着屋子里的摆设和装饰。

一切都收拾得井井有条,尽管已经一天一夜没人住过,但整个房子里仍然弥漫着一股幽幽的芳香。

让代英吃惊的是,几间屋子里,竟然没有看到一张王国炎和妻子的合影。墙上,桌子上,柜子上,到处都是耿莉丽一个人各种各样的身姿。有的放大到了几乎跟真人一般大小。

甚至连她孩子的照片也没有!

在她的卧室里,几乎就成了她本人的一个摄影展。张张照片都拍得无可挑剔,好像无时无刻不在顽强地,挑衅般地显示着自己的美色和青春。真正幸福的女子,是不会用这样的方式装饰自己的生活的。在这种顽强和挑衅里面,包裹着的其实是一种无助的柔弱和恐惧。在她的生命轨迹里,也许只有自己的美貌和身体,才是她惟一的生存资本。

对一个没有任何社会背景,没有任何自卫能力的女性来说,大概除了以姿色还勉强可以用来保护自己外,也许不会再有别的什么选择。在一个强权而无序的环境里,好女子没好命,也就常常会成为一种普遍现象。

耿莉丽也许正是这样的一个环境里的牺牲品。

代英顾不上更多地去考虑别的,想了想,他立刻发出命令,争取在一个小时的时间里,完成对住宅的进一步搜查。

刑侦处刑侦指导科科长赵新明像是吓了一跳似的看着艺术馆的门口。

耿莉丽脸色苍白,像是发疯一般的从艺术馆的大院里冲了出来,与此同时,一辆急速而来的进口轿车突然停在了艺术馆门口,几乎是一眨眼工夫,耿莉丽就钻进了车中,紧接着又轰然一阵声响,还没等赵新明明白是怎么回事时,轿车便已驶出数百米之外了。

其实,赵新明的反应并不算慢,实在是这辆国产小面包太不争气,等到赵新明把车发动起来时,那辆进口轿车早已溜得无影无踪,不在视线之内了。

所幸这一带是闹市区,一拐过弯就是一条车水马龙。人如潮涌的大街,再好的车也别想在这样的大街上有所作为。几分钟后,赵新明的小面包便跟在了进口轿车的后头。

乘红绿灯停车的当儿,赵新明赶紧给代英传呼了过去:

"耿莉丽突然从艺术馆出来了,她坐的车是红色奔驰,车号为39188,目前正往东城方向行驶,如方便,请指示。"

三分钟后,代英拨通了赵新明的手机:

"……请问你们现在的方位。"

"我们仍在胜利大街,距离红色奔驰有三十米。"赵新明回答。

"耿莉丽确实在里面吗?"

"确实在,我们现在也能看到她的背影。"

"奔驰车里有几个人?"

"除了司机外,好像还有两个男的。"

"他们是不是已经发现了你们在跟踪?"

"我想已经发现了,要不他们不会采取这种手段突然把耿莉丽拉走。"

"能不能再找一个车对他们实施跟踪?"

"代处长,这样怕不好,再用别的警车跟踪,只能让他们更加警觉。若要用别的车跟踪,现在也来不及,其实也用不着。"

"为什么?"代英问。

"我觉得他们并不怕咱们的跟踪,甚至好像是故意让咱们跟踪。"

"那他们的目的是想干什么?"代英有些吃惊。

"我想他们已经发现了咱们的行动。"

"你是说对耿莉丽家的搜查吗?"

"是,他们肯定是知道了,"赵新明分析说道,"我想他们肯定在耿莉丽家的附近有一个观察点,说不定就在附近的那个宿舍楼上。"

"……说不定张大宽也会在附近的这个楼上!"代英豁然领悟,"否则那个小孩就不会在那一带拾到那个烟盒!"

"我觉得也是这样。"

"那他们现在这样做又究竟想干什么?"

"我想了好一阵子了,大概他们是想把你们从耿莉丽的家里赶走。"

"哦?"

"代处长,他们大概没想到咱们会突然搜查耿莉丽的家。"

"那就是说,在耿莉丽的家里有让他们感到害怕的东西!"

"对,代处长,肯定是这样。我看他们现在匆忙慌乱的样子,就是急着要赶过去,他们都是内行,知道我们是在突击搜查,所以,他们并不怕咱们,他们明白,只要他们赶过去了,咱们就会乖乖地离开。"

"新明,你能阻止住他们吗?"

"代处长,是不是还没有找到什么有用的东西?"

"我们刚进来还没有半小时,真正的搜查还没有开始。"

"好了,我知道了。"

"新明,你准备怎么办?"

"代处长,你只管放心搜查就是,别的你就不用管了。"

"新明,一定要注意安全。"

"你放心,我自有办法。"

"千万小心。"

"明白。"

"有情况马上给我来电话。"

"明白。"

代英一时愣在那里,好半天也回不过神来。

他们的动作好快!

如果真像赵新明说的那样,那几乎等于是说,自己的行动事实上已经彻底地暴露了,自己的一举一动其实已经处在了他们的严密监视之下!

他们会在哪里呢?代英默默地看着窗外几处昭昭在目的宿舍群落,在这些宿舍楼上任何一个面对着自己的窗户里,都可能正有一架高倍数的望远镜在注视这个院落。假如是自己正站在这些窗户里,对这个小院落肯定会一览无余,说不定对你此时此刻的面孔和表情都会看得一清二楚。

前前后后还不到四十分钟,他们就已经明确了你的意图,明确了你的动向,而后竟以如此快的速度,调动了人员和汽车,并在交通如此拥挤的情况下,在如此短的时间里,把耿莉莉从市区中心的艺术馆里接出来,然后风驰电掣般的向你驶来!

看来,他们不仅清楚你的行动和意图,而且对有关公安侦查的规章制度也一样了解和熟悉。

姚戬利!代英的脑子里又一次冒出了这个名字。他是东城分局的副局长兼刑警队长,对这一切当然最清楚不过,他们敢采取这样的举动,也就不足为奇。如果真是这样,那他们最担心的是什么?

他们没想到会有人突然搜查耿莉丽的家,所以,那天急急忙忙撤离这里时,并没有把这里该销毁的东西销毁掉,该拿走的东西拿走。

都会是些什么东西呢?

什么样的东西才最让他们感到担心和害怕?

让他们最担心最害怕的莫过于张大宽的那些东西。摄像机,录像带,或者别的什么。

极可能就是这些。除此之外,再想像不出别的什么。

代英回头走进电视房内,这里置放着一排豪华家庭影院的全套设备。代英在存放录像带和VCD影碟的柜子里细细地观察了一遍,并没有令人可疑的东西。他甚至在录像机里都查看了,仍然没有他想要的东西。

还有什么地方会存放这些东西呢?

他在房子里的三个卧室里都看了看,另有一个卧室里放有电视机,并没有录像机和影碟机设备。

如果真有张大宽的那些东西,他们不可能会摆放在明处的。

代英默默地瞅着屋子里几个正在紧张而有序地忙乎着的侦查人员,脑子里在迅速地运转着,那些东西会在哪里呢?

下午四点半,省城市局局长李辉,市局主管副局长易伟来,还有史元杰三人准时来到了省厅厅长苏禹的办公室。

苏禹的话非常简单,没有客套,也没什么开场白。

刚刚落座,苏禹便对李辉和易伟来说:

"时间已经不多了,这么急急忙忙地把你们叫来,是因为我们在古城监狱发现了一个重大情况。这一重大情况极可能同十几起尚未破获的重大案件有关,简单的情况可能代英刚才也给你们讲了讲。但因为事关重大,我没让代英给你们详细讲。"

这时李辉插话说:"代英几乎什么也没讲,他只说厅里发现了几个案件的线索,还说苏厅长给他布置了一个突击搜查的任务,具体情况下午苏厅长要亲自给我们面谈,要我们下午四点半准时来你办公室开会。

就这么几句话,其余什么也没说。"

苏禹几乎连想也没想,便一口揽了下来,"这就对了,是我让他这么说的。详细的情况一会儿由史元杰局长给你们详细汇报。我现在特别要强调的是,这一重大情况的审讯工作仍在进行之中,所以,一定要对此严格保密。因为一旦走漏消息,将会给这一重大案件的破获带来难以估量的损害和影响。具体情况听完你们就会明白,非常重大,非常凶险,也非常紧急。如果目前的审讯工作进展顺利,紧接着我们将要采取重大行动。重大行动,而不是一般的行动。你们当然知道这是什么意思。现在就我们四个人在场,史元杰局长除外,万一要是走漏了消息,那就是我们三个人的问题,能查出来则罢,如果查不出来,我现在把丑话说在头里,那咱们就一块儿辞职!我并不是不相信你们,实在是形势紧迫,十万火急,我们不能不防。因为任何一点疏漏,都会让我们前功尽弃,让我们公安民警的血汗白流,这样的教训太多了,这一次绝不能允许再有类似的情况发生!好了,我的话完了,现在让史局长给大家汇报。不需要记录,用脑子记住就行了,到时候我们还要详细讨论,认真策划。"

"代处长,信!"一个侦查员有些兴奋地嚷了一句,"很多,厚厚的一大摞子呢。"

代英一个激灵,几乎跳了起来,"都在什么地方?"

"在床头柜的一个首饰盒子里。"侦查员已经把这些信件拿了过来。

果然都是写给耿莉丽的信件,至少有二十多封!

代英先看了看时间,有去年的,还有前年的,但大部分都是今年的。今年的有2月份的,4月份的,6月、7月、8月份的,但却没有9月份的,尤其是没有近些日子写来的。

让代英感到纳闷的是,其中绝大部分并不是监狱里写来的,而是从其他地方写来的,并且有好几封信的封皮上竟没有寄信人的地址。他打开翻看了几封,信里连寄信人的姓名也没有,有的只是一个不知是英文还是拼音的缩写。

这里边并没有王国炎近期寄来的信件。

看来,这都是耿莉丽在王国炎入狱后收到并保存下来的。

耿莉丽保存这些信件干什么呢?

代英略略思考了一下,"全部翻拍下来,再好好找一找,只要是信件,只要有让人怀疑的内容和地址的,也一律翻拍。"

赵新明一边死死地盯着眼前的红色奔驰,一边给在大街十字口和大桥口守候着的郝永泽和樊胜利通话,要求他们紧急待命,随时准备行动。同时要求他们尽可能地把小车换成大车,一旦目标靠近,一定要想尽一切办法阻止他们,并尽量拖延时间。

正说话的当儿,赵新明突然在反光镜里瞥见了后面有一辆白色丰田吉普正在急速超车跟来。

赵新明放下手机,给司机提了个醒,然后转过身来紧紧地盯住了那辆白色丰田。

白色丰田正以近乎疯狂的速度向他们靠近。尽管大街上车辆密集的程度让任何一种车超车都不会那么容易,但这辆丰田还是越来越近。看得出,司机简直是在玩命,被超过的几辆车的司机都不约而同地伸出头来厉声怒骂,但丰田吉普仍然越开越快。

不用说,这辆车是冲着自己来的。

是想跟踪吗?看来不像,他们没有这个必要。那他们这么拼命地赶过来要干什么?惟一的可能是,这辆车是要赶到你的前面来,然后设法阻止住你对前面那辆奔驰车的跟踪。

他们知道你的目的,知道你想阻挡前面的那辆车,所以就反其道而行之,拼命也要想阻止住你。阻止你的目的,就是为了不让你阻止他们!

眼看着这辆白色丰田越来越近,赵新明的心情也越来越紧张。以自己这辆小面包的实力,是无论如何也无法跟这辆白色丰田相抗衡的。这种号称"沙漠王"的丰田吉普,底座就有数吨重,马力强大,同时还具有极强的抗击打抗磨损抗碰撞能力。他们只需一个小小的动作，顷刻间就能让你这辆小面包人仰马翻，丢盔卸甲。

怎么办？

时间已容不得他多作思考，他必须立刻做出决断。

他再次拿起手机来，迅速拨通了一个号码。

"……郝永泽！郝永泽！听见了吗！我是赵新明！我告诉你，我的车可能要出点事，你马上给樊胜利和代处长打电话，要他们从现在起立刻进入紧急状态！你和樊胜利的任务可能要加大，除了阻止那辆红色奔驰外，还有一辆白色丰田吉普，你们也要高度警惕，记住，车号是20277，是外地牌照……"

也就在此刻，赵新明突然感到了一阵天翻地覆的震撼声，当他想竭力弄明白震撼声来自何方时，眼前猛地一阵发黑，紧接着便感到一切都在这一瞬间静止了……

惟有他的手机仍在响着：

"……赵科长，赵科长！请回答，出什么事了？喂！请回答！喂！喂！赵科长……"

三十二

罗维民不时地看着时间，眼看着一个小时过去了，仍然不见赵中和回来。他想了想，拨通了辜幸文的电话。

"……辜政委吗？我是罗维民。"

"我听出来了。"辜幸文的嗓音依旧是那么冷峻和生硬。

"我是想知道，赵中和是不是还在你那儿？"罗维民说得小心翼翼。

"是。"

原来赵中和一直在辜政委那里！怎么会这么长时间？"辜政委，我已经问过单昆科长了，他说他根本没有让赵中和交接武器库的钥匙。"

"我知道了。"

罗维民不禁有些发愣,从辜幸文的话音里,他几乎听不出任何暗示。"……辜政委,你看我现在该怎么办?是不是就这么一直在办公室里等着?"

"我已经给你说过了,你清楚你现在应该去做什么。"

罗维民一愣,紧接着有些吃惊地说,"辜政委,我明白了!"

"有情况我会给你打电话的。"

罗维民本想再说句什么,但辜幸文的电话已经挂断了。

罗维民使劲敲了一下自己的脑袋,"你真他妈的笨!"

他把桌子上晾着的开水,咕嘟咕嘟几口吞下去,没用一分钟的时间,就锁好了所有的抽屉和办公室大门,然后一溜烟地向五中队禁闭室跑去。

对王国炎的讯问仍在有条不紊,紧张而有序地进行着。

罗维民长出了一口气,真是有惊无险,总算没误了大事。

他迅速地看了看已经记录下来的内容,王国炎截至现在,仍没有交代像"1·13"抢劫杀人那样的大案。尽管现在交代出来的那些东西已让人感到惊心动魄了,但只要你细心一琢磨,就会发现王国炎并没有交代出足以让那些人陷入死地的东西。他仍在试探,仍在刺激,仍在威胁,但也仍有所保留,仍然再给那些人一个尚能挽回,还可以"翻然悔悟"的机会,仍在显示着一个他一直在保护着那些人的信息……

王国炎还在等待。等待着那些人的举动和表示。王国炎的脑子很清醒。

要想让他尽快交代出那些重大的案情来,一个得有时间,时间越长,他的逆反情绪和轻狂心理就会越强烈,全盘交代的可能性才会越大;再一个就是得想办法让他的情绪激怒起来,只有在他极为愤恨、极为狂暴,情绪躁动得无以自制的情况下,才有可能会使他把那些本不想说出来的东西在一怒之下和盘托出。

罗维民再次看了看表，时间越来越急迫，也越来越少了。必须尽快地让王国炎开始交代那些更为重大的余罪，否则随时出现一个小小的问题，就会让这次行动功亏一篑。

他悄悄同魏德华商量了一下，然后又同另外几个人达成了共识。等到一个问题快要结束时，便由罗维民开始讯问。

"王国炎！"罗维民猛地一声断喝，"请你放明白点，不要一直拿这些鸡毛蒜皮的事情来搪塞我们！自己做事自己当，你的问题其实我们早已掌握了，现在就只看你的态度怎么样！你说你是一条汉子，敢作敢为，死而无悔吗？平时你自吹自擂的英雄气概都跑哪儿去了！到现在了你还在那里负隅顽抗，企图蒙混过关，你以为还会有什么人来救你吗！告诉你，你好好看看今天来的都是些什么人！既然我们来到这儿，就是要把你的事情一查到底的！不要再存有什么侥幸心理，只有老实交代，低头认罪，才是你的惟一出路！王国炎！听明白了没有？"说到这里，罗维民的话锋陡然一转，"当然，你有权保持沉默，也有权拒绝回答，但有一点你必须清楚，你所说的这一切都将成为你的供证！何去何从，由你选择，这也一样是你的权力！"

王国炎像是被打蒙了一样，一时痴痴地呆在那里。

也许这一番话真把他给闹蒙了，弄傻了。老实说，罗维民的这番话还真像那么回事。既不像诈呼，也不像要挟，更不像哄骗，告诉他不要有什么侥幸心理。其实，处处都能让他产生那么一点侥幸心理，以致会让他感到这些人并不像想像中的那么有力量，能够置他于死地。

大概也就是那么十几秒钟的时间，王国炎猛然间像头斗牛似的怒吼了起来："放你妈的屁！你们一个个都算个什么东西！老子什么时候自吹自擂了！什么时候哄过你们这些王八蛋！好汉做事好汉当，老子还会怕了你们这些东西！妈了个×……"

"王国炎！端正态度！如实交代问题！"罗维民毫不示弱。声色俱厉，怒不可遏。"再不老实就让人把你捆起来！你知道这是什么地方吗！你要是再不老实，你清楚等待你的会是什么下场！告诉你，你已经没有别的选择了！只凭你现在交代出来的这些问题，判你十次死刑也足够了！你要是再这么出言不逊、蛮横无理,我们现在就可以把你带出监狱,把你重新押进看守所去！到了看守所你再交代,那可就是另一回事了,性质也完全不一样了,对这一点你比我们更清楚……"

王国炎顿时又呆在了那里。如果说上一次发呆是没想到的话,这一次发呆则可能是真正地被震撼了。是的,看你他妈的傻不傻,交代了半天,别人都干干净净、清清白白,就你一个十恶不赦、死有余辜。等到人家真的把你重新弄回看守所,重新起诉到检察院,然后再等到法院重新判决时,可就再也不会是过去的死缓了,再也不可能像过去那样给你减刑了。到了那时,你就是想早点死都由不得你了。今非昔比,此一时,彼一时,今天的王国炎可远不是过去的王国炎了。过去他们每一个人都在拼命保你,而今天则每一个人几乎都在盼着你早死快死。他们过去可以让公安局、检察院、法院不再追究你的案子,今天也同样可以让人不再追究你别的余罪,只需到此为止,就足以让你在这个世界上销声匿迹,不复存在了……

也不知过了多久,王国炎再次怒吼了起来:

"我操你们妈！老子什么时候怕过你们这些狗日的！告诉你们,老子干过的大案多了！老子杀过的人让你们数都数不过来！跟着老子杀人的那些人,说出来能把你们吓死……"

下午将近六点时,何波接到了省城史元杰的电话。

史元杰第一个告诉何波的情况是,省城像样一点的医院,他让人找遍了,始终没有发现赵中和的妻子和孩子曾经来这些医院看过病。几乎可以肯定,如果赵中和的孩子确实被诊断为"血小板减少"之类的大病重病,那他的妻子和孩子现在绝不会住在省城的医院。可能只有两个:一个是没病,已经回去了;一个是大病,大概是到北京或上海那些大医院去了。

第二个告诉何波的情况是,史元杰刚才接到了家里打来的紧急电话,说是局里有一个突发案件,涉及东关镇派出所和东关村的几个村民,必须让局领导亲自去现场处理。而他现在在数百里之外,魏德华在古城监狱也抽不出身来,看何波是不是可以在公安处找个领导去一趟。据他们说是一个很要紧的案子,如果领导不去,说不定会闹出什么事情来。

何波想了想,没做太多的考虑便答应了下来。

东关村在此时此刻会有什么要紧的案子呢?

何波给刑侦科打了个电话,值班的只有一个刑警队的副队长。本想让他带两个人去,考虑了考虑,既然是要求公安机关的领导去,那就还是自己亲自去一趟稳妥。还带不带人呢?还是到了那儿再说吧。如果需要,再打电话叫人不迟。

副队长姓李,不大爱说话,一路上两个人都沉默着。何波满脑子都还是王国炎的那些事,一直等到了东关镇派出所时,才明白了自己来得实在有些轻率仓促了。

东关村治保副主任范小四今天凌晨四点因工地失窃,带着他的庞大的治安联防队,抓获了八个偷窃的村民。除了一个是本村村民外,其余的则是附近邻村的村民和外地来城里打工的临时住户。他们偷窃的东西其实是一种最常见的东西:饲料,而且从严格意义上讲并不能称为偷窃。

范小四所管理的车队晚上给村里的猪场拉饲料,这些饲料其实是一种带渣的粗玉米面。汽车行驶到离工地不远的地方时,由于路面凹凸不平,从卡车里甩出了十几袋子饲料。由于司机发现得晚,当他发觉时,那些掉下来的饲料,已经差不多全被附近的住户扛光了。

可能是由于白天的"闹事",让刚刚葬了父亲的治保主任胡大高仍在耿耿于怀、咬牙切齿,于是就立刻让治保副主任范小四率领大队人马全力破案。

范小四的破案手段原始而又高效,他们带人来到了丢失饲料的地方,立刻就开始了大规模的所谓的"排查"。对那些嫌疑对象,他们一律采取一种办法,就是把人绑在给牲口灌药的木桩上,一瓢接一瓢地往嘴里灌满是蛆虫的大粪。所以没用多久,便"查出"了一个附近的真正的偷窃者。在这个偷窃者身上几乎没费什么气力,就让他魂飞魄散、心胆俱裂地把那些"同伙"和"余罪"全都老老实实地招供了出来。

范小四顺藤摸瓜,抓住一个,便把这个偷窃者脱光了衣服,然后在偷窃者的胸口上写上两个大字:窃贼,在背上写上两个大字:小偷。一边让他们把偷来的东西顶在头上,一边让他们站在路灯下示众亮相。

但当这些由范小四率领的治保队员在抓东关村的那个村民时,可能是出于同一个原因,由于昨天治保主任胡大高给他那真正当了一辈子窃贼的父亲强行举行葬礼的缘故,于是,便遭到了余怒未息、怨入骨髓的村民们的又一次集体抵抗。他们可能是已经了解到了范小四刚才的那些"所作所为",所以,还没等到他们进村时,便再次在村口堵住了他们。

村民们这次夜里的行动比白天的行动毫不逊色,拿着镢头、铁铲、火铳,除了各种各样的手电筒外,甚至还有人点起了在过去的年代里才会用的火把!而且几乎整个村里的强壮劳力全都站了出来!

范小四尽管有恃无恐,但当他面对着如此众多怒目而视的村民时,一时也没了主意。目瞪口呆了半天,只好用手机给他的主子治保主任胡大高打电话。也许是胡大高的主意,范小四在给胡大高打完电话后,立刻派人到东关镇派出所报了案,并要求派出所立刻派人来查案破案。

当时已经是早晨六点多,天已经大亮了。在派出所没有来人以前,双方一直就这么僵持着、对峙着。

上午八点多时,派出所来了两个民警,在一些村民的举报下,虽然经过详细的调查和耐心的说服,那些"偷窃者"竟然无一人承认自己曾受到过不公正的惩罚和虐待,都老老实实地承认自己确实有罪,确实偷了东西,心甘情愿、罪有应得地愿意接受法律的制裁。

当两个民警要求到东关村调查一下那个"偷窃者"时,却再次遭到了村民们的强烈抵制和拒绝。

民警在中午时分撤了回去,但东关村的治安队却始终没有撤,他们一方面仍然一直跟村民们僵持着,另一方面则一直催促派出所派人来继续调查,并扬言如果派出所不彻底解决这一"团伙盗窃"案,由此而引发的一切后果,只能由派出所来承担责任。他们不仅给派出所频频报案,而且还频频不断向市公安局反映,向镇党委镇政府,市委市政府反映,说像类似的"团伙盗窃"案,在这里曾多次发生,当地派出所从来都不重视和认真对待,这种愈演愈烈的犯罪行为已经对当地经济的发展构成了严重威胁和极大危害,如果再不及时严肃处理,后果将不堪设想,等等等等。

市政府,镇政府的领导,可能也不知究竟发生了什么样的"团伙盗窃"大案,于是,也不断地给市公安局和镇派出所打电话,要求他们迅速查清此事,并责令他们限期汇报。

市局局长史元杰此时正在省城,市局副局长魏德华此时则正在监狱,根本无法脱身,而市局知道他们行踪的人又很少,尤其是不知道他们的局长此时此刻竟远在省城。所以,史元杰的手机便不断地接到各种各样的电话,甚至连魏德华也接连不断地给他打来电话。

史元杰和魏德华并不很清楚究竟出了什么样的案子,特别又是出在东关村这个敏感的地方,想来想去,实在想不出什么救急的办法。于是,就把这件事告诉了何波,请他临时派人到现场处理一下情况,只要能暂时把事情压下去就行,别的一切都等他回去后再说。

何波怎么也没想到竟会是这样的一个"盗窃"案,面对着这些猖獗的恶势力,好几次都忍不住要发起火来。简直狗仗人势,可恶之极!这样的一群明火执仗、祸国殃民的恶霸、强盗,竟然敢如此肆无忌惮、无法无天!

但一想到自己正在实施的计划和行动,终于把自己心头的怒火强压了下去,小不忍则乱大谋,何况,你现在对他们也一样毫无办法。他猛然间想起了昨天逼着让史元杰和魏德华从这儿马上离开的情景,心里不禁感到了阵阵内疚和懊悔,看着眼前的这一切,他完全想像得到他们当时的无奈和苦悲。

何波清楚既然来到了这里,至少也得做出一个让双方都能接受的举动。想了想,他决定亲自到东关村那个所谓的"盗窃犯"家里去一趟,他要亲自看看和问问那个"盗窃犯"。看看他是不是也同样会说自己是"罪有应得",心甘情愿接受法律制裁的这种话。

东关镇所在地就在东关村,所以派出所离东关村村口也就一二里地。其实,并没有做什么工作,村口的村民就答应了让何波进村的要求。他们的条件只有一个,何波和派出所的民警可以进去,治安队的一个也不准进。何波说,可以让他们派一个代表跟我们一块儿走一趟,并没什么坏处。村民们稍稍商量了一下,也同样答应了。

何波和派出所的所长、副所长、两个值班民警,还有随同来的李副队长,以及几个村民代表和那个治安队员一行人默默地走进了村子。

同村外那些雄伟整齐、拔地而起的豪华住宅和商业大楼相比,村子里的房子院落显得实在有些破败杂乱、拥挤不堪。这些年,村里有权有势有钱有办法的人渐渐地都在村外盖起了新房,而留在村里的大都是没权没势没钱没办法的老实巴交的村民,日复一日,年复一年,于是村子渐渐就成了这个样子。在村外看,还像个样子,越往里走,就越是穷巷陋室,疮痍满目。正可谓是金玉其外,败絮其中,驴粪蛋子外面光。

这些年,这些城市边缘的农民,几乎很少有人顾及到他们了。迅猛而至的城市化浪潮,让一少部分人在极短的时间内成为暴富阶层,而绝大部分的农民不止悄无声息地失去了土地,而且还悄无声息地失去了自己的立足之地,等到最后被挖掘机和推土机强行拆掉推掉自己的住宅院落时,才发现自己真正成了一个上无片瓦、下无立锥之地的无产者。甚至在自己丢掉了祖辈遗留下来的房产,只能住进别人重新给他安排好的单元房时,竟然还得拿钱来买。他们失去这一切的一个最不可反驳的理由是,这些土地都是国家和集体的,并不是你个人的,国家和集体需要你交出来,你就得交出来。但让农民们百思不解、百口莫辩的是,如果说土地是国家和集体的,那么,我这个人不也是国家和集体的吗?国家和集体的资产不也应该有我一份?为什么在这些国家和集体的土地渐渐不存在了的时候,也就是说等到这些国家和集体的资产悄无声息地消失了的时候,却让我们这些人变得一无所有、赤贫如洗,而让极少数的那些人堆金积玉、富可敌国？本来属于我们大家的这些国家和集体的资产究竟让什么人给抢走了？我们的那一份都到谁手里去了？

这些年来，城郊附近的犯罪率越来越高，参与偷窃和抢劫的农民也越来越多，除了别的一些原因，是不是这也是其中的一个因素？

等到走进一个破烂不堪、连院墙也坍塌了的院落，领路的说了声到了时，才打断了何波的思路。

何波有些发愣地瞅着眼前这座住宅。他没想到都九十年代末了，竟还有这样的房子。真个是蓬门荜户、残垣断壁，房顶上的青草长得足有一尺多高，院子里几乎没有任何可遮拦的东西，偌大的两个窗户上，竟然连块玻璃也没有，满是窟窿的用纸糊住的窗格，都已经黄得发黑。

房子怎么会破败成这样？而这样的房子又怎么能住人？

是不是因为这些地方很可能又要被征掉，所以，就一直这么不加修缮，任其残破？或者是因为这个地方同样是由于国家和集体的原因，所以，就这么将就着、凑合着？等着有朝一日，再由国家和集体的推土机和挖掘机把它强行推倒和拆掉？

等到走到屋子里时，何波终于明白，房子能成了这个样子，只因为一个字：穷！

以前总是觉得，城市的迅猛发展，使得郊区的农民也迅速地富裕了起来。种菜种花、养鸡养鱼、塑料棚、养殖场，城里人越多，赚钱的机会也越多。挨着一个近百万人口的大城市，近郊的农民还会富不起来？

但今天看来，这似乎都是一种想当然的企望，越是城市近郊的农民，潜伏着的威胁和危机其实也越大。试想，还有比失去土地让一个农民更为感到可怕的事情吗？当一个农民在失去了自己赖以生存的土地，甚至连自己的房产都失去了后，除了出卖自己的劳动力外，他还会有什么！没有文化，没有知识，没有技能，没有资本，没有背景，几乎没有任何生存的手段。尤其是当一个城市充塞着愈来愈多的下岗工人和待业青年时，对一个要混迹其中的农民的拒绝往往会更加残酷和彻底。

眼前的事实似乎正在强有力地说明着这一点。

这个偷了猪饲料的村民名叫李大栓。

一个五口之家,家中惟一的强壮劳力,便是这个四十来岁的跛了腿的中年汉子。在上尚有六十多岁的老父老母,在下还有一个近二十岁的痴傻儿子和一个十三岁的姑娘。李大栓的腿在一次工伤中留下了终身残疾,八千元便是这次残疾的全部赔偿。什么样的可以多挣点钱的重活苦活都已经与他无缘,他只能在附近的工地上给人家做临时看守。老婆早在五年前就离开了这个毫无指望的家。老父亲这些年来一直在捡拾垃圾,老母亲帮助照料家务和孩子,日子倒还凑合着过得去。不承想去年老父亲突发中风,一病不起,进不起医院吃不起药,仅靠几乎没有任何营养补充的一个老迈的肌体自行恢复健康,结果老人的身体每况愈下,越来越糟。二十岁的痴傻孩子连个家门也看不了,十三岁的女儿尽管是"希望工程"援助的对象,但也仅仅是免费上学。近一段时期来,工地上的活儿又越来越少,民政部门的救济又如何养得了一家五口。

看看眼前的这一切,真正是天惨地愁,目不忍睹。

昨天晚上李大栓正在工地上做临时夜班看守,回家的路上,正好遇到了从卡车上甩下来的十几袋饲料,见那么多人都在往自己家里扛,忍了忍没忍住,终于不顾自己的残腿连拉带拽地拖回了一袋。

李大栓拖回来的这袋子饲料其实都有些发霉了。

何波一行人进到他家时,扑面而来的便是一股难闻的玉米面味。

大概是刚刚蒸熟,两大笼窝头还直冒热气。

一家人看来正在吃晚饭。

一张陈旧的看不出任何颜色的饭桌上,除了黑糊糊的一盘子不知什么的菜叶外,剩下的就全是这种粗渣玉米面饲料做的食物了。玉米面窝头、玉米面糊糊,还有大概是午饭剩下来的玉米面汤饼。

躺在炕上的老父亲,在他枕头旁放着的,也只有大半碗玉米面糊糊。

其实,这种东西还能叫面吗?猪大概都不肯吃的东西,何以会让人争食!

李大栓的那个傻儿子此时正蹲在炕角,好像一点也不怕烫,左手死死地攥着一个窝头,右手则把一个窝头举在嘴边,两眼发红,一口接一口地大吃大嚼。以致何波他们走进去好半天了,他都没看他们一眼。直到猛然一口吃得噎在了那里,才伸直脖子痴痴地盯住了他们。

一家人都痴痴地死死地看着他们。

屋子里顿时陷入了一种让人喘不过气来的死寂。

何波忍了好半天,还是没能把眼泪忍住。他默默地用手指轻轻地把眼泪刚一抹去,紧接着又是一片泪水涌了下来。

在他的身后,几乎所有的人都在默默地擦着眼泪。

多少年了,他还从没有碰见过这样的"盗窃案"。

那袋子"偷盗"来的猪饲料,就在屋子里的墙根下放着,此时已下去少一半了。家里的东西一览无余,所有的面缸米罐里,竟然全都空空落落,一无长物。

还用得着调查什么吗?

还用得着再说什么吗?

面对着这一切,你又能说得出什么!

…………

何波没想到在村口会碰上村委会主任、省人大代表龚跃进。

龚跃进一见到何波,便一脸严肃地承认错误和表示歉意。

"何处长,真没想到会闹成这样,我刚才已经批评他们了,简直是胡闹么!哪有这样对待群众的道理!不管怎么说,也不能把人民内部矛盾当做敌我矛盾处理么。首先这是我的错,第一个应该批评的也是我。是我的工作没有做好,这件事我有责任,我应该做检讨,应该深刻检讨。"

龚跃进的态度很诚恳,表情也显得非常认真。但何波看得出来,龚跃进同他讲话的样子,完全是一副居高临下、顾盼自雄的姿态。因为龚跃进肯定已经明白,眼前的这个何波,早已不再是那个权势显赫、位尊望重的地区公安处处长。充其量也就是一个二线领导,马上要被安置到人大或者政协的一个下台干部。如果他还是那个货真价实的公安处处长,这个龚跃进是绝不敢这样跟他说话的。而眼下他之所以还会赶到这里摆出一副谄媚的样子来,也许只是一种礼节上的需要,或者只是一种试探性的交往。因为他知道像何波这样一个在公安系统干了一辈子的老处长,他的影响并不会随着他位置的消失而消失。尤其是在这样的一个时候,地区公安处的处长竟会不打招呼地突然出现在他的地盘上,对此他不能不防。还有,他也许并不真正清楚何波的下一步将会有什么样的安排,如果真的到了地区人大当上一个副主任什么的,那对他来说,无论如何也是轻视不得的。

面对着龚跃进的歉意和自我批评,何波想得更多的则是这个村委会主任的来意。本来,他考虑的是眼下究竟应该怎样来处理这件事,却没想到龚跃进的态度会来了这么一个一百八十度的大转弯。末了,何波脸上不着任何表情地问道:"既然这样,另外那几个人呢?"

"放了放了,何处长,其实,我根本不知道这件事,我刚刚从外地回来,一听说了这件事,就立刻让他们放人。不就是丢了几袋子饲料么,有什么大不了的事情?乡里乡亲,抬头不见低头见的,哪能像对待罪犯那样,真不像话。就是真偷了什么贵重的东西,也绝不应该这样。"龚跃进的态度依旧非常诚恳和严肃。

听着龚跃进的这些话,何波颇感意外,一时间竟不知再同他说些什么。想了想,"既然这样,那我也就没什么可说的了。好了,这里的事就交给你了,如果再有什么情况,请随时跟我联系。"

看到何波要走,龚跃进急忙说道:"何处长,你看你看,怎么能这样么?平日里请也请不来的,今天好不容易到这里了,不管怎样也得赏个脸吧,家常便饭也得吃点么。"

何波看看时间,想了片刻,觉得跟他们在一起吃吃饭,转移转移他们的目标和视线,对古城监狱的魏德华和罗维民他们也许会有好处,于是便说,"也好,反正今天也没什么别的事情,就在你这儿偷个闲吧。"

"对对对,像你们这些领导,平时政务纷繁,难得消闲一刻,今天咱们就找个清静的地方,好好放松放松。老胡,备车,还是老地方,'毛家鳖王府大酒楼',最好是'延安厅'和'庐山厅',先打个电话联系一下,有人没人都让他们立刻腾出来。"龚跃进知疼着热,一脸温和地说道。

"毛家鳖王府大酒楼"其实就在东关镇附近,坐上车,不到两分钟就到了。

对这个"毛家鳖王府大酒楼",何波早有所闻。但让何波没想到的是,"毛家鳖王府大酒楼"的生意竟会如此之好。还不到下午六点半,酒楼前面大大小小的车辆就已经挤得满满当当。这里的价位并不低,然而据人说,这里的包间大部分在一天以前就早已预订了出去。今天看来,此说不虚。

"毛家鳖王府大酒楼"是东关村极负盛名的几个生意场之一。说是大酒楼,其实里面的各种娱乐设施一应俱全。有桑拿浴,有歌舞厅,有保龄球馆,还有水上乐园,真正是一条龙服务。只要你有钱有势,在这里就几乎可以享受到世间一切可以享受的东西。美酒,佳肴,淑女,俊男……

让何波感到不解的是,"毛家鳖王府大酒楼"的这一切,居然是在开国领袖毛泽东的旗号下进行的。这里所有的服务员全都穿着红军的服装,红帽徽,红五星,红领章,红袖章。每一个顾客和就餐者,一走进来,首先得到的是男女"红军战士"们威武庄严的敬礼,然后便由女"战士"给你别上一个金光闪闪的毛泽东像章。大大小小的客厅和包间里,无一不挂着毛泽东各个时期的画像。大厅里播放着"文化大革命"时期各种各样的颂歌和语录歌。大堂正中,一个巨大的毛泽东画像前,摆满了各色各样的供品,红烛高耸,香雾缭绕。在有着各种各样的功能和设置的一个个豪华包间的门楣上,竟然全都以毛泽东所经历过的重大事件的发生地而命名:韶山厅,遵义厅,延安厅,井冈山厅,西柏坡厅……尤其是这个"毛家鳖王府大酒楼"的命名,简直让何波感到心惊肉跳,六神不安。毛家鳖王府,究竟是什么意思?毛家何时养过鳖?又怎么有了"鳖王府"这个称号?如果说毛泽东爱吃红烧肉,那还有些来由,而这个"毛家鳖王府大酒楼"究竟从何说起?

荒唐得让人不可思议,滑稽得让人瞠目结舌。

但就是这样的一个不伦不类的"毛家鳖王府大酒楼",堂而皇之在这个地区所在地的大街上炫耀了近两年了,也不知有多少个大大小小的政府官员在这里吃过、玩过,但好像从来也没有一个领导对这里所进行着的这一切提出过任何异议。

让何波最感惊愕的是,这里正在筹措着一个大型的毛泽东诞辰一百零五周年的纪念研讨活动。像"毛家鳖王府大酒楼"这样的一个饭店,它如何能,又如何可以组织这样的一个活动?它怎么会有这样的想法?又如何会有这样的实施计划?究竟是怎样的一种心态能让它联想到这里来?

这一切是不是让人感到有些太可悲了?

何波默默地走进"延安"厅里,好久好久一言不发。

"延安"厅里豪华的装潢和设置,再一次让何波感到目瞪口呆。曲径通幽,就像真的来到了陕北的"土窑洞"。青山绿水,黄土高坡,"天色"如此的湛蓝,"旷野"如此的幽静,所有的奇花异草,竟然全都是真的,真像来到了世外桃源。所不同的是,这里的小姐已经不再是"红军装",而换成了很薄很薄的"红绸装"。衣袖很短,开领很低;红裙不长,开衩很高。一转眼间,已经是"不爱武装爱红装"了。

这样的一个集歌厅、舞厅、餐厅、游艺厅于一体的豪华包间,究竟需要多少人民币才可以把它装修起来?

如果仅仅是为了让客人消费,这样的包间是绝对要赔钱的。也许他惟一的用处就是要在这里招待贵重的"客人",在他们"政务纷繁"之余,好好在这里"放松放松"。

如果真是如此,那么,在这样的包间里,究竟有多少政府官员和领导干部在这里受用过?

价格不菲的"毛公酒",一整套的"毛公餐具"。当然,这只是个形式和程序,如果你不喜欢,各种各样的洋酒名酒,这里应有尽有,想喝什么,就有什么。看得出来,在这里,如果你想玩什么,也一定会有什么。

何波滴酒不沾,连饮料也不喝一口。于是,就来了一杯加了冰块和柠檬的脱糖干白。

"国产的,国产的,为了咱们国家的经济能早点缓过劲来,今天全都跟何处长一样,一律都是国产的,真正爱国,就不能用洋货。要落实在行动上,不能只落实在口头上,哈哈哈哈……"龚跃进一边幽默着,一边开怀地笑着。看上去,他真的很放松,似乎一到了这种地方,他就显得游刃有余,如鱼得水。

鳖王大酒楼,自然以吃鳖为主。鳖血,鳖胆,鳖汤,鳖蛋,童子鳖……最后上来的是一只硕大无朋、足有四五斤重的大鳖。当然,还有别的各色各样的吃食和菜肴。

"何处长,吃,一定要吃,这是真正的鳖王呀,绝对的十全大补。"龚跃进不遗余力地在劝酒劝菜。"像我们这些年龄大点的人,食补可是不能缺的。我父亲在世的时候给我说过,年轻的时候,是拿健康换钱,年纪大了的时候,得拿钱换健康。何处长,这话深刻呀。怎么才是拿钱换健康,我看首要的一条就是得吃好。孔夫子也说过,要食不厌精么……"

听着龚跃进这番话,何波感到憎恶和愤恨,浮现在他眼前的则是刚才那栋破败不堪的院落和那一家人大口吞咽饲料窝头的情景……

让这样的一个人当村委会主任,村民们的遭遇和处境也就可想而知!

他不时地看着表,本想给他说点什么,但想来想去觉得此时此刻还是少说为佳。能把胡大高、龚跃进、范小四这些人拖在这里,多多少少也是一层烟幕,对罗维民和魏德华他们的行动至少也是一个侧面的掩护和帮助。他一边慢慢地吃着,一边看着他们几个提着手机不时地出来进去,有时候还不断地在龚跃进耳旁说些什么。就让他们忙乎吧,今天就真的在这里好好"放松放松"。

一直到了快八点,龚跃进急匆匆被叫了出去,而后又急匆匆走了进来时,何波渐渐感到了龚跃进异乎寻常的变化。龚跃进的话语突然少了,脸色也突然暗了,尤其是笑声陡然没了,有几次甚至在默默地冲着碗筷发愣。

这个龚跃进到底是怎么了？会不会他听到什么,察觉到什么了？

一个小姐再次上来给他斟酒,何波琢磨着该给龚跃进说点什么,于是,便主动地向他碰杯。

何波几乎没怎么喝,也就那么轻轻的一小口。很小很小的一口。

大概只有几分钟的时间,也许更短,何波突然感到眼前一阵朦胧,他使劲地摇了摇头,竭力地想驱散由眼前的迷蒙而带来的昏花和眩晕,然而,眼前的雾团却似乎越来越重,越来越厚。当他突然意识到什么,猛然想站起来时,却一头栽在桌子上,就像一个酩酊大醉的酒鬼一样,一下子瘫软在了那里……

三十三

代英愣愣地看着传呼机上的汉字,紧张地思考着下一步究竟该怎么办。

……郝先生请你注意！有意外情况！女主人正驾车向你方驶去,可能还有另外一辆车随行。我们正想办法碰面,请随时做好应急准备,并保持联系。

代英清楚"女主人"就是指耿莉丽,碰面就是拦截的意思。但令他不解的是,几分钟前赵新明给他打来电话时,并没有给他说到什么意外情况,也没有给他说到还有一辆车随行。然而,几乎就这么一眨眼工夫,郝永泽却突然打来传呼,告诉了他这样一个信息。

是不是出什么事了？

有什么事情值得他们这样大动干戈,不顾一切？这几乎是公开向他们宣战了！

是不是这座房子里真的会有什么让他们牵肠挂肚,心胆俱裂的东西？两辆车相随而来,看来,他们真的是在拼命了。

即使是挡住了一辆,另一辆也会不惜一切地冲过来。他们就是要赶走你、吓跑你,至少也要影响你和干扰你。

代英看了看时间,考虑了两分钟,决定暂时不跟其他队员报告情况。搜查是个非常细致和需要耐心的任务,尤其是不能分心和来不得半点干扰,情绪稍有波动,就会对搜查工作产生难以估量的破坏性的影响。

他连着几次拨了赵新明的手机,但听到的都是占线的声音。

赵新明这么长的时间都在给谁通话?

也许现在正是最关键的时刻。此时此刻,他们都在哪儿?

代英有些下意识地在头上摸了一把,才发现自己的脸上满是汗水,以致连内衣都湿透了。

他试着拨了两次郝永泽的手机,也一样占线。

他看了看大院门口,守门的侦查员正严阵以待,紧张地从门缝里向外注视着。一旦发现了意外情况,他会立即发出暗号。

代英估算着发现情况到发出暗号将会有多长时间,而他们将可能有多长的时间准备和撤离。

顶多只可能有两到三分钟的时间。

根本来不及!

如果耿莉丽一行人真的无法予以拦截,看来,面对面的冲突将不可避免!怎么办?

汗水再次从代英的脸上头上大面积地渗了出来。

史元杰查遍了省城大大小小的医院,证实了赵中和的妻子和孩子确实不在省城的医院,给何波回电话汇报了情况后,他像发呆一样地靠坐在车里,足有半个小时也一动未动。

他本想睡一会儿的,但没想到脑子会如此清醒,而且一点迟钝和麻木的感觉也没有。一场恶战前的紧张和沉重紧紧地围裹着他。他在等待着,等待着厅里的指示,等待着古城监狱里的结果。他只能等待。

而等待着自己的又将会是一个什么样的前景和结果?

从何波目前的处境和结局上,史元杰似乎看到了自己眼前的路是如此的险峻和艰危。老局长的今天也许就是自己的明天,或许根本就等不到明天。十几个小时以后,等待着自己的很可能将会是一条不归之路。

他突然又想到了自己的父亲。多少年了,连他自己也感到有些奇怪,每逢重大事情发生时,他总是会情不自禁地要想到自己的父亲。

如果父亲此时此刻就在自己的身旁,他会怎么想,怎么做?

他试着给家里打了个电话,看看家里这会儿有谁在家。

没想到接电话的竟是大哥。

"……大哥!"史元杰突然意识和预感到了一种不祥之兆,家里是不是出什么事了?否则不年不节的,大哥怎么会从远在千里之外的山西太原赶回家来?"你什么时候回来的……家里是不是有事?"

"……爸又犯病了,我回来快一个星期了。"大哥似乎并不想瞒他。

"又犯病了!"

史元杰不禁一惊:"……还是中风?"

"是。"大哥叹了口气。"元杰,爸的情况很糟,这次比上一次重多了。大夫也说了,爸的病情确实很严重。"

"那你们咋不早说!"史元杰止不住地嚷了一声。

"……元杰,是爸不让跟你说,爸说了,你的工作特殊,比我们都忙。说等他好点了,再告诉你。"

史元杰顿时泪流满面。他竭力不让自己的语气有什么异常,"……大哥,爸现在的情况怎么样?"

"别的还行,就是左半个身子一直没有知觉。"

"脑子还清醒么?"

"还可以。"

"说话怎么样?"

"……基本上还听得清楚。"

"大哥,我马上回去一趟,我想看看爸。"

"……你现在在哪儿?"

"我已经回来了,十几分钟就能到家。"

"天!你原来回来了!爸不让告诉你,可爸这几天天天在念叨你!"大哥一副迫不及待、望眼欲穿的口气。"你要是能抽出空来,就尽快回一趟家,一定跟爸好好坐坐。元杰,我担心的是,怕爸这回挺不过去了……"

大哥突然在电话里哽咽起来。

史元杰的眼泪再一次止不住地涌了出来。

赵新明怎么也想不起来自己怎么会躺在这样的一个地方。

他默默地盯着身旁正围着他看的一大群人,两个交警正拿着对讲机哇啦哇啦地在嚷着什么。

在四周人群的腿的缝隙里,他看到大街上的车流滚滚,发动机的声响震耳欲聋。

我怎么会在这里?这到底又是在哪儿?这么多人都围在这里干什么?

他怎么想也想不起来。

记忆似乎在这一瞬间全部消失了。

头好晕。眼睛上也湿漉漉的。他试了试想站起来,但左胳膊怎么抬也抬不起来。他用右手在脸上摸了一把,竟然摸了一把鲜血。

他不禁有些发愣,到底是怎么了!

他又试着动了一动,才发现自己被固定在一大块木板上。

这时一个交警走了过来,"别动,别动!你的脊椎骨可能有点问题,一定不要乱动,懂不懂?"

赵新明依旧懵懵懂懂地愣在那里。脊椎骨?我的脊椎骨怎么了?"别动,别动,好不好?你出车祸了你知道不知道?你的车刚才撞到了立交桥的水泥柱子上……"

也就在此时,赵新明的记忆力一下子恢复了过来,是的,出了车祸了!我的车肯定是被那辆白色丰田撞了!

我的那两个同事呢!还有我的面包车!现在几点了?那辆奔驰和

丰田此时都在哪儿！还有,我的手机呢！我要通话,我要通话！快把我的手机给我！我要我的手机！

他发现并没有人理他,紧接着他也就明白了,他费力地嚷了这半天,连他自己也没听到自己的声音。他觉得嗓子眼儿里有什么在堵着,堵得他几乎喘不过气来。

也就在此刻,他突然看到了身旁不远的地上,那辆被撞得几乎扁了的面包车底朝天地翻滚在路旁,两个躺倒在地的只能看到脚的人被一大块脏兮兮的布子蒙着。那不是自己的面包车吗？还有,那躺倒在地的不正是自己的同事？是的,肯定是,肯定是他们了！他们是不是已经遇难了！他猛地挣扎了一下,哇的一声吐出了一大口淤血。

"……快,我的手机……手机！"他奋力地喊着,嗓音沙哑而憋闷,喉咙里的血随着他的话音再次从嘴里涌了出来。

"别动！"身旁的那个交警再次摁住了他。"我告诉你了,你的伤势很重,你不要命了是不是？"

"……快,我是警察,我有……重要任务。"赵新明竭尽全力地嚷着,"快把手机拿来,否则就来不及了……快点,我的手机！请相信我……"

"……你的身体已不能再活动了,否则会出大问题的,你懂不懂？"

"我说过了,我是警察……快！手机！你要是给耽误了,才真的会出大问题……快……快！"

那个交警迟疑了一下,似乎明白了什么,赶紧把放在摩托车后箱里的手机取出拿了过来。"给哪儿打,你说我给你拨号。"

他先打给郝永泽,而后又打给樊胜利,没想到他们的手机都一直占线。

而后又打给了代英,代英的手机通了。

赵新明用右手吃力地抓过手机,他觉得耳朵里像是风车一样呼呼直响,好半天才听到了代英的声音。

"……代处长,我是赵新明。"

"我听出来了！怎么老不说话？是不是手机没电了？"代英的口气

· 424 ·

显得异常焦急和恼怒,"你们的手机这半天了怎么一直都打不进去?现在的情况到底怎么样了?嗯!说话呀!"

"……代处长,我们这儿……出了点问题。"赵新明嘴里的血不住地直往外流,他竭力地能让自己的话说得更清楚些,"那辆奔驰车……我们没能跟住。因为后边又跟来了一辆丰田吉普……把我们的面包车……给撞翻了……"

"……丰田吉普!把你们的车撞翻了!"代英猛地一惊,紧接着便突然明白了,"新明!车撞得很厉害吗?还有,你们现在怎么样?喂!撞伤了没有?你现在要紧不要紧?喂!新明!"

"……代处长,没关系。"又一口鲜血从赵新明的嘴里涌了出来,"我还好,你不用操心。我告诉你,你马上给郝永泽和樊胜利联系,他们的手机如果打不通,那可能是正在实施……任务。你可以用传呼机跟他们联系,现在就告诉他们情况,一定告诉他们要注意那辆丰田吉普,车号是 20277,车身是白色。代处长,他们的 BP 机号你找个笔记一下,我现在就告诉你……"

"……新明,你是不是伤得很重?"代英一边记着,一边止不住地问道,"你告诉我,你那儿是不是出了大事情了?"

"代处长……我很好,真的没事……你只管安心搜查就是。"

"……没事就好。"代英似乎放下心来,"新明,我告诉你,既然他们已经撞翻了我们的车,那就立即通知市局巡警队,让他们马上围追堵截那辆丰田吉普!绝不能让它再度肇事和随意逃走!这边由我指挥,那边就由你负责,听见了没有?"

"明白……我立即通知。"一大口鲜血又止不住地从赵新明的嘴里涌出来,"代处长……"

"请讲,我在听。"

"我想我大概是……受了点外伤,可能得处理一下。"

"新明,你给我说实话,是不是很严重?"

"……我没事,真的没事。代处长,我是担心我暂时……可能行动会不很方便……有一个人,你也认识的,我们俩是生死关系,他绝对靠得住,我想了好长时间了,这个案子他算是局外人,让他参与进来不会引起别人注意。还有,咱们现在的巡警队,体制上跟咱们刑警队其实是两层皮……所以,我再三考虑,觉得这会儿……只有找他帮忙才能万无一失,不会出事。"

"谁?"

"郭曾宏。"

"就是咱们市局防暴大队的郭曾宏?"

"对。他现在是……防暴大队警务处处长,这之前……是巡警队队长,又是整个防暴大队的武术教官。代处长,他绝对没问题……如果你觉得行,我现在就给他打个电话,请他马上支援。"

"……也好,但最好先不要给他讲明实情。"

"明白。"

"把你的外伤尽快处理一下,短时间内我们就可能有大动作。"

"明白。"

"你那儿如果有情况,请随时跟我联系。"

"明白。"

"还有,请一定注意安全。"

"……明白。"

一分钟后,赵新明拨通了市局防暴大队警务处处长郭曾宏的电话。

"……郭曾宏吗?我是……刑侦指导科赵新明,我正在执行特殊任务……车和人都出了点问题,现在急需你的帮助……请你立刻带两辆车过来。立刻,听见了吗……不要问什么事,一定不要问,事后我会给你说清楚的……是的,我受伤了……我不清楚,恐怕很重,不然,我不会找你。你一定立刻来,我们处长的处境很危险。一定要带上最可靠的人,是个大案子。一旦出了事,走漏了消息……我们那么多的公安就算白死了,只能说到这儿了,通天大案,明白吗……请你马上记录,我怕我快要坚持不下来了……有一辆白色丰田吉普,车辆牌照为20277。车内有犯罪嫌疑人二至三人,目前可能……在东城区前进大街一带路段……一旦发现,立即拦截,尽可能地抓获他们……还有,我们代处长的手机号码和呼机号码,你也一并记住,请你马上同他联系,拼死也得保证他们的安全……不要告诉他我伤得很重,你也千万不要来……我现在在医院里,一会儿再告诉你……"

赵新明嘴里的鲜血依然不住地往外直涌。那个交警大概是被赵新明的举动和对话惊呆了,他一面扶紧了赵新明,一面用手帮赵新明举着手机。

省城大都市的黄昏正在临近,在雾蒙蒙的铁褐色的天空中,晚霞如帜,残阳如血……

远处,一辆鸣笛的救护车正在没有尽头的车流中艰难地驶来……

家里的一切都还是老样子。

这是1979年史元杰父亲重新工作后分到的单元房,在当时还算可以,一层,九十多平方米。原来居室的采光还可以,1990年以后,这一带搞起了小区改造,高层建筑一个接一个地在四周矗立了起来,于是,住在低层的人家,一年四季都很难得见到阳光了。

父亲本来有养花的爱好和习惯,几十年如一日。但自从楼层采光不足后,父亲的这个爱好和习惯渐渐地也就没有了。父亲说了,不养不养吧,看着那些花草一年四季都见不到阳光,花花草草受罪,自己心里也跟着受罪。

一晃快二十年过去了,爸爸在这个单元房里已经过了他一生的四分之一还多。爸爸老了,房子也一样老了。就像爸爸脸上的皱纹一样,单元房里的一切设置、装饰和摆设,都显得是那么苍老和故旧。

爸爸一辈子刚正不阿,所以,也就只能一生清贫。

想想某些大权在握的政府官员,生一次病就能收到几万、十几万,甚至几十万的礼金和礼品,病房里每天送来的名贵花卉几乎都放不下的情景,史元杰突然为爸爸床前的冷落和寂寞产生了一种无以名状的悲情。

为了国家和民族的利益,你付出的将可能是一生一世的代价!

史元杰默默地坐在父亲的床前,久久地端详着父亲刚毅而又慈祥的面孔。父亲的慈祥只有做儿子的他才看得出来,父亲的慈祥是来自内心深处的一种情感的流露。父亲留给他们的那些言行往往会在很多年以后,甚至在自己到了父亲的那般年龄时,才能感觉出来那种深沉的爱。

父亲像是在默想心事一般的睡着了。

是自己手机的响声,把史元杰从沉思中唤醒了过来。他几乎被吓了一跳,没等手机响到第三遍,就打开了手机。

史元杰背过父亲,轻轻地喂了一声,手机里传来的是魏德华的声音。

魏德华给他带来的几乎没有一个好消息。

魏德华告诉他情况有些紧急,他们的行动看来已经被对方发现。古城监狱的情形不容乐观,监狱的几道大门都加强了岗哨的力量。赵中和刚才又把罗维民叫了过去,而罗维民则要求他们的侦查科长单昆立刻来办公室对话。监狱领导今天本来没有什么工作安排,但半个小时前,辜幸文突然被监狱长和政委叫去召开紧急会议。

"对王国炎的讯问是不是也受到了干扰?"史元杰焦急地问道。

"暂时还没有,但我们很担心会突然发生什么事情。"魏德华的语气也一样显得格外忧虑。

"万一要是有了什么变化,你们准备怎么办?"

"我们已经采取了应急措施,并做了最坏的打算。我们刚才已经把记录下来的大部分材料存放在了辜政委那里,万一我们这儿有了什么问题,至少也不至于前功尽弃。"

"现有的这些材料王国炎都签字了没有?"

"没有。"魏德华有些沮丧地说,"他一直不肯签字,他说他的那些事情还没有说完,等他全部说完了再签不迟。"

"你估计最终王国炎会不会签字?"

"很难说。"魏德华如实回答。"史局长,我们都看出来了,王国炎确实鬼得很。尽管他交代了不少问题,但他其实还是在拖延时间,想借此吓唬吓唬他的同伙,等待着他们会有什么反应。所以,一些至关重要的重大问题他还没有真正开始交代。"

"王国炎现在交代出来的问题严重么?"

"很严重。尽管同我们的调查和分析没有什么太大的出入,但有些问题我们还是没有想到的。"

"涉及的人数和单位是不是也有出入?"

"出入也不是很大,但比我们预想到的要多要广。特别是有些情况我们根本没想到会有那么严重。比如省城那个市委书记的外甥,从王国炎现在交代出来的情况来看,如果其中有一半属实,就基本上可以肯定他是一个有着重大犯罪嫌疑的主犯、累犯。"

"那个人大常委会副主任的侄子仇晓津的情况怎么样?"

"从现在的情况来看,他似乎还没有牵涉到刑事犯罪方面的问题,但估计有重大经济犯罪的嫌疑。他在洗钱、走私、炒卖土地等等方面一直给这些犯罪分子提供帮助,同时也得到巨额利益。他当初进行房地产开发的巨额本金,绝大部分是来自这些犯罪分子的投资。尤其让我们没想到的是,这些犯罪分子竟然采取胁迫、蒙骗、敲诈、收买,甚至以挟持其亲属作为人质等等一系列手段和方法,让银行系统、财政部门和国家计委的官员给他们提供巨额低息、无息贷款和拨款,甚至于以周转资金的方式占用大量国家资金。像现在东关村土地的炒卖,虽然不是以前的那种空手套白狼,但也仅仅只是用国家的资金周转了一下,就给他们自己牟取暴利数亿元之多。史局长,有许多问题比我们想像的要可怕得多,危险得多。"

"越是这样,我越担心你们那儿会出什么问题。"

"史局长,我担心已经出问题了。"

"……出什么问题了?"

"我们担心何处长……"

"何处长!何处长怎么了?"史元杰吃了一惊。

"何处长下午六点左右去了东关村,到现在还没有回来,我们联系

· 429 ·

了快一个小时了,仍然没能联系上。"

"何处长去东关村干什么去了?"

"就是他们吵吵的那个团伙抢劫盗窃案呀,事情闹得很大。你不在,我也赶不过去,你不是也给何处长打电话了么。"

"这不是胡闹么!我并没有让何处长亲自去呀!"史元杰止不住嚷了一句,但紧接着又压低了嗓音,"何处长跟谁一块儿去的?"

"说是跟公安处刑警队的一个副队长,还有镇派出所的民警一块儿去的。"

"派出所也不知道吗?"

"派出所说了,他们当时只知道何处长被龚跃进请去吃饭了,具体去了哪儿,他们并不知道。派出所说他们也一直在找何处长,但到现在也没能找到。"

"龚跃进也没找到么?"

"东关村的治保副主任范小四说了,龚跃进陪何处长喝多了,已经被送回家里了。还说何处长也喝多了,是跟龚跃进一起让人给送回去的。但我们问过何处长家里,何处长根本就没回去过。"

"以何处长的个性,尤其是在这种时候,他怎么会喝多了?根本不可能!"

"我觉得也没有可能。"

"你觉得真的会是出事了?"

"史局长,我觉得我们只能往坏的方面考虑。"

"何处长对他们来说,并没有直接的威胁呀?"史元杰备感困惑。

"我想他们肯定知道了你的去向,所以,他们觉得目前在地区惟一有指挥大规模行动能力和权威的人,就只有何处长了。"

"你是说他们已经知道了我们的全部计划?"

"有可能。"

"那你说他们会不会先于我们提前行动?"

"史局长,我觉得我们只能往坏处考虑。"魏德华停顿了一下,"还有,史局长,你一定得尽快赶回来,越快越好。史局长,这里随时都会出事。"

"现在还不行,我还得等苏厅长他们研究的结果,还有,等到他们的结果出来后,我还得跟苏厅长他们一块儿研究下一步行动的计划。这里的事情也一样很重要,你一定要沉住气。"

"……史局长,我想只要你能在局里露一下面,或者能赶回来在地委副书记贺正雄那里坐坐,形势立刻就会大大改观。至少他们也不敢再这么大胆放肆,轻举妄动。"

"你知道的,这已经没有可能了。"史元杰看了看表说。

"史局长,我有个想法,觉得你不妨试一下。"

"什么想法?"

"史局长,你看是不是可以这样,你现在在省城给贺正雄打一个电话,就说你正在路上,马上就到家了,问问他是不是已经休息了,今天晚上还见不见他了。"

"……你是说让我给他说谎话?"史元杰根本没想到魏德华给他出的竟是这样一个主意。"这怎么行!"

"这怎么不行?他们骗我们这么多年了,我们就骗他们一次还不行?"魏德华振振有词地说道。"他要是说见你,你就说估计半个小时就到;如果他说今天不想见了,明天再说,那岂不是正中咱们下怀……"

"行了,我知道我该怎么说。"史元杰打断了魏德华的话,但心里却在考虑着,也许这个办法还真的可行。

"史局长,我的话还没有说完呢。"魏德华接着说道,"你给贺正雄打完电话,然后马上再给胡大高和范小四他们打个电话,就说你现在准备去见贺正雄书记,让他们一个小时以后来你的办公室跟你见面,就说有重要的事情要同他们谈。让他们无论如何也要在一个小时以后赶到,等到两个小时过后,你再给他们打个电话,就说你堵了车了什么的,随便找个啥样的借口都行。总而言之,就这么拖住他们,让他们在你的办公室门口等着去吧,让他们在公安局老老实实地待上几个小时也没什么关系。这样一来,经过他们相互之间的询问和证实,他们很快都会得到你确实回来了的消息,就算他们还是不老实,那也会分散他们的注意力,至少也能让他们拿出一部分精力,想办法怎样来对付你。而我这儿,压力可能就会相对少一些,也就可能会安全一些。"

"好了,我知道了,让我想想再说。"

"晚点也没关系,但这两个电话你一定要打。我刚才已经给市局的几个靠得住的朋友打了电话,一个小时后,他们就会派出十辆以上的警车,在市里和古城监狱一带不断来回巡逻,有意造成一种声势。史局长,你说过的,我们现在是背水一战,只能成功,不能失败。"

"我知道了,我惟一担心的其实还是你那儿。"

"这儿我还是有信心的。史局长,这儿有个五中队的指导员叫吴安新,跟我们配合得非常默契。他现在比我们的劲头还大,如果真发生了什么事情,说不定他会比罗维民更强一些。看来,这里的情况比我们原来想像的要好,就像这个吴指导员,对这个王国炎简直恨透了。"

"不管怎样,还是要多加小心。一有情况,立刻就给我打电话。"

"明白。"魏德华紧接着又砸了一句,"史局长,那两个电话你一定要打,打完你一定告诉我一声。我一会儿把他们的电话和手机号码都呼在你的BP机上,如果还有什么不清楚的地方,随时在手机上告诉我就是……"

史元杰回过头来时,才发现父亲正睁着眼在定神地看着他。

父亲的眼里有着一种异样的,让他感到铭心刻骨,沦肌浃髓的东西。

"爸!"他喊了一声,便不禁愣在了那里。

父亲仍然那样痴情地看着他,良久,父亲才问了一句:"……王国炎的案子……有线索啦?"

父亲说话的样子很费力,话音也很低,但对史元杰来说,却不啻是一个巨大的撼动。父亲还记着这个案子!即使是在如此的重病之中也仍然牵肠挂肚!

一时间,史元杰竟不知该说什么才好,末了,他对父亲点了点头:"是,有线索啦。"史元杰明白,父亲牵挂着这个案子,其实就是在牵挂

· 432 ·

着自己的业绩,只有尽快破了这个案子,才是对父亲最好的安慰。

"……刚才我已经听到了……很难,是不是?"看得出来,父亲正尽力地让自己的话能说得更清楚一些。

"是,我们正在努力。"史元杰不想瞒着父亲什么,但也不想让父亲感到有什么压力。"爸,你放心,很快就会有结果的。"

"……爸不是不放心你,孩子……爸是有些担心……"说到这儿,父亲挣扎着似乎想坐起来,史元杰赶忙扶住父亲,然后把枕头往高垫了垫,尽力地让父亲能靠得稳当一些。史元杰感到父亲的身体竟是那样的柔弱和单薄,稍稍这么一动,已经是满脸青紫,气喘吁吁了。

史元杰一边更近地靠向父亲,一边用手轻轻地抚摸着父亲青筋暴突的手背:"爸,没什么可担心的,你把心放宽,安心养病就是。我很好,真的很好。"

好一阵子父亲才算平静了下来:"……孩子,你听我把话说完……爸担心的不是别的,爸担心的是……怕你会顶不住。"

史元杰再次愣在了那里,他没想到父亲会这么说!

父亲咳了几声,接着说道:"孩子……爸给你说话的机会……也许不多了,有好多话爸一直想说给你……孩子,人生在世,也就是那么几十年……一眨眼就过去了。爸这辈子,可以说是碌碌无为……没成过什么大事。孩子,你别打断爸,听爸把话说完……爸虽说没成过什么大事,但爸并没有做过……对不起自己良心,对不起国家的事……爸没有给咱们史家丢人。咱们史家祖祖辈辈……都光明磊落、堂堂正正。孩子,能守住这个并不容易……尤其是在如今这个年头……更难。"

史元杰点点头:"爸,我记住了。我会顶得住的。"

父亲喘了一阵子,又接着说:"……孩子,你知道爸这辈子最后悔,最咽不下这口气的……是什么吗……除了'文革'那几年,爸做了差不多……大半辈子的官。爸眼看就要……离开这个世界了,可眼看着还有那么多……坏人、恶人还在这个世上作威作福、称王称霸,还在欺负老百姓,还在糟践这个国家……他们有好多就在爸的身旁,有些还是爸当初的部下、同事……爸当初那会儿有权、有能力、有机会,能把他们从

· 433 ·

老百姓头上……赶下来的时候,爸却因为种种原因……没来得及那么做,没有下决心那么做……你明知道他们是坏人,是恶人,是老百姓的敌人,是这个国家的蛀虫,可就是眼看着……让他们一个个地从你的手底下溜了过去。一晃……就这么多年过去了,他们有的越升越高,有的越变越坏,而到了这会儿,你对他们已经毫无办法、无可奈何了,他们也早已对你不屑一顾了。他们榨尽了……国家和老百姓的血汗钱,没有受到丝毫的惩罚,而这些东西……偏偏又是当初被自己放过了的……孩子,如今就是有一千条一万条理由,爸也没法原谅自己。孩子,你明白了爸的意思了吗?爸当初让你留省城,其实也是这个意思……你绝不要像爸这样,你懂不懂! 你要是到了爸这份儿上,活着比死还难受! 爸揪心呀……爸真的不能想,一想起这些来,爸心里就像刀绞一样。孩子,爸死不瞑目,真的是死不瞑目呀……"

父亲突然像是喘不过气来似的哽在那里,憋了好一阵子,终于有两串浑浑的眼泪从他昏花的眼里滚落了下来。

史元杰此时早已是泪流满面。

从小到大,几十年了,史元杰是第一次看到父亲掉眼泪,第一次看到父亲如此悲伤。

樊胜利尽管做好了一切准备,但让他始料不及的是这辆红色奔驰竟会真的从他身旁的这条小巷子里蹿了出来,而且速度是如此之快!

他身旁的这条小巷是一条极窄的胡同,即使是那种小而灵巧的夏利出租车,也绝少会在这样的巷子里穿行,但这辆红色奔驰偏偏会从这样的胡同里冲了出来,而且疾驶的速度简直令人瞠目结舌。

樊胜利和另一个助手开着的是一辆运送垃圾的大卡车,车停靠在大街的旁边,摆出一副正在修车的样子。车的发动机一直在轰轰轰地响着,司机也一直全神贯注地在驾驶室里坐着。一旦发现情况,他们可以在三十秒钟内开动汽车,在一分钟内驶向车道的任何一个地方。

这一带的大街并不宽,他们所处的地段除了人行道和自行车道外,中间有隔栏的单向车道像大卡车这样的车辆只需一辆就可以全部占满。一旦他们的车辆占住了车道,即使是像三轮车那样的机动车,也别想超车到前面去。

然而,偏偏是在这样的一个十拿九稳的地段和位置上,却没想到竟会出现这样的偏差:这辆红色奔驰根本没在他们所预料的方向出现,而是突然从身旁的这个小巷子里冲了出来!

小巷子距离他们的大卡车顶多只有三十米,以这辆奔驰的速度,只几秒钟的时间就从他们身旁飞驰而过。樊胜利他们就是再快再神速,也只能是猝不及防,瞠乎其后。

其实,当这辆奔驰一从小巷子里冲出来的时候,樊胜利立刻就意识到是自己失算了。这个小巷子自己当时并不是没想到,因为考虑到那是一辆奔驰车,后面还跟着一辆丰田吉普,所以,也就觉得他们不可能从这么窄的一个胡同里拐过来,既费时间,又极可能被堵死在里面。他们绝不会这么干。但你觉得不可能发生的事情,偏偏就是发生了。

真正是"说时迟,那时快",当时正在车旁站着的樊胜利顶多只愣了那么两三秒钟,就猛地一个腾越跳进了驾驶室里。"开车!快!立刻打到车道上去!就是后面胡同口那辆奔驰车!挡住它,一定要挡住它!"

面对着樊胜利的吼叫,那个助手几乎被惊呆了。完全是靠一种下意识,僵硬而机械地开动了汽车。大概是太匆忙太慌乱了,就没有注意到卡车的后方和左方,再加上车身宽大笨拙,后面人行道上的人多,稍一起动,立刻就别倒了几个根本就没注意的正在奋力骑车的自行车行人。尤其是其中有一位骑自行车的中年妇女,可能是因为不会用脚支地让正在倾斜的自行车不倒地,而是大呼小叫地随着自行车的惯性一边往前冲,一边随着自行车一起摔倒在地,于是,连人带车全都栽在了大卡车的车轮前面。

摔倒的自行车和行人堵在了卡车前面,大卡车被堵住了,但并没有堵住前面的汽车车道,绕过卡车的车辆依然在快速向前移动,眼看着那辆红色奔驰就要从自己的面前驶过。

樊胜利只觉得自己的头嗡的一声便大了起来,他这里其实是这次行动的最后一道防线。本来,在耿莉丽家那道胡同口的他,由于对方突然多了一辆丰田吉普,为保险起见,他们才临时决定让他这个小组来到了这条路上,而另一个小组则仍然坚守在大桥口。所以,这辆红色奔驰一旦从这里驶过,可以说再没有什么人和车能拦得住他们。即便是急速调兵遣将,也绝不会在几分钟的时间里派人派车将他们阻止住。他们只需几分钟的时间就可以到达耿莉丽家的那个胡同口!而只要这辆车拐进那个胡同,代处长他们就是想撤也撤不出来,想跑也跑不及了。如此,这次行动不仅彻底泡汤,而且后果将不堪设想!

仅仅也就是那么三五秒钟的时间,那辆急速驶来的红色奔驰同大卡车的距离只剩了七八米远。樊胜利看了看卡车前面已经爬起来的那位中年妇女,估摸了估摸车前的距离,他猛地一扭方向盘,脚在油门上使劲一踩,卡车轰的一声巨响,径直便向前蹿跃了四五米远,不多不少、不偏不倚,正好把卡车的大半个车身压在了车道上。

樊胜利听了一阵惊叫声,其实此时他也已经感觉到了汽车的两次震动。直到他后来倒在地上时,他才清楚了汽车震动的原因。汽车的后轮压扁了两辆自行车,同时因为汽车突然冲向车道,那辆红色奔驰由于刹车不及,嗵的一声便撞在了卡车的前轮上。

事实上,樊胜利是被四周义愤填膺、怒不可遏的群众从车里拉下来的。当他意识到挨打已经不可避免时,他便使劲地让身体匍匐在地上,然后用双手双臂使劲地护住自己的头部。数不清的拳头和皮鞋没头没脑、铺天盖地地向他砸了下来。

当挨打的力度越来越重,挨打的地方越来越致命,击打的方式越来越残酷时,他才渐渐感到这并不是一般的群众在打他!是有人借这个机会想整死他,至少也是想把他打得没了知觉……

他突然意识到一定要努力让自己保持清醒。

他惟一不放心的是,那辆红色奔驰轿车里的人此时会有什么行动。他努力抬头向前看了一眼,看到奔驰的车门很费力地被打开了,先是出来一双男人的脚,紧接着又是一双男人的脚,而后终于出来一双穿着高跟鞋的脚。他再次想把头抬高一些,然而,也就在此时,只听得嘭的一声,眼前一阵火花乱冒,紧接着便感到一团团的红雾向他滚滚而来。

他下意识地捂住了自己的双眼,只觉得一股热乎乎的东西正从手心里止不住地冒了出来。

他努力地支撑着、坚持着,一定不能倒下,绝不能倒下,一倒下抗击打的能力就会大大减退,而人也更容易受到伤害。一旦倒下,一切的一切就全都完了。只要不倒下、不昏厥,他就还有机会能把信息尽快传送出去。他必须把这里的情况告诉代英处长,越快越好。

四周拳打脚踢的频率和力度并没有减弱的迹象。

他一声不吭,也不喊,也没叫,也没有做任何争辩和理论,更没有做任何反抗。

他努力地护住自己的手机和手枪,他不能暴露自己。

他明白,此时此刻说什么也没用,做什么也没用。

他尤其明白,他不能说自己是警察。

他再次听见了自己胸前的手机在响……

三十四

罗维民默默地盯着眼前的赵中和。

看得出来,赵中和显得心力交瘁,但他依然同罗维民在僵持着。

尽管罗维民已经把单昆的态度告诉了赵中和,并一再地告诉他,如果没有正式的文件,没有两个以上的监狱领导在场,他是绝不会给他交接工作,更不会把武器库的钥匙交给他的。但赵中和却丝毫不为所动,仍然像看管犯人一样在监视着他。

一直等到后来,大概是罗维民不断的问话让他感到不耐烦了,赵中和才对他说道:"你什么话也别再对我说,我什么也不会再听你的,我现在根本就不相信你。既然你不想交接工作,那就老老实实地在这里待着。你不是要等文件,要等两个以上的领导在场吗?那你就等着。

实话告诉你,领导们这会儿正在紧急研究你的问题,你清楚会有什么样的结果在等着你。"

罗维民一听不禁大惊失色。这么说,赵中和突然回到办公室,并且一遍又一遍地把他催了回来,原来是因为监狱的领导又被紧急召去开会去了!而且是研究你的问题!因为辜幸文被叫去开会了,所以,赵中和才得以脱身回到了办公室。看来这是真的。赵中和的个性他清楚,说谎不说谎从他的脸上看得出来。

如果这个情况是真的,那么,单昆是不是也被叫去了?

罗维民一回到办公室,就不断地跟科长单昆进行联系。单昆的手机一直没开,于是,就连着呼了他三四次,要他立即回电话或者立即到侦查科办公室同他们当面对话,但将近四十分钟过去了,单昆没回电话,也始终不见人影。

下午单昆听到赵中和索要武器库的钥匙时,他曾显得大吃一惊而又震怒不已,当时就要赵中和立刻同他对话,这才刚刚过去了多长时间,怎么就连电话也不回,连手机也不开了?

他一直在猜测着单昆不回电话的原因,现在看来,他极可能是在开会。

赵中和之所以会踏踏实实地坐在这里,也确实是因为领导们正在开会。

不是说今天领导们都在外忙乎不回来吗?怎么一下子全都回到了监狱,而且还是紧急会议,是研究他的问题的会议!

原因只有一个,他们的行动一定是被察觉了,被发现了!

看来,魏德华他们已经处在了一种极度的危险之中!

他必须尽快地把这个信息传递给魏德华他们!

他急忙去了一趟厕所。

是一个露天厕所。赵中和只站在办公室门口,并没有跟过来,打远处目送他进了厕所,又目送他出了厕所。

赵中和不知道他身上有个手机,所以也就根本没想到他会在厕所里把这个信息转告了魏德华。

他一边往回走,一边想着自己下一步该怎么办。等走进办公室时,他终于想出了一个脱身的主意。他明白,他必须主动出击,待在这里等于坐以待毙!假如你的行为都是严重的"错误",都是严重的"违法"行为,那么,魏德华他们的行动自然也一样全是严重的"违法违纪"行为。因此,他们也就会对这种"违法违纪"行为立即采取最为严厉的措施和手段,将他们毫不留情地一网打尽,进行拘禁!

很可能会是这样。连你都想到了,他们又如何会想不到!必须迅速出击!必须!

保护他们就是保护自己!而解救自己就必须首先拼力救援他们!

只有他们的行动成功了、完成了,自己才有可能得到一个清白。否则,任何一个闪失,都极有可能让你陷入一个永无出头之日的处境里去……

魏德华给远在省城的局长史元杰打完了电话,一边思考着,一边默默地观察着眼前紧张而有序的突审行动。

两个高敏度的录音机在同时运转着,讯问仍在继续着。

王国炎说话振动的强度早已大幅度地减弱,口气也和缓了许多,连那些骂人的脏话脏字眼也渐渐地消失了。

可能是累了,也可能是因为绝望。但看得出来,他的那种疯狂的、歇斯底里的情绪并没有真正消解。

魏德华明白,必须让这种情绪存在着。如果不存在了,王国炎也许就不会再回答问题了,而王国炎一旦拒绝合作,那么,今天所做的这一切就只能是枉费心机,没有任何意义。

王国炎突然一声叫喊,把几个在场的人都吓了一跳:

"我饿了!拿吃的来!"

几个人面面相觑,全都愣在那里。

也不知过了多久,魏德华对技术科的小刘摆了一下手:

"由他,给他拿吃的。"

方便面、火腿肠、熏蛋、面包、炸鸡腿、矿泉水,顿时在王国炎的面前摆了一大片。

王国炎毫不客气,大口大口地吞吃着。不过,你仍然看得出来,他正在思考着、谋算着。

猛然间王国炎又叫了一声:

"拿酒来!老子要喝酒!"

其实,早就想到了这一点,还真带着酒。魏德华略一思索,再次摆了摆手:"给他。"

半斤的酒瓶,王国炎一口喝了几乎近一半!

也就在此刻,魏德华突然从王国炎的眼神里看到了一种极度的绝望般的仇恨和豁出去了的残忍。

一种直觉在告诉魏德华,如果他没有猜错的话,王国炎很可能要真正开始交代了……

罗维民一回到办公室,并不说什么,拿出笔和纸,伏案疾书,不到一个小时,便写出了内容完全一样的两份紧急举报材料。

一份写给古城监狱监所检察室,一份写给古城监狱纪检委并转省监管局纪检委。

紧急举报

我叫罗维民,系古城监狱侦查科侦查员。

现有一重大违法违纪、违反监规,极可能将要造成重大事故和险情的恶劣行为特向你们紧急举报!

9月9日下午,我在处理一起一名服刑人员重伤致残另一名服刑人员的案件中,发现这名三大队五中队叫王国炎的服刑人员不仅有再次行凶的可能,而且还发现其有重大余罪的嫌疑。

几天来,经过进一步侦查和核实,我在该服刑人员身上找到了更多更大的疑点和问题。尤其是在他的言谈中和在跟他有关的一些证物上,发现他不仅同多起特大罪案有关,同时还极有可能通过种种手段越狱潜逃和进一步实施犯罪的危险。他表面上装疯卖傻,暗地里则在进行各种准备,并且还明目张胆地在其他服刑人员面前煽风点火,散布各种极端仇视国家和政府的反社会言论。出于一个侦查员的责任心和职业的敏感,我把我所发现的这些情况和问题,立刻紧急报告给了古城监狱的各级领导。

然而,万万没想到的是,这一危及古城监狱以及国家和人民生命财产安全的重大案情,不仅没有得到有关领导的重视和警觉,反而使得案情朝向更加危险的方面发展。

监狱有关领导对这一案情出人意料的敷衍、推诿、漠视、拖延,甚至有意遮掩、隐瞒、抵制和庇护等等行为,让我感到了深深的不安。我个人认为,这种种行为暴露了古城监狱在管理方面所存在的严重隐患和漏洞;暴露了一些领导由于严重的官僚主义而导致的重大失职行为;同时也暴露了古城监狱那些同犯罪分子有着种种关系的钻在我们队伍里的敌对分子的卑劣行径。

鉴于这些原因,在万般无奈而事态发展又越来越紧急的情况下,尤其是为了能尽快把王国炎所犯余罪的嫌疑了解清楚,按照《监狱侦查条例》,我把王国炎在狱中讲出来的那些大案要案的线索汇报给了市公安局,请求予以协助侦查。

这一情况立刻引起了市公安局和地区公安处的高度重视和强烈关注,市局的有关领导立即多次给古城监狱的领导联系和接触,要求对王国炎的这些情况予以进一步侦查和突击讯问,但都遭到了监狱领导的抵制和拒绝。尤其让人难以理解的是,一方面,他们居然在如此严峻急迫的情况下,批准了让王国炎出狱治病的申请和手续,准备让这样一个极其危险的服刑人员在近期内出狱看病。另一方面,他们对我个人的这些行为却大加挞伐,严加指责,特别是在今天,他们竟发展到以组织的名义对我进行了"停职检查,听候处理"的处罚决定。更有甚者,他们竟然派人对我实施了二十四小时不间断的看管和监控,不仅要我立刻停止一切工作和活动,甚至要我马上交出监狱武器库的钥匙!事实上,我已经被强行剥夺了人身自由和工作权力!

我个人认为,两天内所发生的这一切,绝不是一般的工作失误,根本就是一场有目的、有计划的欺骗组织、欺骗国家、欺骗人民的渎职和犯罪行为!

　　我是一名侦查员,又是一名国家公务员。在国家和人民的利益将要受到侵害的时候,我绝不能袖手旁观,无动于衷。哪怕是承受更大的打击和陷害,我也毫不动摇!

　　为此,我紧急向你们举报并向你们呼吁,立即制止他们! 并能尽快派人查清事实真相!

　　举报人:

　　　　古城监狱侦查员　　罗维民
　　9月12日晚9时于监视之中

　　罗维民写完誊完,又细细看了一遍。觉得该说的都说到了,同时也没暴露了别的什么。尤其是对今天晚上的行动,他更是一句也没有提。其实,他急急忙忙地赶写这两份东西,最主要的目的就是要吸引他们的注意力,或者说就是要把这件事挑明了、公开了! 因为这样遮遮掩掩地跟他们兜圈子,只能有利于他们! 一旦挑明了、公开了,说不定就会像突然见到亮光一样,所有的那些见不得人的魑魅魍魉都会被吓得立即逃开。而自己现在其实只需要几个小时的时间,只要这几个小时不出什么大问题,魏德华他们对王国炎的突击讯问能顺利地进行完毕,那他的目的也就完全达到了。

　　主动出击,把自己的行动变成明的,让他们的行为成为暗的,既打击了他们的嚣张气焰,又能有效地保护自己……

　　事实上,他也只能这样做了。说是举报信,其实是告状信。也许日后等待着自己的就是这样的一条遥遥无期的上访之路。在现如今的社会里,上访告状只是弱者的表现。只有那些没有权力、没有自我保护能力的人,才会写这样的材料来向上级讨还公道和保护自己。

　　等到罗维民看完准备出去时,突然一个发现不禁让他惊呆在了那里。在他眼前一直坐着监视着他的赵中和,竟然靠在沙发上睡着了!

　　在荧光灯下,赵中和的脸色显得更加苍白而憔悴。眼袋突出,眼圈发黑。看得出来,他累极了,也困极了。

罗维民突然意识到,其实赵中和今天同他见面时,他就显得极为疲惫和困顿。尤其是脸色极差、口气僵硬,甚至连思维和反应能力都有些迟钝。

罗维民知道赵中和很累,昨天连夜从省城赶回,孩子的病,机关的事,特别是昨晚又睡得那么晚……

但赵中和是昨天晚上十二点离开他的,他当时说过,他很累,一定回去好好睡一觉。今天他们再见面时,已经是在下午十二点以后了。这中间至少有整整十二个小时,如果他真的是在睡觉的话,那他绝不会困成现在这个样子。惟一的一个解释就是,在这十二个小时里,他并没有睡觉,如果不是这样,像他这样一个体质这样一个年龄的人,而且是在执行这样的一个重大"任务"时,竟然会昏睡在了这里!看来,在这十二个小时里,他不仅没有休息过,而且还很有可能是在一种极其紧张、极其劳神、压力极大、情绪极其糟糕的情况下度过的。

那么,在这十二个小时里,他都去了哪里?他都做了什么?

是不是在他心里,并没有把你当成有什么严重问题的人,他也许只是在例行公事,也许只是不得已而为之,甚至只是在做做样子让人看?

王国炎在他的日记里说了,折磨和逼迫他的那些人里头,有三大队的教导员傅业高,有五中队的程贵华,还有内勤的一些人。如果这几个确有问题的话,除了他们还会有谁呢?绝不会仅仅只是这么几个人。能让他在这么短的时间里大幅度的减免刑期,能让他在监舍里随随便便地一次性地接待那么多客人,能让一个服刑人员在警戒森严的国家监狱里生活得如此奢侈阔绰、飞扬跋扈,如果仅仅只是这么几个人的话,那我们的国家专政机关的防护能力和监控能力也就太差太弱了。

那么,眼前的这个赵中和究竟会是个什么人呢?

罗维民此时已顾不得多想,他并不想一个人悄悄走掉,于是写了两句话放在赵中和眼前的茶几上。赵中和确实睡得很沉,临走时,罗维民把另一张沙发上的沙发巾揭下盖在赵中和身上时,他居然都没动一动。

罗维民在条子上写了这么几句话:

小赵：

  我先到大楼会议室去找领导,然后到监所检察室报告情况,你醒来后可在这两个地方找我。

  我有个问题要问你,请你见到我时回答我,你为什么会累成这样?昨天晚上你究竟干什么去了?

  还有,我刚才给你盖沙发巾时,发现你连枪也没带,你是把枪丢在家里了?还是放在什么地方了?

  一个侦查员,在监狱里执行任务时居然连枪也不带,你知道这是什么性质的问题?

  请你如实回答我。

罗维民　晚 10 时 25 分

  罗维民一走进监狱办公大楼小会议室的楼道里,就听到了会议室里竟然一片嘈杂声。具体地说,是一片争辩声和吵嚷声。罗维民有些茫然地站在小会议室门口,一时间竟不知道自己究竟该不该走进去。在将近午夜的办公大楼里,这种争辩声和吵嚷声显得格外刺耳而又令人惊愕。在罗维民的记忆里,一个单位的高层领导班子在开会时,能争吵出这么大的声音来,还几乎没有过。隐隐约约的,似乎是有关监狱法规的问题。一直听到有人说出了他的名字,他才终于听清楚了里面争吵的事由竟然是应该不应该立刻对他实施监视审查等强制措施!

  原来真是这样!

  这就是说,对他实施监视和审查的决定,监狱的领导们在这之前并没有研究过。而现在的会议则是为他们的行为弥补一个合法的依据。这就是说,今天赵中和对他实施的这一切举动,其实都是非法的,都只是某些人个人的意志和行为。

  看来,他来得还真是时候。

  本来,他还想再听听究竟是哪些人在争辩,同意的都是谁,不同意的又都是谁,但一种直觉在告诉他,他不能再这么站在门口,偷听领导的会议本身就是一种严重违反纪律的恶劣行为。还有,如果在这个会议上一旦通过了对他的这些强制措施,那么,所有的一切就全都会倒了过来,他们的行为就全成了合法的行为,而你自己以前所有的行为就都成了违法乱纪的行为。最要命的是,自己的行为一旦被定为非法,那魏德华他们现在的行动也就一样全都成了非法行为,那他们真的立刻就会处于一种极为危险的境地!

他似乎是不由自主地推了一下大门。

他感觉到自己并没有使劲,但会议室的门还是咣一声被打开了。等所有的人都看清楚了突然闯进来的是什么人时,会议室里的嘈杂声就像一架轰响的发动机陡然停息了一样,就像一台通亮的明灯突然熄灭了一样,整个会议室里顿时陷入了一片死寂。

魏德华示意小刘、小吴做好录音和记录准备后,对五中队指导员吴安新点了点头,表明对王国炎的讯问可以重新开始了。

主要讯问人这次由魏德华自己来担任。

……………

魏德华:王国炎,你现在的感觉怎么样?

王国炎:好多了,脑袋不疼了,脑子也清醒了。

魏德华:你知道我是谁吧?

王国炎:你不说你叫魏德华吗?市公安局的刑警队长,知道。

魏德华:还是那句话,你对我们的讯问有权保持沉默,也有拒绝回答问题的权利。但有一点你必须清楚,你今天对我们所说的这一切,都将成为你新的供证。既然你的脑子是清醒的,我想这一点你也应该清醒。

王国炎:废话。我的脑袋长在我的脖子上,用不着让你为我操心。我知道我该怎么做,我对我的所作所为全权负责。

魏德华:既然这样,那我们还得提醒你,你对我们的问题要如实回答。在回答中如果有什么想不通的地方,也随时可以向我们反映。

王国炎:知道。

· 445 ·

魏德华：你能把你过去没有交代出来的罪行重新交代出来吗？

王国炎：可以。

魏德华：你现在可以回答问题了吗？

王国炎：可以。

魏德华：你能如实谈一谈1984年红卫路"1·13"银行抢劫杀人案吗？

王国炎：可以。

魏德华：那你就彻底交代吧。

王国炎：好吧。

一阵沉默。

王国炎：我首先要告诉你们的是，"1·13"那个案子的主谋并不是我。那时候我还是个小卒子，顶多他妈的就是一个不知道啥叫死的过河卒子。人是我杀的，事情是我干的，但策划人，妈的，就是现在的主持人吧，也就是你们常说的主犯，那并不是我。

魏德华：这个主谋策划人是谁？交代一下他的详细情况。

王国炎：他叫姚戬利，是我初中的同班同学。后来我上了高中，他插了队。我们一直没有中断过联系，再后来他当了民办教师，又转成公办教师。1980年调回省城，在市针织厂保卫科上班，那时候我已经被部队开除回来当了司机。他同父母关系一直不好，因为男女关系问题还被处分过；我呢，他妈的也一样挨过人家的整。惺惺惜惺惺，狗熊爱狗熊，两个人谈得来，脾气也合得来。他有事找我，我有事也找他。我们差不多每天都泡在一起。有一天，他拿来一样东西让我看，把我吓了一跳。

魏德华：什么东西？

王国炎：妈的，一支枪。一支手枪。

魏德华：什么型号的手枪？

王国炎：一支国民党打内战时留下来的手枪，跟那种勃朗宁手枪差不多，我也弄不清那是什么型号。

魏德华:有子弹吗?

王国炎:有,一共十发子弹,在涂着黄油的油纸包里裹着,其中有三发已经生锈了,我们试了一发,还能用。

魏德华:这支枪是从哪儿来的?

王国炎:姚戬利说他下乡插队时当过民兵队长。他说这支枪是当时因为有人告密,他在一个上中农成分的农民家里抄家时抄出来的。这个农民被吓得上吊自杀,那个告密的也被吓得得了精神病。姚戬利说当时他觉得好玩,而且当事人也都死的死了,傻的傻了,所以,他就悄悄藏了起来。后来回城时,他又带了回来。

魏德华:你见到这支枪时,姚戬利用过它没有?

王国炎:用过!妈的,直到见到这支枪时,我才知道姚戬利这小子原来是个玩枪的高手!他用这支枪还打过猎,他说心里闷了的时候,就跑到庄稼地里往井里打枪。原来有三十来发子弹,都让这小子给打着玩了。他说这支枪比他们民兵队里哪支枪都好使,比那些步枪、半自动步枪,甚至比机枪还好玩。妈的,就是因为这支枪,才让我们干了这么多惊天动地的案子。

魏德华:"1·13"银行抢劫案用的也是这支枪吗?

王国炎:那倒不是,"1·13"我们用的是"五四"式手枪。

魏德华:这把"五四"式手枪是哪儿来的?

王国炎:是姚戬利从他们保卫科拿来的。

魏德华:继续往下交代。

王国炎:其实"1·13"是很久很久以后的案子了,再往后,因为那把手枪没子弹了,也就没什么用了。

魏德华:用那把手枪作过几次案?

王国炎:多了!让我想想,至少也有三四次。原来也没想过用枪打人的,有一次实在跑不了了,于是就开了枪,一下子打伤两个,打死一个。从那以后,就开始用枪了。

魏德华:你跟姚戬利一块儿作过几次案?

王国炎:多了,刚开始那几年,就我们两个在一起作案。后来他调了工作,就不多干了,只在幕后指挥,除非有大行动。那小子有点子,脑子好使得很。

魏德华:还是从"1·13"这个案子上交代吧。

王国炎:我说"1·13"他是主谋,可不是我推卸责任。第一,枪是他给的,子弹也是他给的。第二,他当时说他急需一大笔钱,必须在春节前把这笔钱弄到手。第三,时间、地点,都是他一手敲定的。好几百里呢,我当时哪会知道在这个地方会有这么一个银行?他还给我们画了一个详细的地图,大门在哪儿,保卫在哪儿,银行是个什么样子,值班的在什么位置,保险柜又在什么位置,他都给我们讲得清清楚楚。而且这小子他还知道那天要开万人公审大会,公安的注意力肯定不会在这儿,你们只管放心大胆地干就是。

魏德华:这么说,抢劫的地点是他预先侦查过的?

王国炎:妈的,他根本就不用在这儿侦查,这个地方他熟得很,他的亲姨妈一直就在这个银行工作。姚戬利家庭不和,从小就常在他姨妈这儿住。他几乎就是在他姨妈这儿长大的,从小就在这个银行里进进出出,你想想他能对这儿不熟悉?

魏德华:你的意思是不是说,是他指使你们抢劫了他姨妈工作的银行?

王国炎:什么意思不意思的,根本就是!千真万确的就是!

魏德华:他姨妈当时在银行干什么工作?

王国炎:他姨妈大大小小好像还有个什么职务,对了,营业部主任。

魏德华:……营业部主任!他姨妈叫什么名字?

王国炎:这我一说你们大概就清楚,他姨妈叫周娟,就是现在省城那个大名鼎鼎的人物,省委常委、市委书记周涛的姐姐……

魏德华:……周娟,周娟!是周涛的姐姐!

王国炎:哈哈哈哈……没想到吧!一点没错,周娟就是周涛的姐姐!那时候周涛还是个在外省工作的小人物,你们大概早就把他给忘了。现在这个周涛可是发达了,姚戬利那小子要是早知道他舅舅这么有出息,能当了省委常委、市委书记,说不定那时就不会让我们来这儿抢银行了,哈哈哈哈……

魏德华:……周娟！难道是姚戬利派你们来这儿杀了他的姨妈！

王国炎:哈哈！挺聪明呀！看来,你总算想明白啦！完全可以这么说,就是他指使我们到这儿来杀了他的姨妈！不过,他当然不是有意的,事后姚戬利那小子鬼哭狼嚎地要跟我们拼命,我跟他说了,这他妈的能怨我们吗！我们他妈的咋能知道你姨妈就在那个银行里头！你他妈的事先也没给老子说你姨妈就在那个银行里工作！你要是早说了,我们他妈的能到那儿去抢钱吗！后来他才给我们说,他原本算好了的他姨妈那天不值班的,结果没想到偏是在那天值班,更没想到他姨妈为了公家的事,真的是连命也不要了……现在想来,也真是老天有眼,老天有眼呀！哈哈哈哈……

魏德华几个似乎全都被王国炎交代出来的情景惊呆在了那里,一个个都傻愣愣地看着眼前这个仰天大笑,活像疯子一样的服刑人员……

三十五

刑侦指导科的郝永泽默默地看着呼机上的一行字,顿时呆在了那里。

代先生说赵新明可能出了点问题,樊胜利一直联系不上,现在由你代行负责。樊胜利到底怎么了？还有你目前的位置和情况,请马上告诉我……

· 449 ·

"赵新明可能出了点问题……"这几个字对郝永泽来说不啻是晴天霹雳！在此次行动之前，代处长曾经嘱咐了又嘱咐，即使是人命关天的紧急情况，也绝不能在呼机里透出一星半点、一丝一毫来。而现在，代处长自己竟在呼机里说赵新明可能出了点问题，什么问题？赵新明究竟怎么了？看来，绝不会是小问题，一准是出了大事！

事实上，这两个小时以来，他一直同樊胜利保持着联系。但就在十几分钟前，他同樊胜利的联系突然中断，手机、传呼机，还有樊胜利那个助手的手机和传呼机他都不间断地在拨打着，但始终没能联系上。特别让他感到有些意外的是，樊胜利的手机并没有占线，也没有关机，但就是没有人接。事前他们曾经打过招呼，手机如果响过三四遍后，就不要再打了，因为肯定是在要紧的关头，否则到不了三遍就会打开手机。尤其是万一在什么关键时刻，手机一直没完没了地在响，接不了你的电话，只怕还要坏事。所以，郝永泽曾拨通过好几次樊胜利的手机，有几次都响过了四五遍，但都因为没人接被他关掉了。

十几分钟过去了，仍然是这样，究竟是出了什么事了？就算是执行任务，也不可能用这么长的时间，除非……除非是出了大事故、大问题、大意外。郝永泽不禁一个冷战，只觉得脑后根的头发直往起竖。

赵新明已经出了问题，要是樊胜利也出了意外，那他们这三路人马，现在就只剩了他这一路！

如果真是如此，这就是说，代处长他们已经处在了一种极度的危机之中！他们的行动随时都会被突然而至的凶险打断，从而给这次行动带来无法估量的灾难性的后果！

他再一次拨通了樊胜利的手机，一直等到响了快十遍的时候，他才听到了在一片嘶喊中的一个微弱的声音：

"……我是樊胜利，我……"

"樊胜利吗？樊胜利！我是郝永泽！听见了吗？我是郝永泽！喂！樊胜利！樊胜利，你那儿怎么了？请回答！喂！喂……"

良久，才传过来一个嘶哑的回答："……郝永泽……快，快去封住那个胡同口，不要让任何人进去……他们丢下了车，已经跑过去了，可能是三个人,那个女的穿的是白色的高跟鞋,淡紫色的长裙……"

"樊胜利!到底是出什么事了?告诉你的位置!"

"……快,不要管我,再迟就来不及了,快,快……"

手机里一阵阵呼叫声和撞击声再次淹没了樊胜利的声音。

郝永泽愣了大概有两秒钟,突然一声大喊:

"快!开车!快……"

代英不断地看着表,从开始行动到现在,已经好几个小时过去了,所希望的东西仍然没能找到。

每一个屋子里的旮旯角落几乎都翻遍了,仍然没有任何重大发现的迹象。他们拼死拼活、不顾一切地要冲回这里来,究竟是为了什么?

肯定有重大的、紧要的、能要了他们的命的东西藏在这个院子里和这些屋子里。否则他们绝不会这么干。

随着时间的一秒一秒地流逝,他也越来越感到一种巨大的压力正向他迅猛地袭来。尽管防暴大队警务处处长郭曾宏已经同他联系过,并说他已经带了三辆车和三个特警队员赶了过来,但仍然丝毫没有减轻这种巨大压力所给他带来的沉重感。

这次突击行动的主要目的一是为了找到被绑架的张大宽,二是为了找到有关王国炎的犯罪证据。但截至目前,除了那些早期的信件和一些根本看不出有什么用处的票据和相片外,基本上可以说是一无所获。从侦查的角度来看,这个院子和这些屋子里相当的"干净"。然而,他感觉到了这种"干净"里面的"不干净"。问题是你怎样才能把那些"不干净"的东西找出来。最使他感到沉重的是,冒了这么大的风险,顶着这么大的压力,耗费了这么多的人力物力和时间,甚至极有可能已经损失了他两员大将的情况下,如果还是什么也找不出来的话,不用说对领导他无法面对、无法交代,就是连自己的部下,连他自己也无法面对、无法交代。

那些家伙们正拼死地往里冲,同事们也正在舍命地在外拦,而你却在这里束手无策、一筹莫展!

见鬼！那些让他们死活不顾的东西究竟藏在哪里！

手机陡然响了起来。

手机刚一打开，便听到郝永泽一阵急促的呼喊声：

"……代处长，代处长！我是郝永泽！情况紧急，情况紧急！他们已经越过了樊胜利的防线！我们已经提前一步赶到胡同口，准备在胡同口拦截他们，但估计有困难，我们已经看到了他们！四男一女，共有五个人，而我们只有三个人，全部拦住他们的可能性很小！请你们马上撤出，马上撤出！他们已经过来了，通话完毕。"

代英顿时愣在了那里。

防暴大队警务处处长郭曾宏接到代英打来的手机时，正坐在警笛长鸣的警车里，在车流滚滚的大街上风驰电掣，横冲直撞。

"郭曾宏吗？我是代英！情况紧急，请告诉你的位置！"

"我们已经到了金星路，离你所说的胡同口没有多远，估计几分钟就到！"

"请你立刻赶到那个胡同口，越快越好！我们的三个民警已经赶到那里，你的任务就是封锁住那个胡同口，不让任何人进来！"

郭曾宏一愣，"……有理由吗？我们封锁路口必须给行人做出明确解释……"

"有，你就说胡同里有人遭到绑架，民警正在执行任务，为安全起见，暂时封闭，不能让任何人出入。"

"代处长……你是不是就在胡同里？"

"是。"代英如实回答。"这是个死胡同，一旦有人想闯进来，我们根本没有别的路可走。"

"明白了，代处长，我们绝不会让任何一个人进去。"

"但必须快！我们只有三个人，而他们则有五个人，去晚了就挡不住了。"

"明白。"

"还有，他们五个人里面可能也有警察……你明白这话的意思吗？"

"……代处长,明白!"

"请随时跟我联系。"

郝永泽一行三人,站在离胡同口大约有十米左右的胡同里的路中央。

每人间隔有两米,都站直了身子,默默地注视着匆忙赶来的几个人。

天色早已黑了下来,胡同里的灯光幽暗而神秘。那条淡紫色的长裙和那双白色高跟鞋,在夜色和灯光下格外注目。

距离有五六米时,郝永泽嗓音不高,但却像震天骇地般的喊了一声:

"站住!"

也许是没看清,也许是太紧张,也许是走得太慌忙,对方的几个人全被这一声断喝震慑在了那里,其中的那个女人竟止不住地惊叫了起来,要不是被人扶了一把,几乎会瘫倒在地上。

但也仅仅只有几秒钟的时间,对方立刻有人反问了一声:

"什么人?你们要干什么!"

郝永泽似乎是有意在拖延时间,沉默了好半天才掏出自己的证件来,"警察。里面正在执行任务,为了大家的安全,暂时不能进入。"

"我们是里面的住户,必须立刻回去!"其中的一个人说道。"我们家刚才打来电话,说有人入户抢劫,我们也找来了警察,得马上回家救人!"

紧接着,另一个人问道:"你们是哪儿的警察?在这儿执行任务我们怎么会不知道!"

"你是干什么的?"郝永泽反问道。

"东城区朝阳派出所的,我们三个都是。刚才接到他们的报案,说这里的住户遭到抢劫,因此,急速赶来执行任务。"

郝永泽一阵茫然,没想到会有这样的情况发生,五个人当中竟有三个都是警察!

看到郝永泽愣在那里不作回答,对方的口气顿时强硬了起来:"你们到底是什么人?哪个单位的?究竟在这里执行什么任务?"

郝永泽仍在沉默着,考虑着自己究竟该怎么回答。其实,他心底里最为焦急的是,为什么这么长时间了,代处长他们还不见出来!

"让开!"对方一个人突然吼道,"我们不想追究你们到底在这里干什么,到底在这里执行什么任务,但我们的任务必须立即去执行!好了,我们走!"几个人一齐拥了过来。

"站住!"郝永泽再次厉声喝道,"我说过了,里面正在执行任务,任何人都不准过去!这是市局的命令!如果你们要是不相信,就立刻给市局打电话核对!"

"一派胡言!"对方毫不示弱,"市局怎么会有这样的命令!既是市局的命令,东城分局怎么会不知道!我们当地派出所怎么会不知道!闪开!否则,就别怪我们不客气!"

郝永泽看得出来,对方其实根本就没有跟他们纠缠的意思,对他们的身份也一样非常清楚,他们的目的只有一个,那就是要不惜一切代价地冲进去,从而把代处长他们从那个院子里逼出来。当然,对方之所以会这么强硬,他们真的是认为里面有人在抢劫,也许他们确实接到了报案,也许他们真的为眼前这几个人的行为感到气愤,感到怀疑,还有,也许是卖石灰见了卖面的,既然都是警察,那就谁也别拦着谁,谁也别吓唬谁,谁也别指使谁……

郝永泽正紧张地思考着下一步该怎么办,猛地感到一个踉跄,差不多就往后倒退了有七八步。要不是手脚利落,脑子反应得还算快,说不定他早已仰面倒在那里了。

他们动手了!不是挨了重重的一拳,就是被推了狠狠的一掌。没想到他们的动作会这么狠,出手会这么快!几乎是同时,他身旁的两个助手有一个哼也没哼便倒了下去,另一个助手则哪的一声被撞在了身旁的一棵树干上。

郝永泽立刻意识到了事情的严重性,他本能地借势猛地一个侧转大翻身,当他稳稳地站在那里时,顺手把手枪平端在了手里,尽管他已被重重一击,但这种平时练了无数遍的功夫,现在还真用上了。

"别动!谁再动一动,我就开枪了!"郝永泽沙哑的嗓音连他自己也感到吃惊。尤其让他感到吃惊的是,自己说出的话竟会这样的虚弱和无力。

"开吧,有种的就朝这里打。"对方果然并不理睬,仍然一步紧一步地直逼而来。其中的两个,不知是在什么时候,也已经把手枪抄在了手中。黑洞洞的枪口,同时都指向了他。

砰!砰!身旁突然两声枪响,把几个人都吓得一跳。那个女人再次惊叫起来。是自己的助手在鸣枪警告!满脸是血的助手颤巍巍地站在树下,几乎是以生命的代价给自己赢得了时间。因为在这种情况下,谁先鸣枪警告,谁就抢先拥有了开枪的主动权。既然都是警察,那就应该清楚这个规则。除非你敢胡来。

如果他们也想鸣枪警告,一旦他们中有人把枪举起来,那就意味着这场枪战在所难免……

自己是不是应该抢先开枪?

就在这千钧一发的时刻,郝永泽突然听到了一阵警笛声,紧接着又看到了警灯的闪烁……

他愣了一愣,紧接着便立刻意识到是援兵到了,同时也立刻意识到了代英他们为什么会一直没有出来。

他觉得两腿一阵发软,胸口像被什么揪住了一样疼痛难忍。他坚持着,努力让自己稳稳地站在那里。直到这时他才感觉到,胸口这一击,真狠,真黑……

史元杰一直等到将近十点半的时候,才给地委副书记贺正雄把电话打了过去。

电话铃声几乎没响完一遍贺正雄就接了电话。

"我等了你整整一下午,你究竟到哪儿去了!"贺正雄一接上电话就以毫不掩饰的恼怒对他厉声指责。"我已经给你所说的那个地方打过电话,人家说你根本就不在那里,也根本没有去过那里,你在跟我玩什么把戏!"

　　史元杰陡然惊出一身冷汗,看来,贺正雄确确实实是在等他!他迫使自己迅速冷静下来,一边想一边说道:"贺书记,确实是个要紧的案子,是部里直接捅下来的,连省厅都没有让知道。贺书记,你也知道的,如今的案子,尤其是那些通天的案子,肯定都是有根子的。稍稍有个风吹草动,立刻就吵得满城风雨。有时候不管你多小心多保密,三令五申,防了又防,告诫了又告诫,结果还是这里人还没到,犯罪嫌疑人早已跑得无影无踪。说实话,像这样的案子,本不该我这么个局长亲自下来的,可这么大的事情,上面逼得又是那么急,又是通知给我一个人的,我敢把这样的情况告诉谁?我下来只带了两个人,就是他们两个,我也是到了车上才告诉他们的……"

　　"好了好了,你也别给我说这些七七八八的了,你要是存心骗我,我又有什么办法,莫非让我下去查查你?"贺正雄说到这里,口气已经软了下来。"你现在在哪儿?是不是已经回来啦?事情是不是也办完啦?是不是到这会儿还不能让我知道,还不想让我见到你?"

　　这么多年了,同贺正雄这样明枪真刀地直接打交道,史元杰还是第一次,没想到这个地委副书记还真是厉害,想骗过他,绝非想得那么容易。"贺书记,我就是想见了面跟你好好谈谈这个案子,现在我正在路上呢,紧着往家里赶,我是怕耽误你休息,所以,提前先给你打个电话。"说到这里,史元杰故意停顿了一下,看了看表然后说,"我估计再有四十分钟就能赶回去。贺书记,我是怕这么晚了,你看是不是放到明天早上,还是……"

　　"什么放到明天!"贺正雄似乎想也没想便一下打断了史元杰的话,口气也一下子又变得强硬和严厉起来,"现在才十点多嘛,你十一点回不来,赶十二点还回不来?我这个主管书记还没养尊处优,舒服滋润到那份儿上,每天晚上能在十二点以前就上床睡觉!以后你就知道了,我可不是那种随随便便,说话像刮风似的那种人。好了,别的话我就不必多说了,今天晚上我一定得见到你,不管多晚,一回来就先来见我,我有要紧的事情要给你谈!"

史元杰只觉得头一下子大了起来,看来,他根本就不相信你!但事已至此,也只能硬着头皮撑到底:"……贺书记,我回来是不是直接到您家?"

"这么晚了,是不是还要我到办公室去等你?直接来我家!我的门一直给你开着,进来时摁一下门铃,只管进来就是了,我就在客厅里。我是半夜敲门心不惊,你也别担心我这屋子里有什么人会把你怎么样。好了,一会儿见。"

"一会儿见。"其实,还没等史元杰把这句话说出来,贺正雄已经把电话挂断了。

史元杰愣愣地听着电话里的忙音,突然意识到,这个电话打坏了,还不如不打!情况根本不像你们所想像的那样!这个魏德华,看你出的馊主意!要是十二点以前你赶不回去,他肯定越发要怀疑你。如果他再等到你一点还不见你回去,那几乎就等于是告诉了他你们正在行动!他肯定会意识到,一定是出事了!否则,像你这样的一个正面临着提拔的小小的公安局长,绝不会这样胆大妄为地欺骗他!

你真蠢,简直蠢透了!你也不想想,在这种时候,他们怎么会睡得着觉!他不止这会儿不相信你,其实,他从来就没相信过你!像他这样的人,世界上的任何一个人他都不会相信!

时针渐渐地指向十一点,一种前所未有的绝望和失败感越来越浓重地笼罩了代英。

从下午到现在,几个人全都没吃一口,喝一口,几乎没有进行过任何歇息。即使累得实在站立不住,不得不坐几分钟时,两只翻阅东西的手也绝不会停息下来。

床缝里,沙发里,灯管里,管道里,无数个大大小小的盒子里,电视机、录像机、录音机的机芯里,以及每一本书里,每一个椅子的靠背里,每一幅字画的卷筒里……

全都找过了,全都翻遍了,仍然是徒劳无功,一无所获。

就这样撤了吗?如果真这样撤了,那就等于把你要找的东西又拱手让给了人家。这个双方拼死争抢的东西就别想再见到了。

代英终于累得跌坐在一把椅子上。

会在哪儿呢？

他默默地扫视着眼前的一切。

尽管外面的局面还算平稳，但他清楚，过了十一点，他们无论如何也得从这里撤出去，绝不能再在这里待下去了。

他不能让外面胡同口的封锁持续到夜里十二点，一旦传出去，那将会是一起惊天动地的新闻和事件。何况，那些真正要回家的人，又怎么能让人家这么平白无故地等到深夜十二点？

由于防暴大队警务处郭曾宏的及时赶到，终于挡住了那几个人的强行进入。在经过激烈的交涉后，他们已经以马上要向领导反映的名义，暂时离开了胡同口。但据郝永泽分析说，这极可能是个假象，在现在这种情况下，他们一步也不会离开，说不定他们现在正在筹措着一个更大的举动，因此，随时都会有难以预测的情况发生。

也许，这也正是监狱里的王国炎所要达到的真正效果。

我在里面只需稍稍的一个动作，就能让你们外面这么多的人心胆俱裂，坐卧不安。

代英甚至怀疑这会不会是王国炎有意策划出来的一个声东击西，避实击虚的阴谋诡计？

怎么办？

代英问了问他们几个，是否有什么新的发现，但他们的回答几乎都只是默默地摇头。

会不会是埋在屋子里或者是院子里的某个地方？

因为只有这一种可能了，以这些人这么多年的经验、智慧、细心和机敏，如果真有什么东西藏在地面上，找不出来的可能性可以说很小。

但如果确实有什么是在地底下埋着，若要想在今天晚上把它们给挖出来，几乎没有任何可能。

没时间了，真的没时间了。

必须走，也只能走了。

好了,那就下令吧。

一种强烈的失败感和沮丧感再次笼罩着他的全身。

他默默地无力地站了起来。

也就在此时,他听到了 BP 机的传呼声。

……魏德华先生说请立即落实!王家院子里石榴树下,距墙根 1.5 米处,深挖 1 米,看看是否埋有东西,请尽快回告。

代英的手止不住地抖了一下,差点没让传呼机从手里掉下来。

三十六

罗维民没想到会议室里竟有这么多的人。

古城监狱里的主要领导,各科室的负责人,各个大队的大队长和教导员,几乎全在这里。会议室里烟雾缭绕,呛得人几乎喘不过气来。看来这个会议确实开了很长时间了。

一见到会议室这个场面时,他立刻意识到,他不该来,他来得不是时候。以老政委辜幸文的经验和头脑,只要他坐在这里,即使最终扛不住这来自四面八方的压力,但他至少也会把这个会议拖到他所想拖到的那个时间。他绝不会轻易放弃,即使不得不放弃时,他也会事先给你打招呼,绝不会让你毫无准备。

就在他发愣的当口,会议室里突然响起一声怒喝:

"罗维民!你到这里来干什么!"

罗维民定神一看,朝他怒吼的人是政委施占峰。没等他想好该怎么回答,施占锋紧接着又是一声:

"你知道现在开的是什么会?现在正在研究你的问题,知道不知道?请你马上出去!"

罗维民本来只想在这里语重心长地谈谈自己的由衷之言,因为该说的都已经在自己的举报材料里说到了,面对着这些领导,如果自己的据理力争能够打动他们、说服他们,或者能够让他们或多或少地有所醒悟、有所警觉,那自己的目的也就达到了,甚至连这份举报材料也宁可不拿出来。然而,让他没想到的是,他一走进门来,得到的竟然是羞辱般的呵责和不分青红皂白的斥逐,不由他满腔的怒气也一下子爆发了出来:

"我不知道你们开的什么会!但我知道我今天已经被看押了差不多一整天了!我不知道这是为什么!既然你问我到这里来干什么,那我就告诉你,我来这儿就是要问一个问题,为什么要看押我!我究竟有什么错,犯了什么法!又要我停职检查,又要我交出武器库钥匙,而且还派专人对我实施不间断看押!我已经完全失去了人身自由,连上厕所都有人跟着!既然你说正在研究我的问题,那我现在就请你回答,这到底是因为什么!"

会议室里一片沉寂,不知是被他说话的气势所压倒,还是被他所讲的内容震慑了,甚至连施占峰脸上也都流露出了一种惊诧和僵硬的表情,也不知过了多久,才有人严厉地问道:

"请你说明白,谁让人看押你了?又是谁看押你了?是谁让你交出武器库的钥匙?这又是谁的指示?除了这些,还有别的什么问题?既然你来找领导,有这么多领导在场,就请你把该说的都说清楚。"

罗维民连眼神也没动一动,一听话音,他就知道问他的不是别人,正是副政委辜幸文。辜幸文的问话让他立刻清醒了过来,真傻,莫非你来这里就只是单单为了这么一个问题?你该说的并不是这个!抓紧时间,趁这个机会赶紧把你要说的和想说的全都说出来。

"问题多的是,但我就是想不明白,想不清楚。如果想清楚了想明白了,我还会这么晚了来找领导吗?"罗维民的口气也很快和缓了下来,"说实话,我根本没想到会有这么多领导在这里。要不是因为看押我的赵中和睡着了,我也根本来不了这里。是赵中和告诉我监狱领导正在研究我的问题,所以,我才冒昧地找了来。整整一天了,赵中和一直在看押着我,而且也是他一直在逼我交出武器库的钥匙。我问过他,停职检查,交出武器库钥匙,这都是谁的决定,他先说是监狱领导的集体决定。我问他具体给他传达的人是谁,他说是单昆科长。我打电话问了我们科长,单科长却非常吃惊,他说他没有给任何人说过让我交出武器库钥匙的事情。后来我问赵中和,赵中和说,你等着吧,领导们正在研究你的问题,到时候会有人回答你这个问题。赵中和刚才还告诉我,说之所以让我停职检查,并让我交出武器库钥匙,是因为我把不该泄露的秘密泄露了出去,还瞒着领导做了一些不该做的事情。我想了整整一天了,怎么也想不明白,我究竟做错了什么事情。如果真是赵中和说的那样,那我现在就当着这么多领导的面,把我这两天所经历所侦查到的事情,全都如实地给领导们讲一讲……"

"行了!简直不像话!"斜刺里突然有人一声怒喝,罗维民侧身一看,没想到竟会是监狱长程敏远!只见他脸色铁青,语气和神情都严厉得让人可怕,"现在监狱领导班子正在开会研究问题,如果你想说什么,到时候自然会派人听取你的意见。至于你刚才说的那些,如果赵中和真是那样说的,等情况调查落实了,我们自然会严肃处理,谁的责任,谁的问题,我们都会严加追究。好了,对你的问题我已经做了回答了,如果你还知道尊重领导、尊重组织,就请你立刻出去。"

罗维民呆在那里,好半天都回不过神来。如果说刚才政委施占峰的态度还可以理解的话,程敏远的这番话可就让他始料不及,大感不解了。

"好了,既然程监狱长这么说了,那你就出去吧,有什么问题,还可以另找时间。"政委施占峰此时的话语虽然温和了许多,但态度的坚决依旧让人感到没有任何回旋的余地。

"既然来了,我觉得让他谈谈也没关系。"辜幸文此时说话了,在一片紧张的气氛中,他的话显得低沉而有力,"这半天大家一直在争论,也就是不明白到底发生了什么事情。一部分态度非常坚决,认为应该立即对其严肃处理;一部分则感到这么晚了,突然把大家召集来,而且还是因为一个普通干警的事情,对这种反常的行为感到奇怪和不解。"辜幸文的话几乎等于把会议上的情况全都告诉了罗维民。"既然罗维民已经知道了我们正在研究他的问题,在还没有决定处理他以前,我想他还应该有申诉的权利。还有,刚才听了他的话,让我感到吃惊的是,对他的处分在我们还没有研究决定以前,事实上他已经被处分了。上午我们几个碰头时,只是要求他立即写份检查,暂时不要再插手别的工作。但当时大家,当然也包括我在内,并不知道事情的真相。我们也从来没找罗维民谈过。然而,刚才听了罗维民的话,让我非常吃惊和不解。以他的说法,他竟然已经被人看押了起来,而且还要逼着让他立即交出武器库的钥匙。如果这一切都是真的,那将是一个极其严重的、极其危险的情况!尤其让我感到困惑的是,发生了这么重大可疑的情况,那还让我们在这儿研究什么?究竟是罗维民的问题需要研究?还是赵中和的问题需要研究?究竟是我们这个领导班子出了问题了,还是我们这个领导班子被人利用了?刚才还有人说我态度暧昧,立场有问题。我实在想不明白,以现在的情况来看,究竟是我的态度暧昧,还是什么人别有用心?究竟是我的立场有问题,还是有什么人说一套做一套,口是心非、自欺欺人?"说到这里,辜幸文停顿了一下,似乎是努力地在让自己的口气和缓下来。"好了,难听的话我也不想多说了,今天古城监狱的主要领导都在这里,如果真是连这样的事情也没人敢表态,那就让人感到太不正常了。我想,既然我们一直争论不出个高下来,那干脆还不如来个少数服从多数。大家是不是现在就对罗维民这件事马上表决一下?"

辜幸文首先看了看政委施占峰和监狱长程敏远,然后环顾四周,不少人七嘴八舌地附和着:

"让大家听听没关系么。"

"同意。"

"行了,就听辜政委的。"

"没什么大不了的么,听小罗说说能出了什么事?"

"就这么定了吧。"

…………

辜幸文此时说道:"首先我同意让罗维民给大家谈谈,凡是同意的,都请举手!"

辛幸文一边说着,一边把自己的手高高地举了起来,然后慢慢地环视着四周,他的视力所到之处,在座的大部分人都把手举了起来。最后就只剩了这么几个人没举手:监狱长程敏远,政委施占峰,狱政科科长冯于奎,三大队教导员傅业高。还有狱政科的一个副科长钱鲁成,他本来已经举起了手,但看到自己的科长正怒视着自己,犹豫了一下,又把手放了下来。

罗维民看到,自己的顶头上司,侦查科科长单昆,犹豫了半天,也终于把手举了起来。

也就在这时候,政委施占峰突然站了起来,像头受伤的狮子一样怒吼了起来:

"罗维民!你给我滚出去!立刻从这儿给我滚出去!你今天要是不马上给我滚出去,我跟你没完!无法无天,竟敢到这儿来撒野,到这里来耍赖!到底是谁给了你这么大胆子!我忍了你好长时间了,一直在让着你,你以为你是谁!我真是瞎了眼!没想到你会是这样的一个东西!今天我要是治不了你,我这个本来就管不了事的政委就更他妈的不用当了……"

罗维民的心头在阵阵发颤,只觉得满腔的热血直往头上涌来。他还从来没见过,一个监狱的主要领导,竟然会在这么多领导在场的会上说出这样的话来,究竟是谁在撒野、谁在耍赖!不过,他明白,政委施占峰的这些话,其实,是冲着辛幸文来的。因为有这么多人举手同意辛幸文的提议,几乎等于是罢免了他作为政委的权力!也几乎等于是给了他们一个公开的回答和反驳!但也就在这期间,罗维民突然意识到,看来这个政委施占峰,也许并不是自己想像中的那样。他在这种情况下能发出这么大的火气来,也许只是为了面子上的原因,只是感觉到这样的局面实在让他下不来台。假如他是一个真正的坏人的话,或者是一个真正的幕后策划者的话,那他在此时此刻,是决然不会这样发怒,并且说出这样的一番话来的。然而,时间已经来不及让罗维民做更多的思考,究竟该怎么做才是最好的选择?是该出去,还是继续留下来?他必须立即做出决断。

就在罗维民发愣的当儿,怒气冲天、暴跳如雷的施占峰竟像发疯一样的朝他扑了过来。要不是两个人拦着,说不定早已冲到了他跟前。然而,即使是被两个人拦着,施占峰还是一跳一跳地在狂吼着:

"你给我滚!今天有你没我,有我没你!我真是瞎了眼!前几天还他妈的一直在给人家做工作要提拔你!没想到你会是这么个东西!真是狗眼看人低,竟敢骑到这么多人头上拉屎撒尿……"

罗维民再次愣在了那里,前几天施占峰还在给人做工作要提拔他!真是匪夷所思,没想到会是这样!施占峰当着这么多人的面讲这样的事情,看来,此事不会有假。难怪辛幸文对他一直是那样的一种态度。被一个令人怀疑的圈子正考虑着提拔的人,又如何能让人信任?他看了辛幸文一眼,辛幸文脸色铁青,坐在那里一动不动。罗维民突然意识到他必须要给辛政委减轻压力,于是用一种和缓的口吻说道:

"施政委,我今天到这里来,并不是来闹事的,我只是反映情况,通过合法的渠道向你们反映情况……"

然而,罗维民的话再次被施占峰的怒吼淹没了:"滚!你今天要是不给我滚出去,我跟你没完!不信,咱们走着瞧!我就不相信我摆不平你……"

"怎么能这样呢?"这时候,监狱长程敏远再次显得愤愤不平地站了起来。"小罗,我本来并不想在这儿再说你什么了,都闹成这样了,你还站在这里干什么?看看你把这个会都搅成什么了?把施政委都气成什么样子了?就算你有天大的冤枉,就不能放到明天再说吗?为你的事情,整个监狱的领导班子在这里研究了几个小时了,要不是为你负责,能耗费这么长的时间吗?莫非你连这个都想不明白吗?好了,多余的话我就不说了,你要是听话,就暂时离开这里,有什么事情我们以后都好说,听见了吗?"

"罗维民,你怎么能这样!"三大队教导员傅业高也一腔的愤怒。"我们古城监狱什么时候有过这样的事情,一个小小的侦查员,竟然敢在监狱领导的会议上大闹特闹。如果都这样,这监狱以后的工作还怎么做？监狱的领导还有什么权威性可言？你懂不懂，这是监狱，不是一般的行政部门。就是一般的行政部门，也一样不能允许有这样事情发生……"

就在傅业高义正词严地讲着的时候，狱政科科长冯于奎已经快步走到了罗维民跟前，一边皱着眉头，显出一副为罗维民着想的样子；一边压低嗓音，轻轻地把罗维民直往外推："小罗，小罗，你今天到底是怎么了？真的是疯了还是怎么的？怎么变得这么犟？走吧走吧，听话。不管怎么说，这些人都是领导呀？你也不想想，你这么下去，以后还怎么在这个监狱里工作？好了好了，今天就给领导们一个面子，哪怕会散了以后再说也行啊，你说说，你不给领导台阶下，莫非让领导给你台阶下？听话！啊？走吧走吧……"

就在罗维民被软硬兼施、几乎要给推出门去的当儿，只见辜幸文腾地站了起来，猛然一拳砸在桌子上，顿时发出惊天动地的声响，把整个会议室里砸得一片死寂。

"你们这都是在干什么！"辜幸文紧接着的这一声大喊，在悄无声息的会议室里振聋发聩、撼人心魄。满脸紫青的辜幸文，一副凶狠的神色让人不敢对视。他好像对自己的情绪已经无法自制，吼一句，就在桌子上砸两拳："简直太猖狂！你们凭什么！谁给了你们这种权力！一个国家公务员，连申诉的权利都没有了吗！你们说他到底想干什么，我就不明白，他究竟干了什么！我们都在管理着服刑人员，莫非他连一个服刑人员也不如吗！你们现在就给我说说，罗维民到底干了什么，他究竟犯了什么罪！他的人身权利究竟什么时候被剥夺的！我忍了好半天了，现在实在是忍不下去了！让我不明白的是，我们中的一些人究竟想干什么！究竟要干什么！是思维不正常了，还是精神有毛病了，还是有什么见不得人的勾当！每天人五人六地管理着服刑人员，想想你干的那些事情与那些罪犯有什么区别！让我说，有些人其实比那些罪犯还坏，还可恶！为非作歹，图谋不轨，想翻天了是不是！你睁开眼好好看看，这里到底是谁家天下！我要正告一些人，这个天变不了！好多年我都没发过脾气了，今天我就是要骂人！我说我们的一些人还不如一条狗！狗还清楚恩怨分明，就是饿死也绝不会背叛自己的主子！而我们的一些人，一见了骨头，连自己的父母也不认了！连自己姓什么叫什么也能忘了！我今天在这里还要正告一些人，别以为这些年你们做的那些见不得人的丑事、恶事大伙都不知道！恶有恶报，善有善报，不是不报，时辰不到！我就想看看你们还能撑到什么时候！我的话现在就说到这儿，你们今天有什么就全都倒出来，咱们就是说到天亮也要把话说清楚！"

辜幸文的话说完好一阵子了，会议室依然是一片死寂。所有的人都僵在那里，像泥塑一般一动不动。

也不知过了多久，监狱长程敏远才突然一声怒喝，"今天的会不开了！散会！"然后也不管别人有什么反应，径自站了起来，扭头就往外走。

不少人见监狱长往外走，愣了片刻，于是，也一起跟着就往外走。

眼看着就要走近会议室大门了，站在门口的罗维民猛地大喝一声："站住！谁也不准出去！"

会议室所有的人再次呆在了那里。

面对着王国炎越来越亢奋的情绪，魏德华则显得出奇的冷静。

证据，必须要有极具说服力的证据。也就是说，一定要在王国炎这种极具疯狂的情绪中，找到让他无法反悔和铁证如山的证言证物。

魏德华明白，王国炎不顾一切的亢奋，来自他对政府和法律的蔑视，来自他对同伙的愤怒和暴躁，同时也来自他自信同伙必然会来救他，绝不会与他同归于尽的一种侥幸心理。就像相向对驶的两辆快车，谁也不想避让，谁也认定对方最终会躲开，于是就越开越快，不顾一切地冲了过来。若这种情绪心态一旦消失，王国炎一旦醒悟明白过来，在关键时刻突然刹车，立即就可以把他所交代出来的这一切统统推翻，拒不承认。以现在的法规条例，一个犯罪嫌疑人不管他交代的东西有多真实，一旦他到了检察机关，矢口否认他所交代的这一切，甚至反咬一口，说这些交代全是逼供的结果，那么，所有的这一切立刻就得发回重审,从头再来。但是,只要你找到了可靠的证据,让他交代出了根本无法翻供的人证物证,他就是再想反悔、再想否认、再想紧急刹车,也只能是悔之莫及了。

所以,必须抓紧时间,必须抓住最致命的东西。

对王国炎的讯问仍在继续着。

魏德华:你刚才说的那些,说实话,我们现在并没有办法立即证实,所以,也就无法证实你所说的这些情况的真实性和可靠性。其实你对此也很清楚,就像你所说的在你家院子里石榴树下埋着的那些东西,你也知道我们现在根本不可能到那里去,也不可能派人到那里去。你怎么才能让我们相信你所说的都是真的?比方说,还有什么人,什么证据能让我们相信你?

王国炎:哈哈!这倒是句实话。老实说,像你们这些人,不也是奉命行事?我还真怕是对牛弹琴,说多少也都他妈的是白说。你一个县级市的刑警队长,算个什么官儿,充其量不就是一个副科级?副科级算个什么玩意儿?不就是个人见人捏,人见人骂,什么油水也没有,发牢骚也没处发的送死的官儿?在老百姓跟前逞逞能,耍耍威风还差不多。我给你说了这么多的事,这里头哪个人你管得了?你不就是要证据吗?就算你掌握了什么证据,你又能怎么样?随便什么官儿打个招呼,你们不都得乖乖地假装什么也不知道,什么也没发现?

魏德华:那都是我们的事情,跟你没什么关系。不过,有一点你说对了,我们现在也确实是奉命行事,我们只对你,你也只对我,其余的事情我们自会一级一级地上报,就算我们管不了,那也自有管得了的地方。你什么也不给我们说,又怎么知道我们管得了管不了?

王国炎:那好,我就再拣几个案子让你听听。

魏德华:我们要求你如实交代。

王国炎:放心!老子是条顶天立地的响当当的汉子,什么时候不是敢作敢为、一人做事一人当?我告诉你,你们不是想要证据吗？那个死了的市长的证据要不要？

魏德华：……市长？哪个市长？

王国炎：哪个市长？就是你们几个月都破不了案的那个出车祸死了的张市长呀！

魏德华：……哦？

王国炎：哈哈哈哈……吓坏了吧！

魏德华：……你参与了这起案件？

王国炎：这样的事情还用得着我亲自参与？你也太小看我啦！你是不是觉得我现在的身份，还像过去一样？其实，就是再早几年，我也早就不多动手啦。我是个什么人？人类熊猫，超级保护对象。要不是那天半夜三更急着要去办事，一时没找到车，我会在我家附近去撬车？他们说我是偷车，老子这样的还会去偷车？还有那个叫张大宽的小子，为那么辆破车连命都不要了！老实说，那回我要是狠狠心收拾了他，老子还会有今天！案发的那天下午，要不是有个好看的女护士在他跟前晃来晃去的，我早一枪把他崩了！妈的，我这人，这辈子毁就毁在女人身上，心太软，终究成不了气候。好啦，咱说正经的。市长出车祸的案子我没有参与，可我什么事情也知道。

魏德华：你的意思是说，虽然你没有参与这个案子，但你却是这个案子幕后策划人？

王国炎：哈哈！就是你们说的主谋吧？咱也实话实说，主谋和幕后策划人谈不上，但出主意的是我，这个不假。别看我在这里头坐着，但有什么大的事情，他们还得让我拿主意。

魏德华：这就叫说，市长出车祸的主意。事实上是你出的？

王国炎：错了！不只是出主意，最主要的是拿主意，这样的事情得我拍板，我要是不拍板，他妈的他们哪个敢动？

魏德华：我们怎样才会相信你说的这些都是真的？

王国炎：我只需说两个车牌号码你就相信了，一个是省城的号码：75638，一个是咱这地区的号码：20277。75638是一辆"212"吉普车的号码,20277是一辆桑塔纳轿车的号码。平时这两个牌照都不用,关键的时候才能用。这儿的在省城用,省城的在这儿用,而且这两辆车都是失踪了很久的车,根本就没有主人,就算查到了也是白查。

　　魏德华:……继续往下讲。

　　王国炎:哈哈! 又吃惊了吧? 吃惊的还在后面呢! 其实,我早就知道了,75638这个号码让你们查了好长时间了,你们也早就知道了75638是辆"212"吉普车的号码,问题是有人他妈的在现场看到的是一辆老式东风车呀! 而且这辆东风车他妈的怎么会挂了个吉普车的牌子? 虽然查到了牌子,可他妈的东风车去了哪儿? 这他妈的不是在捉迷藏吗? 假牌子查到了,车却没了,全都成了空的! 哈哈! 你们不是去胡大高那儿查去了吗? 想想在那儿怎么能找得到? 根本就是一个迷魂阵,一下子就让你们死在那里啦! 这就是我的主意,什么叫才华,这就叫才华!

　　魏德华:这样的案子我们破过多起了,继继交代。

　　王国炎:可这个案子你们就是没破了,对不对?

　　魏德华:……既然你只是拿主意的,那参与者都是谁?

　　王国炎:你们不也有怀疑对象吗? 你们怀疑得没错,但就是没有证据,是不是? 谁干的? 胡大高干的,安永红干的,范小四干的,薛刚山干的,正儿八经躲在幕后的有个人其实你们也早就怀疑上了,就是那个省人大代表袭跃进。还有两个人你们做梦也没想到,就是我们古城监狱里的两个犯人,一个就在我的号子里,一个已经提前出狱了,哈哈哈哈! 说是改造得好,立了大功,减刑获释啦!

　　魏德华:……交代你们的动机。

　　王国炎:动机,哈哈! 一个是钱,一个是官,除了这两个,还他妈的有什么别的动机? 安永红不是叫黑市长吗? 他想让他那个总经理葛小根竞选副市长,上边没人行吗? 上边有了人,你不为人家办事行吗? 要给人家办事,不办大事行吗? 那么多人想当市长,没想到一个三十来岁的年轻人当了市长,不除掉他,别人上得去吗?

上边有个纪检书记来查你的问题,眼看着就要查出事情来了,不除掉他,你脱得了身吗?既然都在黑道上闯荡,互相不帮着点行吗?我的事,你来帮,你的事,我来帮,干净利落,查无实据,就是你们说的,没有动机,你还查什么?

魏德华:所以,你就出主意让胡大高、范小四他们,替安永红除绊制造了一起车祸,让新来的张市长死于非命;而安永红他们制造了一起爆炸事件,差点没让那个纪检副书记粉身碎骨?

王国炎:哈哈哈哈!我给你讲了半天了,你怎么才反应过来?脑子这么迟钝,又怎么能当得了刑警队长?我还要告诉你,安永红、胡大高、袭跃进他们要不是后面有硬后台,他们怎么敢做出这样的事情来?再给他们十个胆子他们也没这气魄!你知道不知道他们的后台是谁?又是谁暗示让他们除掉那个张市长的?就是管着你们的头头,市政法委书记宋生吉!哈哈哈哈……眼睛又瞪了吧?我讲的这些,你们不是要给上面的领导汇报么?一会儿你就把这些告诉他,看看他是什么反应,哈哈哈哈!

魏德华:……难怪别人都说你胡说八道,你说的这些事情在别人眼里岂不全是天方夜谭?

王国炎:哈哈!我知道你是什么意思,我会让你们心服口服、深信不疑的。你听着,你知道不知道那起爆炸案的炸药是从哪儿来的?又傻眼了吧?告诉你,就是在我们古城监狱里弄出去的!

魏德华:……古城监狱什么地方有炸药?

王国炎:什么地方有炸药?古城监狱有铁矿呀!铁矿里面还能没有炸药?哈哈!这下明白了吧?如果你们有权提审别的犯人,马上就可以去问一大队二中队的那个外号叫马小山的犯人,炸药就是他给拿出来的。还有一个人,你们也可以马上就去提审,就是安永红手下的一个叫老熊的保镖,那小子是个爆破专家,现在红得很,你要是在他家里搜不出炸药来,就把我的眼睛挖出来当泡踩!

魏德华:既是爆破专家,又怎么能肯定是他参与了那起爆炸案?又怎么能证明是他用了监狱铁矿的炸药?

王国炎:这你就外行了不是?他要是拿他平时用的那些炸药作案,一查不就查出来了?他只能用别的地方的炸药,而最安全的就是监狱里的炸药,可他就没想到,监狱铁矿的炸药也都是有记号的,还有那些雷管和导火索也都是专用的。这件事我要是不给你们说,你们会到监狱的铁矿里来查吗?还有,那辆让市长出了车祸的东风车和面包车都是哪儿的,你们查了几个月了,到底查出什么线索了?

魏德华:你不是说主意是你拿的吗?继续往下交代。

王国炎:哈哈哈哈……又他妈的傻了吧!告诉你,那辆东风车和那辆面包车都是监狱里的车!他们借了监狱里的车,然后挂上假牌照,想想你们怎么会查得出来!你们查遍了世界上的车,做梦也不会想到这两辆车会是监狱里的车,是不是?哈哈!不相信是不是?又是胡说八道,天方夜谭是不是?告诉你,你们现在就可以到监狱车库里去查一查,那辆东风车底盘上我可是刻了字的,上面写着我的名字和年月日,有一溜字我前几天还看过,仍然清清楚楚,上面写着,谋杀市长的作案车。不信?不信我现在就领你们去察看,怎么样……哈哈哈哈!

三十七

挖到一米多一点的时候,代英的心一下子紧缩了起来。

一个大约一尺见方像是个塑料桶似的东西裸露了出来。

确实是一个塑料油桶,但封口被切开了,就像个箱子一样。塑料桶外面用厚厚的聚乙烯袋子裹着。

塑料桶里仍然有一个被聚乙烯袋子裹着的包袱一样的东西。

再里面是一个铁盒子,里面满满地糊着一盒子黄油。

黄油里面裹着的东西着实让代英大吃了一惊：

一共有三支手枪，四十多发子弹！

老天！这个王国炎简直就是个魔鬼！以这些东西埋藏的情形来看，至少也有一两年的时间了，这就是说，这些武器和子弹其实是在王国炎入狱前就埋进去的！这一收获太重要了！

代英像是累垮了似的呆呆地看着眼前的这些东西，好久好久也没动一动。

王国炎的同伙们之所以拼死拼活地要闯进来，难道就是为了这些东西？

他有些下意识地摇了摇头。

以现场的情况看，如果他的同伙要是知道这里埋着东西，只怕早就给挖出来了，绝不可能一直掩藏到现在。至少也会在昨天得知了危险的信息后，就立刻把这些东西挖走。他们绝不会把这些能要了他们命的东西，就这么一直埋在这种地方。

这些枪支极有可能是王国炎一个人悄悄埋在这里的，他并没有让任何人知道。他不让他的同伙知道，最主要的原因大概就是为了对他的同伙们进行挟制。只要这些证物还在他手里保存着，他们就不敢对他怎么样。他一旦发现自己的处境有危险，就可以立刻把这些东西交代出来，从而置他们于死地。

王国炎现在之所以主动把它交代了出来，很可能是他感到了绝望，感觉到了危险。也许，这也可能是一个最为严重的警告，可能他会认为，这样的"信息"一旦发出，他的同伙立刻就可能得到，然后就会立刻采取行动，想尽一切办法把他从监狱里"营救"出去。

当然，这一着王国炎是大大的失算了，因为他做梦也没想到，此时此刻，有一个行动小组正在他的家里实施突击搜查任务，在他刚刚交代了几分钟后，这些东西就已经极为秘密、无人知晓地落在了几个公安手中。

真正是谋事在人，成事在天！人算不如天算，如果在几分钟之前代英他们离开了这里，或者是那些人没能被阻挡在院外，那一切都将会是一个未知数,只能是另外一种局面了。

看来,自己死死地坚持在这里是做对了,即使是那两声枪响,也只是让他在院门口增加了一个岗哨,并没能让他从这里撤出去。

几分钟过去了,代英仍然在沉思着。

虽然可以说已经取得了巨大的收获,但一直萦绕在脑子里的那个巨大的疑问并没有消失。

如果王国炎所埋这些东西从未让他的同伙知晓,他的同伙也始终不知道就在这个院子里埋藏着足以让他们死罪难逃的铁证,那么,他们舍生忘死地要冲进来的目的究竟是为了什么?

在这个院子里究竟还掩藏着什么让他们如此亡魂落魄的东西?

现在的收获充其量只是个意外的收获,属于歪打正着。

代英看了看时间,随即发出命令,搜查时间再延长一个小时!把院子里屋子里所有的灯全都打开,由秘密搜查立刻转入公开搜查。

代英的心里此时已经踏实了许多,即使那些人在此时此刻冲了进来,也一样可以对他们名正言顺地采取任何行动。

因为情况已经发生了重大变化,刑侦人员已经在这个宅院里找到了重大罪证。这一重大罪证足以支持对任何试图冲进这个宅院里的人实施强制措施。

史元杰想来想去,最后还是决定给胡大高和范小四他们去个电话。

既然给贺正雄打了电话,那就必须给胡大高和范小四他们打电话。就算魏德华给自己出的是个馊主意,完全是个错误,但事到如今,也只能是一条胡同走到底。

何况,还有老局长一直到现在仍然下落不明,尽管他已经委派了好几个人去打探寻找,但也一直没有任何消息。现在给这两个人打过去电话,至少也有一定的震慑作用。

魏德华的话有一点并没错,你给他们打电话,至少也可以分散他们的注意力,让他们必须拿出一部分精力来对付你。

已经是深夜了,没想到胡大高手机居然还开着。这帮家伙,看来,确实都还没睡,他们现在都在干什么?

手机只响了三遍,便传来了胡大高嘶哑的嗓音。"胡大高,请讲。"声音又急又快,就像是部队正在执行任务、等候命令。

"我是史元杰。"史元杰有意停顿了一下。

胡大高也许根本没想到史元杰会在这时候给他打来电话,像是吓了一跳似的,迟疑了好半天才说:"……史,史局长吗?"

"我是史元杰。"史元杰的声音并不高,但显得极具威慑力。

"史局长……什么事?"他似乎在努力地抑制着自己的吃惊,但嗓音仍然有些发颤。

"四十分钟后,你和范小四到我这里来一趟。"

"到,到你那儿去一趟……史局长,你现在在哪儿?"这一次的惊吓似乎更大,话音明显地结巴了起来。"……让我们去哪儿?是不是,出,出了什么事了?"

"市局,还没听清楚吗?市公安局!我在办公室等你们。"

"史局长,这么晚了……什么事呀?"

"什么事?"史元杰一副冷冰冰的口气。"你是装糊涂还是真不明白?要是真不明白,来了我会告诉你的。"

"史局长……"

没等胡大高的话说出来,史元杰已经关上了手机。

史元杰紧接着拨通了市局值班室的电话。

"值班室吗?我是史元杰。"

"史局长!我是小张,你回来啦!今天那么多的人一直在找你。"

"都是什么人,拣要紧的说。"

"来电话最多的是市政法委宋生吉书记和地委贺正雄书记,他们都说有急事,要我们马上找到你。另外,地委郝书记和马专员也让秘书来过电话,说是关于什么干部任免的事情,让你一回来就给他们去电话,如果今天太晚了,无论如何也要在明天上午给他们回个电话。还有,你爱人也来过好多次电话,说让你一回来就给她打电话……"

"好了,知道了。"史元杰打断了值班员的话,"告诉你,半个小时后,东关村的胡大高和范小四要到市局来见我,如果我没有回去,你就负责给他们安排个地方等我。这两个人你知道吗?"

"知道。胡大高我见过的。"

"那就好,你见了他们俩,就告诉他们我有事出去了,让他们等着。我的意思你明白了吗?"史元杰似乎在暗示什么。

"史局长,你是不是还得好一会儿才能回来?"

"这个你别管,就只对他们说我有事出去了,让他们耐心等着就是。明白了吧?"

"明白了。"

"让他们坐在你能看到的房间里,最好能放上一壶水,别的话什么也别给他们说,只让他们等就是了。如果有什么事,我会给你去电话的。"

"明白。"值班员已经完全是一副执行任务的口气了。

"还有,除了魏德华、何处长和省厅的领导,任何人打来电话,都说我出去了,口径一致,别的一律都推说不知道。"

"明白!"

…………

史元杰紧接着又拨了一次处长何波的手机号码,仍然没有开机。

他默默地摇了摇头,又给何波打一个传呼:

何处长,请立刻打开你的手机,或回电回呼,苏厅长一直在等你的电话!

省公安厅厅长苏禹接到代英打来的电话时,已经快午夜十二点了。三支手枪,四十多发子弹!太让人振奋了!

紧接着,在不到十分钟的时间里,令人振奋的消息接踵而来。

史元杰再一次打来电话,说魏德华在古城监狱又有重大突破!

重大突破的惊人之处在于,一个服刑人员交代出来的问题,确实与十多年来一直未能破获的十数起大案要案密切相关!

令人深思的是那两个交代出来的车号,75638 和 20277,更是一次

· 475 ·

重大的发现。因为以前根本就没意识到这一点:两个被丢失的跨地区的车号会是被同一伙人所利用。下午代英打来电话再度提起 20277 这个车号时,虽然立刻就知道了那辆白色丰田吉普挂的是个假牌照,但却没能意识到这个牌照会同数百里之外的另一起谋杀案联系起来。而现在这么一联系,许多疑点似乎在这一瞬间全都迎刃而解了。

把这里的车牌挂在那里,把那里的车牌挂在这里,在两个地方作案的车辆,却是相反两个地方的车号!简直无所不用其极,想绝了,做绝了!

20277 本是两年前失踪的一辆红色桑塔纳轿车的牌照号码,这辆车在当时失踪一个星期后,车主和一个年轻女人的尸体同时在省城的东湖被发现。一个月后,这辆红色桑塔纳出现在一起持枪抢劫运钞车的现场。一辆外地牌照的解放牌大卡车与迎面而来的运钞车突然相撞,运钞车的司机和保卫人员下来质询情况时,被大卡车上的两个司机当即掏枪打死。与此同时,从那辆紧跟而来的红色桑塔纳内蹿出两个人来,径直冲向运钞车,看守钱箱的男看守当场被手枪打死,另一女看守因死死抓住钱箱不放,被枪柄打昏在地。随后四名歹徒抱起钱箱一起乘坐那辆红色桑塔纳逃离了现场。当时尽管也有现场目击者记住了这辆红色桑塔纳的车牌号码,但事后查证,那个车牌号码也同样是个假号码。事实上案发四个小时后,那辆红色桑塔纳便在市郊的一个小树林里被发现,案犯早已弃车逃之夭夭。

这一天是 4 月 17 日,遂被称为"4·17"特大持枪抢劫案。

王国炎恰是在"4·17"案发两个月后被捕入狱的。

然而,没想到就在今天下午,在一辆突然出现的丰田吉普车上,竟看到了这个车牌号码!

两年来一直未能破获的惊动中央的"4·17"特大持枪抢劫运钞车案,竟然在数百里之外的一个监狱服刑人员的交代里再次露出了线索……

这一线索的意义实在是太重大太重大了。

尤为重要的是,当把这两个车号与同一伙人联系起来时,立刻就可以证实,王国炎所交代出来的那些内容,特别是有关"1·13"一案的那些交代,肯定是有重大嫌疑的。事实上似乎也正是如此,王国炎所交代出来的这些,好像都是在尽力向人表明,他所讲的全都千真万确,他没有说假话。

"1·13"特大抢劫杀人银行案,"4·17"特大抢劫运钞车案,还有市长车祸案,20277桑塔纳轿车失踪案和75638吉普车失踪案,以及那十数起尚无法证实的凶杀抢劫案,被一个在监狱服刑的犯罪嫌疑人有机地联系在了一起……

两个跨地区的黑社会性质的犯罪团伙,以一个服刑人员为交汇点,形成了一个更大的带有黑社会性质的犯罪集团。这个犯罪集团已经打通了方方面面的关系,已经把自己的触角伸进了国家的行政机关、银行系统、法律部门、工矿企业、专政机构……从而布下了一张张通天大网,在国家的各个角落进行疯狂的挖掘、蚕食、掠夺和抢劫!

苏禹再次看了看表,然后毅然决然地拨通了省委书记的电话。

几分钟后,他再次拨通了公安部的电话。

代英从院子里回到屋子里,十几分钟过去了,手机一直打得没停。

几乎是一个接一个。这个还没打完,BP机的传呼声便已响了起来;通完话,BP机上的号码还没看清楚,另一个电话又打了进来。

第一个打来的是东城刑警队队长武晓伟,他问到底出了什么事,市局刑侦处会不打招呼直接在东城区单独执行任务?

代英想了想没说别的,只说有个人被绑架了,他们是奉市局的指示在这里执行任务,市局领导会在任务执行后给分局领导予以解释的。

武晓伟有些不满地发着牢骚:"这也太没章程了吧,不管怎样,就算是上级对下级,也该打个招呼的吧,这让我们多没面子。我告诉你,我先提前给你打个招呼,我们局长让我们马上派人过去,你们那儿就是有天大的任务,但既然是在我们东城,由我们东城予以协助,这总是天经地义,没什么可说的吧。代处长,我可是提前给你打招呼了,到时候可别再发生什么让人不愉快的事情。"

代英强压着心头的火气,竭力耐心平和地解释着:"我给你说过了,这是市局领导同意了的,我们执行的是特殊任务。如果你们还是信不过,就让你们的领导直接给市局领导打电话好了。一问便知,根本用不着你们半夜三更的兴师动众。"

武晓伟也许是听出了什么蹊跷,越到后来口气反倒越发强硬了起来。"代处长,像这样的事情,程序上应该是上面给我们下面打电话,哪有下面给上面打电话的道理?再说,这么晚了,我们能给哪个市局领导打电话?你也知道的,在上面没有给我们打招呼的情况下,遇到类似的事情,一般来说,我们都有权以违法违纪行为处理。代处长,你也清楚,部里今年连着下来了那么多红头文件,就是要整顿警务,严肃警纪。像今天这件事,我们局长的火气大了,县官不如现管,你说我该听我们局长的,还是该听你的?"

代英终于被武晓伟的话激怒了,"武队长,话我已经给你说清楚了,你要是仍然不相信,也仍然不想给市局领导打电话,那你就过来吧!我等着你!最好把你们的那位局长也带过来!不过,有一句话我要告诉你,当然也请你转告给你指示的某些人,你们东城分局的个别人,从今天下午一直到现在,对我们的干涉和扰乱就没有停止过!如果说现在打电话晚了,下午打电话也晚吗?晚上十点以前打电话也晚吗?你们究竟想干什么?究竟怀的是什么目的!平时那么多案子,请都把你们请不出来,现在这儿刚刚出了这么个案子,而且我已经明明白白地告诉你了,这是市局领导批示了的案子,还有我这个处长亲自在这儿,但你们还是像苍蝇见了血一样往这儿凑,武晓伟,你这么做,究竟是什么意思?你到底是在干什么!你要是实在想不明白,那就带着你的刑警队过来吧,让我这个处长当面告诉你!然后再当着你的面给市局领导打电话!"

代英没等对方再说什么,就猛一下挂断了手机。然而,一挂了电话,他立刻就对自己刚刚说过的这番话感到有些后悔了,真是滑稽可笑,愚不可及。市委书记的外甥是他们的副局长,如果这个刑警队长真是个势利眼,别说你一个小小的刑侦处长了,只怕是市局的局长他也不会放在眼里。有一个市委书记的外甥在后面撑腰,你的那些话对他来说,岂不全是耳旁风?

就在这当儿,手机又响了起来。他原以为还是武晓伟打来的,没想到却是一个陌生而生硬的声音:

"喂,请问你是谁呀?"

"……你是谁?"代英没有好气地反问道。

"我是东城交警队的,请问你是市局代英处长吗?"

"……我是。"代英突然意识到了什么,"什么事?"

"我们这儿出了一起交通肇事案,有两个肇事者,一个姓刘,一个姓樊……"

"没错,一个叫刘刚,一个叫樊胜利,都是我们市局刑侦处的民警,他们是在执行任务。"

"你确实是代英处长吗?"

"我是。"代英一时竟不知道该怎么证实自己的身份,"确实是,绝对没问题。"

"如果确实是代处长,那就赶紧派人把他们拉走吧。他们的情况很危险,听见了吗?一定要快。"

"……他们怎么了?"代英顿时愣在了那里,"他们都在你那里吗?"

"是的,他们现在都在我们这儿。代处长,他们两个都受了重伤,流血很多,那个姓樊的伤得尤其重,一直在吐血,颈椎可能也有问题。"

"既然这样,那还让他们在你那里干什么!就那么一直看着他们流血,看着他们吐血吗!"代英突然发狂一样地怒吼了起来。

"代处长,我们现在在街上。他们一直还在大街上躺着,几分钟前我们才接到举报电话,说这里有人在打架斗殴,我们刚刚找到了这里。那个姓刘的刚才还能说话,所以,我们才知道了你的名字和手机号码,其实,我们的同事这半天一直在这里给他们拦车,因为他们俩的伤势太重,必须得要一个能让他们躺下来的车……"

"他们不是有一辆大卡车吗?那个大卡车可以送他们去医院呀!"

"……大卡车?没有啊?这里什么车也没有,我们已经问过附近的人了,说他们两个一直在大街上躺着,根本没有人管……"

"……大街上!你是说他们一直在大街上躺着!那他们的车呢?他们是让谁打伤的?躺了多久了?"

"代处长,你不要激动。你听我说,现场已经完全被破坏了,我们没看见他们的车,也不知道他们是怎么被打伤的,但有一点是清楚的,他们已经在这里躺了很久很久了……"

"……在大街上躺了很久很久了,怎么就一直没人管!你们交警都干什么去了!那么多过往车辆和行人都没有看见吗!一个个眼睛都瞎了吗!现在的世风怎么会变成这样!怎么会变成这样……"大颗的眼泪止不住地从代英的脸上滚了下来,突然间,他好像终于清醒了过来似的,"……对不起,我太冲动了。喂,你能告诉我你的名字吗……安治国,小安,你听我说,我现在正在执行任务,马上赶不过去,请你无论如何把他们就近送到最好的医院,花多少钱也别在乎,一切都包在我身上……拜托你了,你有手机吗……太好了,我马上就会派人跟你联系……谢谢,谢谢,到时候我们刑侦处一定会好好感谢你们的,一定会……"

代英脸上的眼泪还没顾得上擦去,手机再次响了起来。

"……代处长,我是郝永泽。"

"我听出来了。"代英竭力想让自己平静下来,但嗓音还是阵阵发颤。

"你的手机刚才一直占线,可把我们急坏了。"

"出什么事了?"

"刚才东城分局刑警队来了十几个人,非要闯进去不可。"

"让他们来吧!这些个王八蛋!一个个都不得好死!"代英突然大吼起来。

"……代处长,你怎么了?"郝永泽分明被吓了一跳。

代英也立刻感到了自己的失态,赶忙和缓了口气说,"……你往下说吧。"

"代处长,是这样,我们跟他们僵持了一会儿,后来他们不知道因为什么又突然走开了。代处长,刚才我和郭曾宏分析了半天,是不是他们跟你通电话了?"

"是。"

"要是这样,我们就明白了。不过,代处长,我看他们并没有走远,都还在不远处待着,我有一种预感,我觉得他们随时都还会再来。"

"不怕,他们想来就让他们来吧!反正这次行动已经成了明的,没什么可保密的了。你马上跟赵新明联系一下,看他那里的情况怎么样?如果不怎么要紧,请他马上过来增援,最好再让他叫过几个人来,你告诉他已经有了重大突破,我们马上还会采取大的行动……"

"代处长,赵新明他……"

代英从郝永泽的嗓音里听到了一种异样的东西。"……赵新明怎么了?……说呀!"

"……代处长。"郝永泽突然哽咽了起来。

"……说话!赵新明到底怎么了!"

"我们刚刚联系过,代处长……赵新明可能不行了。"

接到苏禹的电话,史元杰没用了十分钟便赶到了厅长苏禹的办公室。

尽管已经是深夜了,苏禹仍然毫无倦意,精神十足。

一见到史元杰,苏禹便把一份报告递了过来,"我以你的名义让办公室打了一份请示报告,你马上看一看,如果没什么不妥的地方,我们马上去见省委书记肖振邦。"

请示报告非常简单,只有短短的几句话。

省委肖振邦书记并转省政法委谢宏鸣书记:

9月11日凌晨,我市公安局接到古城监狱侦查员报告,认为古城监狱一服刑人员王国炎有重大余罪嫌疑。经查,该服刑人员确实与数起特大抢劫杀人案有关。因情况紧急,需尽快将该服刑人员提交我公安机关进一步讯问审查,特此报请振邦书记和宏鸣书记,请予以批示。

报告很短,纸张很大,上下左右都留有很大的空白。史元杰一看就明白,这是有意留给领导做批示的地方。

报告虽短,但史元杰看得出来,这份报告是下了功夫的。面面俱到,滴水不漏,任何人也看不出有什么问题,更看不出这里面会有什么背景。进可以攻,退可以守,全看你如何解释,见机行事了。

史元杰看完说:"挺好,我看没问题。只是这么晚了,肖书记是不是已经睡了?"

苏禹一边穿衣服,一边说:"我刚通过电话,肖书记在办公室等着我们。"临出门时,苏禹阴沉着脸压低声音交代道,"元杰,你听着,有些问题我给肖书记也打了埋伏。一会儿见了肖书记,有关省委常委周涛和省人大常委会副主任仇一干的情况,我不让你说,你一个字也别提。还有,古城监狱的管理情况,暂时什么也不要说。汇报越简短越好,千万不要复杂化……"

省委书记肖振邦一边看着请示报告,一边指了指沙发,"坐吧。暖壶里有水,自己倒。"

一个简短的请示报告,肖振邦看了足有五六分钟。

苏禹和史元杰都默默地坐着,一动不动地注视着省委书记的面部表情。"你们没给古城监狱交涉过?"肖振邦轻轻地把报告放在办公桌上,然后问了这么一句。

史元杰愣了一下,转脸向苏禹看去。苏禹并不看他,也并没有让他回答的意思,他坐正了身子,平心静气、神色自若地说道:"肖书记,古城监狱是省管监狱,现在的监狱也都是条条管理,地方没有管辖权,省公安厅也无权过问。如果我们直接同古城监狱交涉,古城监狱可能还得向省监狱管理局和司法厅报告请示,这样一来,至少两三天也批不下来。我们担心的是,时间一长,万一出了什么疏漏,很可能使情况变得复杂起来,说不定还会出现大的意外。"

"这个你刚才在电话里已经给我讲了。"肖振邦显得认真而又耐心。"我的意思是,你们同古城监狱交涉过没有?"

史元杰再次有些发愣,这是一个更难回答的问题,看来,想打肖书记的埋伏并不容易。史元杰看了一眼苏禹,苏禹也已经转过脸来看着他。史元杰明白,这是一个苏禹不能回答,必须由自己来回答的问题。时间已经容不得他多做考虑,他赶忙答道:"肖书记,是这样。"史元杰一边字斟句酌地说着,一边困心衡虑地思考着。"我们曾经向有关方面质询过,也同古城监狱的一些干部交换过意见,他们基本上都是这个意思。"

"什么意思?"肖振邦问。

"……他们说现在像这类情况,一般都由监狱方面自己来处理,如果确实需要公安机关协助处理时,都必须报经省监管局和省司法厅批准。"

"你还是没有正面回答我的问题。"肖振邦的神色突然变得格外严肃。"我的问题是,你们在得到消息后,是不是正式同监狱方面交涉过?是不是给他们正式打过报告?"

史元杰顿时被逼在了绝路上,看来只有实话实说了。"……交涉过,也打过报告。"

"这就是说,你们的交涉和报告,古城监狱的领导没有同意。你说的这些话其实是古城监狱的领导说的?"肖振邦紧追不舍。

"……是。"史元杰别无选择。

肖振邦沉默片刻,又问:"古城监狱对此案的态度怎么样?"

"他们说要自行处理。"史元杰说。

"怎么处理的?你们知道不知道?"肖振邦仍然在追问着。

"……据现在我们得到的情况,好像还没有开始处理。"史元杰感觉到额角上的汗水直往外冒。

"那这个犯人的情况,你们公安机关是怎么得到的?"省委书记的问话几乎全都是焦点问题。

"我们通过古城监狱的个人关系,对这个犯人进行了秘密讯问。"史元杰只能和盘托出。

"那么,从严格的意义上说,你们的行为在程序上其实是不合规定,也是不合法的,是不是?"

"……我想是这样。"史元杰抹了一把头上的汗水。

"所以,我们才求助于省委和省政法委,我们实在是不得已而为之。"苏禹赶忙插话解释。

肖振邦并不看苏禹,仍然直视着史元杰。"你给我说实话,对这个案子,古城监狱的领导为什么会不同意你们介入。"

"我们也一直在怀疑,古城监狱的一些领导会不会有可能卷入了这个案子,甚至有意在为这个服刑人员开脱罪责。"史元杰并没有下结论,也没有把话说死。

"可能性会有多大?"肖振邦问得很细。

史元杰想了想终于说道:"基本上可以肯定。"

"是不是一些主要领导也卷进去了?"肖振邦仍然不依不饶。

"……我想是。"史元杰再次抹了一把头上的汗水。

肖振邦此时终于把脸转向了苏禹。"苏禹,你刚才在电话里说,这个服刑人员交代出来的情况,给'1·13'和'4·17'案件提供了重要线索。我现在要问的是,如果这两起大案确实与这个服刑人员有关,是不是涉及了一个很大的犯罪团伙?"

"极有可能是。而且还可能是一个跨地区的,带有明显黑社会性质的重大犯罪团伙。"苏禹似乎也一改初衷,说得斩钉截铁,坚决果断。

"如此说来,此案的社会背景很深很大?"肖振邦紧接着便问了这么一句。

苏禹不禁愣了一愣,也许他也没想到肖振邦最终会问到这里。

肖振邦没等苏禹回答,又问了一句:"如果不是有很深很大的背景,你怎么觉得一旦拖下去,情况会变得复杂起来?甚至可能会出现大的意外?如果没有很大的阻力,你又怎么会在半夜三更这么着急地让我在这个请示报告上签字?看看你写的这个请示报告,你说说,你跟我玩的是什么把戏?"

肖振邦的脸上并没有任何笑意和幽默的表情。

苏禹赶忙说道,"我们目前还没有找到确切的证据,只有把这个服刑人员提交给我们公安机关,才能做进一步的……"

肖振邦立刻打断了苏禹的话,"你到现在了还给我打埋伏。我问你,这个案子从你们目前得到的情况看,究竟涉及哪一级的政府机构,哪一级的法律部门,哪一级的权力机关?涉及的官员最大的级别是到了县处级,厅局级,还是省部级?"

"肖书记,现在都还只是怀疑,都还没有最后证实,确实不好说……"向以干练果决著称的苏禹,此时竟有些结巴起来。

语气一直都非常平静的肖振邦突然把桌子拍了一下:

"我现在并不是向你要罪犯,我问的只是嫌疑人!嫌疑人!你懂不懂!你这个公安厅长连这个也听不明白!"

办公室里的气氛就像爆炸了一样一下子紧张了起来,史元杰甚至感到,今天的事情十有八九的要泡汤了。

也就是那么几秒钟的时间,肖振邦的口气立刻又缓和了下来,但脸色依旧是那么严峻:

"我首先要说明的是,我这个省委书记绝不是想插手办案,对你们的事情指指画画。但既然得我批示,那就得让我批个明白。如果没有重大问题,你们会深更半夜地跑来找我这个省委书记?要我这个省委书记在一份谁也看不明白的报告上写上'同意'两个字,然后再写上我的名字?这既是权力,也同样是责任。我必须对这两点负责。你刚才在电话里也说了,说如果这个服刑人员能顺利地移交公安机关,根据他提供的证据和线索,你们将会很快采取一次大的行动。而且你刚才还说,我们面对的,极有可能是一个跨地区的,带有明显黑社会性质的重大犯罪团伙。什么是黑社会性质?既然是黑社会性质,那就说明他们已经在我们的政府机关中找到了他们的代言人!如果还是重大黑社会性质的犯罪团伙,那就说明他们已经在我们的高层官员中找到了他们的代言人!如果没有一层层的保护伞,他们又怎么会成了黑社会!又怎么会在这么长的时间内逃脱了法律的制裁和严惩!我要你们说实话,就是有个思想准备,我相信你们,你们也应该相信我!"

一阵沉默。

苏禹等到肖振邦平静下来，显得格外歉疚地说道："肖书记，本来我们想在案子彻底破获了后，再给你详细汇报的……"

"不是给我汇报，而是要给省委汇报，要给全省的老百姓汇报！"肖振邦再次打断了苏禹的话。"这两个案子也是中央一直在关注的案子，我们将来还要向中央汇报！说实话，听到'1·13'和'4·17'大案有了线索，我像你们一样激动。这两个大案一直没有破获，你们有责任，我更有责任！作为省委书记，我都没脸在你们公安系统的会议上讲话露面！"

史元杰终于忍不住地说了一句："肖书记，最应该检讨的是我，这确实是我们的失职……"

苏禹也接着说道："肖书记，都是我不对，我想的太狭隘了……"

"好了好了，现在还不是检讨的时候。我的这些话也没有什么别的意思，更不是想责怪你们，你们也一定不要有什么想法。"肖振邦摆了摆手说道。"积重难返，我心里也着急呀，事情越堆越多，工作越拖越乱，问题越压越大，盖子越捂越厚。一方面，我们的干部对任何事情都司空见惯，麻木不仁，睁一只眼，闭一只眼，当一天和尚撞一天钟；另一方面，又谁也不相信谁，不是装神弄鬼，就是疑神疑鬼，一级哄一级，一级推一级，上级敷衍下级，下级蒙骗上级。是非不分，好坏不分，什么话也敢说，什么事也敢做。小道消息满天飞，国家机密、政府机密，统统成了夸口和炫耀的资本。这里的会议还没有开完，决定还没有做出来，会议内容在那里就早已成了人人议论的话题。权钱交易，跑官卖官，助纣为虐，结党营私，吃吃喝喝，吹吹拍拍，你护着我，我保着你，傍大款，泡小蜜，几乎成了一些人的追求和时尚；责任感，使命感，组织观念，法律意识，反倒成了让人嗤笑的迂腐行为和陈旧观念。做事情，干工作，客观为社会，主观为自己，纯粹成了一种装饰和摆设。有人说这是官僚主义，仅仅用'官僚主义'这几个字就能推脱掉这一切？这是腐败，严重的腐败！这是政府和权力机关工作作风上的最大腐败！亡国之兆！如果不及时把这种风气扭转过来，有朝一日非出大问题不可。如果整个政府机构、权力机关都是这样的风气,那么,整个社会肯定都会出问题,每一个环节都会有问题,而且是大问题。就像现在发生的这些大案要案,大得都通天了,实事求是地说,这能把责任全都推到你们公安身上吗?"

一番话,直说得史元杰两眼发湿。

末了,苏禹终于说道:"肖书记,根据我们现在掌握的材料看,省人大副主任仇一干很可能同这个犯罪团伙有牵连,他有一个干侄子叫仇晓津,据那个服刑人员交代说,他们曾有过多方面的联系。"

肖振邦点了点头,并没有流露出任何吃惊的表情。"有关仇一干的情况,省人大的主要领导已多次给省委谈过,高检、中纪委和全国人大也批回过多起举报材料。对那个叫仇晓津的,我们也已经注意到了,我现在可以把这个情况告诉你们,仇晓津已经在我们安全机关的监控之中。他不仅有走私贩私的嫌疑,而且还有大量套汇骗汇、向国外转移大笔资金的犯罪嫌疑。他不仅可能同国内的犯罪组织有联系,而且很可能同国外的黑社会组织有联系。如果他确实同这两个案件有关,想来不足为怪。"

"还有一个人,我们现在确实还不能肯定他是不是跟这个案子有联系。"苏禹接着说道,"他就是省委常委,我们省城的市委书记周涛。"

"周涛!"肖振邦愣了一愣,但紧接着便摇了摇头。"我刚才也想过了,这不太可能。你们知道么?'1·13'一案牺牲了的那位营业部主任,就是周涛的亲姐姐。周涛小时候父母多病,他们弟妹几个几乎都是姐姐一手带大的。周涛曾多次给我讲过这个案子,对此他愤恨不已,一提起来便泪流不止,一直盼着此案能早日破获。"

"这个情况我们也知道,但有一个新的情况我们正在落实,周涛的姐姐很可能是被他的外甥给谋杀的。据那个服刑人员交代,'1·13'一案的主谋就是周涛的亲外甥姚戬利。"苏禹说道。

"……哦!"肖振邦像是吓了一跳似的愣住了。"周涛的外甥谋杀了周涛的姐姐!这怎么可能!"

"根据那个服刑人员交代出来的情况,我们经过认真周密的分析,这种可能性确实是存在的。"苏禹继续说道,"另外,根据我们省城公安机关现在掌握到的情况,周涛的外甥也很可能参与了阻碍我们破获此案的破坏活动。"

"周涛的外甥是干什么的?"肖振邦问。

"东城公安分局主管刑警的副局长。"苏禹说到这里,停顿了一下,又接着说道,"那个服刑人员的家就住在东城,'4·17'一案的发生地也在东城,刚刚发生的与此案有关的那起绑架案也还是在东城,还有,我们在执行对此案的侦查任务时,受到阻力最大的地方也仍然是在东城。肖书记,今天已经有几个干警在东城区执行任务时,负了重伤……"

肖振邦的脸色顿时变得威严而可怕。良久,他才接着问道:"就这些吗?估计还会有哪些政府官员?"

苏禹看了一眼史元杰,史元杰立刻接过话茬儿说道:"除了古城监狱的一些领导外,我们地区的地委副书记贺正雄,还有市委的政法委书记宋生吉,都可能与此案有染。这只是初步的判断,如果此案能顺利快速地破获,据我们估计涉及面也许还会扩大。"

肖振邦沉默了一阵子,然后拿过笔来,一边把那份请示报告放在眼前,一边说:"对破案我是个外行,但我有个感觉,我想,如果这真是一个黑社会性质的特大团伙,很可能还会牵扯出一些更大的人物来。不仅我得有思想准备,你们也一样要有思想准备。不过,有一点你们应该相信,对你们的行动,省委省政府,包括省人大,省政协,省纪检委,以及各级政法部门都会全力支持你们。但政府的行为往往是抽象的,而一些个人的行为才是具体的。具体的行为有时则是很难对付的。所以,我现在惟一替你们担心的是,等破获了这些大案要案后,阻力可能会更大,麻烦会更多,局面会更复杂,甚至还会有更多的牺牲!咱们丑话说在前头,真要到了那一天,真的出现了那种局面,首先我绝不会给你们任何人打招呼,你们也绝不要再给我打埋伏,更别想给我走后门。谁硬到最后,谁才是真正的英雄好汉。"

肖振邦说完,并没有要苏禹和史元杰回答什么的意思,径自刷刷刷地在请示报告上疾书了起来。

几乎是一挥而就,写完看了一遍,又在上面添了几笔。又看了一遍,这才放下笔来。

史元杰本来以为该结束了,没想到肖振邦又拿起了电话,看来是内部电话,只拨了几下,便拨通了。

"好了,你们马上过来。"肖振邦对着话筒只说了这么一句,便放下了电话。然后对他们说道:

"你们不用再跑了,我已经通知了主管政法的省委副书记杨帆和省政法委谢宏鸣书记,还有司法厅丁海云厅长和省监管局彭全刚局长,他们都已经来了,就在接待室等着,我让他们也马上在这份报告上签署自己的意见。一签完意见,你们立刻就可以部署下一步行动。你们两个听着,等他们来了,刚才你们给我说的那些情况,为保险起见,暂时一句也不要提。我明白你们刚才的意思,你们也应该明白我现在的意思。鉴于现在的局面,免得情况更加复杂,有些事情,我不能不有所保留……"

三十八

何波被 BP 机的震动惊醒了过来。

他挣扎着往起爬时,才发现自己压在另一个昏睡不醒的人身上。好一阵子,他才看清这个人正是跟自己一道而来的刑侦科的李副队长。

看来,李副队长也一样是挣扎着想往外走的,尽管他比自己年轻得多,但他喝得却要比自己多得多,所以,也一样没能挣扎出去。何波使劲地在他身上推了几把,根本没有任何反应,像死过去一样。

何波努力地站了起来,定了定神,踉踉跄跄地扑到门跟前。

门被反锁着,怎么拉,怎么摇,也纹丝不动。他试着喊了几声,但怎么也喊不出声来。嗓子完全哑了,而且疼痛难忍。紧接着他也意识到,就是喊出声来也一样没用,此时此刻不会有人给你开门。明天他们也许会给你做出种种解释,但现在绝不会给你开门。事实上你已经被软禁了,他们的目的就是要阻止你出去。你一个下台的公安处长,他们根本用不着怕你。如果今晚他们出了事,说不定还会拿你当人质。会的,如果真出了事,他们什么也干得出来。必须想办法出去。逃也要逃出去,这是目前惟一的选择。

头好疼。

他扶着墙壁慢慢地走进卫生间。打开灯,壁镜上现出一个苍白肿胀的面孔。鼻子也磕破了,嘴上、下巴上全是血迹。他拧开水龙头,几乎把整个脸埋在凉水里。一边冲着,一边大口大口喝着。足足冲了有四五分钟,脸上、头上、衬衣上,几乎全成了水淋淋的。他默默地站在那里,任凭脸上头上的水直往下淌。

终于彻底地清醒了过来。他摸了摸腰间,枪还在。他们还没有那么大的胆子,敢这么明目张胆地把枪拿走。看来,他们感觉到了危险,但还没有感到绝望。这帮王八蛋!真是闯了一辈子大江大海,临了会在这小阴沟里翻了船!走出卫生间时,他才感觉到还是这么摇摇晃晃的,就像踩在云端里一样。

他再次奋力地拉了拉门,依旧是徒劳无益。他走到了窗户跟前。窗门竟是开着的。一层薄薄的塑料窗纱,一捅就开了。探头往下看去,黑糊糊的什么也看不清。但从远处灯光的位置来看,他的房间好像是在一座楼房上。楼层不会太高,不会超过三层。就算是三层,攀住窗沿跳下去,应该没什么危险。真正危险的是,不知楼下会有什么东西。万一要是有什么障碍物或者栏杆之类东西,那就不保险了。他转回头来看了看床上,只有两个毛毯和两个被单。

十分钟后,他把两个被单拧成了一条三米左右的"绳子"。毛毯是化纤的,怎么撕也撕不开。他把这条"绳子"在窗框上系了个死结,然后从窗户上钻了出去。站在窗外的台沿上,他再次试了试"绳子"的承载力,看来没什么问题。

年轻的时候曾多次做过这种训练,如今却感到是如此的笨拙和吃力。他用尽全力拽紧了"绳子",先慢慢蹲下去,伸下一条腿,再伸下一条腿,整个身子终于都腾空了。一下,又一下,攀下去大约一米左右时,突然咔嚓一声巨响,系着绳子的窗框子一下子断裂成两截。等他意识到出了问题时,只听得又一声轰响,眼前陡然一阵火花迸溅,紧接着便什么也不知道了。

代英像呆了一样,他强忍着,泪水还是止不住地往下流。

案子现在几乎还没有眉目,就已经损失了他几员大将!他简直不能往下想,一想他们当时的情景,心就像刀绞一样。

当手机再次响起来时,他才意识到现在还不是悲伤的时候。

接完电话,他立即给刑侦处值班室打了个电话,命令他们立即派人赶往医院,对几个受伤的民警,要不惜一切代价,全力守护和协助抢救。要找到最好的医生,直接找院长提出要求。需要什么就满足什么。如果需要献血,刑侦处每个人都有义务,不管是领导干部还是一般警员。

一种强烈的无以遏制的情绪笼罩着代英,他觉得无论如何也不能失去他们,即使为此犯了错误,失去职务也在所不惜!否则,他永远也不能原谅自己。

紧接着,他给市局局长李辉和主管副局长易伟来打电话报告了行动的进展情况,同时汇报说他刚刚接到古城监狱方面的电话,说是王国炎又交代出一个重大情况。在东城公安分局姚戬利以前居住过的两间平房里,王国炎曾经瞒着姚戬利,把姚戬利当时要求立即销毁的一支手枪和一支锯短了的自动步枪,偷偷地埋在了平房后院的厕所旁。如果情况属实,这将是又一重要证据。鉴于目前发生在东城的一系列危急事件,他要求立刻对姚戬利本人及其住所采取行动,至少也要立即对其采取严密的监控措施,以防不测事件再度发生和事态进一步扩大。

李辉和易伟来的口径就像商量过一样,他们正在等待苏禹厅长的决定,一旦决定下来,他们将立刻通知他下一步的行动。同时并要求他尽快结束搜查行动,马上回局里着手为即将到来的大举措做准备。

打完电话,代英紧张地思考着。从目前搜查的情况看,除了挖出来的那几支枪,仍然是一无所获。他看了看表,已经快凌晨一点了。不能再逗留了,事实上有这几支枪,这一次的行动已经非常非常圆满了。撤吧,确实应该撤了。手机又一次响了起来。

"喂?代处长吗?"好像话筒被毛巾捂住了一样,声音有点模糊。

"……我是代英。"对方的声调让代英警觉起来。

"这么晚了,你好像还在执行任务,是不是?一个腐败的政府,值得你为它这么卖命吗?"对方的语气不愠不火,好像是要同他拉家常。

"你是谁?"代英一边问,一边迅速看了一眼手机上对方电话的显示,竟然是一个老式手提电话的号码。他迅速在脑子里记了下来。但他紧接着立刻意识到,记也没用。他既然敢打你的手机,就不怕你记他的号码。

"我是谁对你并不重要,重要的是你应该清楚你现在的处境很危险。有些案子,你本来不应该介入的。你是一个破案专家,但在政治上,却是个色盲。像你现在的行为,就太没有头脑了。"

"你到底是谁!"代英厉声质问。

"你一定不要激动,听我把话说完,说完了我还会有重要情况告诉你。"对方仍然不急不躁,平静而又温和,"像这样的案子,你破不了它,肯定有人要收拾你;你要是破了它,更会有人要收拾你。你想想,那么多的领导干部陷在这个案子里头,你怎么会有好下场?你再想想,这么大的案子,这么多年了一直破获不了,你们当警察的就真的都那么无能,都那么窝囊?你再好好想想,在破获这些案子时,和你同在一起的那些人,为什么有的免职,有的提拔?据我所知,你这个刑侦处长当了也有年头了吧,跟你同一个级别的,还有本来都在你手下的,一个一个的早都升迁的升迁,提拔的提拔,为什么就你一直还是这么个卖命送死的官儿?为什么到现在了还不醒悟,还这么死心眼儿?我现在要告诉你的是,现在退出还来得及。破不了案,要害自己;破了案,不止害自己,还要害别人。苦海无边,回头是岸。社会都变成这样了,你也不想想自己的后路?我这可不是在要挟你,吓唬你。就算你不为自己想想,也不为别人想想?也不为自己的同事想想?还有,你也不为自己的前程,不为自己的老婆孩子想想?整个社会都成了黑的了,你一个人能把它亮起来?你连你自己的同事部下都保护不了,连自己的监护人都保护不了,你就没想到自己和自己家人的危险?好了好了,你可能又要生气了,别的话以后再给你说吧。你一定要好好想一想。人无远虑,必有近忧,识时务者为俊杰。喂,你不是想知道我是谁么?我让一个人给你说两句话,你好好听着。"

手提电话里一阵窸窸窣窣、吱吱啦啦的响声,代英终于听到了一个微弱而沙哑的声音:

"……代,代处长,我是大宽。"

张大宽!代英发指眦裂,心惊肉跳,满身的血液直往头上涌来。"……老张!快告诉我,你现在在哪里!"

"……代处长,你千万不要来,我告诉你的情况……可能都是错的。"张大宽完全是一副屈服了的语气,话音软弱无力,然而代英却似乎听到了他的一种暗示。是不是他已经知道了自己被绑架的地方并不在王国炎家里?但也就在这一刹那间,就好像换了个人似的,话筒里张大宽的声音突然变得又急又快,几乎像喊一样,"他们把我的摄像带都撕了!还撕了好几封信!就在王国炎家里!他们有枪!有好几个……"说到这里,张大宽突然发出一声沉闷的呼叫,随即听得扑通一声,又听得有什么人嚷嚷了几句,手提电话立刻便被人关掉了。

罗维民像一尊怒目金刚一样威风凛凛地站在会议室门口。

他的这一声大喝,好像让会议室里的气氛一下子凝固了。站起来的人,正往外走着的人,还有正嚷嚷着的人,就像被施了定身法一样,全都一动不动地震僵在了那里。

没有人料到他会这么做,更没有人想到他真的敢这么大闹会场。连辛幸文也有些发愣地看着他。

罗维民的嗓音就好像从胸腔里喷出来似的凄厉刺耳:

"一个一个都给我坐回去!既然监狱长说了散会,那我也就没什么顾虑,没什么可怕的了!你们都听着,我罗维民有话要说!"

离罗维民几步之遥的监狱长程敏远,似乎已经从震惊中清醒了过来。尽管他似乎从罗维民的眼中已经看到了一种豁出去的神色,但也许是放不下架子,也许是想硬闯出去,现出一副怒不可遏的样子大声吼叫起来:

"反了!反了!真是反了你了!罗维民!你知道你在干什么!你清楚不清楚这是什么地方!我正告你,只凭你现在的行为,我立刻就可以拘捕你!把你移交法律机关!"

程敏远一边吼着,一边不顾一切地往门口走来。

"站住!"罗维民再次大喝一声。"你要是再走一步,我就跟你拼了!"

会议室里突然一阵惊呼,再次僵在了那里的程敏远,脸色陡然变得煞白,几乎瘫倒在地上。

罗维民手里黑洞洞的枪口离他的额头只有几十厘米!

面目凶狠、几无人色的罗维民,全然像是个疯子:

"我告诉你!我今天就是不想活了!你说我是违法行为,算你说对了!不过,所有在场的人都可以为我作证,那是你逼的!是你这个监狱长违法在先!我在这个监狱清清白白地干了十几年,到现在却被你逼得无路可走了!刚才有人说了,你今后还怎么在这个地方工作!说得好!其实,我已经看清楚了,今天要不先下手为强,在你们手里我迟早是死定了!与其无声无息地让你们整死,还不如轰轰烈烈地死一回!就算没让你们整死,迟早也得被你们赶出监狱去!没了工作,再背个处分,老婆又是心脏病,动一次手术得七八万,加上这几年欠下的债,像我这样的两辈子也还不清!那比死了更难受!你说说像我这样的还会怕死!光脚不怕穿鞋的,我怕天怕地,还会怕那些贪赃枉法的昏官赃官!不信你就试试!你要是再敢往前走半步,那你就好好看着我的手指头会不会扣动扳机!"

会议室里一片死寂,似乎所有的人都被罗维民的举动吓呆了,以致连刚才暴跳如雷的施占峰此时竟也愣在那里。也许他根本没想到局势会发展到这样,更没想到会听到这么多让他吃惊的内容。

程敏远愣了半晌，然后一边往后退，一边大声嚷着：

"好，好！罗维民！我今天就等着你！看你究竟能走到哪一步！"

程敏远退了几步，转身回到自己的位置上，一边坐下来，一边把手里的文件包啪的一声摔在眼前的茶几上。整个会议室里顿时又陷入了一片死一样的沉寂。

罗维民静静地站了片刻，然后一边仍然把手枪提在手里，一边悲愤交加地说道：

"各位领导，我罗维民今天之所以这么做，就是要把话说到明处！也许你们觉得我今天的所作所为就像个疯子，其实，我清醒得很！我的精神正常得很！我之所以这么做，就是因为在我们现场的领导中间，有几个已经成了我们的敌对分子！他们同我们监狱里暗藏的一些犯罪分子沆瀣一气，狼狈为奸！他们比那些犯罪分子更可恶，更可恨，更危险！如果我现在放走他们，就等于是对国家的犯罪，对人民的犯罪！如果有人说我现在的行为是在违法，是在犯罪，我同意，我承认！即使过了今天晚上，明天就把我判刑，就让我伏法，那我也认了！我宁可关进监狱，也绝不能让这些犯罪分子再从监狱里逃出去！现在，我就把这两天所发生的事情给领导们从头到尾讲一遍，看看我们的一些所谓的领导究竟都干了些什么……"

何波只觉得哆嗦了一下，猛一下睁开了眼。

四下一片漆黑，看不到任何灯光。天上雾蒙蒙的，连星星也看不见。浑身上下像撕裂了一般疼痛之极，他动了一下，才发现自己的右胳膊死死地压在自己的身子下边，而胳膊下面似乎还顶着几根长长的东西。他缓了口气，又试着动了一下，立刻又是一阵万箭穿心般的疼痛，差点没让他疼晕过去。他止不住地呻吟起来，使劲大口地喘着气。渐渐地，在楼上透射出来的微弱的光线里，他看出了自己好像是在一块堆满了杂物的水泥地上。十几根长长的水泥管子，横七竖八地堆在一起，自己的身体正歪倒在这些水泥管子上。他抬头看了看楼上有灯光的窗户，发现差不多竟有四层高！坏了！从这么高的地方摔下来，又摔到了

· 495 ·

这样的一堆东西上,肯定是给摔坏了!他试着动了一动,发现自己根本指挥不了自己,浑身上下就好像不是自己的一样。

楼房后面是一片空地,也看不到有任何建筑物。看来是一座孤立的、远离闹市中心的单幢楼房。距楼房四五米处,有一道两米多高的铁栅栏围着。除了楼上惟一有亮光的那个窗户,整座楼房全都黑糊糊的。他从楼上摔下来所发出的巨响,似乎没有引起任何人的注意,也听不到有任何动静。莫非这座楼上除了他们两个人,没有任何别的人住在这里?或者,是因为睡死了而没能听到?

必须尽快离开这里。他憋住气,猛然一使劲把身体翻转了过来。真疼!痛入骨髓!他再次试着动了动。左胳膊还行,好像没什么问题。出问题的是右胳膊,从肩胛骨以下,根本无法动弹。他伸出左手在右胳膊上摸了一把,满手都是黏糊糊的。他立刻意识到,那是血。

他慢慢地用左手在右肩膀从上往下摸了下去。肩胛骨肯定有问题。不是骨折,就是错位,否则整个胳膊不会动不了。越往下摸,黏糊糊的东西越多。当摸到手腕处时,有一锋利的突出物,让他吓了一跳。他的心猛地沉了下去,不好!骨头,肯定是骨头!确实是腕骨骨折。折断的骨头从肉皮里顶了出来,黏糊糊的血液仍然不住地往外涌流。止血,必须尽快止血!否则时间一久,必死无疑!他奋力地坐了起来。又试了试脚和腿,看来问题不大,都还能动。右胸有两处突出的部位,估计是肋骨骨折。他用力呼吸了两口,看来内脏没什么大问题。要紧的就是手腕的骨折。他再次在手腕处摸了一把,透出的骨头是向下的,他得找准骨折的方位。还好,不是粉碎性骨折。

他用左手在身子四周摸了一阵子,终于摸着了那条用被单拧成的"绳子"。他用脚踩住"绳子"的一头,用牙咬住"绳子"的另一头。然后用左手把被单解开,努力撕下一大块来,叠成一个绷带状的长条。他把右胳膊的肘部夹在两腿中间,然后用左手抓住右手。闭上眼睛,长长地出了口气,突然猛地往下一拉,等到撕心裂肺般的疼痛还没有袭来时,整个手腕已经被重新拉直。他大声地呻吟着,浑身打颤,疼得死去活来,几乎晕过去。他在拉直了的黏糊糊的手腕上摸了摸,骨头好像是复位了。复位得正不正,他感觉不出来,也顾不得那么多了。硬挺了十几秒钟,稍稍缓过劲来,立刻拿过叠好的布条,竭尽全力地在手腕上缠了起来,一直缠得整个手腕都没了知觉。

几分钟后,他终于站了起来。他用左手扶着墙壁,颤颤巍巍的,大约用了十分钟左右,终于绕到了楼前。楼前依旧没有灯光,但他看到了楼前不远处的建筑物,看到了建筑物上的灯光。看来离市区不会太远,但也不很近。

楼房前并没有大门,楼房四周的栅栏沿着楼前的一片花木继续向前扩展,就像是一座豪华住宅的后院,渐渐地,栅栏成了一条两边种满花草的小路。如果在白天,这里的景色一定会很美。

再往前走了大约五十米左右,灯光终于出现了。一座玲珑小巧的院落呈现在了眼前。他看到了屋子里的灯光,看到了院门口的汽车,看到了那道临街的铁门。但也就在此时,他突然被惊呆了。

一阵尖利的叫声刺破了夜空。当他意识到那是狗的吠叫时,躲避已经来不及了。

一条张牙舞爪的大狼狗,正疯狂地向他猛蹿过来……

代英像是傻了一样久久地僵在那里。

他默默地看着手里的手机,好几次都忍不住想把它摔在地上!

卑鄙下流!无耻之尤!简直猪狗不如!禽兽不如!一群无赖!魔鬼!!畜生!!!只要我活着,只要我还有一口气,我绝不会放过你们!就是死了,也要在阴曹地府跟你们斗到底!!!你们这些狗东西!我饶不了你们!饶不了!!!他浑身打颤,眼里像在流血!

干了近二十年公安,还从来没有像今天这样让他窝囊、憋气!眼看着罪犯就在你身边一个又一个地出现,眼看着罪恶就在你眼前一个接一个地发生,但你就是无可奈何,束手无策!

甚至于他们几乎就当着你的面在戏弄你、嘲笑你,把你当玩物一样耍来耍去,让你当众出丑!

足足十几分钟过去了,他还是无法让自己的情绪平静下来。他看了看表,不禁吃了一惊。他摸了一把头上的冷汗,终于醒悟了过来。他们这么做,就是要激怒你,就是要干扰你,让你的行动无功而返。

他顿时冷静了下来。不能上他们的当,这正是他们的目的,他们就是要让你气得跳,让你满脑子怒火,让你的判断能力和分析能力彻底丧失。如果不是这样,他们刚才的行为可以说几乎没有任何意义。

其实,他们刚才的所作所为根本就是一桩蠢事。

他们完全干砸了。

张大宽!这位身陷绝地、可歌可泣、舍生忘死、无比悲壮的老人,在如此险恶的环境下,还是把他所能知道的信息不顾一切地传递给了你。你真是远远不如这位老人!在那样的一种危难和胁迫中,他比你要冷静得多!比你高尚得多!尽管他含垢忍辱,受冤负屈,受尽了痛苦和折磨,但他根本就没有考虑到自己的生死荣辱,他所想到的还是别人,还是你!

其实,那几句话里透露出来的东西很多。

"……代处长,你千万不要来,我告诉你的情况……可能都是错的。"这事实上是一个暗示,他已经清楚了自己目前被绑架的地方并不在王国炎家里。"他们把我的摄像带都撕了!还撕了好几封信!就在王国炎家里!他们有枪!有好几个……"张大宽知道他当时是在王国炎家被绑架的,他当时肯定是清醒的,所以,他看到了他的摄像机和录像带都被他们搜走了。他也看到了他的录像带被他们撕毁的过程。他们肯定在录像机里查看了张大宽所摄录下的东西,知道了张大宽在干什么,当然也立即觉察了他们所面临的危险。于是,他们立即离开,销毁赃物,销毁一切对他们可能有威胁的东西,比如录像带,比如那些信……

信!他们撕了好几封信……撕了!撕在什么地方了?

扔了?还是烧了?他早就注意过了,院子里根本没有烧毁过东西的迹象!如果没烧,那就肯定是扔了!会扔在哪里呢?会不会扔在了大街上的某个垃圾箱里?

不可能。他们几乎是在不到一个小时的时间里匆匆撤走的,当时还绑架着一个人,而且还是在大白天!当时形势对他们是那样急迫,他们不可能会想到要把垃圾扔掉……

来不及,没有时间,当然也许是忘了,或许当时并没有意识到……

所以,当他们知道了你们进入了这座院子时,这才突然想起了当时撕毁的那些东西……

垃圾……会不会在垃圾桶里,垃圾袋子里?

代英突然止不住地向离他最近的那个侦查员大喊了一声:

"……快!检查他家存放垃圾的地方!"

史元杰默默地看着在办公室里踱过来踱过去的苏禹,他突然意识到苏禹此时的心情和压力要比他沉重得多。

坐在厅长对面的局长李辉和副局长易伟来,也都沉默着。他们都在等着魏德华和代英的消息,尤其是在等着老局长何波的消息。在得到确切的消息后,他们才能做出下一步行动的确切时间。

省委书记肖振邦,主管政法的省委副书记杨帆,省政法委谢宏鸣书记,还有司法厅丁海云厅长和省监管局彭全刚局长全都做了批示的那份请示报告,就在史元杰眼前的办公桌上放着。

这些领导的批示他几乎都能背下来了,但还是忍不住地看了一遍又想看一遍。

请示报告上的批示,内容尽管几乎完全一致,但措辞则各有不同:

请杨帆、宏鸣同志阅示:

  此报告涉及省内外数起凶杀要案,事关重大,刻不容缓。同意将该服刑人员迅速提交公安机关做进一步审理,具体事宜由省政法委按条例规定协调解决。将此报告即刻转呈省司法厅、省监管局海云与全刚二同志阅批,并请他们对此案予以全力支持协助。处理结果尽快以书面形式回报省委及我,并抄报公安部和司法部负责同志。

  另:案情涉及面广,涉及人员多,要严格保密,不许扩散。此报告不准拖压,一旦发现有人从中作梗、弄虚作假,甚至徇私枉法、监守自盗，一定要从重查处，坚决打击。追究到哪一级，就处理到哪一级，严惩不贷，绝不姑息！

肖振邦　9月12日

谢宏鸣书记：

同意振邦书记的意见。请立即按照振邦书记的批示办理。

杨帆　9月12日

丁海云厅长并彭全刚局长：

同意省委肖书记和杨副书记的批示，请立即执行，尽快处理。

谢宏鸣　9月12日

彭局长并古城监狱：

完全同意省委肖振邦书记、省委杨帆副书记、省政法委谢宏鸣书记的批示，应立即照办，迅速处理，对公安机关的移交提审应予以大力支持和协助，即到即办，不能拖延。

丁海云　9月12日

古城监狱程敏远、施占峰同志：

完全同意省委肖书记、杨副书记、省政法委谢书记、省司法厅丁厅长的指示。要态度坚决、高度重视、不折不扣地立即照办，迅速主动地同当地公安机关取得联系，立刻将该服刑人员移交当地公安机关指定地点，移交手续随到随办，同时予以全力支持和大力协助，尽快彻底将此案破获。并将结果随时回报我局。

彭全刚　9月12日

这些批示意见虽然是在同一地点同一时间签署的，然而看上去却是一级一级批下来的。合情合理，也完全合乎程序。

如果要是一般的请示报告，像这样的批示，一个星期也不一定批得下来！在如此短暂的时间里，能将如此众多重大的权力集中到这样的一份请示报告上，简直就是一个奇迹！

难怪苏禹的压力会如此之大，神色会如此沉重。此案一旦出了问题,或者有了什么疏漏,作为省公安厅厅长的苏禹,将如何交代！而作为省委书记的肖振邦也将会处于一个极为尴尬的境地！

那么,你自己呢？

从目前的情况来看,一切都还只是个未知数。

何波究竟去了哪儿？

魏德华最终的结果究竟会怎么样？

代英呢,是否还会有重要收获？尤其是那个王国炎,他最终会不会在他所交代的那些口供上签字画押？

还有那些在政府权力机关暗箱操作、隐藏不露的一个个黑幕人物,他们此时又都在哪里？

……

三十九

魏德华于凌晨一点十分,在呼机上接到了史元杰的指示:

立即停止对王国炎的讯问,签字画押后,迅速撤出古城监狱。王国炎留交罗维民和辜幸文严加看管,在上午七点钟以前不准任何人以任何借口将其带出监狱。结束讯问,撤出监狱,到达安全地点后,立即回话告知。

只有在等到魏德华的回话后,苏禹厅长才能做出最后决断,确定下一步的行动时间。而只有在苏禹厅长做出决断后,史元杰局长才可以动身起程,连夜赶回,并在上午七点以前赶到古城监狱,将王国炎提交市局看守所。也只有在王国炎签字画押,可以安全移交市局看守所后,才能真正明确下一步行动能否实施,才能真正敲定行动的确切时间……

然而,此时此刻的王国炎,却似乎陷入了一种极其亢奋、无以抑制的癫狂状态。他面色潮红,呼吸急促,人如信马由缰,口似悬河泻水:

"……有人说现如今是没有英雄的时代,荒谬绝伦,鬼话屁话！如今是英雄被埋没的时代,是英雄没人宣传的时代！天下谁是英雄？我！我王国炎！除了抢钱,迫不得已,我杀的全是坏人！地痞流氓,恶霸无赖,贪官污吏,狗男狗女！就像桑塔纳车里的那对大男少女,其实,我当时只是抢车,根本没想过要杀人！我王国炎不是豺狼成性,杀人魔王！老子是杀了不少人,但绝不滥杀无辜！桑塔纳里的那对狗男女,男的能做了女的爷爷,却他妈的在车里行云雨之事,干那种勾当！妈了个×的,不就是仗着他有几个臭钱吗！有钱人的××就能见女人就操！妈了个×的,想要钱的女人,不管什么人的××,撇开大腿就随便让操！性病艾滋病不就是让这些个狗男狗女传开的！你说说,像这样的东西你还让他们留在世界上干什么！我王国炎是最心软、最不欺负女人,也最见不得女人被欺负的人,老子的枪口前要是站着个女人,就是办不成事老子也绝不会开枪！但对这样的狗男女,老子绝不会手软……"

魏德华趁王国炎说话的空隙,赶紧说道：

"……好了,王国炎,你听着,今天时间已经不早了,值班看守和我们都应该休息了,你呢,当然也应该休息了。今天你就暂时交代到这里,晚上再好好想想,明天再继续接着……"

"我不累！他妈的谁说老子该休息了！"魏德华的话还没有说完,就一口被王国炎打断了,"老子都不困,你们他妈的困什么！整整一天,你们几个人轮着班地来,老子就一个人在这儿顶着,你们他妈的以为老子不知道！老子知道的案子多着哪,三天三夜也给你们说不完！你们一个也别想溜,一个一个都给老子老老实实地待着！你们他妈的是不是害怕啦？担心啦？接到什么指示啦？是不是你们的领导要收拾你们啦？在这儿实在撑不下去啦？哈哈哈哈,想跑？没门！老子说过了,谁硬到最后,谁才算英雄好汉！其实,我早就看透了,你们这帮傻不唧当、不知天高地厚的家伙,到头来肯定要吃家伙！你以为你们是谁呀？一个芝麻大的官放个屁,到了你们这儿也是八级地震！像你们这样的东西,老子见得多了……"

魏德华不禁有些发呆,没想到这小子会来这一手！看来他不是想跟你打持久战,就是想千方百计地把你们拖在这里。别看表面上净说些疯疯癫癫、不着边际的浑话胡话,其实,他心里鬼精得很!在这十几个小时的时间里,与其是说他在给你交代,还不如说他是在千方百计地同你周旋。如果见不到他所想见的人,说不定他根本就不会在这些交代材料上给你签字。如果他不签字,那就意味着他随时都可以反悔、都可以翻供、都可以拒不承认,甚至会说这些全是诱供逼供、刑讯胁迫的结果。当然,即使他已经签字画押,也一样可以随时翻供,但以王国炎现在的状态,他暂时还不会这么做……

魏德华紧张地思考了片刻,然后有意看了看表,显出一副不紧不慢,好像是同意他的意思的样子说道:

"那好,既然你能这么积极主动地交代问题,那我们还有什么说的。只要你不累不困,我们肯定会坚持到底。现在你是不是暂时休息片刻,吃点东西,然后再接着交代?"

王国炎大概是没想到会有这样的答复,眼睛朝隔离室的窗口斜睨了好半天,才气哼哼地说:"可以。再给老子拿酒来!"

魏德华一边示意马上给王国炎拿酒拿菜,一边自己也咬了一大口面包说道:"王国炎,吃什么喝什么我们都可以满足你,但有件事你必须现在就做。"

王国炎接过递进来的盛酒的一次性软塑料杯子,一边大大地喝了一口,一边摆了摆手,"有话就说,我听着哪!"

"你交代出来的这些东西,因为有领导要立即看一看,让我们马上送去。在送给领导审核的笔录材料上,应该有你的签字。这个程序你当然清楚,所以,你现在必须在你交代的这些笔录材料上签字。"

"哈哈!他妈的终于有领导要看了!好!老子给你们签字!只要有人看,什么时候都能签!把笔录材料全都拿过来!是摁手印,还是写名字?是不是都得写上:以上记录我已经看过,同我交代的完全一样,没有出入?哈哈哈哈……不就这一套么,老子这辈子签得多了。拿材料来!还有酒!再来一杯……"

"代处长！找到了！看来里面确实有东西！"那个侦查员突然止不住地嚷了起来。

两个黑色的垃圾袋子里,鼓鼓囊囊地塞满了杂物。垃圾袋子就在院内大门口附近的垃圾桶里！这个垃圾桶其实就在眼前！而且桶口是露天的,敞开的,这些垃圾和垃圾袋子一直就裸露着！散发着阵阵难闻的气味！

没人想到会在这里头有什么东西,真的是忽略了。

袋子立刻被打开了。

一个袋子里全是垃圾,吃剩的鱼刺、鸡骨头、肉皮、饭渣塞得满满当当。可能时间有些长了,已经散发出一股刺鼻的腐臭。尽管没发现什么,但也看得出来,在这个家里吃饭的人,绝不会只是一个女人,也绝不会只是一个人。都是什么人常在她这儿吃饭呢？真的会是那个姚戬利？在她家吃饭的不会是那些搞装修的,只能是跟她比较亲近的一些人。

另一个袋子里上面也全是残羹剩饭,但从气味和色泽上判断,要新鲜一些。把上面的这些东西扒开,下面便是一堆撕烂了的纸片。确实是一些信件,有信封,有信纸。再下面,代英的眼睛不禁一亮：一堆被揉成一团的录像带裸露在眼前！

代英亲自把这些东西小心翼翼地取了出来。还算幸运,信件被撕烂的程度并不像想像中的那么破碎。看来,这些信件都是在匆忙中撕掉的,所以,纸块大都成形,有好些竟还连在一起。如果费点时间,大部分应该能够复原。而那团录像带则几乎完全被破坏了,不仅被揉成了一团,似乎还在脚下被狠狠地踩了半天！复原的可能性极小,能复原的部分也很少很少。

代英愣愣地看着眼前的这些东西,不禁有些纳闷。

他们迫不及待、不顾一切地要冲进来,莫非就是为了这个？

不可能再有别的了,看来就是它了。

好了,该撤了。

他一边小心翼翼地收拾着这些东西,一边告诉身边的侦查员,让他立刻转告屋子里面的人,整理房间,马上撤出。

"代处长!"这时屋子里一个侦查员突然冲了出来,像个孩子一样扑到代英身上,情不自禁地竟在代英肩上狠狠地咬了一口!代英感觉到他像发烧一般的浑身打颤,当这个侦查员再抬起头来时,竟已是满脸泪水,"代处长,找到了,终于找到了……"

代英看着这张兴奋异常、泣不成声的面孔,突然意识到真正重大的发现出现了!

在一件男式呢子大衣对襟锁扣的长缝里,缝进了四张巨款存单!三张是人民币存单,共四百四十万元!一张是外币存单,共十一万美元!除了一个用的是耿莉丽的名字外,其余全是化名!

在一顶老式军帽的帽檐里,竟然缝着一张前所未闻、今古奇观的"账单"。上面罗列的人名有数十个!既有欠他巨款的人,也有他付过巨款的人,数额之大,令人瞠目!

"付款"一栏的人名单里,代英知道的有这些人:

潘毅(省城市工商行副行长):
1987年11月:5万元。
1991年6月:12万元。
1994年7月:20万元。
1995年10月:25万元。
1996年元月:40万元。

吕卞(省财政厅副厅长,原市财政局局长):
1987年12月:5万元。
1991年2月:5万元。
1994年3月:25万元。
1995年2月:20万元,5万港币。
1996年元月:20万元。

高建寥(省城主管工业、经济的副市长):
1993年10月:8万元。
1994年2月:10万元。

1994年10月:20万元。

1995年2月:20万元。

1995年12月:20万元,3万美元。

杨奋家(地区建行行长):

1993年7月:10万元。

1994年11月:10万元。

1995年2月:10万元。

1996年元月:10万元。

霍侠崇(省城市中级法院副院长,东城区法院院长):

1996年7月:10万元。

1996年8月:10万元。

1996年9月:30万元。

韩浩寥(省城市检察院检察官):

1996年6月:10万元。

1996年7月:10万元。

章辰(省城市政法委副书记):

1996年7月:10万元。

1996年8月:20万元。

1996年9月:3万美元。

贾怀水(省劳改局副局长):

1996年9月:20万元。

仇一干(省人大副主任,原副省长):

1985年12月:3万元。

1987年9月:5万元。

1990年11月:10万元。

1993年8月:15万元。

1995年2月:30万元。

1996年2月:30万元,5万美元。

1996年6月:30万元。

还有的人名,代英已经不清楚他们的具体职务了。但有一点代英是清楚的,这些人绝不会是等闲之辈!明眼人一看就明白,这些根本不是什么付款账目,而是一幅行贿受贿的百丑图!当然,这也是王国炎至今让他们亡魂落魄、闻风丧胆的杀手锏!尤其令人触目惊心的是,1996年6、7、8、9月份,正是王国炎犯案、审案、取证、调查、最终判决的时期,就在这一个阶段里,不算别的,只王国炎一人巨额行贿的数目就达一百多万!如果没有如此巨大的贿款,王国炎能活到今天吗?他的那些令人发指的余罪能隐藏到今天吗?王国炎刀下枪下的那些冤魂,在阴曹地府如能见到这个账单,他们会作何感想?那些为此流血牺牲了的武警民警,如九泉有知,他们又会作何感想?

…………

"欠款"一栏的人名单里,代英认识的有这些人:

武凯运(省城大富豪汽车营销中心总经理):

1984年10月:7万元。

1986年4月:6万元。

1988年11月:9万元。

1991年7月:20万元。

1994年2月:15万元。

1995年10月:50万元。

高耀明(武术大师,省城私立武术学校校长兼董事长):

1991年12月:3万元。

1993年5月:10万元。

1995年8月:50万元。

马晋雄(武术教练,省城武警支队武术教官):

1994年6月:8万元。

1995年12月:10万元。

1996年元月:5万元。

老熊(爆破专家,现在龚跃进东关村建筑公司供职):

1985年元月:3万元。

1988年4月:3万元。

1992年2月:5万元。

1995年8月:10万元。

安永红(禹王钻石集团公司总经理,别名黑市长):

1987年6月:10万元。

1988年10月:5万元。

1992年7月:10万元。

1993年2月:30万元。

1994年5月:30万元。

1995年2月:50万元。

张卫革(广帅商业城、广帅水泥集团公司董事长):

1988年4月:10万元。

1993年2月:10万元。

1994年9月:30万元。

1995年12月:100万元。

薛刚山(老狼建筑集团公司总经理兼董事长):

1990年2月:10万元。

1991年4月:10万元。

1993年2月:20万元。

1994年12月:100万元。

仇晓津(省城大业房地产开发公司副总经理):

1984年11月:5万元。

1987年3月:10万元。

1990年12月:17万元。

1992年12月:25万元。

1993年8月:50万元。

1994年10月:80万元。

1995年2月:200万元。

1995年12月:300万元。

1996年4月:450万元。

余下来的人名,他们的具体职务和工作,代英就不太清楚了,当然,这些人也一样绝非一般人物。不是无法无天的虎狼之辈,便是坐地分赃的势利小人。然而,让代英百思不解的是,这么多人怎么都会欠王国炎的钱?而且欠下的都是一笔笔巨款!惟一可能的解释是,王国炎用杀人抢劫得来的钱,对那些政府部门、权力机关的人大肆行贿纳贿,从而获得这些人以国家名义划拨的大笔投资和巨额贷款,当然也包括大桩的建筑项目。当这些大笔投资和巨额贷款划拨下来,以及那些大桩的建筑项目被包揽下来后,真正的分配权事实上是在王国炎手中,他想给谁就给谁,想给谁多少,就给谁多少。王国炎借给这些"生死弟兄"们的钱,事实上都是国家的钱。而这些愿意为王国炎卖命,曾经跟王国炎"患难与共"的哥儿们,他们向王国炎所"借"的钱,事实上也都是国家的钱!

王国炎正是在这种权钱交易、暗箱操作之中,成了一个呼风唤雨、无所不能的黑道人物!

这些名单上面,并没有姚戬利的名字……这就对了!因为没有姚戬利的名字,所以,姚戬利就知道有这样的一个账单!而且极有可能是他和王国炎一块儿列出的这个名单!姚戬利也许有可能不知道巨额存折的事,但这个账单姚戬利肯定知道……问题是,既然姚戬利知道有这么个账单,为什么他非要存放在王国炎家里,而自己不把它存放在一个更可靠的地方……是王国炎没让他知道自己把它藏起来的……那么,姚戬利又是怎么知道这个账单就在王国炎家里……耿莉丽!耿莉丽知道家里不仅藏有巨额存款,而且还藏有账单!也许是因为王国炎的嘱咐,也许是因为别的什么目的,耿莉丽并没有告诉姚戬利家里藏有这么个账单。当她突然得知公安机关有人到她家突击搜查时,她才告诉了姚戬利家里藏着这么个东西。于是,姚戬利才这么不择手段、千方百计地非要破坏这次行动不可!

还有一个最大的可能是,包括耿莉丽在内,他们虽然知道王国炎家里藏有这些东西,但具体在什么地方,他们并不知道。因为王国炎明白,一旦他们知道了,他就失去了要挟和遥控的资本,他几乎就死定了!

当然,或许还有别的解释。

但不管怎样,总算找到了他们最害怕落在公安手里的东西!其实还有那两样东西,要是他们知道了的话,也许会更害怕!

这次行动真是大获全胜,满载而归!

马上撤出,代英再次发出了命令。

但撤出的时间似乎有些晚了,他的命令几乎和他的手机同时响起。

郝永泽在手机里的声音让人心惊肉跳:"代处长!快!赶快撤出!他们又冲过来了!我们挡不住了!根本挡不住……"

代英一边招呼院子里的民警紧急撤出,一边继续问话:

"他们有多少人?"

"至少也有二十多个!不止有警察,还有十几个不穿警服的男男女女,他们自称是耿莉丽的家属和亲戚,非要冲过去不可!他们几个人对付我们一个,死缠硬磨,拉拉扯扯,大吵大闹,有的还对我们动手动脚,破口大骂,我们一点办法也没有,实在挡不住……"

两分钟后,代英一行人已经撤到了院外。代英继续问道:

"永泽,你听着,我们已经撤了出来,你们的车是不是还挡在出口上?"

"是,我们的三辆车都在胡同口。"

"我们的车能不能开过去?"代英问。

"……大约有两米多宽的空间,估计可以。"

"永泽,你听着,马上放他们过来,不要再阻止他们。你们都马上撤到大街两旁,我们车准备硬闯过去!明白吗?"

"……明白!"

"立刻转告郭曾宏和其余的人,尽快撤到路旁!"

"明白!"

"尽可能把他们的人也全都引到路旁!"

"明白!"

代英执行任务共带来两辆车:一辆是小面包,一辆是桑塔纳。他亲

510

自开车,让自己一个人坐进前面的小面包里,让另外的几个人全都坐在了后面的桑塔纳里,并让他们把那些"东西"也全都放在了后面的桑塔纳里。

代英对后面开车的司机大声喊道:

"点火发动！打开车灯！我在前,你们在后！错开位置！如果我的车被挡住了,你们的车千万不要停,要不顾一切地冲过去！如果有人拦截,强行通过！出了问题由我负责！好了,一切按我的命令行事！"

两辆车一前一后,发动机的阵阵轰鸣在夜空中如雷贯耳,刺眼的灯光把窄窄的胡同照得如同白昼。

终于看到了不远处有人冲了过来,代英大喝一声:

"开车！"

两辆车顷刻间以雷霆万钧之势向前冲了过去！

代英两眼圆睁,直视着前方。车越开越快,前面并没有看到什么遮拦物。曾有两个人在路中间站了一站,试图拦车,但紧接着就像被什么吓坏了一样跳到了路旁。

不怕死的就站着别动！我倒要看看你们这些人究竟有多勇敢！代英一边想,一边把脚再次踩在了油门上。

两辆车以近似疯狂的速度继续向前猛冲。

胡同的一个拐弯处,代英突然被惊呆了。

他看到了一个身着长裙,脚穿白鞋的女人！就是王国炎家墙上照片里的那个女人！对了,就是她,耿莉丽！不知是被迎面疾驶而来的汽车吓傻了,还是感到躲避已经来不及了,此时竟满脸恐怖,面色煞白,像被什么定在了那里一样,痴痴地站在他车前的路面上一动不动！代英几乎没来得及考虑,似乎是出自一种本能,下意识地把脚猛然踩在了刹车上。

面包车发出一声尖利的响声,像是撞在了墙上一样,跳了一跳,陡然停在了离那个女人一米左右的地方。

代英的脸撞在方向盘上发出一声巨响,就在他失去知觉的那一刹那,他看到了一道耀眼的光亮从他的车旁闪了过去……

四十

何波下意识地用手拔枪时,一阵钻心的刺痛才让他明白自己的右手根本抬不起来。

那条牛犊般大小的狼狗,继续狂吠着向他蹿来,距离越来越近。他赶忙靠在身旁的一棵树干上,让树干支撑着摇摇晃晃的身体,然后用腾出的左手迅速地伸向腰间。年轻的时候曾练过左手用枪,没想到行将退休了,却派上了用场。打开枪套,抽出手枪,握牢枪柄,顶开保险,扣住扳机,抬起手臂,瞄准……

几乎是一眨眼的工夫,就在那只狼狗蹿在眼前、伏身起跳的那一刹那,何波扣动了扳机!伴随着一声惊天动地的枪响,一道火光直射在狼狗爪前一尺左右的地方。子弹在水泥地上迸溅出一团耀眼的火花,在夜色中如惊雷轰顶,夺魂摄魄。

不知是被枪声的巨响吓晕了,还是被子弹反射的碎粒砸疼了,狼狗猛一个跳跃,等落下地来时,身子已经掉转了方向,一阵鬼哭狼嚎般的惨叫,顷刻间便已不见了踪影。

不是枪法不准,他压根儿就没想伤害这只狼狗。有罪的是人,不是畜生。

他定定神,毫不犹豫,一摇一晃地继续往前走去。

院子外的灯突然被打开了,随着嘭的一声门响,几个人从一间屋子里一拥而出,跳在院子里朝着枪响的方向发呆。

何波一摇一晃的身影越走越近,他们的脸色也越来越恐怖。

何波黑洞洞的枪口默默地瞄准着他们。

一共是四个人,都是三十岁左右的年轻男子。他们吃惊地看着越来越近的何波,没一个人吱声,也没一个人敢动。

距离他们四五米处,何波站定在了那里。

"知道我是谁吗?"何波的手枪并没有放下来。

"……何处长,知、知道……你是何处长。"其中一个人惊恐万状、六神无主地答道。

"知道我是怎么来这儿的吗?"何波嗓音不高,但字字穿心。

"……那,那是范队长……范,范小四带人把你们抬过来的。"几个人面面相觑,愣了半天,终于有一个说了实话。"他说你们都喝醉了,要在这里休息。"

"那就不管是死是活,把我们牢牢地反锁在楼顶上?"何波的枪仍然没有放下来。"对一个公安处长下毒、绑架、私自关押,让一个刑警队长一直昏迷不醒,随时处于死亡的危险,知道你们犯的是什么罪?"

"何处长!"其中的一个人突然扑通一声跪了下来,另外三个人愣了一愣,也紧跟着一起跪了下来。几个人又哭又喊,顿时一片哀求之声。"……何处长,那都是范队……范小四让我们干的呀!范小四说了,这是胡队长……胡大高和龚村长的命令,今天晚上无论如何也不能放你们出来。谁要是放了人,就让谁身上缺胳膊少腿废了他。何处长!他们可是说得出来做得出来的呀!我们都有妻儿老小,实在没办法呀……"

"行了!"何波嚷了一声。"我有话给你们说,都给我站起来。"

几个人你看我,我看你,随即都老老实实地站了起来。

"你们听着,按你们今天晚上的行为,判你们每个人十年、二十年绝不为过!这绝不是吓唬你们。如果现在还在楼上的李队长一旦有个三长两短,想想你们这辈子会有什么好下场!好了,既然你们知道犯了什么罪,我今天就给你们一个将功赎罪的机会。何去何从,我给你们两分钟的考虑时间。否则你们知道会有什么样的结果,也知道我会怎么做。"

"何处长,不用考虑,我们全听你的!"

"何处长,有你做主,我们还怕什么。我刚才听见他们说了,今天晚上公安局可能要来抓他们,范小四和胡大高都已经被公安局给叫走了。"

· 513 ·

"何处长,我们也知道他们是坏人,大伙心里都恨死他们了。要是真抓了他们,我们东关镇的人早就说了,就给你们公安局在山顶上盖一座庙堂!"

然而,何波的心里却突然乱了起来。范小四和胡大高都已经被公安局叫走了?有这种可能吗?莫非上级的命令已经下达了,行动已经开始了?

会这么快吗?或者,会不会有了别的什么变化?没有时间了,必须立刻离开这里,尽快取得与外界的联系。

"你们谁是这儿的头头?"

"我。"那个总是第一个答话的人说道。"我叫王二贵。"

"你们有手机吗?"

"有一个,在我这儿。"王二贵说。

"你们谁会开车?"何波指了指院子里的一辆客货车。

"我会。"还是王二贵在回答。

"那好,发动车,马上把我送出去。"何波指示说。"你们三个,马上赶到后面的楼上去,把李队长尽快送到医院,越快越好。送到医院后,马上给公安处打电话,让他们立刻派人监护。"

几分钟后,何波已经坐进了车里。他得马上赶回公安处,到了公安处再同史元杰、魏德华他们联系。他怕自己支持不下来,而眼前这些人并不能让他真正放心。眼下是非常时刻,必须百分之百的保险。

车刚开出院子,王二贵的手机突然响了起来。王二贵有些发愣地看着何波,一时不知道该怎么办。

"接!"何波命令道,"你知道该怎么说。"

王二贵一边开车,一边打开手机。

"喂?我是二贵。"王二贵的嗓音突然发出阵阵颤音,"……胡,胡队长,我,我是二贵呀……啊,啊,这里没什么情况……看过了,都睡着呢……没,没醒……真的呀,真的睡得很死。一点动静也没有……知道,知道……胡队长,你放心,跑不了的……啊呀……知道了,知道了……嗯,嗯,你放心,我一定照办,一定……好,好……行,行。胡队长,还有什么吗？那我就挂啦？"

"是胡大高吗？"何波瞅着王二贵魂不附体,面如土色的样子问。

"……是。"

"你们刚才不是说,胡大高已经被公安局抓起来了吗？"

"他们都这么说的呀,我也闹不清是怎么回事,是不是又被放出来了？不过,他的声音挺低的,就好像在偷偷说话一样。"

何波一惊,莫非胡大高是在公安局里打出来的电话？但既然在公安局,又怎么能往外打电话？"胡大高都给你说了些什么？"

"……何处长,不能说。"王二贵惊恐万状,浑身打颤。

"他会吃了你不成！说给我听听。"汽车的晃动让何波头晕目眩。

"……胡大高说,让我们现在就把你们从楼上抬下来……他,他让他们的人马上开一辆车过来,要把你们……塞进车里……制造一起车祸,然后再把车烧了……"

"……狼心狗肺！他还说啥了？好像不止这些吧？"

"他……他们可能还要闹事。"王二贵越说越怕。

"闹什么事？"何波一惊。

"你们今天是不是在东关村……调查了一个偷饲料的人？"

"往下说。"

"胡大高说,他们刚才派人把那个偷饲料的瘸子打得七死八活。把他家那个傻儿子也打坏了……"

"那村民呢？村里的人怎么让他们进村里去的？"

"……何处长,你看看都几点了？村里的人差不多都睡了,等到有人喊救命的时候,已经来不及了……他们把那个偷饲料的瘸子已经给抓走了。"

"抓走了？抓哪儿了？"

"他们让人说……是市公安局给抓走了。"

"……公安局！"

"……他们还开了枪,把好几个村民都打伤了,可能还有一个给打死了……"

"公安局?村民们就没有把他们认出来!"何波心惊肉跳,不寒而栗。

"他们找的那些人,都不是本地的,村里人咋能认得出来,就是我们也不一定能认出来……还有,他们抓人打人的时候……都,都穿的是警服。"

"……警服!"何波突然意识到了什么,也许因为愤怒之至,也许是因为心急如焚,一阵强烈的眩晕使他摇摇欲坠,他赶忙使劲喊了一声,"停车!"王二贵吓了一跳,车猛地刹住,剧烈的摇晃让何波再次感到天旋地转,他奋力地喊道:

"拿手机来!"

王二贵一愣,慌忙把手机递了过来。

何波猛一伸手,一阵剧烈的疼痛凶猛地摇撼着他,当他再次意识到自己的右臂已经彻底断裂了时,就像再次被麻醉倒了一样慢慢地栽进了王二贵的怀里……

罗维民前前后后,用了大约四十分钟的时间,把几天来所发生的情况简短而又明确地讲了一遍。

在座的领导刚开始还有人低声嚷嚷,等到后来,整个会议室里便陷入了一种窒息般的沉寂。

罗维民注意到刚才还不屑一顾、怒目切齿的政委施占峰,此时的脸色也渐渐地变得越来越苍白、越来越吃惊。看得出来他好几次想插话,但又忍了下来。

罗维民讲到最后,几乎是在控诉了:

"……侦查科人少,我管的事情太多,全监各种会议的摄像,新入监犯人的照相,车辆,武器,出车,对几个中队犯人可疑现象的调查,询问。我在几年前就提出过,把武器库交了,另配个人管理吧。可领导说,你是国家干部,应该主动为国家多承担一些责任。有什么办法呢,我管就是了。这么多年了,我几乎天天加班加点,没有节假日,没有囫囫囵囵地休息过一天。晚上就是别人值班,枪一响,或者有人放鞭炮,我都立刻要跑出来看看,这些年老婆的病越来越重,孩子也大了,一家人真的受不了这个惊吓了,你们都看看,我还不到四十,鬓角几乎全白了!可到了领导跟前,还是那句话,你是国家干部,应该多管事。多少年了都没人答应,偏是这个王国炎的事情出来后,立刻就有人提出来让我交出武器库钥匙!他们怕什么?拔出萝卜带出泥,就是怕这个!我实在不明白,为了王国炎的事情,这些人还能干出什么事情来!监狱的精神病多了,真的也有,假的也有,为什么就只让王国炎出去看病!为什么王国炎今年四五月份的日记上就知道他要减刑!七月份才上报,他四五月份就在日记上写道:监狱要给我减刑,我要好好配合一下。这是什么问题!王国炎交代了那么多问题,有的都写在记录上,为什么这些人就是置之不理?真的都以为他是在胡说八道?看管王国炎的,为什么总是这几个人?而且还提拔的提拔,升官的升官?我给那么多领导反映了王国炎的问题,为什么不仅没有得到重视,反而处处设置障碍,甚至把我当犯人一样看管起来?为什么?究竟是为什么……"

"罗维民,你说够了没有!"监狱长程敏远终于像忍不住似的站了起来。

"没有!如果真让我说,我可以把我所见到的那些情况,细细地给你们讲一天一夜!不过,你既然想说话,有这么多领导在场,我可以跟你当面对质!"

"那好。"监狱长程敏远此时的情绪好像平和了许多,又完全摆出了平时说话做事的那种样子。"你讲了那么多事情,说了那么多问题,又怀疑到那么多领导,是你的感觉?还是你的猜测?啊?"

"不是感觉,更不是猜测,而是事实!"罗维民斩钉截铁,直言不讳。

"那你这些事实的依据是什么?比如,你说有人处处给你设置障碍,具体都是谁设置障碍了?设置了哪些障碍?怎么设置的障碍?你了解了,还是调查了?你应该给大家讲清楚,是不是?啊?"

"谁设置障碍,谁心里清楚!事情就明明白白地在这里摆着!还需要证实吗!"罗维民毫不畏怯。

"这都是你的什么据了解,据了解就能作为依据?啊?你是一个

· 517 ·

侦查员,是不是?侦查员是要讲究证据的,是不是?谁设置障碍了?谁心里清楚了?啊?特别是涉及一些具体事、具体人,都得有确凿的证据,是不是?据你了解的,当然是你听说的,也可以说清楚,是不是?你在侦查科多年了,是吧?在调查当中,你感觉到有哪些障碍?什么障碍?谁是障碍?你说不出来别人怎么会清楚?啊?你比如说狱政科的冯于奎呀?比如你们侦查科的单昆呀?比如大队的谁谁谁呀?中队的谁谁谁呀?是吧?除了他们还有谁?啊?是辛政委吗?是施政委吗?是我吗?你心里清楚了?别人心里就清楚了?别人心里清楚了,大家心里就清楚了?什么话?一个老侦查员能这么说话吗?啊?"

"我说过了,监狱有关的领导我几乎都找过了,有的甚至找了不止一次两次!但始终没有得到一次真正的答复,没有引起任何人的重视。"

"我是说设置了哪些障碍?"程敏远不紧不慢,但却步步逼来。

"直到今天,还是没有任何……"

"说以前的事,主要是设置障碍的这个问题,谁给你设置障碍啦?啊?"

"前天我找单科长,单科长当时就批评我,说我不应该单独找领导……"

"这话你刚才不是已经说过了吗?我是说设置了哪些障碍?"

"昨天提审王国炎时,并没有人通知我……"

"设置什么障碍?主要的,具体的!你听不明白我的话吗?"

"那天晚上我给你打电话时,你对这件事根本就没有任何反应!你就……"

"罗维民!我设置了什么障碍!啊?"程敏远一拍桌子站了起来,"我没给你说让你找单昆吗?没说让你找五中队的指导员和中队长吗?没让你明天继续找我谈吗?这就是设置了障碍了吗?啊?这就是把你逼得无路可走了吗!啊?这就是你拔出萝卜带出的泥吗!啊?到底是谁设置了障碍?你今天晚上给我说清楚!你不是要跟我对质吗?当着这么多领导的面,啊?我看你能给我说出个什么道道来……"

罗维民面对着监狱长这一句一句、抑扬顿挫的反问,一时间被气得竟不知道该怎么回答。回过头来一想,你还真是说不出他们什么道道来!只这么一个问题,他就能立刻把你打入死牢!是啊,具体是谁设置障碍了?哪些障碍?怎么设置的障碍?具体的证据你拿得出来吗?就是王国炎的日记吗?就是以前的那些记录吗?还有那些并没有落实的王国炎的口供吗?就算王国炎的那些口供落实了,那也只能证明王国炎有罪,跟眼前的这些人,又有何干?又能拿他们怎么样?其实,你再回忆一下,在王国炎的问题上,事实上他们并没有过什么过头的言行举止,也从来没有阻止、妨碍过你对王国炎的调查,从来没有讲过说过任何包庇、袒护王国炎的话,甚至还常常显示出一种对王国炎的极度厌恶和轻蔑。从他们所有的言行举止上,你几乎抓不住任何把柄和破绽。表面上的种种现象都在表明,他们几乎同王国炎的案情没有任何关系。就是把王国炎再判十次死罪,对他们又奈之若何?他们还不是照样做他们的官?你明知道他们干了那么多坏事、丑事、鬼事、恶事、见不得人的事,但你就是拿他们没办法。他们把自己包得很严,让你无能为力,束手无策。反过来,等到他们缓过劲来,腾出手来,位置坐稳了,风头过去了,一旦还手立刻就能让你死无葬身之地,想把你怎么样,就能把你怎么样!对你来说,他们个个都是执法者,而你仅仅只是个守法者!你奈何不了他,他却可以随时随地地任意处置你、收拾你!人说多行不义必自毙,岂知三马同槽行恶千里!执法犯法,徇情枉法,以权压法,贪赃枉法,这就是他们欺世盗名、挂羊头卖狗肉的阴险之处,也正是他们笑里藏刀、杀人不见血的可怕之处!

"哑巴了吗!啊?说话呀?你刚才气势汹汹的劲头都哪里去啦?啊?你听不明白我的话吗?说呀?还有哪些领导给你设置障碍啦?啊?不是能说两天两夜吗?啊?怎么就没词啦?罗维民!请你回答问题!听见了没有……"

罗维民紧张地思考着,看是不是该把监狱内外正在发生的事情都说给他们。

BP机的鸣叫,给罗维民适时地找了个借口。他一边掏出BP机看

· 519 ·

着,一边答道:"我不想回答你,是因为有些事情我暂时还不想说出来!你既然想听到我的回答,正好我已经写好了一份举报材料,我现在就当着这么多领导的面,先把这份举报材料念给你听听……"

罗维民突然一怔,他看到了 BP 机上的一行字:

……魏德华先生说,一切顺利,他们已经撤出!要你尽快摆脱干扰,小心守候,并转告辜政委,命令已下达,准备明早行动!切切!

怎么办?

罗维民看着眼前一张张紧盯着自己的目光,突然意识到,即使要脱身,也必须把这份举报材料念完,然后再找个借口离开。

举报材料并不算短,他念得极快,然而又显得并不慌乱。一千多字的材料,几分钟便念完了。

念完了,他看了一眼辜政委,然后大声说道:

"你不是要回答吗?这就是我的全部回答!举报材料所讲的内容由我个人全权负责!并承担一切法律责任!现在我就正式交给你们!这份举报材料我已经一式两份,另一份我现在就交给监所检察室,从现在起,我就正式开始对古城监狱的问题进行检举揭发!明人不做暗事,我还要去省监管局!去省司法厅!去省委!去司法部!如果还不行,就去中南海!去中央!古城监狱的问题一天查不清楚,我一天也不会停止!告不倒古城监狱的这些贪官污吏,我罗维民誓不为人!就是粉身碎骨,我也心甘情愿,死而无悔!"

说完了,罗维民把那份举报材料往桌子上猛然一拍,然后一转身拉开了会议室的大门。

他刚一跃身走出来,猛一个战栗,顿时又呆在了那里:

会议室门口有个人站在那里,正虎视眈眈地盯着他。

他一眼就看清楚了:

赵中和!

代英醒来时,发现自己正躺在省厅的医疗室里。

可能是脸部的肿胀,让他几乎看不清眼前的东西。

有几个人围在身旁,当他终于看清是苏禹厅长,还有李局长和易局长时,他哼了一声便要坐起来,然而立刻便被苏禹给轻轻地摁住了。

"别动,你的头上刚刚缝了几针,好好躺着。"苏禹脸色严肃,却又语气温和地说道。"医生刚检查过了,没什么大问题,看来暂时不需要住院。头晕不晕?"

确实很晕,晕得想吐,但代英摇了摇头,"好像有点,没事。"

"苏厅长说了,住在这里也更安全一些。这里有最好的大夫,还有最好的仪器。"李辉局长这时插话说道。"苏厅长在这里已经待了好长时间了。"

代英突然想到了什么:"……那他们呢?他们几个呢?还有那些东西?那些信件和录像带还能不能复原?"

"他们都很安全,那些东西也都很安全。技术科和特勤科的人正在做紧急处理,如果顺利的话,有些很快就能复原。你们下午行动的情况已经有人给我们汇报过了。小代,谢谢你。"苏禹的话依然很轻,但却让代英差点没掉下泪来。

"我们是不是已经可以采取行动了?"代英问。

"是,你们找到的东西给我们提供了有力支持,还有,古城监狱方面的情况也很顺利。"

"苏厅长,我觉得,我们必须尽快采取行动,不能再迟了,再迟就晚了,来不及了……"

苏禹轻轻地打断了代英的话,"已经决定了,我们刚刚研究过,行动的时间定在今天上午七点。"

代英一震:"七点!不能再提前了?"

苏禹摇摇头,"不能。时间少得不能再少了,几方面都得准备,史元杰此时正在回去的路上。如果准备不足,有了疏漏,还不如不行动。"

代英沉默了一下:"苏厅长,赵新明和樊胜利他们现在的情况怎么样了?"

苏禹默默地站了起来:"……正在抢救。小代,我现在担心的是你。现在离七点已经没有几个小时了。七点钟的行动是个大行动,我同李局长和易局长商量来商量去,还是觉得应该由你来具体负责,你的身体顶得下来顶不下来……别动,别动,你给我好好躺着。"苏禹对坚持要坐起来的代英摆了摆手,"我现在并不要你回答,你现在的主要任务就是给我好好躺着。你在脑子里认真估计一下,究竟需要多少警力?你们刑侦处刑警大队的警力究竟够不够?需要不需要防暴大队的支援?需要不需要武警支队的支援?需要不需要各分局的支援?对那些实施拘传的犯罪嫌疑人,我们究竟了解多少?七点钟,正是上班上学高峰,在执行任务时,如果发生枪击事件怎么办?学生和群众围观怎么办?交通堵塞怎么办?还有一点,在东城分局,属于姚戬利死党的警员究竟有多少?对姚戬利本人,是通知他来市局,或者是来分局再拘捕他,还是直接去他家里强行拘捕?还有武术学校的校长,武警支队的武术教官,对这些人我们又如何采取行动?其中还有一个市政协委员,我们至少也得在对本人实施拘传的同时,通报市政协审议。还有,万一消息透露出去了怎么办……"

"苏厅长,这些我都考虑过了,对这些嫌疑对象的住宅和办公地点,我在下午执行任务前,就以别的名义分别通知了刑侦科、缉毒科、档案科和刑警队的一些可靠的民警,据我所知,他们已经把这些资料交给了指定人并已集中到了一个可靠的地方。从今天晚上我们执行任务的情况来看,可以肯定他们并不知道我们即将行动的消息,否则他们绝不会那么明火执仗地跟我们干。惟有一点,我希望你和李局长、易局长再商量一下,时间至少还应该提前一个小时,否则要出大问题。"代英一边说,一边已经坐了起来。

"会出什么问题?"苏禹问。

"像他们这些人,尤其是在这两天,七点钟时,肯定都起了床,很可能有一部分人已经走在了上班的路上,而且老婆孩子也都在,来来往往上班的人又那么多,一旦看见警察,别说大人了,只是那些小孩子的围观就让我们寸步难行。而一旦有人围观,几乎就等于把行动告知了那些犯罪嫌疑人。人越多,我们越被动,对他们则越有利。要是他们有枪,情况就会更糟……"

易伟来副局长这时插话说:"这我们都考虑过,问题是现在根本就没时间。现在都快凌晨三点了,如果我们现在发布紧急通知,让刑警队的人立刻回局里集中,那几乎等于把通知告诉了犯罪嫌疑人,百分之百地要走漏消息。我们最好在五点半左右发出通知,六点钟全部集中,他们没有人想到我们会在这个时候有什么大的行动。这么多年来,像这样的行动,极少有在七点钟实施的。七点钟,犯罪嫌疑人一般都会在家里,有孩子和妻子在家,对我们有不利的地方,但对他们也一样有不利的地方。"

代英几乎想也没想地便打断了易伟来的话:"这我不能同意。这岂不是等于要拿嫌疑人的妻子孩子做人质?事实上,让刑警队员集中的时间根本用不了那么多,不论是实战还是演练,我们进行过多次了,半个小时足够。布置任务二十分钟足够。六点钟行动,五点钟集中没有问题。我的刑侦处可以组织二百警员,我可以保证万无一失。还有,为保险起见,各城区的刑警队员在各城区集中,然后由我们的人去当场布置任务。防暴大队集中待命,暂时不布置任何任务。武警只需要给领导打个招呼就行。苏厅长,我觉得这样基本上就可以了。精兵强将,总共五百多警力足够,人越多反而越容易出意外。关键是时间。事实上,我们的勘验、检查工作一些主要的部分已经完成,其余的我也都随时布置了下去,所以,我认为越早越好。"

一阵沉默。

"要是提前到六点,史元杰他们怎么办?史元杰至少还要两个小时才能到家,你让他们怎么采取行动?"苏禹突然问道。

"立刻给史元杰打电话,看他到了什么地方?"李局长一边说,一边开始拨手机。

十几秒钟后,史元杰接了电话:

"……我的车时速一百二十公里,估计再有一个多小时就能赶回去。"

"苏厅长让你别玩命,注意安全。"李辉嘱咐道。

"……我的手机……手机没电了……让……厅长接电话。"史元杰手机里的声音时断时续。

"……我是苏禹,请讲。"苏禹接过手机大声说道。

"……刚接到……何处长的……说……"史元杰的话几乎听不清楚。

"何处长说了什么?大声点,我听不清楚!"

"何……说,行动……提前,一定……提前!要出大问题!"

"再说一遍!"苏禹几乎在喊了。

"何处长说……七点……必须……六点以前!越早越好!"

"何处长现在在什么地方?请他直接跟我们联系!"

"……不知道……可能……重伤……说了两句,大概……晕过去了。"

"告诉我他的电话号码!"

"……没有……不……没电……回去……再……联系。"

手机里突然没了声音。

一分钟内,李辉的手机连响了几次,但每次一接就没了声音。

李辉打过去也一样,对方一接就没了声音。

真的是没电了。

苏禹愣了半晌,"出什么问题了?重伤……是不是被绑架了!"

几个人都呆在了那里。

史元杰一边瞪大眼睛看着前方,一边紧张地思索着何波刚才在手机里说的那些话。

何波说了,他已经从 BP 机上看到了行动的时间,他坚决要求改动时间,行动必须提前,越早越好。何波的声音很弱,他什么也没说,只说他受了伤。然后就只说这件事:行动必须提前,一定要提前!

尤其让史元杰不可理解的是,何波说如果他回来了,一定不要回市局,否则要出大问题。史元杰问为什么时,手机里便没了声音。他只听到了有个人喊了一句何处长,手机立刻便被关掉了。可能是何波自己关掉的。如果何波受了伤,说了两句就没了声音,很可能是晕过去了,或者是没法说下去了。那么,他一定是受了重伤,致命伤!他自己关掉手机,又不让别人说,极可能是他所处的环境不允许。在他身边的人他不放心,他觉得不可靠。

为什么不能直接回市局?何波说的大问题会是什么?

问题是,市局里如今还有两个人在等着他。在这之前,他刚刚通过电话,这两个人都还在,都还在等着他。别的并没有发现什么异常的现象,如果出了大问题,值班室的人会不告诉他?

紧接着便是苏厅长打来的电话。

然后手机便没电了。他曾准备了两块电池板的,但今天打得太多,电都被用尽了。

没了手机,没了联系,才明白现代通信工具是如此重要,又是如此可怕!愣了半晌,他看了看汽车仪表,轻轻地问:"还能不能再快点?"对司机来说,这句话不啻是一声惊雷。这辆桑塔纳的时速此时已经超过了一百二十公里。这在没有任何封闭的二级公路上,几乎已经达到了极限。

史元杰对司机继续说道:"咱们四只眼睛一起用,我给你看着两边,你只管朝前看就是!"

司机并没说话。

只见仪表上的指针渐渐地开始右转:

……125……130……135……140……145……

魏德华一出古城监狱,一边让他们几个在邮局用三部传真机同时向省厅传送王国炎的审讯记录,一边等在车里不停地打手机。

给罗维民打了个传呼后,他先问了问市局值班室有什么情况,值班室的小张说刚才史局长来了几个电话,除了何处长一直还没找到外,别的一切正常。另外就是地委的贺正雄书记打了几次电话,口气很严厉。

"贺正雄……这么晚了他还要干什么?"魏德华问。

小张说:"他就是要找史局长。我按史局长交代过的话给他说了,就说史局长出去了。他问史局长去哪儿了,我说不知道。后来又打了两次,我还是没敢说史局长在哪儿,没想到他大发雷霆,把我臭骂一通。说限我十分钟内必须把史局长找到,并让史局长立刻给他去个电话。然后我赶紧又给史局长打手机,可史局长的手机一直打不进去。魏局长,我都不知道该怎么办了,贺正雄书记可能一会儿还要来电话。"

"他最晚一次来电话是什么时间?"

"大概还不到十分钟。"

"你没给他说别的吧。"

"我敢说啥呀,他那么凶,我又不能把史局长卖了。"

"你做得挺好,别管他,再打电话你就说史局长的手机一直不开,不知道出什么事了。一切等我回去了再说。"

"魏局长,你快点回来吧。这儿还有两个人哪,他们一直闹着要走,还说再不让他们走,他们就向检察院法院告咱们非法拘禁。"

"……谁?"

"胡大高和范小四。"

魏德华猛然一惊,他几乎都忘了这件事!看来史局长真听了自己的话,把他们软禁在局里了。见鬼!这两个东西究竟该怎么办?放了吧?谁知道他们出去了会干出什么事情来。不放吧,又肯定会引起他们的警觉……对了!说不定贺正雄火气冲天的原因跟这也有关系!他们都有手机,并没有断了联系。

"小张,你听着,我马上跟史局长联系,你们先想办法把他俩暂时稳住。我正在邮局电传一份重要材料,估计得四十分钟左右。如有情况,随时同我联系。我的手机一直开着。"

"明白。"

"还有,能不能想办法把他俩的BP机和手机没收了?"

"……这,有名目吗?总得有个说法呀?"小张突然为难起来。

"……你就说我说的,何波处长的事情同他们有联系。"

"何波处长？什么事情？"

"这你别问，也不必给他们说什么。看他们的反应，然后再见机行事。"

"……明白！"

…………

接下来魏德华又连着拨了两次史元杰的手机，仍然一直打不进去。史局长究竟怎么了？

正拨着手机号码，BP机响了起来。

……苏禹先生说，行动提前到六点！史元杰手机没电了，具体情况请你立刻同他联系，或立刻打开手机！

六点！现在都已经四点了，怎么来得及！

魏德华呆了半天，立刻像发疯一样拨着手机号码。

四十一

面对着门口的赵中和，罗维民强迫自己立刻镇定了下来。

不要理他，马上走开，立刻离开这里！尤其是必须摆脱他的纠缠。

"罗维民，跟我走，我有话要给你说。"赵中和挡住了罗维民的去路。

罗维民一把拨开他，一边往外走，一边说："我现在不想跟你说话，有话明天再说。"

"你的条子我看过了，你刚才在会议室里的那些话，从头到尾我也全都听到了。我确实有话要说。"赵中和紧跟在罗维民身后，一边走，一边说。

"我给你说过了，我现在没时间同你说话。我马上要到监所检察室，既然你听到了我刚才说的话，那你知道我现在要干什么。"罗维民越走越快,转眼间已经走出了办公大楼。

"罗维民!站住!"赵中和低声吼道,"马上跟我回办公室!"

"赵中和,我忍让了你一天了!要换了别人,我早揍扁他了!其实,你心里比我更明白,你根本没有这个权力!你对你今天的行为要付出代价的!"罗维民看也不看他一眼,径直向大院里监所检察室的方向走去。

"你去也是白去,检察室根本就没人!"赵中和嚷道。

罗维民一愣,转过身来。"你怎么知道的?检察室的人去哪儿了?"

"在王国炎出事的前两天,检察室的人就去省里学习去了。"

"什么时候回来?"

"半个月的学习时间,你自己算吧。"

"你怎么知道的?"

"我比你知道的要多得多。"赵中和同罗维民的距离近在咫尺。在黢黑的夜色里,两个人几乎脸贴着脸。

罗维民揣摩着赵中和这句话的意思,他究竟想干什么?又究竟想跟我说什么?他所说的检察室的人开会去了,究竟是真是假?想到这里,他一转身又继续朝监所检察室走去。

罗维民在监所检察室的门上敲了足有十几分钟,确实毫无动静。检察室是一个套间,就一个检察员,平时吃住办公都在这里。看来确实不在。

王国炎他们之所以会在这几天采取行动,也许这也是一个原因。

赵中和等到他不再敲了,这才说:"我没骗你吧?好了,请马上回办公室,我确实有话要说。"

不远处路灯的光亮显得眼前更加昏暗,罗维民根本看不清赵中和的表情。听他的口气,似乎并不像有什么见不得人的企图。看来,想摆脱他,也只有听他把话说完了再见机行事。他究竟会给你说些什么?他环视四周,这个地方无人居住,视野很宽,左右都是高墙,隔音而又安全。要说就让他在这里说。否则去了办公室,他们若要派什么人来找,反而更难脱身。

此时赵中和继续说道:"你知道我没枪。论武功,论枪法,我又不是你的对手。你担心我什么?"

"我担心的是,这两天我完全把你看错了!如果你真的有话要说,那就先在这儿回答我几个问题,否则我会马上让你离开我,你知道我会怎么办。你的枪呢?"

"我要问的正是这个!我的枪呢?"

罗维民一愣,"……你问我?"

"是!"

"你认为是我把你的枪拿走了?"

"他们说了,除了你没别人!"

"他们是谁?"

"这不用你管。"

"回答我!"罗维民低声咆哮起来。

赵中和突然沉默在那里。

"说话!他们到底是谁?"罗维民厉声嚷道,"到底是谁说我把你的枪拿走了!"

"……是程敏远和冯于奎。"赵中和终于说出了这两个人名。

"昨天晚上你出去洗照片,用了那么长时间,是不是就是跟他们在一起!"

"……是他们在找我。"

"这么说来,在你看王国炎的日记时,你的 BP 机不断有人在呼,是不是也是他们?"

"有他们的,也有别人的。"

"十二点以后你说你要回去睡觉,是不是又去了他们那儿?"

"……你问完了没有!"赵中和终于恼羞成怒。

"没有!"罗维民勃然怒喝,"这两天对我一直暗中监视的人,并不是别人,而是你!是不是?"

"是!"赵中和毫不隐讳,愤然作答。

"你的孩子其实根本没病,你的孩子老婆也根本没去省城！是不是？"

"……是！"

"你去省城其实是替他们办事,王国炎的问题其实你早就清楚,是不是？"

"既然你都知道了为什么还问！"赵中和依旧毫不示弱。

"我想了一下午才算想明白！赵中和！他们究竟给了你多少好处！"

"人为财死,鸟为食亡。谁给我好处我为谁办事！靠我那点工资我活不了！这年头,我没办法！"

"赵中和！你的死期到了！你知道不知道！"

"知道！否则我不会到现在了还要跟你对话！"赵中和全然一副豁出去的劲头,"我现在只问你一句,我的枪你到底拿了没有！"

"你要武器库钥匙的动机是不是就是为了这个？"

"现在是我问你！"

"你看我像吗？"

"我要你如实回答！"

"我要你的枪干什么！真是愚蠢透顶！"

"他们说你们已经发现了我的问题,我已经暴露了,所以你们就暗中缴了我的枪！"

"赵中和,到现在了,你还这么认为吗？"

"我只是想证实一件事！"

"你想证实什么？"

"他们是不是出卖了我！"

"其实,你已经清楚了！你早就成了他们的替死鬼！你蠢成这样,真让我替你害羞！你能说出这样的话来,让我感到可耻！"

"如果你真没拿,那我就明白我的枪是谁拿走了。不过,有句话你听着,其实,你也一样愚蠢！我斗不过他们,你也一样斗不过他们！如果我死定了,你也照样死定了！就算我做了替死鬼,大不了也就是给个

· 530 ·

什么处分。就算让我坐上几年牢,同我得到的好处相比,那也值了!你可不一样,到死你都只能是个穷光蛋!死也只能是个饿死鬼!"

"可我活得堂堂正正,清清白白!而你活着还不如一条狗!每天都活得心惊肉跳,寝食不安!一有个风吹草动,一家人都让你吓得死去活来!死了让你的妻儿老小背一辈子黑锅,活着也只能是具行尸走肉,也只能是个大大的活死人!你害人害己,让你的祖祖辈辈、子孙后代都替你蒙羞受辱!像你这样的人,还有什么脸面活在世上,就是个叫花子也比你强一百倍!原以为大概是你的老婆孩子让什么人给绑架了,我们还想着该怎么帮你,解救你。做梦也没想到你能坏成这样,利令智昏到全无人性,连起码的那一点人味都没了!为了几个臭钱,你不只把你自己让人绑架了,连你的先人后代、妻儿老小也让人给绑架了!别人临死找个坏人仇人做垫背,你他妈的竟把你的亲人拉来做垫背!没想到你比我想像的更愚蠢!比我想的黑一千倍!死到临头了,你还在这儿颠倒黑白,痴人说梦!你也不想想,连王国炎那样的人他们都想杀人灭口,像你这样的小爬虫,他们只会给你一个什么处分?只会让你坐几年牢?你再好好想想,他们把你的枪都拿走了,对你来说,那意味着什么!你要是连这个都没想明白,简直就是一个地地道道的大傻×!你他妈的连一个白痴都不如!"

"骂得好!我知道我不如你,我也知道我说不过你。我他妈的要不是个大傻×,也不会到这儿来挨你骂。好了,我不想跟你再在这儿斗嘴皮子。你也用不着再用那些大话空话吓唬谁,都什么年代了,你那一套还有什么用,又还能教育了谁?"说到这儿,赵中和的话一下子软了下来。"罗维民,话都说到这份儿上了,也没什么可隐瞒了,咱们就打开窗户说亮话。我眼下找你来,可不是只为了我自己。看在我们在一起多年的份儿上,你帮我一把,我也帮你一把,只要咱们闯过眼前这一关,以后的事全都好说。咱们该报仇的报仇,该申冤的申冤,该算账的算账。留得青山在,不怕没柴烧。其实,我并不像你想像的那么坏,那么没良心,那么没人味。还有,我也绝不像你说的那么傻,更不是一个大傻×。我刚才给你说过了,我知道的比你知道的多得多。我再给你说一句,我记下来的那些东西,要比你记的多得多、早得多。"

罗维民一震:"你都记了些什么?"

"我要是说了,你得答应我的条件。"赵中和显得深沉而诡秘。

"都记了些什么!"

"比如王国炎的那些事情,这些年来,那一桩桩一件件的交易,多少个违法乱纪的文件,多少次违反监规的探视,多少人明目张胆地送钱送物,还有那些记功、减刑的虚假材料,以及同监外人的种种联系。包括王国炎的那些言行举止和交代,包括你看到的那些日记,事实上我早都做了记录,而且全都能复印的复印,能翻拍的翻拍。你是个侦查员,我也是个侦查员,我做的比你一点也不差。对王国炎的事,你满打满算也就这几天时间,你知道的充其量也就是个皮毛。我可就不同了,自打王国炎一进来,就是我侦查的对象,我说过了,我比你知道的多得多。"

"说具体的!"

"具体的?你想知道什么具体的?王国炎的还是那些领导的?"

"都是谁在背后指使着你!"

"其实,你猜得都差不多,王国炎之所以能有这么大的能耐,就是因为在这个监狱里他有硬后台。只不过监狱的领导里头,真正陷进去的并不像你想像的那么多。真正的腐败分子其实也就那么两三个。程敏远算一个,冯于奎算一个。其实,在古城监狱里,真正掌权的,真正有权的也就是他们两个。一个是监狱长,一个管着狱政科。他们要是坏了,什么坏事都干得出来。其余的呢,要让我说,连胁从也算不上,说好了,是受了蒙蔽;说坏了,是官僚主义。"

"傅业高和程贵华呢?"

"两个人都一个货色,胆子小得跟兔子一样,得上芝麻点大的好处,稍有动静就能吓个半死。不算好人,但也算不上个坏人。其实,谁也明白,像这样的人,没人会重用他们,更不会把什么要紧的事情告诉他们。他们除了老实听话外,别的本事没有,别的什么也不知道。这种人社会上多得是,他们连傻×也算不上。好处么,倒也得了一些。比如东关村盖的单元房,他们都得了一套,没白要,成本价。就这也不错了,比起那些商品房来,一百五十多平方米,怎么着也少掏十万八万的。不过,这些全都名正言顺,手续齐全,又是以监狱集资的名义盖的。比起冯于奎和程敏远来,估计他们还算清白,大概没什么要命的把柄。"

"单昆!"罗维民不依不饶,似乎要寻根究底。

"单昆?那还用我说吗?对他你比我更清楚。鬼精鬼精的,好处他不会放过,但违反原则的事他绝不会干。他不是傻×,做什么事都有一个界限。老实说,单昆对咱俩都不赖。人要恩怨分明,我不想说他什么不是。"

"你们是不是把施占峰也拉下水去了?"

"这你就大错特错了!你小子搞案子有一套,但你搞政治,就像你骂我的那样,纯粹一个地地道道的大傻×!施占峰要是跟他们成了一伙,还会谋算着提拔你!要不是程敏远他们挡着,你小子副科长说不定早当上了!施占峰的毛病就是耳朵软,想不到点上又刚愎自用。不用脑子,却认为是果断。对谁也疑神疑鬼,偏还要搞什么群言堂、大民主,别人正是利用了他这些弱点,才让他什么也看不清,什么也蒙在鼓里。但你要把这些全都看成他的弱点,那也一样是大错特错。这些弱点其实都是他的可怕之处。一旦他要是发现你有什么隐瞒了他、欺骗了他,他会记你一辈子。尤其是如果发现你干了什么见不得人的事,立刻就会对你深恶痛绝,甚至不共戴天!公道说,那小子还有个优点,那就是爱才。只要你是个人才,就算你有什么小毛病,他也总想用你。而一旦发现你是个傻×,你就是跑断了腿,他也绝不会看重你、提拔你。我说了施占峰这么多,你可千万别以为没什么用。这么多年,虽然政委施占峰想用你,你却一直没上去,那是因为监狱长程敏远假公济私。我呢,监狱长程敏远想用我,可我就是上不去,则是因为政委施占峰固执己见……我的意思你明白了没有?"赵中和说到这里,有意停顿了一下。

"什么意思?是不是想利用你们所说的他那些毛病,想方设法非把施占峰拉下水不可?"

"罗维民!你他妈的是真傻还是假傻!到底是真不清楚还是想戏

弄我！像施占峰那样的人谁敢把他往水里拉？我敢吗？冯于奎敢吗？程敏远敢吗？给你十个胆子你去试试！榆木疙瘩,花岗岩脑袋,连他妈的血液都僵化了,你拉他下水？拉他下水岂不等于是找死！岂不等于是白白送死！要能拉下水去早他妈的拉下去了,还等得到这会儿！跟你说这些真是白费嘴皮子……"

"辜幸文呢。"

"辜幸文跟你们是一伙的你他妈的还问我！老奸巨猾,装腔作势。要不是他,十个施占峰也不在话下。别看施占峰平时咋咋呼呼的,动不动就摆出个政委的架子,要不是辜幸文在背后撑着,这个古城监狱说不定他一天也待不住！不过,你别看这个辜幸文整天鬼鬼祟祟、阴阳怪气的,其实,对古城监狱的事他并不真正摸底,什么都只是个猜测,顶多也就是个怀疑。他是个大人物,在这个地方干了几十年,监里监外的人,没几个人不认识他。目标大了,什么鸟儿也都会让他吓跑了。所以,他也就什么都逮不着,总也是两手空空。他不像我,不管在哪儿,干什么事情也没人会提防我。认识的,以为那是你的分内工作；不认识的,以为是圈子里的人在做事。像程敏远的儿子结婚,只一个东关村,给他送礼就送了三十三万！整个市区,什么东霸天、西霸天、黑市长、南天霸,老狼、张大帅之流,哪个没有十万八万？还有那些服刑人员的家属,有钱的得送,没钱的也一样得送。哪个不想让自己的家人在监狱里过好点？又有哪个不想让自己的家人早点减刑从监狱里出来？你知道他一次收多少礼？说出来能吓死你！明的暗的,光我知道的,就有一百零八万！像冯于奎给母亲送葬,光账房上的礼金有多少？三十七万！到后来吓得他都不敢收了！不敢记了！没落到账上的还不知道有多少！"

"这些你也都搞到手了？"

"我当然都搞到手了。就像昨天我们翻拍王国炎的日记一样,你有你的用处,我有我的用处。厚厚的一大摞子账本,我全都翻拍了,我是他们办事的管家,我有的是时间,有的是机会。他们是主人,有应酬不完的事,他忙他的,我忙我的。"

"那东关村的小楼呢？都是谁得了？"

"哦？这事你也知道了？想想也是,若要人不知,除非己莫为。如今的什么事能瞒得了人？那几套小楼名义上是监狱领导用自己的钱盖的,其实他们一个子儿也没花。"

"都给了谁了？"

"有程敏远一套,有高元龙一套。"

"高元龙？就是原来二大队的教导员,现在省监管局任职的那个副局长？"

"是。但高元龙没要。他不敢要,也不想要。要那没用。卖也不能卖,住也没人住。放在自己手里,等于给自己找了个罪证。所以,这一套到现在还没主,就那样放着。听人说了,可能要送给一个分管城建的副市长。"

"那别的呢？冯于奎是不是也占了一套。"

"冯于奎？他还不够格。另外两套,有一套是备用的,另一套则是留给辜幸文的。"

"辜幸文的！辜幸文的儿子不是已经在东关村有了一套单元房？"

"这正是辜幸文的狡猾之处。两处房子他都答应了,但他都没办手续。他说他的小儿子要结婚,没房住,事实上根本就是假的。他的小儿子表面上是在省城攻读博士生,其实,两年前就已经在省城悄悄结了婚,一直住在女方的房子里。虽然要了房钥匙,但从来都没在里头住过。这件事是我前两天才在省城调查清楚的,否则他们一直还蒙在鼓里,以为有辜幸文的罪证在手,谅他一个副政委也不敢怎么样。现在看来,辜幸文这么做,无非就是想收集他们的证据。不过,不管是你们还是他们,做梦都不会想到,真正的证据全都会在我手里！我手里的东西足以把一批人都送入大牢！我的东西一旦亮出来,立刻就能倒一片！一片！你懂不懂？一片！一大片！"

"这一片里头就不包括你？你就没感觉出来你的危险？"

"我要没感觉到危险我就不会来找你。我惟一的危险就是我知道的太多了！你也明白,这能要了我的命。"

"你记的这些东西都在哪里？"

"罗维民,我他妈的再傻,也不会傻到这会儿就把这个都说给你!"

罗维民一时愣在那里。搞了几十年的侦查工作,没想到就在自己身旁的这个人让你一直深信不疑。他装得那么像,又骗了你那么久!

此时此刻,你竟对他束手无策!

良久,罗维民终于问道:

"你的条件是什么?"

"我刚才已经给你说过了,你并没有懂我的意思。"赵中和似乎早已成竹在胸。

"你说了什么?"

"我的路施占峰挡着,你的路程敏远挡着。再换句话说,你的命捏在我的手里,我的命捏在你的手里。如果咱们两个现在联手操作,那他们就谁也别想奈何得了咱们。"

"说清楚点,我听不明白。"

"有你保着我,你们的那些人,明里也就不会把我怎么样。有我保着你,我们的那些人,暗里也就不会把你怎么样。再说明白点,你现在最怕最担心的是什么?那就是程敏远、冯于奎这些人日后绝不会放过你。就算王国炎的案子马上破了,对王国炎严刑正法,立刻毙了他,你又能把他们这些人怎么样?刚才程敏远问你的那些话,我都听到了,你就是再有一百张嘴也照样说不过他。这个案子破了,说不定他还会说这全是他们的功劳,说不定他们一个个都还会立功受奖!你呢,只凭我这几天找到的你的证据,他们只需一条就能把你开除公职,严加惩处!让你一辈子也翻不了身!就算现在有公安机关的人保着你,那也只是暂时的。能保了你现在,还能保了你将来?所以,你只有靠我。靠了我,他们才不会把你怎么样,也不敢把你怎么样。何况,你已经算是自己人了,自己人,他干吗还要收拾你?我呢,你也知道了,我一直替他们干事,老实说,我也得了不少好处。一旦公安机关调查起来,百分之百的第一责任会在我这儿。到了那会儿,我该怎么办?出卖他们等于出卖自己,不出卖他们就等于我成了第二个王国炎!但我怎么能跟王国炎比!一百个赵中和也比不过王国炎的半个脚指头!而且他们刚才的话也让我害怕,就像你说的,连王国炎他们都想杀人灭口,若要想整治我,还不像捻死个蚂蚁那么容易?但如果你要是能保着我,我身后还站着个你,那他们就得考虑考虑了……"

"说完了没有?讲你的条件!"

"条件很简单。我手里现在就有两张'长城'卡,每张二十万。"赵中和从兜里摸出两块东西在眼前晃了晃。

"干什么?"罗维民依旧不露声色。

"六点钟以前,咱们一块儿把王国炎从监狱里送出去。"

"以外出就医的名义?"

"是外出检查。"

"手续都办好了?"

"废话!没有手续我会拿到'长城'卡。"

"手续在哪儿?"

"这不用你管,我们随时可以拿到。"

"把王国炎送到什么地方?"

"不远。到了城郊就有人接,等到他们接走了人,我们就朝天放枪,然后回来报案,说是王国炎夺枪脱逃……"

"我们每人的二十万就到手了?"

"比这还多,事成之后,每人再给三十万。"

"你就不怕遭到他们的暗算?"

"枪在你手里,我又没枪。王国炎戴着手铐,即使送他上了等他的那辆车我们也不会给他打开,在他没离开之前,他其实就是我们的人质。我都不怕,你怕什么?到了那会儿,是他们怕我们,而不是我们怕他们。"

"你就不怕我告发你?"

"别说梦话了,你知道你的处境,这会儿不管你说什么,监狱里也没有一个人会相信你。就算有人相信你,我不承认,说什么也是白搭。"

"你想得真周密。"

"我说过了，我并不像你说的那么傻。"

"我还是不明白，监狱里这么多人，你为什么会选中我？"

"你有难处，监狱里此时此刻除了一个辜幸文，几乎没有一个人敢为你说话。就算有人为你说话，那也是耗子想咬猫。一把手是程敏远，树根子不动，树梢子再晃也是瞎晃荡，空有那么多人顶屁用。再说，你老婆的病也急需一大笔钱，你也没房子。当然了，如果有你在，王国炎跑了，没人会相信是我们故意放走的，至少公安机关会相信你，相信你，也就等于相信了我，也就等于没了我的干系。我没了干系，他们就都安全了。而他们安全了，你也就安全了。你好我好，大家都好。只要王国炎一跑，满天的云就全散了。上上下下都已经打点好了，绝不会再有什么人来追查这件事。谁手里也捏着谁的证据，谁也不敢把谁怎么样。我们顶多也就写份案情报告，五十万换一份案情报告，这样的事情傻×才会不干……"

赵中和的脸突然向后几乎扭歪了一百八十度，当他意识到是罗维民给了他一拳时，没等他缓过劲来，罗维民的第二拳、第三拳像是狂风暴雨一般的又紧接着砸了过去。

赵中和连哼也没来得及哼一声，便仰面扑通一声重重地倒在了地上。

这个杂种！

看看倒在地上的赵中和，没个把小时四十分钟的，他别想再站得起来。

怎么办！现在究竟该怎么办！

罗维民一边疾首蹙额地思考着，一边心焦如焚地转身往办公室走去。情况如此严峻，又是如此残酷，真是瞬息万变，十万火急！他本来想去办公楼去找辜幸文，把刚才发生的事情马上给他汇报，但一想又觉得有些不太妥当，说不定此时他们仍在会议室做进一步的较量，如果去了，再被他们纠缠在里面反而不利。看来只有先回办公室，一方面在此关键时刻，那里的武器库需要保护，另一方面在办公室同辜政委和外界联系会更方便一些。

罗维民急匆匆地走回办公室时,不禁大吃一惊。

办公室里此时竟然站满了人:辜幸文副政委,施占峰政委,侦查科科长单昆,二大队大队长周方农,还有古城监狱的纪检书记,办公室主任,另外几个副监狱长和副政委,以及另外几个大队的教导员、大队长,以及其他科室的负责人……

刚才在会议室里开会的大部分领导,几乎都在办公室里站着!

辜幸文一见到他,立刻问道:

"大家都很担心,你和赵中和刚才到底到哪里去了?"

罗维民看着辜幸文的脸色,立刻觉得来到这里的应该都是对自己有所信任的领导,当然也包括政委施占峰和侦查科科长单昆。听他把刚才的经过简单说完,施占峰走近他身边,脸上虽然依旧没有任何表情,但语气似乎已经委婉了许多:

"看你一个人把监狱都闹成什么样子了。我说这些并不是还要批评你,也不是不信任你,尤其是在这种时候。其实现在对你的任何批评都没有什么意义。你要是早点把这些都给我说清楚,还会有现在这样的局面?具体情况辜政委刚才已经给我讲了一些,但我还是要问问你,古城监狱的问题究竟有多大?是不是真的像你说的那样危险?赵中和的话到底有多少是真的?还有,据说王国炎交代了许多问题,这些问题的可信度究竟有多少?特别是刚才听辜政委说,公安机关将要根据王国炎交代的那些问题进行一次行动,这样做是不是有些太仓促,太缺少准备,太早了一些?从你告诉我到今天,刚刚过去了还不到两天时间,怎么一下子就会冒出这么大这么多的问题来?现在有这么多领导在这里,都是信任你的领导,也都是你完全可以放心的领导,你能不能再细细地讲一讲有关王国炎的一些具体情况?比如说公安机关进行这次行动的依据都具体是些什么?这很重要,你懂不懂?一来关系着咱们古城监狱的声誉,二来也关系着咱们监狱下一步的行动,如果情况属实,我们究竟应该怎么配合?怎么采取行动?又究竟该怎么给上级领导汇报?从目前的情况看,我确实有责任,我的判断也确实有问题,老实说,我现在的心情很沉重,大家也一样。但错了,错在什么地方?对的,又有哪些经验值得总结,等等等等。好了,你现在就说说吧,也好让我心里有数。反正天也快亮了,情况真像你说的这么紧急,我们也没必要休息。就是休息,也休息不踏实。"

罗维民看着施占峰的脸说:"施政委,其实现在说什么都已经不重要了。我觉得,只要我们古城监狱能在六点钟以前不再出什么问题,此后的二十四小时就将会给所有的人一个交代。如果是我错了,我甘愿受到任何惩罚;如果是别的什么错了,我想那并不是一时半会儿说得清楚的事情。施政委,本来我回来就要同辜政委联系的,没想到这么多领导都在这里。我认为现在情况非常紧急,监狱所有干警都应立即紧急动员,准备应付有可能发生的一切突发事件!我刚才在赵中和那里还得到一个情况,赵中和说他的手枪在昨天丢了!对他的说法,我刚才已经做了分析,我觉得他没说假话!他刚才还对我说,如果我接受他的条件,就在六点钟以前把王国炎送出监狱!他还说王国炎出监狱看病的手续好像已经办好了!所以,我们必须立刻采取行动!"

施占峰直直地看着罗维民,沉默了好一阵子才问:"采取什么行动?"

"立刻对程敏远、冯于奎、程贵华、傅业高、赵中和几个人进行严格监控,绝不能让他们再这么为所欲为,想怎么干就怎么干。只要把他们的行动限制住了,其余的问题就好解决了。"罗维民急切地说道。

"你觉得我有这个权力吗?"施占峰显得有些生气地问了一句,那表情不知是在埋怨自己还是在埋怨别人。"这岂不是天方夜谭?这是监狱,是国家权力控制的专政机构,我想怎么样就能怎么样吗?我能那样做?我能吗!程敏远是什么人?监狱长!监狱里的一把手!对他采取行动!你行吗!我行吗!还是这里的哪个人行!就算他真是个罪犯,那也不是我们立刻想怎么样就能把他怎么样的!"

"那我们就这么眼睁睁地看着他们销毁罪证,然后把王国炎偷偷放走?"罗维民也不禁嚷了一句。

"罗维民,这是个组织,对监狱的一个主要领导,只能由上一级组织来处理。要对他进行处理,那得有证据,强有力的证据。不管你怎么说,说了多少,即使是在现在,你还是没给我拿出一个有力的证据来!只凭王国炎的那些交代,我们现在采取不了任何行动。"施占峰直截了当地说道,"我们对程敏远、冯于奎、傅业高、程贵华这些人的看法和结论,究竟凭什么?就凭赵中和的那些话吗?就凭一个服刑人员的日记吗?如果有个人对你说我有问题,是不是你也建议领导立刻对我实施监控?我给你说实话,程监狱长他们对你的看法,并不像你对他们的那样糟。就在刚才他还说了,罗维民情绪不好,但为了监狱的安全能这么做,也是可以理解的。刚才我们都已经到王国炎的隔离室看过了,王国炎正在里面睡大觉,包括整个监狱的情况都很正常,也并不像你说的那样。不信,你可以问问辛政委和大家,看是不是这样?还有,赵中和丢枪的事,我早就知道。赵中和在昨天晚上就已经给程敏远报了案,监狱的领导正在追究这件事。程敏远对这件事非常重视,已经采取了严密的措施。我们今天对你实施的一些措施,并不是空穴来风,正是这一系列严密措施中的一部分。据赵中和说,他有确凿的证据是你把他的枪拿走了,而且是藏在了你的武器库里,我们现在到你的办公室来,其实,还有另一层意思,那就是想看看你的武器库。有这么多领导在跟前,谁真谁假,一看就清楚。罗维民,我们都信任你,但你必须先说服了我们。"

罗维民有些吃惊地看着辛政委,发现辛政委也在默默地看着自己。

原来是这样!

紧接着就在此时,一个让罗维民最为担心,也是最感可怕的事情终于发生了,施占峰威严而又果决地说:

"我们刚才商量过了,暂时把你的手枪交给组织保管。"

罗维民不禁愣在那里。

"不是不相信你,而是为了防止意外。"施占峰把手伸了过来。

罗维民止不住地向辛幸文看了一眼,祈望他能阻止这样的事情。

辛幸文却点了点头,面无表情地说:

"小罗,你就先交给施政委吧,我已经给大家解释过了,你这两天情绪不大好,免得一时冲动,再闹出别的什么乱子来。这是为你着想,并不是处分,只是暂时交给组织保管。"

罗维民突然觉得鼻子有些发酸,强忍着,终于没让自己的眼泪流下来。思考了几秒钟,终于不再犹豫,愤然解下枪套和枪支,一并塞在了施占峰的手里。现场一阵沉默。

罗维民强迫自己冷静下来,默默地考虑着自己的处境和对策。

辜幸文说的并没错,大家对你今天的行为实在没法放心。你今天的言行举止实在太反常了,你的精神状态也太不正常了。任何一个思维正常的人,精神没毛病的人,又怎么会做出你今天这样的举止来?其实,你反过来再一想,施政委的所思所想你并不能说他有错。如果你自己站在施政委的立场上,说不定也一样会这样做。这么大的一个监狱,这么多的领导,凭什么就只相信你一个小小的侦查员!莫非真的成了众人皆醉你独醒?所有的人都是酒囊饭袋,百无一用,就你一个人火眼金睛,心明眼亮?

这是一个组织呀,组织!只凭你几十分钟的时间,就能让这么多的人去相信你,而对一个组织产生怀疑?

真像赵中和刚才说的那样,在这个古城监狱里,相信你和敢为你说话的,除了辜幸文几乎再没有第二个人。而现在,似乎连辜幸文也正在动摇!不管你说什么,也没有一个人会相信你。

程敏远清楚这个。

赵中和也清楚这个。

王国炎更清楚这个!

所以,自然而然地就发生了眼前这个最最让人不可思议的事情,他们不仅先要你拿出有力的证据,而且还要检查你的武器库!进而还缴了你的武器!

对施占峰来说,也许这是最快捷、最具实效的一个办法。如果真要采取什么行动,只有先证明了你!只有先证明你是无辜的,无罪的,可信任的,完全正确的,下一步才会去证明你的领导的对与错、有罪与无罪。何况,他还是一把手,既是监狱长,又是书记。一把手,在中国这样的国情里,尤其是在一个特殊的情况下,你要想干什么事情,如果没有一把手的同意,几乎会寸步难行!当一个权力机关的一把手出了问题时,对这个权力机关来说,几乎会成为一场巨大的灾难!因为没有一把手的同意,别说你想采取什么行动了,你连召集开会,研究讨论的份儿也没有。而没有一把手参加,你的任何决定和行动,都只能是非法的、无效的。没有人会听你的,更没有人会跟着你干!说不定还会把你拘禁起来,就像现在这样缴了你的枪。一个权力机关的组织程序又是如此的严密和等级森严,尽管你面对的也许只是一个或者几个具体的个体,但他们所代表的却是一个集体、一个组织。作为一个下级,你反对他、抵制他,就等于是在反对集体、反对组织!尽管你捍卫的是国家和人民的利益,但你代表的却是个人;他们谋取的是个人和小集团的利益,代表的却是国家和人民!

也许全世界都是这样的一个通则和通例,当一个个体面对一个集体,一个下级面对一个上级,两者之间发生抵牾和抗衡时,首先付出代价的只能是个体和下级。

要想战胜他们,首先要战胜这样的通则和通例。

这就是说,要想战胜他们,首先必须彻底说服眼前的这一群人!

问题是你如何说服得了他们?施政委说的没错,他们凭什么相信你?

而如果你要是说服不了他们,在他们眼里,真正得了精神病的就不是王国炎,而是你罗维民!

对你所有的努力和反抗,程敏远其实只需要一句话就够了:你们究竟是相信组织还是相信个人?相信我这个监狱长,还是相信一个普通下级?

即使是在刚才会议室的现场,你也一样被监狱长追问得理屈词穷。

也一样没有别的,就是因为你拿不出证据。

这就是权力犯罪的可怕和可恨。权力可以使犯罪的过程天衣无缝,无懈可击。即使暴露,也一样可以利用权力逢凶化吉,化险为夷。

所以,只凭你一个没有任何职务的侦查员,而且是只凭你的一张嘴就想制止住监狱里所发生的这一切,在他们眼里,简直是痴人说梦,荒唐透顶。在没有任何事实认定,没有任何上一级领导同意和授权的情况下,要对一个一把手采取行动,真是不可想像!即使是上一级领导,也不可能会在如此短的时间内采取这样的行动。就算上级领导已经有了批示,那也仅仅只是同意将王国炎移交公安机关审理。对一个监狱长来说,这并不意味着有任何别的什么问题。

施政委的悲愤和无奈完全可以理解,如果你不采取过激行为,对此你毫无办法!但你要是想让施政委跟你一样也采取过激行为,那几乎没有任何可能。以他的身份和组织纪律,在目前的情况下,决定了他绝不会这样做。

你不可能在如此短的时间里,让所有的人都放弃了领导而跟随你。

程敏远明白这个。

赵中和也明白这个。

王国炎更明白这个!

所以,他们就有的是办法来对付你。

他们甚至可以用你自己的人,信任你的人来对付你。

究竟是自己上了王国炎的当了?还是所有的人都上了王国炎的当了?

他把你们一个个地全都玩了一遍,然后一个人心满意足地呼呼大睡去了?

王国炎真会睡了吗?

还有,程敏远他们呢?把你们这群人全都耗在这里,他们此时则会在哪里?

这是不是他们这次阴谋中的一部分!

他看了看时间,已经快五点了!

如果真的把武器库细细检查一遍,说不定一两个小时又过去了!而在这一两个小时的时间里,任何事件随时都可以发生!

怎么办!

你又能怎么办!

四十二

　　手机的鸣叫声再次让何波清醒了过来。

　　王二贵打开手机正在惊慌失措地通话：

　　"……我是。你是谁……啊……我就是我就是……晓得,晓得……我马上就过去,马上就过去了……没问题,你放心……我这车有毛病,你又不是不清楚……好,好……你们等着,好了好了……行,行……明白……明白。"

　　"……谁的电话?"何波等王二贵讲完了,关了手机,冷不丁地问了这么一句。

　　王二贵吓得一愣,手机差点从手里掉下来。"何……何处长,你醒了?"

　　"谁的电话?"何波直直地盯着王二贵。

　　"就是胡大高他们派来的那些人。何,何处长,出了事了,公安处我们根本回不去了……"

　　"为什么?"

　　"他们刚才派过去的人,把那三个人还有李队长都抓起来了,他们已经知道了我把你拉走了,也知道我们要回公安处。他们已经派了好几辆车,要在半路上截住我们。"

　　"你是不是怕了,要把我再拉回去?"

　　"何处长,你应该相信我。我要那么干早干了,你知道你昏迷多长时间了?我在城里东躲西藏,差不多快有两个小时了。我是怕你和我再落在他们手里,其实,我就是把你再送回去,他们也绝饶不了我。何处长,我晓得你一直不相信我,可我真的要立功赎罪。那种提心吊胆的日子我实在过不下去了。我这会儿只能保住你,保住你,我才有活路。"王二贵一边说,委屈的眼泪一边吧嗒吧嗒地往下掉。

"我相信你。"何波轻轻地说。"我一看到我的枪还在,我就已经放心了。二贵,别听他们瞎咋呼,其实,他们已经无路可走了,一等到天亮,他们就全完了。好了,你听我说,永兴路,'春花'歌厅,那个老板姓吴,马上把车开到那儿去。把你的车放到他那儿,咱们开他的车,他们就认不出来了。"

"晓得了,那个地方我去过。"

"要快,我们要赶时间。我的头还是很晕,你记着,他们要是再给你打电话……或者一会儿你给他们打电话,要想办法套出他们的话来,问清楚那个偷饲料的叫李大栓的残疾人……到底被他们抓到哪儿去了……要是能问清楚,你……就立了大功。明白吗,这很重要……非常非常重要。还有,我给你一个手机号码,你马上给他通话,告诉他,就说是我的意思,如果胡大高真的是在公安局里,就立刻正式逮捕他们……缴获他们的手机。不要说我受伤的事,他很忙,就说我很好,很安全……让他放心工作就是……真渴,见了吴老板……先让他给我喝口水,快……"

说着说着,何波的头又渐渐地歪倒在了车座上。

手臂上的血液,透过厚厚的绑带,仍在不住地往外渗出,已经染湿了车座,染湿了他的衣裤……

代英默默地看着眼前已经复原,而且已经是复印件的这一摞子"材料"。

这些"材料"除了有一些是在耿莉丽的屋子里找到的让人感到有些可疑的信件外,其余的都是在垃圾桶里找到的那些被撕毁的东西。

头上的感觉明显地好多了。可能是服了药的缘故,疼痛感、眩晕感都减弱了许多。尽管累得要死,但却全无睡意。刚刚打了个盹,脑子里却全是日间的那些情景。睡着似乎比醒着更累。

苏禹厅长、李辉局长还有易副局长都早已悄悄离开,医疗室里此时只剩了他一个人。他看了看表,不禁吓了一跳,天!都什么时候了!如果不是厅长让人把这些东西给他送来,说不定此时他还在梦中!

代英明白眼前这些"材料"的重要性,否则,苏厅长绝不会让人把他从梦中叫醒。

确实都是信。复原工作看来下了功夫,有的纸块只有一两平方厘米大,但竟然都准确地对接在了一起。

放在最上面的是王国炎9月4号写出来的一封信:

妻莉丽:

上封信是不是已经收到了?想念你也想念孩子。你应该知道,我最想念的还是你。在这难熬的日子里,没有一时一刻不在想你。

上一封信你看了后,我不知道你有什么想法。有些话我实在无法给你说,但有一点你要明白,这个世界上,我丢得下任何东西,惟一丢不下的就是你。我可以对不起任何人,但绝不会对不起你,也不允许任何人对不起你。在这里吃多大的苦,我都可以忍受,惟一不能忍受的就是让你为我背黑锅,看别人的白眼,让你为我的事担惊受怕,名声受损,整日在屈辱里生活。一想到这些,我的心都要碎了。

在监狱里生活了这么长时间了,我收到过各种各样的人写给我的无数封信,收到过数也数不清的东西,但就是没收到过你的一个字,一件东西。虽然我也告诉过他们不让你给我写信拿东西,但看不到你的东西和你秀丽的字迹,我心中的世界就好像少了一大块。常言说,男儿有泪不轻弹,只是未到伤心处。他们给我的东西再多再好,即使是金山银海,也比不上你的一个眼神,一根发丝。一想起过去的日子,一想到你和孩子在家里的艰难屈辱,我的眼泪就止不住。莉丽,你放心,我很快就会出去的,我们很快就会见面。为了妻子孩子,我会竭尽全力,哪怕是流血,也要为妻儿和自由奋斗。

妻,如果人能把自己的心掏出来,我一定掏出来让你看个明白,看看我的心究竟是红是白。你一定要相信我。你的弱点就是心太软,太善良。你对任何人都不设防,就容易受到别人的暗算。我最为担心的,就是你的性情。人太柔弱了,如何在这个虎狼般的世界上立足?你一定要多个心眼儿,千万别让什么人利用了你。你的环境和我的环境其实一样恶劣,四周都是陷阱,处处都是埋伏。一不小心,就会后悔终生。两年多来,我千方百计地跟他们周旋,就像实战一样。我知道他们处处对我设防,时时对我监控,恨不得把我每天放在显微镜下,连我身上的细菌都看个清清楚楚。所以,我也就变着法儿的跟他们捉迷藏。他们玩我,我也玩他们。他们的身旁也一样,处处是深渊,处处是地雷。虚虚实实,兵不厌诈,什么里面也有真有假。你不像我,对任何事都要三思而后行。我说了这么多,无非就是要让你清楚一点,对过去的一些情况一定要好好动动脑子。看哪些是真的,哪些是假的。哪些是能做的,哪些是不能做的。你虽然善良,但很聪明,你会想明白的。他们现在都不会把我怎么样,我捏着他们的命根子,只要露出一丝一毫来,就会让他们倒下一片。我捏着他们,他们却捏不着我。一旦我要有个三长两短,或者说你要是受了什么委屈,他们的末日就到了。这些天来,他们都说我得了精神病,我也怀疑我精神上有了什么问题。有时候一想起什么来,我觉得好像根本控制不住自己。

另外,我也给咱们准备了一些东西,如果我顺利地出去了,咱们就一块儿远走高飞,找一块清静的地方好好过日子,我给咱们留下的那点东西,也够咱们后半辈子用了。我想时间会很快,你一定要有思想准备。我也给他们说好了,他们也答应了,只要我们能离开这里,什么样的条件都可以满足。

妻,你要明白,这一切的主动权并不是在我手里,而是在你手里。我真怕到了那一天,你还是像过去那么犟,耍孩子脾气。但你放心,我的何去何从,都只听你的。你要我怎么样,我就怎么样。你愿意去什么地方,我就跟你去什么地方。到时候咱们再仔细合计,看你觉得怎么办更好。我王国炎生在这个世上,命中注定就是要来侍候你的。

这封信是托老熊专门送给你的,相信一定会亲自送到你手里。看后就撕了它,别落在什么人手里坏了咱们的大事。

炎　9.4

代英默默地看着这封家书,细细地揣摩着里面的每一句话。

看来,从垃圾桶里找出来的东西里,并没有王国炎写的第一封信。王国炎的第一封信里都写了些什么?

最让人感到不寒而栗的大概是这些话了,"……变着法儿的跟他们捉迷藏。他们玩我,我也玩他们。……虚虚实实,兵不厌诈,什么里面也有真有假。"如果真是这样,那究竟都是什么里面有真有假?他又跟他们玩了些什么?而"他们"又指的都是谁?除了他们那一面的,有没有我们这一面的?当然,也包括公安机关自己。史元杰说了,何处长和古城监狱的一个侦查员在王国炎的日记里发现了大量可疑的情况,是不是在王国炎的日记里也一样有真有假?看上去他是在记日记,实际上是在玩你们?甚至连这些信上,是不是也同样有真有假?他明明知道会落在什么人手里,所以,就故意摆出这么一个迷魂阵,将计就计,让你们一个个都上当受骗?再进一步说,就像他听说的这些话,会不会也是一个迷魂阵?也同样是故意让你看,故意让你上当受骗的?也许王国炎心里清楚,自己的妻子肯定会把这封信拿给别人去看?

这个自称是得了精神病的王国炎,实实在在是太让人感到可怕了!即使是这封信落在了公安机关手里,你也一样从中找不出什么大的问题,甚至也一样会认为他是个精神病患者,可以说几乎没有任何破绽。

然而,对代英来说,却是越来越清醒了,这个王国炎真可谓眼观六路,耳听八方,神机妙算,足智多谋!否则一个在监狱里的服刑犯,何以会如此无法无天,为所欲为!

第二封信不长,但短短的几句,却看得代英如坐针毡,悬心吊胆。尤其让代英心惊肉跳的是,这封信竟然是在9月10日写来的!这就是说,从写完到送到耿莉丽手里,前后才用了不足二十个小时!

妻：

　　情况有些问题,请你转告他们,在两天之内给我答复。两天,只能是两天。还是看在你的面子上。否则,我立刻开始行动。我的计划很周全,不会出错。有一种预感在告诉我,我不会出事,我们会很快见面的。真的好想你,真的。在我最痛苦的时候,我始终都在想着你。是你给了我信心,也给了我活下去的力量和勇气。

　　老熊说,他也受到了监视。这不应该。莉丽,你一定要记住,有些朋友是一辈子都不会背叛的,就像我永远不会背叛你一样。立刻辞掉工作,就在家里待着,等我。老老实实地待在家里,什么也别做,只要待在家里,那就等于保住了你,保住了我们的家,也保住了我们的未来。多想想,就会明白我的意思。

炎　9.10

这封信,代英似乎一下子就看明白了。

王国炎的信明显的是一种告诫:你不要背叛我！老熊之所以受到了监视,惟一的原因不会是别的,就是因为你背叛了我,你把我写给你的上一封信交给了不该交给的人！你没经受住了考验,才让老熊受到监视,才让我磨难重重,身陷逆境！只要你老老实实待在家里,就会拥有一切,你要是连这一点都想不明白,可真枉费了我对你的一片苦心！

因为在耿莉丽所居住的院子里,既藏着能保证他们幸福的巨款,也藏着能保证他们安全的证物。然而,王国炎惟一无法保证,事实上也已经被证明的是,他保证不了耿莉丽的感情。耿莉丽背叛了他！

耿莉丽并不是不聪明,并不是没想明白,她之所以会有这样的举止,只是出于一个极为简单的原因:她根本就不爱他！耿莉丽爱的不是王国炎,而是别人！

王国炎可以呼风唤雨,拥有一切,但就是无法得到他心爱的女人的心！

对王国炎来说,这真是一个天大的悲剧;而对这个世界来说,这也真是一种责有攸归、天诛地灭般的无情惩罚！

那么,耿莉丽面对着像死神和魔鬼一样的王国炎,不顾一切、舍生忘死所深爱着的这个人,究竟会是谁呢?

莫非真的会是姚戬利?

代英在后面的几封化名信里,随便翻了几页,似乎立刻证实了他的猜想。其中有两处再明显不过了。

……莉丽,其实你对我的一切埋怨都是不真实的。我理解你的心情,也理解你的处境,但也请你能理解我。如果我还是像过去那样,仅仅只是一个小小的公安人员,那我会毫不犹豫地扔掉一切,永远都像过去那样,须臾不会离开你的身旁。你对我是一生的幸福,拥有你就拥有了一切。对你的爱,我一分钟也没有停止过。但我现在所处的环境,还有我的这个让我无法分身的职务,决定了我们不能再像过去那样。而这个职务对我们是这么重要,它不止保护着你,保护着我,也保护着那个青虎。你是最清楚的,青虎一旦从牢笼扑出,是要吃人的……

……你的好几次传呼我都收到了,不是不想给你回电话,而是正在执行任务。你清楚的,抓犯人的事情是很费时间,也是很危险的。我甚至不能告诉你我现在的位置……

……莉丽,我一直在想一个问题,是不是应该让我们的阴影消失。怎样消失,消失在什么地方。为了我们的幸福,我们必须立即做出决断。你从来都不爱听这个,可不听也得听,因为阴影无时不在,无处不在。这个阴影对我们的影响太大了,事实上还有人一直在监视着我们。莉丽,我爱你,如果不爱你,我不会说这样的话。你好好想想,像这样的阴影,还不该消失吗?在这个问题上,只有你才帮得了我,当然也是帮我们……

信中所说的青虎,不正是王国炎的别名?而信中所说的职务和任务,不正是一个有身份的公安人员?

这个对耿莉丽的感情躲躲闪闪,看上去谨小慎微,甚至让人感到有些虚伪和猥琐,但实际上又居心叵测、暗藏杀机的不敢署名的人,除了姚戬利还会有谁？能让"阴影"消失的人,除了姚戬利又还会有谁？

王国炎的眼光和判断没错,这个人正在利用耿莉丽!

其实,要证实这一点,只需把两个问题弄清楚就足够了。

第一,耿莉丽是不是把王国炎写给她的这些信全都交给别人看了？这个问题事实上已经被张大宽的话证实了。张大宽说了,他们当着他的面,撕了他的录像带,还撕了好几封信。这就是说,耿莉丽不止把王国炎的这些信让姚戬利看了,而且还让别的更多的人看了! 她对她所深爱着的人深信不疑,对自己的感情被人利用茫然无知!

第二,在王国炎的家里,当时都有哪些人？会不会有姚戬利？这个问题,张大宽的录像带里肯定有答案! 张大宽当时在电话上突然中断同他的谈话,说是出来了好几个人,他要把他们都摄下来,而后便失踪被人劫持了。毫无疑问,张大宽的录像带里肯定有这"好几个人"的身影! 而最后撕毁了这些证据,离开王国炎家,并把张大宽劫走的肯定也是这"好几个人"! 如果这"好几个人"里有姚戬利,那么,让耿莉丽深爱着的这个人,十有八九就是姚戬利;正在对耿莉丽的感情进行愚弄和利用的人,也十有八九就是姚戬利！

想到这里,代英立刻拨了自己的手机：

"技术科吗？我是代英。"

"代处长,是技术科,我是小许。"

"小许,那些录像带还能不能复原？"

"估计可以复原一半,如果时间长点,还会更多。"

"那些带子你们看过了吗？"

"我们正在看。"

"能分出前后吗？"

"能。录像带上显示的时间很清楚。"

"最后面的那部分你们看过了吗？"

"看了好多遍了,现在仍在看,破坏最严重的就是这部分。"

"上面的人一个也分辨不出来吗？"

"差不多,有的模糊一些,有的还可以。"

"现在分辨出来几个? 你能认出来的。"

"好几个人呢。有一个很清楚,是马晋雄,现在在武警当武术教练。还有一个是……"

"我只问一个人,有没有东城分局的姚戬利?"

"我正要告诉你呢,苏厅长和李局长他们都已经知道了,有他! 很清楚。代处长,真是没想到,居然是他……"

代英沉默了几秒钟,然后突然说道:

"你告诉苏厅长,我马上过去,情况有变,有重要事情要给他们谈。"

苏禹听完了代英的汇报,久久地沉默着。末了,他对代英问道:

"你的意思是说,他们有可能杀人灭口,立刻就要除掉王国炎?"

"是。"代英直截了当,毫不含糊。

"我们刚刚接到魏德华的电话,他说他们离开古城监狱时,没看到有什么特别的异常情况。"

"以现在的手段,除掉一个王国炎不会很复杂,极短的时间就可完成。"

"你是说他们会在古城监狱干这种事情?"

"我想任何地方他们都能找到借口。"

"……我有一个想不明白的地方,耿莉丽为何会保存这些信件?"

"我也考虑过了,这些信上大多都是爱呀、想呀的东西,对一个孤独寂寞的女人也许会是一种慰藉。如果有别的,惟一的可能是,耿莉丽并不放心姚戬利,她保存着这些信件,将来对姚戬利也是一种胁迫和要挟,当然对自己也是一种保护。"

"这个女人会有这么复杂?"

"近朱者赤,近墨者黑,整天跟这些人生活在一起,她不能不防。何况,她也得为自己留一条路,她还有孩子。"

"搞公安的姚戬利,又为何要写信给耿莉丽? 他们离得并不远,即

· 553 ·

使打电话也一样方便,为何要给耿莉丽留下这种风险极大的文字性的东西?"

"从姚戬利的这几封信来看,他用的全是化名,连笔迹也有所不同,姚戬利大概觉得没什么风险。还有,这些信的内容都给人一种强烈的感觉,那就是姚戬利似乎已经不想再见到耿莉丽。究竟是什么原因,一时也不可能猜得透,是因为王国炎的威胁?还是姚戬利已经厌倦了耿莉丽?或者是姚戬利对耿莉丽提出的一些要求不能满足或无法答复?姚戬利虽然不想再见到耿莉丽,但由于王国炎的存在,他又必须从耿莉丽这儿才能了解到更多王国炎的信息,所以,他又不能彻底地断绝同耿莉丽的关系。于是,在这段时间里,只好用这种方式,也终于让耿莉丽留下了这些信件。"

"那么说,你们在对王国炎的住宅实施突击搜查时,他们不顾一切进行阻止的原因也包括这些信件?"苏禹似乎想得很深。

"苏厅长,我说过了,他们什么都想到了,就是没想到我们会对王国炎的住宅进行突击行动。包括王国炎也没想到。他们自以为聪明,聪明反被聪明误。机关算尽,却是自取灭亡。"

一阵沉默。

苏禹看了看表,代英、李辉、易伟来也都看了看表。

五点差一刻。

苏禹沉默片刻,终于以命令的口气向李辉问道:

"魏德华传真过来的东西整理好了吗?"

"正在做最后的勘验和鉴定,马上就可以拿过来。"李辉回答得干脆利落。

苏禹紧接着又向易伟来问道:"各刑警队的通知做好了没有。"

"做好了。随时可以发出。"易伟来神色严肃,凛若冰霜。

"那好,我们再提前十分钟,四点五十五分发出通知,五点二十各刑警队必须到位,五点二十五通知防暴大队就地待命。五点三十通知武警支队领导,五点五十准时行动。这期间我们几个在这里做最后部署,在最后的决定没有做出以前,谁也不要离开这个屋子。"苏禹说到

这里,对代英说道:

"你马上同魏德华和史元杰联系,告诉他们,行动提前到五点五十分。在行动之前,让他们立刻派出足够的警力,对古城监狱外围实施全面监控,以防任何意外发生。还有,省城的行动我们已经成立了一个指挥部,但具体行动还是由你负责。不论发生任何事情,随时直接同指挥部联系。"

"明白。"代英突然感到了一阵说不出的振奋和紧张。

苏禹这时摆了摆手,"请安静一会儿,我要跟肖书记通话。"

省委书记肖振邦接到苏禹的电话时,刚刚睡下还不到一个小时。

当得知是苏禹打来的电话时,他立刻接了电话。他晚上给苏禹说过,也给秘书特意嘱咐过,一有这方面的情况,马上直接给他通话。

通完电话七八分钟后,他从床上默默地坐了起来。此时已睡意全无。

又坐了几分钟,他看了看时间,然后给秘书拨了个电话:

"通知市委书记周涛,五点五十准时到我办公室,我有要事同他商量。还有,通知省委办公厅,今天的安排全部取消。十点钟在省委小会议室召开紧急省委常委扩大会,并通知省人大、省政协、省政法委、省武警总队的主要领导全部列席参加。"

四十三

魏德华一走进市局的大门,值班员便告诉他史局长刚刚赶回来,要他立刻去局长办公室。

魏德华问:"胡大高那两个家伙呢?"

"你打了电话后,我们就缴了他们的手机和 BP 机,没想到他们强硬得很,又喊又骂,又摔椅子又踢门,说我们侵犯他们的人权,对他们非法拘禁,非法搜身。闹得我们几个人都制止不住他们。要不是史局长回来了,我们还真没办法对付他们。"值班员说道。

"后来呢?"

"史局长一回来就下令把他们铐了起来,现在已经关在拘传室里了。"

魏德华松了一口气,"这就对了,还真怕他们给溜了。"

还没走到史元杰的办公室,便接到了代英的电话。

打完电话,魏德华几乎像跑步一样跑进了史元杰的办公室。

史元杰的办公室里坐满了人,几个副局长全到,另外刑警队的两个副队长也都在场。

"史局长,"魏德华一进来便说,"刚接到苏禹厅长的通知,行动提前到五点五十!"

史元杰有些吃惊地看着魏德华,办公室里所有坐着的人,都不约而同地看了看表。

四点五十分。还有一个小时!

"苏禹厅长还指示说,在行动之前,要派出足够警力,对古城监狱周围实施全面监控,以防止意外情况发生。"

"……何处长有消息吗?"史元杰沉默片刻问道。

"有,刚才一个叫王二贵的打来个电话,说何处长问胡大高和范小四是不是被公安局抓起来了?还说如果抓起来了,就立刻把他们两个的手机BP机没收了。"

"……王二贵?干什么的?"史元杰问。

"我问了,他没说。"

"什么时候?"

"半个小时以前。"

"用什么跟你打的?"

"手机。"

"何处长没跟你说话?"

"他说何处长没事,挺好,挺安全,让我放心工作就是,到时候再跟我联系。"魏德华简洁而又小心翼翼地答道。

"你没感觉到有问题吗?"

"我一再问何处长的情况,他支支吾吾了半天,就把手机关了。"

"我当时也分析过,这个王二贵不像是个坏人,何处长的处境估计也没什么大问题。否则,他不会知道我的手机号码,也不会要我立刻把胡大高和范小四的通信工具没收了。"

"那何处长为什么不接电话呢?"

"我估计是不是受伤了?"

"不是受伤,"史元杰的嗓音突然提高了许多,"而是重伤!我刚才在路上时,他也给我打了电话,说他受了点伤,但不要紧,但话没说完,就没了声音。我想肯定是说不下去了。何处长的脾气你也是知道的,在这种时候,他绝不会由于自己的原因,而拖累了大家!得想办法找到他,这么大的一个行动,有他在,我们的压力也会小一些,心里也会踏实一些。"

"我已经派人找了,目前还没消息,是不是再增加一些警力?"魏德华的口气也不禁沉重起来。

史元杰又一次看了看时间,"怕是来不及了。王二贵用的是不是何处长的手机?"

"我看过,不是。不过,这个手机号码我已经记住了。"

"何处长的手机呢?还有何处长的BP机,是不是都不在了。"

"如果何处长确实受了重伤,手机有可能被毁坏。假如何处长的处境还算安全,BP机应该还在。"

"何处长的手机还是一直不开?"

"是。"

"你给王二贵的手机打过没有?"

"打过两次,但一直占线。"史元杰随即转身对另一个副局长说,"马上告诉值班室,布置专人一直打这个号码,一旦联系上,立刻报告情况。同时给何处长打传呼,告诉他胡大高和范小四已经被拘留以及确切的行动时间。以防万一,传呼用词尽量隐蔽一些。"而后又对魏德

· 557 ·

华问道：

"城郊的几个县公安局联系过了吗？"

"联系过了，他们各自的刑警队于五点十分在各县局集结，然后守在电话机旁，随时等待命令。"

"加上我们的刑警队，估计有多少警力？"

"四百左右。"

"有问题吗？"

"问题不大。如果何处长能找到，加上公安处的刑警队，那就绝对没问题了。"

"还有一点也得考虑进去，在行动之前二十分钟，我们必须带上足够的警力，把省领导的批示，亲自交给古城监狱的领导，将王国炎从监狱里提交给市局看守所。"

"这我已经安排了，届时由我亲自带人去古城监狱押解王国炎。"

"我觉得还是我去比较妥当。"史元杰摆了一下手，"好了，你先坐下，咱们马上研究一下……"

……………

然而，就在此时，办公室的人像是不由自主地突然全都站了起来。

一阵震耳欲聋的呐喊和撞击的喧嚣，犹如巨涛一般铺天盖地地从窗外直扑进来。

一个值班民警失魂落魄地闯进了办公室：

"史局长，出，出事了！"

"王二贵吗？"

"……你是谁？"

"我们是市公安局值班室，史元杰局长和魏德华队长要跟你通话。"

"我这会儿没时间，我正忙着哪。"

"王二贵，这里发生了紧急情况，我们必须马上跟何处长取得联系。"

"我这里的情况更要紧,这是何处长亲自交代了的,我得尽快把它干成。"

"你在干什么?"

"这得保密,我不能说。"

"请问何处长是不是在你那儿,请他立即接电话。"

"何处长不在这儿,何处长说了,他会跟你们打电话的。"

"何处长在哪儿?"

"我不晓得,我们刚刚分开。别说我不晓得,就是晓得也不能告诉你,谁晓得你是个什么玩意儿。"

"我们确实是市公安局!何处长去了哪里?"

"我说过了,我不晓得,他没告诉我,他说他会跟你们打电话。"

"王二贵,事关重大,你必须……"

"我不能再跟你们瞎掰了,我正在干要紧的事!何处长布置的任务,懂不懂!我要挂了,我给你们魏德华队长打过电话,到时候我直接跟他说话。"

"王二贵,喂!王二贵……"

就像是突然从地底下冒出来一样,几乎是在一刹那间,市公安局门口便围满了数千名义愤填膺、怨气冲天的村民!

三轮摩托,拖拉机,客货车,大卡车,数十辆各种各样的机动车把公安局前门后门围得水泄不通!

一具脸上血肉模糊的尸体,还有几个满身裹着绷带的伤员,被数十名村民高高地抬在几副临时做成的担架上。

公安局那道坚实粗大的铁栅门,被几十名愤怒的村民推得山摇地动!

公安局大门前足有近千人在齐声叫喊:

"交出杀人凶手!"

"交出无辜百姓!"

"市公安局是个黑窝子!"

"警匪一家,狼狈为奸!"

"腐败分子史元杰,滚出来!"

....

预先准备好的石子、砖块、玻璃瓶、西红柿、臭鸡蛋,像雨点一般砸向公安局大院,正面窗户上的玻璃噼里啪啦地一个接一个被击得粉碎。沉睡的市区被一下子惊醒了,越来越多的市民围了过来。

史元杰接到何波的电话时,已经将近五点十分。

"……何处长!你在哪里?"

"我,我在汽车里。"何波的声音很弱。

"何处长,你是不是受了很重的伤?"

"元杰,你不用管我,其实……我这会儿也帮不了……你们什么忙。我这点伤,一会儿去趟医院就行了……要紧的是行动……你回来了没有?"

"……我就在市局办公室。"史元杰欲言又止。

"……什么!"何波的嗓音像在战栗。"我说过的,你无论如何也不能回市局!是不是出事了?"

"……是。"史元杰只觉得心里像什么在揪一样。

"什么事?"

"大概有两三千村民聚集在市局门口闹事,他们硬说是市局派警察把他们村里的什么人给打死了,这根本没有的事。何处长,你别担心,当村民们的情绪稍稍稳定下来后,我立刻出去跟他们直接面谈。"

"不能出去!"何波一声大喊,紧接着就像好半天没喘上气来似的,"……元杰,你听着……如果都是受蒙蔽的村民,那你出去可以……我担心的是,胡大高的人会混杂在里面……你一旦出去了,肯定要坏事。千万……不要出去……你的传呼我已经收到了。听着,你马上跟地区公安处刑侦科科长卫岩联系,我已经同他说好了……他很可靠,我已经让他同省厅联系过了。他们的刑警队差不多有一百人,将在五点二十集结,随时听从你的指挥……"

"何处长,不行!"史元杰突然一声大叫。"地区公安处也受到了围攻,情况一样紧急,千万不能让刑警队回公安处!"

"……王八蛋,果然不出所料……元杰,这我都想到了。……我没让他在公安处,是在建设路派出所……你的刑警队发通知了没有?"

"还没有,我们正在研究。"

"不要研究了,没时间了,行动时间……绝不能推迟,一推迟就要……打乱全部计划,计划一乱,那就全盘皆输……元杰,马上同地委郝伟凡书记联系,郝书记已经同省委肖书记通过电话,他和马骏杰专员,还有地区政法委书记,地区武警支队的领导,现在……就在他的办公室。我已经给他们汇报了……我们的行动计划。请他们立刻决定,让所有的刑警队员,还有武警部队……按预订计划,在地委大会议室集结待命。马上发布命令……动作要快,快,已经没时间了……"

罗维民站在这么多的监狱领导面前,突然掏出了藏在腰间的手机!

这个熟悉的动作让所有在场的人几乎都吓了一跳。

紧接着罗维民又掏出了自己的 BP 机。

他打开 BP 机上的亮键,然后看着 BP 机上的号码,急速地在手机上拨了起来。

魏德华的手机占线。

史元杰的手机占线。

市公安局值班室的电话占线。

地区公安处值班室的电话占线。

省城市局代英处长的手机占线。

何波的手机一直被告知没有应答!

再拨打一遍,仍然是如此!

"罗维民,你究竟在干什么?"施占峰嚷了一声。

"我正在找一个人,我想让你直接与他通话!"罗维民仍然不停地在拨打着手机号码。

"什么人?"施占峰问。

罗维民没有说话,仍然奋力地拨着号码。

"什么人!"施占峰勃然大怒。

罗维民想了想,一横心,便把手里的 BP 机向施占峰递了过去:

"那你就看看吧,看上面都是些什么人!看看上面的人名,你就知道你现在正在干什么!也就会清楚这两天我们都干了些什么!"

施占峰一动不动地站在那里,良久,正准备接过 BP 机时,BP 机的鸣叫声突然响了起来。

罗维民心头一紧,此时此刻又有谁在呼他!是不是又会出了什么紧急的情况?几乎就在施占峰抓住 BP 机的那一刹那间,他的手猛一下又缩了回来。BP 机上的信息在夜色中清晰而又震撼人心:

……魏德华说,市局遭到群众围攻,省委的批示可能会推迟送到。省厅指示,行动提前到五点五十。另,省有关领导已给司法部、国家监狱总局汇报,司法部和监狱总局完全同意,坚决支持!立即转告辜政委及有关领导。

罗维民看了一遍,又迅速地看了一遍,然后什么也没说,一把把 BP 机塞在了施占峰的手里。

施占峰瞥了罗维民一眼,然后把眼光盯在了 BP 机上。

随着时间一秒一秒地过去,施占峰脸上的表情变得越来越阴沉可怕,看到后来,整个面部的肌肉都止不住地战栗起来。

就在此时,辜幸文的手机也突然响了起来。

辜幸文打开手机只听了几句,脸色便变得毫无血色。

"施占峰!出问题了!"辜幸文手机还没关上,便大声喊了起来。"快!马上拉警报!一级戒备!全监进入紧急状态!所有狱警立即集合!"

施占峰像是听不明白似的问:"说清楚呀,到底出什么事了!"

"隔离室的两个看守都被打昏在地,王国炎不见了!"

啪!突然一声枪响。

啪啪啪啪!紧接着又是一阵清脆的自动步枪声。

罗维民猛地一惊,撒腿就往监狱大门口奋力跑去。

似乎是一种集体无意识,等看到罗维民向大门口冲去时,所有的人也都不禁一愣,然后全都慌忙跟在罗维民后面向大门口奔去。

枪声是从大门口传过来的!

一辆清晨在监狱运送垃圾的大卡车,在装运垃圾时,司机和一名保卫人员突然被几个装垃圾的服刑人员用铁铲打晕,然后装作司机和保卫人员径直向监狱大门口逃去。

看守大门的武警人员发现情况异常,让已经到了大门口附近的垃圾车立即停车。

垃圾车装作停车的样子,等到武警人员走过来时,突然加大油门,不顾一切地直向监狱大门撞了过去!

看来是要驾车撞门,强行逃窜!

守门的另一名武警人员迅速端起枪来,但还没来得及扣动扳机,垃圾车驾驶室里突然一声枪响,武警人员一头栽倒。

已闪身躲过大卡车的那名武警,端起枪来,朝驾驶室里啪啪啪啪便是一梭子子弹。

垃圾车猛然一阵抖动,陡地一个大转弯,晃晃悠悠像失控了一般向大院扭转了回来。几秒钟后,左摇右摆的垃圾车好像又恢复了正常,转过车身再次向监狱大门冲了过去。

此时罗维民已经赶到,抢先一步赶到了垃圾车前,当他下意识地拔枪时,才发现身上没枪!

罗维民像是被惊呆了一样,愣愣地站在即将冲过来的垃圾车前,茫然失措,一动不动。

就在这千钧一发之际,罗维民突然感到自己被一个奋勇扑来的身影猛撞了一下,当他发觉发疯一样的垃圾车从身旁咯噔一声冲过去时,才明白推开他的那个人,已被垃圾车压倒在他身旁!

这个人的两条腿被垃圾车的前后轮碾压了两次!

他几乎一眼就看清楚了身旁的这个人:

政委施占峰!

罗维民止不住大喊了起来,但他的声音却被惊天动地的一声巨响淹没了。

垃圾车一头撞在了监狱大门上,把监狱大门撞开一个一尺左右的裂缝。

垃圾车一阵轰响,猛然又倒退了回来,准备第二次向大门撞击。

罗维民跪倒在地上,拼命地把两腿压断的施政委往一旁拉。垃圾车再次与他们擦身而过!

"别,别管我!"施政委一边拼尽全力地喊着,一边把罗维民的那支枪塞了过来。"拿住枪,快!拦住它!不能让王国炎逃出去……"

施政委话还没说完,就一头晕倒在了罗维民的怀里。

罗维民只觉得浑身都在颤抖,当他抽出枪来,打开保险,准备瞄准时,垃圾车已经从他身旁冲了过去,监狱大门又是一声震耳欲聋的轰响。

监狱大门中端被撞瘪,裂开了一个一米左右的大裂缝!

垃圾车又是一阵轰鸣,再次倒退了回来,准备第三次撞击。

罗维民的枪声,武警的枪声,还有单昆的枪声在此时几乎同时响起。

但垃圾车这次只倒退了七八米远,罗维民连垃圾车的驾驶室都没看到,垃圾车便又加足马力向大门猛冲了过去……

"春花"歌厅的吴老板听到第一声枪响时,他的那辆没屁股的两厢小夏利离古城监狱的大门至少还有两站地。

身旁一直像在昏睡着的何波,随着枪声的响起,猛一下竟从车座上挺直了身板!

吴老板几乎被吓了一跳。他根本没想到何波还会这么敏感。王二贵把何处长拉到他那儿时,何处长一直处于昏迷状态。他们俩把他从车上抬下来,又抬到屋子里,一直到喂了他大半杯子温水时,他才算醒了过来。

后来打了几个电话,何波像是支持不住了似的一头又歪倒在那里。等他们把他从屋子里背出来,又背到车里,准备去医院时,何波似乎一直处于昏迷之中。直到汽车发动时,他才又一次清醒了过来,然后又不断地打电话。打完电话,没想到何波突然改变决定,坚持让他掉转车头,直奔古城监狱。车开了没几分钟,何波再次昏睡了过去。吴老板一直担心他会醒不过来了,然而这一声轻微的枪响声,竟会让他奇迹般的坐直了身躯!

　　"快!快开!"何波的嗓音沙哑而又低沉。

　　枪声再次响了起来。

　　等到第三次枪声响起时,吴老板的车正好开到了监狱大门口。

　　监狱的大门此时正摇摇欲坠。

　　"停车!"在离监狱大门二十米左右,何波让他把车停了下来。

　　车还没停稳,何波已经打开了车门。

　　"何处长,你要干什么!"吴老板大吃一惊。

　　"别动,你老老实实在车里待着。"何波一边说,一边挣扎着蹭出了车门。

　　"何处长,这怎么行!"吴老板一边嚷,一边就要往外走。

　　"别动!"何波怒吼了起来,"别坏了我的事情!"

　　吴老板有些发愣地坐在车里,呆呆地看着何波一摇一晃、踉踉跄跄地向监狱大门走去。

　　此时监狱大门发出震天骇地的一声轰响,两道大门像是山崩地裂一般倒了下来。

　　一辆车头被撞得几乎不成样子的大卡车,像是一辆失控的推土机一般从监狱里面猛冲了出来。

　　何波直直地站在卡车前方必经之路的正中央。

　　何波的左手此时已经举起了手枪。

　　何波的左臂在剧烈地抖动,他的身体似乎也在剧烈地晃动和颤抖,但他始终站得很稳。

　　车后枪声大作,在夜色中犹如道道礼花!

· 565 ·

他在拼力地瞄准,然后扣动了扳机。

第一枪似乎是在鸣枪警告,子弹打在卡车的前盖上,迸溅出一团火光。

但卡车根本没有任何刹车的迹象。

第二枪打在了驾驶室右面的挡风玻璃上,发出一声清脆的响声。

卡车仍然向前猛冲。

第三枪打在了驾驶室中间的铁皮上。

卡车仍在前冲。

第四枪打进了驾驶室司机的位置上。

卡车剧烈地摇晃了起来,但仍然继续向前冲来。

第五枪再次打进了驾驶室。

几乎与枪响的同时,摇摇晃晃的卡车带着巨大的惯性,径直撞向了何波。

犹如一片飘落的树叶,何波瘦弱的身躯在空中划了一道曲线,然后轻轻地掉在了八九米远的地方。

大卡车仍然继续向前撞去,一直撞到大街对面的一道砖墙上,半个车身几乎从砖墙上穿了过去,才像被牢牢地焊住了一样,终于停在了那里。

第一个扑向何波的是吴老板。

吴老板跪倒在何波身旁,像是被什么惊呆了一样,茫然地张开双臂,久久地僵在那里。

何波平躺在地上,脸色显得苍白而又平静,仍然大睁着的两眼默默地仰视着铁灰色的夜空。

第二个扑过来的是单昆。

第三、第四个扑过来的是武警。

最后一个扑过来的是辜幸文,当他终于看清躺在地上的人是谁时,他浑身突然止不住地颤抖起来。他猛地推开周围的人群,使劲把何波扶在自己怀里,躯体绵软的何波,早已没有了任何知觉。辜幸文轻轻地喊了一声,何波的头慢慢地歪倒在他的胸前,一股鲜血从何波的嘴里涌了出来……

辜幸文撕心裂肺地一阵呼叫,然后就像疯了似的嚎啕起来。

四十四

重大伤亡带来的悲痛在几分钟后便被突变的严重情况所驱散。

经清点,挤在垃圾车驾驶室里的三名越狱犯,有两名被当场击毙,一名身负重伤。

三名越狱犯所用的手枪,正是赵中和丢失的那把手枪!

最最让人震惊的是,在这三名越狱犯中,并没有从隔离室里逃出来的王国炎!

王国炎根本就不在这辆车上!

看守大门的武警人员说,在这辆垃圾车强行越狱数分钟之前,有两名狱警押送着一名服刑人员,乘坐一辆押解犯人的吉普车,离开了古城监狱。

出狱的手续齐备,没有任何破绽,完全符合规定。

罗维民和辜幸文立刻意识到,这个被护送出去的服刑人员,毫无疑问就是王国炎!

造成重大伤亡的拦截,并没能拦住王国炎,他最终竟是让监狱的监管人员大摇大摆、堂而皇之地送出了大门!

罗维民问清了吉普车开走的方向,几乎连想也没想,开上"春花"歌厅吴老板的夏利车,风驰电掣般的便追了过去。

吉普车开走的方向是东城区,他们肯定会在东关镇一带直达省城的二级公路上交换车辆,然后带上王国炎直接开往省城!

王国炎绝不会在此地逗留,他必须赶到省城,只有到了省城,或者别的什么大城市,他才会找到更为隐蔽的场所。

远方突然传来了两声沉闷的枪声,跟他所判断的位置基本一致。

罗维民再次加大马力,小夏利在清晨的大街上犹如一支红色的飞箭,闪电般的向枪声响处飞驰而去。

罗维民的妻子李玉翠突然被一声响动惊醒了。

地区干部病房的四周极其清静,尤其是夜晚,就好像地处偏远的乡村,除了那些细微的自然声外,根本听不到别的声音。

李玉翠经过几天的住院治疗,病情已经稳定了下来。但随之而来的却是严重的失眠,即使是吃了安眠药,也毫无效果。

她明白公安的领导让她住在这样昂贵的病房里,而且还派专人守护,一定是因为有了重大的案情。自己尚且如此,丈夫罗维民的处境就更是可想而知了。她想得很多,越想越无法入睡,常常是刚刚打了一个盹,便猛然像被吓着了一样又惊醒了过来。

今天是星期六,她特意让孩子丹丹住了过来。一方面让父母亲能休息休息,让孩子跟自己见见面;另一方面也能帮孩子做做功课。其实,最主要的原因,还是自己太想孩子了。有孩子在跟前,自己的心情多多少少也会踏实一些。

她睁开眼睛,在微微的灯光下,判断着究竟是什么响声惊醒了她。

病房四周依旧一片寂静。

孩子丹丹在身旁发出轻轻的鼾声,孩子睡得很香很沉。

是不是自己听错了?或者是梦中的幻觉?

她刚想合上眼睛,立刻又被一种异常的响动吓了一跳。

就像是条件反射一样,她一下子从床上爬了起来。

是病房门锁被轻轻转动所发出的声音!

不会是护士。护士不会在这么早的时间来查房。也不会是别的什么医生,医生一般在护士查房后才会到病房来。也不会是医院的什么人,因为在这样的高干病房里,如果她不摁电铃,绝不会有任何人私自闯入。

"谁?"她警惕地问道。

没有任何回答。

"谁!"她的声音大了起来。

就在她打开台灯的同时,病房的门也轻轻地被打开了。

两个陌生的身影猛地向她扑了过来。

她愣了一愣,呼救的声音还没喊出来,嘴上便被一团湿乎乎的棉纱紧紧地捂住。她闻到了一股强烈的药味,几秒钟内,便什么也不知道了。

罗维民最终找到出事地点时,他最不想见到的场面还是出现了。

吉普车像是出了车祸一样翻倒在路旁的护城河里。

两个狱警中的一个被钝器击昏在驾驶室里,另一个脸面朝下扑倒在护城河臭烘烘的脏水旁。

除此之外,车内和四周再没有发现其他情况。

现场所有的一切都显示出明显的职业化特征。干净利落,几乎没有留下任何作案的痕迹。

罗维民用手机先给单昆和辜幸文报告了情况,然后把这一消息报告给了魏德华,请他们在尽可能的情况下,尽快给予协助和支援。

驾驶室里的狱警看来还有救,罗维民奋力地把他从车里拖下来时,他甚至还哼了一声。

护城河旁倒着的那个狱警可能进行过一番激烈的搏斗,他背上和肩上都有被刺伤的痕迹,血迹透过衣服洇湿了一大片。

当罗维民轻轻地把这个狱警翻过来时,顿时呆在了那里。

赵中和!

青肿的脸上沾满了泥污,血水和泥水混在一起,整个身上全都成了黏糊糊的。两枪几乎都击中了要害,一枪打在右腹部,一枪打在左胸口。两处伤口的鲜血仍然在不住地往外喷涌。

罗维民突然感到一阵说不出的心痛,他明白,像这样的致命伤,百分之百地活不过来。

他一手抱着赵中和,一手插进护城河沟上的泥土里,奋力地往上爬去。等他终于把赵中和拖上护城河时,在路灯昏暗的灯光下,发现赵中和的眼睛竟睁开了!

"中和,坚持一会儿,救护车马上就到!"

赵中和一边急促地呼吸着,一边结结巴巴地说着:"……维民,你听着……他们有好几个人。有枪,有炸药。有一个我认的……叫老熊。他们大概要去……龚跃进那里。"

罗维民点了点头,一时间竟不知道该给他说些什么。

缓了一阵子,赵中和又接着说:"……还有,我记下的……他们的那些东西,都在我老婆会计室里的……保险柜里……你别管我了,快去追他们。我清楚,我已经没救了……"

罗维民的心里突然像刀绞一样,"不要胡思乱想,你会有救的,一定要挺住!"

赵中和眼中渐渐流露出一种柔和而又惜别的目光:"……好兄弟,我一点都不怪你,你是好样的……你骂的没错……我他妈的……真是一个……大傻×……"

"中和!"罗维民的眼里止不住地掉下泪来。"我也一点都没恨你,是那些王八蛋把你给害了!"

赵中和默默地看着罗维民,良久,他似乎想伸出手来交给他什么,头却突然一歪,在罗维民怀里挣扎着咽下了最后一口气。

赵中和手里拿着的是一张监狱的出门证和王国炎外出就医的审批手续。

罗维民止不住地哽咽起来。

"……魏德华队长吗?我叫王二贵。"

"我是魏德华。"

"刚才有人给我打手机,说是你们市公安局值班室的,说是你让他找我。"

"没错,是我让他们找你的。王二贵,有什么事请讲。"

"何波处长刚才吩咐我干一件事,他说我要是干成了,就立了大功。"

"什么事?"

"他让我去找一个人,这个人我现在找到了。"

"什么人?"

"何处长说这个人能帮你们的大忙,还说一找到就让我给你打电话。"

"王二贵,你能不能把话讲清楚。你究竟找到了个什么人?"

"是一个瘸子,叫李大栓,他家住在东关村。昨儿晚上,他一家人都让胡大高的人打得七死八活,然后他就让胡大高的人抓了起来。抓人的时候,他们还把几个村民打成了重伤,好像还有一个被打死了。你知道不知道,胡大高派去的人都穿的是你们警察的衣服……"

"王二贵!这个叫李大栓的人你找见了!是不是!"魏德华突然在电话里大叫起来。

"找见了。可我有点拿不准,魏队长,这个瘸子你是不是真的要他?"

"要!我们太需要他了!王二贵,你要是能在五点五十以前,把他安全送到市公安局门口来,那你确确实实是立了一个大功!"

"魏队长,可你还得派人来。这个瘸子让两个人守着,他们不会让我带走。"

"你现在在哪里?"

"我在北城红旗大街 298 号后院的一座库房附近,那个瘸子就在库房里关着。"

"好了,你一直守在那里,一步也不要离开!我马上就给附近的派出所打电话,公安人员很快就会赶到!"

"魏队长,你放心,拼了命我也不会再让他们把瘸子带走!你和何处长都说了,要给我记大功的。"

"你要是做到了,我保证你立大功!"

罗维民的小夏利在东关镇曲里拐弯的街道上左奔右突、横冲直撞,让大清早起来晨练的人们一个个吓得目瞪口呆。

没想到小巧玲珑,连尾巴也没有的夏利车,此时竟派上了大用场。在如此窄小的胡同里,仍能开得如此之快!

罗维民知道龚跃进的住宅在什么地方,那是一座其貌不扬、异常简陋的四合小院。

在四周小楼林立的这么一个环境里,龚跃进朴实无华,甚至有点破败的小院,也就显得分外刺目。

龚跃进似乎要的就是这个效果,在他这个连续多年年产值超亿元、人人都觉得富得流油的先进农村里,作为一个几十年的模范村长,一直住在这样的一个小院里,不管什么样的领导和参观者来了,只需一眼,立刻就会对村长廉洁、正直、节俭、善良、真诚、无私、高尚、谨慎、勤奋的品质和节操感慨系之,深信不疑!

告状吗?闹事吗?看看你们村长的院子和房子,就明白你们该不该告,该不该闹!有这样的一个村长,那是你们的福气!

如果要是有什么人想把这样的一个村长,跟那些罪恶、黑暗、无耻、虚伪、凶残、暴戾、卑劣、阴险、奸猾、贪婪、奢侈等等恶行联系起来,那是以怨报德,狼心狗肺!

龚跃进曾有一句让全省的老百姓赞赏和艳羡不已的名言:

"等全村的群众都住进小楼的时候,我才会考虑给自己盖小楼。"

如果不是亲眼目睹了这一桩桩骇人听闻的案情,不要说是别人了,就是自己这样一个身在监狱的侦查员,也绝不会容忍任何一个人对龚跃进这样的人指指点点,横加指责!

这也正是龚跃进的高明之处,可怕之处。

终于到了。

龚跃进家的四周静悄悄的,没有任何动静,也没有任何异常的迹象。

门口没有车,也没有人。

莫非赵中和说错了?

不会。一个临死前的人,不会再说谎话,更不会瞎说八道。

王国炎逃出监狱,要想安全地离开此地,只有像龚跃进这样的人才保护得了他。龚跃进知道王国炎会出来,王国炎也必须找到龚跃进。

观察了片刻,罗维民悄悄走下车来。

他一边留意着四周的动静,一边向龚跃进家门口走去。

龚跃进家的院子看上去不大,门却很大很宽,知底的人一看就清楚,这是为了进出车辆方便。

等走到院子门口时,罗维民才发现龚跃进家的院门竟是虚掩着的!

他轻轻一推,院门便打开了。从门缝里往里瞅了一眼,立刻惊呆了。

院子里血腥扑鼻,在一片血泊之中,竟横卧着两具狼狗的尸体,还有一个保镖模样的人和一个年轻女人也都倒在地上!

院子里正房的房门大大地开着,也许里面还有更酷烈的惨剧发生过。

罗维民立刻意识到,王国炎来过了!

他来这里似乎并不是寻求救助,而好像是为了复仇!

对龚跃进一家,他进行了一场血腥的洗劫!是不是连龚跃进也没放过?

他看了一眼手表,五点三十五分。离行动时间还有一刻钟。

王国炎肯定已经逃离。

王国炎会去了哪儿?

"史局长吗?我是解放大街派出所的马捷。"

"马所长,我是史元杰,告诉你们的情况。"

"我们一共有十八个民警,都穿着便衣,就在市局门口附近。"

"查到什么了没有?"

"史局长,一接到你的命令,我们立刻就过来了。问题确实很大,到处都是他们安插进来的人,有'黑市长'派来的打手,有'老狼'动员来的建筑工人,有'张大帅'的部下。真正搞打砸抢的其实是他们这些人!史局长,刚才又一个警员给我汇报,我还没有落实,他说他发现了

· 573 ·

那个'黑市长'就坐在附近的一辆小车里。"

"离现场远吗?"

"不远但也不近,我估计他就是暗中的指挥者和策划者。"

"马上落实,一旦发现,立刻看住他。马所长,以你们的力量,能不能在五点五十以前对他实施一次偷袭,然后把他从现场秘密劫走?"

"史局长,以什么名义?我现在来不及办任何手续。"

"这是命令!以现行犯和重大嫌疑分子的紧急情况处理,对其实施临时性强制措施!"

"……明白!"

"记住,五点五十以前,只许成功,不许失败!"

"明白!"

"必要时,不惜一切代价!"

"明白!"

"蔚所长吗?我是史元杰。"

"史局长,我是中华路派出所的蔚东丰。"

"蔚所长,报告你们的情况。"

"我们一共二十一个警员,现在都在地区公安处附近。史局长,情况很糟。"

"说具体点!"

"公安处门口现在至少围了有两三千人!"

"是围观的,还是闹事的?"

"大部分是围观的,越来越多,估计还会更多。"

"你们有什么办法吗?"

"没办法,我们的人太少,又不能暴露身份。史局长,我们发现,真正闹事,大喊大叫的人,只有那么几十个,而且根本不是什么村民。他们凶得很,对过路行人有意阻止、挑动,还把大街上的路都给封锁了。"

"领头的是谁?"

"还看不出来,我估计不会在现场。"

"是不是发现有人在幕后指挥和联系?"

"是。我们发现附近有两辆可疑的小车,那些在前面闹事的人,不断有人来来回回地给他们接头说话。我们还发现车里坐着的人,不断地在打手机。"

"蔚所长,你听着,马上集合你们的人,尽快制订一个计划,先想办法吸引他们的注意力,然后对那两辆可疑的小车实施突袭行动,对两辆小车上的人,不管他们是谁,一律按紧急情况处理,采取临时性强制措施。采取行动后,不要在现场逗留,立即离开,连人带车一起带走!"

"史局长,把他们带到什么地方?"

"越远越好,越安全越好,然后等待市局的指示!"

"……明白!"

"要严格保密!"

"明白!"

"记住,必须在五点五十以前,一分钟也不准拖延。"

"明白!"

"不能有任何疏漏,只许成功,不许失败!"

"明白!"

"魏德华!听见了没有?我是罗维民!"

"我是德华,有什么情况?"

"出事了!王国炎这小子他妈的不见了!"

"……你他妈的是干什么吃的!罗维民!要是让王国炎跑了,我一辈子都饶不了你!"

"别他妈的说屁话!你的账我以后再算!告诉我,龚跃进坐的是什么车!"

"一辆三菱吉普,一辆奔驰600!你问这干什么!"

"我现在就在龚跃进的院子里!"

"……他的车还在吗?"

"有一辆三菱吉普,还有一辆桑塔纳2000,没有奔驰600!"

"龚跃进没有桑塔纳！他从来不坐那种车！那肯定是王国炎开过来的车！院子里都有谁？龚跃进在不在？"

"龚跃进家的两条狼狗都被打死了，还有一个保镖和一个年轻女人也都被打成了重伤，龚跃进和他老婆都不在家！"

"龚跃进的老婆从来都不在那院子里住！那个年轻女人肯定是龚跃进的姘头！"

"……我明白了！"

"你明白什么？"

"龚跃进估计是跟王国炎一块儿跑了！"

"是让王国炎给劫走了！"

"一回事！魏德华，请你们市局立即给通往省城的公路沿线发布紧急通缉令！对这辆奔驰进行强行拦截！"

"你准备怎么办？"

"我马上去追击他们！"

"你开的是什么车？"

"夏利！"

"夏利！你他妈的一个破夏利能追上奔驰600！"

"我们的车马上就到！"

"你们又有什么车赶得上12缸的奔驰600！"

"只要有人对他们实施拦截，我就有办法！"

"罗维民，他妈的小心点！他们人多！"

"我知道。"

"我们马上就会出去，行动将准时开始。罗维民，随时跟我联系，我很快就会赶过去！"

"魏德华，你来了一定要注意，同时告诉你们公安上的人，龚跃进院子里的任何东西都不要乱动，我感觉有点不对头！"

"你发现了什么？"

"那两辆车上，还有院子里、房子里，都好像装了炸药！"

"……什么！炸药！那你还不他妈的快点撤出来……"

魏德华的话还没有说完,便听到了一声震天撼地的声响!
紧接着又是一声!
…………
"罗维民!罗维民!喂!罗维民……"
手机里已经没了任何声音。

王二贵和派出所的几个民警,保护着被解救出来的残疾人李大栓赶到市局门口时,已经是五点四十二分!
他们坐在一辆客货车上,一到了人山人海的现场,他们就让李大栓站到了客货车上。
李大栓虽然满身是伤,但依旧把腰杆挺得笔直。几个民警以防万一,站在他的左右,用身体紧紧地护住了他。一到了人群中,李大栓就拼尽全力地大喊起来:
"乡亲们!乡亲们!我是李大栓!你们听着!你们都上了胡大高他们的当啦!昨天晚上的事,都是胡大高他们干的!他们装成警察,穿着警察的衣服,把我们一家人打伤,还开枪打伤了村里的好几个乡亲!你们好好想想!公安局会这么干吗!都是他们干的!他们就是要让我们上当!"
沸腾的人群突然安静了下来,市局门口偌大的场地上几乎听不到一丝声息。突然间,有个人嚷道:
"不要听他的!他肯定是让公安局给吓住了!"
"这家伙是软骨头!"
"快把他赶走!"
"把他的车掀翻!"
"乡亲们!不要听他们的!你们都清楚,像我李大栓这样的人,一辈子什么时候说过谎话!"客货车上的李大栓声泪俱下。"要不是公安局把我救了出来,我现在还被他们关着!公安局会欺负我们这样的老百姓吗!你们千万不要上他们的当啦!公安局一直在向着咱们!他们已经把胡大高和范小四给抓起来啦!他们现在就关押在公安局里!只

· 577 ·

要你们不再往里面砸东西,公安局的人马上就把他们押出来让你们看!你们再想想,如果没有人鼓动咱们,哪里会有这么多的石块、砖头和瓶子!都是胡大高他们的人事先准备好的!你们再在你们旁边好好看一看,凡是胡大高他们派来的人,身上都有记号!他们的胸前都别着一个大大的像章!咱们千万不要上他们的当!乡亲们!这都是真的……"

就在这时,市公安局的大门哐啷一声打开了。

史元杰和几个民警押着戴着手铐的胡大高、范小四,出现在市局大门口的台阶上!

史元杰拿着一个话筒大声喊道:

"乡亲们,刚才那位老乡说得没错!昨天晚上的犯罪行为,已经有足够的证据证明,确实是胡大高他们一手策划的!此案正在进一步追查之中,对这些化装成警察作案的犯罪分子,我们一定会从重从严,严厉打击!请你们相信,他们绝不会逃脱惩罚!"

这时现场突然一阵骚动,有人似乎准备从人群中逃离,还有的人想偷偷地把胸前的像章卸下来。

"乡亲们,请不要动!"史元杰大喊了一声,"凡是胸前别着像章的人,也希望你们老老实实地站着别动!乡亲们!在你们中间,有我们大批的公安警察!你们不要怕,一定要把那些有记号的人牢牢地看住!我们的公安人员随时都会帮助你们!还有,我要警告混在村民中的这些人!立刻举起手来!缴械投降!这是你们惟一的出路!如果你们还要执迷不悟,继续顽抗……"

史元杰突然发现自己无法再说下去了,现场已经陷入一片混乱,那些胸前别着像章的人,好像在顷刻间便落在了千军万马的重重包围之中!三个抓住一个,五个摁倒一个,拳头像雨点一般的朝他们头上砸去,凑不到跟前的,便把脚从人缝里伸进去,一下一下朝里面猛蹬……

叫骂声,呼喊声,哀求声不绝于耳……

就在此时,远处突然像是出现了一道闪电,几乎耀亮了半个天空。

紧接着像惊雷一样的爆炸声,把现场所有的人都惊呆在了那里……

史元杰瞟了一眼手表,不禁大吃一惊:

爆炸的时间,正好是五点五十!

四十五

市委书记周涛于五点四十七分赶到了省委书记肖振邦办公室。

周涛在沉睡中接到肖书记秘书的电话时,第一个感觉就是出了大事,而且绝不会是好事!

究竟会是什么事呢?

周涛想来想去,怎么也想不出个一二三来。在最近一段时间里,并没有什么大事坏事的征兆出现,几乎可以说没有任何一点迹象。

下岗工人要出来请愿?离退休职工要到省委门口静坐?又有哪个工厂的工人准备闹事……没有,都没有。这一段时间工作基本上到家,各大国有企业一直很平静。一些中小型国有企业虽说经常有这样那样的突发事件,但也绝不至于让省委书记半夜三更打电话,让他在清晨五点五十必须赶到省委书记的办公室!

有人告状,惊动了中央?中纪委要来人调查?中央纠风办有什么事要直接过问……没有,一概没有。就算有,也不会跟自己有什么重大关系和直接关系。如果连这点自信也没有,这个市委书记也许早就干不成了。

当了两年市委书记,第一个感觉就是累!累极了,远远超出了自己的想像!以至于常常让他对过去当二把手、三把手的日子无比怀恋,感慨系之。当个一把手,真能要了你的命!累能把你累死,气能把你气死,怕能把你怕死!在一个几百万人口的省城,一个市委书记的活儿,如果你真想把什么也干好,就算你有三头六臂,二十四小时一刻不停,也永远会觉得什么也只干了那么一点点。所有的人都在盯着你,什么事都得靠着你,无数个决策都在等着你……当然,当坏事、错事、砸锅的事、捅了娄子的事、追究责任的事一旦发生时,所有的责任也一样都得顶在你头上。你想跑也跑不了,想躲也躲不开。

一直到周涛坐在车里时,他还是止不住地在猜测着,到底出了什么事?

肖振邦默默地瞅着周涛,周涛也默默地瞅着肖振邦。

良久,肖振邦才轻轻地说了一句:"知道么?'1·13'有线索了。"

"……'1·13'!"周涛一震。"就是十几年前的'1·13'?"

"对,就是你大姐牺牲了的那个'1·13'。"

"是不是已经破获了?"周涛问。

"还没有。"肖振邦看了看手表。"但已经开始了行动。"

"什么时候?"

"就是你来的这个时间。"

"五点五十!"

"是。"

"肖书记,你叫我来,就是为了这个?"

"是。"

"是不是这个'1·13'里面有大文章?"

"有可能。"

"主犯可能会是些什么人?"周涛似乎仍在努力分析着叫他来这里的真正原因。"是不是涉及了省城?涉及了市里的一些领导?"

"是。"

"……这些领导的位置是不是很高?"

"好了,这些都无须再问了,我想很快就会有结果。"肖振邦说到这里,离开办公桌站了起来,然后一边在办公室里踱来踱去,一边继续问道,"我这么早叫你来,只是想问一个问题。你大姐去世这些年,你们兄妹几个没在一起好好聊过?"

"……这个案子是不是跟我的几个弟妹有关?"周涛似乎渐渐地感觉到了什么。

"你先别胡思乱想,我只是想知道他们对这个案子的看法。"

"他们都很难过,我给你说过的,我们几个都是大姐一手抱大的。"

"他们没有人表现出什么异常的情绪?"

"……没有。"

"你的那些外甥呢?"

"我有十几个外甥,我大姐火化那天,个个都非常难过。"

"都去了吗?"

"都去了。没人会不去。你可能不知道,大姐对我们来说,几乎就像父母一样。"

"姚戬利也去了?"

"……姚戬利?他怎么会不去?大姐最偏爱的就是他。那天他哭得死去活来,几个人拉都拉不开。"周涛突然紧张起来,"这个案子涉及了姚戬利?"

"这些年他没给你说过什么吗?"肖振邦径自问道。

"没有。"周涛的神色越来越显得局促不安,脸色也越来越苍白。"肖书记,平时我们很少来往。"

"但据我了解,对姚戬利的工作,你是过问了的。"肖振邦的脸上冷若冰霜。

"我只是了解了解他工作的情况,并没有说过什么。"

"你是一个市委书记,一个市委书记向市公安局询问你外甥的工作情况,你应该明白这意味着什么。"

"事实上,我在很多地方都了解过他的情况,包括他原来工作的地方,说实话,对这个外甥的表现,我还是比较满意的。"周涛对此似乎并不回避。

"所以,你最终同意了市公安局对他的提拔。"

"我曾提出过相反的意见,我希望他们能做进一步的考察和考虑。"

"问题是你并没有坚持你的意见,姚戬利还是被提拔了。"

"这其实是综合了各方面的意见,大家对他的评价基本一致。"

"但有一点你应该是清楚的,在这个事情上,你的影响是最主要的。一个在公安局干了没几年的一般民警,既没有上过什么公安学校,也没有什么重大立功表现,如果没有你的存在,怎么会一下子被提拔成分局的副局长兼刑警队长?"

"肖书记,姚戬利只是个科级干部,他当时的被提拔其实根本就不需要我的同意。如今政府机关的一些情况你也清楚,下面的有些人一旦知道了我的亲戚、同学、朋友在什么地方工作,就千方百计地想借此同我拉关系。对姚戬利的了解和过问,事实上都是在他们准备提拔他时我才做的。说实话,对这件事,我确实还是比较慎重的。"

"但实际上还是形成了这样的一个事实,"肖振邦的表情让人望而生畏,"由于你的原因,你的外甥被提拔成了一个公安分局的副局长。这是一个重要的位置,掌握着很大的权力,是不可以拿科级还是处级来衡量的。"

"……肖书记,是不是姚戬利跟这个'1·13'有联系?"

"不仅仅是有联系,"肖振邦的脸色越发难看得吓人,"我现在最担心的并不是他,而是你。"

然而周涛似乎仍然沉浸在一种极度的震惊之中,"肖书记,你是不是说,是我的外甥参与了杀害了我大姐的'1·13'大案?"

"是。"

面如土色的周涛猛一下站了起来,几乎像要晕过去一样:"……这怎么可能!肖书记,这绝不可能!绝对不可能!"

肖振邦直直地盯着周涛,"姚戬利不仅参与了'1·13'一案,根据现有的证据,他还有可能是'1·13'和其他十数起大案要案的主谋和主犯。"

周涛像是挨了重重一击,猛一下跌坐在椅子上,几乎虚脱在那里,话音也微弱得几乎让人听不清楚:"肖书记,我不能相信,我真的不能相信……"

公安厅厅长苏禹接到省委书记肖振邦的电话时,一支上千人组成的多警种部队和近二百辆警车参与的"9·13"行动,已经开始了将近四十分钟。

"肖书记,我正要给你去电话。"苏禹说道。

"情况怎么样?"

"省城方面的行动基本顺利,大部分重要嫌疑犯都已被缉拿擒获。"说到这里,苏禹顿了一下,"出了问题的是古城监狱方面,王国炎从古城监狱里逃了出来,并且劫持了三名人质,现在正往我们省城方面逃窜而来。他们离开市区的时候,还用强力炸药炸毁了一座民房,情况比较严重。"

"你们对此采取了什么应急措施。"肖振邦轻轻地问。

"我们已经获得了地方驻军的支援,他们派出了直升机正在对王国炎逃窜乘坐的汽车进行跟踪,具体情况正在汇总之中,目前还没有确切消息。"

"究竟该怎么办,一切都由你们研究决定。我只有一个希望,一定要尽力减少伤亡,特别是那几名人质,要确保不出任何问题,绝不能有任何闪失。"

"明白。"

"姚戬利的情况怎么样?"

"姚戬利已被拘捕,非常顺利。他是在办公室被抓获的,他没想到我们的行动会这么快,这么大。"

"他的反应怎么样?"

"他当时只说了一句话,根本没来得及反抗。"

"他说了句什么?"

"'完了',就两个字,'完了'。还有,我们已经在他过去居住的旧平房里,找到了重要证据,挖出了一支手枪和一支锯短了的步枪,找到了一些重要的文字材料,包括王国炎写给他妻子的一些信件。"

"……苏禹,周涛书记现在就在这里,你能不能把姚戬利的情况简单给他谈谈?"

"周涛!……肖书记,这合适吗?"

"周涛书记什么都不知道,他简直无法相信这会是真的。"

"肖书记,我怎么给他说才好?"苏禹显得小心而又谨慎。

"没关系,你只需照实说就行。"

"好吧。"苏禹顿时竟有些紧张起来。

郝永泽默默地瞅着武术教练马晋雄的家,并没有立即发出行动的命令。

对缉拿马晋雄的行动,指挥部是极其慎重的。

郝永泽了解马晋雄,其实岂止了解,对马晋雄实在太熟悉了。他看上去人高马大、大大咧咧的,其实性情极为阴暗而褊狭。尤其是性格暴戾无常,一旦跟你记了仇,一辈子都会跟你过不去,手段又阴毒残忍,且狡诈无比。跟人比武,常常下手极狠,在他手下受伤甚至致残的人不计其数。

对这种人,绝不可掉以轻心,麻痹大意。

马晋雄家里一直黑着,眼看六点多了,仍然没有任何动静。

然而,越是这样,郝永泽就越是觉得有些不对头。他知道马晋雄有个刚上一年级的儿子,尽管今天是星期六,但他坚持让儿子练武术、学柔道。七点多到体校,每天亲自接送,现在说什么也该起来了,家里怎么会一直黑着,看不到听不到任何响动?

以防万一,对马晋雄的行动,郝永泽带的人其实并不少,有近二十个刑警队员,全都穿了防弹背心。

马晋雄武功超群,枪法极准,如果他要是带着枪的话,将会很难对付。而像他这样的人,一般都会带枪。如果他确实参与了对张大宽的绑架,他的警惕性肯定会很高。

所幸的是,马晋雄的家不在人口密集区,住的也不是单元房,而是一个带有小院的两大间平房。他家四周也没有太多的住户,更没有那种新式住宅楼。但这样的住宅,易守难攻。一旦发现情况,他在屋子里可以对周围看得一清二楚。

郝永泽小心翼翼地把队员布置在房屋四周枪弹射击不到的地方,

然后给指挥部打了个电话。

指挥部告诉他说,省厅已经派防暴大队到此地进行支援,等防暴大队到达后,再开始行动。并说这是指挥部的命令,要保证不出任何问题,尤其不能造成任何伤亡。

郝永泽本不同意这么做,但听说是指挥部的命令,想了想也就没再吱声。安全并不意味着人多,但这似乎已经成了规则和条例,刑警队破获案件后,缉拿有可能持枪的凶险的犯罪嫌疑人时,攻坚任务往往由防暴大队协助完成。几分钟后,防暴大队的十名队员便到达了现场。

郝永泽没想到带队的竟是防暴大队警务处的处长郭曾宏。就在昨天夜里,他们曾在一起同那些不露身影的家伙们进行过一场殊死较量,后来才听说,当时昏迷不醒的代英,其实,就是郭曾宏只身从现场救出来的。按当时的严重情况,如果不是郭曾宏拼死保护,说不定他真会让那些人给暗算了。

一夜之间,两个人已成了生死之交。

虽然在如此严峻的气氛下见面,但两个人亲热得几乎能抱在一起。寒暄了几句,很快便严肃下来。

展开攻势前,郭曾宏主动要求说,他跟马晋雄从小在一个师傅手下学武,师兄师弟,情同手足,全国武术散打比赛,多次在一起拿名次,关系非同一般。他可以只身前去劝他自首,何况,还有马晋雄老婆孩子在里面,能软化尽量先软化他,最好不要立刻动刀动枪。

郝永泽坚决不同意。他对郭曾宏说,你只看到了他的这一面,并没有看到他的另一面。尤其是你不知道他到底有过多少起罪案,犯过多大的恶行。万一要是罪孽深重、血债累累,他又是在公安口干过的,对什么不清楚?怎么会听了你的?万一他准备死拼到底,你去了岂不是太冒风险了?

郭曾宏说他已经给指挥部的领导们说过,他们也都表示了同意。因为这是在马晋雄的家,他老婆和儿子就在他身旁,虎毒还不食崽呢,就算他生性残忍,不想活了,宁死也要顽抗到底,也不至于连老婆孩子都不顾了,连家也不要了?马晋雄这个人他清楚,脾气是凶狠了点,但对老婆孩子那可另是一回事,对自己的生死朋友也另是一回事。

郝永泽看他去意已决,想想他的话也并不是没有道理,而且这又是领导同意了的方案,考虑再三,也只好答应,但必须答应两个条件。第一要穿上防弹背心,第二要戴上微型窃听器。一旦发生异常,他们在外面也好有所准备,有所行动。

第一个条件郭曾宏没答应,他说这么热的天,你穿上个厚囊囊的防弹衣,他一眼就看得出来,让他怎么相信得了你?何况距离那么近,站在他家门口跟他说话,你在明处,他在暗处,防弹背心又有什么用?什么也不穿,就一件单衣,让他看得清清楚楚,枪也只放在套子里,赤手空拳,他没了戒心,才好跟你说话。再说,你穿了别人的防弹衣,别人怎么办?

第二个条件郭曾宏想了想答应了,戴上也好,至少你们在外面也能感觉到他的位置,万一要是有了什么意外,也好做紧急处理。何况又不大,放在身上他又看不到。

五分钟后,郭曾宏开始了行动。

可能是由于采光的原因,小院四周的院墙很低,顶多也就半人高,所以,院门只是个摆设。里面没锁,只有个门搭子,外面轻轻一扭院门就开了。

"晋雄!"郭曾宏一走进门去,就嗓音不高也不低地喊了一声。"我是郭曾宏,起来了吗?"

郝永泽伏在外面的一个制高点上,看得清清楚楚,从一个精巧的遥控接收器里,也听得清清楚楚。郭曾宏的口气很自然,也显得很自信,一点也没感觉出有什么紧张的地方。

没有人回答,院子里静悄悄的,屋子里也静悄悄的。

郭曾宏终于站在了马晋雄屋子的门口:"晋雄,我是郭曾宏,开门。听见了吗?"

屋子里仍然没有任何动静。

郭曾宏很耐心,很诚恳,自从进了院子,根本没有左顾右盼过一下。

屋子里依旧悄无声息。

郭曾宏的口气就像在拉家常一样,"晋雄,我知道你在家里。我就在你的门口,我也知道你也在门口。我有事要给你说,很要紧的事。晋雄,你总不能就让我这么站着给你说话吧?"

屋子里沉寂得能让人窒息。

郭曾宏静静地等了一会儿,又接着说:"晋雄,开门吧。你既然不愿意开门,我想你肯定知道出了什么事。你又走不了,出不去,老关在家里也不是办法。你应该相信我,你也看到了,就我一个人,我可以给你保证,在我们说话结束之前,绝不会让任何人进来。"

"走开!"屋子里突然传出一声低沉的咆哮,"我不想见到你,也不想跟你说什么!"

"晋雄,你怎么了?"郭曾宏的声音依旧非常委婉,"我是曾宏啊,要不是为了你好,为了你孩子老婆好,为了咱们师兄弟的情义,敢情我疯了要只身来见你?"

"你别给我说这些废话!"马晋雄的声音更加暴躁,"你来这儿无非是让我束手就擒,白白送死,你好立个大功,这就是你的兄弟情义!走开!要不因为我们是师兄弟,我早打发你上路了!"

"你这是干什么呢?"郭曾宏似乎竭力地在遏制着马晋雄的情绪。"我来这儿是为了立功?咱们这么多年了,我是什么样的人,你还不清楚?要真那样,我还怎么在师兄师弟们面前做人?假如你真犯了什么事,出来自首,又有什么不好?我知道你有枪,我也知道你武功超群,可这又有什么用?我打心底里不希望你出事,我实实在在是在为你好……"

"既然这样,为了兄弟的情义,为了你的弟妹和你的侄子,你就告诉他们,放我一条生路,让我出去!"

"怎么出去?"

"你在前面护着我,让我离开这个地方!"

"离开这个地方去哪里?"

"这你别管。只要你把我放走了,我一辈子都不会忘了你!"

"你疯了!"郭曾宏终于怒吼了起来。"你真要是犯了什么大案要

· 587 ·

案,你能逃到哪里去! 告诉我,你到底是怎么了? 我实在不明白,你究竟为什么要这么做!"

"我没办法! 我只能这么做! 我也只有这么一条路! 其实,你跟我也一样,在这个世界上我们一无所有! 只有霸道,没有公道! 我们一无权,二无钱,也没法跟那些当官的子女比,他们什么都有,什么都可以干。我们什么都没有,什么都不能干,只有受苦的份儿! 我不想这么活着!"

"别找那种理由,你的日子比别人一点也不差! 吃不愁,穿不愁,有工作,有房子,有老婆,有孩子,比起那些普通百姓,比起那些下岗工人,你究竟还想要什么?"

"那要看怎么比! 都是人,我并不比别人差,凭什么有人住小楼,坐小车,玩女人,一辈子不劳而获,花天酒地,就我事事不如人,只能靠血汗过日子? 我也是男子汉,我不甘心就这么活着!"

"那都是邪道,歪道! 长远不了! 人活在世上,要走正道! 要活就活得堂堂正正! 即使是挣一分钱,也要找正当途径!"

"他们的钱都是正道来的? 我看都是偷,都是抢! 都是在抢老百姓的钱! 抢国家的钱! 不过有的是明抢,有的是暗抢罢了! 没什么两样!"

"马晋雄! 你真让我寒心! 像你这样,连命都不要了,还要钱有什么用!"

"我早就想明白了,人命没那么值钱! 我混了大半辈子了,到现在连个副科级也混不上,在他们眼里我算个什么东西! 你说得对,人活在世上,要堂堂正正,活得像个人样,这是人命! 活得窝窝囊囊,跟没活一样,这是狗命! 狗命有那么值钱吗?"

"马晋雄! 我真为你这样的师兄弟感到耻辱,你怎么能堕落到这种地步! 人活在这个世界上就只为了钱,为了权,为了不劳而获,为了花天酒地搞女人? 你要的就是这些肮脏的东西? 你的祖祖辈辈都活得干干净净、清清白白,他们也都是狗命吗! 我看你连只狗也不如! 多余的话我也不想说了,现在我只问你一句话,你到底想怎么样? 回答我!"

郝永泽伏在地上,直听得心惊肉跳,浑身打颤。他再次为郭曾宏的处境担心起来。他对身旁的一个拿着望远镜的侦查员说:"看准了没有?马晋雄可能会在什么位置?"

侦查员说:"郝组长,我估计的没错,马晋雄就在他家门后,可能是在椅子上站着,正在房门上方的玻璃框后面同郭曾宏说话。他能看见郭曾宏,郭曾宏看不见他。马晋雄手里还拿着枪,枪口直对着郭曾宏。"

郝永泽立刻对左右发布命令,把所有的枪口都对准马晋雄的房门上方。一旦发现异常,立即集中射击!

接收器里的对话仍在继续着。

马晋雄声音越来越强横:"马上给我走开!我说过了,我的命不值钱,我什么也不在乎!"

郭曾宏毫不退缩:"我再劝你一句,就算你不为自己着想,也不为自己的孩子老婆着想?你清楚的,我一旦离开这里,任何事情都可能发生!"

"我要是死了,他们活着跟死了又有什么区别!要死就死在一起……"

就在这时,屋子里突然传出一阵凄厉的哭声,然后便是一阵激烈地撕扯和挣扎声。

紧接着嘭的一声闷响,屋子里顿时又陷入一片死寂。

一个似乎被惊醒的孩子的哭声随即传了出来。

郭曾宏一边拔出枪来,一边大声喊道:"马晋雄!你这个畜生!"

他突然用身体猛地向大门撞去,只一下,便听到嗵的一声,房门已经倒在了地上。

郭曾宏和马晋雄几乎同时把手枪对准了对方。

马晋雄的妻子昏倒在地上,但两手仍然死死地抱着马晋雄的一条腿。呆呆地坐在里屋床上被子里的马晋雄的儿子,像是傻了一样不知

· 589 ·

发生了什么事情。

"马晋雄！我再劝你一句，现在放下枪还来得及。我可以给你保证，只要你放下武器，还可以算是自首，还可以算是你的立功表现。"

马晋雄一声不吭，依旧把枪口死死地对着郭曾宏。

外面的脚步声越来越近，马晋雄的脸色也越来越阴沉。

郭曾宏举着的手枪也一动不动。

"砰！"马晋雄的枪响了！

"砰！"几乎是同时，郭曾宏的枪也响了！

马晋雄的子弹射中了郭曾宏的左胸。

郭曾宏的子弹射中了马晋雄的右手。

马晋雄的手枪一下子掉在了地上。

郭曾宏的身体摇摇晃晃地慢慢地倒了下去……

"……不要开枪，保护孩子……"

这是郝永泽听到的郭曾宏的最后一句话。

蜂拥而进的民警眨眼间早已把马晋雄摁倒在了地上。

马晋雄的儿子突然大哭起来："我爸爸是警察！你们为什么要抓他！你们肯定都是坏人！公安局的叔叔饶不了你们……"

四十六

罗维民妻子李玉翠使劲想睁开自己的眼睛，但就是抬不起眼皮来。一切都像在梦中一样，怎么想也想不明白究竟出了什么事，自己究竟是在什么地方。

就好像被吊在摇篮里，摇摇摆摆，晃晃悠悠，怎么也停不下来。

胸前有个什么东西在死死地压着，胳膊怎么伸也伸不开。

憋死了，憋得几乎透不过气来。

隐隐约约地，好像有什么人在自己身边说话。声音很陌生，很怪，很难听。会是谁呢？医院里的人不会这样说话，亲朋好友们不会这样说话，公安局的保护人员也不会这样说话。冷嘲热讽，明枪暗箭，像是在赌场；赤口毒舌，冷言恶语，活似在牢狱……

忽然一声凄厉地嘶叫，一下子把她惊醒了过来。

一睁开眼，立刻就呆了：

原来她正坐在一辆疾驶狂颠的轿车里！

她坐在前排，孩子丹丹在自己的怀里。

挣扎了好几下，才明白自己和孩子原来都已经被牢牢地绑在了车座上！丹丹仍在昏睡着，并没有醒过来，脑袋一晃一晃的，随着汽车的颠簸，在自己的胸前蹭来蹭去。

自己为什么会坐在车里？又为什么会被绑在了车里？

她想喊，却怎么也喊不出来。

天已经大亮了，但汽车里仍是黑糊糊的。

开车的是一个矮墩墩、胖乎乎的人，年纪应该很大了，看上去至少得在五十岁左右。

这个家伙是不是疯了，为什么把车开得这么快！

真累。心慌气短，口燥唇干，比自己平时的心脏病急性发作更难受、更痛苦。

恍恍惚惚之间，她突然觉得这个人好面熟，好像是在哪儿见过！

这家伙会是谁呢？

他把自己绑在车上想干什么？又要把车开到什么地方去？

她又使劲挣扎了一下，也就在此时，她看到这个矮墩墩、胖乎乎的人头上，有一股血水从他那还算浓密、肯定是染过的黑糊糊的发根下流了下来。紧接着她又看到了轿车的后座上还坐着两个人！

后座其中的一个人，手里拿着一个黑糊糊的东西，几乎是直直地顶在开车人的脑后。当她终于看清了那黑糊糊的东西是什么时，不禁被吓了一跳：那是一支手枪！

李玉翠在意识到自己被绑架了的一刹那间，突然想清楚了这个正在开车的人是谁：

龚跃进!

经常在电视上看到的大名鼎鼎的龚跃进!

东关村的村长龚跃进!

是他在开车!

他被后面的两个人用枪逼着开车!

当罗维民看到爆炸闪光的那一瞬间,刚刚跨出了龚跃进家的院门。

几乎是处于一种保命的本能,在爆炸的声浪及其巨大的冲击波到来的同时,他像是被炸飞了一样扑到了那辆夏利车的后面。

这是他一生从来没有听到过和感受过的剧烈爆炸,爆炸的强度和烈度让他心胆俱裂,毛骨悚然。

而且是连续爆炸,一次比一次更为猛烈。

贴在地上的胸脯,所感受到的震荡犹如一场超强地震,让他的五脏六腑撕裂了一样痛入骨髓。爆炸冲击波所携卷而来的瓦砾、破木、碎石、泥块,铺天盖地地砸了下来,几乎埋没了他的全身。身旁的夏利车,被砸得轰然作响,上下颤动。等到最后墙体倒塌,身上的疼痛和压力让他不能呼吸时,他甚至绝望地感到,这一次真正是死定了。

等爆炸声刚一停止,他就拼命地让自己的肩膀和两臂支撑起来,竭力给脸部腾出一个空间,以便自己可以继续呼吸。

他做得要比想像的顺利,刚一挺起身子,眼前便有了一个不小的凹地,鼻子里已经被杂物堵死,他大口地贪婪地用嘴呼吸着污浊、肮脏而又满是碎屑土渣的空气。随后便是一阵剧烈地猛咳,几乎能把自己的肠子都吐出来。

最后他终于站了起来,把鼻子里清理干净了,便使劲拍打着自己眼睛、脖子。等到眼睛可以睁开,脖子可以转动,他发现自己除了几处被擦伤、被划破外,居然奇迹般地没受到什么大的伤害。

他默默地站了片刻,迅速开始清理夏利车身上乱七八糟的东西。等到把这夏利的一道门勉强打开时,他费力地钻了进去。

夏利并没有他那么幸运,整个车身几乎被砸得没有一处完整的地方。两边的玻璃完全碎了,前面如果不是一棵大树挡着,这辆车肯定报废了。

罗维民定了定神,打量着这辆千疮百孔的小夏利:还能不能发动起来,还能不能开?

奇迹再次出现,只轻轻打了一次火,就发动了引擎!

真是老天有眼!

他开始把车往后倒,一点一点地加大油门,夏利车就好像一只不屈不挠的屎壳郎,终于把自己的屁股从一堆乱粪里顶了出来!绕了几绕,竟然从这一片废墟里拱了出来!

罗维民长长地吁了一口气,他一边准备上路,一边往后看了一眼。整个小院几乎被夷为平地,四处住宅里已经开始有人在大呼小叫,哭喊声越来越大。

罗维民明白,这一次爆炸,附近数十户居民的住宅都会受到不同程度的损害,说不定还会有人员伤亡。

看来,这是一次有预谋的、事先就准备好了的爆炸。很可能在昨天晚上,甚至更早的时候就已经策划好了。

但问题是,他们为什么会把目标对准了龚跃进,而且选择了这个时间把龚跃进的院子来了一场毁灭性的爆炸?

仅仅只是为了掩盖罪证?

他们的罪证还需要再掩盖吗?

是不是对王国炎的出狱,双方都在将计就计,互设圈套?

以龚跃进为首的一方,究竟是因为什么,让王国炎出手如此残忍和歹毒?

然而,不管是什么原因,从现在的情况来看,到底还是王国炎技高一筹。

魏德华说得对,王国炎肯定是把龚跃进劫走了!

他究竟要把龚跃进劫掠到什么地方去?龚跃进这个"人质"对王国炎又究竟有什么用?

原因也许只有一个,那就是王国炎发觉了龚跃进的企图,但龚跃进

· 593 ·

并不是主谋,主谋只能是在省城,他把龚跃进当做"人质",惟一的用处就是要让龚跃进去跟他们当面对质!

这正是王国炎的所作所为。

他看了一下表,又看了一下,顿时惊呆了。

爆炸的时间估计是在五点五十左右!

这个时间正好是公安开始行动的时间!

这就是说,王国炎他们之所以选择在这个时间,是因为他们已经知道了行动的时间!

看来,公安队伍里藏有内奸,而且不是一般的内奸!

王国炎知道了行动时间,于是,才这么一箭双雕,既实施了对龚跃进的报复,又给他们自己的人发出了警报。

这样的爆炸声足以让全城的人感到震撼,可以让任何犯罪分子从醉生梦死中清醒过来,让他们有所警觉,以致会意识到什么。

匆忙中,他觉得应该马上给魏德华打个电话。

当手在身上摸了一把时,才突然意识到:手机丢了!

来不及了,只能先自己一人去追!

只要魏德华能及时给公路沿线和各收费站打过去电话,一旦他们遭到拦截,他就能追上他们。

只要能追上他们,他就可以想办法跟他们周旋。

龚跃进肯定会有一些人在接应他,而这些人绝不会是一般的犯罪嫌疑人! 就像这场爆炸,只凭王国炎一个人他绝对做不到。能在设定的时间,成功地进行连续性的爆破的,只有一个人做得到,那就是王国炎的生死搭档:老熊。

当罗维民一想到"老熊"这个名字时,不禁颤了一颤。

老熊是个爆破专家,他有的是炸药。老熊既然能提前给龚跃进家放进了这么多炸药,难道就不会再给自己留下一些炸药?

即使是被人发现,让王国炎他们陷入极其困难的境地时,也只有一样东西仍能保证他们畅行无阻,顺利安全地进入省城:

炸药!

罗维民一下子瞪大了眼睛。

王国炎和老熊带着炸药开向了省城!

罗维民被自己的猜想和判断再一次惊呆在那里。

市局大门口,整个一条大街似乎正在进行着一场短兵相接的激烈巷战!

大街两旁已经被突然围过来的数不清的警车团团堵死,警笛声,叫喊声,喊打声,手提扩音器里的警告声,排山倒海一般地发出阵阵呼啸。

史元杰镇定自若地站在市局大门口的灯光下,像是一面风浪中的帅旗!魏德华清楚史元杰此时站在如此显露的地方,等于把自己放在了一个极其险恶的境地!但他只能这样做,也必须这样做!

只要局长牢牢地站在这里,只要下面的人都能看得见局长,士气就不会动摇,人心就不会涣散!

胡大高、龚跃进他们也许做梦也不会想到,他们选派出来的最精锐、最牢靠、最基本、最强悍、最训练有素、最让他们感到放心的坚甲利兵,金戈铁马,竟然会在顷刻间瓦解在这样的一场人海之战中!

魏德华得知,史局长此时已经得到确切消息,刚才派出所民警的两次偷袭先后告捷,躲在幕后指挥策划的"黑市长"、"张大帅"及其手下的头头,均已纷纷落网,并被安全押解到了指定地点。

五点五十的行动准时开始,并没有受到任何干扰。

一支近千人的多警种联合部队分乘上百辆警车,已兵分数路进入预定地区。行动正在顺利进行之中。

当魏德华把王国炎逃跑和罗维民失去联系的情况报告给史元杰时,史元杰目不斜视地只是微微地点了点头,没有任何表情地说他已经知道了。

辛幸文已经把所有的情况告诉了史元杰。

史元杰说他已经通知了交警和公路局,然后要魏德华马上带领四辆警车,十名民警即刻上路,要不惜一切代价,全力追赶逃犯王国炎!

史元杰说他还通知了地方部队,希望他们能派出直升机协助支援!

紧接着,史元杰又轻轻地说出了两个让魏德华感到犹如晴天霹雳一样的消息:

罗维民的妻子女儿在医院遭到绑架!

何波处长已经以身殉职!

魏德华直到这时才终于明白,史局长之所以不看他一眼,就是怕他们两个都会忍不住!

李玉翠被一声怒斥声彻底惊醒了过来。

是后面的人在对开车的矮胖子龚跃进高声大骂。

"……妈了个×的,快开!"是一个嗓音嘶哑而又亢奋的人在怒吼,"别把老子逗火了,灭你比捻死一只蚂蚁还容易!"

龚跃进一声不吭,只是闷头开车。头上的血仍然止不住地往下流。

"老熊!找块'邦迪'把他头上的口子粘住!老子留着他有用,还不想让他这会儿死!"嗓音嘶哑的人在发号施令。

那个叫老熊的人,没用了一分钟,便手脚利落地把一个'邦迪'贴在了龚跃进的伤口上。

李玉翠此时发现,手里一直拿着枪的,正是那个嗓音嘶哑的人。

龚跃进大概觉得是一个机会,一边开车,一边趁机说道:

"青虎兄弟,你做得太过分了。你该相信我的,我真的没做任何对不住你的事情……"

"放你妈的屁!"那个嗓音嘶哑叫青虎的人猛一下打断了龚跃进的话,"我要相信了你,早死几回了!"

"你不应该听别人瞎说的,"龚跃进似乎对青虎的咆哮习以为常了,"其实,你也知道的,这些年,为了你的事,我给古城监狱的那些人投资了多少。我要是真想干那种事,我早干了。他们故意挑拨离间,好让咱们自相残杀。我知道的,那些人黑呀,你做梦都想不到有多黑。"

"龚跃进,你的嘴巴能不能闭着点,让我的耳朵清静清静?"老熊对龚跃进冷嘲热讽,厌恶之至。"说这么多废话你究竟想骗谁?谁黑谁白,谁为谁,咱们谁心里不清楚?走一路说一路,你也不觉得累?你也不想想这会儿谁还会相信你?要不是青虎哥事先告诉了我情况,让我提前赶到你家,把你截获到现场,你让胡大高派去打黑枪的那七八个人能轻易地放过我们?就算青虎哥武功高强,身手不凡,一个人赤手空拳又如何敌得了你们七八个人,五六支枪?你们连赵中和那样的人都不肯放过,都还要杀人灭口,嫁祸于人,再黑还能黑到你这份儿上?"

"让他说!"青虎像是在呵斥一条狗。

"熊哥,你看你,"龚跃进仍在哓哓不休地为自己辩白着,"青虎兄弟要是有什么不清楚,你也会不清楚?我凭什么要这么干?又为什么要这么干?这些年,我为青虎兄弟做了多少事?又出了多少力?其实,你们都清楚,要不是我忍辱负重,打里照外,一把一把地撒钱,青虎兄弟的事情能那么容易吗?"

"只说你一把一把地撒钱,就不说你大把大把地捞钱?"老熊反唇相讥,"你是撒了一些钱,可你捞到手的钱,比你撒出去的钱多几百倍,几千倍。无利可图的事情,你龚跃进会干?要不是青虎兄从中斡旋,仇晓津会从省城向你这里投资?要不是有青虎兄给你压阵,省人大仇一干为你撑腰,你又怎么敢顶风作案,把村里的耕地成百上千亩地往出卖?瞒得了别人,你瞒得了我?几年时间就从你手里卖出去几千亩地,一亩地从中得一万块钱的好处,就是几千万。一亩地得十万元的好处,就是几个亿!这还只是其中的一个渠道!东关村和东关镇的大大小小的企业、公司、宾馆、酒家、房地产开发,哪个渠道的肥水不往你腰包里流?你家的钱多得换成美金往国外存,你把你孙女孙子的身份都已经办到了国外。你都快成了一个归国华侨了,你还有什么不知足?非要对别人下黑手?"

"熊哥,这你就说错了。"龚跃进仍在努力地辩解着,"这些年,我是得了些好处,可我要是只吃独食,光拿独份,我能撑到今天?像青虎兄弟的上上下下,哪个地方不得打点?你们都知道的,光古城监狱的房子我给他们盖了多少?如今的世道你们是真不明白还是假不明白?你要是想在哪个位置上站稳脚跟,过去五五分成就够了,现在倒三七也不行。挣十个钱,你至少也得向外撒七个!剩下的三个你还得拿出一

·597·

两个来往脚下垫。过去撒一处两处就够了,现在你处处都得撒。你头上顶着这么大的一个天,一个地方撒不到,随便掉下一个什么来,立马就能把你砸扁了!就像一条大船,一个眼儿没堵住,说不定哪会儿就会让你整个翻船!还有,现在的老百姓也越来越难对付,动不动就是上访告状,跟你闹个没完没了。老百姓铁了心跟你闹,你有什么辙?当官的闹你,找一个比他大的官就是了。要是老百姓合了伙闹你,一时半会儿的还压得住。时间长了,哪个官儿保得了你?如今村委会又是村民直接选举,填票投票的时候,还有警察护着。你以为这些都会来得那么容易……"

"姓龚的,你的屁放完了没有!"青虎终于忍不住的一声怒喝,"你以为你的这块地盘是你一个人打下来的?老子刚来这里的时候,你他妈的算是个什么玩意儿!连大街上的癞皮狗都不如!就像你那个臭玩意儿,这两年是靠什么硬起来的?你凭什么能让专人出国给你买'伟哥'?你又凭什么过几天就换一个婊子侍候你?你这个省人大代表是怎么当上的?你这个村委会主任又是怎么被选上的?就靠你这个×样子?要不是老子的弟兄们左右打点,四处活动,上上下下的人都在护着你,都在为你卖命,别说你吃'伟哥'了,想他妈的吃屎都没人给你拉!随便拿出你的一桩事,共产党来回枪毙你一百次也够了!像你这种忘恩负义、恩将仇报的东西,老子现在还让你活着那是你的福气!你好大胆子,敢跟我斗!你他妈的觉得你现在的根子硬了是不是?觉得离开老子行了是不是?觉得我治不了你了是不是?居然跟他们勾勾搭搭,想杀我灭口!告诉你,我王国炎是死人堆里爬出来的!阎王爷也不敢收留老子,你他妈的倒想把老子给灭了!在古城监狱几次做梦都掏了你的花花肠子,你也没觉着害怕?想杀我也罢了,连老熊这样的兄弟你他妈的也想杀!我以为我够恶的了,没想到你他妈的比我还恶!世界上能生出你这种东西来,真他妈的是瞎了眼!我今天要是饶了你老天爷也不会放过我!老子这会儿就杀了你……"

龚跃进突然又是一声哀叫,王国炎用手枪猛地又在他的脑袋瓜子上捅了一个窟窿!眼见的鲜血大片地涌了出来。

"大哥!大哥!"老熊使劲地抱住陷入狂怒的王国炎,"你千万不要冲动,现在就让他死了岂不是太便宜了他!他真的有用,这会儿还不能让他死!咱们要是出了事,或者咱们的事一旦捅开了,他就是一个活证据!公安局的人拼死也要保住他!真要到了那会儿,他比罗维民的老婆更有用!姚戢利那些人早就盼着他死了!这会儿杀了他那可是帮了他们的大忙……"

李玉翠一直呆呆地听着,等听到这里时,才终于明白了自己的处境:

自己是被那个从古城监狱里逃出来的王国炎和他一个帮凶给绑架了!

她和孩子,还有这个龚跃进都已经成了他们的人质!

这个像疯子一样的王国炎,正带着他们匆匆逃亡!

他们会逃向哪里?下一步又会有什么行动?

面对这几个穷凶极恶的逃犯,自己究竟能做些什么?

应该尽力想办法来阻止他们!

她觉得胸前的孩子一边使劲地在挣扎着,一边越来越大声地呻吟起来。

丹丹醒了!

她还必须保护孩子,免得受到他们的伤害!

魏德华坐在警灯闪烁、警笛轰鸣的警车里,一边用对讲机给有关方面发出指示和询问,一边用手机不停地给罗维民打传呼。

他觉得罗维民绝不会死。罗维民要是死了,这个老天爷可就太不公正了。只要罗维民活着,即使他的手机没了,炸坏了,那他的 BP 机肯定还在,他肯定就收得到自己传过去的信息。

而只要罗维民还活着,只要他没被炸成重伤,那他肯定会毫不犹豫地继续驾车对王国炎的奔驰 600 实施追击!

魏德华清楚,只要罗维民还有一口气,他就绝不会放过王国炎!

对讲机很快给他带来了新的信息:在爆炸现场和附近,并没有发现夏利车的残骸和器件,也没有发现罗维民的任何踪影和形迹!

看来,罗维民确实没死!如果夏利车也不在现场,那就几乎可以肯定,罗维民已经驾车上了公路。

魏德华又一次给罗维民的 BP 机发出了信息:

龚跃进奔驰 600 的车牌号码为 91888。

目标已经发现,龚跃进的奔驰正以每小时四百公里以上的速度,在通往省城的二级公路上行驶。目前已经接近第二个公路收费站。

第二个公路收费站已接到拦截通知,除了设置路障外,必要时,可对奔驰的轮胎和发动机进行射击!

他必须尽快把最新得到的信息传给罗维民,因为一旦离开市区过远,BP 机将无法再接收到本区的信息!

对讲机再次传来了令人振奋的消息,部队的直升机已经起飞!以每小时四百公里的速度,将会在一个小时左右赶上奔驰 600!

军用直升机将会对龚跃进的奔驰实施空中拦截,奔驰如果不听劝阻,或者对直升机有对抗行为,直升机在不造成人员伤亡的情况下,将对奔驰的发动机、车轮和后厢实施毁坏性打击,强行迫使其停车投降⋯⋯

魏德华有些发愣,该不该把罗维民妻子女儿遭到绑架,很可能也在龚跃进的那辆奔驰车里的消息也一并传呼给罗维民?

想了片刻,魏德华觉得还是暂时不说为好。

那样只会让他更着急,试想他的那辆小夏利,如何赶得上奔驰600!

告诉了他这个消息,岂不是等于要了他的命!

罗维民从传呼中接到魏德华最后的一则信息时,脑子里陡然一片空白!

第二个公路收费站已接到拦截通知,将对奔驰 600 设置路障,必要时可直接对奔驰的轮胎和发动机进行射击！

直升机将会对奔驰实施空中毁坏性打击！

直升机将会在一个小时左右赶上奔驰600！

第二个收费站离奔驰也只剩下一个多小时的路程！

罗维民的这辆伤痕累累的小夏利，距离奔驰大约有五十公里左右的路程！而且只会越来越远！

魏德华的警车，距离罗维民的夏利，大约有四十公里左右。若要想赶上来，最少也得一个多小时！因为这辆夏利比起他们的破警车来，一点也不慢！

怎么办？

得立刻想办法同他们取得联系！

在附近找个电话？这一带都是山区，附近并没有城镇。路旁的小山村有没有电话？即使有，在大清早敲门拍窗户，一户一户地去找，等你找到，说不定半个小时就过去了。

而且这个伤痕累累，摇摇晃晃，越开越不得劲的夏利，随时都可能停火抛锚。

回去吗？根本来不及，自己现在的位置比第一个收费站更远。

拦车借个手机用用吗？这个时候，又是在这样的路上，谁会为你停车！即便是有手机的，也绝不会说他有。除非你也一样去持枪抢劫！

在城郊的第一个收费站本该打一个电话的！但当时哪想到会有这样的事情：又是要强行拦截，又是要直接射击，甚至还要进行空中打击！

魏德华你这个王八蛋，脑子是不是让狗吃了！你他妈的怎么就没想到王国炎的车里会有炸药！

一旦进行射击，一旦实施空中打击，车内的炸药一旦被引爆，那几乎就是一场灾难！

四十七

罗维民终于拦住了一辆后窗写着"磨合"两个字的红旗轿车!

年轻司机看到罗维民的枪和工作证,几乎没说什么就立即同意了换车。

罗维民匆匆忙忙写了个纸条,让年轻司机一定等着交给后面的警车:

> 魏德华,王国炎的车里可能有炸药!立即通知各方,放弃拦截,不可攻击!

李玉翠一边哄着不停哭闹着的孩子,一边像是哀求似的对王国炎说:

"孩子要上厕所,我也要上厕所,行行好吧,这耽误不了你们多少时间。"

老熊的脾气已经变得越来越凶暴起来。"别做梦了!我知道你想干什么!要尿就尿在裤子里,想下去,没门!"

"孩子肚子不好,一晚上了,去趟厕所还不行吗?"李玉翠没有畏缩。

"要拉也拉在裤子里!"老熊呵斥了一句。

丹丹哇的一声大哭起来。

"不准哭!再哭就敲死你!"老熊吼道。

"你们还是人吗!"李玉翠奋力地嚷道,"她还是孩子!你们就没孩子吗!你们折磨一个孩子算什么男人!"

"青虎哥,就让她们方便一下吧,我也有点挺不住了。"龚跃进也忍不住地说道。

"不行,谁也不准下去!"老熊态度更加强横。

"老熊,找个地方让他们方便一下算了。"王国炎终于说话了。

"大哥！这怎么行！他们都在追我们！我们必须分秒必争,否则真的就全完了。"老熊固执己见,不想退让。

"你以为他们会追不上咱们？咱们现在的一切情况他们都知道！搞公安的那些家伙,别的本事没有,这个本事还有！他们现在惟一不知道的,就是咱们根本就不怕他们追！我算过了,十一点左右到达省城最好,上下班高峰,吓不死他们！没关系,咱们大家都方便方便,有的是时间,我保证会平安无事。等办了我的事,你想去哪儿就去哪儿,只管远走高飞就是。"

"大哥,你这辈子坏事就坏在女人手里,对女人你心太软！其实,女人是最靠不住的！"

"好了！听我的,拐弯,找个僻静点的地方,一个一个地让她们下去方便。放心,出不了事,他们斗不过咱们。"

史元杰做梦也没想到他会接到王国炎打来的手机！

"……哈哈！史局长,没想到吧！"王国炎笑得轻松而又自然。

"王国炎,你已经无路可逃了,还是缴械自首吧,这是你惟一的出路！"史元杰一边说着,一边思考着王国炎给他打电话的原因和目的。

"史局长,你想错了,也想得太简单了,还远远到不了那一步。我王国炎要是像你们想像的那么容易对付,能活到今天吗？"王国炎慢条斯理,侃侃而谈,一点也不显得慌乱。

"王国炎！立刻放下武器！立刻停车！立刻释放人质！你的一举一动都在我们的监视之下,也都在我们的包围之中！我警告你,你不要自讨苦吃,还要殃及他人！"

"哈哈哈哈！到这会儿了,还摆什么臭架子,不是你警告我,而是我要警告你。我的意思很好懂,那就是不要对我的车有任何想法,任何动作。明白吗？我知道你派了车在追赶我,还准备让前面的收费站拦截我,而且还派了直升机准备攻击我。我告诉你,千万不可轻举妄动。一定要老老实实,规规矩矩,乖乖听我的指挥,否则,你这个局长的位置

· 603 ·

就到今天为止了。"听得出来,王国炎似乎得意得很。

"王国炎!我说过了,你已经无路可逃了,如果你真能到此为止,我完全可以满足你的一些要求,但条件是必须立刻缴械投降……"

"哈哈哈哈!"王国炎再次止不住地大笑起来。"局长呀局长,你是当兵的,就没听说过孙子兵法?你就不知道知己知彼,方能百战百胜?你知道我车里都带了些什么?你只知其一,不知其二。老熊!试一次给我们的史局长听听,就后面那辆小日本的车,干掉他!史局长,你听着,感觉感觉这是什么声音?好,好……"

手机里突然一声震天骇地的轰响,直震得史元杰耳朵阵阵发颤。

好一阵子史元杰才明白过来:

炸药的爆炸声!

王国炎不仅劫持了人质,而且还带着炸药!

手机再次传来王国炎像魔鬼一样的笑声。

"听见了吗,史局长?知道是什么了吧?我告诉你,这种烈性炸药我的车上足有二百公斤。可能还多。二百多公斤炸药,你明白这意味着什么?可以炸烂你一条街,炸垮你半座城,炸毁你一座桥梁!史局长,我是不是没必要再给你说什么了吧?你现在根本没有资格给我讲条件,而是应该由我跟你讲条件!懂不懂?你是局长,你知道你应该怎么去做。好了,等你想好了咱们再谈。史局长,再见。"

没等史元杰再说什么,王国炎已经关掉了手机。

省委书记肖振邦接到省厅厅长苏禹的电话,竟也愣住了。

王国炎劫持着人质的车里,竟还装着二百多公斤烈性炸药!

这辆车正往省城开来!

"肖书记,目前我们的措施都只是防范性的。"苏禹小心翼翼地说着,"我们通知了直升机不要对其进行攻击,通知了收费站撤除了所设置的路障,还通知了沿途民警和交警不要进行任何阻击和拦截。至于下一步怎么办,我们正在研究。"

"很好,绝不能让人质出问题,尤其是不能让这辆汽车发生任何意外。"说到这儿,肖振邦停顿了一下问道,"他们的炸药会不会装有引爆装置?"

"肯定有引爆装置,车上有一个叫老熊的同案犯,他是个爆破专家。"

"我的意思是,如果遭到剧烈冲撞,或者枪弹的射击,会不会使这种炸药引爆?"

"很有可能。还有一个可能是,他们的引爆装置是遥控的,遥控器就在他们手上,他们随时都可以引爆炸药。"

"估计会是什么型号的炸药?"肖振邦问得很仔细。

"还没查出来,但非常猛烈,他们已经炸毁了路上的一辆小面包车。"

肖振邦一惊:"……有伤亡吗?"

"车上一共有七个人,正在附近医院抢救,具体情况还不清楚,但肯定有伤亡。"

"能不能不让他们开进省城?"

"我们还没想出办法来。因为车里有人质,任何阻止行动都可能引发他们的极端行为,他们都是些亡命之徒,什么事情都干得出来!"

"苏禹,你听着。不管是什么办法,绝不能再出现任何伤亡事件,一定要保证群众生命财产的安全!如果没有万无一失的办法,那就尽可能先满足他们的一切条件!"

"但如果把他放进省城来,将会更加危险,我们将更加被动。"

"那就马上同他们交涉!看他们究竟要干什么?他们的条件究竟是什么?"

"他们有手机,但一直关着,他们不接任何电话,就是要开进省城。"

"想尽一切办法同他们联系,用直升机直接跟他们对话!"

"刚才我们已经进行了分析,他们来省城的目的很可能只有一个。"

"是什么?"

· 605 ·

"同姚戡利和耿莉丽见面。"

肖振邦突然意识到了什么,"耿莉丽!王国炎的妻子?"

"是。"

"王国炎要对他们实施报复?"

"也可能是报复,也可能是当面对质。"

"然后把他们一起带走?"

"他们不会带走姚戡利。"

"只带走耿莉丽?"

"这看耿莉丽会不会跟他走。"

"如果不会呢?"

"他们两个都会很危险。"

"你是说王国炎会把他们两个全都处置了?"

"在那种情况下,我们可能会有办法解救。"

"我要的不是可能!"肖振邦愤怒地嚷了起来,"车上还有人质!车里还有炸药!"

"但从目前看,这是最安全的一个办法。"苏禹不为所动。

"我明白你的意思!就是要以此为条件,把这两个人交给他们!"

"肖书记,要想不让他们进城,只能这样。"

"我不能同意!也绝不会同意!"

"肖书记,我们要冷静,这是目前最合乎情理的选择……"

"你别再给我说你这些馊主意!你要是这么做了,就立刻把你的位置给我腾出来!你这公安厅长就别干了!"

肖振邦怒不可遏地扔下了电话。

肖振邦的情绪还没稳定下来,办公室里便闯进了一个不速之客。

秘书慌慌张张地进来说,他怎么拦也拦不住。

肖振邦摆了摆手让秘书退了出去。

闯入者肖振邦只看了一眼,就立刻明白了他要来干什么。

省人大常委会副主任仇一干。

· 606 ·

仇一干的神态看上去还算平静,一进来不等你让,便稳稳地坐在了沙发上。当肖振邦给他倒水的时候,才发现他的两只手抖得那么厉害,人也明显地苍老了许多。

办公室里一阵沉默,连象征性的寒暄也没有。

良久,仇一干满腔怨愤地说道:

"肖书记,你知道我来干什么。"

肖振邦并没有正面回答,"有什么事你就说吧。"

仇一干沉默片刻,"那我也就不客气了,用不着再说什么套话、废话。肖书记,我是来求你的,把我的儿子仇晓津放了吧。"

"据我所知,仇晓津并不是你的儿子。"肖振邦直言不讳。

"他是。他比我的亲儿子更亲,我不能没了他。"说到这里,仇一干的眼圈分明地红了起来。"你也知道的,他曾救过我的命。一个苦命的孩子,没上过什么学,如果他有什么错,就饶他一回吧。"

肖振邦简直无法相信他听到的话会是真的。就因为你的一个干侄子救过你的命,就可以容忍他损害无数人的利益和安全!这是什么话!他强压着心头的火气,又问了一句,"如果他杀了人呢?"

"绝不可能!我以我的党籍保证,他要是杀了人,我替他去坐牢。"仇一干依旧振振有词。

"如果也牵涉到你呢?"

"那你就让他们来抓我嘛!凭什么抓我的儿子!"说到这里,仇一干似乎意识到了自己的失态,口气顿时又缓和下来。"就是抓了我,也别抓他,肖书记,自你当了省委书记,这么多年了,我从未求你办过任何私事,就这一回,你就放了他吧。"

"你觉得我有这个权力?"肖振邦似乎在努力地控制着自己的情绪。

"你是省委书记,省里的一把手,什么事情不得听你的,如果没有你的同意,公安机关敢抓我的儿子吗?"

"那你的权力是什么?"

"一个退居二线的人大副主任,我有什么权力!充其量也就是个

· 607 ·

举手的权力,什么时候我不是一个听话的角色?当副省长的时候,你说什么我干什么。省长的意见我都可以不听,但你的意见我绝对不会不听。到后来,你们研究说让我到人大,那我就毫无怨言地到人大。你说说,什么时候我不是听你的?对你什么时候有过二心?别人不清楚,你还不清楚?一个都快退的人了,连这么点要求都不能答应吗?"

"你心里是不是一直就是这么想的?这些真的是你的心里话?"肖振邦眼里像在冒火。

"肖书记,我岁数都这么大了,还会说假话吗?家里又出了这么大的事,都到这份儿上了,我为什么要说假话?"仇一干倾肠倒肚,情不自禁。

"既然这样,那你也听听我的心里话。"肖振邦虽然强忍着,但愤激之情,溢于言表。"依我看,你当了这么长时间的人大常委会副主任,居然连人大是干什么的都还没闹清。有句话本来我没有权力对你说,但我现在以一个普通公民的身份要给你说出来,你真是白在政府部门干了这么多年!你过去的地委书记白当了,副省长白当了,现在的人大常委会副主任也一样白当了!人民把这些人选到人大来,目的只有一个,就是要让他们对正在领导岗位上的人进行监督!被人大监督的,包括任何一个权力机关,任何一个政府部门,任何一个法律机构,任何一个在职领导,包括省委,包括省政府,也包括我!你说你退居二线到人大了,还有什么权力!这就是你的权力!还有任何比这更重要的权力吗?如果你连这个权力也觉得可有可无的话,那我实在怀疑你这么多年在领导岗位上都干了些什么!"

"肖书记!你说完了没有!"仇一干终于不忍再往下听了。"好了,你别给我讲这些大道理,如果我在你的位置上,我会比你讲得更动听!我究竟能监督了谁?又能监督了什么机关部门?真是笑话!你说我可以监督任何法律机构,可公安局不打招呼就抓走了我的儿子!这就是我的权力?如果我是一个省委书记,一个市委书记,我手下的这些机关部门,敢这样对待我吗!监督你?我敢吗?要能监督了你,我会大清早地跑这儿来,苦苦地给你求情吗!"

"好了,我终于听明白了,原来你是这样理解权力的。权力就是特权,如果没有特权,就不能叫做权力,这就是你的权力观!"肖振邦努力地使自己的情绪平和下来。"既然这样,我也就不必跟你再争辩了,我现在只跟你说一句话,你儿子的问题,我根本无权过问!无权,你懂不懂!如果你还是没听明白,我还可以再给你说一句话,在这方面真正拥有权力的恰恰是人大!人大有这个权力!人大最重要最基本的权力之一,就是可以对公安司法部门进行强有力的监督!对公检法的执法办案结果你都有权过问!如果有什么人草率行事,办案不公,甚至执法犯法,贪赃枉法,人大不仅可以直接过问,要求其重新复议,重新审理,对其情节严重者,还可以提交人代会将其罢免!"

"你给我说了这么多桌面上的话,是不是就一个意思,我儿子的事情,你不想管,也不愿意管,对不对?"仇一干这时一反常态,厉声质问道。"我不是个傻瓜,也不是什么都不懂,就算你不想管,也用不着拿你省委书记的身份来羞辱我!拿这些官话、套话来愚弄我!是,我老了,无权了,没用了,但你记着,像我这样的人,你千万不可不放在眼里。六十大几了,什么也无所谓了,可你不一样,你才五十出头,要是有什么人撕破脸皮跟你闹起来,吃亏的只能是你!这就叫成事不足,败事有余!我比你年长几岁,如果你愿意听,就让我劝你两句。你才五十出头,可以说前途无量。如果你还想上,那就多栽花少栽刺!多一个人唱赞歌和多一个人打黑枪,那可绝不一样。有上这么几个省级部级干部成年累月地上访告状,想想你在中央领导眼里会是个什么样子?"

说到这里,仇一干猛地站了起来,他好像已经不再需要肖振邦的回答,一边径自往外走去,一边又像石头似的撂下一句:

"我告诉你,肖书记,我仇一干并不是这样的人,但要是有谁把我逼急了,我会比这样的人更狠!什么样的事情我都干得出来!不信咱们就走着瞧!"

仇一干说到这里,头也不回地扬长而去。走出老远了,还听得见他咚咚咚的脚步声。

肖振邦本想叫住他说两句,但忍了忍终于没再吭声。对这样一个连最起码的人性也没有的"领导干部",你还有必要跟他说什么!

肖振邦在领导岗位上干了将近二十年,这样的事和人还是第一次碰到。一个人要是腐朽堕落到这种地步,简直比无赖、恶棍、流氓、地痞更让人感到可怕和无耻! 如果让这些人进了领导班子,甚至进了高层领导班子,让这些人行使权力,行使对权力的监督,那么,这样的政府部门和权力机关可就太危险太危险了。

跟你同在一起这么多年,怎么就一直没发现他会是这样的一个东西!

这个东西又是怎么生出来的!

就算你没有直接责任,那责任究竟在谁!

恶贯满盈,劣迹斑斑,却又如此飞扬跋扈,气焰熏天,他凭的是什么!

究竟是谁让他这么有恃无恐,无法无天!

过了好久好久,肖振邦发现自己的全身仍在发抖。

肖振邦明白,今天的较量仅仅只是开始,真正的较量还在后头!

市委书记周涛沉浸在一种难以名状的悲愤之中。

杀害自己亲大姐的,竟是自己的亲外甥!

尤其是让他悔恨不已的是,不管你有多少理由可以推诿,但事实上正如肖振邦书记说的那样,这个姚戬利确确实实是在你的默许和同意下被提拔被重用了的!

被你提拔重用的这个人,竟然是杀死你大姐的凶手和罪犯!

如果姚戬利罪不可赦的话,你也一样罪责难逃!

多少年来,大姐死时的惨状像噩梦一样时时在脑子里掠过,他不能想,真的不能想。

他几乎是在大姐的怀里长大的,家境不好,妈妈多病,爸爸身体也不好,但为了养家糊口,仍然每天劳作。二姐刚生下来不久,就抱给了伯父家,家务活老早就压在了大姐一个人身上。听邻居们说,只比周涛大七岁的大姐,抱着周涛的时候,就像抱着一座沉沉的大山! 那时候家里有多苦！刚刚七八岁,就在街上拾破烂,拣煤渣,十岁了还上不了学。给家里烧火做饭的是大姐,给妈妈抓药熬药的是大姐,给自己洗尿布屎布的是大姐,有时候,爸爸妈妈出了门,或者是爸爸送妈妈到医院看病,常常天已经很黑很黑了还回不来。家里没人,他害怕,大姐也害怕,大姐就抱着哄着啼哭不止的他,久久地坐在家门口,久久地等在寒风里……

周涛上一年级的时候,大姐才上了二年级！

大姐初中只上了一年,就找了份工作辍学当了工人。

自己的弟弟妹妹几乎都是大姐一手拉扯大的。他很小很小的时候,心里就藏着一个心愿,将来长大了,他发誓要让大姐的后半辈子过得温馨幸福。要是有谁敢欺负自己的大姐,他拼了性命也绝不答应！

他要永远像保护自己的母亲一样保护自己的大姐！

事实上大姐就像是自己的母亲。

那一年,他在外省当了县委副书记的时候,就千方百计地把身体多病的大姐从工厂的会计室调到了信用社。大姐那时已经靠自学获得了中专学历。再后来,他当了行署副专员的时候,想把大姐调到自己身边来,但被大姐拒绝了。大姐的理由只有一个,你好好干吧,别让大姐拖累你,这儿的工作也挺好,累是累点,但比过去强多了……

但他并没有放弃努力,他仍然在想办法要让大姐生活得能更好一些。

然而,紧接着便传来了大姐的凶讯！

他没想到大姐会死得那么惨。大姐身中四枪,一枪击中脊椎;一枪击中腰部;一枪击中肩膀,子弹斜穿左胸;一枪击中头部,脑壳迸裂,惨不忍睹……

大姐的遗体告别几乎无法进行,化妆师尽了最大努力,也没能把大姐的原貌复原……

大姐死得那么英勇！

她就像保护自己的家当一样保护着银行的财产,就像当年保护着自己的弟弟妹妹一样保护着自己的银行！

…………

当电话铃声响起的时候,周涛才发现自己早已泪流满面。

听完李辉的汇报,周涛几乎连想也没想,便一口表示同意:
"我同意这个方案,马上把姚戬利带到城外同王国炎对面!"
"……可王国炎还有个条件,他还要求带上他的妻子耿莉丽。"李辉有些为难地说。
"耿莉丽现在在什么地方?"
"她也已经被拘留。"
"耿莉丽的工作由我来做。"
"周书记……肖书记并不同意这样做。"
"为什么?"
"肖书记认为应该保证所有人的安全。"
"我们这样做并不是放任不管,你们已经有了周密的安排,我觉得可以保证他们安全。"
"肖书记要求做到万无一失。"
"肖书记说的没错,我们应全力按照肖书记说的去做。问题是如果把王国炎的车放进城里来,又怎么能做到万无一失?一旦出了什么问题,将会危及多少人性命财产的安全!"
"周书记,肖书记的态度非常坚决。"
"我问你,你们市局这次行动主要的负责人是谁?"
"这是省厅的统一行动,但省城的行动,主要还是由我们市局负责。"
"既然省城是由市局负责,作为市委书记,对如此严重的事态,我有权参与决策。我同意你们的方案,马上开始行动。"
"周书记,姚戬利这儿,你可能还得来一下。"
"干什么?"周涛的嗓音突然变得很怕人。
"周书记,是这样,我们刚才已经找过姚戬利。姚戬利说了,如果让他去见王国炎,他一定要先见你一面,他说他有话要给你说。"

周涛沉思片刻,"可以!我马上就去见他!别的还有什么吗?"

"……周书记,肖书记那儿怎么办?"

"肖书记那儿该怎么办,那是我的事,跟你没关系!你只管把你的事情办好就是!"周涛怫然作色,火气十足。

周涛穿上外套,走出办公室时,才发现办公室外面的接待室里,竟然站满了一屋子人。

周涛愣愣地看着他们,他们也愣愣地看着周涛。

周涛的弟弟周波;

周涛的二姐周洁;

周涛的妹妹周溶;

周涛的妻子奚乃桂;

周涛的姐夫何玉成;

还有自己的堂姐、堂兄、堂弟、堂妹……

周涛什么也没说,一转身又折回了办公室。

后面的人也都默默地跟了进来。

周涛在办公桌后面的椅子上坐下来后,才对他们摆了摆手说:"都坐下吧,我还有事,急着要走,但既然你们都来了,我还是想给你们说几句话。我知道你们来找我干什么,我也知道你们要说什么。对你们,我只有一句话,你们什么也别说,什么也别做,因为说什么也没用,做什么也是白做。现在都老老实实地回家去,等所有的事情都过去了,咱们再好好在一起坐坐。"

屋子里久久地沉默着。

周涛的二姐周洁轻轻地啜泣起来,声音越来越大,紧接着突然一下子跪在地上,喊天呼地大哭起来:

"周涛!我的好弟弟呀!不管怎么着,他也是你的亲外甥呀,你当舅舅的不能不管呀!你二姐命苦,前辈子作了孽了,没碰上个好男人,也没碰上个好儿子!就算他有千不是万不对,撤了他,免了他,你当市委书记也不至于让公安局把他抓了呀,二姐今天给你磕个响头,你就救救他吧……"

"哭什么!"周涛怒不可遏,猛地在桌子上擂了一拳,"这是市委办公室,不是家里!要哭就到外面哭去!都到什么份儿上了,还要在这儿丢人现眼!我现在就告诉你们,大姐周娟就是让姚戬利给谋杀了的!"

一句话把所有的人全都惊呆了。

良久,周洁像是猛然清醒了似的,不顾一切地喊道:"这是栽赃陷害!根本没有的事情!大姐出事的那天,姚戬利一直就在我身边,几乎一步也没有离开过我!那一天我记得清清楚楚,他陪着我逛了几乎整整一天商场,把所有的年货都买了下来,他怎么会在那天到几百里之外谋杀了大姐!我不信,我死也不信!"

"我也不信,可事实就摆在那儿,警方已有充分的证据,谋杀大姐的确确实实就是他!他自己都已经给公安机关承认了,你不信又有什么用!如果说那天他一步也没离开过你,那谋杀大姐的就更应该是他!他要的就是这个效果,让你根本怀疑不到是他!"

"那我也不信!姚戬利没有到现场,凭什么就说是姚戬利谋杀了大姐!要是大姐在姚戬利跟前,我死也不相信他会让人杀死大姐!咱们家谁不知道,姚戬利差不多就是在大姐家里长大的,他怎么会让人杀了大姐!"周洁言之凿凿,理直气壮。

"那又有什么不一样的地方?他幕后策划,让人到他姨妈工作的银行里去抢钱,他姨妈的死难道会跟他没关系?打死大姐的那把枪就是姚戬利给提供的!连去银行抢钱的路线图都是姚戬利给画的,他熟悉那个地方,所以,才让人去那儿抢钱!他是地地道道的罪魁祸首!你们也都知道的,大姐身上整整被打了四枪!四枪!"周涛的眼圈止不住又红了起来。

所有的人再次被惊呆了。

周洁不禁又哽咽起来:"照你这么说,姚戬利是不是死定了?"

周涛本不想再说什么,忍了忍没忍住:"只凭这一个案子,枪毙他两次都绰绰有余!"

周洁哇的一声又大哭起来,直哭得昏天黑地,死去活来,几个人怎么劝也劝不住。

周涛的妻子奚乃桂有些埋怨地说:"你说话就不能好听点吗?就算姚戬利有天大的罪,你也不至于……"

"你给我走开!这里没你说话的地方!"脸色铁青的周涛不容分说,猛地打断了妻子的话。

妻子一下子被戗在那里,气得好半天也说不出话来。

弟弟周波见状,直吓得面如死灰,噤若寒蝉,到了也没敢吱一声。

其他的人也都面面相觑,谁也不再说话。

末了,面色凄楚、满眼含泪的大姐夫终于说道:

"周涛呀,你就听我一句好不好?"

周涛一看大姐夫的样子,顿时又觉得鼻子阵阵发酸。他怕忍不住,便轻轻地点了点头。

大姐夫在脸上抹了一把轻轻地说道:

"我知道你心里有气、有恨,有这么一个外甥,能不气,能不恨吗?他毁了你大姐,毁了你二姐,毁了大家,也毁了我,我最担心的,怕他最终还会毁了你。一个家庭里,一个家族里,要是生出这么一个十恶不赦的坏人,祖祖辈辈都得替他背上骂名。在这个世界上,如果有什么人犯了法,做了坏事,不管是处分,还是免职,即便是判刑坐牢,对一个家庭和一个家族来说,也都没什么可怕。最最可怕的就是判死刑、被枪毙。一个人只要不给毙了,只要他还活着,那他就还有悔过自新、重新做人的机会,就还有给他自己,给他的家和家族恢复名声的机会。可一旦给毙了,那可就是万劫不复了呀!一旦到了这份儿上,这个家族,这个家庭这辈子就算完了,而后就是十辈子也别想再翻得过身来!不管到了什么时候,只要有人在背后说你一句:他家的××人是让毙了的,你立刻就变得一钱不值。周涛,像姚戬利这样的东西,我会不恨他吗?你大姐一死,我这家就等于是天塌了一样,上下几辈人都让他给害了呀!可反过来一想,人死也已经死了,死了也就再无法复活了,如果你大姐九泉有知,也肯定不会让她的外甥跟她一块儿去死。说了这半天,我的话不知你明白了没有。姚戬利你能拉一把就拉一把吧,即使是判了死缓,也别让他死。你是市委书记,总比我们这些人说话管用。为了你大姐,为了你的可怜的二姐,也为了我,为了你,为了咱们这一大家人,为了咱们的祖宗后代,你就想想法子吧……"说到这里,大姐夫已是泪如泉涌,泣不成声。

办公室里所有的人也都跟着默默地流泪。

两眼含泪的周涛一直默默地听着,也只能默默地听着。

他明白,从现在开始起,任何事情随时都可能发生。有些事情,将会越来越棘手,越来越麻烦,越来越难以摆脱。

四十八

听到前方那一声巨响时,罗维民的心立刻沉了下去。

完了!肯定是出事了!王国炎的车十有八九是被炸毁了……

他估计爆炸发生的地点距离他的车大概有十公里左右,但没想到刚一拐过一个山头,就发现了被炸毁的车辆。

不是龚跃进的奔驰600,而是一辆日本丰田小面包!

头上一阵嗡嗡嗡的轰响,直升机!

一看到现场的情况,罗维民立刻就清楚了怎么回事。王国炎这个亡命徒看来是在示威!是在告诫!他已经看到了直升机,他也肯定知道了他的处境,所以,他干脆公开了自己的行动,穷凶极恶,有恃无恐!他明目张胆地炸毁了一辆面包车,就是要让你们看看他的厉害!

他是在警告所有的人,不准任何人靠近自己!

罗维民几乎没作任何停留,绕过处理现场的车辆和人群,向赶来现场的交警亮明身份,然后更加快速地向前追去。

可能是由于前面做了工作的原因,公路上的车辆越来越稀少,于是,罗维民的车也就越开越快。

头上的直升机几乎与他并驾齐驱,形影不离。

十分钟后,他终于看到了那辆奔驰600!

坐在车里的魏德华,正在同直升机通话。

"我们是正在执行追捕的刑警队,请你们立即放弃对奔驰车的攻击行动,他们的车里有炸药。"

"我们已经接到通知,我们不会对奔驰车进行任何行动。现在有一辆红旗轿车,正在向奔驰车靠近。我们发现这辆红旗车有异常行为,我们正在对它进行跟踪监视。"

"红旗车是自己人,不要对他采取行动。"

"但这辆红旗车似乎要对奔驰车实施拦截,这很危险。"直升机里的人似乎非常焦急。

"请问,我们的车距离奔驰车还有多远?"

"大约还有二十公里。"

"直升机是否带有扩音喊话器?"

"是的,我们有。"

"请你立即对红旗车喊话,告诉他不要对奔驰车采取任何行动!"

"恐怕来不及了,红旗车已经赶在了奔驰车前面,它正在减速,想把奔驰车压住!"

"请立即喊话!立即喊话!"魏德华大声喊道,"告诉他马上避开!奔驰车里有重要人质,让他立即停止一切行动!"

魏德华眼前一片茫然。

怎么办?该不该把他老婆孩子在车里的情况告诉他?

罗维民,你他妈的真是个笨蛋!笨透了!脑子不够用,眼睛也瞎了!就不睁眼看看车里都坐的是什么人!

坐在车里的李玉翠越来越感到紧张可怕。

上过厕所,绑在身上的绳子明显松了许多。

绳子齐腰齐胸绑在车座上,两只胳膊贴着身子被绑在一起。

她一边呻吟着,一边在他们不注意的当儿使劲地挣扎着。绳子越来越松,她的两只胳膊和两只手也越来越自如起来。

必要的时候,她觉得完全可以把两只胳膊从绳子里抽出来。

她默默地看着龚跃进的方向盘,默默地看着自己身旁的手动刹车装置。

从王国炎他们的谈话中,她清楚这辆车距离省城越来越近。

她也渐渐明白了王国炎究竟要去省城干什么。

王国炎的计划灭绝人性,但你似乎对他又毫无办法。

只有车里的人才可能对他有所行动。

对他实施行动的人只可能是你自己!

她再一次默默地看了看龚跃进手中的方向盘,又再一次看了看身旁的手刹。罗维民学开车的时候,他们正在热恋之中。罗维民好多次教她开车,她都不干。她害怕,她也觉得那没用。有一次,她被罗维民强行拉过坐在自己怀里,让她把着方向盘,让她踩油门、踩刹车。她几乎被吓得半死,开着开着,大概是踩错了地方,汽车不仅没停下来,反而开得更快。没想到罗维民笑呵呵的,好像就没用脚,便让车停了下来。后来罗维民才告诉她,他用的是手刹。

她对手刹的记忆一直到今天都耿耿于怀,刻骨铭心。

她下垂着的手,离手刹咫尺之遥!

她突然听到了直升机的轰鸣。

突然间她又看到了一辆红旗车!

这辆红旗胆子好大,几乎同奔驰车擦身而过。

就在红旗车闪过的一刹那,她忽然看到了一个熟悉的身影。

她的心脏突然猛烈地跳动起来:

罗维民!

直升机的高度距离两辆车只有十米左右。

直升机里的扩音器正对着红旗车发出阵阵呼喊:

"罗维民!罗维民!请你立刻离开奔驰车!请你立刻离开奔驰车!这是古城监狱和指挥部的命令!这非常危险!非常危险!奔驰车

里可能放有炸药！而且还有人质！请你立刻离开！立刻离开！"

红旗车似乎没有听到，或者对直升机的警告根本不予理睬，仍然压在奔驰车前面，左晃右摆地阻止着奔驰车向前超越。

奔驰车的速度明显地慢了下来。

奔驰车的主人似乎被激怒了，有两次都撞在了红旗车的车尾上，但红旗车毫不在乎，继续在奋力地阻挡着奔驰车。

红旗车的意图十分明显，它就是要让奔驰车减慢速度，并试图寻找机会迫使奔驰车停车。

李玉翠惊恐万状地看着眼前的这一切，两辆车每一次的靠近，都让她的心脏几乎能停止了跳动。

当直升机发出呼喊，王国炎得知是罗维民时，突然哈哈大笑起来。"好小子！有种！"

"这个王八蛋真他妈的是疯了！"老熊大声骂道。

"你放了那么多炸药，怎么就没把这小子给炸死！"王国炎好像觉得不可思议。

"看来，这小子比咱们还黑，连他老婆孩子都不想要了！"老熊仍在大骂。

"我看不是，他是想救他的老婆孩子。"王国炎说道。

奔驰车和红旗车剧烈的撞击声，让开车的龚跃进胆战心惊。"你们得想办法呀！再这么撞，会把发动机撞坏的！"

王国炎则大声对龚跃进骂道："你他妈的就是个活死人！12缸的奔驰600就跑不过一个破红旗！汽车要是出了毛病，我就第一个先把你炸死！"

"这怪我吗？你们也都看见了，他把车开得那么快，我们根本就没想到他会拦截我们的车，要是知道，还会让它超过我们。"龚跃进哭丧着脸说。

"大哥，我看得治治这小子，别让他坏了咱们的大事。"老熊也焦急起来。

王国炎晃了晃手里拿着的枪："这把手枪里还有几发子弹？"

"五发。"

"身上还有么？"

"没了。"老熊有些沮丧地说，"原想着赵中和那小子会带枪的，哪想到他会没枪！"

"他们早就算计好了，想在那儿把咱们一块儿灭了。"王国炎突然沉下脸来，"这个账非算不可！"

"那现在怎么办？"

"我打开右面的车窗，先给他一枪，他要是避开了，我们就超过去。等到超过后，你就推开车门放一大包炸药下去，给他们点颜色让他们好好瞧瞧。不止要把他那车给炸飞了，连路面也要炸它个稀巴烂！至少在几个小时以内让车辆无法通行！"

"漂亮。我这手痒痒好半天了，正想试试！"老熊恶狠狠地说道。

"龚跃进！听清楚了没有？我一开枪，他肯定要吓一跳，等他还没明白过来，你立刻就从他右面超过去，一定要快！明白吗？"王国炎像在发布命令。

"……他要是还不避开呢？"

"那他肯定会回头往后看！如果他回头，就肯定能看到他的老婆孩子，我就用枪管子在他老婆孩子的头上使劲猛敲，看他避开不避开！明白了吧！"

"明白了。"龚跃进使劲擦了一把脸上的汗水。"就现在吗？"

"就现在！"

李玉翠猛一下睁大了眼睛。

她清楚，她也必须做出决断！

不能再迟疑了，就现在！

就现在！

"史局长吗？我是魏德华！"

"我是史元杰，请报告你们的情况！"

"情况紧急,罗维民正在试图拦截那辆奔驰。"

"立刻通知直升机让他停止拦截!"

"通知了,但他根本不听,仍在继续拦截。"

"他究竟想干什么!"

"史局长,他可能是想减慢奔驰车的速度,好让我们赶上来。"

"你们现在在什么位置?"

"距离他们的车可能还有十公里左右。"

"离省城还有多远?"

"估计不到一个小时的路程,我们已经到了平川!"

"已经到平川了,还有什么办法能让奔驰车停下来?"

"看来很困难,我们即使追上了也没什么好办法。"

"那就再次通知罗维民,让他立刻停止拦截!告诉他这是命令!"

"他没有手机,我们没法跟他联系,只能通过直升机。"

"那就马上再通知直升机,让直升机告诉罗维民,这是命令!如果出了问题,我们将前功尽弃!绝不能让人质和逃犯出任何问题!"

"史局长,要让罗维民停下来,只有告诉他老婆孩子的情况。"

"你早就该告诉他了!什么时候了还这么婆婆妈妈的!"

"我是怕他听了会更冲动。"

"他根本就没有冲动!他一直做得都很好!问题是在我们身上!他冒着生命的危险,已经减慢了奔驰车的速度,给我们争取了宝贵的时间,而我们一直还没有找到更好的办法!他已经尽了最大努力了,他很冷静。你告诉了他,我想他肯定会更加冷静,绝不会冲动!"

"史局长,我们追上了他们后,是否可以采取一些必要的行动?"

"我说过了,不要采取任何行动!因为我们根本没有任何把握!你现在惟一要做的就是,要想尽一切办法跟住他们,绝不能让他们再甩开你们!一直跟到他们想去的地方,一切都按他们的要求去做!为防止他们采取极端行为,他们的任何条件都可以答应!要跟沿途的警车、巡逻车、武警、交警和民警密切配合,只有在人质和群众没了任何危险的情况下,才能考虑我们的行动!这是省厅的命令!必须执行!"

"明白。"

"还有,一定要保证罗维民的安全,绝不能让他出任何问题!"

"明白!"

省委书记肖振邦接到公安厅长苏禹的电话时,紧急省委常委扩大会议的召开时间已经快到了。

苏禹给他带来的几乎全是糟糕透顶、令人喘不过气来的坏消息:

王国炎装有二百公斤烈性炸药和数名人质的奔驰车正在逼近省城!

随后跟踪和在前面守候的几十辆警车,对这辆奔驰除了实施保护措施外,毫无任何其他阻止办法!

史元杰方面的情况依旧不好,由于王国炎事先得知了消息,有几名重要犯罪嫌疑人在逃,目前仍在追捕之中。

特别让肖振邦感到意外的是,省电视台得知消息后,居然租赁了一架气象部门的直升机,也已经赶到现场!他们不仅要进行现场拍摄,还可能进行现场直播!

肖振邦顿时火了起来,"这是谁的主意!谁批准的!是谁告诉他们的!简直是添乱!通知他们马上回来!我们不是不许他们采访,而是担心他们的安全!像这样的采访,我们国家可能都还没有过,他们是想干什么!他们根本没有这方面的经验,万一出了什么问题,或者影响了抓获罪犯的行动,谁负得起这个责任!如果他们进了省城,再这么来个现场直播,几百万人的城市将会出现一个什么样的局面?后果将不堪设想!"

"肖书记,他们说了,这是中央电视台特别委派他们这么做的。"苏禹在电话里委婉地解释着。

"中央电视台又是怎么知道的!"肖振邦颇为诧异,大吃一惊。在中国,如果中央电视台在某个省市不打招呼就进行直接采访,十有八九的就是中央领导已经知道了这件事!

"具体情况还不清楚,但据他们说,这已经得到了公安部和司法部的批准同意。"听得出来,苏禹努力在斟酌用词。

肖振邦久久地愣在那里。

"肖书记,"苏禹似乎知道肖振邦此时的心情,话音显得更加小心谨慎。"提前让新闻单位介入,也有它的好处。它会给我们下一步的审理和办案过程扫清障碍,减轻我们的压力。"

"中央电视台的采访我们无权干涉,但要给他们讲清困难,晓以利害,尤其是不能再出问题,或者引起什么麻烦。"

"我们已经给他们讲过了,我们还会继续交涉。"说到这里,苏禹顿了一下继续说道,"肖书记,我们现在正在同王国炎联系,只要能阻止他们进城,我们准备接受他的条件。"

"什么条件?是不是就是你刚才说的那些?"

"是。已经得到了证实。"

"把姚戬利和耿莉丽交给他们?"

"是。"

"只要答应了这个条件,他们就可以不开车进城?"肖振邦好像也不得不思考着这个计划的可能性。

"不,王国炎坚持要在城里同他们见面。"

"你们准备怎么办?"

"我们准备马上把姚戬利和耿莉丽送到城外去。"

"王国炎会听?"

"经我们分析和了解,只要王国炎见到耿莉丽,肯定就会停车。"

"你是说,让他们两个站在公路中间对王国炎的汽车实施人体拦截?"

"肖书记,……我觉得,不能这样说,我们会提前把这个消息通过直升机告诉王国炎他们,我们还会……"

"那又有什么不同!"肖振邦止不住地再次发起火来。"亏你们想得出这种办法!这两个是我们抓获的犯罪嫌疑人,不是我们的人质!"

"不只是他们两个,他们两个身旁还站着我们的民警!"苏禹不由自主地辩解了一句。

"那就更不行！"肖振邦愈加恼怒,"我绝不能同意！我绝不能让我们的民警再去冒这个险！我们的民警牺牲得够多了！如果再出了什么问题,你让我怎么给群众交代,怎么给省委交代,怎么给中央交代！又怎么给民警的家属交代！"

"肖书记,"苏禹似乎仍在努力地平息着肖振邦的情绪,"现在的情况跟刚才有所不同。比如说,他们两个如果是自愿的呢？"

"你是说姚戬利和耿莉丽会自愿前去跟王国炎他们会面？"

"我们正在做工作。"

"那怎么能叫自愿？"

"我们只是给他们说明情况,并没有给他们任何暗示,更没有给他们施加任何压力。耿莉丽已经说了,如果姚戬利不想去,她就带着孩子去见王国炎。她说了,有些事她要给王国炎当面说清楚,她还会要求他立刻放下武器,要他为自己孩子的将来好好想想！"

"这些对一个亡命徒能起什么作用！马晋雄就是一个例子,这血的教训还不够吗！"

"我们分析过,王国炎和马晋雄可能会不一样。"

"问题是姚戬利如果不去,王国炎会答应吗？"

"姚戬利可能会去。"

"又是可能！"

"肖书记,有一个情况我还没有给你汇报。市委书记周涛同意这么做,他正在做姚戬利的工作。"

"周涛？"

"是。他正在同姚戬利谈话。"

"会有结果吗？"

"这是姚戬利的要求,他说他在见王国炎以前,一定要先见他的舅舅。"

"周涛已经去了？"

"刚到。"

"周涛谈完后,让他立刻先给我来个电话！"

"还有别的吗?"

"还是那句话,绝不能再出任何问题,尤其是不能再有任何伤亡!问题已经出得够多了!够大了……"

一见到眼前的姚戬利,周涛忍了半天还是没能忍住,一甩手便狠狠地在这张已经发福的脸上给了一个耳光。

他还想接着再打时,已经被身旁的民警抱住了。

"你这个畜生!"周涛怒目切齿,不能自已。

这时的姚戬利早已跪在了地上,一边嚎啕大哭,一边把头在地上磕得嘭嘭直响。"舅舅!你就打死我吧!你就打死我吧!与其让别人打死,还不如让你打死算了!为这事我怄心了这么多年,要不是为了这个家,我早就不想活了!我该死,真的是该死呀!"

等到几个民警把姚戬利从地上拉起来时,只见他满脸是土,整个额头都成了青的。

姚戬利这个样子,反倒给了人一种打是亲,骂是爱的感觉。如果不是亲外甥,何以会这么打他!也许他需要的正是这样的一个效果和气氛,一巴掌似乎把所有的愤恨和憎恶全都打没了。不就是一巴掌么,能让你借此消消气,就是十巴掌他也绝不在乎。当周涛看到姚戬利的这种表情和神色时,立刻清醒了许多,情绪顿时也平静了起来。

他默默地坐在那里,就这么一直看着听着,足足有好几分钟过去了,仍然是一言不发。

见到周涛这个样子,姚戬利大概也感觉到了什么,终于很快止住了哭声,低头弯腰悄悄地站在那里。

周涛明白时间不多,而外面的情况又是那么紧急,来这里是公事,并不是私事。他不能再这么等下去,必须尽快解决问题。

"省厅和市局是不是都已经给你谈了?"

"是的,舅舅。"

"王国炎要见你,你知道那是什么意思。"

"知道,他一直在怀疑我,他要对我实施报复。"

"怀疑你什么?"

"……怀疑我不想让他提前获释,怀疑我不千方百计地为他想办法,怀疑我不让他保外就医。"

"你的权力好大!还有吗?"周涛终于忍住没再发作起来。

"还怀疑我跟他的老婆有关系。"

"有没有?"

"没有!根本没有!他怀疑的没有一件是真的!舅舅!我跟你说的都是实话,请你一定相信我!别人不相信我,你还不相信我吗!我跟王国炎是干过坏事,可那都是十几年前的事了,我跟他早就没有任何关系了!因为他觉得我是你的外甥,所以,就一直在要挟我。舅舅,我是怕连累你呀,要不是因为这个,我早跟他拼了!他根本就不是个人!心狠手辣,毫无人性!人都叫他青虎,吃人都不吐骨头!"

"你跟他一起作案,到底有多少起?"

"舅舅,如果说那些小偷小摸的事情,可能有那么几次,要是说大的,我可以说一次也没有!他们都说我参与了'1·13',可那跟我根本没有任何关系!王国炎确实跟我一块儿去过姨妈的银行,但他去那儿抢劫时,事先我根本不知道!我给你发誓,我真的是一点都不知道呀!他杀了姨妈的事,是他几个月后才告诉我的!那几个月他一直躲着不见我,后来托了人给我解释,后来见了我给我下跪求情,还拿刀子在自己的胸口戳了好几刀!说他没见过姨妈,当时要是知道那是我姨妈,就是死在那里,也绝不会开枪。舅舅,我说的都是真话,如果我知道得更早一些的话,我绝不会饶了他,绝不会!我说的都是真的,要是有一句假话,就立刻枪毙了我!"说到这里,姚戬利声泪俱下,恸哭不止。

"你跟耿莉丽的关系也会是假的?"

"舅舅,这件事你让我怎么说呀!王国炎在认识耿莉丽之前,我同耿莉丽一直保持着恋爱关系。耿莉丽爱我,当时我也爱她。但自从王国炎见到耿莉丽后,他就不顾一切地缠上了耿莉丽,后来又使用各种卑鄙无耻的手段占有了她,当时我正插队下乡,当我知道了这件事后,一切都已经既成事实了。舅舅,我给你说过的,王国炎他根本就不是个人,横行霸道,无恶不作,什么事情他都干得出来。如果我们不是同班同学,我怎么会跟他这样的人有联系!自从他跟耿莉丽结了婚后,我跟耿莉丽连话也很少说,你想想,我怎么会跟这样人的老婆发生关系?事实上,是他夺走了我的女朋友,反过来他又处处不放心我,怀疑我,疑心生暗鬼,扬言要报复我。这是人做的事吗!再说,像他这样灭绝人性的凶犯,又有什么样的女人会爱他!耿莉丽恨他,从来也没爱过他,他却对我咬牙切齿,恨之入骨。对这样的人,我又有什么办法呀!"

周涛听到这里,心里也不禁深深地感慨起来,姚戬利说的并不是没道理,如果一个人沾上这样的一个魔鬼,真是想躲也躲不了的。但不管他说得怎样入情入理,这也仅仅是他的一面之词。"好了,你也不用再这么哭了。如果你说的都是真的,我相信法律最终会证实一切。你说你一定要见我一面,莫非就只是要给我说说这些?"

姚戬利擦了擦脸上的眼泪,"舅舅,你也清楚的,王国炎非要让我去见他,无非就是这么两条,一个要证实他的怀疑,一个要对我实施报复。对我来说,肯定是凶多吉少,他绝不会轻易地就放过我。耿莉丽是个女人,尽管她对我有好感,但遇到王国炎这样的杀人魔王,她也只有服从的份儿。舅舅,我说过的,我一直不想连累你,今天这一去,将是生离死别。我之所以要见你,就是想跟你说说我的心里话。不管我是死是活,都请你一定相信我。这个案子一破,他们肯定都要给我身上泼脏水,什么事情都要安在我头上。我现在只有一个心愿,就是请你一定要相信我。只要你相信我,即使我今天死在王国炎的枪下,那我也心甘情愿、心满意足了。舅舅……"姚戬利再次泣不成声,哽咽不止。

听到这里,周涛似乎也受到了一种深深的感动。也许姚戬利并不像他想像的那样,就算姚戬利真的犯了什么罪行,有他今天的这一番话,也看得出来他是要真心悔改的。"你也不必这么悲观,市局的民警已经做了非常周密的部署和安排,他们还为你们准备了防弹背心,你们见面时,周围将有好多名百发百中的神枪手!王国炎绝不会把你怎么样。只要你能证实了自己,说服了他,他也不会对你怎么样。因为我们还答应他只要他不再杀人,就可以满足他的下一个条件。"

"舅舅,请你放心,我并不怕死,所以,也根本不会怕他。我去见他,完全是我自愿的,我不仅要想办法说服他,如果有可能,还要尽可能地制服他。我现在就只有一个愿望,就是要制止他继续行凶杀人,即使我死了,也要换来更多人的安全。"

"如果能这样,舅舅现在就给你说一句本不该说的话,你要是真的能说服了他,甚至制服了他,那就是立了一个大功。对你来说,也是一个立功赎罪的重大表现。在保证人质和其他人安全的情况下,你千万不要放弃这个机会。"

"舅舅,你只管放心,我一定争取立功赎罪,我绝不会给你丢脸。"

"时间不早了,你就马上做准备吧。还有,你就没有别的什么要求吗?"

"……没有,本来我还想请求能让我带一件防身的武器,现在我决定不要了,一来是不能让王国炎起疑心,二来是也好让市局的人放心。赤手空拳,我什么也不带。"

"还有么?"

"……对了,请他们转告耿莉丽,一定不要带自己的孩子。孩子没罪,不要让孩子有什么危险和不测。"

周涛赞许地点点头:"我一定会转告。还有什么?"

"舅舅,没了!"姚戡利果决而坚定。

"戡利,你当过多年的民警,一定要尽力保护耿莉丽,她是个弱女子,要力争不让她受到伤害。"

"舅舅,这你放心!不管怎么说,我也是个男子汉!我知道我该怎么做!"

周涛突然感到一种说不出来的激动。他摆了摆手,然后默默地走了出去。他再没回头,他不想让姚戡利看到自己眼里的泪花。

四十九

　　李玉翠被王国炎的一声枪响几乎震晕了过去。

　　她本来要下手的,但从绳索里往外抽出自己的胳膊时,才发现并不像自己想像的那么容易,王国炎打开右面后座的车窗,头已伸出去好半天时,她才抽出了一只左手！好在刺耳的枪声和王国炎大声的呼喊,转移了所有人的视线,并没有任何人注意她的举动。

　　当她开始往外抽动第二只手时,可能是因为前面的红旗车并没有任何退缩,王国炎大叫着又开了第二枪！

　　几乎与此同时,直升机里突然又一次传出了急切的呼喊声：

　　"罗维民！罗维民！立刻停止拦截！立刻停止拦截！这是市局的命令！是史元杰局长的命令！你的老婆孩子就在奔驰车里！你的老婆孩子就在奔驰车里！立刻停止拦截,放他们过去！这很危险！非常危险……"

　　罗维民的红旗车好像被子弹击中了一样,像是颤抖了一下似的突然摇晃了起来。紧接着就斜向了公路的左侧,给奔驰车腾开了一个超越的空间。

　　"加速！开快！马上超过去！快！"王国炎疯狂地呼喊着。

　　12缸的奔驰600猛然发出一阵轰响,即刻像箭一样向前冲去。

　　超车的一刹那,李玉翠终于看到了罗维民,罗维民也一下子看到了李玉翠！

　　王国炎用枪管子使劲地在李玉翠头上敲了一下,紧接着又是一下！鲜血立刻从李玉翠的脸上流了下来。

　　红旗车再次颤动了一下,立刻被奔驰车超了过去。

　　奔驰车越开越快,终于把红旗车落了下来,距离越来越远。

　　"放炸药！放！炸死那个小子！让他和他那破车一块儿上西天！"

王国炎吼叫着。

老熊一边打开车门,一边把预先预备好的一大包炸药放在了车门口。车门在高速疾驶的呼啸声中越开越大,老熊探出头看了一眼,又看了一眼,似乎在最后测定着距离。

李玉翠强忍着头部的剧烈疼痛,终于把自己的第二只胳膊从绳子里抽了出来。

老熊把炸药放到了车门口,并开始启动引爆装置。他把车门又开大了一些,然后奋力地提起了炸药,使劲地准备把炸药向车外推出去。

就在这一刹那间,李玉翠突然向龚跃进的方向盘扑了过去,拼尽全力地把方向盘向自己这一方扭转!并用嘴在龚跃进厚厚的手上狠命地咬了一口!龚跃进像是杀猪似的猛然嚎叫起来。没等他们反应过来,李玉翠又腾出一只手,猛地拉动了手刹!

狂奔的奔驰车猛然向右拐了过去,紧接着又像是被什么绊了一下,发出一声刺耳的怪响,斜刺里跳向了半空!

随着奔驰车的巨大的外抛力和惯性,老熊惊呼了一声,连人带炸药一下子被甩出了车外!

腾空而起的奔驰车,像是在进行着一次凌空飞跃,在空中划了一个弯曲的弧线,飞过一丈多高的路基,越过了数米宽的一道水渠,随着一声巨响,落在了离公路十多米远的一块稻田里!滑行了十几米后,就像是被稻田里的泥巴吸住了一样,轰轰轰地响了几声,便一动不动,毫无声息地粘在了那里!

被奔驰车甩出来的老熊和那包炸药,一起在地上足足翻滚了数十个跟头,在滚出路基的那一瞬间,腾跃在半空中的炸药似乎和老熊的身体一块儿发出了剧烈的爆炸!随后跟上、来不及刹车的红旗车,一头撞进了那一团火光之中,在震天骇地的爆炸声中,几乎和老熊的躯体同时飞向了天空……

魏德华和所有的人都被眼前的情景惊呆了!

剧烈爆炸引起的冲击波,让他们的警车在公路上猛烈颤动。十几秒钟后,爆炸所带来的土块、石块和沥青碎片仍然不断地向他们车身砸来。

红旗车已经翻滚在左面的路基之下,火光闪闪,并发出阵阵劈里啪啦的响声。

魏德华冲出警车,不顾一切地向红旗车奔去。

罗维民满脸是血,但居然还清醒着!他正奋力地从燃烧的车里往外挣扎!大概是一条腿被卡住了,怎么也挣脱不开。

魏德华两只手抓住正在冒火的车框,使劲往起抬着,一直坚持到终于让罗维民挣脱了出来。

两个人相互搀着,拼命地向外跑去,就在离开红旗车十几米远的地方,红旗车再次发出了一声剧烈的爆炸声!

魏德华一边跑,一边对正在纷纷跑过来的民警发出命令:
"包围那辆奔驰车!任何人都不准开枪!"

但就在此时,奔驰车突然发出了一阵轰鸣,随着车轮的转动,泥巴的飞溅,奔驰车竟奇迹般地慢慢地向前开去!

奔驰车越开越快,沿着一条田间小路,奔驰车很快又开上了一条乡间公路,然后开足马力,发狂一般地向附近的一个村子里开去!

苏禹匆匆走出正在召开的省委常委扩大会的会议室,在楼道里接听了电话。

事态的发展完全出乎他的预料,王国炎的汽车被迫开进了一个村子。虽然王国炎要把奔驰车开进省城的计划已告失败,彻底落空,但丧心病狂的王国炎竟然把奔驰车开进了村子里的一所学校。开枪打伤了一名教师,并把学校的四十多名小学生作为人质!要求警方立即答应他的所有条件,否则,他就把学校和人质全部炸毁!

苏禹像是僵了一样呆呆地站在楼道里。脑子里空空落落,面对着这样的事态,他实在不知道该怎么给肖书记汇报,该怎么给会议室里的领导们汇报。

肖振邦愤慨的讲话声,从会议室里响亮地传了出来。

"……这些年,对这种风气我们好像已经习惯了,认可了!情况不明决心大,情况明了不说话!现在的情况就非常明了!非常清楚!我今天就先给大家打个招呼,不管他是什么人,也不管他的位置有多高,背景有多大!谁也别想在这个案子里给我设关卡,打埋伏!我肖振邦这个省委书记就是不干了,也非把这个案子连根带蔓全都拽出来不可!这是形势所迫,我们已经没有退路!过去老百姓常常讲这么一句话:王子犯法,与庶民同罪;我们现在也常常讲这么一句话:在法律面前人人平等!之所以说这样的话,那是因为有一个前提,就是老百姓还相信法律!相信法律是公正的,如果到了哪一天,老百姓连法律也不相信了,那还会相信什么!法律是我们这个社会的根,如果这个根出了问题,甚至烂掉了,那我们的国家和政府将会变成什么样的一个局面!司法腐败,是最严重的腐败!这不仅是中央领导的一再告诫,也是全社会的共识!

"苍蝇不叮无缝的蛋!香饵之下,必有死鱼!我们政府部门,权力机关中的一些官员,私欲膨胀,贪得无厌,简直到了不要命的地步!他们攫取的财富之多,已经让他们腐化到这种程度:为了能更多更快、更放手、更放心地掠夺和鲸吞我们的社会财富,为了能让他们不劳而获的这些巨额财富合法化、永久化,为了不再让贪官污吏、腐败分子的恶名落到他们头上,为了让他们的子子孙孙都能名正言顺占有这些不义之财,我们现有的社会制度和法律制度,对他们来说都已经成为一种束缚和障碍!以至于要急不可耐地同那些黑社会性质的腐朽势力同流合污,企图变更、篡改、转换,甚至破坏我们改革开放的实质和初衷!从根本上摧毁和瓦解人民所企盼的法律制度和社会制度!可以说,我们现在所面临的最主要的敌对势力,并不是别的什么人,而正是我们内部的这些腐败分子!他们是我们国家目前最大最危险的敌人!

"如果让这些腐败分子堂而皇之地进入我们的权力部门、司法机关,进入我们对权力、对司法实施监督的国家机构,如果一个部门,一个组织,一个机关,甚至一个地区都被这样的人所控制,在这些地方的老百姓眼里,这个国家和政府还有什么公正!还有什么道义!还有什么合法性！还有什么前途和希望！而人们对政府、对法制的失望和不满，正是黑社会恶势力得以存在发展的基础和土壤！我们现在已经在一些地方看到这种苗头，看到了这种现象！一旦时机成熟，他们就会疯狂地向我们扑来！一个个的都会成为亡命之徒！跟王国炎之流并没有什么本质上的区别！这已经不是公安司法战线同犯罪势力的较量，而是整个社会的一场较量！他们就是要让我们答应他们的所有条件，就是要让我们满足他们的一切愿望，否则，就会把我们的人民作为他们的人质，对我们进行肆意的讹诈和要挟！这绝不是危言耸听。为此，我们已经付出了沉重的代价，为了国家和人民的利益，我们已经做出了巨大的牺牲……"

　　苏禹一直在默默地听着，会议室里所有的人也都在默默地听着。
　　苏禹没想到肖书记会把这一案件上升到如此的高度，但细细一想，我们确实正面临着这样一个严峻的现实：因腐败而引起的分配不公和贫富差距的急剧拉大，由此而带来的对政府和法制的强烈不满，以及贫民阶层的不断扩大，必然导致黑社会势力的恶性膨胀和犯罪活动的迅速蔓延！反过来，腐败又进一步导致社会秩序的严重混乱，导致司法公正的全面丧失和法制意识的彻底瓦解。事实上，也正是如此，人民连法律都不相信了，还会相信什么！又会去想什么，干什么！
　　手机再次骤然响起，打断了苏禹的沉思。
　　通完话，他连手机也没来得及关上，就急匆匆地跑进了会议室。
　　案情再次让会议室里所有的人感到震惊。
　　沉默了片刻，肖振邦问：
　　"现场的情况是不是非常危险？"
　　"非常危险。"
　　"学校里有多少学生？"
　　"高年级的已经被疏散，被王国炎劫持在现场的，有四十多名低年级的小学生。"
　　"王国炎车里原来的那些人呢？"

· 633 ·

"那个叫老熊的从犯被严重炸伤,正在送往医院紧急抢救。罗维民的妻子昏迷在车里,情况不明。罗维民的孩子目前也在那群学生里。王国炎身边现在还有一个龚跃进,他受了伤,但看上去并不重。"

"王国炎手里是不是确实握有引爆装置?"

"我们只能认定他有。"苏禹顿了一下补充说道,"如果这期间老熊要是能抢救过来,并能如实告诉我们情况,也许我们可以确定。"

"王国炎的条件是什么?"

"他已经答应了可以在学校里同姚戬利和耿莉丽见面,但有一个附加条件,那就是必须在见面后让他们坐直升机离开。"

"他们?他们是谁?"

"除了耿莉丽外,可能还会带上一些人质。"

"耿莉丽会去吗?"

"估计不会。"

"耿莉丽要是不去他还会坐直升机离开吗?"

"很难说。"

"现场部署的情况怎么样?"

"现场大约有四十多名民警,我们已经从四面包围了现场。我们调集的几名神枪手也已经到达现场。"

"姚戬利和耿莉丽呢?"

"他们也已经到达。"说到这里,苏禹突然说道,"对了!肖书记,电视台作为重大新闻,已经中断了所有的节目,正在直升机上进行现场直播!"

"你是说,我们这里也可以看到现场?"

"是。"

肖振邦猛地挥了一下手,大声地嚷道:

"会议暂停!马上打开电视!"

现场的气氛残酷而恐怖。

一个场地很小的校园,校园的大门已经被汽车撞坏。满身是泥的奔驰车在校园靠墙一边停着,墙角几十名被惊呆了的小学生蜷缩在一起。有的在偷偷啜泣,有的惊恐不已地看着眼前发生的这一切。一个受伤的男教师躺在地上,两名女教师跪在他身旁默默地护理着。

面如死灰、身上脸上满是血迹的龚跃进哆嗦在一旁。

王国炎凶相毕露地在那群小学生前面站着,举着手枪直直地对着七八米开外的姚戬利和耿莉丽。

姚戬利和耿莉丽站在教室的窗户旁,两个人挨得很近,身体几乎贴在一起。王国炎的嗓音让人不寒而栗:

"……姓姚的,死到临头了,你还在撒谎!"

"青虎哥,你应该……"

"别叫我青虎哥!我没有你这样的兄弟!"王国炎吼了一声。

"……你,我说过了,你应该相信我。"面对着王国炎的姚戬利,活像换了一个人,表情呆滞而猥琐。

"回答我!当初为什么非要让我进监狱!"

王国炎的手枪猛地抖动了一下。姚戬利下意识地退了一步,几乎躲在了耿莉丽的身后。"我说过了,根本没有的事!那是他们在胡说八道!"

"别怕,我这会儿还不会打死你。"王国炎一脸鄙夷地冷笑着。"不见棺材不落泪,是不是想听听我带来的证据?"王国炎从身上挎着的一个包里拿出了一个小巧的录音机,举在手里晃了几晃。

"……你有什么证据?"姚戬利的嗓音有些发颤。

"你再听我说一遍,今天我来这里,就是要让你死个明白。就是要让莉丽看清你究竟是个什么东西!"王国炎一边说着,一边打开了录音机。

录音机呲啦呲啦地转了几圈,突然传出一声惊呼:

"……熊哥!熊哥!你听我说,你听我说呀!那是姚戬利让我干的呀!当时姚戬利对我说,检察院那头就不要再跑了。他说这回必须得让青虎哥进监狱,留在外面早晚是个祸害。让他在监狱里磨磨性子,受受苦,他也就不那么狂了!姚戬利还说,如果在监狱里他要是还不老实,就找个机会把他灭了算了。熊哥,这都是真的呀!我要是有一句假话,随便你怎么处置我都行……"

听到这里,王国炎吧嗒一下关了录音机。

现场一片死寂。

过了片刻,王国炎对着发愣的姚戬利笑了笑,"怎么样?听出这是谁的声音了吗?"

"……他是在胡说!纯粹是一派胡言!根本没有的事情!是栽赃陷害……"姚戬利气急败坏,语无伦次。

"哈哈!"王国炎大笑了几声,然后在顷刻间便换成了一副凶神恶煞的样子。"姚戬利,你这条不通人性的狗!你真是辜负了我的一片苦心!想想你的当初,要不是我几次舍命救你,你早已死过多少回了!那么多起案子,我就失手了这么一次,你就忘恩负义,想置我于死地!就为这么一件事,我给了你不下三百万!三百万呀!当时你说得多好,说检察院那面肯定没问题,你已经全都打点好了,肯定会对我免予起诉。我相信了你,生死兄弟呀,怎么能不相信!谁想到你会这么黑!你说说,这么多年来,我哪一点对不住你?"

"……情况根本不是他说的那样!"姚戬利竭力地辩解着。"检察院那会儿已经没了免予起诉的权力……"

"你还想骗我!'新刑法'是什么时候颁布的,你以为我不清楚?检察院那会儿的权力大得很!"王国炎继续说道,"你当时根本就没安好心!我真是瞎了眼,怎么就没看出你是这样一个没良心的东西!为了让你进公安局,我们花了几十万!省委市委能说上话的全都找遍了!让你打进公安局,是为了让你照顾自己的兄弟。公安局里不能没有我们的人,我们吃亏吃得太多了。后来你舅舅当了市委书记,我们又花了几十万才把你提拔成个副局长。你舅舅不相信你,四处打听你。你当时吓得要死,因为你在公安局的口碑太差!为了给你造假材料,为了让人给你添好话,我们又花费了多少票子和心血!哪想到你一得了势、掌了权,再加上你舅舅的背景,就觉得兄弟们没用了、多余了,不止想一脚踢开,还想一个个地置于死地、赶尽杀绝!把弟兄们用血肉换来的东西一口独吞！"

"王国炎！你说够了没有！"大概是感到了再让王国炎这么说下去，可就永无出头之日了，姚戬利突然声色俱厉地嚷了起来。"你想干什么就直说好了，别再这么没完没了地胡编乱造！"

王国炎一副感到好笑的样子，"哈哈！你勇气来了是不是？想充好汉了是不是？你也不想想，你的腰杆挺得起来吗？你的骨头硬得起来吗？你骗得了你舅舅，还能骗得了我？跟着我这些年，你发了多大的财，你以为我不清楚？你心里很明白，我不像你那样贪财。可你贪了多少，你别以为我不清楚！前前后后，你在我手里拿走了多少？至少不下五百万！你跟着仇晓津搞房地产，又往腰包里装了多少？也不下五百万！还有那些乱七八糟的东西加起来，现在你手里至少一千五百万！我真不明白你要那么多钱干什么！我早就给你说了，咱们的钱足够这辈子用了。每一次你都是说，再干一次就不干了！'4·17'抢劫运钞车，我说那太危险，怕出事，你就是不听，说你手头缺活钱！我听了你的，为了给你擦屁股，料理后事，结果最终把我也送进了监狱。你好狠心！要不是弟兄们故意给你制造事端，转移公安的视线，你能活到现在？你说说，你今天的这一切都凭什么！如果没有我，你现在还在你的保卫科当科员，撑死了也就是当个保卫科长！你哪会有这么大的权力，还想把我灭了！我真不明白，你为什么要这么做？为什么！我究竟怎么了你了！"

"我现在根本不想听你这些！你除了胡想乱猜，还能说出些什么来。"姚戬利的态度似乎越来越强硬起来。

"胡想乱猜？是不是你也想把我当成精神病？"王国炎一边说，一边从车上的一个包里抽出一张纸来，一只手哗啦一声展开了，"这是你写给老熊的亲笔信，是不是想让我给你当众念念？"

"……你，你骗人……"姚戬利突然又慌乱了起来。

"白纸黑字，清清楚楚，谁想骗谁？谁又骗得了谁？这是证据，铁证如山！我一旦公布出去，你舅舅救不了你，肖振邦也救不了你，就是联合国的秘书长来了也一样救不了你！你答应给老熊一百万，让他在监狱外面杀掉我。你又答应给赵中和一百万,让他一出监狱就杀掉老熊。你想得真周全!"

"……你胡说!"姚戬利张皇失措,面无人色。

"哈哈!胡说?"王国炎转过脸去,对身边不远处的龚跃进喝了一声,"龚跃进!你问问他,当时他是怎么对你说的!"

龚跃进像是被吓了一跳,然后失魂落魄地对姚戬利说道:"戬利老弟,到这会儿了,还瞒来瞒去地干什么?你就承认了吧,青虎兄弟什么都知道,我们瞒不了他。他把你写给我的东西都截走了,复印了,他的证据多得是,承认了就算了,干吗非让他一个个地逼着你都交代了不可?我这一路早想明白了,我们斗不过他,也不该跟他斗的。"

姚戬利的脸色越来越难看,渐渐地变成一副绝望的表情。

王国炎脸上的笑意又渐渐地凝固了起来。"怎么不说话了?人证物证俱在,你还有什么想说的?"

从龚跃进的话里姚戬利似乎醒悟到了什么,沉默着不再说话。

但王国炎并没有任何就此罢休的意思。"你不说话了,就以为我不会再揭露你了?我在监狱里住了两年多,你们让赵中和监视了我两年多。我当时还不相信你会这么做,我也根本没有怀疑到你身上。你做了那么多对不起我的事,老实说,我一直还对你深信不疑。就是在前几个月,我还怀疑我是不是把你看错了。我知道赵中和一直在偷看我的日记,我在日记里真真假假,假假真真。你们哄我,我也哄你们。为了试试你们究竟会对我怎么样,我故意写了许多吓人的东西,我把我的猜想全写了进去,没想到你们做贼心虚,真的会沉不住气,真的以为我要怎么样怎么样了。于是就开始对我疑神疑鬼,变本加厉,最后发展到非把我灭了不可!现在回想起来,我也是犯了个天大的错误,聪明反被聪明误,到头来惹火烧身,自己害了自己,让自己落到今天这个下场!但我并不后悔!我就是死也死得明白!我终于知道了原来跟我生死相依的兄弟是个什么东西!你跟我老婆的关系,我原来只是半信半疑,其实,我并没有把它当做一回事。朋友妻,不可欺,这是做人的根本。我们生生死死过多少次,你怎么会让我戴绿帽子?没想到竟会是真的!

真的诈出来个鬼！我知道你好玩女人，又怎么能想到你连你救命兄弟的老婆都不放过！"

姚戬利似乎终于忍不住了："你老婆跟我根本没关系！不信你就问莉丽！"

现场一片沉寂。

然而，突然之间，耿莉丽轻轻的一句话犹如晴天响雷，石破天惊：

"王国炎，你别逼他。那是我的选择，跟他没关系。我喜欢他，爱他！"

王国炎像是被什么击中了一样，全身都猛烈地摇晃了一下。"……我明白了，既然这样，我也就没什么可说的了，我也知道我该怎么做了！"

耿莉丽的话以及王国炎绝望的神态和剧烈颤动的手枪，让姚戬利大惊失色，惶恐不安。"……青虎兄，你听我解释……"

王国炎看也没看姚戬利一眼，直直地盯着耿莉丽的眼睛似乎正在冒血。"莉丽！我没想到，真是没想到。你真让我白疼了你一回！我现在就只问你一件事，你要如实回答我！我这辈子就只剩了这一个牵挂，看在我们夫妻一场的份儿上，你别让我死不瞑目！你说，你生的孩子究竟是他的，还是我的！"

"王国炎，我还没下作到那份儿上。"说到这里，耿莉丽从自己的衣服口袋里取出一份叠着的东西来，一扬手朝王国炎扔了过去。"这是医院的化验结果。你好好看看，看那是不是你的儿子。"

王国炎一边默默地看着耿莉丽，一边慢慢地拾起了那份东西。一只手轻轻展开，看了一遍，又看了一遍。

满身都已经被火烧焦的魏德华此时趁机飞快地爬向了汽车的尾部，然后悄悄地躲在车下检查着，察看着。

紧接着他又掏出一把万能钥匙，在汽车尾箱的钥匙孔里轻轻地试着，扭动着。

埋伏在四周的民警全都屏息闭声，一动不动地注视着，瞄准着。

这一紧张得让人透不过气来的情形,在场的人,包括所有的人质几乎全都毫无察觉。

王国炎再次死死地盯住了耿莉丽。

渐渐地,王国炎的脸上似乎又透出了一丝希望,但他的神情依旧是那样阴森可怖。"……莉丽,既是这样,那你又喜欢他什么?爱他什么?"

"这跟你没关系。"耿莉丽的脸上看不出任何表情。然而,越是这样,就好像越是让王国炎痛苦不已:

"莉丽!你真傻!你根本就不知道他是个什么东西!"

"我相信我的感觉,你说的那些对我没用。"

"莉丽!"王国炎痛心疾首,悲不自胜,"你到现在还护着他,你真糊涂!真糊涂!"

"就算你说的那些都是真的,那也比你强。"耿莉丽虽这么说着,但脸上却渐渐地现出了一种凄楚,一种迷离。

"你喜欢他、爱他,可他什么时候喜欢过你、爱过你!"王国炎这时从身上的包里又拿出厚厚的一摞子纸来,"我真的一点也不想伤害你,看见你受苦,我比死了还难受。这些事我本来想永远都不给你说的,因为我一见到你,就真的心疼,我就会原谅你所有的过错。老熊说的没错,我这个人,就是对女人心太软,什么事都坏在女人身上。要是我今天听了他的话,也许我不会在这个地方跟你见面。我是对女人心软,可我从来都不糟蹋女人!宁可杀了她,也绝不会干出那些禽兽不如的事情!可你跟前站着的那个东西,他猪狗不如!如果你真想知道他的事,那就看看这些东西!莉丽,他只是在利用你,从来都是在利用你!如果没有我,他会对你干出任何事情来!我手里拿着的这些东西只是我们刚刚查到手的,直到现在他在外面还养着五个女人!可能还会更多!都是年轻的小姑娘,有一个今年才十六岁!你说他要那么多钱干什么!吃喝嫖赌,他干的就是这个!他先让这些女人吸毒,然后像狗一样占有这些女人!等到玩腻了,再把她们送到戒毒所、劳教所!这都是她们的招供,都是她们的血泪控诉!如果你不相信,你现在就过来好好看看这些材料,看看这些女人是怎么说他的,看看他对这些女人所做的事情有多脏!看看你所爱的这个男人还有没有一点人味!"

"耿莉丽,千万不要听他胡说八道!他的那些材料都是捏造的!骗人的!"姚戬利突然喊了起来。

王国炎依旧看也不看姚戬利一眼。"莉丽,别看你三十好几了,可你太单纯、太幼稚!即使我死了,你也绝不要相信他!他根本就不是人!我们生活了这么多年,我什么时候骗过你,又什么时候给你说过假话!我这里不只有她们亲笔写下的交代,有她们的手印,有她们的录音,有她们的录像,还有她们的照片!过去的、现在的,都有!这些照片上不只有这些女人,还有这些女人跟姚戬利在一起的合影!还有更下流的东西!看看这张照片吧,你所爱的男人在干什么!赤身裸体跟三个女人在一起鬼混!你只需看一眼就行!你只需看一眼立刻就能明白,究竟是谁在骗你!"

耿莉丽的脸色突然变得像纸一样雪白。

王国炎这时已经把手里的一张照片朝耿莉丽这面举了起来。"你好好看看,像这样的东西,我能不能捏造出来!能不能!还有,我这里有姚戬利写给龚跃进的一封信,要不要让龚跃进给你念念,听听对你早就烦透了的姚戬利,究竟是怎样描写你的?"

龚跃进抬头对王国炎嚷道:"我什么都给你说清楚了,你能不能少说两句!能不能不说!"

"……莉丽,你别傻了。"说到这里,王国炎的话音一下子缓和了许多,"你怎么会把你的感情寄托在这样的一个禽兽身上?就算你心里没我,闭上眼睛在大街上随便摸一个人,都会比他强百倍,强万倍。好了,我今天跟你要说的都说了,该说的也都说了。你现在就把这些东西全都拿走,然后马上离开这里。如果我还能活着,有朝一日我肯定还会回来见你。只要我活着,这个世界上就绝不会有任何人敢把你怎么样!请你相信我,马上拿走这些东西离开这里。下面的话我不想再让你听到,这里实在太危险。就算你不为自己,也要为孩子想想。姚戬利的账我还没有给他算完,等你走了,我再接着跟他慢慢算清楚……拿走呀!快点!"

耿莉丽并没有去拿王国炎手里的东西,她像是支持不住了似的,突然踉跄了一下,然后转身往外跑去。

就在这一刹那间,一个谁也没料到的事情把所有的人都惊呆了:

姚戬利突然一把搂住了耿莉丽!几乎是一眨眼间,便卡死了耿莉丽的脖子,把耿莉丽当做人质劫持在自己身前!

就在人们发愣的当儿,姚戬利又猛一下打破了身旁窗户上的玻璃,迅速地捡起其中的一块,用锋利的玻璃刃紧紧地逼在耿莉丽的喉咙上。

"想让她走?没门!"姚戬利的模样突然变得凶残而恐怖。"要给我算账?没那么容易!你要是敢跟我算账,我就先杀了她!"

愣了一阵子的王国炎,突然发出一声惨厉的大笑:"哈哈!好小子,你还给我来这一手!你好有胆量!你要是动了她一根毫毛,我今天就撕了你!"

"既然你不想让我活,那就让她跟我死在一起!"姚戬利一边后退着,一边疯狂地咆哮着。

王国炎一边向他们俩走去,一边举着手枪说道:"你不敢杀她,你还想活,你还想欺骗你的舅舅,好让他给你留一条活命。放了她!"

"既然知道,那就别逼我!别动!要是你再走一步,看我敢不敢杀了她!"被姚戬利越卡越紧的耿莉丽,此时早已脸色煞白,几乎要憋过气去。玻璃的利刃刺在她细弱的脖子上,一绺鲜血慢慢地流了下来。

王国炎终于止住了脚步。

"扔掉你的枪!"姚戬利凶暴异常,"扔掉!"

僵持了几秒钟,王国炎轻轻地把枪放在了脚下。

"把枪给我踢过来!踢过来!别逼我下手!"

"哈哈!"王国炎面不改色,依旧是一脸的鄙视。"原来你是想立功赎罪,好,我成全你!"

王国炎一脚把枪踢在了姚戬利脚下。姚戬利一边用脚把枪往身边勾了勾,一边仍然盯着王国炎。

· 642 ·

"你以为你有了枪就能把我怎么样?杀人灭口,罪加一等。你想立功赎罪,你就别开枪。我身后还有一群小学生,你要是开了枪,你就死定了……"

王国炎一边说着,一边继续慢慢地往前移动着。

"别动!"姚戬利大喊了一声,然后迅速把枪拾了起来。

就在姚戬利弯腰的那一瞬间,王国炎朝姚戬利扑了过去。

砰!姚戬利手里的枪响了!

王国炎晃了一晃,猛一下单腿跪倒在了地上。子弹打在了他的右膝盖上,血流如注,地上顿时染红了一片。

魂飞魄散的龚跃进此时突然没命地大喊了起来:"姚戬利!别开枪!别开枪!你疯了!他身上有遥控器!车里有几百斤炸药!要是出了事,我们谁也活不了!"

跪在地上的王国炎此时猛一下又跳了起来,像头受伤的豹子似的蹿了上去!

砰!姚戬利又是一枪。

王国炎晃了一晃,继续向前猛扑。

姚戬利再次扣动了扳机,手枪里已没了子弹。

没等姚戬利回过神来,王国炎已经扑在了他的身上。

一阵激烈的扭斗,姚戬利扑通一声仰面摔倒在了地上。

王国炎一口咬在了姚戬利的喉咙上!几乎与此同时,王国炎又从身上抽出了一把尖刀,在姚戬利的下身一阵猛戳……

偷偷钻进车里的魏德华,此时已经拆除了第二个引爆装置。

随着他的一个手势,附近的民警顿时从墙上,房顶上,教室里,大门口一拥而上……

等民警们把早已没了知觉的姚戬利从王国炎身下拉出来时,他的喉咙已被彻底咬穿,他的下身血肉模糊,几乎被王国炎的尖刀完全搅烂。

昏迷过去的耿莉丽静静地躺在地上,像在梦中一样。

省委会议室里所有的人,都在目瞪口呆地目睹着这一惊心动魄的场面。

史元杰、代英、辜幸文,以及整个省里所有收看电视的人,都在紧张地目睹着这一惊心动魄的场面。

尾　声

几天之后,"9·13"行动终于告一段落。

除几名次要的犯罪嫌疑人仍在追捕之中外,重要犯罪嫌疑人无一漏网。

十天后,身受重伤的樊胜利、施占峰、李玉翠等人均已被医院抢救过来,脱离危险期。

半个月后,张大宽的尸体在一深水池中被发现。经尸检认定,张大宽死亡前曾遭受过极度的折磨。除大面积的皮下软组织挫伤外,七根手指,四根肋骨,还有腕骨、锁骨、趾骨均遭重创而骨折……

二十天后,对"9·13"行动抓获的重要犯罪嫌疑人的审讯正式开始。部分犯罪嫌疑人仍然气焰嚣张,态度强横。省人大常委会副主任仇一干的干侄子仇晓津第一次接受审讯时,只说了一句话:

"你们怎么把我抓了来,到时候还得怎么把我送出去!不信咱们走着瞧!"

一个多月后,枪伤基本痊愈的王国炎,在看守所接受了预审员的第一次讯问。

....

　　预审员:……你们带了那么多炸药,就没想到会危及无数人的性命?

　　王国炎:那炸药其实是给我们自己准备的,万一被堵住,就同归于尽。炸药越多,死得就越没痛苦。我们这些人,一旦暴露,必死无疑。所以,我们都预先说好了,谁负了重伤走不了,就让别人帮助他死。老熊你们抢救了那么长时间才让他死去,要是我在旁边,绝不会让他受那么多痛苦。就像你们花了这么多钱把我救活,到时候还不是得让我死。

　　预审员:……杀了那么多无辜平民,还有一些是孩子,你怎么想?

　　王国炎:说实话,我并不想那样对待孩子。情况逼在那儿,没有办法。作案前我们都发过誓,就是遇见父母也要杀掉。干这种事,别无选择。

　　预审员:据初步统计,前前后后你们作案十几起,连大带小杀了将近二十个人,人心都是肉长的,你们也有家有小,就不想想那些家属日后怎么过日子?

　　王国炎:对我们来说,这就是你们常说的原始积累。有些有权的,用权力进行原始积累。我们没权的,只好用暴力进行原始积累。两下相比,他们更该杀。用权力进行的原始积累,其实比我们的危害性更大,比我们害的人更多。成千上万的人都变成了穷光蛋,上吊的,自杀的,没钱看病死了的,比我们的数目大得多的多,我们这算什么,不就死了那么十几个人?像他们开办的那些私营企业,私营工厂,不信你们就暗中侦查侦查去,看看那都成了什么样的地方,说好了是个集中营,说差点整个就是一个人间地狱。那些工人,比你们监狱看守所的犯人还差得远。他们的钱更有血腥味,杀人不见血,只不过不像我们这么明显罢了。再说,我们抢的都是银行,都是有权有势那些人的钱。他们的钱其实也是抢来的,

· 645 ·

我们抢他们抢来的钱,那又怎么样?其实,那些死了的人,如果他们是无辜的百姓,我们都记下了他们的姓名,将来我们做生意赚了钱,肯定会回报他们。

预审员:人命是钱能换来的吗?拿钱回报得了吗?

王国炎:那没办法,我们只有这条路可走。我们不是当官的,我们也没有当官的老子。只要能占一条,来钱当然会又安全又容易,我们还会去杀人,去抢劫?

预审员:你们这么干,就没想到将来的严厉制裁?就没害怕过吗?

王国炎:说实话,刚开始也确实有点害怕。但只要一干起来,就没什么可怕了。就跟那些当官的一样,越捞越敢捞,越捞越捞得狠,越捞越知道怎么捞。这个世界上只有两种人可以为所欲为:一种是有钱的,一种是有权的。只要能有了这两样,想怎么样就可以怎么样。你的钱一旦多起来,你就没什么可怕的了。有钱使得鬼推磨,只要有钱,就可以买通一切,可以买通权力,买通法律,连你的命也买得下来。这次要不是我太冲动了点,他们下手太狠了点,说不定我已经堂堂正正、大摇大摆地走在大街上了。其实,你们的破案率并不高,你们警方破不了的、不了了之的案子有的是。倒不是你们这些人真的那么窝囊没本事,那是因为你们政府里面有人在保护我们。他们拿了我们的钱,就得给我们出力,就得给我们说话办事。真正的杀人犯、教唆犯,其实是他们这些人。这些人越多,我们就越安全。有他们这些人在,还会有什么严厉制裁?还会害怕什么?你们死了那么多民警,其实跟我们并没有太多的关系。要怪只能怪他们,要没他们护着,我们能撑到现在?你们又怎么能死那么多人?

预审员:你别总是拿这些为你们的犯罪事实作挡箭牌。你真的就没想到过后悔,真的就没想到过死吗?你真的就是把这个世界看得这么黑吗?

王国炎:我不会像那些贪官污吏,判了死刑了,才嚎啕大哭,追悔莫及。真是又想当婊子,又想立牌坊。我没有任何信仰,我既不相信钉在十字架上的耶稣,也不相信虚无缥缈的共产主义。人生是什么东西,其结果都是死亡。我追求的不是人生的结果,而是人生的过程。我不会像某些人那样,干了一辈子坏事,死后还要让人给他开追悼会,搞遗体告别,把他说得好得不能再好,光荣得不能再光荣。其实,背过弯骂和当面骂,并没有太大的区别,所以,我也就用不着后悔。

预审员:你们这个犯罪团伙,网罗了一大批犯罪分子,而且带有明显的黑社会性质。你说你们没有什么信仰,可你们的所作所为实质上是在同这个社会进行公开对抗,在某种意义上说,是在颠覆和搞垮这个国家和政府。对此,你又怎么解释?这也只是你们的人生过程吗?

王国炎:你又错了。我们之所以这么干,无非就是两个目的:一个是弄钱,一个是保护自己。在当今中国,谁也不能打倒共产党!只有共产党内部腐败,才能不打自倒!这话你信不信?我在黑道干了这么多年,反正我信……

两个月后,一场隆重的追悼会,在地区公安处处长史元杰的主持下公开举行。

整个地区有两千多名民警参加。

参加追悼会的还有区县自发而来的数万名群众。

省委书记肖振邦,省委副书记杨帆,省委常委周涛,省政法委书记谢宏鸣,地委书记郝伟凡,以及公安部、司法部、公安厅、司法厅的数十名领导亲临追悼会现场。

在烈士陵园一排墓碑面前,何波的老伴翻来覆去地就只一句话:

"你一句话也没给我说,就这么走了……"

史元杰、魏德华、罗维民、辜幸文几个人默默地站在这一排墓碑前。

史元杰打开一瓶酒,轻轻地洒在了墓碑前。

史元杰慢慢地跪倒在墓前:

· 647 ·

"何处长,'1·13'案已经破了……"

没有人能听到他后面的话语,身后汹涌而至的一片失声的恸哭,像海啸一样经久不息……